Elizabeth Chadwick est l'autrice d'une vingtaine de romans historiques traduits dans plus de dix-huit langues. Elle a remporté de nombreux prix et a été reconnue comme l'une des meilleures autrices de romans historiques de ces dix dernières années par la « Historical Novel Society ». *Guillaume le Maréchal : Le Chevalier d'Aliénor* est le premier volet d'une trilogie consacrée au « meilleur des chevaliers » selon ses contemporains.

De la même autrice :

Aliénor d'Aquitaine :
1. *L'Été d'une reine*
2. *L'Automne d'une reine*
3. *L'Hiver d'une reine*

Guillaume le Maréchal :
1. *Le Chevalier d'Aliénor*
2. *Le Lion écarlate*

Elizabeth Chadwick

Le Chevalier d'Aliénor

Guillaume le Maréchal – 1

Traduit de l'anglais (Grande-Bretagne) par Fanny Adams

Hauteville

Hauteville est un label des éditions Bragelonne

Titre original : *The Greatest Knight*

ISBN : 978-2-38122-356-8

Bragelonne – Hauteville
60-62, rue d'Hauteville – 75010 Paris

E-mail : info@editions-hauteville.fr
Site Internet : www.editions-hauteville.fr

Note introductive de l'autrice :

Le Chevalier d'Aliénor a inauguré ma passion et ma fascination pour Guillaume le Maréchal et son extraordinaire destin. J'étais à l'aube d'un nouveau projet d'écriture lorsque son histoire, entrevue lors de recherches entreprises pour d'autres livres, piqua pour de bon ma curiosité. Je tenais là un excellent sujet de roman.

Impossible d'étudier le XIIe siècle et le début du XIIIe sans croiser la figure de ce chevalier, tant son étoile brille au firmament. Benjamin d'un baron de rang intermédiaire, il fut dans son enfance otage du roi Étienne avant de devenir, plus tard, une vedette des tournois, maréchal du roi, fidèle serviteur des Plantagenêts, grand propriétaire terrien et régent d'Angleterre en temps de grave crise politique. Comme toujours avec la romancière que je suis, la curiosité s'est muée en une soif ardente de débusquer l'homme sous les oripeaux de l'histoire et de la légende.

Deux romans retraçant sa vie sont ainsi nés sous ma plume : *Le Chevalier d'Aliénor* et *The Scarlet Lion* (titre anglais), qui tous deux rencontrèrent un succès planétaire. Cette version augmentée du *Chevalier d'Aliénor* a vu le jour lors de la publication au format poche de *Templar Silks* (titre anglais) à l'occasion du neuf centième anniversaire de la mort de Guillaume le Maréchal. Les trois opus constituent la trilogie de celui que ses contemporains nommaient « le plus grand chevalier du monde ».

Chapitre premier

Forteresse de Drincourt, duché de Normandie, été 1167

C'était aux petites heures de la nuit, peu avant l'aurore. À l'extérieur de la grande salle, derrière les volets clos, subsistaient de maléfiques vapeurs nocturnes. Sous le lourd couvre-feu de fer, un seul tison rougeoyait encore, pareil à l'œil d'un dragon assoupi. Les silhouettes des chevaliers et des serviteurs endormis se détachaient sur le pourtour de la muraille, et l'air était chargé du bruit de leur respiration, que ponctuait, de temps à autre, un ronflement guttural.

Tout au fond de la salle, à l'une des places les moins confortables, sur la trajectoire des courants d'air et à distance des derniers rougeoiements des braises, un jeune homme tressaillit dans son sommeil. Son front se plissa tandis que les images de son rêve le transportaient depuis l'obscurité de l'immense château normand jusqu'aux appartements, plus modestes et moins impersonnels, du donjon que possédait sa famille à Hamstead, dans le comté de Berkshire.

Il avait de nouveau cinq ans et portait sa plus belle tunique bleue. Sa mère le serrait contre son sein tout en l'exhortant, avec une fêlure dans la voix, à être sage.

— Souviens-toi que je t'aime, Guillaume, lui disait-elle en le serrant si fort qu'elle l'étouffait presque.

Lorsqu'elle desserra son étreinte, tous deux étaient essoufflés, lui par manque d'air, elle de retenir ses larmes.

— Embrasse-moi et va rejoindre ton père, ordonna-t-elle.

Posant ses lèvres sur la joue soyeuse de sa mère, Guillaume inhala son odeur, qui était douce comme le foin fraîchement coupé. Soudain, il ne voulut plus partir, et son menton se mit à trembler.

— Cesse de pleurer, femme ! Tu le perturbes !

Guillaume sentit la main de son père se poser sur son épaule avec force et fermeté. Puis cette main le détourna de la chambre inondée de soleil et des membres de la maisonnée rassemblés pour l'occasion. Parmi eux se trouvaient ses trois frères aînés : Gauthier, Gilbert et Jean. Tous le considéraient avec solennité. Les lèvres de Jean tremblaient également.

— Es-tu prêt, fils ?

Guillaume leva les yeux. Du plomb fondu tombé du toit d'une église en feu avait détruit l'œil gauche de son père et creusé une cicatrice qui courait de la tempe jusqu'à la mâchoire. Depuis, il arborait pour moitié un visage d'ange et pour moitié le masque d'une gargouille démoniaque. Ne l'ayant jamais connu autrement, Guillaume l'acceptait ainsi sans rechigner.

— Oui, sire, acquiesça l'enfant.

Réponse qui suscita une lueur d'approbation dans le regard paternel.

— Brave petit.

Dans la cour, les valets d'écurie attendaient avec les chevaux. Mettant le pied à l'étrier, Jean le Maréchal enfourcha sa monture et se pencha pour soulever Guillaume et le faire asseoir devant lui sur la selle.

— Souviens-toi que tu es le fils du maréchal du roi et le neveu du comte de Salisbury, lui souffla-t-il.

Puis il éperonna les flancs de son étalon et sortit de l'enceinte du donjon à la tête de ses hommes dans un martèlement de sabots.

Tandis que son père tenait les rênes, Guillaume n'avait d'yeux que pour ses larges mains, marquées par les combats, et les brocarts étincelants qui ornaient les poignets de sa tunique.

— Resterai-je absent longtemps ? s'enquit l'enfant d'une voix haut perchée.

— Cela dépendra du bon vouloir du roi Étienne.

— Pourquoi veut-il me garder ?

— Parce que je lui ai fait une promesse et qu'il désire t'avoir auprès de lui pour être sûr que je la tiendrai.

La voix de son père avait le tranchant d'une épée qu'on affûte.

— Tu es otage en échange de ma parole d'honneur.

— Quelle sorte de promesse ?

Guillaume sentit son père se raidir, et un grognement qui ressemblait à un rire retentit à son oreille.

— De la sorte que seul un idiot solliciterait d'un fou.

Étrange réponse, pensa l'enfant. Il se tortilla sur ses hanches et tendit le cou vers le visage défiguré de son père.

Au même moment, le dormeur se retourna en fronçant les sourcils dans le cocon de sa couverture. Le mouvement de ses yeux s'accéléra sous ses paupières fermées. La voix de son père se perdit dans les brumes du rêve pour être bientôt remplacée par celles d'un homme et d'une femme discutant sous une tente.

— Ce bâtard est revenu sur sa parole, a renforcé le donjon, l'a rempli d'hommes et de ravitaillement jusqu'au plafond, a consolidé les brèches…, énuméra l'homme d'une voix outragée. Il n'a jamais eu l'intention d'abandonner.

— Qu'en est-il de son fils ? s'enquit la femme dans un murmure atterré.

— La vie du petit est compromise. Le père affirme qu'il n'en a cure, qu'il est encore assez vigoureux pour engendrer d'autres fils, et des mieux trempés que celui qu'il perd.

— Il ne le pense pas…

L'homme cracha par terre.

— Jean le Maréchal est un chien enragé. Qui sait de quoi il est capable ! Le roi veut le gosse.

— Mais vous n'allez pas… C'est hors de question ! s'exclama la femme d'une voix pleine d'épouvante.

— Non. C'est de la responsabilité du roi et du maudit père du petit. Le ragoût brûle, femme ! Occupe-toi de tes tâches.

C'est alors que Guillaume se sentit tiré par le bras. On l'entraînait sans ménagement à travers la vaste étendue d'un cantonnement militaire. Il huma la fumée bleue qui s'élevait des feux de camp, vit la troupe de soldats nettoyer ses armes et une escouade de mercenaires assembler ce qu'il savait désormais être un trébuchet servant à projeter des pierres.

— Où allons-nous ? s'enquit-il.

— Voir le roi, lui répondit-on.

Le visage de l'homme, jusque-là indistinct, devint soudain très net dans le rêve de Guillaume, révélant une puissante ossature anguleuse qui perçait sous une peau tannée comme le cuir. Il répondait au nom de Henk. C'était un mercenaire flamand à la solde du roi Étienne.

— Pourquoi ?

Henk ne répondit pas et tourna brusquement à droite. Entre une machine de siège et une tente flamboyante rayée d'azur et d'or, un groupe de guerriers était en grand conciliabule. Deux gardes à l'air hargneux s'avancèrent puis abaissèrent leurs lances et firent signe à Henk et Guillaume d'approcher. Henk fit deux pas en avant et se prosterna, entraînant l'enfant à sa suite.

— Sire.

Guillaume lança un regard par en dessous à travers sa frange en se demandant lequel des hommes en présence était le roi, car aucun d'entre eux ne portait couronne ni ne ressemblait à l'idée qu'il se faisait d'un souverain. Un seigneur tenait une lance somptueuse à la hampe surmontée d'une oriflamme de soie flottant au vent.

— Voici donc le garçonnet dont la seule valeur, aux yeux de son père, est de lui permettre de gagner du temps, fit remarquer l'homme qui flanquait le gonfalonier.

Il avait des cheveux blond grisonnant et un visage ridé marqué par les soucis.

— Relève-toi, mon enfant. Quel est ton nom ?

— Guillaume, Sire, répondit l'enfant.

Puis il se redressa et lança :

— Êtes-vous le roi ?

L'homme le regarda en battant des paupières, apparemment déconcerté. Puis, gardant ses yeux bleu clair mi-clos, il fit une moue pincée.

— En effet, je suis le roi, bien que ton père semble penser différemment.

Un de ses compagnons se pencha pour lui murmurer quelque chose à l'oreille. Le roi l'écouta puis secoua vigoureusement la tête.

— Non, répliqua-t-il.

La brise souleva l'oriflamme accrochée à la lance et la fit claquer vers l'extérieur du groupe, faisant s'étirer le lion de brocart en son centre, qui sembla soudain s'animer et se mettre en chasse dans l'imagination de Guillaume. Ce spectacle le réjouit grandement.

— Puis-je la tenir ? s'enquit-il avec passion.

Le baron lui fit les gros yeux.

— N'es-tu pas un rien trop jeune pour être gonfalonier ? lança-t-il, l'œil pétillant d'espièglerie malgré sa réticence.

Au bout d'un moment, il tendit néanmoins la lance à Guillaume en lui disant :

— Gare à n'éborgner personne !

La hampe était tiède d'avoir été tenue longtemps lorsque Guillaume referma son petit poing autour. Faisant doucement flotter l'oriflamme, il observa le lion qui rugissait au vent et rit avec délectation.

Le roi s'était écarté de son conseiller et faisait des gestes de dénégation du plat de la main.

— Sire, si vous cédez, vous ne ferez qu'attirer sur vous le mépris de Jean le Maréchal…, insista le courtisan.

— Par le Christ crucifié, je ne ferai que m'attirer les pires tourments de l'âme si je fais pendre un innocent pour les crimes commis par son père ! Regardez-le… Regardez ! s'exclama le roi en pointant Guillaume du doigt. Pour tout l'or de la chrétienté, je refuserais de voir un petit garçon comme lui se balancer au bout d'une corde. Son diable de père, oui, mais pas lui.

N'ayant aucune conscience du danger qui le menaçait mais seulement du fait qu'il était au centre de l'attention, Guillaume fit tournoyer la lance.

— Viens, petit, lança le roi en lui faisant signe de le suivre. Tu demeureras sous ma tente en attendant que j'aie décidé de ton sort.

Guillaume ne fut que modérément déçu lorsqu'il dut rendre le gonfalon à son propriétaire, qui s'avérait être le comte d'Arundel. Après tout, n'avait-il pas une magnifique tente striée à explorer et quantité d'autres armes, royales celles-ci, à découvrir ? Peut-être même lui permettrait-on de les toucher, avec un peu de chance ? Dans cette perspective, il accompagna le roi en sautillant gaiement à son côté.

Deux chevaliers en cotte de mailles gardaient la tente et divers écuyers et serviteurs pourvoyaient aux moindres désirs du roi. On accrocha les rabats à l'extérieur, et aussitôt s'offrit à eux un sol recouvert d'herbe de prairie fraîchement fauchée dont l'enclos formé par la toile accroissait l'entêtante odeur. À côté d'un grand lit aux traversins brodés, aux draps de soie et aux couvertures de fourrure trônait un coffre sculpté pareil à celui qui ornait la chambre de ses parents à Hamstead. Une carafe et des coupes en argent étaient posées sur une petite table à tréteaux. Le haubert du roi luisait sur un support cruciforme en frêne, le heaume bien enfoncé sur la partie supérieure, tandis que bouclier et fourreau reposaient contre le pied. Guillaume examina l'équipement avec envie.

Le roi lui sourit.

— Désires-tu devenir chevalier, Guillaume ?

L'enfant acquiesça résolument, des étoiles dans les yeux.

— Et être fidèle à ton roi ?

Derechef Guillaume hocha la tête, mais cette fois parce qu'il savait d'instinct que c'était la réponse attendue.

— Je m'interroge..., repartit le roi.

Avec un profond soupir, il ordonna à un écuyer de lui servir une coupe de vin rouge sang.

— Petit, commença-t-il. Mon petit, regarde-moi...

Guillaume releva la tête. L'acuité avec laquelle le roi le dévisageait l'inquiéta quelque peu.

— Je veux que tu te souviennes de ce jour, déclara le roi Étienne avec lenteur, posément. Je veux que tu saches que, quoi qu'ait pu me faire ton père, je t'accorde la grâce de grandir et de redresser l'équilibre. Sache ceci : un roi prise la loyauté plus que tout au monde.

Sur ces mots, il but une petite gorgée de vin et poussa la coupe entre les mains de Guillaume.

— Bois, et promets-moi de t'en souvenir.

Guillaume fit ce qu'on lui ordonnait malgré le goût piquant de la boisson à son palais.

— Promets-le-moi, répéta le roi en reprenant possession de la coupe.

— Je vous le promets, dit Guillaume.

Et, tandis que le vin lui brûlait l'estomac, le rêve prit fin et il s'éveilla en sursaut au chant du coq et aux premiers mouvements des occupants de la grande salle du château de Drincourt. Il resta un moment étendu à cligner des yeux afin de se réadapter à son environnement réel. Cela faisait longtemps qu'il n'avait rêvé à l'été qu'il avait passé comme otage du roi Étienne pendant la bataille de Newbury. Se souvenir de cette période de sa vie lui était désagréable, mais il arrivait parfois que, sans rime ni raison, le sommeil l'y ramenât et que le jeune homme de vingt ans à peine redevînt le petit garçon blond aux yeux noirs qu'il avait été à l'âge de cinq ans.

Son père, en dépit de toutes ses manigances, de ses machinations et de sa volonté de sacrifier son quatrième fils, avait perdu Newbury puis le château de Malborough. Mais, bien qu'il eût perdu la bataille, il s'était repris dès que le vent avait tourné. Depuis, la lignée d'Étienne était morte et enterrée, et cela faisait treize ans que le fils de Mathilde l'Emperesse, Henri II Plantagenêt, était solidement installé sur le trône d'Angleterre.

Quant à moi, je suis devenu chevalier, pensa-t-il avec une grimace empreinte d'une sombre ironie. Son changement de statut était récent. Quelques semaines auparavant, il n'était encore qu'écuyer, briquant les armures, servant de commissionnaire, apprenant le métier auprès de Guillaume de Tancarville, chambellan de Normandie et lointain parent de sa mère. L'adoubement de Guillaume avait inauguré son entrée dans l'âge adulte et lui avait fait gravir un unique échelon sur une échelle glissante. Sa position dans la maisonnée de Tancarville était précaire. Il n'y avait pas de place dans la suite de son mécène pour tous les chevaliers ayant récemment reçu épée et baudrier, et dont les ambitions étaient bien plus considérables que leur expérience et leurs capacités attestées.

Guillaume avait envisagé de se réfugier à Hamstead, sous l'autorité de son frère, mais seulement en dernier recours. Quoi qu'il en fût, il ne disposait pas des fonds nécessaires pour payer son passage sur le bateau qui le ramènerait au pays. Par ailleurs, la lutte entre le duché de Normandie et le royaume de France faisait rage. Ainsi, les occasions ne manqueraient pas d'acquérir l'expérience qui lui manquait. En ce moment même, quelque part près de la frontière, l'armée du roi de France s'apprêtait à s'introduire en Normandie pour y semer la dévastation. Drincourt protégeant le flanc nord, on avait un besoin pressant d'hommes en armes pour la défendre.

Tandis que les derniers lambeaux de son rêve s'estompaient, Guillaume se laissa de nouveau glisser dans une légère somnolence, et toute tension l'abandonna. La blonde chevelure de son enfance n'avait cessé de foncer durant son adolescence pour arborer à présent un brun profond que le beau soleil d'été continuait de marbrer d'or. Ceux qui avaient connu son père affirmaient que Guillaume était le portrait de Jean le Maréchal avant que l'incident du plomb fondu de l'abbaye de Wherwell n'anéantisse sa beauté.

— Par tous les saints du ciel, Guillaume, même les trompettes du Jugement dernier ne te réveilleraient pas ! Debout, espèce de bon à rien paresseux !

L'ordre s'accompagna d'un bon coup dans les côtes de Guillaume. Dans un grognement de douleur, le jeune homme ouvrit les yeux sur Gadefer de Lorys, un des chevaliers supérieurs de Tancarville.

— Je suis réveillé, protesta-t-il.

Et il se redressa en se massant le flanc.

— N'est-il point permis à l'homme de rassembler ses esprits avant de se lever ?

— Ah, ah, ah, ah ! Tu les rassemblerais jusqu'au coucher du soleil si l'on te laissait faire ! Je n'ai jamais vu pareil lève-tard. Si tu n'étais pas le parent de mon seigneur, voilà longtemps que je t'aurais envoyé paître ailleurs à grands coups de botte dans le derrière !

La meilleure façon de s'y prendre avec Gadefer, qui était toujours grincheux le matin, consistait à ne pas le contredire et à s'écarter de son chemin. Guillaume savait parfaitement que la rancœur couvait parmi certains autres chevaliers, qui voyaient en lui une menace pour le rang qu'ils occupaient au sein de la maisonnée. Son lien de parenté avec le chambellan était autant un handicap qu'un avantage.

— Tu as raison, répliqua Guillaume avec un sourire plein d'autodérision. Je m'extirpe sans délai de ce lit et m'en vais donner de l'exercice à mon étalon.

Gadefer s'éloigna d'un pas lourd en maugréant dans sa barbe. Dissimulant une grimace, Guillaume enroula sa paillasse, plia sa couverture et sortit en flânant. L'air avait le parfum poussiéreux du milieu de l'été, malgré la fraîche et gaillarde rosée qui s'agrippait à l'ombre des murailles et s'y évaporait à mesure que la pierre s'abreuvait des rayons du soleil levant. Il jeta un coup d'œil en direction des écuries, hésita un instant, puis changea d'idée et transporta ses gargouillements d'estomac jusqu'aux cuisines.

Les cuisiniers de Drincourt étaient coutumiers des visites de Guillaume. On le vit bientôt dévorer, appuyé contre une table à tréteaux, une miche de froment à peine sortie du four, luisante de beurre fondu et de miel de mélilot. La femme du cuisinier dit en secouant la tête :

— Je ne sais pas où tu mets tout cela ! Avec tout ce que tu manges, tu devrais avoir un ventre de femme enceinte parvenue à terme !

Guillaume arbora un beau sourire et se donna une tape sur le ventre, qu'il avait plat comme une galette.

— C'est parce que je m'entraîne durement, argua-t-il.

La domestique haussa un sourcil qui en disait plus que de longs discours et s'en retourna couper ses légumes. Le sourire toujours aux lèvres, Guillaume lécha les dernières gouttes de miel mêlé de beurre qui coulaient sur sa main puis gagna la porte en se réjouissant de la belle matinée qui commençait. Mais ce moment de calme fut bientôt interrompu par des cris venus de la cour. Quelques instants plus tard, le comte d'Essex, vêtu de sa cotte de mailles, ainsi que plusieurs chevaliers et sergents passèrent devant lui en courant à vive allure pour se rendre aux écuries. Guillaume se précipita dehors.

— *Holà** ! cria-t-il. Que se passe-t-il ?

— Les Français et les Flamands ont été repérés aux abords de la forteresse ! répondit par-dessus son épaule un chevalier essoufflé.

Ces paroles firent à Guillaume l'effet d'un coup de tonnerre.

---

*Tous les mots en italique suivis d'un astérisque sont en français dans le texte original. (NdT)

— Ils ont franchi la frontière ?

— Oui, sur la Bresle, puis ils sont descendus par Eu. Maintenant, ils sont sous nos murs avec Mathieu de Boulogne à leur tête. Cela va être un enfer de les contenir. Enfile ton armure, le Maréchal, ce n'est plus le moment de se remplir la panse !

Guillaume retourna à la grande salle au pas de course. Parvenu à destination, son cœur battait comme un tambour, et il regretta d'avoir mangé tout ce pain et tout ce miel, car il était à présent barbouillé. Un écuyer attendait pour l'aider à passer sa sous-tunique matelassée et sa cotte de mailles. Déjà paré, Guillaume de Tancarville faisait les cent pas en s'agitant comme s'il avait une teigne dans ses braies, lançant des ordres concis aux chevaliers qui se dépêchaient d'enfiler leur armure.

Guillaume pinça les lèvres. Sa nausée se fit plus virulente puis retomba. Tandis qu'il enfilait sa cotte de mailles, les battements de son cœur redevinrent réguliers, malgré ses mains moites, qu'il essuya sur son surcot. L'événement en prévision duquel il s'était préparé se produisait enfin. La chance lui était donnée de faire la preuve qu'il n'était pas seulement bon à se goinfrer et à dormir, mais que la place qu'il occupait au sein de la maisonnée lui revenait en vertu de ses capacités, non par faveur familiale.

Lorsque Tancarville et sa suite rejoignirent le comte d'Essex au pont ouest de la cité, les faubourgs de Drincourt fourmillaient déjà de mercenaires flamands et les habitants, terrifiés, fuyaient pour sauver leur peau. Les odeurs de cuisson avaient été remplacées par les relents, plus âcres, des incendies. Rue Chaussée, un détachement de chevaliers boulonnais se regroupait en vue de donner l'assaut à la porte ouest pour pénétrer dans la citadelle.

Impatient, nerveux, mais résolu, Guillaume poussa son étalon jusque vers l'avant, bousculant au passage plusieurs chevaliers expérimentés, et vint se ranger à hauteur de Tancarville lui-même. Ce dernier lui jeta un regard de mise en garde et contint son destrier, tandis que celui-ci s'en prenait à l'alezan en sueur de Guillaume.

— Petit, tu es trop empressé, grommela Tancarville avec un mélange d'amusement et d'irritation. Retourne à l'arrière et laisse les chevaliers accomplir leur tâche.

Rouge de dépit, Guillaume s'abstint de répliquer qu'il était lui-même un chevalier et battit en retraite. L'œil noir, il permit à trois des guerriers les plus expérimentés de le dépasser, mais, lorsqu'un quatrième essaya de se pousser en avant à ses dépens, Guillaume éperonna de nouveau son cheval, bien déterminé à montrer de quelle trempe il était.

Hurlant son propre nom en guise de cri de guerre, Tancarville donna la charge contre des Boulonnais venant en sens inverse sur le pont et dans la rue Chaussée. Guillaume agrippa son bouclier et le serra contre son corps, pointa sa lance et donna de la bride à son cheval. Il fixa son regard sur l'écu cramoisi d'un chevalier ennemi juché sur un étalon noir et maintint sa trajectoire, tandis que son destrier l'emportait vers le choc frontal. Il remarqua que son adversaire tenait sa lance trop haut et que son écu était légèrement incliné vers l'intérieur. Stabilisant son bras, il garda les yeux ouverts jusqu'au dernier moment. Sa lance perfora de plein fouet le bouclier ennemi, et, bien que la hampe se brisât net dans la main de Guillaume, le coup suffit à faire chanceler l'autre. Se servant du manche comme d'une massue, Guillaume le désarçonna. Tandis que l'étalon noir s'emballait, rênes pendantes, il tira son épée.

Une fois passée la violence du choc initial, l'affrontement se fragmenta en combats singuliers. Rien, jusque-là, n'avait préparé Guillaume au fracas et à la férocité démentiels de la bataille, mais il ne se laissa nullement décourager et, apprenant vite, acquit d'autant plus d'assurance qu'il sortit victorieux de plusieurs âpres empoignades avec des hommes plus aguerris que lui.

Le comte de Boulogne fit entrer un surcroît de soldats dans la mêlée, et la lutte pour la prise du pont se transforma en un tumulte acharné d'hommes et de chevaux. Armés de massues, de bâtons et de frondes, les habitants de la ville se battirent aux côtés de la garnison, l'offensive fluant et refluant comme la marée. C'était une sale et pénible besogne. La sueur et le sang rendaient le manche de son épée glissant dans la main de Guillaume.

— Tancarville ! rugit-il d'une voix rauque en pivotant pour frapper un chevalier français.

Le destrier de ce dernier fit un écart, faisant mordre la poussière à son cavalier qui demeura inerte. Guillaume s'empara de la lance de l'ennemi et poussa son alezan vers un petit groupe de mercenaires flamands, qui était occupé à piller une habitation. L'un d'entre eux avait tiré un coffre jusque dans la rue et en frappait le cadenas avec la garde de son épée. Au cri d'alerte de ses compagnons, il fit volte-face, mais il était trop tard : la lance de Guillaume l'atteignit en pleine poitrine. Aussitôt, les autres, furieusement résolus à le tirer à bas de sa monture, encerclèrent Guillaume.

Ce dernier fit tourner son étalon sur lui-même et repoussa ses assaillants de l'épée et du bouclier, jusqu'à ce que l'un d'entre eux saisisse une gaffe – une lance surmontée d'un crochet – posée contre le mur de la maison et tente de le désarçonner en le crochetant par son armure. Le crochet se logea dans son haubert au niveau de l'épaule, la griffe inférieure déchirant sa cotte, brisant plusieurs maillons rivetés et s'enfonçant dans son gambison et sa tunique pour se ficher dans ses chairs. Il ne ressentit aucune douleur, car il avait le sang échauffé par la fièvre du combat. Se voyant cerné et dangereusement aux prises avec l'ennemi qui s'efforçait d'attraper ses rênes afin de le faire choir de son cheval, il enfonça ses éperons dans les reins de l'alezan, qui rua. Un cri retentit lorsqu'un sabot ferré heurta un crâne, puis le malheureux tomba raide mort. Guillaume saisit les bandes de poitrail de son cheval et donna, une fois encore, des éperons, à l'avant de la sangle cette fois. Sa monture se cabra, retomba et partit comme une flèche, de sorte que les soldats qui agrippaient les rênes durent lâcher prise et faire un bond de côté pour ne pas être piétinés. Le mercenaire maniant la gaffe perdit prise à son tour, ce qui permit à Guillaume de se dégager d'un coup sec avant de se retourner contre lui. Poussant le cri de guerre de son seigneur en hoquetant presque, il lui assena un coup d'estoc, vit l'homme s'effondrer et se rua sur son corps avec l'alezan. Libéré des mercenaires, il rejoignit le gros des chevaliers de Tancarville. Toutefois, son cheval avait écopé d'une entaille profonde à l'encolure, et son sang rendait les rênes glissantes.

L'ennemi avait forcé la garnison de Drincourt à battre en retraite jusqu'en lisière du pont. La fumée des incendies avait transformé les bourgs attenants en antichambre de l'enfer, mais la citadelle demeurait inviolée, et l'armée du roi de France se brisait toujours sur la défense normande comme les vagues sur les rochers. Des points blancs, causés par l'effort fourni et l'épuisement, dansaient devant les yeux de Guillaume, tandis qu'il enchaînait coups de taille et coups d'estoc. Sa technique avait perdu toute finesse. Chaque seconde qui passait était une question de survie.

Il s'agissait de tenir ferme et de ne pas céder de terrain. Chaque fois qu'il pensait ne pas pouvoir continuer, il se dépassait en trouvant en lui-même la volonté de brandir puis d'abattre encore une fois son arme.

Soudain, les olifants résonnèrent au-dessus de la furieuse mêlée des guerriers, et aussitôt la tension retomba. Le chevalier français qui harcelait dangereusement Guillaume se dégagea et recula.

— Ils sonnent la retraite ! lança un chevalier de Tancarville à bout de souffle. Par le sang du Christ, ils battent en retraite ! Tancarville ! Tancarville ! vociféra-t-il en éperonnant son destrier.

La nouvelle du reflux de l'ennemi raviva les membres faiblissants de Guillaume. Son cheval blessé chancelait sous lui, mais, n'écoutant que son courage, il sauta à terre et rejoignit les siens à pied afin de poursuivre les fuyards.

Les Français détalaient par les faubourgs de Drincourt en flammes, harcelés par les bourgeois et les gens du peuple en un combat d'arrière-garde épaulé par des chevaliers et soldats de la garnison. Guillaume, ayant couru à perdre haleine, s'effondra contre la barrière d'un enclos à moutons à la lisière de la ville. Il avait la gorge en feu à cause de la soif, et la lame de son épée était ébréchée et bosselée en raison d'innombrables collisions avec les boucliers, les mailles et les corps. Retirant son heaume, il plongea la tête dans l'abreuvoir en pierre des moutons et, les mains en coupe, but goulûment. Une fois qu'il eut étanché sa soif et repris son souffle, il essuya le sang séché qui recouvrait son épée à l'aide d'une touffe de laine prise dans le clayonnage, remisa la lame dans son fourreau et regagna le pont d'un pas traînant, en proie à une soudaine fatigue qui lui donnait le sentiment d'être chaussé de plomb.

La façon dont son alezan était couché sur le flanc lui indiqua, avant même qu'il ne s'accroupît à hauteur de sa tête et n'avisât ses yeux éteints, qu'il était mort. Il posa la main sur l'encolure tiède et sentit les mèches de sa rêche crinière gratter ses phalanges ensanglantées. Ce cheval lui avait été offert par le sire de Tancarville lors de son adoubement, de même que son épée, son haubert et sa cape. Bien qu'il ne l'eût gardée que peu de temps, ç'avait été une bonne monture, puissante, fougueuse et docile. Il en avait tiré plus de fierté et lui avait prodigué plus d'affection que de raison, d'où le brusque chagrin qui lui serrait à présent le cœur.

— Ce n'est pas le dernier que tu perdras, lança Gadefer de façon bourrue en se penchant depuis la selle de son propre étalon pommelé.

Ce dernier arborait plusieurs blessures superficielles mais était entier et toujours debout.

— Ce sont les réalités de la guerre, mon garçon.

Lui tendant une main aussi ensanglantée que celle de Guillaume, il ajouta :

— Allez, monte derrière !

Ce fut au prix d'un grand effort que Guillaume mit le pied à l'étrier de Gadefer et enfourcha la croupière. Son épaule droite l'élançait à présent terriblement aux endroits des entailles et contusions auxquelles il n'avait pas prêté attention dans le feu de l'action.

— Blessé ? s'enquit Gadefer lorsque Guillaume souffla de douleur. Méchante déchirure, que tu as là.

— C'est une gaffe de chaumier qui me l'a faite, répondit Guillaume. Ce n'est pas si grave.

Gadefer émit un grommellement.

— Je ne retire rien de ce que j'ai dit ce matin à ton sujet. Tu restes un glouton et un fainéant, mais quand je vois comme tu t'es battu aujourd'hui... Eh bien, ça rachète tout le reste. Il se pourrait bien, après tout, que mon seigneur de Tancarville n'ait pas perdu son temps à t'entraîner.

Ce soir-là, Guillaume de Tancarville donna un festin pour fêter une victoire qui n'avait pas été facile mais que ses chevaliers étaient allés chercher au risque de leur propre perte, à l'image du Dieu descendu aux enfers puis ressuscité. Sérieusement malmenée, l'armée du roi de France avait battu en retraite pour aller panser ses plaies. Pour l'instant, du moins, Drincourt était sûre, même si le comté voisin d'Eu n'était plus qu'une contrée ravagée, livrée au pillage et à la dévastation.

Guillaume siégea à une place d'honneur à la table du seigneur, en compagnie des chevaliers les plus notables qui le célébrèrent pour la prouesse dont il avait fait preuve à son premier combat. Malgré son épuisement, il se sentit reprendre des forces sous l'effet de cette camaraderie et de ces louanges. Les pigeonneaux au vin et l'odorante fromentée fumante ainsi que les pommes bouillies au lait d'amande y contribuèrent également quelque peu, tout comme le doux et puissant vin de glace dont les chevaliers l'abreuvèrent. Ses blessures étaient, pour la plupart, superficielles. Le chirurgien de Tancarville avait nettoyé et recousu celle, plus profonde, qu'il avait à l'épaule, et l'avait bandée à l'aide d'un tissu de lin doux. Elle lui causait une vive douleur et lui laisserait en souvenir une belle cicatrice, mais il n'en garderait pas de séquelles. Son haubert avait déjà rejoint l'armurerie, où l'on s'occuperait de le remailler ; quant à son gambison, les dames du château s'emploieraient à le rapiécer et à le remettre en état. Les guerriers lui répétaient à l'envi qu'il avait eu beaucoup de chance. Ils avaient sans doute raison, puisque certains de leurs compagnons avaient perdu la vie sur le champ de bataille et qu'il n'avait, lui-même, perdu que son cheval et sa virginale inexpérience. Pourtant, il modéra son enthousiasme lorsque quelqu'un, par mégarde, lui donna de bon cœur une tape sur sa mauvaise épaule en guise de félicitations.

Guillaume de Mandeville, le jeune comte d'Essex, leva sa coupe afin de porter un toast. Son regard sombre étincelait.

— Holà*, le Maréchal, faites-moi un présent, au nom de notre amitié ! s'écria-t-il.

Guillaume était ivre de fatigue et d'exaltation, mais une chose était sûre : il n'était pas soûl et n'avait pas la moindre idée de la raison pour laquelle Mandeville souriait ainsi de toutes ses dents. Sachant ce qu'on attendait de lui, il joua néanmoins le jeu. La tradition voulait qu'à ce genre de banquets l'on s'offrît des présents entre chevaliers.

— Volontiers, sire, répondit-il en souriant. Qu'aimeriez-vous recevoir ?

— Hum, voyons…

Mandeville fit semblant de se gratter le menton tout en promenant son regard alentour sur les autres seigneurs afin de les faire complices de son petit manège.

— Une croupière ferait l'affaire, ou bien une bande de poitrail d'apparat. Ou encore une belle bride, peut-être ?

Incrédule, Guillaume écarta les mains en signe d'impuissance.

— Je ne possède rien de tout cela, répliqua-t-il. Toutes mes possessions, y compris les vêtements que je porte, sont miennes en vertu de l'immense générosité de mon seigneur de Tancarville.

D'un geste de la tête, il chercha confirmation auprès de son bienfaiteur. Celui-ci la lui apporta en dessinant un arc avec sa timbale, tout en réprimant un rot.

— Mais je vous ai vu les gagner aujourd'hui, sous mes yeux, insista Mandeville, farceur. Plus d'une dizaine, si j'ai bien compté. Et pourtant, vous m'en refusez une seule !

Guillaume, au comble de la confusion, entendit l'hilarité s'emparer de l'estrade, la liesse se faisant plus sonore à mesure que grandissait sa perplexité.

— Ce que j'essaie de vous dire, expliqua Mandeville, tout sourires, c'est que si vous aviez pris la peine de rançonner ne serait-ce que quelques-uns des chevaliers que vous avez mis hors d'état de nuire et abattus, vous seriez un homme riche ce soir, non un chevalier impécunieux. Comprenez-vous à présent ?

Ces paroles déclenchèrent une autre salve de rires aux dépens de Guillaume, ce qui l'emplit de dépit, mais il était accoutumé à faire l'objet des plaisanteries de ses camarades et savait que le pire qu'il pût faire eût été de bouder dans son coin ou de s'emporter. La taquinerie n'était pas malveillante. Elle recelait une mise en garde et un conseil avisé.

— Vous avez raison, messire, convint-il dans un haussement d'épaules embarrassé.

De nouveau, ce furent de grands éclats de rire, mais à la sonorité plus modérée.

— Je n'y ai pas pensé, poursuivit-il. La prochaine fois, je ferai plus attention. Je vous promets que ce harnais sera vôtre !

— Ah ! rétorqua Essex. Il vous faudra d'abord vous procurer un autre cheval, et ils ne sont pas bon marché.

Lorsqu'il se retira sur sa paillasse cette nuit-là, Guillaume resta longtemps éveillé malgré sa fatigue. Il avait l'impression d'avoir reçu des coups de gourdin au corps et à l'âme. Les images de la journée défilèrent à vive allure dans son esprit. Certaines, comme celles de son combat contre le fantassin flamand, revenaient en boucle ; d'autres, pareilles à un bref reflet à la surface de l'eau, disparaissaient aussitôt apparues. Mais toutes étaient reliées par un fil : la plaisanterie de Mandeville, qui n'était pas du tout une facétie mais la dure vérité. « Combats pour ton seigneur, combats pour son honneur, mais n'oublie jamais que tu te bats aussi pour toi-même. »

Chapitre 2

La cape à liseré de zibeline reçue par Guillaume lors de son adoubement était de drap flamand recouvert de feutre et soumis à trois bains de teinture de pastel qui lui donnaient son bleu profond. Le vêtement était censé couvrir le chevalier depuis le cou jusqu'aux chevilles en un ample et éblouissant pan en demi-cercle. Tandis que Guillaume passait ses paumes sur la fibre brossée avec soin, il se sentit le cœur lourd de réticence, de regret et de honte.

— Je vous en donne quinze shillings, annonça le commerçant en se tenant le menton tout en jaugeant Guillaume de ses yeux roublards.

— Elle vaut le double ! protesta ce dernier.

— Gardez-la, en ce cas, messire, répliqua le marchand en haussant les épaules. J'ai une femme et cinq enfants à nourrir, je ne peux me permettre de faire la charité.

Guillaume se massa la nuque. Il n'avait d'autre choix que de vendre sa cape, car l'argent lui faisait défaut pour acheter un autre cheval. Le sire de Tancarville n'avait pas fait mine de vouloir remplacer l'alezan. La largesse d'un seigneur envers ses suivants s'arrêtait là, et il revenait au chevalier lui-même de pourvoir au reste. Guillaume n'était pas fautif d'avoir perdu au combat un cheval de grande valeur mais d'avoir omis de faire recouvrir la perte par les hommes qu'il avait défaits. En outre, comme les rois de France et d'Angleterre avaient conclu la paix, Tancarville n'avait plus besoin d'autant de chevaliers dans sa suite, et encore moins de ceux qui étaient inexpérimentés et manquaient de subsides et d'équipement.

— Comme elle n'a jamais été portée et que c'est un beau vêtement, je vous en donne dix-huit, céda le marchand.

Guillaume posa sur lui un regard dur comme l'acier.

— Pas en dessous de vingt-cinq.

— Alors trouvez un autre acheteur. Vingt-deux, et c'est mon dernier prix. Je me saigne aux quatre veines pour vous.

Sur ces mots, le commerçant croisa les bras, et Guillaume comprit qu'ils avaient atteint la dernière phase de négociation. Pendant un instant, il s'apprêta à tourner les talons, mais il avait trop grandement besoin de cet argent et, bien que cela lui laissât un goût amer, il ravala sa fierté et accepta le marché.

Quittant l'étal, il soupesa la bourse remplie de pièces d'argent. Vingt-deux shillings angevins, ce n'était pas avec cela que l'on pouvait s'offrir un cheval de combat. La somme suffirait à peine à payer la traversée qui les ramènerait au pays, lui, son palefroi léger et sa bête de bât. Mais se présenter chez les siens dans un état aussi impécunieux ne revenait-il pas à faire l'aumône? *Plutôt mourir de faim que de recevoir la charité pleine d'équivoque de mon frère!* trancha-t-il en pensée.

Acculé à prendre une décision qui ne l'enchantait guère, il se servit de l'argent pour acquérir un robuste cheval de selle qu'il acheta à la veuve d'un sergent tombé à Drincourt. C'était une bête convenable, bien éduquée et qui, bien que plus toute jeune, promettait encore de belles chevauchées – mais ce n'était pas un destrier.

Après avoir mis sa nouvelle monture à l'écurie, il fit une visite aux cuisines et se servit du pain, du fromage et un pichet de cidre, dans l'espoir que ce dernier ferait passer le goût amer que lui laissait sa récente transaction avec le drapier. Mais la cape n'était qu'un début. Suivraient son beau surcot et son baudrier d'épée. Il se voyait déjà rabaissé jusqu'à devoir se contenter de la tenue de cuir du fantassin ordinaire, à moins qu'il ne devînt le chevalier de son frère, s'acquittant d'obligations mesquines, passant ses journées dans l'*ennui** et devenant bedonnant et abêti.

Le cuisinier jeta une poignée d'aromates finement coupés dans un chaudron qui mitonnait là, remua vigoureusement et lança un coup d'œil à Guillaume.

—Je t'aurais cru dans la grande salle, fit-il remarquer.

—Pourquoi ? s'enquit le jeune chevalier.

Puis il avala d'un trait le cidre fort qui fleurait bon la pomme.

—Ah, tu n'auras pas eu vent du tournoi, alors.

Les yeux du cuisinier luisaient de l'éclat de délectation propre à celui qui détient le savoir face à l'ignorant.

Guillaume parut soudain plus attentif.

—Quel « tournoi » ?

—Celui qui se tiendra dans deux semaines sur le champ entre Sainte-Jamme et Valennes, répondit le cuisinier. Le héraut est venu proclamer la nouvelle voici une heure. Messire Guillaume de Tancarville est convié à y prendre part.

Pointant sur lui sa cuillère dégouttant de ragoût, il ajouta :

—Ce serait une bonne occasion de t'élever grâce à ta bravoure.

Une lueur d'espoir se fit jour dans le cœur de Guillaume pour s'éteindre aussitôt.

—Je n'ai pas de destrier, dit-il d'un air morose. Je ne peux pas participer à un tournoi sur un vulgaire canasson.

— Ah ! s'exclama le cuisinier en se grattant la tête. C'est dommage. Mais sûrement que monseigneur de Tancarville te donnera un cheval de combat, pour l'occasion tout au moins. Il enrôle autant de chevaliers qu'il peut en réunir. Pourquoi ne pas le lui demander ?

L'étincelle d'espoir rejaillit, donnant à Guillaume un sentiment de malaise. S'il demandait un cheval et se le voyait refuser, il ne lui resterait plus qu'à rentrer en Angleterre, avec la honte pour seule compagnie. Le simple fait de quémander était humiliant, mais il n'avait guère le choix. D'ailleurs, son orgueil avait déjà été rabattu et ne pouvait être plus bas. Il termina le cidre et, délaissant la nourriture, se hâta de gagner la grande salle.

L'annonce du tournoi avait créé une ambiance festive. Guillaume se tint en marge, hésitant entre espoir et découragement. Ayant rejoint sa paillasse, il s'assit et entreprit de vérifier son équipement : cotte de mailles raccommodée, gambison proprement rapiécé, écu, lance et épée. Pendant ce temps, les écuyers s'activaient en tous sens au service de leurs chevaliers. On aurait cru qu'ils avaient le feu à l'arrière-train.

Des camarades vinrent le voir, lui donnèrent force tapes dans le dos et parlèrent avec exaltation du tournoi. Guillaume rit, opina et fit en sorte de dissimuler son appréhension. Polissant son heaume à l'aide d'un chiffon doux, il se demanda s'il n'aurait pas mieux fait d'employer l'argent de sa cape pour rentrer au pays plutôt que d'acheter un cheval. Sa mère serait folle de joie de le revoir, et peut-être aussi ses sœurs, mais il avait des doutes concernant son frère Jean. Ce dernier avait été fou de rage lorsque Guillaume avait été choisi, plutôt que lui, pour intégrer la maisonnée de Tancarville. En conséquence, Jean était demeuré à Hamstead, se préparant à un avenir au service de leurs demi-frères aînés : Gauthier et Gilbert, nés d'un premier lit de leur père. Depuis, ils étaient morts, et Jean avait hérité des domaines familiaux ; mais cela ne signifiait pas qu'il était disposé à enterrer les vieilles jalousies et les vieilles rancœurs.

Leur plus jeune frère, Henri, ne serait pas à Hamstead, car il se préparait à devenir prêtre. Ancel, le benjamin au corps râblé et aux cheveux ondulés, n'avait que neuf ans la dernière fois que Guillaume l'avait vu. Il devait être en âge de devenir écuyer à présent, bien que Jean se réservât sans doute le soin de sa formation. Dieu vienne en aide à Ancel !

Guillaume astiqua son heaume jusqu'à ce qu'il brille comme un miroir à main de dame. Il ne voulait pas retourner sans le sou chez les siens, même s'il désirait ardemment les revoir, Jean y compris. Il souhaitait également rendre hommage à son père, dont il n'avait pu assister à la messe de funérailles.

— Tu as l'air inquiet, Guillaume.

Il releva la tête et se trouva face à Guillaume de Tancarville qui le surplombait de toute sa hauteur, mains sur les hanches et le coin des yeux rieur. Chatouilleux au sujet de son front dégarni, il le dissimulait sous un bonnet qu'il portait bas juste au-dessus de ses sourcils.

Guillaume se dressa promptement sur ses jambes.

— Non, sire, juste perdu dans mes pensées…

— Et qu'est-ce donc qui préoccupe tant un garçon de ton âge, hein ?

Guillaume baissa les yeux sur son propre reflet déformé dans l'acier lustré de son heaume.

— Je me demandais si je devais retourner dans ma famille, en Angleterre, répondit-il.

— Il est bon de toujours garder les siens dans ses pensées et dans ses prières, répliqua Tancarville. Mais je m'attendais à ce que ton esprit fût occupé par le tournoi, ainsi qu'il en va de tous les autres ici, ajouta-t-il avec bonne humeur, en désignant à la ronde la salle animée.

—Certes, sire, mais ils possèdent l'équipement nécessaire, et ce n'est pas mon cas, fit remarquer Guillaume en s'astreignant à soutenir le regard du chambellan.

—Ah! s'exclama Tancarville en se caressant la barbe.

Guillaume garda le silence. Il n'avait pas l'intention de dire à son seigneur qu'il avait été contraint de vendre sa cape d'adoubement pour acheter un roncin.

Tancarville laissa s'étirer le silence jusqu'aux limites du supportable puis relâcha la tension par un sourire railleur.

—Tu as fait montre de grand courage et de grande prouesse pour la défense de Drincourt, même si tu as agi avec l'irréflexion d'un jeune sot en ne prenant pas de rançon. Tu seras un bon atout pour mon équipe. Je me suis arrangé pour qu'un marchand de chevaux amène demain quelques destriers sur le champ de tournois. Tu n'es pas le seul chevalier à avoir perdu sa monture dans la bataille. Puisque tu en as tiré la leçon, je remplacerai cette fois ton étalon. Le reste dépend de toi. Si tu captures d'autres chevaliers et fais des prises, tu seras en mesure de rétablir tes finances. Si tu échoues…

Tancarville haussa les épaules et laissa sa phrase en suspens. Nul besoin d'en dire davantage.

—Merci, sire!

Soudain, les yeux de Guillaume se mirent à briller aussi intensément que son heaume.

—Je saurai me rendre digne de votre largesse, je vous en fais serment!

—Tu es un bon garçon, Guillaume, repartit Tancarville.

Puis il lui donna une tape à l'épaule.

—Il ne te reste plus qu'à devenir excellent!

Guillaume parvint à ne pas grimacer malgré la douleur persistante que lui causait sa blessure au moindre contact. Mais ce n'était pas cher payé ; tout à coup, d'ailleurs, plus rien ne lui paraissait cher payé. Il montrerait à Tancarville qu'il était un homme, non un jouvenceau, et aussi qu'il était capable de voler de ses propres ailes.

Guillaume examinait l'étalon que deux valets tenaient aligné avec les autres chevaux de Tancarville. La robe était blanche comme neige, la crinière et la queue formaient deux cascades argentées. Le profil de l'équidé, ses oreilles nettement découpées, sa vigoureuse encolure cambrée, son poitrail profond et sa croupe puissante trahissaient du sang espagnol. Ce cheval aurait dû être le premier à partir, non le dernier, celui dont personne n'avait voulu. Guillaume avait été accaparé par le montage de son pavillon et, que ce fût par malveillance, distraction ou plaisanterie de mauvais aloi, personne ne l'avait prévenu de l'arrivée des nouveaux destriers et de leur attribution à leurs nouveaux propriétaires.

— Nous t'avons laissé une noble bête, le Maréchal ! cria Adam Yquebeuf, un jeune chevalier belliqueux et corpulent qui n'appréciait pas Guillaume et le provoquait à la moindre occasion. Rien que le meilleur pour le parent chéri de notre seigneur !

Affectant l'indifférence aux provocations d'Yquebeuf, Guillaume s'approcha de l'étalon et s'avisa, à en juger à la sueur qui maculait le bord du tapis de selle et le harnais de poitrail, que les autres s'en étaient probablement donné à cœur joie avec l'animal. *Comme une nouvelle putain dans un bordel !* pensa-t-il. *Ils en usent et en abusent dès la première nuit, jusqu'à ce qu'elle ne soit plus bonne à rien pour le dernier qui se présente.* Consterné, il considéra les oreilles rejetées en arrière, la raideur de l'échine, mais également la manière ferme dont les valets retenaient l'équidé au bout des longes.

— Il est fou, sire, prévint l'un des valets, tandis que Guillaume s'approchait, par le côté, de la tête de l'animal, afin que ce dernier le voie.

Le pelage du cheval frémit et tressaillit comme la surface d'une mare sous la pluie. Guillaume tendit la main pour flatter l'encolure humide et luisante. Il parvint ainsi à apaiser quelque peu l'étalon, le laissant emplir ses naseaux de son odeur et s'habituer à sa présence.

— « Fou » ? lança Guillaume au valet à voix basse. C'est-à-dire ?

— Il tire sur la bride, sire. La bouche est amochée. Personne n'a réussi à le maîtriser.

— Bah ! dit Guillaume.

Il jeta un coup d'œil à la railleuse assistance sans cesser de caresser l'encolure et l'épaule frémissantes du destrier. Au bout d'un moment, il posa la main sur le pommeau de la selle, plaça son pied dans l'étrier et l'enfourcha. Aussitôt l'étalon s'emballa et se mit à piétiner de guingois.

— Holà, tout doux, tout doux maintenant, lança Guillaume d'une voix enjôleuse.

Puis il posa précautionneusement les mains sur les rênes, sans exercer la moindre pression.

Le cheval agita ses oreilles tandis qu'il continuait de piaffer et de sautiller. Guillaume exerça une faible pression avec les talons, et le destrier s'élança à toute allure à travers la cour en direction des chevaliers qui assistaient au spectacle. Lorsque Guillaume tira sur les rênes pour lui faire faire demi-tour, l'étalon refusa, plongeant et fendant l'air avec sa tête en fouettant de la queue. Le public se dispersa dans un flot de jurons. Mais Guillaume n'eut pas le loisir de se moquer d'eux, car il avait beaucoup à faire pour rester en selle. Lâchant les rênes, il agrippa la crinière, serra les cuisses et s'accrocha avec entêtement. Dès que le cheval sentit la tension se relâcher dans sa bouche, il se calma. Peu après, Guillaume sautait à terre.

— J'attends de te voir remporter un prix au tournoi avec ça ! ricana Yquebeuf depuis l'angle où il s'était réfugié d'un bond.

De la poussière et des toiles d'araignées arrachées à la muraille marbraient l'épaule de sa tunique.

Le grand sourire qu'arborait Guillaume fut aussitôt démenti par son regard mi-clos et son souffle rapide.

— Combien parierais-tu ?

— Tu es un gueux, le Maréchal ! se moqua Yquebeuf en s'époussetant. Que possèdes-tu qui pourrait bien m'intéresser ?

— Mon épée, répondit Guillaume. Je parie mon épée. Et toi, que paries-tu ?

Yquebeuf eut un rire mauvais.

— Si tu es prêt à perdre ton épée, alors je parie la mienne, bien qu'elle ait plus de valeur, lança-t-il.

Guillaume haussa les sourcils mais s'abstint de lui répondre que la valeur d'une épée tenait pour moitié à la main qui la maniait.

— C'est d'accord, rétorqua-t-il d'un ton sec.

Puis, se tournant vers le cheval, il commença à détacher la bride pour examiner le mors.

Le matin du tournoi, la journée s'annonça belle et ensoleillée, et la maisonnée du chambellan se leva aux aurores.

— Où est le Maréchal ? tempêta Tancarville devant la tente déserte et le couchage non défait du jeune chevalier.

Le chambellan s'était attendu à le trouver encore dans les bras de Morphée, ainsi qu'à son habitude.

— Probablement en train de déjeuner à l'un des stands de boulangerie, répondit Gadefer de Lorys en levant les yeux au ciel d'un air entendu.

— Non, mon seigneur, intervint un écuyer. Il a travaillé pendant la moitié de la nuit à une nouvelle bride pour son cheval. Il est parti l'essayer.

Tancarville tiqua en entendant la nouvelle.

— Quel cheval a-t-il pris hier ? s'enquit-il auprès de Gadefer.

— Le gris espagnol, répondit le chevalier d'un ton neutre. Il est arrivé en retard à la répartition, et c'était le dernier. Il a la bouche en mauvais état.

Tancarville se rembrunit et remonta son ceinturon d'un geste agacé.

— Voilà qui est malencontreux. Je voulais donner une chance à ce garçon, confia-t-il.

Balayant du regard les rangées de tentes et de pavillons rayés, il aperçut Guillaume, qui arrivait vers eux d'un bon pas, le sourire aux lèvres, et secoua la tête. Comme l'on pouvait s'y attendre, le jeune chevalier tenait dans sa main droite un gros morceau de pain, et sa mâchoire était en mouvement. Il avait revêtu sa sous-tunique matelassée et était donc, au moins partiellement, prêt pour la joute. Une expression de satisfaction presque enfantine ne quittait pas son visage. S'arrêtant net lorsqu'il avisa Tancarville et Gadefer devant son pavillon, il s'empressa d'avaler sa bouchée tandis que l'inquiétude pénétrait son regard.

— Sire, y a-t-il un problème ? Me cherchiez-vous ?

— Juste assez pour me demander où tu étais passé, mais l'on m'a dit que tu t'occupais de ton cheval. Dois-je comprendre qu'il t'a donné quelque difficulté hier ?

— Rien que je ne puisse résoudre, répondit Guillaume avec enthousiasme. J'ai rallongé la bride de trois doigts, ainsi le mors sera positionné plus bas et ne reposera pas sur la partie qui lui fait mal.

— Tu ne parviendras pas à le maîtriser, prévint Gadefer en croisant les bras.

— Du moins aurai-je un cheval que je pourrai monter. Je suis allé m'entraîner, et le changement semble probant.

Gadefer haussa un sourcil, l'air dubitatif, et fit une moue atterrée.

— Mon intention n'était pas que tu reçoives un mauvais cheval, expliqua Tancarville d'un ton bourru.

— Ce n'est pas un mauvais cheval, mon seigneur, répliqua Guillaume avec le plus grand sérieux. En fait, c'est probablement le meilleur de tous ceux qui ont été distribués hier.

Il hésita un instant tandis qu'il s'apprêtait à se glisser dans la tente.

— Je vous demanderai de n'en rien dire à Adam Yquebeuf. Il a parié son épée que je ne remporterais pas une seule prise en tournoi sur Blancart, et je veux lui faire la surprise.

Tancarville laissa échapper un grognement amusé.

— Guillaume, tu nous surprendras tous ! Je ne vendrai pas la mèche. Nous en aurons le cœur net suffisamment tôt. Hâte-toi, sinon tu ne seras pas prêt pour te mettre en formation avec les autres.

— Oui, sire.

Guillaume fourra le dernier morceau de pain dans sa bouche, l'amollit à l'aide d'une rasade de vin prise au pichet posé sur sa chaise de campagne et, toujours mastiquant, fit signe à un écuyer de venir l'aider à s'équiper.

En comparaison du baptême guerrier de Guillaume à la bataille sanglante et acharnée de Drincourt, les tournois étaient une promenade de santé. La mort et les blessures y étaient les aléas du sport, mais le but était de capturer des chevaliers et de faire des prises, non de tuer. L'étalon de Guillaume était impétueux et perturbé, mais son cavalier pouvait faire face, notamment en n'oubliant pas de manier doucement les rênes et en travaillant plus que de coutume des cuisses et des talons. Lorsqu'il se rangea en formation serrée avec les autres chevaliers de Tancarville, Guillaume sentit son cœur se gonfler de fierté. Il avait choisi une place dans le rang à bonne distance d'Adam Yquebeuf, mais ils avaient tous deux une conscience aiguë de la présence de l'autre. Guillaume proscrit de son esprit l'éventualité d'un échec. Il amasserait des gains, son honneur et son amour-propre en dépendaient ; et puis, plutôt mourir que de céder son épée à ce crétin prétentieux qu'était Yquebeuf !

Leurs adversaires étaient des chevaliers français, flamands et écossais, tous aussi férus de ce sport que les Normands, les Anglais et les Angevins. Tancarville resta en retrait de sa maisonnée. Pour lui, le tournoi était l'occasion de rencontrer amis et pairs, ainsi que de faire étalage de sa largesse et de sa magnificence de par le nombre et l'envergure des chevaliers qui combattaient sous ses couleurs. Le sport était l'affaire des jeunes et des téméraires, pour le plaisir de Tancarville et des autres seigneurs qui assistaient au spectacle.

Au signal du héraut, les deux rangs adverses s'élancèrent l'un vers l'autre. Guillaume sentit Blancart bondir sous lui avec la fluidité et la puissance d'une vague de grand large. Il choisit sa cible : un chevalier portant un haubert au scintillement d'or et d'argent pareil aux écailles d'une carpe et dont le destrier était ostentatoirement bardé de soie pourpre et safran. Tandis que les deux étalons se heurtaient violemment, Guillaume se saisit de la bride du chevalier et s'évertua à le ramener dans le camp normand.

— Rendez-vous ! s'exclama Guillaume dans un mugissement étouffé par son heaume.

— Jamais ! répliqua l'autre, qui tira son épée et tenta de repousser son assaillant.

Mais celui-ci tint bon, se dégageant, évitant les coups et en assenant sans jamais cesser d'entraîner sa prise potentielle vers ses propres lignes. Un deuxième chevalier français, qui s'efforçait d'aider son compagnon, fut repoussé par Gadefer de Lorys. Guillaume le remercia d'un salut de la main, esquiva un autre assaut mené par son adversaire, désormais prêt à tout, et éperonna Blancart.

— Rendez-vous, monseigneur ! ordonna-t-il derechef en entraînant sa victime loin derrière les lignes normandes.

Le chevalier secoua la tête, mais davantage par opposition à la bravade et à la détermination dont faisait montre Guillaume que pour lui signifier son refus.

— Je me rends ! lança-t-il enfin, rageur. Je me nomme Philippe de Valognes, et suis votre obligé.

Avec un geste hautain de la main, il ajouta :

— Vous avez eu de la chance de m'attraper avant que je ne commence à m'échauffer.

Le ton laissait entendre que le vigoureux assaut de Guillaume et son inébranlable détermination n'étaient pas exactement chevaleresques.

— Libérez-moi, qu'on en finisse… et que je sache enfin à qui j'ai cédé le coût de mon cheval.

— Mon nom est Guillaume le Maréchal, monseigneur, répondit Guillaume, essoufflé et serrant toujours dans son poing la bride du chevalier. Je suis parent de Guillaume de Tancarville, neveu du comte de Salisbury et cousin du comte du Perche.

— Et si j'en juge à votre apparence, un des jeunes loups désargentés en quête de gloire de Tancarville, grogna Valognes.

— Plus maintenant, monseigneur, répliqua Guillaume avec le sourire.

Valognes agréa le trait d'esprit d'un rire circonspect.

— J'enverrai mon écuyer déposer le prix de mon cheval et de mon armure au partage du butin, déclara-t-il.

Inclinant la tête, Guillaume lâcha la bride, laissa Valognes regagner le tournoi telle une carpe graciée remise à l'eau par un pêcheur clément.

— Ah, ah, ah ! s'esclaffa Guillaume.

Puis, poussant Blancart dans la mêlée, il alla prendre d'autres poissons dans son filet.

La pommette agitée d'un tic nerveux, Adam Yquebeuf défit son baudrier d'épée et le tendit à Guillaume.

— Tu as gagné ton pari, marmonna-t-il inélégamment. Je n'ai jamais vu personne d'aussi chanceux.

Guillaume avait remporté une somme équivalant au prix de quatre chevaux de combat et à la moitié du prix d'un autre, qu'il partagea avec Gadefer de Lorys. Le total ne représentait probablement pas un fort montant pour des hommes comme Philippe de Valognes et Guillaume de Tancarville, mais pour Guillaume, c'était une petite fortune et la preuve de sa capacité à se suffire à lui-même. Sans se départir de son sourire, il inclina la tête et répondit à Yquebeuf :

— D'aucuns diraient que l'homme crée sa propre chance, mais qu'en savent-ils ?

Considérant le baudrier et le fourreau qui y était suspendu, il ne tira pas l'arme mais se contenta d'ajouter :

—Une épée est faite selon la main de son propriétaire. Je te la restitue en t'assurant de ma bienveillance.

Et sur une marque de déférence courtoise, il rendit son épée à Yquebeuf, son sourire se muant en rictus.

L'affront resta en travers de la gorge d'Yquebeuf, qui goûta peu cette nouvelle humiliation. Prononçant d'une voix étranglée quelques paroles de gratitude insincères, il empoigna son fourreau, pivota sur ses talons et s'éloigna d'un pas raide.

—Dans la vie, on ne se fait pas que des amis… Souviens-t'en, mon garçon, lança Tancarville en prenant Guillaume à part pour lui dire deux mots avant d'aller manger. Tu as un talent rare, et des hommes de moindre valeur t'en tiendront rancœur.

—Oui, sire, acquiesça Guillaume. L'épée d'Yquebeuf ne m'aurait servi à rien. J'ai pensé exiger de lui le versement de sa valeur en monnaie, mais il semblait plus courtois de la lui rendre.

Tancarville pinça les lèvres.

—Je ne saurais prendre ton raisonnement en défaut, mais grande courtoisie ne te protège pas de la malice.

—Je sais, monseigneur, repartit Guillaume, l'air soudain grave. J'ai enduré pendant des années d'être traité de « glouton » et de « fainéant ». Sans doute est-ce en partie mérité, mais je le dois tout autant au fait d'être votre parent pauvre. Au besoin, je peux me passer de nourriture et de sommeil.

—J'en suis certain, conclut le chambellan en se raclant la gorge plus bruyamment que nécessaire. Que vas-tu faire à présent ?

La question déstabilisa Guillaume, car il en comprenait les implications. Si talentueux qu'il fût, Tancarville n'avait pas l'intention de continuer à l'entretenir. Le tournoi avait été un vif succès, mais, une fois la fête terminée, le chambellan se trouvait avec un excédent de chevaliers. Guillaume étant devenu trop encombrant, il ne pouvait le garder.

— Je pensais rendre visite à ma famille, répondit-il en ravalant sa déception.

— Voilà des années que tu les as quittés ; ils se réjouiront de te revoir.

— Peut-être ne me reconnaîtront-ils pas…, lâcha Guillaume d'un air pensif. Pas plus que je ne les reconnaîtrai.

Considérant Tancarville, il ajouta :

— Les tournois sont interdits en Angleterre, et Gadefer m'a dit qu'un autre allait avoir lieu à trois jours de cheval d'ici. Je me suis dit que je pourrais d'abord y tenter ma chance, avec votre permission.

Ces trois derniers mots fournirent à Tancarville le moyen de mettre un terme de façon élégante, et dans les formes, à l'engagement qui les liait depuis sept ans.

— Je te la donne, répliqua-t-il. Ainsi que ma bénédiction.

Sur ces mots, il prit Guillaume par les épaules, lui donna un baiser retentissant sur chaque joue et le serra virilement dans ses bras.

— Te voilà éduqué et équipé. À présent, va, et que le monde sache que tu es un preux. J'espère que l'avenir rapportera tes hauts faits à mes oreilles.

Guillaume lui rendit l'étreinte, la gorge serrée. Guillaume de Tancarville ne s'était jamais montré particulièrement paternel envers lui, mais il avait veillé à lui donner les moyens de tirer le meilleur parti de son sort, et Guillaume lui en était reconnaissant.

— Je ferai de mon mieux, sire, assura-t-il.

Après une seconde d'hésitation, il ajouta :

— Il y a une dernière faveur que je voudrais vous demander.

— Parle et elle sera tienne ! Et qu'il ne soit pas question de « dernière faveur » entre nous, prêcha Tancarville, malgré une certaine réserve.

— Je requiers que vous envoyiez un message au comte d'Essex accompagné de ceci.

Il lui tendit un magnifique harnais de poitrail et une croupière ornée de pierreries ayant appartenu à l'un des chevaux gagnés lors du tournoi.

— Priez-le de faire savoir que Guillaume le Maréchal paie toujours ses dettes.

Tancarville prit le précieux harnachement et partit brusquement d'un grand rire.

— C'est une bonne chose que tu n'aies point été fait otage aujourd'hui, glousssa-t-il. Car, à mon avis, tu es inestimable !

— Par manque ou par excès de valeur ? rétorqua Guillaume avec le sourire.

Chapitre 3

Hamstead Marshal, comté de Berkshire, automne 1167

Repu de ragoût de poulet aux épices et au safran accompagné de pain de froment frais, le tout arrosé d'une bonne quantité d'hydromel, Guillaume se renversa en arrière et considéra les lieux. Hamstead était de taille modeste en comparaison de Drincourt, de Tancarville et des autres grands donjons normands où il avait passé ses années de formation. Il n'y avait pas de conduit de cheminée : on faisait la flambée dans un âtre à l'ancienne, entouré de pierres, situé au centre de la pièce. Mais quelle importance ? Hamstead, perché sur sa colline en surplomb de la Kennet, était le cœur du domaine de ses ancêtres, sa maison.

— Ainsi, commença Jean, son aîné, avec l'esquisse d'un sourire, te voilà devenu un grand champion de tournoi !

Depuis qu'il avait hérité du titre de son père deux ans auparavant, il se laissait pousser un fin collier de barbe taillé de près. Leur père avait toujours été glabre, arguant que l'on ne devait pas être honteux de dévoiler son visage au monde. Jean, pour sa part, pensait que la barbe conférait à sa jeunesse dignité et gravité.

Guillaume haussa les épaules.

— C'est beaucoup dire, répliqua-t-il, un léger sourire au coin des lèvres. Mais j'ai eu de la chance aux quelques tournois auxquels j'ai participé.

— Tu es modeste, si j'en juge aux chevaux que tu as ramenés.

L'envie perçait dans la voix de Jean. Par contraste avec l'éclat courtois de Guillaume, il craignait de passer pour le parent pauvre plutôt que pour le chef de famille.

— Ce sont des gains récents, précisa Guillaume. À la fin de l'été, je n'avais pour toute possession qu'un roncin tout ce qu'il y a de plus ordinaire.

Avec chaleur, Guillaume divertit les autres convives en leur racontant la bataille de Drincourt et l'appauvrissement qui s'était ensuivi pour lui. Il y mit de l'autodérision et prit garde à ne pas se vanter. Malgré cela, Jean détourna le regard et joua avec son couteau de table pendant qu'Ancel, âgé de quatorze ans, était pendu aux lèvres de son frère et buvait chacune de ses paroles en ouvrant de grands yeux.

— « Une gaffe de chaumier » ? répéta sa mère d'une voix faible.

Guillaume dégrafa le col de sa tunique et tira sa chemise de côté afin de lui montrer sa cicatrice rose vif.

— J'ai eu de la chance, assura-t-il. Mon haubert m'a sauvé la mise. C'eût pu être bien pire.

Sa mère ne fut guère de cet avis, à en juger par son expression horrifiée. Ses sœurs, Sybil et Margaret, tendirent le cou pour voir la cicatrice.

— Cela ne vous fit-il point souffrir ? s'enquit Alaïs, une demoiselle de la chambre de sa mère.

Guillaume la connaissait depuis sa naissance, naissance entourée d'une certaine aura de scandale, puisqu'elle était née des amours d'une des dames de compagnie de sa mère Sybille et d'un chevalier marié entré au service du comte de Salisbury. Son père était mort au combat avant qu'elle ne voie le jour. Alaïs n'avait que neuf ans à la mort de sa mère, qui avait succombé à une fièvre. Sybille le Maréchal avait alors pris l'enfant sous son aile et l'avait élevée avec ses propres filles avant de lui donner une place définitive en la prenant à son service. Au départ de Guillaume pour Tancarville, Alaïs n'était qu'une frêle enfant maigrichonne pleurant toujours tristement sa mère. Mais, assurément, elle s'était depuis épanouie.

— Pas sur le moment, répondit-il. Mais après la bataille, lorsque j'ai eu tout le loisir d'y penser. Cela brûlait comme la braise. C'est encore douloureux lorsque la sangle de mon écu vient frotter par-dessus.

Les yeux noisette d'Alaïs s'ouvrirent grand d'admiration.

— Je vous trouve très brave.

Guillaume gloussa.

— Certains autres ont pensé que j'étais sot.

— Moi non.

Alaïs posa le menton sur son poing et le contempla intensément.

Amusé, Guillaume la remercia, non sans s'aviser du regard insistant que Jean dardait à la fille. Il soupçonna son aîné de nourrir pour elle des sentiments bien plus profonds qu'une simple tocade. Si leur mère s'en rendait compte, il y aurait des problèmes.

— Moi non plus, renchérit Ancel avec un soupçon d'idolâtrie dans sa voix d'adolescent.

— Pourquoi es-tu rentré ? s'enquit abruptement Jean.

Guillaume avait réussi à s'en sortir dans la maisonnée de Tancarville grâce à sa capacité à déchiffrer les attitudes et les voix.

— N'es-tu point aise de me voir ? s'enquit-il à son tour pour toute réponse.

— Bien sûr que si ! répondit Jean en rougissant. Tu es mon frère.

Ce qui dit tout ! pensa Guillaume.

— Ce qui te crée des obligations, fit-il remarquer.

Gêné, Jean changea de position sur son siège seigneurial finement sculpté, aux accoudoirs lustrés par la poigne de leur père.

— Je me demandais si tu étais toujours chez Guillaume de Tancarville, voilà tout.

Jean s'était exprimé comme si le sujet n'avait pas d'importance, mais tous deux savaient qu'il en avait.

Guillaume baissa les yeux sur sa coupe.

— Il a choisi de ne pas me retenir en sa maisonnée. Ce furent des adieux conclus d'un commun accord, mais au bon moment.

Sa mère laissa échapper un cri d'indignation.

— Il devait pourtant voir l'avantage qu'il avait à te garder chez lui ? lança-t-elle.

— Certes, mais il était également sensible aux perturbations que ma présence pouvait causer, expliqua Guillaume. Au goût de certains autres chevaliers, il me témoignait trop de faveur en raison de notre parenté.

— En ce cas, il aurait dû y mettre bon ordre, assura sa mère.

Guillaume eut un geste de dénégation.

— Il ne le pouvait pas dans la mesure où j'étais son chevalier le plus jeune et le moins expérimenté. Il a pris la décision qu'un chef doit prendre. Il est probable qu'à sa place, j'aurais agi de même. N'aie crainte, poursuivit-il en se tournant vers Jean, dont l'expression crispée confinait à l'hostilité. Je n'ai pas l'intention de te demander de me prendre à ton service. Je sais qu'Ancel est déjà en cours de formation.

Un clin d'œil adressé à son cadet l'aida à alléger l'atmosphère.

— Je déclinerais, répliqua Jean. Prendre tes chevaux en pension me mettrait sur la paille en une seule saison, et puis, en Angleterre, aucun tournoi n'a lieu où tu pourrais gagner de quoi vivre. En outre, ajouta-t-il sur la défensive, la vie à mes côtés te paraîtrait bien ennuyeuse après la Normandie. Si tu peux supporter que ton aîné te donne un conseil, rends-toi chez l'oncle Patrice à Salisbury. Il recrute des hommes pour les emmener dans le Poitou.

La chose avait été dite sans grande finesse : il n'y avait pas de place pour Guillaume au service de Jean. Guillaume le savait depuis le décès de leur père, mais Jean n'aurait pas pâti d'une pension versée à son frère sur les revenus paternels. Or, il avait préféré s'en dispenser.

— C'était précisément mon intention, rétorqua Guillaume, dissimulant sa peine.

— Et si ses chevaliers le jugeaient trop bon avec toi en vertu de votre parenté ? s'enquit sa mère.

Guillaume haussa les épaules.

— Du moins arriverai-je chez mon oncle muni de chevaux et d'une armure bien à moi, en plus de quelque expérience de la guerre. Il n'aura pas à fournir mon équipement. Et puis, je n'ai jamais servi ses chevaliers en tant qu'écuyer. Ils ne me considéreront donc pas comme leur inférieur. C'est un nouveau départ.

Il était très tard lorsque Guillaume se retira enfin, car ils avaient eu beaucoup de choses à se raconter après toutes ces années.

Sa mère et ses sœurs se retirèrent également, sous la conduite d'Alaïs, qui portait une lanterne. Guillaume remarqua que les yeux de Jean s'attardaient longuement sur la silhouette élancée de celle-ci.

— Notre mère te tuera si elle te voit, lança-t-il en bredouillant, car il avait bu plus que de raison d'un hydromel fortement alcoolisé.

Jean était lui-même assez gai. Cela se devinait à la flamme vacillante qui menaçait de s'éteindre à l'intérieur de la lanterne qu'il portait d'un pas mal assuré.

— Elle me tuera si elle me voit faire quoi ? lança-t-il en mangeant ses mots.

— Regarder Alaïs comme un renard regarde une oie.

Jean émit un grognement dédaigneux.

— Tu t'imagines des choses. Sans doute est-ce à cause de la vie de débauche que tu as menée chez Tancarville.

Il longea alors le passage en titubant et pénétra dans la chambre seigneuriale. Un lit à sommier de corde et matelas de plume avait été préparé dans un coin à l'intention de Guillaume. Épée, écu, haubert, heaume : tout était là.

— Si seulement tu pouvais dire vrai ! rétorqua Guillaume. Mais la dame de mon seigneur surveillait ses suivantes comme un dragon surveille son tas d'or ; quant aux prostituées de la maisonnée, un modeste écuyer ne les intéressait pas.

— Le seigneur de Tancarville entretenait des prostituées ? s'enquit Ancel, les yeux écarquillés.

— Quelques-unes, répondit Guillaume en humectant le bout de son doigt avant de se pencher pour nettoyer une trace sur la peinture de son écu encore aux couleurs de Tancarville.

Puis il jeta un regard sévère à Jean et dit :

— Alaïs est une demoiselle de la chambre de notre mère. Si tu poses les mains sur elle, cela te coûtera cher, surtout compte tenu des circonstances de sa naissance.

— Je n'ai pas besoin que tu me fasses la leçon, s'emporta Jean. Tu arrives ici avec tes beaux chevaux après des années d'absence et tu viens me dire comment je dois me conduire ? Tu n'es pas toi-même un modèle de galanterie, alors ne viens pas faire la sainte-nitouche.

Il se laissa tomber sur son lit et ajouta :

— Il n'y a aucun mal à regarder, et tu mentirais si tu prétendais ne pas l'avoir regardée toi aussi. Je t'ai vu.

Guillaume renonça à s'attarder sur la polémique d'un geste de la main et se tourna vers Ancel pour lui déconseiller de laisser des traces de sueur sur la lame de l'épée que le jeune garçon venait de tirer de son fourreau.

— J'ai commencé mon entraînement, rappela Ancel avec indignation. Je sais prendre soin d'une lame.

— Il reste que ce n'est jamais une bonne idée d'en tirer une quand on a bu, répliqua Guillaume en lui faisant signe de laisser l'épée tranquille.

— Pourquoi ? Tu as peur que l'amour fraternel ne dégénère en rixe entre frères ? lança Jean d'un ton narquois.

— Je ne suis pas certain de ce que l'amour fraternel et moi attendons l'un de l'autre, répondit Guillaume avec un morne sourire.

Il ébouriffa les cheveux châtains et ondulés d'Ancel et ajouta :

— Demain, tu pourras prendre mon épée sur le champ d'exercice et l'essayer à jeun et en plein jour. En attendant, je vais me coucher.

Bien que fatigué lorsqu'il s'étendit, Guillaume écouta longuement les ronflements de ses frères qui faisaient trembler la charpente avant de s'abandonner enfin au sommeil. S'endormant, il songea que « l'amour fraternel » était une épée qui avait besoin d'être graissée, affûtée et traitée avec le plus grand respect et la plus grande prudence pour se révéler utile. En outre, elle avait deux tranchants…

Chapitre 4

Southampton, décembre 1167

Guillaume se tenait sur les docks à la nuit tombante et regardait les matelots charger le ravitaillement sur les navires au mouillage. Il détestait la navigation et priait en silence pour que le beau temps durât jusqu'en Normandie. Savoir que seuls quelques fragiles pièces de bois et des clous le séparaient des froids et verdâtres abysses de la mer lui donnait des sueurs froides.

Il avait fait ses adieux aux siens plusieurs jours auparavant au prieuré de Bradenstoke, où une messe avait été dite en mémoire de son père, puis tous avaient souhaité bon vent à Guillaume. De brèves retrouvailles avaient eu lieu avec son frère Henri, désormais au service de l'archevêque de York. Il n'avait que douze ans au moment du départ de Guillaume, cinq ans plus tôt ; c'était à présent un jeune clerc tout ce qu'il y avait de plus sérieux, à la tonsure impeccable, aux petites lèvres pincées, comme si elles retenaient un secret, et à l'attitude pédante. Il avait bien fait comprendre à Guillaume que vivre par l'épée était un emploi acceptable mais qui ne valait pas, et de loin, celui qui consistait à laisser sa marque au sein de l'Église. Étant le seul de la fratrie à savoir lire et écrire le latin, il avait lui-même fait grand cas de ses propres compétences. Tandis qu'il pérorait ainsi, Guillaume et Jean avaient échangé des regards, la tension qui régnait entre eux retombant à la faveur de l'opinion commune qu'ils avaient de Henri. Qu'un membre de la famille se préparât à la prêtrise était utile, mais, dans le cas présent, mieux valait que ce fût à bonne distance.

« Dieu vienne en aide à ceux qui sont obligés d'écouter ses sermons ! » avait marmonné Jean du coin des lèvres, ce à quoi Guillaume avait répondu par un gloussement irrévérencieux.

Néanmoins, Henri était de la famille, et le lien qui les unissait bénéficiait à tous. Ils l'avaient donc laissé se vanter. Peut-être auraient-ils bientôt besoin de ses lumières.

Guillaume s'était vu remettre par sa mère une croix incrustée de chrysobéryls verts censée le protéger des blessures, à porter autour de son cou. Ces dames avaient également trouvé le temps de lui confectionner deux chemises neuves qu'il emportait avec lui. Alaïs lui avait offert une paire de moufles et l'avait gratifié d'un baiser sur la joue, pour le plus grand mécontentement de Jean.

Guillaume sourit à ce souvenir. Puis il se retourna vers son oncle, qui l'apostrophait en s'approchant à grandes enjambées du quai. Il était accompagné des chevaliers de sa maisonnée et de ses suivants. Patrice, comte de Salisbury, arborait un visage rougeaud, empâté au niveau des bajoues. Son ventre était à l'étroit dans sa tunique de laine flamande, mais cela ne l'empêchait pas de se mouvoir avec aisance, et son corps était ferme plutôt que flasque. Pendant sept années, il avait été capitaine du roi d'Angleterre en Aquitaine ; c'était un soldat compétent, fiable. Il recueillait l'assentiment conjoint du roi Henri et de la reine Aliénor, ce qui, Guillaume s'en fit la remarque, était chose rare ces derniers temps chez les Plantagenêts.

— Je me demandais où tu étais passé, lança son oncle.

— Je voulais assister au chargement, sire, répondit Guillaume avec un air chagrin. Si j'étais resté plus longtemps dans cette taverne, j'aurais été tenté de boire jusqu'à l'hébétude.

Le comte Patrice fit un beau sourire, laissant paraître une rangée de dents blanches bien alignées, gâchée seulement par le trou laissé par une incisive manquante.

— Je crois comprendre que tu n'aimes pas prendre la mer.

— C'est cela même, sire, répondit Guillaume.

Il s'empressa d'ajouter :

— Mais je le fais au besoin.

— Ainsi que nous tous, jeune homme. Peu d'entre nous sont des navigateurs-nés. Tes chevaux ont bien supporté l'embarquement ?

Guillaume jeta un coup d'œil en direction d'un des transports de marchandises qui mouillaient à quai.

— Oui, mon seigneur. Un des destriers a regimbé à la passerelle, mais un valet l'a fait monter à bord en lui présentant une pomme.

Le comte Patrice joignit les mains et les réchauffa en soufflant dessus. La vapeur de son souffle avait des relents de vin, preuve qu'il s'était, lui aussi, donné du courage en prévision de la traversée nocturne.

— Il apprécie autant la navigation que son cavalier ! s'exclama le comte.

Guillaume s'esclaffa. Il avait immédiatement développé de bonnes relations avec son oncle, qui se sentait à l'aise aussi bien sur le champ de bataille qu'à la Cour. Patrice de Salisbury savait autant festoyer grassement que faire preuve de raffinement. Bien qu'il encourageât ses chevaliers à rivaliser de faits d'armes sur le champ d'exercice, et malgré l'existence de la hiérarchie, l'ambiance au sein de sa maisonnée était hospitalière et les plaisanteries le plus souvent dépourvues de malveillance. Non que Patrice d'Évreux fût un seigneur complaisant. À l'instar de Guillaume de Tancarville, il s'attendait à ce qu'on le servît avec empressement. Il veillait tard et requérait de ses hommes qu'ils fissent de même. Le comte Patrice avait été grandement diverti d'apprendre qu'en la maisonnée de Tancarville, Guillaume avait été qualifié de « glouton » et de « fainéant ».

« Tu n'auras le temps ni de t'empiffrer ni de traîner au lit chez moi ! lui avait-il promis. D'autant que tu es mon neveu ! Le favoritisme est hors de… à moins que tu n'en gagnes le mérite aux yeux de tous. »

Sachant à quoi s'en tenir, Guillaume s'était résolu, avec fierté et gratitude, à devenir chevalier de son oncle et à porter les couleurs de Salisbury sur son écu.

Bien qu'il se fût engagé à ne pas favoriser Guillaume au détriment des autres chevaliers de sa maisonnée, Patrice de Salisbury porta un vif intérêt à son neveu qui, à ce que l'on racontait, s'était lancé tôt sur le sentier de la gloire. Guillaume lui-même n'en avait pas fait état. Sa mère, en revanche, qui était la sœur de Salisbury, avait adressé au comte une lettre où elle lui recommandait son fils avec la plus grande fierté en y assortissant toutes sortes de détails concernant ses exploits accomplis jusque-là. Il fallait donc que le jeune homme ait du talent. Nul chevalier, dans son jeune âge et pourvu de moyens modestes, n'aurait pu s'offrir les destriers et le palefroi qu'il emmenait en Normandie, à moins de les avoir gagnés au cours d'une bataille ou en tournoi. Jusqu'à l'écuyer de Guillaume qui chevauchait un étalon lombard. Être bon combattant était un excellent début, mais Salisbury avait l'intention de pousser Guillaume plus loin encore, afin de se rendre compte si le jeune homme avait autant de cervelle que de muscle.

— Une rude tâche nous attend, prévint Salisbury, tandis qu'ils prenaient la mer à marée haute par vent forcissant.

La lumière argentée de la pleine lune faisait scintiller les vagues, et la voile de lin pâle semblait un croissant de l'astre même agité par le vent et fouettant contre le mât.

— Oui, sire.

— Que sais-tu du Poitou et de l'Aquitaine ?

Guillaume secoua la tête en serrant et desserrant les poings dans ses moufles en peau de mouton.

— Pas grand-chose, mon seigneur. Je ne suis guère sorti de l'enceinte des châteaux du chambellan et de quelques champs de tournoi situés à la frontière avec le royaume de France. Je sais que ces domaines appartiennent à la reine et qu'ils sont à l'origine de beaucoup de discorde.

Salisbury eut un rire aigre.

— Tu as le sens de la litote, Guillaume, repartit-il en croisant les bras sous son épais manteau doublé de fourrure. Il m'arrive parfois de penser que le diable lui-même refuserait de séjourner dans le Poitou. Les vassaux de la reine Aliénor profitent de la moindre doléance pour se rebeller, surtout les seigneurs de la Marche et de Lusignan. Ils doivent être mis au pas, c'est pourquoi l'on m'envoie. La reine doit m'accompagner, ainsi que messire Richard, puisqu'il est son héritier.

Guillaume parut intéressé.

— Il a un peu plus de dix ans, ajouta Salisbury, mais il est prometteur. Déjà, il excelle au métier des armes et se montre également bon élève. Il fera un gouvernant capable pour l'Aquitaine et le Poitou. Mais d'abord, il doit en acquérir les épaules. Notre rôle est de faire en sorte qu'il en ait le temps.

Ton épée n'aura pas le loisir de dormir dans son fourreau une fois là-bas.

L'oncle regarda le neveu palper la garde de son épée pour se rassurer et gloussa.

— Ne t'inquiète pas, poursuivit le comte, tu goûteras les plaisirs de la Cour du duché de Normandie et passeras les fêtes de Noël à Argentan, afin de te dégourdir quelque peu avant le Poitou. Après cela, une bataille rangée te semblera du gâteau en comparaison, je te le promets !

Il se tut pendant quelques instants avant de demander à Guillaume :

— As-tu jamais rencontré la reine ?

— Non, sire, mais j'ai entendu parler de sa beauté.

— Ce qu'on raconte est vrai, assura Salisbury. Je te conseillerais bien de prendre garde à ton cœur, mais cela ne servirait à rien. Elle le ravira de toute façon, et ensuite toutes les autres femmes te sembleront fades.

Guillaume battit des paupières puis détourna les yeux pour les poser sur la blancheur lunaire de la voile.

Salisbury sourit.

— Qu'y a-t-il ?

— J'allais vous demander si vous étiez épris d'elle, mon seigneur, mais j'ai pensé que vous me jugeriez impertinent.

Salisbury rejeta la tête en arrière, partant d'un grand rire.

— Impertinent et ignorant ! répliqua-t-il. Mais je vais quand même t'éclairer. L'homme qui ne serait pas amoureux d'elle serait forcément une statue, et quand bien même, il en serait fissuré par le milieu.

Guillaume hésita avant de reprendre la parole :

— Il faut donc que le roi Henri soit une statue, dit-il, car la rumeur circule qu'il néglige la reine au profit de sa maîtresse.

— D'où tiens-tu cela ?

— Ma mère me l'a dit à mon arrivée. Elle a dit que c'était un scandale que le roi s'acoquinât avec la fille de sir Walter de Clifford et la couvrît de toutes sortes de cadeaux.

Salisbury soupira.

— Ce n'est pas qu'une rumeur, neveu, convint-il. Le roi a mis la petite Clifford dans son lit et dans son cœur. Il a toujours eu ses filles de circonstance, mais il ne les gardait jamais plus d'une semaine ; à présent, c'est différent. Il est sottement amoureux, et la donzelle n'est pas une vulgaire catin. Il lui a constitué une maisonnée bien à elle et la courtise ardemment tout en fuyant sa femme, et cela, la reine ne le lui pardonnera jamais. C'est en partie la raison de son retour dans le Poitou après Noël.

Le comte scruta le ciel.

— Tout est calme là-haut ce soir, neveu, fit-il remarquer. Mais nous allons vers la tempête.

Guillaume s'habitua rapidement à la vie à la Cour du roi Henri. À maints égards, elle ne différait guère de la vie chez Tancarville ; c'était le même branle-bas continuel de dignitaires et de messagers, de clercs et de prêtres, de soldats et de serviteurs, sans oublier les hordes de quémandeurs dont l'argent s'évanouissait en pots-de-vin distribués aux huissiers et aux intendants dans le but d'obtenir l'oreille du roi. Guillaume n'était encore qu'un petit rouage dans la grande machine. Ses quartiers se limitaient à une paillasse posée à même le sol de la grande salle, devant la chambre de Salisbury, ou à une tente plantée sur un bout de terrain libre dans l'enceinte d'un quelconque château, où logeait à ce moment-là la Cour.

Contrairement à la discipline qui avait régné dans la maisonnée de Tancarville, la Cour royale se mouvait dans un climat de désordre organisé ; en outre, la nourriture était atroce. Les papilles impatientes de Henri n'étaient pas celles d'un gourmet. Pour le roi, le pain était du pain et, même s'il était un tantinet brûlé ou quelque peu grumeleux, cela n'avait pas d'importance. Les doléances à ce sujet suscitaient son étonnement et valaient au plaignant de se voir tancer sans ménagement. Dans l'esprit de Henri, ce qui valait pour un roi valait pour tous les autres. La même règle s'appliquait au vin qu'il faisait servir à table, vin dont la mauvaise réputation s'étendait à tous ses États. « C'est comme boire de la vase », avait prévenu Salisbury. Aussi le comte faisait-il suivre sa propre réserve, dont un serviteur, qui connaissait son affaire, avait la charge.

Le cérémonial insupportait Henri, qui négligeait son apparence vestimentaire. Ses habits étaient toujours froissés et il n'était pas rare qu'un fil pendît à l'endroit où une partie de son brocart de semences de perles avait subi un accroc ou avait été déchirée par la patte d'un chien. Henri oubliait couramment de transmettre ses messages importants à ses huissiers et à ses intendants, ou bien il changeait d'avis après l'avoir fait. Le résultat était que la Cour se trouvait parfois sur le départ de bon matin tandis que le roi paressait au lit, ou, à l'inverse, que celui-ci sautait en selle dans un départ précipité à l'aube pendant que la Cour dormait encore.

— On dit que les Plantagenêts descendent du diable ! bredouilla l'évêque de Winchester par une matinée pluvieuse, après que l'incident s'était reproduit trois fois de suite, et tout en s'efforçant de monter sa mule qui décrivait des cercles en brayant. Je veux bien le croire, parce que suivre le roi dans ses déplacements revient à vivre aux Enfers, et Dieu seul, dans sa miséricorde, sait s'il y aura des lits pour tous ce soir !

Les grands vassaux et les évêques avaient coutume d'envoyer des éclaireurs afin de réserver leur espace de couchage, ainsi qu'une place à l'étable et du fourrage pour leurs montures. Cela donnait souvent lieu à de peu dignes empoignades dans le but de bénéficier de l'exclusivité de taudis des plus douteux. Guillaume apprit à tout accepter sans sourciller. Grâce à son affabilité et sa décontraction naturelles, passer la nuit avec son cheval lui apparaissait moins désastreux qu'à d'autres, qui étaient plus jaloux de leur distinction.

La Cour se rendit à Argentan pour passer les fêtes de Noël, qui seraient l'occasion d'un grand rassemblement de vassaux en provenance des quatre coins de l'empire Plantagenêt. On attendait la reine et ses enfants d'un jour à l'autre ; aussi les serviteurs s'activèrent-ils afin d'apprêter leurs appartements. Les chambres furent balayées et les feux préparés. Des ajoncs frais parfumés d'herbes aromatiques et de fleurs séchées furent répandus sur les sols. On chassa le froid humide de décembre à l'aide de braseros placés dans les zones de courant d'air, près des fenêtres et des portes. S'avisant rarement de la chaleur ou du froid à moins qu'ils fussent extrêmes, Henri n'accordait guère d'importance à de telles attentions mais, avec l'arrivée d'enfants en bas âge, un surcroît de confort était indispensable.

Le jour de l'arrivée de la reine, Guillaume éduquait Blancart dans la lice. Une lumière blanche d'hiver éclairait la terre sans parvenir à la réchauffer. De la vapeur s'échappa de la bouche du chevalier et se mêla à celle de son étalon lorsqu'il se pencha en avant pour flatter la cambrure de sa musculeuse encolure. Attentif à ne pas blesser la bouche sensible du cheval, il avait encore rajusté le mors et le conduisait avec le frein le plus léger qui fût.

Saisissant au passage une lance au râtelier situé en bout de lice, Guillaume fit faire demi-tour au destrier et le plaça face au champ et à la quintaine. Un écuyer se tenait à côté du poteau dressé et de sa barre de traverse. Au signal de Guillaume, il accrocha une petite couronne de roseaux tressés à l'extrémité de la barre. Guillaume poussa Blancart au petit galop ; l'étalon remua les oreilles, puis les dressa et s'attela à la tâche. Guillaume l'encouragea en donnant des cuisses et des talons, et Blancart prit de la vitesse, galopant à présent avec fluidité en ligne droite. Guillaume crocheta lestement l'anneau tressé du bout de sa lance et regagna en sens inverse la ligne de départ. Pendant ce temps, l'écuyer avait placé un deuxième anneau, plus petit, au sommet du poteau.

Guillaume continua de faire basculer l'anneau, utilisant des couronnes de tout petits diamètres qu'il enfila autour de la hampe de sa lance à chaque coup réussi. Il s'avisa du coin de l'œil qu'il avait un public, mais le spectacle des chevaliers à l'exercice attirait immanquablement des spectateurs ; d'ailleurs, il était si concentré qu'il n'y prêta guère attention. Toutefois, lorsqu'il tira sur les rênes pour faire glisser les anneaux dans les mains de l'écuyer, il jeta incidemment un coup d'œil au côté opposé de la lice et remarqua que le nombre des spectateurs était plus important que d'habitude.

Une femme portant un manteau couleur lie-de-vin se détacha de la foule et commença à se frayer, avec grâce, un chemin à travers l'étendue de terre retournée qui s'étendait devant le chevalier. Dans sa marche, l'éclair bleu d'une robe de brocart brilla dans la fente du manteau. Son voile était bordé de minuscules perles d'or. Guillaume n'avait jamais vu cette dame dans les parages du château, mais il savait que plusieurs grands barons avaient emmené leurs femmes à la Cour pour les fêtes de Noël. Trois jeunes garçons marchaient dans son sillage. Le plus grand avait les cheveux clairs et la silhouette élancée ; il arpentait la lice avec assurance aux côtés de sa mère. La flanquant de l'autre côté et allongeant également le pas, le deuxième était un garçon remarquablement séduisant aux cheveux blond-roux. Un sourire farouche illuminait son visage. Le plus petit des trois accourait à la traîne, l'air sombre, son menton obstiné projeté en avant.

Portant son regard au-delà de la dame, Guillaume aperçut la suite des chevaliers en armes et un essaim de dames richement vêtues. Une nourrice portait un nouveau-né qui criait à tue-tête de se voir ainsi prisonnier de ses bras. Deux petites filles, une brune, l'autre aux cheveux blond-roux, étaient pendues à ses jupes. Il y avait également une autre fille, bien en chair, celle-ci, dans une robe bleue. Une épaisse natte châtain clair retombait sur son épaule droite.

La dame au manteau lie-de-vin parvint à hauteur de Guillaume et leva la tête vers lui. Sous ses sourcils arqués, ses yeux avaient la couleur de la mer en été. Elle avait le nez fin, les pommettes saillantes, la bouche bien dessinée. Ce n'était pas ce que l'on aurait appelé un beau visage, mais il était empreint d'un tel charisme que Guillaume en fut tout retourné. Il la regardait, médusé, lorsqu'elle lui adressa un sourire débordant d'espièglerie juvénile et de charme mûri par l'expérience.

—Majesté, salua-t-il d'une voix rauque.

Et, mettant pied à terre, il se prosterna devant elle, tête baissée.

Malgré la surprise, sa présence d'esprit ne l'avait pas complètement abandonné, et il avait deviné l'identité de la dame dès qu'il avait remarqué les gardes.

—Je vous en prie, relevez-vous, dit-elle avec un rire à peine audible. J'ai l'habitude que les hommes tombent à mes pieds, mais je préfère les mettre à genoux pour d'autres raisons que le protocole.

Sa voix, rauque et profonde, fit frissonner Guillaume jusque dans le bas du dos. Elle était suffisamment âgée pour être sa mère, mais là s'arrêtait la comparaison.

— Majesté, répéta-t-il, à court d'éloquence.

Tandis qu'il se redressait, le parfum de la reine chatouilla ses narines – mélange d'épices hivernales et de roseraie estivale.

— Mes fils ont admiré vos prouesses à la quintaine, murmura-t-elle. Tout comme moi.

Guillaume rougit de plaisir et de gêne.

— Merci, Majesté. Je ne possède pas ce cheval depuis longtemps et je m'exerce avec lui autant que je le puis.

— On ne le croirait pas à vous voir tous les deux. Vous êtes… ?

— Guillaume le Maréchal, neveu du comte de Salisbury, pour vous servir, Majesté.

Le sourire de la reine s'estompa quelque peu mais ne disparut pas.

— Ah, oui, dit-elle sans plus s'étendre.

Guillaume ne sut pas si c'était bon ou mauvais signe.

— Puis-je le monter ? lança le garçon blond-roux en pointant Blancart du doigt, l'autre main déjà prête à se saisir des rênes.

Guillaume pensa que l'enfant ne manquait pas d'assurance et qu'il devait avoir l'habitude d'obtenir ce qu'il voulait.

Malgré le respect mêlé d'admiration que lui inspirait la mère du garçonnet, Guillaume fit « non » de la tête et le tint à distance.

— Il s'emballerait avec vous, sire, répliqua-t-il. C'est un cheval difficile à maîtriser.

— J'ai déjà monté des destriers, affirma l'enfant en faisant saillir sa lèvre inférieure. Les chevaliers de ma mère me laissent toujours monter les leurs.

— Certes, mais vous connaissez bien les chevaliers de votre mère et leurs chevaux, rétorqua Guillaume. En revanche, vous ne connaissez ni moi ni mon cheval.

Le plus âgé des garçons adressa un sourire narquois à son frère ; il était manifestement ravi du refus que Guillaume venait de lui opposer.

— Moi aussi, j'ai monté des destriers, se vanta-t-il en bombant le torse.

— Moi aussi, intervint le plus jeune, qui entendait bien n'être pas en reste. Quantité de fois !

Leur mère réprima un sourire. Elle ébouriffa le garçon aux cheveux blond-roux d'un geste tendre et dit :

— Messire le Maréchal a raison de vous le refuser. Un cheval de combat n'est pas un jouet, et une habileté comme celle du chevalier ne s'improvise pas mais s'acquiert au prix de longues heures d'exercice.

Guillaume considéra les visages levés vers lui et se souvint de son enfance, lorsque, en compagnie de ses frères, il regardait leur père et ses chevaliers à l'entraînement. Il se remémora le désir, l'ardente envie et les sensations exaltantes qui les prenaient aux tripes, ainsi que leur frustration, qu'il voyait à présent se refléter sur le visage de ces trois enfants, si semblables à Jean, Henri et lui-même aux mêmes âges.

— Peut-être une autre fois, dit-il enfin. J'ai un deuxième étalon qui est plus tranquille que celui-ci.

— Je ne veux pas monter un étalon plus tranquille, déclara le garçon, tandis que sa peau claire s'empourprait. Je veux le meilleur !

— Richard ! s'exclama Aliénor en guise d'avertissement. En voilà des façons ! Tu n'es plus un petit enfant ; aussi, n'agis pas comme tel.

— Mais je suis prince, rétorqua-t-il en jetant à sa mère un regard oblique entre ses longs cils, cherchant à l'évidence à tester ses limites.

— Raison de plus pour ne pas oublier les usages.

— Mon père ne s'en soucie guère.

— Ton père ne se comporte pas toujours en prince exemplaire, répliqua la reine d'un ton caustique.

— J'ai seulement dit que je voulais le meilleur.

Aliénor s'émut, et Guillaume vit briller dans ses yeux une lueur affectueuse. Il soupçonna ce fils-là d'être capable d'obtenir n'importe quoi d'elle.

— D'abord, Blancart n'est pas le meilleur, rectifia Guillaume. En fait, personne n'en voulait parce qu'il tirait trop fort sur la bride. Parfois, l'on doit œuvrer durement et longtemps pour transformer le matériau brut en objet d'excellence.

La reine inclina imperceptiblement la tête et gratifia Guillaume d'un regard félin.

— Êtes-vous, messire le Maréchal, vous-même excellent ?

Guillaume se racla la gorge.

— Je crains d'être encore mal dégrossi, Majesté.

— Et moi, je crains que vous ne soyez trop modeste. Les actes peuvent se révéler plus convaincants que les mots, mais à mon avis les mots ont, eux aussi, leur place. L'homme qui s'illustre dans les deux domaines est doué, c'est certain.

Elle se retourna vers ses suivantes et ses courtisans qui attendaient. Les enfants la suivirent, les deux aînés regardant en arrière par-dessus leur épaule, surtout le roux, dont les yeux bleu-gris semblaient emplis de desseins. Il n'avait pas encore dit son dernier mot.

Guillaume posa la main sur le garrot de Blancart et sauta en selle. Tous ses instincts avaient été mis en éveil, par la reine d'Angleterre plus que par la joute. Pourquoi diable, se demanda-t-il, le roi Henri éprouvait-il le besoin de conter fleurette à des maîtresses, alors qu'il avait pour épouse une telle femme ?

Le soir venu, Aliénor fit une apparition officielle dans la grande salle en compagnie de son mari. Les deux époux prirent place côte à côte et, telles deux moitiés d'un même tout, s'acquittèrent de leurs obligations publiques. Pour une fois, Henri avait mis bon ordre dans sa mise. Ses cheveux avaient connu les dents du peigne et sa tunique de laine couleur mûre était immaculée, sans le moindre poil de chien ni revers déchiré en vue. Aliénor était vêtue dans les mêmes tons et, semblait-il, dans le même tissu. Sa chevelure était retenue sous un filet d'or et de pierres précieuses. À les voir ainsi saluer protocolairement comtes, barons et évêques réunis pour l'occasion, personne n'aurait soupçonné le fossé qui les séparait.

Dans la pénombre des bougies et des torches, Aliénor paraissait plus jeune que ses quarante-cinq ans. La teinte de sa robe rehaussait sa carnation et donnait encore plus d'éclat à ses yeux. Si Guillaume avait été conquis cet après-midi-là, durant la soirée il se sentit comme ivre. Il comprenait à présent pourquoi son oncle Patrice avait dit que l'homme qui n'était pas amoureux de la reine d'Angleterre était forcément une statue, bien qu'elle fût certainement capable de faire durcir comme la pierre certaine partie de l'anatomie masculine.

Guillaume s'était vu octroyer une place à l'une des tables à tréteaux latérales, mais son oncle Patrice occupait, à la table royale, une place d'honneur, non loin de la droite du roi. Une nappe de lin brodée ornait le plateau de marbre et le couvert était mis avec plats et coupes en vermeil, verres de couleur verte et cornes à boire rehaussées d'or. Les vases à boire en cristal de roche avaient, pour une fois, les honneurs d'un vin doux et riche en arômes, car Aliénor avait fait livrer du Poitou cinquante fûts, plutôt que de s'en remettre à la réserve tristement célèbre de son mari.

À la table de Guillaume, la vaisselle était plus commune. Le plateau était en bois, non en marbre, et la nappe n'arborait pas de broderies. En lieu et place des plateaux en vermeil, d'épais tranchoirs de pain recueillaient la nourriture ; mais, comme c'était là l'ordinaire – la nappe constituait d'ailleurs un raffinement –, Guillaume ne se sentit pas lésé. La parure de l'estrade était, elle aussi, due à l'intervention de la reine. Guillaume la regarda boire de petites gorgées à sa timbale en argent, dont la base était incrustée d'améthystes. Salisbury lui glissa quelques mots et, avec la grâce d'un cygne, elle tourna la tête vers lui pour lui répondre.

Guillaume avait appris le langage et les conventions de l'amour courtois dans la chambre privée de l'épouse de Tancarville, mais jusque-là il n'y avait accordé qu'un intérêt de pure forme. L'idée d'être éperdument amoureux d'une dame inaccessible d'un rang bien supérieur au sien, de souffrir les affres d'un amour non réciproque et d'accomplir d'héroïques exploits dans le but de se voir gratifier d'un seul et unique regard indifférent, tout cela allait fort bien en manière de jeu pour complaire à ces dames par un après-midi pluvieux et sans que le cœur en souffrît. Mais à présent, il en comprenait soudain la jouissance mêlée de souffrance.

Le festin officiel prit fin, mais la soirée n'était pas terminée. Aliénor se retira dans sa chambre, y rassemblant un groupe de suivants triés sur le volet : Patrice de Salisbury en était. Henri choisit de rester dans la grande salle ; et, bien que le roi et la reine fissent preuve de courtoisie au moment de se séparer, les non-dits qui régnaient entre eux rendaient l'atmosphère glaciale. Tandis que Salisbury emboîtait le pas à la reine, il fit signe du doigt à Guillaume de le suivre.

—Joins-toi à moi, ordonna-t-il. J'ai besoin d'un serviteur.

Guillaume ouvrit de grands yeux.

—Me joindre à vous, mon seigneur?

Mais, tout en posant la question, il se levait déjà de table, chassant les miettes de sa tunique et rajustant celle-ci en tirant sur les plis, juste en dessous du ceinturon.

Salisbury arbora une mine dont les rides de sourire trahissaient la satisfaction.

—Si tu dois me servir dans le Poitou, il faut que tu te familiarises avec la maisonnée de la reine.

Mettant la main sur l'épaule de Guillaume, il ajouta:

—En plus, tu chantes très bien.

Puis, hochant la tête en souriant, il s'en fut, laissant Guillaume déconcerté. Celui-ci quitta la table et prit congé de la présence royale en s'inclinant.

Bien qu'il fût accoutumé aux attributs de la richesse, Guillaume fut stupéfié par les transformations opérées par l'arrivée d'Aliénor sur des appartements qui, le matin même, étaient encore dépouillés. Des tapisseries exécutées avec une grande minutie incendiaient les murs de leurs somptueuses teintes rouges et or; des lampes suspendues à des chaînes pendaient aux poutres de la charpente. À leur éclat venait s'ajouter le halo radieux de candélabres surmontés de bougies de cire d'abeille. Des bancs en bois de chêne recouverts de coussins rembourrés bordaient le périmètre de la pièce; çà et là, un coffre peint de couleur vive venait rompre la monotonie de cet alignement. D'épais rideaux de laine ornés de ravissantes broderies et de pampilles de soie dorée fermaient le grand lit de la reine. De lourds effluves d'encens et de musc imprégnaient l'air. À une crédence où s'étalait de la vaisselle en argent, un écuyer versait du vin dans des timbales du même métal. Aliénor était assise sur une chaise incurvée près d'un brasero, ses suivantes pourvoyant à tous ses besoins ; l'entourait une grappe d'hommes, dont Salisbury.

Guillaume prit la coupe de vin que lui tendait l'écuyer, mais hésita à se joindre aux autres, car il craignait qu'ils ne remarquent le grand émoi que lui causait Aliénor et ne se moquent de sa gaucherie. Il préféra aller flâner dans l'antichambre, où quelques courtisans et dames de la chambre de la reine étaient venus se mettre à l'écart. Deux ménestrels penchés sur leurs instruments – une harpe et un luth – en tiraient des ruisselets de notes. Une bonne d'enfants berçait légèrement un nourrisson grognon, s'efforçant, sans succès, de le faire taire. L'enfant avait un toupet de cheveux bruns et de pétillants yeux noisette, dont l'ambre était souligné par la rougeur que ses hurlements imprimaient à son visage.

— Il pleure tout le temps, dit la nourrice en manière d'explication.

Guillaume posa les yeux sur l'un des garçons rencontrés cet après-midi-là et reconnut Henri. C'était l'aîné du roi, que ses proches et ses compagnons surnommaient affectueusement Harry. Le jeune garçon allait sur ses treize ans et était bien bâti. Il avait les cheveux châtain très clair et les yeux d'un gris-bleu qui rappelait celui de la fumée qui s'élève d'un feu de bois.

— C'est mon frère, déclara Harry avec une moue de dégoût, signifiant par là à Guillaume que ce lien de parenté ne l'enthousiasmait pas outre mesure. Il s'appelle Jean.

— J'ai, moi aussi, un frère prénommé Jean, dit Guillaume. Et un autre Henri.

L'aîné du roi l'examina en fronçant les sourcils. Le chevalier le taquinait-il ou bien lui disait-il la vérité ?

— En avez-vous un troisième prénommé Richard ?

La grimace qui avait présidé à la présentation de Jean avait laissé la place à une franche hostilité lorsque Harry avait prononcé le nom de Richard avant de jeter un rapide coup d'œil en direction de la pièce principale, où son frère à la chevelure de feu était assis aux pieds de leur mère.

— Non, seulement Ancel, répondit Guillaume. J'avais deux autres frères, qui sont morts, mais leurs noms étaient Gauthier et Gilbert.

— Un de mes frères est mort, dit l'enfant. Il s'appelait Guillaume. S'il avait vécu, il aurait été l'héritier de mon père. Êtes-vous l'héritier du vôtre ?

Guillaume fit signe que non.

— Je n'ai point de terre que je puisse dire mienne, c'est pourquoi je suis au service de mon oncle Salisbury.

— Jean non plus n'a pas de terres, dit le jeune garçon en désignant du menton le bébé rougeaud dont les hurlements commençaient à porter sur les nerfs de l'assistance.

Élevant la voix, Harry ajouta :

— J'aurai l'Angleterre et la Normandie, et Richard l'Aquitaine ; mon père dit que la Bretagne reviendra à Geoffroy.

Le premier mouvement de Guillaume fut de s'éloigner de la source du vacarme, mais il préféra faire signe à la nourrice, qui commençait à être aussi agitée que l'enfant se tortillant contre elle, et lui prit le bébé des bras. Le raffut cessa aussitôt, en plein milieu d'un cri, ainsi que l'agitation, et, dans un silence presque aussi assourdissant que le chahut qui avait précédé, le nourrisson fixa Guillaume de ses grands yeux pleins de stupeur. Guillaume s'esclaffa, lança le bébé en l'air, le rattrapa puis recommença. Un cri perçant retentit, mais, cette fois, il était de pure joie.

— Il vous apprécie, fit remarquer Harry, surpris. Jean n'apprécie habituellement personne.

— Un bébé reste un bébé, répliqua Guillaume. Mon père faisait la même chose avec nous, mais en plus brusque, ce qui mettait ma mère dans tous ses états.

Guillaume gloussa au souvenir du temps passé. Il était alors, puisqu'il s'en souvenait, plus grand que le petit Jean, et c'était sans doute avec son petit frère, Ancel, que leur père avait ainsi joué.

— Faites attention, ou bien il vous remerciera en vomissant sur votre belle tunique, intervint la reine Aliénor d'une voix rendue rocailleuse par les rires.

C'était un coup de chance que Guillaume ne fût pas en train de jeter Jean en l'air, car il aurait risqué de manquer de le rattraper et de laisser ainsi tomber sur la tête le plus jeune héritier de la famille royale. Le chevalier se retourna vivement avec Jean dans les bras.

— Cela n'aurait aucune importance, Majesté, dit-il en jugeant sa propre réplique inepte.

Le rire de la reine acheva de faire son malheur.

— Je suis sûre du contraire, répliqua-t-elle. À moins qu'à l'instar du roi, vous n'ayez cure des apparences.

— Une tunique peut être lavée, Majesté, assura Guillaume, cherchant une issue honorable à l'impasse créée par la reine.

Refusant de passer tant pour vaniteux que pour souillon, il ajouta :

— Je ne pensais qu'à apaiser le jeune prince.

— C'est un jeune homme aux talents multiples, Majesté, gloussa Salisbury à hauteur d'épaule de la reine. Moi-même, j'ignorais qu'il possédait cette aptitude particulière. Je suis certain qu'elle se révélera fort utile.

Aliénor pinça les lèvres.

— En effet, convint-elle à mi-voix en considérant Guillaume de haut en bas. Je n'en doute pas.

Plus tard dans la soirée, on chanta et dansa, consumant bougies après bougies. La reine n'avait aucune intention de se retirer de bonne heure et semblait déterminée à prouver que, bien qu'étant l'aînée de son mari de dix ans, elle avait infiniment plus d'énergie que lui. Elle batifola avec jeunes et vieux en prenant soin de ne jamais dépasser la limite des convenances, dispensant ses faveurs à parts égales, ne s'attardant jamais auprès d'aucun, à moins qu'il ne fût assez âgé pour être son grand-père. Par deux fois, elle dansa avec Guillaume et glissa sa main, fraîche au premier abord puis tiède, dans celle, moite, du chevalier, tandis que, légère, elle oscillait de droite et de gauche.

— Vous êtes non seulement un cavalier chevronné et une nourrice expérimentée, mais également très bon danseur, le complimenta-t-elle. Quels autres talents cachez-vous ? Je me le demande…

— Aucun que vous puissiez juger méritoire, Majesté, répondit Guillaume en espérant ne pas avoir l'air trop sot.

— Et comment savez-vous ce que je pourrais juger méritoire ? s'enquit Aliénor.

Guillaume pria pour que la question fût de pure forme, car il n'avait pas la réponse. Leurs mains se rencontrèrent en diagonale – main droite contre main droite, main gauche contre main gauche – puis se séparèrent.

— Peut-être que dans le Poitou nous aurons l'occasion de le découvrir, dit enfin la reine.

Puis elle passa au danseur suivant dans un abondant tourbillon de jupes de laine frappé de l'éclat d'or de ses cheveux, lançant par-dessus son épaule un sourire qui laissa Guillaume médusé et en proie au tournis.

Si les musiciens avaient choisi cet instant pour cesser de jouer, tout le monde aurait pu entendre son émoi. Mais comme la danse se pratiquait à tous âges, il se trouva bientôt affublé d'une toute jeune cavalière potelée au teint pâle, aux cheveux châtains et aux yeux marron. Elle était vêtue d'une robe luxueuse ornée de minuscules pâquerettes brodées au fil d'argent. Marguerite, qui était âgée de neuf ans, était l'épouse du prince Henri et la fille du roi Louis VII de France. On les avait mariés par dispense papale alors qu'ils n'étaient encore que de tout petits enfants. Guillaume se souvenait que son propre père avait bien ri de l'événement, admirant la manière dont le Plantagenêt avait su manipuler l'Église et déjouer les manœuvres de Louis. Ce dernier avait en effet accepté de confier l'éducation de sa fille au roi d'Angleterre pendant de longues années de fiançailles. Au lieu de cela, un prompt mariage avait été célébré qui autorisait le roi Henri à faire main basse, en toute légalité, sur les terres sises à la frontière franco-normande qu'avait apportées en dot la petite Marguerite.

Guillaume dansa solennellement avec l'enfant et s'inclina protocolairement devant elle lorsqu'elle changea de cavalier, la traitant comme une dame à part entière. Marguerite, elle aussi, jeta un coup d'œil au chevalier par-dessus son épaule, mais son regard et son sourire avaient l'innocence de la fleur dont elle portait le nom. Son aspect, son grand sourire qui laissait voir ses dents, détendirent Guillaume et lui permirent de recouvrer son aplomb. Après qu'il eut dansé avec les filles en bas âge d'Aliénor, leurs nourrices et deux ou trois suivantes de la reine, il se sentit beaucoup plus à l'aise parmi les invités.

Entre deux danses, l'on chanta. C'était le passe-temps de prédilection de Guillaume. Ne sachant ni lire ni écrire, il compensait par une excellente mémoire qui lui permettait de retenir mélodies et paroles de chansons. Quant à sa voix, elle était cristalline, puissante, et couvrait plusieurs octaves. Par égard envers la compagnie de haut rang, il laissa les autres chevaliers et les dames prendre leur tour, mais lorsque Salisbury le poussa en avant d'une tape à l'épaule, il releva le défi et choisit un lai de la main du grand-père, aussi célèbre que honni, de la reine : Guillaume, comte de Poitiers. Le poète y célébrait le retour du printemps, ainsi que l'amertume et le tourment de l'amour non partagé. Craignant qu'on le jugeât par trop audacieux, il enchaîna par un cantique à la Vierge Marie et termina par une ritournelle enfantine à l'intention de Marguerite et des autres petits, laquelle lui valut des applaudissements lors de certains couplets. Pendant tout le temps qu'il chanta, il sentit sur lui le regard d'Aliénor qui l'observait, le jaugeait, et pénétrait jusqu'au tréfonds de son âme.

—Aucun talent que je puisse juger méritoire, eh bien ! s'exclama-t-elle, l'œil espiègle, tandis qu'elle se retirait et souhaitait la bonne nuit à ses invités. Ou bien vous n'appréciez pas vos propres talents à leur juste valeur, ou bien vous êtes un menteur éhonté !

Guillaume devint cramoisi.

—Majesté, c'est que jamais auparavant je n'avais été invité à chanter en si noble compagnie. Je ne présumerais pas de ce qui est méritoire à vos yeux, mais si j'ai pu vous divertir, alors mes espoirs sont comblés.

—Oh, oui, murmura Aliénor. Ce fut des plus divertissant, et qui sait quels autres espoirs vous pourrez voir combler, messire le Maréchal…

Sur un dernier sourire, elle alla prendre congé de l'invité suivant. Guillaume s'inclina, se redressa, et s'inclina derechef lorsque la princesse Marguerite fit halte devant lui, main tendue.

— Je suis contente que vous fussiez présent, dit-elle. J'ai apprécié vos chansons. Chanterez-vous encore demain ?

— Si vous me l'ordonnez, Madame, répondit Guillaume.

Puis il effleura du bout des lèvres sa petite main douce, jouant à la perfection le rôle du courtisan, pour le plus grand amusement de la princesse.

De retour dans la grande salle, Guillaume s'étendit sur sa paillasse, grisé de vin et un tourbillon d'idées en tête. Le sommeil agité des autres dormeurs, les quintes de toux et les ronflements, les chiens errants, les hommes ivres allant d'un pas lourd uriner dans un coin, tout cela l'empêcha de s'endormir immédiatement malgré la fatigue. Il ne pouvait chasser de son esprit l'image de la reine d'Angleterre. Sous ses paupières closes, il l'imagina derrière la porte barrée de sa chambre, faisant signe à ses servantes, confiant les enfants aux bons soins de leurs nourrices… Puis il imagina que ses suivantes lui retiraient son voile, dénattaient ses cheveux et les peignaient en une volumineuse cascade qui retombait sur ses épaules.

Il ne crut pas un instant qu'Aliénor l'avait distingué en vue de lui accorder une attention particulière. Elle s'était adressée à ses autres invités de manière similaire ; elle avait même touché le bras de son oncle Patrice et lui avait souri, comme s'il avait été le seul homme présent. Guillaume savait qu'il y avait une différence entre badinage et réalité tangible. La reine Aliénor incarnait la dame digne d'amour courtois pour ses seuls plaisir et divertissement. Quant aux hommes qu'elle prenait dans ses filets, ils n'étaient, lui-même y compris, que ses victimes, consentantes toutefois.

Il voyagea en imagination jusqu'au lit de la reine. Comme celui-ci était grand pour une seule personne ! Et comme elle semblait petite dans l'ombre du baldaquin tendu de brocart de laine. Elle était couchée sur le côté, lui faisant face, le coude replié, la tête en appui sur sa main, un sourire envoûtant aux lèvres. Guillaume déglutit. Il avait la gorge sèche et son cœur battait à tout rompre. Il se sentait léger, hormis dans la région de son entrejambe, qui le rappelait à sa condition terrestre. Aliénor continuait de sourire, sans pourtant lui faire signe d'approcher. Il ressentit une certaine réticence à aller plus loin. Tout se passait comme si une limite avait été tracée au sol ; la franchir et approcher du lit, il le pressentait, causerait sa perte.

Guillaume se retourna fébrilement sur sa paillasse et ouvrit les yeux dans un effort visant à chasser cette image. Elle laissa place à la vision de son voisin qui copulait avec une des prostituées du château. Ils s'étaient roulés dans le manteau du chevalier, ne laissant presque rien paraître, à l'exception de leurs bruits furtifs et de leurs mouvements de plus en plus rapides qui, eux, se passaient de commentaire. Guillaume se tourna de l'autre côté et serra les dents. Le manque d'intimité était de règle chez les chevaliers subalternes et les serviteurs ; ainsi, lors des grands rassemblements tels que celui-ci, où l'on pouvait à peine respirer, il était courant de surprendre des couples en train de faire l'amour. Chacun savait ce qu'il en était, et les témoins directs fermaient les yeux, sauf les voyeurs, bien entendu.

Soudain, la femme changea de registre vocal pour émettre une sorte de glapissement, puis le chevalier retint son souffle avant de vider ses poumons dans un frémissement sonore. Le silence se fit, suivi d'un long soupir. Des pièces de monnaie tintèrent doucement, annonçant le départ de la femme, sombre silhouette anonyme se frayant un chemin entre les lits de fortune. Quelques instants plus tard, elle se pencha au-dessus d'une paillasse, en souleva les couvertures et s'y glissa. Les bruits recommencèrent, atténués par une plus grande distance. Pendant ce temps, le voisin de lit de Guillaume se mettait à ronfler.

Réfléchissant à la transaction qui venait de se dérouler sous ses yeux et à cette autre en cours, Guillaume comprit que la ligne de démarcation sur le sol de la chambre de la reine, ligne dont il avait pressenti l'existence dans son rêve éveillé, symbolisait la raison pour laquelle il ne la franchirait jamais et qu'Aliénor ne l'y inviterait pas davantage. Cette prise de conscience apaisa son esprit, et il ferma les yeux. L'excitation sexuelle demeurait cependant, vague inlassable que les gémissements en provenance de l'autre paillasse n'étaient pas faits pour calmer. Les prêtres prônaient la prière et l'usage de la volonté dans le combat contre les tentations de la chair. Le seigneur de Tancarville, d'une tournure d'esprit à la fois plus pragmatique et libérale, fournissait ses hommes en filles, telle celle qui vaquait à son métier en ce moment même. Aux indigents et aux sourcilleux comme Guillaume, il suggérait sans détour de recourir au remède ordinaire. C'est ce que fit Guillaume, à la hâte et sans bruit. Jeune et au comble de l'excitation, il en eut bientôt terminé. Après les brefs émois du plaisir, un accès de culpabilité l'envahit, mais avec moins de virulence qu'en d'autres circonstances, ce qui lui permit d'apprécier le soulagement. Bientôt, il dormit aussi profondément que ses compagnons ; et comme il avait déjà fait le plein de rêves perturbateurs avant de s'endormir, son sommeil fut paisible.

Chapitre 5

Lusignan, comté de Poitou, mars 1168

Les trois fils d'Aliénor avaient monté leurs poneys pendant toute la matinée, s'exerçant à la quintaine avec des lances à bout rond adaptées à leur taille et joutant avec les fils des chevaliers et des seigneurs cantonnés à Lusignan. On avait abaissé le poteau de la quintaine à hauteur des petits cavaliers et de leurs montures. Richard se révélait plus habile que Harry, bien que tous deux fussent naturellement doués. Une âpre rivalité régnait entre eux. N'appréciant guère d'être plus jeune que son frère, Richard avait entrepris de prouver que le talent ne devait rien aux années. Harry enrageait de se faire battre par Richard, parce que ces défaites minaient son autorité d'aîné et ternissaient son lustre aux yeux des autres enfants et de leurs nourrices, qui regardaient depuis les barrières de touche.

— Cela fait douze pour moi et neuf pour toi, annonça Richard, un anneau d'osier au faîte de sa lance, en retournant se placer au départ à l'autre bout de la piste, ses dents à découvert en un sourire triomphant.

Son poney suait comme un bœuf, ses flancs semblaient les deux battants d'un soufflet.

— Dix ! cria Harry en projetant sa lèvre inférieure en avant. J'ai décroché le dernier.

— Mais il a basculé, donc ça ne compte pas.

— Si, ça compte !

— Je gagne quand même, fit remarquer Richard d'un air moqueur. Je parie que je pourrais aussi te battre à l'épée. Guillaume le Maréchal dit que je suis doué, ajouta-t-il, comme si cette remarque concluait l'affaire.

Harry foudroya Richard du regard. Recevoir les éloges de Guillaume le Maréchal était une distinction très convoitée par les fils d'Aliénor – non pas la louange du courtisan que leur assurait le sourire facile du jeune homme, mais la lueur d'approbation qui, parfois, luisait dans ses yeux lorsque l'un d'entre eux ou eux tous s'étaient particulièrement distingués à l'entraînement au combat. Non que Guillaume fût leur instructeur, ni même chargé, à quelque titre que ce fût, de leur éducation guerrière. Il n'en restait pas moins que Harry, Richard et Geoffroy s'arrangeaient pour être dans les parages lorsque le chevalier perfectionnait son art. Ils le suivaient comme son ombre, s'efforçant de l'imiter ; et, quelquefois, s'il en avait le loisir et qu'il se sentait dans de bonnes dispositions, il leur dispensait une leçon improvisée.

— Il dit que, moi aussi, je suis doué, rétorqua Harry d'un air hautain.

Il n'avait pas particulièrement envie de se battre contre son frère, la brute agressivité de Richard faisant de lui un adversaire incommode. Harry bénéficiait cependant de deux avantages : deux années de plus que son cadet et une plus grande allonge ; hélas, il préférait la facilité, les victoires qui ne demandaient pas trop d'effort. Le comportement de Richard ne s'était pas amélioré depuis une escarmouche qui avait eu lieu dans le Poitou. Il répétait à l'envi qu'une fois devenu duc d'Aquitaine, il partirait en guerre au lieu de suivre l'armée à la traîne. Harry, pour sa part, avait hâte de devenir roi d'Angleterre, duc de Normandie et comte d'Anjou, mais ce n'était « pas pareil ».

— Mais pas aussi doué que moi ! nuança Richard.

Harry serra les dents.

— Il n'a pas dit ça, répliqua-t-il.

— Non, c'est moi qui le dis.

Sautant au bas de son poney, Richard tira son épée d'entraînement de son fourreau. Elle était taillée dans un os de baleine. La fusée était entourée d'une cordelette, exactement comme celle d'un vrai chevalier, avec des couches superposées de peau de daim.

— Viens te battre ! À moins que tu n'aies peur ?

La provocation fit son effet. Harry passait son temps à jurer qu'il ne mordrait pas à l'hameçon que lui lançait Richard, mais il tombait toujours dans le piège. Confiant son poney à un valet, il tira sa propre épée en os de baleine et se tint prêt au combat. Aussitôt, Richard se jeta sur lui tel un fou furieux, comme s'il s'agissait d'une lutte à mort. Harry para et s'efforça de ne pas céder un pouce de terrain, mais Richard, les yeux brillants de délectation, le poussa à reculons en direction des enfants qui assistaient à la passe d'armes. D'un coup de pointe suivi d'un mouvement rapide, il désarma Harry. La violence du coup causa à celui-ci une douleur cinglante dans les paumes et les doigts, mais son orgueil fut le plus meurtri. Il se jeta de côté pour ramasser son épée qui gisait à terre, mais Richard le devança et posa la pointe de son arme sur la gorge de son frère.

— Rends-toi ! ordonna-t-il, les yeux presque rougeoyants de rage.

Harry lui lança un regard noir. Se plaindre que le coup ne fût pas réglementaire n'aurait fait qu'inciter Richard à démontrer, de toutes les façons possibles et imaginables, qu'il l'était.

— Je me rends, marmonna Harry.

Richard se fit un point d'honneur de maintenir son épée sur la gorge de son frère un peu plus longtemps que nécessaire avant de la retirer et de la remiser d'un air suffisant dans son fourreau.

— Souviens-toi seulement que tu seras obligé de me faire hommage à genoux quand je serai roi d'Angleterre, lança Harry d'une voix rageuse en réprimant des larmes brûlantes qui l'auraient déshonoré.

— Je ne serai « obligé » à rien, rétorqua l'autre. Et tu seras incapable de me forcer.

— Je t'y obligerai. Tu ne seras que duc d'Aquitaine, après tout.

S'élançant à l'écart de Richard, Harry arracha la bride de son poney des mains de son valet, l'enfourcha et l'éperonna en direction des écuries.

Le maréchal-ferrant avait referré quelques-uns des chevaux du château et une âcre puanteur de métal chaud et de corne brûlée emplissait l'air. Plusieurs équidés étaient attachés à une barre d'attelage en attendant qu'on vînt les chercher pour les ramener à leur stalle. Parmi eux se trouvaient les deux étalons de Guillaume le Maréchal, Blancart et Fauvel. Ce dernier, en appui sur une hanche, les yeux mi-clos, tirait à tout hasard sur une corbeille de foin. Harry l'avait monté à plusieurs reprises. Pour un destrier, il était débonnaire, voire indolent. Il fallait lui donner un bon coup d'éperon dans les flancs, alors seulement il se souvenait qu'il était un cheval de combat. Les oreilles dressées et les naseaux dilatés, Blancart, pendant ce temps, surveillait les abords en parfait destrier qui en impose. De temps à autre, il s'agitait, ses fers flambant neufs pareils à des éclairs, sa queue bruissant comme un chasse-mouches. Il était sellé, ce qui signifiait que messire Guillaume avait l'intention de le monter avant de le faire reconduire à la stalle. Harry contempla le long poil d'hiver et la robe crème soyeuse du cheval. Richard parlait sans cesse de le monter et avait d'ailleurs essayé plusieurs fois, mais, toujours, un imbroglio de circonstances et la vigilance des adultes l'en avaient empêché. Harry jeta un coup d'œil à la ronde : les chevaux étaient momentanément sans surveillance, l'occasion était trop bonne, et c'eût été commettre un péché de ne point la saisir. Cela compenserait au centuple sa récente humiliation et ferait tomber le masque de suffisance du visage de son frère.

Guillaume se trouvait à l'armurerie, où son haubert subissait certaines réparations et modifications. Quelques mailles avaient été brisées au cours d'une escarmouche avec les rebelles de Lusignan, une quinzaine de jours auparavant. Les dommages étaient suffisamment bénins pour être réparés, mais Guillaume avait pris du muscle et du poids depuis l'époque de son adoubement, et le vêtement le serrait à la poitrine.

L'armurier était assis sur un banc devant son atelier afin de pleinement profiter de la bonne lumière de mars. Ses outils étaient posés à portée de main, dont une écuelle en bois peu profonde contenant plusieurs centaines d'anneaux scintillants de cotte de mailles. Dans un autre récipient s'entassait une multitude de minuscules rivets de la taille d'une tête d'épingle. L'armurier avait méticuleusement inséré de nouveaux maillons dans le haubert, scellant le tout par des rivets sertis au marteau. Son travail terminé, il se dressa sur ses jambes, secoua la cotte de mailles et demanda à Guillaume de l'essayer sur sa tunique matelassée.

— C'est beaucoup mieux, approuva le chevalier avec un hochement de tête, tandis qu'il pliait les bras et examinait les réparations sous son aisselle relevée.

Les nouveaux anneaux avaient une teinte plus sombre que les anciens. Un autre petit rapiéçage d'une autre teinte encore recouvrait l'épaule à l'endroit où la gaffe de Drincourt l'avait accroché. Il se demanda ce qu'il resterait à sa mort du haubert d'origine. D'ailleurs on reconnaissait immanquablement les combattants les plus hardis – et aussi les plus chanceux – à leurs hauberts tachetés de pièces attestant de multiples remises en état. Pour sa part, il ne restait plus à Guillaume qu'à s'habituer aux nouvelles dimensions du sien.

— Sur mon honneur, tu ne quittes jamais ce machin-là ! fit remarquer Salisbury en faisant halte devant l'armurerie avant de repartir vaquer à ses occupations.

Guillaume, l'air espiègle, rétorqua :

— Il le faut bien, quand on songe au nombre de batailles que nous avons livrées ces derniers mois !

Salisbury acquiesça et fit une moue déconfite : Guillaume marquait un point.

— Tu as gagné ta pitance ces derniers temps, je te l'accorde, admit le comte. Si tu as besoin de quelques anneaux à ton haubert, tu le dois à ton travail acharné, non à la gloutonnerie.

Le regard de Salisbury tomba brièvement sur une tourte à demi dévorée qui gisait dans un plat à côté d'un épais morceau de pain de taille substantielle. Guillaume s'avisa de la direction du regard de son oncle et, tout penaud, lança :

— Je n'ai pas eu le temps de prendre mon repas à la grande salle.

— Tu n'as pas besoin de te justifier auprès de moi, s'esclaffa Salisbury. Tant que tu accomplis ton devoir pour ma plus grande satisfaction, tu peux manger ce qu'il te plaît, quand il te plaît, c'est ton affaire. Agis à ta guise.

Guillaume but une rasade de vin à la coupe posée à côté du plat et se tourna brusquement vers un valet qui fondait sur eux.

— Messire le Maréchal, venez vite ! Le prince Henri est sur le dos de Blancart dans la lice.

Guillaume et son oncle se regardèrent et s'élancèrent à toute allure comme un seul homme en direction de la pelouse. Ils arrivèrent à temps pour trouver l'héritier d'Angleterre et de Normandie se dirigeant au petit galop vers la quintaine, le visage blême et sombrement résolu. Une lance brinquebalait sous le bras du jeune garçon. Guillaume, en proie à la colère et à l'inquiétude, remarqua que Harry exerçait à peu près autant de maîtrise sur l'arme et le cheval qu'un ivrogne en exerce sur son propre esprit. Le plus étonnant était que Blancart ne l'ait pas encore jeté à bas dans la boue. Se lancer à sa poursuite pour l'arrêter tandis qu'il s'approchait de la quintaine aurait causé plus de tort que de bien ; aussi Guillaume fit-il halte au premier rang de la foule déjà grandissante. La princesse Marguerite le regardait avec des yeux admiratifs tout en ayant peur et en se sentant coupable pour son jeune époux.

— Ne vous fâchez pas, implora-t-elle avec angoisse. Harry n'avait pas l'intention de faire ça.

— Si le prince n'avait pas eu l'intention de faire ça, madame, il ne serait pas allé à la quintaine sur un cheval de combat d'une valeur de cent marcs sans demander ma permission, rétorqua Guillaume d'un air grave.

La princesse continua de plaider sa cause, mais le chevalier ne lui prêtait plus attention. Il surveillait le prince, désirant ardemment qu'il ne commît pas d'erreur et n'attirât point le malheur sur sa propre personne, ni sur le cheval. C'était un miracle que Harry demeurât en selle tandis que l'étalon chargeait vers la quintaine dans un bruit de sabots.

Harry serrait ses paupières fermées tout en maintenant une très mauvaise assiette. Équipés de fers neufs, les sabots de l'animal soulevaient de grosses mottes d'herbe, et sa queue fouettait l'air avec ce mélange d'excitation et d'irritation que Guillaume reconnut avec appréhension.

En toute logique, Harry aurait dû manquer l'anneau à coup sûr, mais le miracle se prolongea et, par une grâce insigne de la Providence, il réussit à crocheter la couronne d'osier et à poursuivre son chemin. Au moment où l'étalon repartait dans l'autre sens, Harry rouvrit les yeux et sourit béatement. Le visage resplendissant de triomphe, il chercha Richard des yeux dans la foule. Le vainqueur se moquait du vaincu.

C'est alors que Guillaume sortit du rang et que Harry l'aperçut. La peur et la défiance atténuèrent son exaltation sans parvenir à l'effacer totalement. L'enfant fixa sur Guillaume un regard impérieux, qui glissa sur le chevalier. Il consentait à se prosterner devant le roi et la reine, ainsi qu'à faire montre de déférence envers les enfants de la Couronne dans des conditions protocolaires déterminées, mais Harry avait, par son acte, transgressé le code de la chevalerie et, à ce titre, méritait une leçon. Quoi qu'il en fût, Guillaume n'eut pas le temps d'attraper le cheval par la bride afin de l'arrêter et de mettre un terme à l'équipée de son cavalier. Blancart, d'agacement, donna une ruade. Harry partit à la renverse et heurta le troussequin de la selle avec la colonne vertébrale, la lance lui glissant de la main. Dans la panique, il s'agrippa aux rênes et tira d'un coup sec. L'étalon devint fou, vrilla, rua, plongea. Harry essaya de se maintenir en selle mais il n'avait aucune chance d'y parvenir, car il chevauchait désormais une tornade. L'inévitable se produisit lorsque les rênes lui échappèrent et qu'il fut éjecté de la selle, heurtant le sol dans un bruit mat à couper le souffle. Blancart détala, ponctuant son galop d'une série de coups de sabot et de ruades violentes.

Salisbury accourut auprès du prince, qui saignait du nez et de la bouche. Quant à Guillaume, il se lança à la poursuite de l'étalon affolé et parvint à se saisir de la bride qui traînait par terre avant que le cheval ne se prenne le sabot dans la boucle, ne chute et ne se brise une jambe. Guillaume l'aborda de profil en lui parlant d'un ton ferme mais calme, puis il fit remonter sa main le long de la bride jusqu'à la sous-gorge. Enfin, il posa le plat de la main sur l'encolure tremblante et humide de sueur de l'équidé, referma le poing sur la crinière et monta en selle dans un mouvement de balancier. Blancart tressaillit mais, sentant sur son dos le poids familier de son maître à la place de celui, plus léger, de l'enfant, il se calma. Se servant des genoux et des cuisses afin de ne pas exercer de pression avec le mors, Guillaume, le cœur empli d'effroi, alla retrouver le prince désarçonné. Une foule l'entourait à présent. Hodierna, la plus ancienne nourrice de la famille royale, pleurait en se tordant les mains.

Salisbury releva la tête à l'arrivée de Guillaume. Harry était dressé sur son séant, se tenant les côtes, le visage grimaçant de douleur. À présent qu'il était tout près, Guillaume fut soulagé de voir que le sang qui maculait sa bouche s'écoulait d'une lèvre ouverte et que son nez ne saignait plus.

— Quelques bonnes contusions aux côtes, dirais-je, lança Salisbury. Il a fait un sacré saut. Le cheval va-t-il bien ?

— Difficile à dire, sire. Cela ne lui aura pas arrangé le caractère, répondit Guillaume.

Puis il flatta l'encolure et la nuque de Blancart d'un geste rassurant et sentit le cheval frissonner sous son toucher.

— Sèche tes larmes, femme, le petit n'est pas mort ! s'exclama d'un ton sec Salisbury à l'adresse de Hodierna, qui n'en finissait plus de geindre.

Puis il empoigna Harry par l'épaule et lui imprima une forte pression.

— Où aviez-vous donc la tête ?

L'enfant poussa un petit cri de douleur. Il avait le regard vitreux de larmes qu'il se refusait à laisser couler.

— Je voulais monter un vrai destrier. Richard disait que je n'y arriverais pas, mais j'y suis arrivé.

Sur ces mots, il leva le menton en l'air, prêt à relever de nouveau le défi.

— Au risque de vous rompre le cou ! Si ce cheval est blessé à cause de votre sottise, vous devrez à messire Guillaume le prix de son entretien ou de son remplacement. Héritier de la Couronne ou non, vous êtes un jeune sot !

Harry fit une moue pincée. Malgré sa douleur patente, il se dressa sur ses jambes et se tourna avec précaution vers Guillaume en se tenant les côtes.

— Je suis désolé, messire le Maréchal. C'est un cheval si excellent que je n'ai pas pu me retenir.

— C'est donc qu'il vous reste beaucoup à apprendre en matière d'autodiscipline, grommela Salisbury.

Le cœur de Guillaume battait toujours la chamade en réaction à l'incident, mais quelque chose dans l'attitude du jeune garçon, l'expression de son regard, sa moue, radoucit sa colère. Il comprenait ce qu'avait pu ressentir Harry, le besoin de faire ses preuves aux yeux de ses pairs et de ses frères, ce besoin qui se fait d'autant plus pressant que l'on a treize ans et que l'on grandit parmi les plus fines lames, entouré de chevaux inestimables.

— Mon jeune seigneur a tiré, à ses dépens, la leçon de sa facétie, fit remarquer Guillaume d'un ton neutre. Je ne pense pas qu'il recommencera.

Harry considéra Guillaume à travers sa frange et, sans rien dire, confirma d'un geste négatif de la tête.

Salisbury grommela et prit un air sévère.

— Vous vous en sortez à bon compte, dit-il à Harry. Vous feriez mieux d'aller faire soigner vos contusions.

Sur ces mots, il remit l'enfant entre les mains de Hodierna, ce qui était en soi quelque peu humiliant, car Harry se considérait désormais bien trop grand pour avoir une nourrice, qui, de surcroît, faisait autant de tapage qu'une vieille dinde. Le comte dispersa la foule d'un geste ample du bras mais rattrapa Richard à la volée par la peau du cou.

— Vous avez vu ce qui est arrivé à votre frère, le mit-il en garde en le secouant comme un prunier. Ne caressez pas même l'idée de faire pareil.

— Je n'en ai pas l'intention, répliqua Richard en joignant les mains tel un angelot.

Mais, dès que Salisbury l'eut lâché, il ajouta avec insolence :

— D'abord, moi, je ne tomberais pas.

Puis il baissa promptement la tête et s'en fut à toutes jambes.

Salisbury se serait volontiers arraché les cheveux.

— Jeune démon ! maugréa-t-il.

Mais ses yeux riaient malgré lui.

— À votre tour, vous laissez celui-ci s'en tirer à trop bon compte, fit remarquer Guillaume.

— Exact, répondit Salisbury. Mais il leur reste à se faire pardonner de leur mère. Or, ils n'obtiendront aucune indulgence de sa part.

— Il boite, annonça le valet avec la délectation du pessimiste à qui les circonstances donnent raison. Déjà hier après-midi, je disais que sa jambe avait l'air bancale.

Guillaume posa une main sur l'épaule de Blancart et la fit descendre avec fermeté le long de la jambe blessée. Le genou était chaud au toucher. Le destrier sursauta et fit un écart en poussant un grognement de douleur.

— Une bonne vieille entorse, qu'il lui a faite, l'animal, poursuivit le valet en désignant, bien sûr, le prince Henri, non l'étalon. Vous n'irez nulle part avec ce cheval pendant une semaine, au bas mot. Je vais lui faire mettre un cataplasme tout de suite mais…

Il s'interrompit pour faire claquer sa langue avant de reprendre :

— Une bonne semaine, répéta-t-il.

Guillaume proféra un juron. La cour des écuries était en pleine effervescence, car les chevaliers de son oncle, rassemblés en nombre, s'apprêtaient à escorter la reine jusqu'à un château des environs. Aliénor n'avait pas encore fait son apparition mais, dès son arrivée, les troupes prendraient le départ, et Salisbury n'aurait que des paroles acerbes pour les traînards.

Faisant signe à son écuyer de le suivre, Guillaume alla chercher son harnachement et sa selle dans la sellerie qui jouxtait les écuries et entreprit de harnacher son second destrier. Par chance, Fauvel était plus placide qu'un hongre, et le seller lui prit moitié moins de temps qu'il n'en fallait pour seller Blancart. Guillaume boucla la bride et attacha le plastron de poitrail pendant que l'écuyer serrait les sangles. Lorsqu'il ressortit avec Fauvel pour se joindre à l'escorte, la reine pénétrait justement dans la cour en compagnie de deux de ses suivantes. Aliénor portait une robe d'équitation de laine bleue et une cape légère vert feuille à liseré torsadé en fil d'argent retenue par un somptueux fermoir cloisonné. Des éperons d'argent scintillaient à ses talons. L'éclat de son regard se posa brièvement sur Guillaume et Fauvel, puis elle fit un signe de tête à Salisbury.

— Les princes ne vous accompagnent pas, Majesté ? s'enquit le comte, tandis qu'il la hissait en selle sur une jument de Barbarie pommelée.

— Non, répondit-elle, ils ne m'accompagnent pas, bien que j'eusse été peut-être bien avisée d'emmener Harry, afin qu'il éprouvât en selle aujourd'hui les douloureuses conséquences de sa sottise d'hier. Mais il se trouve que j'ai autorisé mes fils à bénéficier d'une journée supplémentaire de cours de latin sur le thème des obligations des rois.

Salisbury esquissa un sourire taciturne.

— Je suis sûr qu'ils en tireront profit, Majesté.

— Vous êtes plus optimiste que leur mère, répliqua Aliénor d'un ton exaspéré.

Le cortège s'en fut dans la claire matinée de printemps. Au début, Guillaume était d'humeur morose de devoir ainsi monter son second destrier, mais le beau temps et l'atmosphère de liesse l'égayèrent bientôt. Il était le seul à porter son haubert. Les autres chevaliers transportaient armes et cottes de mailles sur des animaux de bât ou à l'arrière de leur selle, et Guillaume aurait volontiers fait comme eux, s'il n'avait voulu vérifier la coupe du vêtement après les réparations.

— Si mon fils a causé des blessures à votre étalon par ses facéties, je veillerai à ce qu'il vous dédommage, lança Aliénor en venant chevaucher à hauteur de Guillaume, tandis que le détachement longeait une piste carrossable couverte d'ornières.

Le soleil mouchetait les frondaisons nouvelles, les gerbes d'aubépine étaient en boutons, et la brise avait la tiédeur d'un souffle d'amoureux. Caché dans la futaie, un coucou, en quête d'une femelle pour s'accoupler, poussa son cri de gorge.

— À dire vrai, Majesté, je pense qu'il a payé sa dette, répondit Guillaume. Je ne crois pas qu'il soit à la veille de recommencer. Mon valet me dit que Blancart aura besoin d'une semaine de repos mais qu'il n'a subi aucun dommage durable.

— Vous êtes généreux, repartit Aliénor avec un léger sourire qui laissa Guillaume sans souffle.

Trois mois s'étaient écoulés depuis les fêtes de Noël à Argentan, et il avait eu le temps de s'habituer aux puissants appas érotiques d'Aliénor, mais ses attentions continuaient de le mettre délicieusement dans tous ses états.

— À chaud, je vous aurais paru moins accommodant, Majesté, admit-il non sans espièglerie.

— Mais vous n'êtes pas du genre à tenir rancune, Guillaume ?

Le chevalier confirma d'un geste négatif de la tête.

— Pas pour des broutilles, Majesté.

Elle le considéra avec une légère inclinaison de la tête, comme si elle s'efforçait de résoudre une énigme.

— Vous êtes sans doute l'homme le plus aimable que je connaisse. Promettez-moi que vous ne laisserez pas le temps aigrir votre caractère ni corrompre votre tempérament.

Guillaume sourit.

— Selon ce qu'apportera l'avenir, je vous le promets.

Aliénor partit d'un grand rire en rejetant la tête en arrière.

— Oh, très diplomatique, messire !

Elle se pencha vers lui pour lui donner une petite tape sur le bras et ajouta :

— Vous irez loin.

— Je l'espère sincèrement, Majesté, répliqua Guillaume en s'inclinant sur sa selle, ravi de ce badinage avec la reine.

Pourtant, sous la plaisanterie, il y avait du vrai. Les Romains disaient « *in vino veritas* », signifiant par là qu'hommes et femmes expriment leurs sentiments véritables lorsque le fruit de la vigne leur délie la langue. De même, des propos d'apparence anodine pouvaient renfermer la vérité, à l'image d'une poignée de sable dont on s'avise, en second examen, qu'elle contient des pépites.

Ils continuèrent à converser en chevauchant. Puis la troupe fit halte au bord d'un ruisseau en bordure de bocage pour abreuver les chevaux et désaltérer les hommes. Quelques chevaliers, dont l'oncle de Guillaume, mirent pied à terre, mais ce dernier resta en selle sur Fauvel, abaissant les rênes afin de permettre à l'étalon de tremper sa bouche dans le torrent d'eau vive tandis que lui-même buvait du vin coupé d'eau à sa flasque en cuir tout en discutant avec quelque autre chevalier.

Un écuyer, qui était allé se soulager à l'écart dans les fourrés, poussa soudain un cri d'alarme. Guillaume se retourna et vit une suite de chevaliers au galop surgir d'un bosquet à moins d'une centaine de pas de là et se ruer sur leur petit détachement dans un fracas du tonnerre. L'écuyer s'enfuit à toutes jambes. Guillaume jeta sa gourde à terre et, mettant fin au rafraîchissement de Fauvel, fit passer son écu sur le devant de son corps dans un mouvement de balancier, glissant avec force l'avant-bras gauche dans les courroies de maintien, puis il s'empara de la lance qu'il avait laissée contre un tronc d'arbre le temps de boire et, l'allongeant à l'horizontale, chargea contre l'ennemi.

Salisbury se saisit d'Aliénor et la jeta tel un paquet sur le dos de sa jument.

— Fuyez, Majesté ! cria-t-il impérieusement. Chevauchez sans vous retourner jusqu'à Poitiers !

Sur ces mots, il donna une grande tape sur la croupe de la jument. Aliénor, le regard empli de stupéfaction face à l'avancée rapide des assaillants, fit claquer les rênes sur l'encolure de sa monture et détala à la vitesse d'un ouragan.

— Accompagnez la reine ! ordonna Salisbury à l'adresse des chevaliers les plus proches. Assurez-vous qu'elle parvienne en lieu sûr. Au prix de votre vie, s'il le faut !

Déjà l'ennemi fondait sur eux. Salisbury tira son épée, sauta sur son palefroi et l'éperonna jusqu'à l'endroit où l'attendaient son valet et son destrier.

Tandis que le piège se refermait, Guillaume reconnut les armes d'azur et d'argent de Geoffroy et Guy de Lusignan, qu'une querelle opposait depuis de longs mois au roi Henri. Les deux frères étaient de redoutables guerriers, et la rencontre n'était pas due au hasard : c'était une embuscade dans les règles. Un de leurs hommes se détacha du groupe dans l'intention manifeste d'intercepter la reine. Guillaume lança Fauvel à toute allure pour lui couper la route et lui fit faire la culbute d'un violent coup de lance. Le guerrier heurta le sol dans un bruit sourd qui fit trembler la terre, tandis que son cheval s'enfuyait, les étriers battant à vide contre ses flancs. Guillaume fit alors pivoter Fauvel et désarçonna un autre candidat à l'interception d'Aliénor, puis vola se placer en protection de son oncle.

Ayant atteint son destrier, Salisbury sauta à bas de son palefroi et saisit son étalon par la bride. Tandis qu'il posait le pied à l'étrier, Guy de Lusignan fonça sur lui au grand galop et lui enfonça sa lance entre les vertèbres. Guillaume vit l'éclat de la pointe effilée perforer le corps de son oncle, vit celui-ci s'écraser contre le flanc de son destrier puis rebondir en arrière, bouche ouverte, bras écartés, l'épée glissant de sa main. Pendant un moment, la lance le maintint debout, mais lorsque Lusignan la retira d'un coup sec, Salisbury ploya puis s'effondra, tandis que le plus complet étonnement se peignait sur son visage. Il heurta le sol de tout son poids, rebondit sur le côté et, la bouche pleine de sang, fixa Guillaume de ses yeux déjà éteints.

— Non !

Le cri de Guillaume lui emplit le crâne d'une rage noire qui anéantit sa raison.

— Traîtrise ! rugit-il.

Et il planta ses éperons dans les flancs de Fauvel, bien décidé à régler son compte à Lusignan. Hélas, des chevaliers ennemis venus à la rescousse s'interposèrent. Il abattit le premier, puis un deuxième... Mais il perdit sa lance et dut tirer son épée, ce qui supposait un combat rapproché. Le cri de guerre « Lusignan » retentit à son oreille, mais nulle voix ne vint se joindre à la sienne pour crier « Évreux ! » ; et, bientôt à bout de souffle, il perdit espoir que quiconque lui fît écho.

Tout à coup, un chevalier vêtu d'un somptueux surcot de soie enfonça sa lance dans l'épaule de Fauvel. L'étalon s'affaissa en battant des jambes. Guillaume se débarrassa promptement des étriers et roula à l'écart. Son écu tailladé en protection, l'épée rouge de sang jusqu'à la garde, il recula face à ses assaillants jusqu'à se trouver dos à la haie qui s'étendait en bordure de pré. Ses poumons le brûlaient, et les muscles de ses bras étaient en feu. Il savait sa situation désespérée mais, au lieu de l'inciter à battre en retraite, sa lucidité lui conservait toute sa combativité. Il déjoua les assauts que l'ennemi donna afin de tester sa résistance, gardant son bouclier tout contre son corps et l'épée prête à frapper. Il espérait néanmoins que ses assaillants se lasseraient de la besogne consistant à réduire un seul et unique homme et iraient voir ailleurs. Après tout, sa mort ne serait que paille en comparaison de la récolte que constituait l'assassinat de son oncle. La pensée du crime ignominieux commis par Lusignan l'aiguillonna à poursuivre le combat, y compris lorsque Geoffroy de Lusignan lui cria de se rendre.

— Je ne me rends pas à des lâches et à des traîtres qui n'hésitent pas à frapper un homme d'honneur par-derrière ! cria-t-il à son tour, d'une voix à la fois féroce et empreinte de chagrin.

— Tu es un sot borné ! rétorqua Lusignan. C'est la guerre, non un tournoi.

Lusignan poussa son cheval en avant, mais Guillaume assena à l'équidé un violent coup de bouclier à la tête, et l'étalon fit un écart, manquant de désarçonner son cavalier. À la suite de quoi deux chevaliers engagèrent le combat contre Guillaume mais, bien qu'ils fussent à cheval et lui non, il les repoussa, car aucun des deux ne souhaitait perdre son cheval de combat sur un coup de taille de Guillaume ; d'ailleurs, il tenait son bouclier de telle façon qu'ils ne pouvaient l'approcher sans exposer leurs montures au danger.

Plutôt que d'affronter Guillaume de front, ainsi que le faisaient les autres, Guy de Lusignan plaça son destrier face à la haie et le fit sauter dans le pré voisin, où le blé était en herbe. Là, il longea la haie au petit galop jusqu'à hauteur de Guillaume et, une fois encore, se servit de sa lance par-derrière.

La douleur fut d'autant plus aiguë que la pointe d'acier était très effilée. Guillaume ne put retenir le cri qui lui déchira le larynx jusqu'à ce que l'atroce douleur y mette un terme en lui coupant le souffle. Alors qu'il était abattu comme un cerf aux abois, ils lui prirent son écu de force et lui arrachèrent l'épée de la main. Le surplombant de toute sa hauteur, Geoffroy de Lusignan posa la pointe de son épée sur la gorge du vaincu.

— Tu aurais dû te rendre quand il était encore temps, déclara-t-il.

Guillaume le foudroya du regard à travers une explosion d'étoiles. Sa blessure et la vue de son oncle crocheté par le dos comme une carcasse de boucherie avaient fait voler en éclats la carapace de courtoisie qu'il présentait d'ordinaire au monde.

— Vous n'êtes que de méprisables meurtriers ! éructa-t-il, le visage ruisselant de larmes de chagrin et de rage. Vous avez tué mon oncle d'une manière indigne d'hommes d'honneur et de chevaliers. À présent, faites de même avec moi, qu'on en finisse.

Geoffroy enfonça légèrement sa lame dans la trachée de Guillaume mais ne la fit pas mordre.

— Tu es un jeune sot et un naïf si tu espères rencontrer abondance de courtoisie au combat, se moqua-t-il. Patrice d'Évreux a eu ce qu'il méritait.

Retirant son épée, Geoffroy fit signe à ses hommes d'un claquement de doigts.

— Trouvez-lui une monture et emmenez-le. Le neveu d'Évreux vaut son pesant de livres d'argent s'il survit. Hâtez-vous ! Ces fils de chiennes ne tarderont pas à nous envoyer toute une cohorte.

Guillaume perdit toute notion autre que celle de la douleur. La lance était toujours fichée dans sa chair ; or, ses ravisseurs ne furent pas tendres lorsqu'ils la retirèrent. Le sol rougit sous lui, car, bien que n'ayant pas atteint l'os, la blessure était profonde. Ses braies et ses chausses s'imbibèrent de son sang. Un chevalier lui fourra sous le nez un morceau de drap grossier afin qu'il le mît sur la plaie ; mais pour maintenir le garrot en place, il dut mettre à contribution les jarretières de ses chausses. Puis ils se saisirent de son haubert, ainsi que de son épée, et le jetèrent sur le dos de la bête de bât qui avait servi au transport de l'équipement de son oncle. Guillaume s'accrocha à l'arceau situé à l'avant de la selle tout en ayant conscience de se diriger probablement vers une mort rapide. Même à supposer qu'il survécût à sa blessure, il était douteux qu'il fût traité avec égards par ses ravisseurs, d'autant qu'ils ne seraient pas longs à découvrir que, malgré sa qualité de neveu de Patrice de Salisbury, il n'avait aucune fortune en propre, non plus que sa famille. Personne ne paierait sa rançon et, tôt ou tard, lassés de lui, les Lusignan lui feraient trancher la gorge, puis ils jetteraient son cadavre dans un fossé.

Cette nuit-là, ils bivouaquèrent dans un bois. On déchargea Guillaume à la périphérie du feu de camp. Le pansement grossier qu'on lui avait accordé était trempé de sang, mais ses demandes en vue d'obtenir une nouvelle compresse et de l'eau pour nettoyer la plaie ne rencontrèrent qu'indifférence, hormis un coup de pied et un ricanement de mépris de temps en temps. Après qu'on eut pansé les chevaux, un écuyer lui apporta enfin une timbale de vin, un morceau de pain sec et une couverture qui empestait la sueur équine. Le jeune homme se refusa à croiser le regard de Guillaume et s'en retourna promptement auprès de ses acolytes.

Exclu du feu de camp par l'ennemi, Guillaume grelottait dans le noir. Sa douleur à la cuisse était comme un cri ininterrompu qui ne lui laissait aucun répit, et son cœur hurlait à l'unisson chaque fois qu'il revoyait les images de la mise à mort de son oncle par Guy de Lusignan. Il s'accrocha pourtant à cette vision, sa fureur et son chagrin nourrissant sa détermination à survivre et à venger le comte. Plus tard, dans la nuit, tandis que, tenaillé par la douleur, il ne dormait pas, il entendit discuter les frères Lusignan autour des braises.

—Nous aurions dû prendre Patrice d'Évreux en otage, grommelait Geoffroy. Il est une plus grande menace pour nous mort que vivant. Il aurait fait une prise de choix que nous aurions pu monnayer. Or, nous avons les mains plus que vides, puisque cette chienne de l'enfer d'Aliénor a pris la fuite et que ses fils ne l'accompagnaient pas. Tout cela n'est qu'une perte de temps.

Des étincelles s'envolèrent vers le ciel lorsque Geoffroy jeta avec colère une branche de bois mort sur le feu moribond.

—Je n'appellerais pas la mort de Patrice d'Évreux une perte de temps, répliqua Guy. Nous étions déjà traqués avant ; alors rien ne change à cet égard. Il leur faudra désigner son successeur avant de s'occuper de nous, et cela devrait leur prendre un bon moment. En outre, ajouta-t-il d'un ton agressif afin de justifier son geste, je n'étais pas censé savoir que c'était d'Évreux. Il n'avait ni écu ni armure qui le désignât.

—Mais il ne t'a pas traversé l'esprit un seul instant qu'un homme vêtu de soie pouvait rapporter une rançon honorable ? rétorqua Geoffroy d'un ton cassant. Et tu n'as pas davantage réfléchi à deux fois avant d'embrocher un homme désarmé avec ta lance.

—Il aurait été bientôt armé de toute façon. Que pouvais-je faire d'autre ?

Geoffroy émit un grognement d'impatience et s'assit sur la bûche qui servait de banc aux deux frères.

—On n'a jamais ressuscité personne en regrettant le passé, fit remarquer Guy avec un implacable bon sens.

Je continue à penser qu'on est bien débarrassés. Ce fléau nous harcelait depuis beaucoup trop longtemps.

Lentement, Guillaume changea tant bien que mal de position pour tourner le dos au feu de camp, à ses gerbes d'étincelles et aux deux meurtriers qui débattaient de leur crime. Tandis que sa blessure l'élançait, son regard se perdit dans l'obscurité boisée, et il se remémora le rire rocailleux d'Aliénor. Il lui semblait qu'une éternité s'était écoulée depuis que, chevauchant sur un sentier ensoleillé, elle lui avait demandé s'il était rancunier. Il avait répondu à la légère, parce que, en ce temps-là, il ignorait ce qu'était la rancune. Mais c'était avant.

Chapitre 6

Les frères Lusignan arrivèrent en vue du château à la nuit tombante un soir de printemps. Guillaume contempla les murs clairs et les tourelles recouvertes de tuiles rouges avec un mélange de soulagement et de désespoir. S'il ne pouvait que voir d'un bon œil l'arrêt programmé des soubresauts du cheval et du frottement de la selle de bât contre sa cuisse blessée, en revanche, il ne pouvait se cacher que la fin du voyage signifiait pour lui son emprisonnement dans les entrailles humides du donjon. Il ne se faisait pas d'illusions : il mourrait aux mains de ses ennemis, à l'insu de tous.

Après avoir convaincu les gardes du château qu'ils étaient des alliés, les deux frères et leurs hommes passèrent sous la barbacane dans un fracas de sabots puis pénétrèrent dans la cour poussiéreuse, siège de tout un assortiment de bûchers et d'ateliers. Un dératiseur les observa depuis un banc où il était occupé à manger un bol de ragoût. Ses dernières victimes pendaient par la queue à un poteau à roulettes rangé près de lui. Un bambin crasseux piquait les rongeurs morts avec un bâton, leur imprimant un mouvement latéral. Non loin de là, deux femmes, elles-mêmes agitées comme des poules, rentraient la volaille du château pour la nuit. Tandis que les soldats descendaient de cheval, Guillaume remarqua la présence d'une dame guettant leur arrivée depuis une galerie qui courait le long de la partie supérieure de la muraille.

Elle avait le teint olivâtre et la silhouette élancée ; sa robe était d'un jaune safran saisissant, dont l'éclat flamboyait dans le crépuscule finissant. Son regard se posa sur Guillaume et s'y attarda un moment par curiosité, puis la dame quitta la rampe de la galerie et disparut à l'intérieur.

Sans égard pour sa blessure, Guillaume fut déchargé de la bête de bât et emmené sans ménagement dans la grande salle. Le seigneur du château, qui répondait au nom d'Amalric, salua ses visiteurs le sourire aux lèvres et le regard méfiant. L'homme devait être un vassal ou un gouverneur des Lusignan, en déduisit Guillaume.

Les frères furent conduits jusqu'à la table d'honneur, où on leur servit promptement à boire. Quant à Guillaume, on le jeta sur la paille dans un coin près de la porte. Une puanteur d'urine lui emplit aussitôt les narines : c'était là que les hommes venaient se soulager durant la nuit plutôt que de sortir uriner dans la fosse à ordures ou de chercher le cabinet d'aisances. Il se glissa un peu à l'écart de la paille immonde, mais chaque mouvement lui causait une douleur atroce et humectait son front de sueur froide. Ce qui lui tenait lieu de pansement était souillé de sang et de crasse, et il se savait en danger de mort s'il contractait la fièvre. L'endroit était presque aussi abject qu'un cachot.

Plusieurs dames entrèrent. Parmi elles figurait la jeune femme à la robe safran entrevue sur la galerie. Par courtoisie invétérée, et sachant les femmes potentiellement plus sensibles que les hommes, Guillaume les salua d'un geste de la tête lorsqu'elles baissèrent les yeux vers lui. Elles piaillèrent entre elles comme des moineaux confrontés à un chat puis finirent d'entrer en toute hâte, à l'exception de la demoiselle en jaune, qui fit halte et accosta un serviteur. Même à distance, Guillaume put se convaincre que le ton de la dame était péremptoire. Le serviteur s'inclina devant elle, alla remplir une coupe de vin à la crédence et l'apporta à Guillaume de l'air crispé de celui qui répugne à la tâche.

Guillaume tremblait tant qu'il parvint à peine à tenir la timbale.

— Merci, dit-il d'une voix rauque.

Puis il porta tant bien que mal le récipient à ses lèvres et but.

Le vin ne valait guère mieux que le poison servi à la Cour du roi Henri ; pourtant, Guillaume lui trouva un goût d'ambroisie lorsque le liquide descendit dans sa gorge asséchée, et il dut même se retenir de l'avaler d'un trait. Il se fit un point d'honneur de porter un toast à la dame en jaune, un peu comme s'ils étaient tous deux les convives d'un festin officiel. Elle lui rendit la politesse en inclinant la tête de manière imperceptible puis se détourna.

— Madame demande si vous avez besoin de quoi que ce soit, marmonna le serviteur en lançant des regards furtifs alentour, craignant manifestement d'être vu tandis qu'il parlait à Guillaume.

— Remercie ta maîtresse, répondit ce dernier, la gorge serrée par l'émotion. Et fais-lui savoir que, hormis ma liberté, ce dont j'ai le plus pressant besoin, c'est d'un pansement propre. Si elle peut me le procurer, je lui vouerai une reconnaissance éternelle.

Le serviteur piétina en attendant que Guillaume eût terminé de boire ; puis, sans un mot, il lui prit la coupe des mains et s'empressa de filer.

Guillaume sombra alors dans une somnolence fébrile. Les serviteurs dressèrent des tables à tréteaux, et les hommes des Lusignan s'assirent autour d'un repas préparé à la hâte. La bienfaitrice de Guillaume prit place avec les autres dames à une table latérale. Pas une seule fois elle ne regarda dans sa direction, et personne ne lui apporta de quoi manger.

Après s'être restaurés, les frères Lusignan et leur hôte se retirèrent à l'étage en compagnie des dames. En passant devant Guillaume, la jeune femme à la robe jaune fit comme s'il n'existait pas, se contentant de suivre les hommes en baissant pudiquement les yeux.

La partie de la grande salle où se trouvait Guillaume fut soudain plongée dans le calme. Personne ne venait jamais s'installer près de l'urinoir, à moins d'y être forcé ; en outre, le temps étant clément, la gent masculine préférait aller se soulager dehors.

Les tréteaux rangés en tas contre le mur, les hommes commencèrent à étaler leurs paillasses pour la nuit. Guillaume tira sur ses épaules son tapis de selle puant et infesté de poux et chercha le sommeil, mais la douleur et l'inconfort étaient trop grands pour lui accorder ce bienfait.

— Messire...

La voix était aérienne quoique énergique. Guillaume se retourna puis se redressa avec difficulté à cause des élancements. La dame à la robe jaune se tenait devant lui. Fermées par des rubans de soie dorée, ses nattes noir de jais tombaient sur sa taille, et ses yeux étaient aussi sombres que de l'obsidienne polie.

— Madame..., salua le prisonnier d'une voix éraillée par la douleur. Je tiens à vous remercier pour votre bonté de tout à l'heure.

— Je ferais de même pour tout homme blessé, dit simplement sa bienfaitrice. Vous voir traiter ainsi me fait honte, mais je ne peux contrevenir aux volontés de notre suzerain.

— Je comprends, madame.

— Vraiment ? lança-t-elle en secouant la tête, un sourire dubitatif aux lèvres. Vous avez fait savoir que vous aviez besoin d'un bandage ?

Se penchant en avant, elle remit entre ses mains une grosse miche de pain si frais qu'il en était encore un peu tiède. Pendant un instant, la puanteur du lieu fut recouverte par l'arôme rassurant du pain et la fragrance épicée qui émanait des vêtements de la jeune femme.

Guillaume s'y reprit à deux fois avant de pouvoir parler.

— Merci, madame, dit-il enfin d'une voix rauque. Je n'oublierai pas votre acte charitable.

— Peut-être…, murmura-t-elle en lui lançant de ses yeux noirs un regard sceptique.

Puis, rassemblant ses jupes afin de les protéger des ajoncs souillés du sol, elle quitta la grande salle. Guillaume considéra la miche. La croûte dorée était craquelée en plusieurs endroits ; c'était par ces fissures que filtrait l'odeur appétissante. Il en rompit un morceau et vit que le cœur de miche avait été évidé et qu'on y avait glissé plusieurs rouleaux de bandes de tissu. Sa vue se brouilla, et il dut sécher le coin de ses yeux avec son poignet. Le petit geste de compassion de la dame en jaune était sans prix. Il le pensait vraiment : jamais il ne l'oublierait.

À l'aube, ils quittèrent le château pour s'enfoncer plus avant dans le Limousin et ses nombreuses forêts tapies au fond de gorges dérobées. Guillaume avait nettoyé sa plaie à l'eau mendiée à l'une des jeunes filles du château puis l'avait pansée à l'aide d'une bande de tissu propre. La fille l'avait informé que sa bienfaitrice s'appelait Clara. Il mémorisa ce nom dans le but de faire brûler un cierge pour le salut de son âme la prochaine fois qu'il irait à l'église.

Guillaume était jeune et robuste ; aussi, la chance aidant, sa blessure guérit proprement. Il n'en conserva qu'un léger boitillement lorsque la fatigue le prenait. Par ailleurs, comme il avait le don de se rendre d'agréable compagnie, il vint progressivement à bout de l'hostilité de ses ravisseurs tout en mettant un frein indispensable à sa propre animosité à leur égard. Tant et si bien qu'au milieu de l'été, ils le considéraient pratiquement comme un des leurs.

Tandis que les frères Lusignan faisaient la tournée de leurs alliés, dont ils sollicitaient secours et soutien sporadiques, la nouvelle leur parvint que Guillaume de Tancarville, chambellan de Normandie et, lui aussi, parent de Guillaume, avait remplacé Patrice de Salisbury au poste de gouverneur du comté de Poitou. Les Lusignan interrogèrent longuement Guillaume afin d'obtenir des renseignements concernant le caractère de Tancarville, ses méthodes et ses hommes. Leur otage prit un malin plaisir à leur concocter un subtil et complexe mélange de demi-vérités et de mensonges, leur servant une profusion de mots dépourvus d'information.

Un soir de la fin juillet, quatre mois après l'embuscade, les frères Lusignan retournèrent au château de la dame en jaune. Amalric leur fit un accueil tendu. Il sautait aux yeux que, tout en accomplissant son devoir en venant en aide à ses suzerains, il n'était pas tranquille. Tancarville avait amené le fer et le feu en Poitou, et les gens prudents faisaient profil bas à l'abri de leurs remparts.

Guillaume dessellait, sous l'œil vigilant d'un sergent des Lusignan, le vieux cheval atteint d'une tumeur osseuse que ceux-ci lui avaient attribué, lorsqu'un damoiseau passa la tête par la porte de l'écurie.

— On vous mande dans la grande salle, lança le jeune homme en s'essuyant les narines avec le dessus du poignet. Un messager envoyé par la duchesse Aliénor vient d'arriver.

— Ah, ah ! s'exclama le sergent. On dirait que tu vaux finalement quelque chose.

Guillaume sentit son cœur accélérer. Il attacha son cheval en évitant de se faire mordre par ses longues dents jaunies et se dirigea vers la grande salle d'un prompt boitillement.

Le messager, Guillaume le reconnut aussitôt, n'était autre que le père André, un des chapelains d'Aliénor. En qualité de prêtre, il jouissait d'une certaine immunité, qui n'était cependant pas garantie, et était ainsi en mesure de se rendre en des lieux où l'homme d'épée ne pouvait accéder. Lorsque le chapelain écarquilla les yeux en le voyant, Guillaume comprit qu'il faisait sans doute bien déplorable figure. Quatre mois de port continu avaient rendu ses vêtements si crasseux qu'ils auraient tenu debout tout seuls. Ses cheveux avaient poussé et étaient tout emmêlés ; il arborait une barbe épaisse, et barbe comme cheveux étaient infestés de poux. Ses braies tenaient grâce à des cordelettes de cuir et de la ficelle effilochée.

— Mon fils…, lança le prêtre en secouant la tête de désolation. Mon cher, mon très cher fils…

Des rides de bienveillance et d'inquiétude creusèrent sa sèche physionomie.

Tombant à genoux, Guillaume le salua.

— Grâces soient rendues ! s'exclama-t-il, au bord des larmes, une fêlure dans la voix. Dites-moi que vous êtes venu pour racheter ma liberté !

— En effet, mon fils, tel est mon but.

Le ton du prêtre était empreint de douceur et de compassion. Il ajouta :

— La reine a payé votre rançon dans sa totalité. Vous serez libre de partir dès demain matin.

Jamais Guillaume n'avait entendu paroles plus suaves. Un nœud à la gorge l'empêcha de parler. Le père André le prit par le bras et l'aida à se redresser sur ses jambes.

— Libre, mais peut-être pas autant que vous le souhaiteriez, ajouta encore le prêtre avec le sourire. La reine désire s'entretenir avec vous à votre retour.

Guillaume entra dans le cuveau fumant et émit un sifflement lorsque la chaleur brûlante le saisit. Dame Clara donna vivement un ordre à une jeune servante, qui s'empressa d'ajouter un demi-seau d'eau froide supplémentaire dans le bain. À présent que sa rançon avait été payée et qu'il n'était plus prisonnier, les règles de l'hospitalité voulaient qu'on le traitât en invité, sans doute pas comme s'il était le bienvenu, mais les formes étaient tout de même de rigueur. Parce que Aliénor en personne avait versé l'argent de sa rançon, Guillaume devenait soudain considérablement important, et pour rien au monde les Lusignan, pas plus qu'Amalric, ne l'auraient laissé repartir en haillons crasseux avec la mine révoltante d'un mendiant. On l'avait donc introduit dans les appartements privés situés au-dessus de la grande salle. Là, les femmes avaient reçu pour consigne de s'occuper de lui et de l'habiller de frais.

Déjà l'eau du bain formait une écume grisâtre. Clara apporta un pot de savon et de l'herbe aux poux. Assise sur un tabouret posé à côté du cuveau, elle commença par lui raser la barbe et lui couper les cheveux avant de lui appliquer la lotion sur le cuir chevelu.

Guillaume se sentait gêné.

— Vous n'êtes pas obligée de faire cela, madame. Je peux m'en charger moi-même.

Elle esquissa un léger sourire.

— Je ne suis pas obligée, mais j'y tiens.

— À cheval donné, on ne regarde pas les dents, mais puis-je tout de même savoir pourquoi ?

Elle ralentit le massage de son cuir chevelu.

— Parce que la façon dont ils vous ont traité m'a rendue furieuse et honteuse, répondit-elle. Je n'aime pas le spectacle de la souffrance. J'aurais fait davantage pour vous si je l'avais pu, la première fois.

— Je vous suis très reconnaissant, madame, de ce que vous avez fait.

— C'était bien peu de chose.

Il comprit à la respiration de la jeune femme qu'elle était émue, mais lorsqu'il fit mine de se retourner pour la regarder, elle lui versa un broc d'eau sur la tête pour le rincer.

Plus tard, elle lui fournit des vêtements propres qu'elle prit dans le coffre contenant des présents destinés aux chevaliers de la maisonnée. La chemise de drap était un peu courte mais s'ajustait bien aux épaules ; les braies, quant à elles, convenaient à tous les gabarits, grâce à la cordelette qui faisait office de ceinture. Elle lui trouva également de bonnes chausses de laine à sa taille. Lorsqu'elle lui demanda si sa blessure avait besoin d'être pansée, il répondit laconiquement que non. L'idée de sentir ses longs doigts graciles sur sa cuisse l'excitait terriblement. Si elle s'en aperçut, elle eut assez de tact pour faire comme si de rien n'était et lui remit enfin une tunique de drap vert, une cape de laine légère et un capuchon de cuir.

— Madame, vous avez toute ma reconnaissance, lança-t-il lorsqu'il fut propre et pimpant pour la première fois depuis quatre mois.

Puis il s'apprêta à descendre dans la grande salle afin de prendre place parmi les autres chevaliers, délaissant l'urinoir, et ajouta :

— Si je peux un jour faire quoi que ce soit pour m'acquitter de ma dette envers vous, faites-moi simplement mander et j'accourrai.

Une lueur espiègle éclaira les yeux noirs de sa bienfaitrice.

— « Quoi que ce soit » ? répéta-t-elle avant de s'esclaffer. Soyez-en remercié, messire. Je ne l'oublierai pas. Mais pour l'heure, vous me rendriez un grand service en vous conservant en vie, au cas où j'aurais besoin, un jour, que vous teniez parole.

Il s'inclina au-dessus de la main qu'elle lui tendit et dit :

— Je ferai de mon mieux, madame.

Lorsque Guillaume pénétra dans les appartements de la reine à Poitiers, il fut immédiatement saisi par les senteurs de cèdre et de santal qu'il connaissait bien, ainsi que par les tons somptueux de pourpre, de violet et d'or qu'Aliénor affectionnait tant. Il prit une grande et suave inspiration : il était de retour. Aliénor tenait sa cour ; Richard, assis à sa droite, le front ceint par une fine couronne en or, observait et apprenait.

Non sans quelque raideur, Guillaume se prosterna et s'inclina. Clara lui avait tondu la tête afin de faciliter la disparition des derniers poux, aussi sentit-il un courant d'air froid lui parcourir la nuque. Il portait les vêtements neufs qu'Aliénor lui avait fait parvenir un peu plus tôt dans la journée : une chemise de drap souple, une nouvelle tunique rouge et des chausses bleues.

— Guillaume, Dieu vous vienne en aide ! s'exclama Aliénor, les yeux pleins de sollicitude, en se levant de son siège pour lui prendre les mains et l'aider à se redresser. Vous êtes maigre comme un clou ! Je me suis laissé dire que vous aviez été grièvement blessé.

— Un coup de lance à la cuisse ; il n'y paraît presque plus, Majesté, répondit Guillaume, sans s'appesantir. Je vous serai éternellement reconnaissant de m'avoir fait relâcher.

Aliénor fit un geste de dénégation de la tête.

— Il n'est pas question de dette, à moins que ce ne soit moi qui aie une dette envers vous. Votre oncle et vous vous êtes sacrifiés pour ma liberté et je ne pourrai jamais vous le revaloir. Patrice d'Évreux était d'abord et avant tout aux ordres de mon mari, mais c'était un homme d'honneur qui savait se montrer courtois. Je pleure sa mort. Ses meurtriers seront traînés en justice, je vous le promets.

Tancarville, qui se tenait derrière Aliénor, corrobora par un grognement.

— Oui, Majesté, convint Guillaume en faisant une moue.

Il avait, à ce sujet, prêté serment sur sa propre épée. Jusqu'à ce que les Lusignan lui eussent enseigné ce qu'était la haine, il n'avait jamais tenu grande rancœur à personne. À présent, il portait ce fardeau-là. Tout se passait comme si toute légèreté lui avait été enlevée pour être remplacée par une masse de plomb brûlant.

— Venez donc vous asseoir près de moi, le convia Aliénor en lui désignant un tabouret placé à côté d'elle. Maintenant que vous êtes de retour parmi nous, il nous faut envisager votre avenir.

— Majesté, la remercia-t-il.

Il s'assit avec gratitude, car sa jambe lui faisait mal et il n'avait pas encore recouvré toute son endurance.

Il sentit sur lui le regard vif de Richard.

— Je sais que vous ne possédez rien en propre, rappela la reine avec douceur.

— Non, Majesté, hormis mon honneur.

Guillaume déglutit, la peur au ventre. Un chevalier désargenté pouvait aisément demeurer sa vie durant tout en bas de l'échelle. Qui plus est, la reine avait payé sa rançon, faisant de lui son débiteur impécunieux.

— Votre honneur vaut bien la plus onéreuse rançon, fit remarquer Aliénor. Et j'ai l'intention de vous aider à faire votre chemin dans le monde. Vous aurez besoin d'un équipement, si vous devez me servir et me protéger avec autant de courage que vous avez servi votre valeureux oncle.

Guillaume la regarda en s'efforçant d'intégrer ses paroles.

— C'est moi qui, désormais, le remplace, et vous voici sous ma protection. Par votre bravoure, vous êtes devenu mien. Je vous fournirai tout ce dont vous avez besoin : vêtements, équipement et chevaux.

— Majesté, c'est un grand honneur et un grand privilège que vous m'accordez là, mais je ne pourrai jamais vous les revaloir.

— Je ne vous fais point la charité, précisa la reine. Je serais la plus insensée au monde si je ne vous prenais pas à mon service. La dette est mienne, mais si vous avez le sentiment de m'être redevable, vous ne sauriez mieux me rembourser qu'en me servant bien. J'ai fait soigner votre autre destrier pendant votre absence et vous fais cadeau d'un étalon en remplacement de celui que vous avez perdu, ainsi que d'un palefroi et d'un cheval de bât. Ils vous attendent à l'écurie.

Posant le plat de la main sur le crâne de Richard, elle ajouta :

— Votre compagnie nous a manqué à tous, et vous avez prouvé votre loyauté et votre bravoure jusqu'au seuil de la mort.

Guillaume, en entendant ce compliment, devint rouge de confusion.

— Veuillez me pardonner, Majesté, répondit-il. Votre bonté me bouleverse. Maintes fois j'ai rêvé de vous servir, mais jamais de faire l'objet de tant de générosité de votre part.

Il secoua la tête, les yeux soudain inondés de larmes, submergé par la douleur et la tristesse d'avoir perdu son oncle. Se couvrant le visage de la main droite, il s'efforça de se reprendre. Il avait réussi à tenir le coup pendant quatre mois, malgré les conditions les plus pénibles, ce n'était tout de même pas pour craquer maintenant, devant la reine et son fils !

— Encore une fois, ce serait une sottise de ma part de ne point vous doter à l'heure où je vous attache à mon service, fit remarquer Aliénor avec le sourire. La bonté n'explique pas tout, Guillaume.

Se penchant en avant, elle poursuivit :

— Prenez le temps nécessaire, et revenez me voir dès que vous serez prêt. Vous devrez faire prendre vos mesures pour un nouveau haubert. Passez commande des armes et équipements auprès de mes armuriers. Voyez mon chancelier pour les documents nécessaires.

Sur ces mots, elle lui tendit une bourse bien lourde.

— Ceci couvrira vos dépenses immédiates, expliqua-t-elle. À compter de cet instant, vous serez rétribué comme chevalier de ma maisonnée. Allez, à présent.

Se dressant sur ses jambes, elle prit ses mains dans les siennes et lui donna le baiser de paix, puis dit :

— Nous nous entretiendrons de nouveau plus tard.

— Majesté…, salua Guillaume en s'inclinant pour prendre congé à reculons.

Sur le seuil, tandis qu'il était presque libre d'épancher sa peine, il croisa la princesse Marguerite qui entrait dans la chambre en sautillant en compagnie de sa nourrice. Son visage s'illumina lorsqu'elle aperçut Guillaume. Elle sortit un chiot de sous son bras et le poussa sous le nez du chevalier.

— Je vous présente Diamant, mon nouveau chien. Je suis contente que vous soyez revenu.

— Moi aussi, répondit Guillaume.

Il gratouilla l'oreille soyeuse du chiot. Ce dernier entrouvrit sa gueule minuscule et lui mordit le doigt de ses dents de lait. Le mot « rat » lui vint à l'esprit, mais il le garda pour lui.

— Vous pleurez ? s'enquit Marguerite, se rembrunissant quelque peu avec une moue de compassion.

À ce moment-là, l'odeur du chiot – mélange d'effluves douceâtres d'urine et de fourrure juvénile – emplit les narines de Guillaume.

— Non, madame, mentit-il en se contenant du mieux qu'il put malgré des failles aussi définitives qu'évidentes. J'ai un rhume… Rien de grave.

Tenir vent debout avait cependant un prix. L'orage menaçait toujours d'éclater à l'horizon mais, pour l'instant, il se contentait d'obstruer son esprit, d'exercer une forte pression entre ses tempes. Mais l'on n'endiguait pas impunément le cours naturel du chagrin. Il s'ingénia donc à éviter le plus de gens possible, répondant par des monosyllabes à ceux qui tentaient d'engager la conversation avec lui.

Peu après les vêpres, il se rendit à l'église Saint-Hilaire. Le soleil réchauffait son épaule gauche d'un doux rayon et projetait des ombres allongées sur les herbages jaunis et poussiéreux du plein été. Il marchait sans penser à rien parce que c'était plus simple ainsi, retiré en lui-même, l'esprit vierge de toute pensée. Il mit quelques instants avant de répondre au moine de faction à la porterie, et il dut chercher ses mots tel un homme ivre, ce qui lui valut un regard désapprobateur de la part du religieux.

Guillaume se reprit et, d'une voix mieux assurée, déclina derechef son identité et l'objet de sa venue. Le moine appela un de ses coreligionnaires, qui conduisit le visiteur jusqu'à la sépulture de Patrice de Salisbury. Le bruit de leurs pas résonnait sous la voûte de la nef tandis que la lumière du soir s'enroulait autour des arches et recouvrait en silence murs et dalles de son or réconfortant.

Sans mot dire, le moine indiqua à Guillaume une tombe encore dépourvue d'ornements, à l'exception d'un drap funéraire de soie rouge frangé d'or et des cierges qui brûlaient dans leurs niches aux quatre coins de la bière. Le gisant était encore inachevé. Guillaume remercia le moine d'un hochement de tête et s'agenouilla près du tombeau. Les pas du moine disparurent au loin comme une rumeur qui s'éteint, laissant Guillaume veiller son oncle. Au coucher du soleil, une lumière crépusculaire bleutée emplit l'église, bientôt suivie, en couches successives, par la nuit noire. Les lampes d'autel émettaient une faible lueur, au contraire des cierges, desquels émanait un halo éblouissant. Guillaume entendit les moines à complies puis de nouveau à matines. Un profond silence, analogue aux zones d'obscurité entre deux îlots de lumière, descendit sur toutes choses. Seul avec lui-même, Guillaume posa le front contre le linceul et voulut pleurer pour le fier guerrier frappé en traître, mais les larmes refusèrent de couler. Quelque part entre la chambre d'Aliénor et l'église, elles s'étaient asséchées, et l'orage était allé gronder ailleurs, vers quelque bastion perdu de sa mémoire.

Chapitre 7

Southwark, Londres, juin 1170

Guillaume avait souvent entendu parler des étuves qui proliféraient dans les faubourgs de la rive sud de la Tamise à Londres. Pourtant, jusqu'à ce jour, il n'avait jamais mis les pieds dans le célèbre quartier des bordels, bains publics et autres antres culinaires. Sa présence en ce lieu était due à Wigain, le commis de cuisine d'Aliénor, qui prétendait que nul homme n'avait réellement vécu tant qu'il n'avait pas connu l'oie rôtie à la sauge et à la fromentée d'oignons d'Emma. Comme l'on pouvait s'y attendre, c'était la description du plat qui avait attiré Guillaume à Southwark, en plus du besoin d'échapper provisoirement aux imbroglios de Cour et au cérémonial. Guillaume avait beau être assidu à la besogne, ce soir-là, il avait rejeté le joug pour redevenir un jeune homme de vingt-trois ans, bien décidé à s'amuser avec ses amis et ses proches. La compagnie se composait de Wigain, Gauthier Map, clerc à la Cour, Baudoin de Béthune, chevalier de la maisonnée de la reine, à l'instar de Guillaume, et de Jean et d'Ancel, frères de Guillaume.

Celui-ci fut d'abord surpris d'apprendre que « Emma » était un homme d'une bonne toise de hauteur aussi velu qu'un ours. Il arborait au cou un surprenant étalage de pendeloques tapageuses, de perles de verre et de jetons en étain, dont l'un figurait un énorme phallus ailé en pleine érection. Wigain rit de voir la mine sidérée de Guillaume.

— Ne vous inquiétez pas, il a un faible pour les hommes mais n'y cède que sur invitation.

— Eh bien, nous voilà rassurés, intervint Jean le Maréchal d'un ton sarcastique. Je suppose qu'il n'en reçoit pas beaucoup.

— Vous seriez surpris du nombre, répliqua Gauthier Map avec un généreux sourire qu'il ne parvint pas à dissimuler derrière ses doigts tachés d'encre.

Il passait son temps à noter ses observations sur la vie de Cour et les personnalités exerçant l'autorité.

— Je connais au moins un baron qui vient ici pour autre chose que de l'oie, et la gent féminine ne l'intéresse pas, ajouta-t-il.

Pendant qu'il parlait, l'attention des autres fut attirée vers le bain public situé dans le prolongement de la salle à manger. Deux jeunes femmes en sortaient en gloussant, les bras chargés de serviettes humides, le visage rouge, la coiffure démise, la robe collant au corps. Avant qu'elles ne referment la porte retentit distinctement la voix d'un client badinant avec une employée du bain. Des effluves de vapeur aromatique flottèrent dans la pièce dévolue aux convives.

— Je comprends pourquoi la vie à Hamstead te paraît trop sage ces temps-ci, marmonna Jean à l'oreille de Guillaume.

Ce dernier opposa son plus beau sourire à la mine tout en raideur de son frère.

— Quoi que tu en penses, nous ne menons pas une vie de débauche, n'est-ce pas Baudoin ?

Les yeux sombres de Béthune se mirent à pétiller.

— Pas encore, mais j'espère que la chance tournera, repartit-il.

Ils se renversèrent en arrière afin de permettre à Emma de poser l'oie rôtie sur la table. Un succulent fumet s'exhala de la peau dorée du volatile. Des gouttelettes ambrées ruisselaient en tremblotant le long des flancs de l'oiseau et formaient une petite nappe dans le fond du plat. Les arômes de sauge et de fromentée d'oignons s'élevaient en divines vagues successives. Un pichet de verjus et un autre de sauce au raisin venaient contrebalancer le goût prononcé de la chair ; du bon pain blanc servi en quantité attendait qu'on désirât saucer les jus.

— Vous ne goûterez rien de meilleur, même en vous levant de bonne heure, déclara Wigain en découpant le volatile avec célérité. Les réserves d'Emma sont remplies jusqu'au plafond de cygnes et de faisans, et de Dieu seul sait quoi d'autre. Guillaume, si Baudoin et vous voulez mettre une plume à votre chapeau, je peux vous en procurer à foison.

Là-dessus, il piqua un morceau de blanc avec la pointe de son couteau et porta la viande à sa bouche.

Une expression de pure béatitude éclaira son visage et il poussa un gémissement de délectation.

Jean se pencha vers Guillaume et lui souffla, mi-amusé, mi-agacé :

— D'ici peu, tu auras la tête trop grosse pour n'importe quelle sorte de chapeau !

— Je te fais confiance pour la ramener à de justes mesures, rétorqua Guillaume d'un ton aimable. Je suis bien conscient de ma chance.

— Pardi ! La chance a toujours été de ton côté, même quand tu n'étais encore qu'un morveux, grommela Jean. Nous avons tous cru ne jamais te revoir, quand, il y a de nombreuses années, tu as été remis comme otage au roi Étienne. Gilbert et Gauthier me narguaient en me disant qu'on t'avait pendu, et notre père leur donnait une rouste pour leur apprendre à dire des sottises.

— Je l'ignorais…

Jean haussa les épaules.

— Il n'y avait aucune raison que tu le saches. J'ai pleuré toutes les larmes de mon corps pour toi, Dieu sait pourquoi.

— Sans doute parce que tu ne savais pas à quel point j'allais être chanceux, supposa Guillaume.

Jean répondit par un grognement qui aurait pu passer pour un rire s'il n'avait pas été de nature aussi sombre.

Tandis qu'il dégustait la succulente oie rôtie, Guillaume réfléchit à sa bonne étoile. Être en faveur à la Cour était une position à double tranchant. La Cour elle-même était un champ de bataille permanent où s'affrontaient les esprits, où un mot mal placé ou une alliance malavisée pouvait causer la perte d'un homme. Le visage de l'ennemi vous restait inconnu, car, une fois sur deux, le coup fatal vous était assené par-derrière.

Après deux ans passés au sein de la maisonnée de la reine, Guillaume avait développé les compétences diplomatiques indispensables à sa survie, compétences dont il avait appris les rudiments auprès de Guillaume de Tancarville. Au début, il n'avait été qu'un chevalier de la maisonnée parmi d'autres, dépendant d'Aliénor pour son pain quotidien, mais faisant toutefois l'objet d'une attention particulière. Certains prétendaient qu'il était en faveur parce qu'il avait le physique de l'emploi. Quand bien même, il avait amplement mérité son ascension, par son dur labeur. Pour récompense, on l'avait changé de maisonnée et on lui avait confié un surcroît de responsabilités.

Le lendemain, le prince Henri serait couronné et recevrait le titre de roi, du vivant même de son père. Le royaume serait nanti de deux rois Henri, Henri le Vieux, âgé seulement de trente-sept ans, et Henri le Jeune, qui avait fêté ses quinze ans en février. Le couronnement de l'héritier du trône du vivant du père était de tradition chez les rois de France mais constituait une pratique inédite en Angleterre. Quoi qu'il en fût, le vieux lion, qui portait les cicatrices des guerres de succession de son enfance, avait décidé de singer la coutume de France en faisant couronner et oindre le plus âgé de ses fils. Harry hériterait ainsi du trône d'Angleterre, du duché de Normandie et du comté d'Anjou. Richard avait été fait comte de Poitou l'année précédente, puis fiancé à Aélis Capet, dite Aélis de France, sœur de Marguerite. Geoffroy, pour sa part, avait reçu la Bretagne. Le roi entendait mettre ainsi bon ordre dans ses affaires et sceller les questions de succession.

Puisque Harry serait bientôt roi et qu'il ne tarderait pas à entrer dans l'âge adulte, ses parents avaient jugé bon de le pourvoir de sa propre maisonnée. Guillaume et Baudoin faisaient partie des jeunes chevaliers qui avaient été choisis pour entrer à son service. Guillaume serait tout particulièrement chargé de l'éducation militaire du jeune roi. Il s'adonnait déjà occasionnellement à cette tâche depuis deux ans, mais les événements récents officialisaient sa fonction tout en lui conférant une position plus éminente. Le seul inconvénient était la nomination conjointe d'Adam Yquebeuf, son rival du temps de Tancarville. Guillaume se serait volontiers passé de cette difficulté-là.

Les deux employées revinrent avec des serviettes propres. Avant de pénétrer à l'intérieur du bain, l'une d'entre elles glissa par-dessus son épaule une œillade d'invite aux dîneurs.

— Vous pensez qu'elles peuvent nous divertir tous les six ? s'enquit Wigain en se frottant les mains.

Guillaume leva les yeux au ciel. Le commis lui rappelait le petit terrier libidineux de la nourrice Hodierna.

Guillaume ne comptait plus le nombre de fois où il l'avait expédié d'un coup de botte à l'autre bout de la pièce après qu'il avait essayé de forniquer avec son mollet.

— Je réserve le plaisir de la mêlée aux tournois, déclara-t-il. Et je n'ai certainement pas envie de vous regarder prendre le vôtre.

— Ils ont des accommodements personnalisés, si vous préférez…

Guillaume entrouvrit les lèvres pour dire qu'il préférait rester maître des accommodements, mais il en fut empêché par la sortie d'un client du bain public. Ses cheveux luisants ramenés en arrière étaient d'un châtain foncé qui virerait au roux en séchant ; sa face anguleuse était constellée de taches de rousseur. La main à proximité de l'épée, il jaugea rapidement l'assistance de ses yeux bleu lagon. Deux écuyers, qui buvaient en silence dans un coin, se levèrent pour l'accompagner.

— C'est Richard de Clare, marmonna Gauthier Map du coin des lèvres.

Face au manque de réaction de Baudoin, il ajouta :

— Seigneur de Striguil. Il vient de rentrer de Saxe, où il a escorté la princesse Mathilde à ses noces. Il requiert à présent du roi la permission d'aller en Irlande afin d'y guerroyer pour le compte du roi Diarmait de Leinster.

Se penchant en avant à la manière d'un conspirateur, il ajouta :

— D'après la rumeur, le roi Diarmait lui aurait proposé sa fille, Aoife, en mariage.

— Si je voulais connaître mon avenir, je n'interrogerais pas les étoiles, maître Map, mais un clerc à la Cour du roi, car leur engeance semble en savoir plus que Dieu lui-même, lança Richard de Clare en se penchant à son tour au-dessus de la table pour parler à l'oreille de l'intéressé.

Puis il lui donna une tape à l'épaule qui l'envoya percuter de la joue la carcasse graisseuse de l'oie.

—J'ai l'ouïe fine, et tu chuchotes à tue-tête !

Jetant un coup d'œil à la tablée, il ajouta :

—Je n'ai nul besoin de clercs là où je vais ; ce ne sont que des commères et des espions ! Mais il est vrai que j'embarque pour la Cour du roi Diarmait sur le prochain bateau en partance pour l'Irlande, et j'ai besoin de preux chevaliers. (Il balaya du regard les épées de Guillaume, Jean et Baudoin.) Si certains d'entre vous sont tentés, je recrute des compagnons d'armes. Je ne puis promettre des fortunes, mais il est fort possible qu'elles soient au rendez-vous.

—C'est une offre généreuse de votre part, mon seigneur, répondit Guillaume en s'essuyant la bouche et les mains à une serviette. Si nous n'étions pas déjà en place auprès du roi Henri et de ses fils, nous réfléchirions volontiers à votre proposition.

Désignant la tablée, il lança :

—Vous joindrez-vous à nous ?

De Clare examina Gauthier Map, dont la joue luisait de graisse, et esquissa un sourire aigre.

—Merci, mais j'ai déjà mangé, et je ne suis pas sûr que partager votre compagnie faciliterait ma digestion ou la vôtre.

Sur ces mots, il les salua et s'en fut avec ses écuyers, laissant derrière lui un dispendieux sillage d'herbes aromatiques et d'huile parfumée qui perdura pendant quelques instants après son départ.

—Je pense qu'il ne vous apprécie guère, maître Map, gloussa Baudoin.

—Ma foi, lui, c'est le roi Henri qui ne l'apprécie pas ! rétorqua Map, piqué dans sa fierté. Il sera content d'être débarrassé de lui quand il sera en Irlande et espère que quelque Celte mettra un terme à son ambition à coups de hache. C'est un querelleur et un fauteur de troubles.

Guillaume s'abstint de tout commentaire. Leur bref échange lui avait donné l'impression d'une personnalité forte, pleine de charisme. Sans doute était-il un homme qui avait son franc-parler, qui ne tolérait pas les imbéciles et dont la patience atteignait rapidement ses limites, mais il savait se moquer de lui-même et s'amuser du monde. C'était un homme que Guillaume aurait pu suivre, s'il n'avait déjà amorcé une autre trajectoire en jurant allégeance à un jeune seigneur d'une tout autre trempe.

Emma vint débarrasser la table et fut chaudement complimentée pour son savoir-faire culinaire. Un sourire fendit le taillis de sa barbe noire, puis il minauda. Wigain et Gauthier Map décidèrent de prendre leur part des plaisirs qu'offrait le bain public tandis que Guillaume, ses frères et Baudoin réglaient la note et sortaient dans la tiédeur printanière du soir à la recherche d'un bateau qui les ramènerait à la rame sur la rive respectable de la Tamise.

La destination finale de Guillaume et Baudoin était la Tour Blanche, où ils prendraient leurs fonctions le lendemain bien avant l'aube. Mais d'abord, ils raccompagnèrent Jean et Ancel à leur logement, près de Billingsgate et du reste de la famille le Maréchal.

Leur arrivée causa un débordement de joie. Les sœurs de Guillaume étaient au comble de l'enthousiasme de se trouver à Londres à l'occasion d'un couronnement, d'autant que leur frère y assisterait en tant que chevalier du prince Henri. N'ayant pas revu Guillaume depuis plus de deux ans, elles se jetèrent à son cou. Sybille le Maréchal les rappela à l'ordre en riant comme l'on tance deux petits chiens fous. Elle-même rayonnait de fierté ; elle serra tendrement Guillaume dans ses bras puis recula d'un pas pour mieux l'admirer.

— L'instructeur militaire et maréchal du jeune roi ! s'exclama-t-elle fièrement. Tu as fait beaucoup de chemin en peu de temps. Si ton père pouvait te voir…

— Il me congratulerait d'une main et me remettrait à ma place de l'autre, répliqua Guillaume. Mère, je vous présente Baudoin de Béthune, qui servira à mes côtés dans la garde du nouveau roi.

Sybille fit un accueil chaleureux à Baudoin et insista pour que les deux jeunes chevaliers prissent une coupe de vin avant de se rendre à la Tour. Baudoin, tout comme Guillaume, attarda son regard sur la jeune femme qui les servait. En deux ans, le visage d'Alaïs avait perdu les derniers vestiges de sa douceur enfantine. Celle-ci avait laissé place à des pommettes saillantes et à un menton bien dessiné. Elle jaugea les deux hommes de ses yeux noisette nimbés de vert, puis ses lèvres sensuelles s'ouvrirent dans un sourire désinhibé, qui transforma la jolie jeune femme en une éblouissante beauté.

— C'est un plaisir de vous revoir, dit-elle avec chaleur à Guillaume.

— Le plaisir est partagé, répondit ce dernier avec le sourire. Cette couleur te va à ravir, ajouta-t-il.

En homme de Cour, il était habitué à débiter des propos insignifiants et à dispenser des flatteries, mais il n'était pas question de flatterie dans le cas de la douce Alaïs. Le vert tendre de sa robe était assorti à ses yeux et contrastait magnifiquement avec sa peau claire.

La jeune femme rougit et émit un petit gloussement. Aussitôt, Jean se racla la gorge et jeta à son frère un regard noir, féroce. La vie de Cour avait accoutumé Guillaume à faire l'objet de tels regards, notamment de la part des pères, des frères ou des maris, qui ne goûtaient guère l'aisance avec laquelle il établissait des rapports avec leurs filles, leurs sœurs et leurs épouses. Guillaume s'amusait de leurs craintes, car elles étaient infondées. Il appréciait la compagnie des femmes et prenait grand plaisir à badiner avec elles, mais il n'avait rien d'un cœur d'artichaut, et puis, abondance de plaisirs légitimes s'offraient à lui, pour peu que l'envie lui prît de s'y adonner. Quoi qu'il en fût, le regard courroucé de Jean n'était ni celui d'un père, ni celui d'un frère. Cela devint évident lorsqu'il vint s'interposer de manière protectrice entre Alaïs et Guillaume. Tout son être semblait alors crier : « Elle est mienne ! »

— Joli brin de fille, que la servante de ta mère, fit remarquer Baudoin, l'œil rêveur, tandis que les deux chevaliers descendaient la Tamise sur une barge en direction de la Tour, où ils comptaient prendre quelques heures de repos avant le lever du jour.

— Ne va pas te monter la tête ! répliqua Guillaume avec une bonne humeur qui dissimulait à peine la mise en garde. Elle vaut mieux que ça.

Baudoin sourit.

— En tout cas, ton frère s'est montré aussi possessif à son égard qu'un chien avec son os à moelle. Ce regard qu'il a eu ! Je ne suis pas sûr de vouloir la lui disputer.

— Ce n'est pas à mon frère que tu aurais affaire si tu déflorais Alaïs, mais à ma mère, et alors, je ne donnerais pas cher de ta peau.

Baudoin gloussa puis se calma enfin.

— Quelle est donc exactement sa situation ? J'imagine que ton frère ne souhaite pas l'épouser, sinon il aurait déjà un enfant d'elle et un autre à naître.

Guillaume secoua la tête en contemplant le banc de rame entre ses jambes écartées.

— Il est l'héritier de la famille, et Alaïs n'a ni dot ni parents nobles. Un homme de son rang se doit de choisir sa femme en fonction des biens qu'elle lui apportera et de l'influence exercée par sa belle-famille.

— Et moi qui pensais, à te voir jouer les courtois chevaliers avec ces dames, que tu avais l'âme sensible, que tu croyais au mariage d'amour, se moqua Baudoin.

Guillaume accueillit la plaisanterie par une grimace, signifiant par là qu'il la trouvait d'un goût médiocre.

— Ventre creux ne vit pas d'amour ! répliqua-t-il. Si je me marie un jour, j'espère aimer ma femme pour elle-même autant que pour ses terres. Mais si je regarde les choses avec pragmatisme, je sais que cela n'arrivera pas. Les chevaliers subalternes, comme nous autres, prennent rarement femme et n'ont guère l'occasion de poser leur armure pour engendrer des fils et des filles.

— Et cela te trouble-t-il ? s'enquit Baudoin en scrutant son ami avec intérêt, car celui-ci laissait rarement entrevoir ce qui se cachait sous son apparence enjouée.

Guillaume se rembrunit.

— Pas pour le moment, mais, l'âge venant, cela se pourrait. Et toi, est-ce une question qui te préoccupe ?

Baudoin fit un geste négatif de la tête.

— Nous acceptons notre sort et en tirons le meilleur parti. La question des terres mise à part, rien n'empêche un homme de prendre une maîtresse, voire de prendre femme, à l'exception, probablement, de son ambition en matière conjugale. Toujours faut-il que la bonne occasion se présente.

— Dans ce cas, il faut croire que, comme mon frère, je suis un ambitieux, conclut Guillaume, une lueur dans l'œil. De toute façon, je n'ai encore jamais rencontré une femme qui m'ait donné envie de partager ma couche avec elle pendant plus d'une nuit… Sauf peut-être la reine, ajouta-t-il par autodérision. Or, c'est une tentation qui ne risque pas de se concrétiser.

— Mais à laquelle il fait quand même bon rêver…, renchérit Baudoin.

— Dans ce cas précis, le rêve est préférable. On ne s'attire pas d'ennuis en rêvant, et c'est moins coûteux.

— Voilà qui est bel et bien dit ! s'esclaffa Baudoin. Je me demande si Wigain et Gauthier passent un bon moment au bain !

La grande salle de Westminster grouillait de nobles venus fêter le couronnement de l'héritier du trône. Deux rois Henri, portant deux couronnes identiques, trônaient côte à côte sur l'estrade que surplombait l'étendard d'or et de gueules léopardé. Tous avaient revêtu leurs plus beaux atours de soie étincelante ornée de gemmes scintillantes et de fil d'or. L'effet produit évoqua à Guillaume une rivière charriant d'aveuglants éclats de lumière dans le couchant. Lui-même, dans sa tunique de courtisan de soie bleue doublée de rouge, faisait partie de ce flux majestueux. En tant que garant de la sauvegarde du jeune roi, il portait l'épée au côté, bien que se trouvant dans la grande salle. Son fourreau pendait à son baudrier de cérémonie en cuir gaufré rehaussé de dorures. Le baudrier qu'il portait habituellement, et qu'un usage constant avait rendu tout plissé et luisant, resterait rangé dans son paquetage jusqu'à la fin des festivités.

Bien qu'il fût en service ce soir-là, Guillaume parvint néanmoins à goûter un peu de tous les plats servis au festin de couronnement. Il en conclut que le cygne était surestimé et que le paon ne gagnait rien à être cuisiné ; en revanche, les friands au poulet et les gaufrettes aux amandes relevées d'épices étaient délicieux, de même que les pieds de porc sautés au miel.

Un jeune prêtre râblé à la frange châtaine coupée net et aux yeux gris ardoise étincelants de plaisir vint se joindre à lui.

— Le couronnement s'est bien passé, ne penses-tu pas ? s'enquit-il avec un petit sourire pincé satisfait.

Guillaume se tourna vers celui qui n'était autre que son cadet Henri. Celui-ci avait prononcé ses vœux monastiques et se forgeait une carrière ecclésiastique au service de Roger de Pont-L'Évêque, archevêque de York.

— En effet, répondit Guillaume. Chacun a joué son rôle.

— L'archevêque était formidable ! s'exclama Henri d'une voix belliqueuse.

Puis il croisa les bras et se tint fermement campé sur ses jambes, comme s'il résistait au ballottement des vagues, posture qui rappelait grandement celle de leur défunt oncle Patrice.

— Oui, on peut le dire, convint Guillaume.

Même s'il avait pensé différemment, il se serait montré diplomate par égard pour son frère. L'archevêque de York avait célébré la cérémonie du couronnement pour la raison que celui de Cantorbéry, Thomas Becket, était actuellement en exil à la Cour du roi de France à la suite d'un différend qui l'opposait au roi Henri sur plusieurs points concernant les relations entre l'Église et l'État. La plupart des barons considéraient que la faute revenait à Becket, qu'il passait son temps à contrecarrer les plans du roi à cause de son entêtement excessif. Les prélats, quant à eux, étaient divisés sur la question de la responsabilité, mais tous s'accordaient à dire que c'était grand dommage que Becket, qui avait été le précepteur du prince dans son enfance, ne fût pas là pour couronner son élève. L'archevêque Roger avait assuré l'intérim, mais ce choix avait fatalement causé des dissensions, surtout au sein de la faction favorable à Becket, qui faisait circuler le bruit que le couronnement n'était pas valide.

Guillaume ne se sentait guère concerné par ce débat-là, car il n'affectait pas son quotidien. Le prince Henri avait d'autres précepteurs à présent, et son association avec Becket avait pris fin depuis longtemps lorsque Guillaume était entré au service de la reine.

— Tu as entendu les récriminations des Français ? s'enquit son frère.

Guillaume acquiesça.

— Ils s'attendaient à ce que la princesse Marguerite fût couronnée aux côtés du prince, fit-il remarquer. Ils ne peuvent qu'être fâchés du contraire.

Il se rembrunit en se souvenant de l'effarement de Marguerite lorsqu'on lui avait appris qu'elle resterait en Normandie. Le diadème en or et la nouvelle robe qu'elle avait reçus en cadeaux ne l'avaient pas consolée, car ce genre de colifichet importait peu à la petite. Guillaume avait de la peine pour elle.

— J'ai ouï-dire qu'elle sera couronnée plus tard, annonça son frère. Le roi semble penser que Becket ne pourra résister et qu'il saisira l'occasion pour officier, signant par là son entrée dans le rang.

— Je l'ai également entendu dire, répliqua Guillaume d'un ton neutre.

À l'évidence, le roi voulait cacher la querelle avec Becket sous le tapis. Guillaume subodorait que les dessous de tapis du roi étaient déjà bien encombrés et que la prudence était de mise, si l'on ne voulait pas se prendre les pieds dedans.

— Roger a célébré le premier couronnement, qui reste à jamais valide, quoi que fassent Becket et la faction de Cantorbéry.

Guillaume murmura son assentiment et tourna son regard vers l'estrade. Le roi Henri venait de prendre un pichet et une serviette au passage d'un serviteur. Le visage bouffi d'orgueil et le sourire aux lèvres, il entreprit de remplir la coupe de son héritier nouvellement couronné.

— C'est un grand moment, un moment sacré, lorsqu'un nouveau roi est couronné ! déclara-t-il d'une voix retentissante, afin que tous puissent l'entendre. Je veux que vous tous ici réunis fêtiez ce jour faste pour la maison Plantagenêt et pour mon fils !

Ces paroles soulevèrent la clameur approbatrice de l'assistance. N'ayant pas de coupe en main pour porter un toast au discours du roi, Guillaume et son frère levèrent les bras en l'air et crièrent la formule de salut. Henri se tourna ensuite vers son héritier et eut ce lumineux trait d'humour, qu'il lança d'une voix toujours suffisamment forte pour être entendu de l'assemblée tout entière :

— Peu d'entre vous auront, de leur vie, vu un roi en servir un autre, mais vous êtes témoins à présent.

Un gloussement de bon aloi fit le tour des tablées. Gracieux comme un jeune cerf, le nouveau roi se dressa sur ses jambes afin de complaire à son père et leva sa coupe. Sa couronne – large bandeau d'or à fleurs de lys tridentées serties de saphirs, de rubis et de perles – étincelait à son front.

— Vraiment, c'est un jour faste ! s'exclama-t-il en remerciant son père d'une révérence et en le gratifiant d'un sourire éclatant. Mais il est moins inhabituel de voir le fils d'un comte servir le fils d'un roi.

La repartie aurait pu être amusante en privé mais, dans la grande salle de Westminster, tous en eurent le souffle coupé.

L'allégresse déserta le visage de son père, à qui le rouge monta lentement aux joues – signe habituellement avant-coureur d'une explosion de rage –, mais cette fois, il se contint et ne se départit pas de son sourire, même si l'on avait plutôt l'impression qu'il montrait les crocs.

— Spirituel! lança-t-il en remuant l'index, d'une voix qui laissait deviner sa colère. Très spirituel, mon garçon. Il ne te manque plus à présent que d'acquérir la sagesse qui va avec l'esprit.

Il avait particulièrement insisté sur le mot « garçon ».

Guillaume expira doucement entre ses dents en se disant que Harry avait de la chance de n'avoir pas reçu la coupe de vin en pleine figure.

— Doux Jésus, marmonna-t-il à l'intention de son frère. Si nous avions parlé de la sorte à notre propre père, il nous aurait écorchés vifs.

— Certes, mais, pour commencer, aucun d'entre nous ne lui aurait infligé un tel manque de respect, fit remarquer Henri le Maréchal.

Considérant Guillaume, il ajouta:

— Es-tu certain que c'est une bonne idée de chercher fortune à son service?

Guillaume laissa échapper un soupir.

— Il en va de ma fortune à son service comme de son couronnement, mon frère, répondit-il. Nous devrons nous en tenir là pour le meilleur et pour le pire.

Inconsciemment, il carra ses épaules comme s'il se préparait à affronter un ennemi sur le champ de bataille. Le commentaire indélicat du jeune roi se répandait déjà comme du chiendent d'un bout à l'autre de la grande salle, ainsi qu'en témoignaient les rires gênés et les messes basses. Nul doute, songea Guillaume, que Gauthier Map et ses confrères feraient leurs choux gras de la réplique et la consigneraient dans leurs chroniques pour la livrer à la postérité.

— Dieu nous vienne en aide à tous ! conclut-il.

Chapitre 8

Southampton, novembre 1172

Rhys ap Madoc, archer mercenaire originaire du royaume de Gwent, banda son arc anglais jusqu'à l'oreille, les phalanges à hauteur de la dernière molaire de sa mâchoire supérieure droite, l'œil fixé, sans faiblir, sur la cible rembourrée de paille. Lorsqu'il décocha la flèche, elle vola droit sur la cible aussi sûrement que la prière des saints monte vers Dieu. Guillaume n'eut pas le temps de souffler que déjà une deuxième flèche allait se ficher dans la première et la fendait en deux. L'archer pesta contre les dommages infligés au trait, mais une lueur de satisfaction brillait dans ses yeux brun foncé.

— Tu feras l'affaire, lança Guillaume d'un ton qui se voulait désinvolte, comme s'il croisait une telle adresse tous les jours.

Il recherchait en fait un nouveau valet mais n'avait pas l'intention de chicaner si le valet en question se trouvait être également d'une extrême précision avec un arc et habile soldat.

— Va te trouver une place dans le corps de garde. Dis à maître Ailward que c'est moi qui t'envoie.

— Oui, sire.

Le Gallois toucha le bord graisseux de son bonnet de cuir en guise de salut. Il s'apprêtait à prendre congé lorsque Guillaume, dont la curiosité avait été piquée, le rappela.

— Tu dis que tu étais compagnon de Richard de Clare ? s'enquit ce dernier en se souvenant du baron roux avec qui il avait échangé deux mots à Southwark, deux ans auparavant.

De Clare avait tenu parole et s'était taillé un petit empire sur le sol verdoyant d'Irlande en prenant pour épouse Aoife, fille de Diarmait MacMurchada, roi de Leinster.

— Oui, sire, c'est exact. Mais ma femme est normande, et elle avait le mal du pays. Elle est pas du genre à se plaindre, non, mais je voyais bien qu'elle était malheureuse, et un mari n'a pas besoin d'inviter le malheur dans son foyer. De plus, je suis pas homme à me dérober au combat, mais faut dire qu'il y avait pas d'accalmie. Je m'attendais tôt ou tard à finir au fond d'une tourbière ou en squelette blanchi sur quelque berge.

— Et qu'est-ce qui te fait penser que le même sort ne t'attend pas à mon service ? s'enquit Guillaume avec un sombre sourire.

Philosophe, le Gallois haussa les épaules.

— C'est une possibilité, sire, mais d'après mes calculs, j'ai plus de chances de survivre dans votre entourage et de profiter ainsi de mes épousailles.

Guillaume donna congé à Rhys et le regarda gagner au trot le corps de garde. Il souhaitait à Richard de Clare d'être heureux en mariage avec la princesse Aoife. Les guerriers qui n'avaient jamais mis les pieds en Irlande devaient se contenter d'écouter, en frémissant au-dessus de leur coupe de vin, les histoires qu'on racontait au sujet de ses brumes inquiétantes, de ses chefs de clan barbus et sauvages, de sa situation géographique à la lisière du monde connu. Guillaume, qu'animait un sens aigu de l'aventure, se sentait attiré par ce pays. Le fils cadet désargenté qu'il avait été autrefois aurait volontiers goûté à cette vie-là au service du seigneur de Striguil et pris, pourquoi pas, une femme du cru pour épouse. À sa connaissance, la princesse irlandaise de Richard de Clare lui avait déjà donné une fille et attendait un autre enfant.

Il esquissa un sourire sarcastique en repensant aux paroles de l'archer au sujet de sa vie de guerrier en Irlande. Si l'existence que menait désormais Guillaume ne l'exposait pas quotidiennement au danger, cela ne signifiait pas qu'elle était de tout repos. Mais les orages qui secouaient la maisonnée de Harry passaient probablement largement au-dessus de la tête du valet gallois.

Tandis que Guillaume passait la porte de la grande salle du château de Southampton, un clerc nommé Adam en sortait d'un pas rapide, les morceaux d'une tablette de cire brisée à la main. Il jeta en passant un regard venimeux à Guillaume. Lui rendant son regard tout en s'interrogeant sur les raisons de cette hostilité, ce dernier pénétra dans la pièce. Le jeune roi, manifestement prêt à en découdre, faisait les cent pas sur le sol recouvert d'ajoncs, le regard tempétueux et le menton projeté en avant sous sa barbe naissante. Son épouse, âgée de quatorze ans, était penchée sur ses travaux d'aiguille, mais elle ne cousait pas et faisait une moue pincée. Elle était reine à présent, puisqu'elle avait enfin été couronnée à Winchester trois mois auparavant. Certes, son couronnement n'avait pas eu l'éclat de celui de son mari, mais il avait rempli son office, qui était d'amadouer son père Louis VII de France.

— Y a-t-il un problème, Sire ? s'enquit Guillaume.

Il remarqua qu'une table à tréteaux était dressée d'un côté de la salle. Le négociant londonien Richard Fitz-Reinier, qui pourvoyait à quantité de besoins du prince, remballait, avec l'aide d'un assistant qui semblait avoir hâte d'en finir, des rouleaux de luxueux tissus assortis.

— Non de mon fait, répondit sèchement Harry.

Guillaume déambula jusqu'à la table du négociant et remarqua que les étoffes étaient, pour la plupart, en fil de laine, délicatement chinées et brossées, dans des tons doux de pierres précieuses – de la plus coûteuse marchandise ! Il y avait également de la soie, ainsi qu'un petit rouleau de pourpre impériale, qui atteignait des sommes faramineuses. Sans relever la tête, Fitz-Reinier jeta un bref coup d'œil à Guillaume et remua imperceptiblement du chef.

— Mon père me donne une couronne comme on jette une babiole à un petit enfant, et il s'attend à ce que je m'en contente ! s'exclama Harry.

Puis il prit l'encrier de corne abandonné par le clerc dans sa hâte et passa le pouce sur le rebord.

Guillaume s'avisa enfin de la présence d'Adam Yquebeuf et des frères de Coulances, Thomas et Hugues. Leur stratégie consistait à être d'accord avec tout ce que Harry disait et à lui passer de la pommade à coups de flatteries. Le jeune roi n'était pas sot, mais il se laissait facilement tourner la tête par les louanges et les vues d'autres hommes concernant le statut qui aurait dû être le sien.

— Votre père a longuement et âprement réfléchi à votre couronnement, rappela Guillaume d'un ton volontairement doux et familier.

— Il n'y a consenti que parce qu'il redoutait que le pays ne sombre dans l'anarchie s'il venait à mourir inopinément. Il voulait assurer sa succession.

Guillaume haussa un sourcil.

— Assurément, c'est à votre avantage autant qu'au sien ?

Harry prit un air renfrogné.

— À quoi bon une couronne si l'on n'a pas le pouvoir qui va avec ? Il dit que je dois apprendre à gouverner avant qu'il ne lâche la bride. Mais comment puis-je apprendre à gouverner s'il ne me confie pas le pouvoir ? À mon âge, il conduisait des armées !

Harry n'avait pas entièrement tort, pensa Guillaume. Le roi voulait qu'on reconnaisse Harry comme héritier de la Couronne mais refusait de lui céder une once de pouvoir pour qu'il se fasse les dents. À dix-sept ans, Harry serait bientôt un homme, et il devenait dangereux de continuer à le traiter en enfant.

— Il est humiliant d'avoir à répondre auprès de lui du moindre penny dépensé, se lamenta Harry. Suis-je censé me vêtir de haillons et mourir de froid en hiver ?

Désignant Fitz-Reinier et son aide, il ajouta :

— Cet idiot de clerc, Adam, était là, à côté de moi, à vérifier chaque aune de tissu dont je passais commande. Et, à présent, le voilà parti faire son rapport à mon père, qui se plaindra que je dépense trop. Je suis roi couronné, duc et comte, mais tout cela ne vaut rien !

Là-dessus, il projeta l'encrier contre le mur. L'objet se brisa contre le plâtre, éclaboussant l'enduit de chaux de taches et de coulures d'encre brune.

— Vous serez présent à sa Cour de Noël, rappela Guillaume. Parlez-lui et faites-lui part de votre mécontentement.

— Il ne m'écoutera pas. Il n'écoute jamais.

Les yeux de Harry jetèrent des éclairs de colère.

— Pourquoi croyez-vous que ma mère ne vive plus avec lui ? lança-t-il. Elle le déteste. Tout le monde le déteste, à l'exception de sa putain anglaise, et seulement parce qu'elle pense avec son entrejambe. Chacun sait qu'il est responsable du meurtre de Becket. Peu importe que le pape l'ait absous et qu'il ait fait pénitence et promis de financer une croisade.

Sa mémoire sera toujours entachée par la honte du sang versé sur l'autel de Cantorbéry.

Guillaume grimaça. Les souvenirs de cette époque ne lui étaient pas agréables. Le roi était devenu furieux à cause du refus entêté de Becket d'en finir avec la réforme du clergé. Une tirade prononcée par Henri à l'encontre de l'archevêque avait été mal interprétée par quatre chevaliers désireux de s'attacher la faveur du roi. Ils avaient simplement chevauché jusqu'à Cantorbéry pour y assassiner Thomas Becket sur les marches de l'autel de sa cathédrale. Mort, l'archevêque était devenu plus populaire et vénéré qu'il l'avait été de son vivant. Ses vêtements souillés de sang, sa chemise de crin, ses braies sales et immondes étaient depuis gardés sous clé dans un coffre par les chanoines de la cathédrale qui les sortaient régulièrement pour les tremper dans l'eau bénite. Le liquide trouble qui en résultait était ensuite vendu comme panacée à un nombre toujours croissant de pèlerins. Becket avait été un homme agressif mais, une fois mort, il était devenu redoutable et causait plus de maux au roi que ses reliques, même diluées, n'en guériraient jamais. Le peuple d'Angleterre était pris d'un sentiment de malaise et de mécontentement grandissant. Or, voici que surgissait sur la scène un beau jeune homme charmant au front lisse qui portait couronne ! Guillaume avait conscience que la situation pouvait devenir explosive.

— Vous feriez un meilleur gouvernant que lui, Sire, intervint Adam Yquebeuf. Les grands du royaume et les barons vous aiment, et le peuple aussi. Vous devriez obliger votre père à vous écouter, pas seulement « lui parler ».

Guillaume jeta à Yquebeuf un regard de reproche auquel ce dernier répondit par un sourire de mépris.

— Et comment devrait-il s'y prendre ? En le menaçant d'employer la force ? Et en déclenchant ainsi le conflit que le couronnement était censé éviter ?

— On croirait, Guillaume, que vous êtes dans le camp de mon père, lança Harry d'un ton irrité. Vous réagissez parfois comme une petite vieille.

— La chevalerie ne nous enjoint-elle pas de respecter les petites vieilles, Sire ? repartit Guillaume.

L'air renfrogné de Harry se mua malgré lui en un sourire amusé.

— Tout dépend de leur degré de sénilité, rétorqua-t-il. Seriez-vous sénile, Guillaume ?

— J'espère avoir encore quelque usage de ma raison, Sire, répondit le chevalier. Je suis votre serviteur, non celui de votre père, et ma fidélité va, d'abord et avant tout, à vous.

Harry mâchonna l'ongle de son pouce.

— Je respecte mon père. J'ai de l'estime pour tous les vieillards, assura Harry. (Il se tut afin de laisser le temps à ses courtisans de rire un bon coup.) Mais il se doit de me respecter aussi. Je ne suis plus un enfant et refuse d'être traité comme tel.

Il fit une moue butée et ajouta :

— Je lui parlerai à Noël, mais mieux vaut pour lui qu'il m'écoute.

Guillaume ne dit rien, parce qu'il n'y avait rien à dire. Harry était trop piqué dans son orgueil pour écouter une autre chanson que celle de ses propres desiderata. Tournant le dos à la compagnie, le chevalier examina les rouleaux de tissu rangés sur la table à tréteaux et remarqua que la pourpre avait été mise de côté, avec du drap de fin chainsil et un splendide brocart de laine azur et or.

— Vous connaissez les goûts de mon seigneur…, murmura Guillaume d'un ton sarcastique au négociant.

Fitz-Reinier haussa les épaules.

— Je ferais faillite si je les ignorais. Le jeune roi désirait voir mes marchandises les plus rares, et il me revient de pourvoir à ses besoins, non de lécher les bottes à ses clercs.

Guillaume sourit.

— Voire d'encourager son appétit…

Fitz-Reinier lui rendit sourire pour sourire et appela son assistant d'un claquement de doigts.

— Si vous êtes intéressé par de la soie mais que vous n'avez pas les moyens pour de la pourpre, commença le marchand, il me reste des coupons de soie jaune et verte qui suffiraient pour un surcot… Pour un prix très attrayant, ajouta la subtile canaille.

Peu après, Guillaume se tenait sur le quai, s'émerveillant du talent qu'avait Fitz-Reinier pour persuader des gens, par ailleurs sains d'esprit et raisonnables, de se départir de leur argent à son profit. Il était désormais l'heureux possesseur de coupons de soie jaune et verte, dont il n'avait d'ailleurs pas réellement besoin, mais aussi de plusieurs aunes de laine rouge pour une tunique. Il ne pouvait guère ergoter sur les dépenses immodérées de Harry, quand lui-même était incapable de maîtriser les cordons de sa bourse.

Irrité et un tantinet déconcerté par sa propre sottise, il regarda les portefaix charger le mobilier de la maisonnée du jeune roi sur la galère royale. Le vaisseau était fin et élancé, construit pour fendre les flots et transporter des passagers à grande vitesse le long des quelque vingt-six milles marins qui séparaient l'Angleterre de la Normandie. Des écus de couleur vive bordaient la virure, et les armes léopardées des Plantagenêts flottaient au mât. Des hommes s'activaient pour ériger un abri de pont près de la poupe, afin que Marguerite et ses suivantes fussent protégées des gerbes d'embruns et des virulents vents marins. Le jeune couple royal partait rendre visite au père de Marguerite à la Cour de France pour ensuite participer à une réunion de famille à Chinon.

Guillaume flâna le long du quai où mouillaient des bateaux de pêche. Deux pêcheurs réparaient leurs filets près d'un brasero, les jointures crevassées et rouges de froid. Rhys, le nouveau valet de Guillaume, se tenait parmi un groupe de soldats, les avant-bras rejetés par-dessus son arc calé à l'horizontale contre ses épaules. Plus loin, un cavalier et ses serviteurs se frayaient un chemin à travers la foule. Guillaume plissa les yeux.

— Jean ?

Il eut un haut-le-cœur, comme s'il avait déjà le mal de mer. La première chose à laquelle il pensa fut qu'un malheur était arrivé dans sa famille. Sans quoi son frère ne l'aurait pas suivi jusqu'à Southampton. Ancel l'accompagnait. Son inquiétude fut aggravée par les traits tirés de Jean et ne décrut pas, même lorsque ce dernier trouva la force de sourire en descendant de cheval.

— J'espérais bien te rattraper avant que tu ne prennes la mer, déclara Jean tandis que les deux frères se donnaient une brève et virile accolade.

— Quelle nouvelle m'apportes-tu ? s'enquit Guillaume avant de se tourner vers Ancel.

Le jeune homme avait pris du muscle sur sa charpente râblée, et une épée pendait à son côté, ce qui signifiait qu'il était à présent suffisamment qualifié pour s'en servir.

— Ce n'est sûrement pas l'amour fraternel qui t'amène ici ? poursuivit Guillaume en se tournant derechef vers Jean.

— En quelque sorte, si, répondit Jean, et aussi les affaires.

Une touche de causticité infléchit sa voix lorsqu'il ajouta :

— Je suis le maréchal du roi, comme tu le sais. Je ne passe pas tout mon temps à moisir sur mes terres comme un paysan. J'ai des lettres pour le roi et des questions à traiter avec le connétable.

— Des questions qui ne me concernent pas…, acheva Guillaume, rassuré que son frère ne fût pas porteur de nouvelles familiales pressantes et qu'elles ne fussent pas la seule raison de sa présence à Southampton.

Il se détendit et esquissa un sourire moqueur.

Jean décida de ne pas lui rendre la politesse, préférant ne pas se départir de l'air zélé et procédurier qu'il se donnait.

— Non que tu aies la langue trop déliée, je te connais, mais les affaires du roi sont les affaires du roi.

— Et nous sommes tous deux loyaux jusqu'à la lie ! renchérit Guillaume. On se gèle ici, et le temps au large sera encore plus froid qu'un téton de sorcière. Nous pouvons tout aussi bien parler au chaud.

Il indiqua une taverne en retrait du quai ; des volutes de fumée s'échappaient paresseusement de ses persiennes.

— À moins que tu ne veuilles aller directement au château ? ajouta-t-il sans enthousiasme, car il l'avait quitté expressément pour échapper à l'ambiance crispée et au pillage de sa bourse par Fitz-Reinier.

Jean lui jeta un regard interrogateur et dit :

— Non, la taverne fera l'affaire.

L'établissement était déjà bondé de marins et de passagers qui attendaient d'embarquer. À l'instar de Guillaume et de ses frères, ils étaient entrés là pour se mettre au chaud et s'enhardir par la même occasion grâce à une chope. Les frères prirent place à une table d'angle, et une femme leur apporta un pichet de vin anglais jaune paille, une corbeille de pain frais et une autre de friands au poulet et aux raisins secs. Guillaume considéra la nourriture et son estomac se mit à gargouiller. C'était bien dommage que, quoi qu'il mangeât, cela dût finir au fond de la mer à peine embarqué. Valait-il mieux vomir l'estomac vide ou l'estomac plein ? Jean ne quittait pas non plus la nourriture des yeux, mais avec un regard de dégoût. Seul Ancel commença à manger avec envie.

Guillaume but une rasade de vin – un blanc acide et sec mais pas aigre. Jean l'imita, puis, regardant droit devant lui, il dit en faisant la grimace :

— Autant que tu sois au courant : Alaïs attend un enfant.

Guillaume dévisagea son frère pendant un long moment avant de parler.

— Tu n'as pas pu t'empêcher de poser tes pattes sur elle, hein ? lança-t-il enfin avec aversion.

Jean rougit.

— Ce n'est pas ce que tu crois, objecta-t-il.

Il prit une petite miche dans la panière et entreprit de la réduire en miettes en la creusant brutalement avec l'ongle de son pouce.

— Alors c'est quoi ? repartit Guillaume. Je pense que tu attendais simplement le bon moment.

— Je ne suis pas venu ici pour que tu me juges, prévint Jean. Dieu sait que tu n'es pas non plus un saint.

— Je ne me rappelle pas avoir jamais séduit une des dames de ma mère, ni aucune jeune vierge de sa suite, rétorqua Guillaume.

Finalement, il prit un des friands au poulet et aux raisins, décidant de manger quoi qu'il lui en coûte.

— Bon sang ! tempêta Jean en rompant la miche en deux morceaux. Je savais que tu réagirais comme un prêtre hypocrite. Je ne sais pas ce qui m'a fait croire que tu pouvais comprendre.

— Mais je comprends, assura Guillaume d'un ton acide. Je l'ai vu dans tes yeux à mon retour de chez Tancarville, puis encore lorsque nous étions à Londres pour le couronnement de mon jeune seigneur. Tu as anéanti son avenir, à moins que tu n'aies l'intention de lui demander sa main et de compromettre ton rang de maréchal ?

— Je ne l'ai pas « séduite ». Elle est venue à moi de son plein gré. Nous étions tous deux consentants.

— C'est vrai, Gwim, intervint Ancel entre deux coups de mâchoire.

Gwim était le surnom donné à Guillaume par Ancel lorsqu'il avait appris à parler.

— Elle est venue à lui, insista-t-il.

Puis il se resservit du vin.

Le rouge au visage de Jean s'assombrit.

— Elle voulait apprendre à faire voler un épervier au leurre, expliqua-t-il. Je lui ai proposé de le lui montrer et, quoi que tu puisses penser de moi, c'est ainsi, pas autrement, que ça a commencé. J'ai freiné des quatre fers… mais…

— Mais elle attend un enfant, acheva Guillaume en haussant un sourcil de manière entendue. Ce n'est pas ce que j'appelle « freiner des quatre fers ».

— Je ne suis pas de bois ! s'échauffa Jean. C'est une femme adulte qui sait ce qu'elle veut. Quoi que tu penses, je ne l'ai pas traînée dans la forêt pour la violer.

Se passant nerveusement une main dans les cheveux, il ajouta :

— Bah, ce qui est fait est fait. On ne revient pas en arrière. Notre enfant et elle ne manqueront de rien. Bon sang, ce sont des choses qui arrivent tous les jours. Le roi Henri lui-même a engendré un fils avant son mariage.

Son grand-père avait plus d'une vingtaine de bâtards ! Si tu n'en as pas encore, c'est que tu as de la chance. Ne me dis pas que tu vis comme un moine.

Guillaume attaqua son deuxième friand aux raisins sec.

— Je ne suis pas « chanceux », je suis prudent et fais bien attention à me retirer avant, rectifia-t-il entre deux bouchées. Mais il est vrai que je n'ai pas les moyens d'entretenir une femme ou une maîtresse et d'élever des enfants.

— Certes, mais bon, sauter de cheval en plein galop ne fonctionne pas toujours.

Guillaume avala sa bouchée.

— Je suppose que mère vous a fait cuire à petit feu lorsqu'elle a découvert que vous étiez amants ? lança-t-il au bout d'un moment.

Ancel, la mine réjouie, intervint :

— L'enfer paraîtrait froid en comparaison du courroux de notre mère !

Cette saillie lui valut un violent coup de coude dans les côtes de la part de Jean.

— Mère a fait connaître son mécontentement, répondit ce dernier avec raideur. Mais nous sommes parvenus à un accord. Elle est disposée à l'accepter si Alaïs et moi restons discrets.

— Et quand tu prendras femme ?

Jean inspira bruyamment.

— Je m'en préoccuperai le moment venu. Je voulais simplement t'annoncer que tu vas être tonton ; et j'espère que tes vœux nous accompagnent et que tu t'intéresseras au bébé.

Guillaume ne se sentait pas le cœur à continuer à lui signaler les épreuves qu'Alaïs et lui allaient rencontrer. Jean les connaissait pertinemment et, comme il le disait lui-même, qui était-il, au juste, pour les juger ? Ayant recouvré son calme, Guillaume remplit sa coupe et porta un toast :

— C'est avec joie que je vous adresse tous mes vœux et que je vous garantis d'être présent pour votre enfant ! déclara-t-il. Si tu es satisfait, alors je le suis aussi pour toi.

Jean afficha un sourire aigre comme la prunelle sauvage lorsqu'il fit tinter sa coupe contre celle de Guillaume.

— Tu peux être satisfait ! fit-il remarquer. Puisque, au regard de la loi, tu restes mon héritier.

Chapitre 9

Chinon, comté d'Anjou, mars 1173

Le printemps se faisait attendre dans la vallée de la Loire. Un vent glacial chargé de pluie soufflait en rafales contre l'épaisse muraille du donjon de Chinon, menaçant d'emporter les fleurs blanches de cerisier à peine écloses et frappant sans pitié les jonquilles et la chélidoine qui s'épanouissaient timidement dans les angles abrités de la cour.

Le temps n'était pas le seul, pensa Guillaume, à rendre l'hiver glacial et à retarder la venue de jours meilleurs. Guillaume et Baudoin de Béthune donnaient de l'exercice à leurs chevaux et profitaient de l'occasion pour entretenir leur habileté au combat, qui serait probablement mise à contribution bientôt. Les sabots de leurs destriers transformaient le sol de la lice en boue tandis que les cavaliers galopaient pesamment jusqu'à la quintaine. Comme à l'ordinaire, une foule s'était rassemblée pour assister au spectacle. Wigain, Will Blund, l'huissier du jeune roi, et Richard Barre, le gardien de son sceau, étaient là. Guillaume subodora que leur présence, par cette fraîche matinée de mars, répondait à leur besoin d'oublier provisoirement la tempête qui se préparait de l'autre côté des remparts. Il frappa avec sa lance l'écu suspendu à la quintaine, faisant tournoyer la barre transversale sur elle-même. Se baissant afin d'éviter de se cogner la tête contre le sac de sable à l'autre bout, il continua au petit galop et tira sur les rênes pour regarder Baudoin accomplir la même prouesse. Normalement, Harry aurait dû être présent à leurs côtés, s'entraînant sous la conduite de Guillaume, mais ce n'était pas une journée comme les autres et, à moins d'un miracle, elle avait peu de chance de le devenir. Le chevalier fit claquer les rênes sur l'encolure de Blancart et ramena au trot l'étalon sur la ligne de départ.

Baudoin l'y rejoignit.

— Nous ferions mieux de ne pas fatiguer les chevaux.

Le ton neutre qu'il avait employé en disait plus long que ses paroles.

— Encore une fois, lança Guillaume. Au cas où nous devrions bientôt nous montrer aussi affûtés que la pointe de nos lances.

Tandis qu'ils parcouraient une dernière fois la lice, d'autres chevaliers arrivèrent sur le champ, manifestement dans la même intention que Guillaume et Baudoin, excepté qu'il s'agissait des hommes du roi Henri, et soudain l'atmosphère devint tendue. Guillaume relâcha l'emprise qu'il exerçait sur sa lance mais la tint de telle manière qu'il pouvait s'en servir à tout instant. La pointe était ronde, car ce n'était qu'une arme d'entraînement, mais il savait comment la rendre meurtrière le cas échéant. Les chevaliers se tournèrent autour prudemment, mais aucun ne désirait lancer l'offensive, si bien que Baudoin et Guillaume furent en mesure de quitter le champ sans rencontrer de résistance. Néanmoins, il régnait une tension telle qu'on aurait presque pu entendre les chevaliers grincer des dents.

— C'est leur dernière chance de mettre un terme à leur différend, déclara Baudoin, tandis qu'ils pénétraient au petit trot dans la cour des écuries et mettaient pied à terre.

Il énonçait une évidence, mais Guillaume ne l'interrompit pas, car il pensait la même chose.

— Je prie pour qu'ils y parviennent. Je ne souhaite pas voir le père et le fils s'empoigner à la gorge ; je n'ai pas non plus très envie de me battre contre des preux que je connais et respecte.

Il pensa au champ qu'ils venaient de quitter, aux regards échangés, à la défiance. Malgré sa réticence, il se battrait pourtant, parce qu'il avait prêté serment. Il écarta Rhys d'un geste de la main lorsque le petit Gallois vint prendre Blancart par la bride.

— Je m'occuperai de lui moi-même, lança-t-il, ramenant l'étalon à sa stalle.

Baudoin hésita. Il n'était pas aussi enthousiaste que Guillaume à l'idée de ramener lui-même son cheval à l'écurie, puisqu'il y avait justement des serviteurs pour cela. Finalement, il y consentit dans un haussement d'épaules. Il soupçonnait Guillaume de retarder volontairement leur retour auprès de leur jeune seigneur. À sa décharge, un cheval de combat était infiniment plus prévisible que Harry.

— Tant que le roi refusera de reconnaître à notre seigneur le droit de se déterminer par lui-même et de gouverner ses propres États, la situation ne pourra que générer des troubles, fit remarquer Baudoin. Mais il ne renoncera jamais à ses terres tant qu'il aura un souffle de vie, et il entend les gouverner à sa guise, jusqu'à les diviser encore davantage en en donnant une portion à son benjamin.

Guillaume émit un grognement tandis qu'il détachait les sangles et hissait la selle sur le support de rangement. Baudoin disait vrai, mais l'on ne pouvait s'en satisfaire. Après avoir traversé la Manche en novembre, Harry et Marguerite avaient séjourné avec le père de la jeune reine, le roi Louis de France. Naturellement, Louis s'était fait un plaisir de souffler sur les braises du mécontentement de son gendre ; et lorsque Harry avait quitté la Cour de France pour se rendre à la Cour de Noël tenue par son père à Chinon, le feu avait été ravivé. Il aurait pu être étouffé au moyen d'une apaisante rallonge de fonds, qui serait venue financer le train de vie dispendieux du jeune roi, et de quelques chartes, qui l'eussent autorisé à se sentir aux commandes ; mais, hélas, avait resurgi la question de l'héritage de Jean, qui avait transformé la flambée en un dangereux feu de cheminée. Non seulement le père de Harry refusait de lui concéder le moindre pouvoir digne d'une tête couronnée, mais il exprimait l'intention de retrancher des pans entiers de ses biens pour les impartir au prince Jean, alors âgé de sept ans.

La reine Aliénor, rendue furieuse par la manière dont son mari la rabaissait en s'arrogeant la totalité du pouvoir et lui faisait affront en collectionnant des maîtresses à peine plus âgées que ses filles, avait alimenté l'incendie. Libre à son mari de garder Jean et ses bâtards, elle avait dans son camp les fils qui pesaient dans la balance : l'inconstant et furieux Harry, le vif et tranchant Richard, et enfin, Geoffroy, le penseur taciturne.

« Jusqu'où va votre loyauté ? » avait-elle demandé à Guillaume, tandis qu'il s'apprêtait à accompagner le jeune roi à Chinon, peu de temps après une récente dispute entre le père et son fils.

Une lueur farouche brillait dans les yeux bleus scrutateurs de la reine.

« Majesté, j'ai fait serment d'allégeance à votre fils, avait-il répondu. Et mon serment restera effectif jusqu'à ma mort. Je ne connais point d'autre manière. »

« Votre esprit chevaleresque vous gagne toute mon estime. Mais je tiens à ce que vous agissiez en connaissance de cause », avait insisté Aliénor.

« J'espère que cela pourra être évité, mais si un conflit armé éclate, je défendrai mon seigneur jusqu'à mon dernier souffle », avait répondu le chevalier.

Elle lui avait donné sa main à baiser mais, tandis qu'il se penchait, elle lui avait incliné la tête de son autre main pour poser sur ses lèvres closes un baiser de gratitude et d'adieu.

« Puisse Dieu vous récompenser ! s'était-elle exclamée. Soyez certain que si c'est en mon pouvoir, je vous couvrirai de richesses. »

Guillaume s'efforçait encore de reprendre ses esprits lorsque la jeune reine Marguerite avait surgi pour lui faire, elle aussi, ses adieux. Imitant sa belle-mère, elle l'avait embrassé, mais sur la joue, et lui avait donné un morceau de caramel pour le voyage. Marguerite attachait beaucoup d'importance à ces petits gestes ; elle avait le cœur tendre et généreux.

« Tout se passera bien ? » s'était-elle enquise, ses doux yeux marron emplis d'angoisse.

« Oui, ma reine, tout se passera bien », avait répondu le chevalier à mi-voix, préférant lui servir une platitude plutôt que l'incertitude de la vérité.

Ce fameux « tout » allait maintenant se jouer, et Guillaume savait de quel côté penchait la balance. Malgré leurs caractères opposés, Harry et son père étaient deux entêtés.

Il entreprit de frotter son étalon avec une étrille dont les dents furent vite obstruées par des poils blancs et drus. Blancart avait commencé à perdre son poil d'hiver. Tandis que Guillaume retirait les bourres pour les déposer dans le creux de sa main avant de les jeter dans la paille, Harry entra d'un pas vif dans l'écurie.

— Que faites-vous ? s'enquit-il d'une voix suraiguë et incrédule. Pourquoi vous cachez-vous ici quand vous avez des écuyers et des valets pour s'acquitter de ces tâches ?

Il respirait fort et était rouge de colère.

— Sire, je ne demanderais rien d'un écuyer ou d'un valet que je ne sois prêt à accomplir moi-même, répondit Guillaume d'un ton égal. Un chevalier se doit d'être capable de mettre la main à tout.

— En ce cas, mettez-la à votre épée, rétorqua sèchement Harry. Et ressellez votre cheval. Nous partons.

— Maintenant, Sire ?

— Maintenant ! Tant que les portes sont encore ouvertes. Les palabres sont terminées. Ce qui suivra est de la responsabilité de mon père, non de la mienne.

Le cœur de Guillaume se serra, mais il ne fut pas surpris. Tous les signes avant-coureurs étaient présents depuis novembre. Parfois, le seul moyen de soigner une plaie purulente était de percer l'abcès. Accumuler les pansements ne servait à rien.

— Où nous rendons-nous, Sire ? s'enquit Baudoin.

— Auprès de mon beau-père, répondit Harry. À Chartres.

Soudain, les écuries s'animèrent tandis que l'on s'empressait de harnacher les chevaux. Les hommes prirent leurs armes et fourrèrent leurs effets dans leur paquetage. Guillaume constitua la suite de son jeune seigneur et la troupe quitta Chinon au trot rapide. Seuls quelques-uns des serviteurs de Harry les accompagnaient, ainsi que Wigain, dont les jambes battaient contre les flancs de son cheval pommelé et gras. Les autres, dont le chambellan, l'huissier et le chancelier, avaient décidé de rester à Chinon avec le roi, ajoutant amèrement aux doléances de Harry à l'égard de son père. Les administrateurs du jeune roi étaient manifestement tous à la solde du vieux roi et n'avaient jamais été fidèles à leur jeune seigneur.

Des larmes de rage brillaient dans les yeux de ce dernier.

— Il a refusé d'écouter ! fulmina-t-il en chemin à l'adresse de Guillaume, la voix brisée par l'émotion. Il n'a rien voulu entendre. Ce que je demande est-il si considérable ?

— Non, Sire, répondit Guillaume.

— Ma mère est d'accord avec moi, poursuivit Harry en séchant ses larmes avec le poignet d'un geste d'impatience. Elle dit qu'elle fera tout ce qui est en son pouvoir pour le mettre en échec. Nous ne nous laisserons pas piétiner par lui.

Pendant un certain temps, ils s'employèrent à mettre de la distance entre eux et Chinon. Les chevaliers faisaient sombre mine, tandis que les serviteurs ayant choisi le camp du jeune roi redoublaient d'efforts pour garder la cadence. Guillaume, inquiet, envoya des éclaireurs à l'avant et à l'arrière.

— Il ne donnera pas l'ordre de nous poursuivre de sitôt, déclara Harry avec amertume. Il ne croit pas vraiment que je puisse rompre avec lui. Il pense que ce n'est là qu'un accès de colère, que je suis un garçon irascible qui reviendra la queue entre les jambes parce qu'il fait froid dehors sans manteau. Il n'a pas compris que d'autres sont prêts à m'offrir toutes les fourrures et tout le confort que je veux. C'est lui, qui est dehors dans le froid !

L'éclat des larmes de Harry céda la place à un lustre vindicatif où resplendissait son ambition.

— Ma mère va s'occuper de mettre Geoffroy et Richard à l'abri, ensuite elle nous rejoindra. Nos alliés n'attendent qu'un mot d'ordre de notre part pour se soulever contre lui. En Angleterre aussi. Les comtes de Leicester et de Norfolk sont avec nous, et le roi d'Écosse également, ainsi que son frère.

L'effet de surprise passé, Guillaume ne fut pas étonné, car il s'était attendu à une coalition de ce genre. Ces derniers temps, un flot régulier de messagers avait été admis auprès du jeune roi, parfois à des heures indues. Guillaume n'était pas dans le secret des lettres qu'ils transportaient, mais il avait pu vérifier que leur contenu rendait son maître nerveux. En outre, bien qu'il ne pût déchiffrer ce qui était écrit, il avait reconnu nombre de sceaux, dont ceux de Leicester et de Norfolk. Des réunions clandestines avec Aliénor avaient également eu lieu, auxquelles Guillaume n'avait pas été invité, mais dont il avait eu vent. Plein d'appréhension, il continua de chevaucher à hauteur de son jeune seigneur tout en se demandant comment cela pourrait bien se terminer.

Ils atteignirent enfin Argentan. Un coucher de soleil rouge sang transformait les arbres en sentinelles noires fermant la marche des cavaliers. Les hauts murs du donjon se détachaient sur la lumière agonisante. Le portier accourut pour les faire entrer, et le connétable vint en toute hâte, surpris par l'arrivée soudaine du jeune roi et de sa suite. Des serviteurs furent dépêchés aux cuisines et aux coffres à linge, et une chambre fut promptement apprêtée. Le connétable se posait visiblement mille questions, bien qu'il n'en posât aucune ouvertement ; d'ailleurs, la mine qu'arborait Harry eût suffi à sceller les lèvres du fonctionnaire. Celui-ci lui assura néanmoins que c'était toujours un plaisir de recevoir le fils aîné du roi.

— J'espère que vous saurez vous en souvenir, répliqua Harry en regardant autour de lui. J'attends l'arrivée de certains parents de ma femme. Je veux qu'on leur fasse bon accueil et qu'on me les amène dès qu'ils pénétreront dans cette cour.

— Bien, Sire. Puis-je vous demander combien ils seront ?

Harry haussa les épaules.

— Probablement une dizaine, plus leurs suites.

Le connétable blêmit. Non seulement il lui fallait offrir au débotté le gîte et le couvert à une horde de visiteurs, mais en plus, ceux-ci étaient français, ce qui en faisait les adversaires naturels des Normands, tout membres de la belle-famille du roi qu'ils étaient.

— Ils ne resteront pas, pas plus que moi, d'ailleurs, précisa Harry d'un ton sec. Vous n'avez pas à vous en faire sur ce point.

S'étant retiré dans la chambre qui avait été apprêtée pour lui, il palpa les draps, fit la grimace et dit :

— Froid comme un cul de nonne !

Puis il se détourna pour se chauffer les mains à l'un des braseros censés chasser le froid humide de la pièce. Ayant quitté Chinon de manière précipitée, Harry manquait de son confort habituel. Privé de ses tentures, de ses candélabres, de sa literie personnelle, de ses coupes et de ses plats de vermeil, il dut, par la force des choses, se contenter de l'ameublement fourni par son hôte.

Guillaume installa ses propres affaires à côté de sa paillasse et tira son épée afin de vérifier que la lame n'était pas ébréchée ni rouillée. C'était un rituel apaisant, un geste qui lui permettait de s'ancrer quand le sol glissait sous ses pieds comme sur une plage de sable sec. Il ne s'était pas attendu à ce que des membres de la belle-famille de Harry les rejoignent. Soudain, la danse s'était accélérée. S'il ne voulait pas perdre pied, il allait devoir s'adapter rapidement.

Après avoir renvoyé les serviteurs du connétable d'un claquement de doigts, Harry s'approcha de Guillaume à pas mesurés.

— Le Maréchal, commença-t-il, j'ai un grand service à vous demander.

Guillaume remisa son épée dans son fourreau et posa ce dernier en appui contre le mur. À courte distance, il avisa plus distinctement les ombres qui s'étalaient sous les yeux du jeune roi, ainsi que le creux de sa gorge luisant de sueur. Malgré ses réserves eu égard à la situation, le chevalier fut envahi par une tendre sollicitude.

— Il ne vous est pas nécessaire de demander mes services, Sire, dit-il en écartant les bras. Tout ce que vous m'ordonnerez, je le ferai au mieux de mon honneur et de mes capacités.

Harry acquiesça.

— Je le sais, pourtant il ne s'agit pas d'un ordre, mais d'une demande faite au nom de l'amitié et de l'estime.

Guillaume aurait pu répliquer que cela ne faisait aucune différence, qu'une requête de la part de Harry avait valeur d'ordre, mais c'eût été manquer d'élégance. En outre, le ton employé par le jeune homme, l'incertitude qui se peignait sur son visage, ce mélange de témérité et de grâce qui le caractérisait, firent prendre conscience à Guillaume des raisons qui l'avaient poussé à faire serment de lui rester fidèle jusqu'à la mort, et ce malgré l'exaspération, l'irritation et l'impatience dont était coutumier le jeune roi. Il garda donc le silence, silence tout empreint de solennité et d'expectative.

— Je ne peux prendre la tête de mes hommes à la guerre à moins d'être chevalier, commença Harry, les joues creusées par la tension nerveuse. Je… je veux que vous me fassiez chevalier.

Guillaume prit une vive inspiration. Il était conscient de la présence à leurs côtés de Baudoin de Béthune et d'Adam Yquebeuf, qui les dévisageaient bouche bée.

— Moi, Sire ? Vous voulez que je vous adoube ?

Pour une fois, Guillaume perdit son aplomb.

— Le roi de France ne conviendrait-il pas mieux, ou bien l'un de ses féaux ?

Harry secoua la tête d'agacement.

— Je veux que ce soit vous, insista-t-il. Qu'y a-t-il de si étonnant à cela ? Vous avez du renom et le respect de tous vos pairs. Ma mère vous estime et vous accorde toute sa confiance.

S'empourprant, il ajouta :

— Je préfère que ce soit vous qui me fassiez chevalier plutôt que n'importe quel Français, de quelque rang qu'il soit.

— En ce cas, ce sera un honneur pour moi de vous faire chevalier, Sire, déclara Guillaume d'une voix émue.

Il fléchit le genou et inclina la tête, mais Harry le pria immédiatement de se redresser.

— C'est moi, qui suis censé m'agenouiller devant vous, dit le jeune roi. Vous m'avez exercé au métier des armes, vous m'avez soutenu même lorsque je ne le méritais pas. Vous êtes pour moi un exemple vivant de courtoisie.

Sur ces mots, il joignit le geste à la parole, avec emphase, mais aussi avec sincérité. Guillaume chercha quelque chose à dire mais, n'ayant jamais eu d'expérience dans ce domaine, il était désarçonné.

— Sire, vous m'attribuez des vertus dont je ne suis pas certain qu'elles soient miennes. De grâce…

Se penchant en avant, il invita Harry à se redresser sur ses jambes et lui donna le baiser de paix. Pendant un instant, le jeune homme agrippa le bras du chevalier. Aux yeux de l'assistance, il s'agissait d'une accolade entre guerriers, mais Guillaume sentit tout le désespoir qui motivait ce geste. Harry désirait qu'on le traitât en homme capable de gouverner, en chevalier à part entière, en fin stratège du champ d'honneur, en roi. Tout cela, il le deviendrait probablement, avec le temps, mais pour l'heure, son panache sonnait faux et ne parvenait pas à dissimuler sa jeunesse capricieuse et inexpérimentée. À l'instar de son épouse, il attendait de son ancien tuteur qu'il le rassurât. C'est ainsi que, assumant ses responsabilités et ce nouveau rôle, Guillaume fit le jeune roi chevalier, sans pour autant se sentir autorisé à le faire.

Chapitre 10

Hamstead Marshal, comté de Berkshire, mai 1175

Guillaume suivait à cheval la piste de poussière blanche qui menait à Hamstead dans une explosion de frondaisons vert pâle. Le pépiement des oiseaux, le bruit amorti des sabots ferrés et le craquement des cuirs étaient autant de sons ordinairement plaisants à son oreille. Pourtant, ce jour-là, ils firent resurgir à sa mémoire le douloureux souvenir de son oncle Patrice, assassiné par les Lusignan par une de ces douces journées de printemps qui, semblables à celle-ci, invitent à baisser la garde. Non qu'il s'attendît à essuyer une attaque en vue du donjon familial ; mais la mémoire n'obéit pas aux lois de la logique, et c'est pourquoi il chevauchait en haubert, l'épée au côté, une masse d'armes à la ceinture.

Il avait laissé le jeune roi en compagnie de son père à Westminster, où se tenait un synode réuni par l'archevêque de Cantorbéry. Père et fils étaient de nouveau dans les meilleurs termes, riant aux plaisanteries l'un de l'autre et se donnant des tapes à l'épaule comme de vieux amis. Qui aurait pu se douter qu'un gouffre les séparait encore récemment et que leur différend avait entraîné une guerre violente et sanglante ? Pourtant, il suffisait à Guillaume de voir de la fumée s'élever d'un tas d'ordures pour se souvenir des villages en flammes, des terres ravagées et des nuées de mercenaires saccageant et pillant à l'envi. La vue d'un cadavre de bœuf ou de mouton lui serrait les entrailles avant même que la puanteur n'emplisse ses narines. Chaque château rencontré était l'occasion pour lui de réfléchir à des techniques de siège susceptibles d'obliger les occupants à la capitulation. En homme de terrain, Guillaume n'avait pas reculé lorsqu'il s'était agi de passer l'ennemi par le fer et le feu. Mais il y avait un prix à payer, qui lui pesait à présent.

Louis de France avait accueilli le jeune Henri les bras ouverts, le dotant d'un sceau en propre et de fonds généreux ; puis, ensemble, ils avaient organisé l'attaque contre le vieux roi. Richard et Geoffroy étaient parvenus sains et saufs à la Cour de France, où ils s'étaient joints à la rébellion, mais leur mère avait été capturée tandis que, déguisée en homme, elle tentait de les rejoindre. Elle avait été placée en résidence surveillée à Salisbury. Harry avait menacé de mettre l'Angleterre à feu et à sang pour la faire libérer, et Richard s'était montré non moins virulent dans ses menaces, car le lien qui l'unissait à sa mère était particulièrement étroit. Malgré cela, il était quelquefois trop périlleux d'obtenir ce qu'on souhaitait, et le soulèvement anglais avait été laissé aux mains d'hommes tels que Leicester et Norfolk, ainsi qu'à celles des Écossais, qui étaient toujours prêts à jeter de l'huile sur le feu. Les troubles s'étaient propagés, mais le justicier Richard de Lucy était parvenu à les contenir ; finalement, les rebelles avaient été mis en déroute et leurs chefs capturés. En Normandie aussi, en dépit de modestes succès et du soutien du royaume de France, la rébellion avait échoué. Tout au plus avait-on pu obtenir du roi Henri que son fils bénéficiât d'un revenu en propre, plutôt que de dépendre des cordons de la bourse de son père. Ainsi, Harry s'était vu octroyer deux châteaux en Normandie et un revenu annuel de quinze mille livres angevines.

À Richard reviendrait la moitié des revenus du comté de Poitou, à Geoffroy la même chose pour la Bretagne. En échange, Harry avait été contraint de reconnaître à son père le droit de pourvoir à sa guise à l'héritage de Jean. Quant à la reine Aliénor, elle demeurait prisonnière à Salisbury.

Tandis qu'il approchait de Hamstead, Guillaume s'efforça de ne plus penser à la guerre, mais ce n'était pas facile, car son frère y avait également pris part dans le camp… du roi. Il espérait que Jean comprendrait, mais un doute persistant lui fit tirer sur les rênes alors même qu'il poussait son palefroi de l'avant. Confus, le cheval mâchonna le mors et fit une embardée. Surpris, Rhys lâcha un juron lorsque son cheval entra en collision avec la monture de Guillaume, l'obligeant à tirer à son tour sur les rênes afin d'éviter un violent coup de sabot indigné de la part du palefroi de son maître.

Guillaume lui présenta ses excuses.

— Je lui ai donné deux ordres contradictoires, expliqua-t-il.

— Ce n'est jamais une bonne idée, répliqua Rhys dans son normand à l'accent chantant.

— En effet, convint Guillaume avec ironie.

Considérant le Gallois et suivant le fil de ses pensées guerrières, il aborda le sujet de l'ancien seigneur de Rhys.

— Richard de Clare combattait en Normandie aux côtés du roi Henri, rappela-t-il. As-tu été tenté de te rallier à lui ?

Rhys fit une moue gênée.

— J'y ai pensé, sire, surtout quand les choses tournaient mal pour nous, mais je savais que ç'aurait été comme de sortir de l'eau bouillante pour tomber dans la poêle à frire ! Mon seigneur Richard de Clare est venu combattre aux côtés du roi Henri parce qu'il en avait reçu l'ordre, que c'était son devoir et que c'est un homme d'honneur.

Mais il est de retour en Irlande maintenant, et l'Irlande est la raison pour laquelle j'ai quitté son service.

Guillaume acquiesça. Il avait brièvement rencontré de Clare durant les négociations de paix. Son visage arborait quelques nouvelles balafres et ses cheveux roux avaient commencé à grisonner, mais le seigneur de Leinster et Striguil était toujours plein de vitalité. À certains égards, il rappelait à Guillaume son propre père. Il avait ce même esprit incisif et impitoyable qui se combinait avec un certain charisme doublé d'une vraie vision.

— Le comte se sera refusé à rester pendant trop longtemps éloigné de la princesse Aoife et de ses enfants, d'autant qu'elle lui a donné un héritier mâle !

Guillaume haussa un sourcil.

— Tu te tiens informé de ses faits et gestes, à ce que je vois, fit-il remarquer.

Rhys jeta un coup d'œil par-dessus son épaule au modeste convoi et à la femme aux yeux noirs qui chevauchait en silence sur un des chevaux de bât.

— Mon épouse est comme toutes les femmes, elle n'éprouve aucun attrait pour les querelles des hommes, mais elle aime connaître les détails intimes d'un foyer.

Guillaume rit doucement de l'expression éloquente arborée par son valet. Ses remarques pleines de bon sens avaient allégé son cœur, et c'est avec un regain d'allégresse qu'il poussa son palefroi en direction de Hamstead.

Guillaume regarda le bambin s'extirper tant bien que mal des bras de sa mère pour se diriger tout droit vers son chat. L'élégant félin tigré sauta aussitôt sur le buffet et, les pattes de devant repliées sous le poitrail, considéra dédaigneusement l'enfant de ses yeux obliques et dorés tout en remuant le bout de la queue. Le petit tendit les bras en l'air, ouvrant et fermant alternativement les poings en criant :

— Chat ! Chat, chat, chat !

— Il a l'opiniâtreté de notre père et le caractère du roi, fit remarquer Jean le Maréchal en souriant avec une fierté toute paternelle.

— Tu veux dire qu'il se roule par terre dès lors que l'on refuse d'accéder à ses désirs ? repartit Guillaume en souriant.

— Presque, oui.

Jean considéra Guillaume et ajouta :

— Je n'ai jamais cru ces histoires qui circulent au sujet du roi Henri. Je l'ai vu piquer des colères, cette année, mais jamais se rouler par terre.

— Moi non plus, convint Guillaume, mais si c'est vrai, il l'a sûrement fait à cause de l'effet que cela produisait sur les témoins, non à cause d'un accès de fureur incontrôlable.

— Chat ! hurla le bambin, au risque de percer les tympans de l'assistance.

Le visage rouge d'exaspération, Alaïs s'empressa de distraire son fils grâce à un rayon de miel. Hélas, l'enfant continua de hurler. Guillaume se pencha en avant pour l'attraper d'une main par son sarrau et le souleva de terre. Le bébé fixa sur lui un regard étonné ; ses petites lèvres roses s'entrouvrirent, mais le cri resta coincé au fond de sa gorge.

— Si tu veux devenir mon écuyer dans les prochaines années, il te faudra apprendre le sens du mot « courtoisie », l'instruisit son oncle. Et aussi que certains comportements sont proscrits, si fort que tu saches crier !

— Tu t'es révélé un éducateur moins zélé avec ton propre élève, fit remarquer Jean d'un ton sarcastique. Quel caprice il nous a fait !

Guillaume hissa son neveu sur ses épaules et le tint par ses petits pieds potelés, qui étaient enveloppés de moelleux chaussons en peau de mouton.

— Le jeune roi a piqué une grosse colère, j'en conviens, mais c'était tout à fait prévisible et en partie justifié. Le faire couronner sans lui donner de pouvoir revenait à lui offrir un coffre rempli de joyaux tout en lui interdisant de l'ouvrir et de se servir.

Jean ne parut pas impressionné outre mesure.

— Certes, et qu'aurait-il fait du contenu ? Nous connaissons ses habitudes dispendieuses. Les gens disent que le revenu de la Normandie lui ferait tout au plus une semaine.

— Tu ne devrais pas écouter tous les ragots, lui conseilla Guillaume d'un ton léger.

Puis il fit redescendre l'enfant de ses épaules et le balança à bout de bras entre ses jambes écartées. Le bébé rit aux éclats, révélant deux rangées de dents de lait parfaitement blanches.

— C'est un bon petit gars robuste, lança Guillaume à Alaïs afin de changer de sujet.

Elle rougit de plaisir et lui rendit son sourire. L'enfantement avait épanoui ses formes. Une respectable cornette couvrait ses nattes châtaines et, bien que dépourvus d'alliance, ses doigts étaient ornés de plusieurs autres bagues. L'une d'entre elles était sertie d'un magnifique rubis.

— Il a le diable au corps, dit-elle. Un vrai garçon ! Il n'a pas encore deux ans, et se montre déjà téméraire, ajouta-t-elle, la voix vibrant de fierté.

Touchant le bras de Guillaume, elle ajouta encore :

— Quoi qu'en dise son père, vous serez un excellent éducateur pour lui quand il sera en âge de devenir écuyer. Avoir un oncle bien placé à la Cour ne peut pas lui nuire.

— Je n'appellerais pas être « bien placé » le fait d'être l'instructeur d'un jeune panier percé capricieux et le *protégé** d'une reine emprisonnée, intervint Jean d'un ton déplaisant.

— Mais les choses changent, répliqua Alaïs en serrant fort le bras de son amant. Ne soyez pas si grincheux. Guillaume ne reste pas longtemps, et vous êtes frères.

— Ce n'est pas un gage d'harmonie, grommela Jean.

Comme Alaïs lui faisait les gros yeux, il ajouta :

— Je suis ravi de le voir, mais cela ne nous empêche pas d'avoir nos différences, et je m'inquiète pour l'avenir.

Guillaume haussa les épaules.

— Pare à l'avenir par tous les moyens, mais ne le laisse pas troubler ton sommeil, dit-il.

— Tu as beau jeu de dire cela ! Aurais-tu oublié les événements de l'année dernière ? lança Jean d'une voix railleuse. L'Angleterre, la Normandie, l'Anjou livrés aux flammes, sans parler du Poitou ! Le roi et son fils se prenant à la gorge, et le comte de Leicester faisant débarquer une armée de Flamands à Norfolk ! Doux Jésus, faut-il que tu aimes à danser dans la gueule de l'enfer ! Pour ma part, je veux vivre pour voir grandir mon fils. J'ai dû empêcher Ancel de rejoindre les partisans du jeune roi, ajouta-t-il d'un air grave. Il ne tenait plus en place et voulait traverser la Manche pour aller à ta recherche. Je lui ai dit que tu ne lui ferais pas bon accueil et qu'il ne suffit pas de se présenter avec son épée pour trouver une place dans la maisonnée d'un seigneur. Je suis parvenu à gagner sa fidélité, mais il m'en garde rancune. Il est à Wexcombe avec mère, en attendant que cela se tasse.

Guillaume éprouva de la compassion pour Jean et Ancel, l'un devant donner les ordres, l'autre n'ayant d'autre choix que d'obéir – le tout pour leur bien mutuel.

— Je prendrais Ancel avec moi, si je le pouvais, mais je n'en ai pas les moyens en ce moment, expliqua Guillaume en tirant sur sa luxueuse tunique. J'ai beau te sembler prospère, je dépends de mon seigneur en ce qui concerne les vêtements que je porte, le cheval que je monte et la nourriture que je mange. Si fière allure qu'ait mon équipement, pour l'essentiel, je suis toujours un chevalier subalterne.

— Mais un chevalier subalterne dont on chante les louanges, fit remarquer Jean.

Guillaume eut un bref haussement d'épaules ; il ne le contestait pas, mais n'en faisait pas non plus grand cas.

Face à leur incapacité à contenir leur agitation entre quatre murs, Guillaume et Jean décidèrent d'aller faire le tour des remparts, cet ancien terrain de jeu de leur enfance. Ce jour-là, d'autres enfants s'adonnaient à un bruyant jeu de poursuite dans le soleil de mai, leurs rires ajoutant à la nostalgie des deux frères. Guillaume se souvenait de leurs faux combats d'épée sur l'herbe, du goût que laissait alors la victoire, celui de la défaite…

— Dis-moi, commença Jean, en vérité et indépendamment des rumeurs, quelle sorte de roi fera le prince Henri ? Toi qui es son instructeur, que sais-tu de lui ?

Guillaume se rongea l'ongle du pouce en examinant la question.

— Il n'est pas comme son père, dit-il lentement. Si ce n'est, peut-être, qu'il est tout autant déterminé que lui à obtenir ce qu'il veut. Si l'argent lui file entre les doigts comme l'eau coule dans un caniveau, c'est parce qu'il a plaisir à le dépenser et à faire preuve de générosité envers ceux qui le servent. Il croit que cela rehausse son statut, de tenir table ouverte et de répandre ses largesses comme si les pièces d'argent ne valaient pas plus que la poussière.

Jean fit une moue contrariée.

— Ma foi, cela concorde avec les rumeurs, dit-il.

Guillaume marqua une pause et leva les yeux vers les hautes fenêtres étroites. Une galerie couronnait le sommet de la tour. Quelqu'un faisait sécher des chemises à la rambarde.

— Il est encore en pleine croissance, argua Guillaume. Certes, on peut opposer à cela que son père était un homme avant ses seize ans. Mais il a mûri tôt, et par nécessité. Mon seigneur est intelligent et vif, il sait se faire aimer des gens. Le reste viendra en son heure.

— Malgré sa remarque au sujet de sa supériorité, en tant que fils de roi, sur son père, qui n'est que fils de comte ?

Guillaume soupira. Le « mot d'esprit » semblait parti pour traverser les siècles. Tout le monde en avait entendu parler, et le chevalier commençait à se lasser d'éluder les réflexions désobligeantes à ce sujet.

— C'était un jouvenceau à l'époque, et ivre, qui plus est, de vin et d'effervescence. Il se contrôle beaucoup mieux maintenant. Je ne sais pas pourquoi on lui fait la réputation d'avoir la langue trop bien pendue. Geoffroy ne donne pas sa part au lion et, quant à Richard, il a la langue si acérée qu'elle peut faire saigner les hommes.

— Certes, mais Richard est duc d'Aquitaine et, à ce titre, il est peu probable qu'il devienne notre roi, rappela Jean. On le connaît peu en Angleterre et en Normandie, au-delà du fait que c'est un autre rejeton de la famille royale.

— Et le favori d'Aliénor, rappela Guillaume.

Mais Jean ne parut pas convaincu.

— Elle est sous les verrous à Salisbury et a peu de chance, dans l'état actuel des choses, de recouvrer sa liberté avant longtemps.

Guillaume le concéda d'un bref hochement de tête.

— Sans doute, mais Richard est actuellement l'héritier de son frère, et la reine a eu la haute main sur son éducation.

Richard est son fils spirituel au même titre que Jean est celui du roi Henri.

Son frère parut s'alarmer, et les lèvres de Guillaume tressaillirent. Les hommes proclamaient volontiers leur amour pour Aliénor, mais leur adoration était teintée de peur et de plus d'un soupçon de « Dieu nous en garde ». Ils avaient probablement raison de la craindre, mais Guillaume, pour sa part, avait dépassé ce stade depuis longtemps.

— Alors, il ne me reste plus qu'à souhaiter au jeune roi de trouver en lui-même les ressources nécessaires pour grandir et accéder à la maturité, lança Jean. Qu'en est-il de sa femme ? Montre-t-elle des signes de grossesse ?

— C'est à ses suivantes qu'il faut poser la question, répondit Guillaume d'un ton neutre.

Il aurait pu informer son frère que leur mariage n'avait été que récemment consommé et que le couple se montrait plus consciencieux que passionné dans ses rapports intimes, mais, jugeant ce détail par trop personnel et aussi par instinct de protection à l'égard de Marguerite et de son seigneur, il n'en dit rien.

Jean se le tint pour dit, bien qu'il plaisantât sur la question de savoir si le jeune roi ferait couronner son propre héritier de son vivant.

— J'en doute, répondit Guillaume avec un sourire sans joie. Le ferais-tu ?

Jean tourna la tête en direction de l'entrée du château où Alaïs berçait le bébé dans ses bras.

— Probablement pas, répondit-il.

Le lendemain, Guillaume prit congé de Jean et, malgré des adieux cordiaux, ce fut un soulagement pour tous les deux. Jean avait beau s'ingénier à le cacher, il était jaloux de l'ascension fulgurante de Guillaume à la Cour. Que son cadet partageât le quotidien des têtes couronnées, des grands du royaume et des prélats venait miner sa propre confiance en lui. Il n'approuvait pas non plus le style de vie extravagant de son frère, même si sa désapprobation relevait davantage de l'envie qu'il ne l'aurait volontiers admis.

De son côté, Guillaume avait de l'affection pour Jean, qu'il trouvait toutefois guindé et borné. Mais la présence d'Alaïs et de leur bébé aux côtés de Jean atténuait ces défauts en l'obligeant à sortir de l'ornière. Malgré la stigmatisation qui résultait du fait d'avoir donné à Jean un enfant hors mariage, Alaïs semblait tendre et satisfaite. La voir serrer son enfant sur ses genoux dans un rayon de lumière de fin de journée tandis qu'elle rendait son sourire à Jean avait suscité l'envie de Guillaume. Mais le chevalier ne se sentait pas encore prêt à se stabiliser et ne le serait peut-être jamais. Néanmoins, la vision de cet instant de tranquille allégresse lui avait donné le sentiment d'assister en spectateur à un festin aux flambeaux auquel il n'était pas convié.

À mesure que la distance grandissait entre lui et Hamstead, son envie se dissipa et il s'égaya de nouveau, heureux de reprendre la route, d'être ce chevalier errant à l'avenir radieux. Il fit halte à Wexcombe, afin de rendre visite à sa mère et à Ancel, promettant à ce dernier qu'il le prendrait avec lui dès qu'une place se libérerait. Puis il poursuivit son chemin jusqu'à Bradenstoke, où il se recueillit sur la tombe de son père avant de reprendre le cours de sa propre vie, en ayant provisoirement terminé avec ses obligations filiales et familiales. Par loyauté et gratitude, ainsi qu'en vertu d'une affection profonde, ses pas le menèrent d'abord à Salisbury, où vivait Aliénor.

La chambre de la reine ressemblait davantage à une cellule de moniale qu'aux appartements d'une souveraine.

À sa vue, il devenait évident qu'elle était la prisonnière de son mari. Les murs étaient dépourvus de tentures, et sa somptueuse literie avait été remplacée par de simples couvertures. À la place de ses beaux pichets et de ses belles timbales trônaient des chopes et des brocs pesants et grossiers façonnés par les potiers des environs. Fini les coffres peints et les habituels empilements de livres ! Un échiquier attendait, solitaire, sur un coffre en bois quelconque posé dans l'embrasure de la fenêtre.

Aliénor était assise près des volets ouverts, un ouvrage de couture sur les genoux. Lorsque Guillaume fut introduit, elle se dressa sur ses jambes, le visage éclatant de plaisir.

— Guillaume !

Elle s'avança vers lui, bras tendus et tremblant quelque peu. Il se prosterna et lui effleura la main de ses lèvres. Ses doigts n'avaient pas été dépouillés de l'or qui y brillait toujours en abondance. Du moins Henri lui en avait-il laissé la jouissance.

— Oh, quelle joie de vous voir, vous ne pouvez pas imaginer ! s'exclama-t-elle.

Puis elle l'invita à se relever. Lorsque leurs regards se croisèrent, Guillaume remarqua que de nouvelles rides – effet de la souffrance et de l'expérience – marquaient ses traits. La forme sculpturale de son visage serait toujours garante de sa beauté, mais la marque des années se faisait davantage sentir qu'autrefois.

— Majesté, vous êtes resplendissante, dit Guillaume.

C'était la vérité. Malgré ses malheurs, Aliénor n'avait rien perdu de son éclat semblable à l'or des ailes de papillon.

— Ah oui ? s'esclaffa-t-elle d'un air sceptique. Eh bien, je ne le sens guère. Même les nonnes jouissent de plus de liberté que moi. Mes geôliers pensent qu'ils m'accordent une immense concession lorsqu'ils m'autorisent à dîner dans la grande salle ou à recevoir un visiteur une fois de temps en temps.

Elle jeta un coup d'œil au gouverneur du château qui avait suivi Guillaume à l'intérieur. Gêné, il regardait le plafond, mais tout de même à faible distance, afin de ne rien perdre de ce qui se disait.

— J'en suis profondément navré, Majesté, dit Guillaume.

— Moi aussi, du moins d'être en cage, nuança-t-elle. Quant au reste, même les tortures de l'enfer ne m'arracheraient pas un seul regret.

Elle frappa dans ses mains et fit signe à une servante de leur servir du vin.

— Il vient du Poitou, précisa la reine. Henri ne m'a laissé que de vieux récipients fêlés, mais j'ai la joie d'y boire le vin de mes propres États.

Les yeux mi-clos, elle ajouta :

— Même si je mourais de soif, je ne boirais pas de son vin.

Connaissant le vin du roi, Guillaume ne l'en blâma pas. Il prit la chope que lui tendait la servante et porta un toast à Aliénor. Le gouverneur du château se vit également remettre de mauvaise grâce une chope de vin, mais ne fut pas convié à se joindre à la conversation.

— Alors, commença-t-elle d'un ton enjoué, parlez-moi du monde extérieur.

Guillaume perçut le désespoir qui se cachait sous cette gaieté superficielle. Se retrouver enfermée dans cet endroit avec un revenu chiche et des visiteurs soumis à une surveillance étroite et dissuasive devait être d'un ennui mortel pour l'exubérante Aliénor à la soif intellectuelle inextinguible. Briller en société était pour elle une source d'épanouissement. Au vrai, elle était avide de compagnie pour le simple plaisir que celle-ci lui procurait. Guillaume entreprit de la divertir en lui contant les derniers événements en date survenus à la Cour : scandales, manœuvres politiques, etc. Il la fit rire et, pendant quelques instants, elle oublia sa situation. Il lui donna également des nouvelles de ses fils. Sur ce sujet également, il conserva un ton léger. Sachant que le connétable avait les oreilles aux aguets, il ne dit rien qui fût susceptible d'être rapporté au roi et utilisé contre Aliénor ou contre lui-même. La reine se montra également circonspecte, néanmoins elle le chargea de saluer ses fils et de leur dire qu'elle les gardait dans son cœur et dans ses prières.

— Comme je vous garde dans les miens, Majesté.

Il lui baisa de nouveau la main puis, faisant glisser son regard de ses mains, toujours graciles et soignées malgré les taches de vieillesse, jusqu'à ses yeux, il vit qu'ils étaient brillants de larmes.

Il prit congé de la reine l'esprit troublé et lourd. Que ne pouvait-il faire libérer Aliénor contre rançon, ainsi qu'elle l'avait fait pour lui autrefois ! Tout ce qu'il pouvait faire était de veiller sur son aîné, dont il avait la charge, et s'efforcer de faire honneur à ce rôle de confiance.

À Hamstead, Jean avait dit en grimaçant qu'Aliénor était seule responsable de son sort, mais Guillaume lui avait répondu qu'elle n'avait sûrement pas le projet de fomenter une rébellion lorsqu'elle avait épousé Henri d'Anjou, et que son mari était tout aussi responsable. La marche irrévocable du temps et la lente spirale de la désillusion avaient conduit la reine au bord de l'abîme puis l'y avaient précipitée. Comment se prémunissait-on contre cela ? se demanda Guillaume. Comment conservait-on sa loyauté indemne quand l'amour était mort et la fidélité bafouée ? Probablement en considérant que sa loyauté était la seule et unique lumière dont on disposât au cœur du néant et qu'y renoncer reviendrait à chuter irrévocablement. Ses propres pensées le firent frémir. Donnant des talons dans les flancs de son palefroi, il accéléra la cadence.

Chapitre II

Anet, duché de Normandie, printemps 1177

Le tournoi qui se tenait à Anet sur la frontière normande avait attiré des concurrents venus de toutes les contrées de France, de Flandre, de Brie, de Champagne, de Lombardie, de Bretagne, d'Anjou, de Poitou, de Normandie et enfin d'Angleterre. Avaient fait le déplacement de grands seigneurs et leurs suites, des barons de moindre importance avec écuyers et valets, des chevaliers errants espérant se faire remarquer par un mécène qui les prendrait à son service. Pourvoyaient à leurs besoins d'innombrables commerçants et artisans car, sans armuriers, forgerons, maréchaux-ferrants, bourreliers, marchands de victuailles et quantité d'autres, l'événement n'aurait pu avoir lieu. S'accrochant comme la galle et les furoncles à ce grand corps d'activité, les gueux tenaient leur rôle de parasites. Mendiants et voleurs, catins et maquereaux, attiraient le client dans de sombres allées où des complices détroussaient la victime de son argent.

Les tournois étaient dotés d'une atmosphère particulière, qui ne ressemblait à aucune autre. Guillaume en huma avec plaisir et enthousiasme les senteurs mêlées, tandis qu'il circulait au milieu des tentes et des stands en compagnie du jeune roi, saluant de vieux camarades et inspectant les marchandises, savourant l'odeur de l'herbe verte, de la poussière et de la chaleur équine, et aussi celle, plus acide, de la nervosité humaine rendue plus piquante encore par l'effort guerrier ; enfin, celle des effluves de gruau et de lard frit qui s'échappaient des gamelles de cuisine et des grils.

— Nous allons amasser une fortune en rançons aujourd'hui, prédit Harry en se frottant les mains. J'en ai l'intuition.

Il arborait une tunique de lourd brocart rehaussé de petites pierres précieuses et un manteau à col d'hermine. Il était précédé par une partie de sa suite tandis qu'une autre fermait la marche, afin de lui ouvrir la voie et de lui donner assez d'espace pour se faire admirer en déambulant.

— Nous verrons à la fin de la journée si votre intuition est confirmée, Sire, répliqua Guillaume.

— Elle le sera, si ma maisonnée accomplit sa tâche, rétorqua Harry.

Un an auparavant, ce dernier avait obtenu de son père la permission de traverser la Manche avec son entourage afin de prendre part aux tournois, qui se tenaient tous les quinze jours en France et dans les territoires voisins. Le roi s'était d'abord montré réticent, car il détestait personnellement ce sport, y voyant une perte de temps et d'énergie, pour ne pas dire un nid à rébellion. Il aurait aimé voir les tournois interdits dans l'ensemble de ses États, non dans la seule Angleterre. Malgré cela, de guerre lasse face au harcèlement de tous les instants auquel le soumettait Harry, il avait finalement capitulé, dans l'espoir que la compétition viendrait à bout de la fougue en ébullition de son héritier, qu'elle aiderait son esprit versatile à se concentrer et lui inculquerait une part de la discipline qui lui faisait défaut.

Dans les premiers temps, les pertes subies par la maisonnée de Harry sur le champ avaient été considérables et quelque peu honteuses. Guillaume éprouvait encore quelque déplaisir à se souvenir de ce temps-là. Leurs échecs n'étaient pourtant pas dus à un manque de prouesses, mais plutôt au fait que leurs adversaires étaient des professionnels expérimentés qui, pour certains, évoluaient dans le circuit des tournois depuis des années et en connaissaient toutes les ficelles, honnêtes et malhonnêtes. Il leur avait donc fallu apprendre de leurs erreurs, et apprendre vite.

Guillaume s'était fait un point d'honneur de réunir une équipe respectable à partir d'un ensemble de personnalités et d'aptitudes disparates. Il employa les plus réfléchis d'entre ses hommes à la garde des flancs et à la surveillance de Harry. Les fougueux et ceux qui étaient équipés des meilleurs destriers furent placés en tête de ligne ; les plus polyvalents, en attaque et en défense au centre. Il faisait combattre ses chevaliers avec toutes sortes de combinaisons d'armes et ils devaient s'entraîner sur les montures les uns des autres aussi bien que sur leurs propres destriers afin qu'ils se familiarisent avec toute une variété de chevaux. Quand Adam Yquebeuf s'était plaint que de telles facéties étaient indignes de son rang, Guillaume lui avait fait remarquer que de nombreux chevaliers ne demandaient qu'à entrer au service du jeune roi et qu'ils ne rechigneraient pas à se plier à ces exigences. Harry, avait également rappelé Guillaume, désirait exceller aux tournois ; il revenait donc à ses hommes de faire en sorte que ce fût le cas. Yquebeuf lui avait lancé un regard assassin mais avait mis un terme à ses récriminations, du moins en présence de Guillaume.

L'entraînement intensif pendant le creux que constituaient les mois d'hiver avait commencé à porter ses fruits à la saison nouvelle. Des chevaliers, qui se moquaient naguère des efforts inexpérimentés de la maisonnée du jeune roi, passaient à présent de la pommade sur leurs contusions et lui rendaient hommage. Harry savourait, tel un chat se prélassant au soleil, d'être ainsi adulé ; quant au prestige de Guillaume dans les cercles des tournois, il était considérablement à la hausse.

Passant, par un après-midi, près du pavillon d'un chevalier poitevin, Guillaume et Harry entendirent un couple se disputer avec passion à l'abri de leur tente fermée. Un écuyer rubicond vérifiait des pièces d'équipement devant le pavillon en s'efforçant, sans succès, de faire la sourde oreille. Plusieurs chevaliers gloussaient en échangeant des regards entendus.

— Fils de chien, vous m'aviez promis ! s'exclama la femme, bouillonnante de rage.

— J'ai dit que je le ferais si j'en avais les moyens, or je ne les ai pas.

— Ah, ah, ah ! Tout ça parce que vous avez dilapidé votre argent aux dés avec vos hommes de main !

— Ils valent mieux qu'une salope chicaneuse, rétorqua l'homme. Des catins comme toi, on en trouve dix pour un sou dans n'importe quel bordel de la ville.

Suivirent le bruit d'une claque, puis celui d'une bagarre, et enfin un hurlement.

— Mes parents s'invectivaient parfois de la sorte, confia Harry en secouant la tête et en se remettant en marche. Un jour, mon père a comparé ma mère à une poissonnière rouennaise. À quoi elle a répondu qu'il avait de la chance qu'elle ne le fût pas, car sinon, elle l'aurait étripé avec un couteau à poisson.

Il émit un rire et ajouta :

— Je regrette qu'elle ne l'ait pas fait avant d'engendrer Jean et que mon père ne s'éprenne de cette garce de Clifford.

Il regarda Guillaume, la bouche tordue de dégoût.

— Je ne frapperai jamais une femme. Dieu sait que Marguerite m'irrite à l'occasion, mais pour autant, je ne la battrai jamais.

Guillaume pensa, non sans ironie, que le jeune roi devait également irriter Marguerite, car lorsqu'il avait bu une coupe de trop, il n'était pas commode et lui manquait souvent d'égards.

— Comment se porte la reine ce matin, Sire ?

Harry fit la grimace.

— Comme hier. Elle vomit. Ses suivantes disent que cela cessera au quatrième mois. Je l'espère ! Bien qu'elle porte mon héritier, je ne supporte plus sa compagnie depuis qu'elle est prise de haut-le-cœur toutes les cinq minutes. Elle dit qu'elle n'est pas en assez bonne forme pour venir me regarder jouter.

Guillaume décela une pointe d'irascibilité dans le ton de son seigneur car, pour Harry, un public qui l'admirât était chose cruciale.

— C'est un immense champ de tournois, Sire, fit diplomatiquement remarquer Guillaume. Elle ne verrait pas grand-chose de vos exploits, de toute façon.

Harry émit un grognement indigné.

— Vous avez raison, dit-il.

Mais il était évident qu'il ne faisait là qu'une simple concession de courtoisie.

Après l'attrayante exploration des stands et la visite aux adversaires, Harry regagna sa tente afin de revêtir son armure. Guillaume en fit autant et, tandis qu'il attendait que son écuyer revienne avec son équipement, il se prépara mentalement à la mêlée à venir. Rhys vérifiait soigneusement le harnachement de son maître devant le pavillon du chevalier. Sa loyauté envers Guillaume s'était affermie depuis l'annonce de la mort de Richard de Clare, non pas au cours d'une bataille, mais à la suite d'une blessure au pied causée par le piétinement d'un cheval, qui s'était infectée. Ses enfants, une petite fille de cinq ans et un petit garçon de quatre, étaient devenus pupilles du roi et, pour l'heure, leur colossal patrimoine venait alimenter les coffres de la Couronne. Guillaume avait apprécié le peu qu'il connaissait de Richard de Clare et avait donc assisté à une messe dite à sa mémoire. Rhys en avait été profondément affecté, si bien qu'une seule coupe de vin de trop suffit à le rendre sentimental et à l'amener à se répandre en souvenirs et regrets.

Tandis que Guillaume ajustait son fourreau à son côté, Wigain se présenta avec des tranches d'oie rôtie froides enveloppées dans des feuilles de tilleul, une poignée de fruits secs et une bonbonne de vin en cuir.

— J'ai fait des paris avec quelques-uns des autres clercs, annonça-t-il en posant son butin sur la table, avant qu'il rejoigne la sacoche de Guillaume.

Ce dernier haussa un sourcil, amusé.

— Et à quel sujet ? s'enquit-il.

— J'ai parié que notre jeune roi et vous seriez ceux qui remporteraient le plus de rançons.

— Et vous pensez que c'est un pari sage ? lança Guillaume en secouant la tête. J'espère que vous n'avez pas misé votre chemise.

— Plutôt deux chemises, repartit Wigain avec gaieté. À présent que la victoire nous sourit, je récupère les pertes de l'an dernier.

— Je ne sais trop si cela témoigne de votre foi ou de votre sottise, dit Guillaume en dépliant une feuille de tilleul pour avaler une tranche d'oie.

Wigain haussa gaiement les épaules.

— J'étais découragé l'an dernier, sire, avoua-t-il, mais ensuite, je vous ai vu entraîner les chevaliers jour après jour, même lorsque la neige recouvrait le sol et qu'ils se plaignaient comme un ramassis de vieilles mégères.

Guillaume pouffa à cette évocation.

— Cela a fait toute la différence, poursuivit le commis. Personne ne peut nous surpasser à présent.

— Votre foi vous fait honneur, répliqua Guillaume. Mais pourquoi des tiers accepteraient-ils de parier avec vous s'ils ne pensaient pas remporter la mise ?

Là-dessus, il engloutit une autre tranche d'oie puis pria son écuyer de remiser la nourriture dans sa sacoche avant qu'il ne cédât à la tentation de tout manger.

— Parce que vous n'en êtes qu'à vos premières victoires et qu'ils se souviennent encore de vos défaites, expliqua Wigain. D'aucuns disent que le jeune roi n'est qu'un bon à rien présomptueux et sa maisonnée un rassemblement de bellâtres désœuvrés sans une once de courage.

Le commis se racla la gorge et prit un air contrit.

— Ils vont être déçus, alors, n'est-ce pas ? rétorqua Guillaume.

Il piocha dans sa propre bourse et mit une poignée de pièces d'argent dans la main de Wigain.

— Tenez, dit-il, pariez aussi cela. Nous verrons ce qu'un jeune bon à rien présomptueux et sa maisonnée de bellâtres désœuvrés mous du genou peuvent accomplir.

Le combat fut rude, rapide et, par moments, presque aussi brutal que la guerre. Les sabots des destriers labourèrent l'herbe tendre printanière, au point que les chevaux commencèrent bientôt à glisser dans la boue. Guillaume changea plusieurs fois de monture, ayant toujours pour but de garder son étalon dispos et choisissant l'animal le mieux adapté au terrain.

Harry était intrépide et menait en tête, ce qui supposait davantage de travail pour Guillaume, qui devait suivre sa cadence et déjouer toute attaque menaçant la supériorité de son jeune seigneur. Toutefois, l'entraînement acharné de l'hiver portait ses fruits. Se battant au coude à coude, la maisonnée de Harry prit le champ d'assaut. Harry mena en riant son équipe contre une suite de chevaliers français tout juste réchappés d'une embûche avec une autre cohorte. Les adversaires résistaient, mais Guillaume fit une poussée, cherchant leur faille, pressentant qu'elle était à portée de main. Un coup de masse d'armes laissa son adversaire tout étourdi, et Guillaume en profita pour attraper la monture du chevalier par la bride.

— Rendez-vous ! ordonna-t-il, en enroulant les rênes autour de son poignet.

Tout en gardant un œil sur sa proie, il surveilla Harry, alors en pleine échauffourée, mais protégé par Baudoin de Béthune et Roger de Gaugi, qui se trouvaient non loin.

Rassuré, Guillaume concentra toute son attention sur son adversaire, qui tentait de dégager son destrier. Quand Guillaume l'eut contraint à se rendre, il s'aperçut que les autres chevaliers français s'étaient dispersés avec les hommes du jeune roi, y compris Roger et Baudoin, dans une poursuite acharnée. Guillaume, qui avait été occupé à recueillir la promesse de rançon de son adversaire, se reprocha d'avoir négligé la sécurité de Harry, resté seul à l'arrière.

— C'est dû au manque d'entraînement, selon moi, déclara-t-il lorsqu'il eut rejoint son jeune seigneur. Qu'arriverait-il sur un vrai champ de bataille s'ils partaient tous en trombe ainsi ?

Harry émit un rire étouffé sous son heaume flambant neuf.

— J'ai entendu dire qu'à Drincourt vous avez continué à vous battre sans songer à demander rançon.

— C'était ma première bataille, et j'étais inexpérimenté, rétorqua Guillaume.

Harry se pencha et lui donna une tape à l'épaule.

— Vous parlez à nouveau comme une vieille, dit-il d'un ton taquin. Si vous avez l'intention de leur faire la leçon, il nous faudra d'abord les attraper, et il y a de fortes chances que nous attrapions aussi quelques Français en cours de route !

Sur ces mots, le jeune roi éperonna son étalon dans la direction que les autres avaient prise.

Guillaume et Harry entrèrent à cheval dans la ville d'Anet et descendirent jusqu'au centre du bourg dans un bruit de sabots. Chemin faisant, Guillaume fouilla dans sa sacoche et en sortit ses tranches d'oie et du pain. Harry prit sa gourde de vin à l'arçon de sa selle, puis les deux chevaliers retirèrent leur heaume pour engloutir à toute vitesse nourriture et boisson en agréable compagnie.

Harry avala une bouchée d'oie avec une lampée de vin et dit :

— Cette vie me plaît !

Puis, les yeux étincelants d'allégresse, il s'essuya la bouche du revers de son gambison.

Guillaume acquiesça vigoureusement, car lui aussi aimait cette vie-là, c'était un point commun entre les deux hommes. Les troubadours chantaient la joie de rompre des lances par une belle matinée de printemps, la hardiesse, qui coulait aussi éclatante que le sang dans les veines des preux, l'exaltation avide et le désir de gloire, et tout cela était vrai. La pluie glaciale venue, un cheval boiteux sous les fesses, une armure rouillée sur les épaules et une mauvaise journée en lice derrière lui, un chevalier pouvait être pris de l'envie de tordre le cou de l'un de ces troubadours, mais pas ce jour-là, quand la chanson se faisait réalité.

La grand-rue s'était vidée de ses combattants, mais les habitants étaient aux balcons et sur les galeries dans l'espoir de voir un peu d'action. Quelques âmes courageuses se tenaient sur le bas-côté, dont un marchand de vin, qui avait installé un étal afin de tirer profit de la soif des chevaliers. Une bande de gamins se mettaient au défi de danser sur la chaussée avant de s'écarter du chemin au dernier moment.

— Quelle direction ? s'enquit Guillaume auprès d'un galopin couvert de taches de rousseur en lui lançant d'une chiquenaude une pièce de monnaie suivie d'un morceau de pain.

L'enfant fit de grands yeux ronds devant une telle largesse et lui montra du doigt une rue qui partait sur la droite.

— Les chevaliers sont allés par là, dit-il.

Puis, tout en gardant le précieux argent serré dans son poing, il mordit dans le pain et, tel un chien, en lécha la croûte.

Replaçant leur heaume sur leur tête, Guillaume et Harry lancèrent leurs destriers dans la direction indiquée par le garçonnet, mais ils butèrent sur un chevalier du nom de Simon de Neauphle accompagné d'une troupe de fantassins armés de redoutables glaives et de lances. Harry jura dans sa barbe et tira si fort sur les rênes que son étalon se cabra.

— Et maintenant ? lança-t-il à Guillaume, perdant quelque peu confiance. Nous ne pourrons pas forcer le passage et ne pouvons pas non plus rebrousser chemin, ajouta-t-il en se tournant à moitié sur sa selle afin de souligner la difficulté d'un repli.

Guillaume scruta les hommes de Neauphle entre les fentes oculaires de son heaume.

— Ils ne résisteront pas si nous chargeons, dit-il. Il ne s'agit pas d'une vraie bataille à la vie à la mort. Quelle que soit la solde qu'il leur paie, elle ne vaut pas de s'exposer à deux étalons au galop. Neauphle ne dispose pas d'assez d'espace pour lancer une contre-charge. Ils ne le défendront pas, faites-moi confiance…

Harry émit une sorte de rire forcé à l'intérieur de son heaume.

— Je vous fais toujours confiance, fit-il remarquer. Mais je ne veux pas être déçu aujourd'hui.

— Jamais, répliqua Guillaume. Rappelez-vous : posture et attitude sont plus de la moitié de la victoire. Ce que voient ces fantassins, ce sont deux chevaliers sur des chevaux de combat prêts à leur voler dans les plumes, des sabots ferrés capables de briser un membre d'une seule ruade, deux cottes de mailles qui ne se laissent pas facilement percer et l'absence d'expression humaine de nos heaumes. Leur peur est notre alliée !

Harry assimila la leçon en hochant la tête.

— Et nous, que voyons-nous ? s'enquit-il.

— Des moutons, répondit Guillaume en gloussant doucement. Qu'un seul d'entre eux soit pris de panique, et c'est tout le troupeau qui se sauve en courant.

Comme un seul homme, ils levèrent leur lance, ajustèrent leur bouclier et éperonnèrent leur monture. Des étincelles s'échappaient de sous les sabots au contact des pavés ; les bardes de soie des destriers au galop flottaient au vent. Guillaume braqua son regard sur Simon de Neauphle, qui hurlait à ses hommes de ne pas faiblir, mais Guillaume savait qu'ils n'en feraient rien. La majeure partie d'entre eux étaient des mercenaires qu'aucune loyauté ne maintiendrait en place pour résister à la violence d'une telle charge. Entre deux rudes foulées de son destrier, le courage des fantassins se brisa, et ils s'éparpillèrent comme des brins de paille au vent. Guillaume poussa son bai d'un serrement de cuisses et fit un quart de tour afin de se saisir de la bride de Neauphle pour ne plus la lâcher.

— Bougre de Maréchal, lâchez cette bride ! s'exclama l'otage.

Il portait un heaume ajouré. Ses yeux marron étincelaient de dépit et de rage.

— Avec joie, si vous me donnez votre promesse de rançon, répondit Guillaume avant de rire à gorge déployée lorsque Neauphle laissa échapper plusieurs jurons visant les ancêtres de son ravisseur.

Guillaume, suivi de Harry, mena sa proie par une petite rue étroite à hautes gouttières, en direction d'une pension pour chevaux qui servait de point de ralliement. Les chevaliers capturés y faisaient leur promesse de rançon et les combattants y prenaient du repos, réparaient leur équipement ou changeaient de cheval au besoin. Dans l'étroite ruelle, les sabots des chevaux faisaient un fracas d'enfer, et la lumière était si faible que Guillaume ne voyait presque plus rien. Neauphle cessa de proférer des jurons et se tut, mais Harry prit aussitôt le relais en se mettant à chanter pour lui-même, d'une voix forte et peu mélodieuse.

À la pension, Guillaume descendit de cheval. Tandis qu'il délaçait son heaume, il donna l'ordre à un écuyer de Harry de placer le chevalier prisonnier sous bonne garde.

— Quel « chevalier » ? s'enquit Harry, coupant l'herbe sous le pied à l'écuyer perplexe qui restait sans voix.

Il avait, lui aussi, retiré son heaume. Il le posa sur le pommeau de sa selle. Les yeux pétillants et les épaules secouées par le rire, il ajouta :

— Vous vous êtes assurément emparé du cheval et de son harnachement, mais il semblerait que votre otage vous ait faussé compagnie.

Guillaume pivota sur lui-même et, bénéficiant maintenant d'une bonne visibilité, avisa avec étonnement la selle vide. Il tendit son heaume à l'écuyer et détacha son bonnet matelassé.

— Où est Neauphle ? lança-t-il.

Se retournant sur sa selle, Harry pointa du doigt la ruelle qu'ils avaient longée.

— Il s'est agrippé à une des gouttières à votre insu, expliqua-t-il. Dieu que c'était drôle !

L'hilarité qu'il avait réprimée tant bien que mal jusque-là se libéra soudain dans un éclat de rire qui le fit se plier en deux sur son cheval. Il semblait ne plus pouvoir s'arrêter.

Renfrogné, Guillaume retourna dans la ruelle d'un pas rapide. Mais Simon de Neauphle n'était plus pendu à une gouttière, il gambadait sur la galerie du même bâtiment. Une ménagère scandalisée se tenait près de lui, serrant sa quenouille contre sa poitrine, tel un talisman censé la protéger du viol.

— Je demande asile, le Maréchal ! cria Neauphle en brandissant un index railleur. Si vous pénétrez dans cette maison, la noble dame ici présente vous réduira en bouillie avec sa quenouille !

Les mains sur les hanches, Guillaume considéra son gibier en fuite.

— Ma foi, elle ne peut pas vous défendre plus mal que vos hommes ! rétorqua-t-il.

Puis le rire le gagna lui aussi à mesure que la cocasserie de la situation l'emportait sur l'agacement d'avoir perdu son trophée.

— Je vous souhaite une bonne nuit de noces, lança-t-il en se fendant d'une révérence accompagnée de grands gestes. Je vous ferais volontiers la sérénade, mais je dois m'occuper d'un magnifique cheval de combat et de son harnachement…

Sans surprise, Neauphle baissa ses braies et montra ses fesses à l'intention de Guillaume, lequel haussa les épaules et s'en retourna à l'écurie, où Harry se tordait toujours de rire.

— Si vous l'aviez vu, le Maréchal ! bafouilla ce dernier. Quelle farce, mais quelle farce !

Guillaume n'était pas certain que l'incident fût si tordant, mais il eut l'élégance de rire de lui-même et entra avec bonhomie dans le ton de la plaisanterie. Harry rabâcha à tous ceux qui voulaient l'entendre l'histoire du chevalier à la gouttière, si bien que lorsqu'ils furent de retour au champ de tournois, presque tous les participants étaient au courant de la fuite de Neauphle à l'insu de Guillaume.

Ce dernier supporta les taquineries accompagnées de tapes dans le dos et se consola en se disant qu'il lui restait toujours la rançon du destrier lombard et de son somptueux harnachement. Il se radoucit encore davantage lorsque Wigain, tout excité et le sourire aux lèvres, fit tomber dans le creux de sa main une lourde bourse de pièces d'argent. Elle contenait les gains des paris remportés grâce aux succès de la maisonnée de Harry.

Le soir venu, les grands seigneurs donnèrent des festins sous leurs tentes, rivalisant de luxe et de largesse, offrant les vins les plus forts, le pain le plus blanc servi dans de la vaisselle d'argent, les acrobates les plus doués, les bouffons les plus drôles et, enfin, les meilleurs troubadours. Les habitants et les fermiers qui accueillaient cette gigantesque invasion de sauterelles priaient afin qu'on les dédommageât pour le ravitaillement englouti et les récoltes piétinées pendant la compétition. Les tournois et leur foule apportaient toujours de l'animation et soulevaient l'enthousiasme en offrant un spectacle grandiose dans une atmosphère de champ de foire. Cependant, malgré le silence assourdissant qu'il laissait derrière lui, le calme, une fois revenu, était un soulagement, surtout pour les autochtones les plus âgés. Il fallait davantage de temps aux donzelles évaporées éprises des beaux chevaliers et aux damoiseaux qui rêvaient de chevalerie et d'armures rutilantes pour retomber dans la routine et la monotonie du quotidien.

Le compte des blessures infligées à la maisonnée de Harry comprenait des côtes brisées, des doigts cassés et une épaule disloquée ; hormis cela, rien de très grave ni qui soit susceptible d'empêcher les réjouissances de se poursuivre jusqu'à une heure avancée de la nuit. Guillaume but, mais sans excès, et garda l'œil sur ses hommes. La compétition se poursuivrait le lendemain matin, et les vainqueurs se compteraient parmi ceux qui ne se réveilleraient pas avec une gueule de bois mémorable.

La reine Marguerite fit son apparition entourée de ses suivantes et se joignit brièvement à son mari autour des premiers plats du festin. Il l'amusa du récit des événements du jour, et la mésaventure de Guillaume en faisait partie. Marguerite rit, ainsi qu'il se devait, mais le cœur n'y était pas ; ses yeux étaient cernés d'ombres par la fatigue.

— Êtes-vous indisposée, Majesté ? s'enquit Guillaume avec sollicitude, car la jeune reine était très pâle.

Elle tamponna ses lèvres avec sa serviette avant de répondre :

— Simplement fatiguée, dit-elle, mais je vous remercie de m'avoir posé la question, messire.

— Vous devriez manger une part de pain de sucre, suggéra Guillaume. C'est ce que je fais toujours lorsque je manque de forces.

— Vraiment ? lança-t-elle, une brève lueur de douceur dans le regard. Vous souvenez-vous du morceau de caramel que je vous ai donné à Chinon ? s'enquit-elle en penchant vers lui ses yeux ardents.

— En effet, Majesté, je m'en souviens. C'est le plus beau cadeau que j'aie jamais reçu, et ce n'est pas une taquinerie de ma part. Le caramel redonne réellement de l'énergie quand on se sent fatigué.

— Dans ce cas, j'en ferai apporter un peu à ma chambre. Je regrette de…

— Guillaume, cessez de faire la cour à ma femme et racontez à monseigneur de Flandre l'évasion de Neauphle ! s'exclama Harry en donnant un coup de coude agacé au chevalier.

Cette saillie fit rougir Marguerite, mais Guillaume n'y vit rien de plus que le désir impérieux d'un roi de ramener l'attention de son capitaine au tournoi, plutôt que de l'entendre causer de tout et de rien avec sa femme.

— Je préfère m'entretenir avec une ravissante dame plutôt que de narrer les acrobaties de Neauphle, rétorqua-t-il.

Néanmoins, il accéda à la requête du jeune roi impatient en répétant l'anecdote.

Marguerite demanda à se retirer avec ses suivantes, invoquant la fatigue due à sa grossesse. Harry trouva en lui assez de sollicitude pour l'accompagner jusqu'au bas de l'escalier, lui tenir la main et déposer un baiser sur sa tempe ; mais, à l'évidence, il fut soulagé de la voir partir et regagna l'estrade en se frottant les mains et en se réjouissant d'avance.

— Wigain prétend que deux danseuses orientales font la tournée des tentes, des rubis au nombril, me suis-je laissé dire. À présent que nous sommes entre hommes, je vais les envoyer quérir.

Guillaume haussa les sourcils. Du moins, pensa-t-il, Harry avait-il attendu le départ de sa femme. Il conjectura que tous les seigneurs ici présents n'en auraient pas fait autant.

Il était minuit passé quand Guillaume retourna enfin à son pavillon d'un pas encore raisonnablement assuré. Il avait eu plaisir à regarder danser les femmes et, de fait, elles portaient des joyaux à des endroits fort charmants de leur corps. L'une arborait un rubis, l'autre une perle. Quelqu'un affirma que la perle symbolisait la virginité. Mais Guillaume doutait qu'une fille qui se montrât prête à danser sur une table très légèrement vêtue eût encore quelque perle à offrir. Quoi qu'il en fût, il était divertissant de se l'imaginer, au risque de devoir le confesser, la prochaine fois qu'il solliciterait l'absolution.

Rhys l'attendait devant sa tente en réparant un élément de harnachement. Il bondit sur ses pieds à l'arrivée de Guillaume.

— Sire, vous avez un visiteur, annonça-t-il.

— À cette heure tardive ? répliqua Guillaume.

Puis, désignant du regard les rabats de la tente et renonçant à la perspective de profiter de quelques bonnes heures de sommeil, il demanda :

— Qui est-ce ?

— C'est une dame, sire, répondit Rhys. Elle a dit qu'elle vous connaissait et que vous ne refuseriez pas de la voir.

Guillaume posa un regard sévère sur le Gallois.

— Si tu as fait entrer une prostituée dans ma tente, je te ferai gratter la rouille des rivets de nos hauberts avec l'ongle pendant une semaine ! A-t-elle dit son nom ?

— Non, sire, mais elle a dit qu'elle était une vieille amie.

Perplexe, Guillaume écarta les rabats et pénétra dans sa tente. Assise près de sa paillasse sur le tabouret pliant, les mains jointes sur les genoux, l'attendait une jeune femme qui devait avoir sensiblement le même âge que lui. Elle portait une cape de bonne laine, bien que rapiécée près de l'ourlet, et ses cheveux étaient convenablement dissimulés sous un voile de fine étoffe blanchie. Guillaume la dévisagea. Depuis sa libération d'entre les mains des Lusignan, il avait eu sa part de relations avec les femmes, la plupart de courte durée, en raison des itinérances constantes de la maisonnée du jeune roi et de sa propre décision de ne pas s'encombrer de complications féminines. Noms et visages se mélangeaient dans son souvenir, mais il n'avait jamais oublié celle qui était à présent assise devant lui. Ses traits étaient amaigris, ses pommettes plus saillantes, mais ses grands yeux noirs n'avaient pas changé, non plus que son nez droit et fin. Ce qu'elle faisait à minuit dans sa tente, sans suivante pour chaperon, était un mystère.

— Maîtresse Clara, salua-t-il en s'inclinant.

Elle se leva et vint à sa rencontre, le sourire aux lèvres, mais le regard prudent.

— Vous vous souvenez de mon nom, dit-elle. Je me suis demandé si vous l'auriez oublié.

Guillaume lui baisa la main en un salut protocolaire et lui fit signe de se rasseoir sur le tabouret.

— Ce n'est pas tant que je m'en souviens, madame, c'est plutôt que je ne l'ai jamais oublié, rectifia-t-il dans un murmure. Mon serviteur vous a-t-il proposé à boire ?

Elle fit signe que non.

— Mais ne le réprimandez pas, plaida-t-elle. J'ai eu l'impression qu'il risquait sa vie en me permettant d'attendre ici.

— C'est le cas, convint Guillaume. Vous n'avez pas idée du nombre de subterfuges dont usent les prostituées du camp. Rhys sait que ma couche est habituellement un lit de solitaire.

Elle abaissa les paupières, et la lumière des lampes pendues au plafond de toile projeta l'ombre en éventail de ses cils.

— Au contraire, j'en ai bien idée, murmura-t-elle, parce que je suis l'une d'entre elles.

Guillaume alla verser du vin dans la coupe qui jouxtait la carafe posée sur son coffre et prit tout son temps afin de se ressaisir. Puis, d'une main, il déplia un second tabouret, s'y installa et tendit la coupe à Clara.

— Vous n'en prenez pas ? s'enquit-elle.

Guillaume fit « non » de la tête.

— J'ai besoin d'avoir les idées claires demain, répondit-il. Maintenant aussi, d'ailleurs. Qu'entendez-vous par « je suis l'une d'entre elles » ?

Clara fit la grimace.

— Je suis une catin… une de celles qui hantent le camp. On peut le formuler avec des mots plus choisis en disant que je suis une courtisane et une concubine, mais cela revient au même. Je m'offre à celui qui paie le prix et, moyennant ce défraiement, je fais tout ce qu'il demande.

Elle but une petite gorgée de vin.

Ces paroles désolèrent Guillaume, qui ressentit de la peine.

— Comment est-ce arrivé ? s'enquit-il.

Se penchant en avant sur son tabouret, il ajouta :

— La dernière fois que je vous ai vue, vous étiez la dame d'un seigneur.

En la regardant de plus près, il s'avisa que ce qu'il avait pris pour une ombre ou du fard sur sa joue était en réalité une ecchymose. Il se souvint de la dispute que Harry et lui avaient surprise un peu plus tôt dans la journée, lors de leur déambulation dans le camp, et il s'interrogea.

Clara laissa échapper un rire plein d'amertume.

— La dernière fois que vous m'avez vue, j'étais la maîtresse d'Amalric, non sa femme – une simple concubine. Ma mère était la cadette d'un chevalier et mon père un troubadour itinérant qui en fit sa dupe. Je suis depuis toujours destinée à devenir suivante, catin ou religieuse. J'ai commencé ma carrière comme suivante, puis je me suis prostituée lorsque je suis entrée au service d'Amalric. Un jour, qui sait, peut-être me repentirai-je et prononcerai-je mes vœux ?

Guillaume pensa avec émotion à son frère Jean et à Alaïs. Leurs deux histoires étaient parallèles, si ce n'était qu'Alaïs était assurée d'avoir un toit sur la tête et qu'elle avait donné à Jean un fils, dont son frère était manifestement fou.

— Amalric a été tué dans une escarmouche contre les troupes de Guillaume de Tancarville, poursuivit Clara. Et le donjon a été saisi. J'ai rassemblé ce que j'ai pu, ai sellé le palefroi d'Amalric et me suis réfugiée dans les tournois. Cela fait quatre ans, maintenant, que je les suis, me trouvant des « protecteurs » dès que je le peux.

— C'est une bien triste histoire, madame.

La dame haussa les épaules.

— Épargnez-moi votre pitié. Je vis au jour le jour et, jusque-là, tout va bien.

La lueur de défi qui illuminait son regard lui rappela fortement la reine Aliénor. Il pencha la tête, convenant de ses capacités et de sa fierté.

— Mais à quel prix ? lança-t-il. Votre visage ne reflète pas l'histoire d'une femme favorisée par les circonstances.

À ces mots, elle porta la main à sa joue contusionnée.

— Certains hommes ne valent rien, dit-elle.

Puis, un ton plus bas, elle ajouta d'une voix rauque :

— Je me suis dit, lorsque je vous ai vu arriver avec le jeune roi, que vous apparteniez peut-être à un autre genre d'homme. Vous avez dit, quand je vous ai donné de quoi bander votre jambe, que vous n'oublieriez pas votre dette envers moi.

— Et je ne l'ai pas oubliée, madame, repartit-il en tendant les mains vers elle, paumes vers le ciel. Ce qui est mien est vôtre.

— Dans ce cas, m'accorderez-vous votre protection le temps nécessaire ?

Plusieurs pensées traversèrent l'esprit de Guillaume ; certaines étaient nobles, d'autres infiniment moins.

— Quelle sorte de protection ? s'enquit-il dès qu'il fut assuré de maîtriser sa voix. Souhaitez-vous que je demande à la jeune reine de vous prendre à son service ? Avez-vous besoin d'argent ?

Se dressant sur ses jambes, Clara défit la fibule qui retenait sa cape et jeta le vêtement en travers du tabouret. En dessous, elle portait, de même que dans le souvenir de Guillaume, sa robe de soie jaune au corsage serré par un lacet. Les manches touchaient presque le sol. Une ceinture rehaussée de perles et de jais ceignait ses reins.

— On dit que vous êtes actuellement le meilleur chevalier de tournoi, dit-elle. Que vous êtes un *preux chevalier**.

Guillaume haussa les épaules.

— On raconte beaucoup de choses sur le champ, répliqua-t-il. C'est divertissant, mais vous ne devriez pas y accorder trop de crédit.

— Ce n'est pas le cas, assura-t-elle. J'écoute, et ensuite je me fais ma propre idée.

Elle lui coula un regard de biais et ajouta :

— L'argent est toujours utile. Je doute que la jeune reine fasse entrer dans sa maisonnée une Poitevine à la réputation sulfureuse.

— Je pourrais vous envoyer chez mon frère, en Angleterre, suggéra Guillaume. Il n'est pas encore marié mais vit avec sa maîtresse, dont il a un petit garçon…

Clara fit un signe négatif de la tête.

— Même à supposer que la mère de son fils soit une sainte, elle me considérerait comme une rivale ; par ailleurs, je n'ai aucun désir de mettre les pieds sur un bateau, jamais de la vie !

Inclinant légèrement la tête, elle poursuivit :

— Je pourrais rester avec vous… Vous pourriez retirer certains avantages à ne pas me faire chasser par votre serviteur.

Guillaume recevait souvent de telles propositions, qu'il déclinait généralement avec courtoisie. Jusque-là, il avait su résister à la tentation.

— Je ne confierai pas une telle tâche à Rhys dans cette situation, répliqua-t-il. Mais je ne vois pas ce que vous avez à y gagner ?

Sur ces mots, il se leva, sans trop savoir s'il s'apprêtait à la raccompagner ou à l'empêcher de partir.

— Eh bien, de trois choses l'une : soit vous êtes modeste, soit vous êtes naïf, soit vous allez à la pêche au compliment, fit-elle remarquer.

Elle se rapprocha de lui et pénétra dans sa zone d'intimité, où il ne laissait que rarement entrer quelqu'un.

— Quelle femme ne souhaiterait pas s'assurer la protection d'un chevalier si plein de prouesse ? Quelle femme ne désirerait pas un tel homme ? susurra-t-elle.

Elle lui prit les deux mains et les posa sur ses hanches, les y maintenant fermement.

— Pourvu que l'homme en question la désire aussi, ajouta-t-elle d'une voix lascive.

— Un homme dans ma situation ne peut s'offrir une maîtresse, déclara Guillaume, sans toutefois retirer ses mains des hanches amaigries de Clara, les yeux glissant de son corsage exquis à son ventre plat et ferme.

— J'ai parlé de désir, non d'argent, précisa-t-elle. Songez à tout ce qu'une maîtresse peut faire pour vous et qu'il est impossible à un écuyer d'accomplir.

Elle passa un bras autour de son cou et l'embrassa. C'était le baiser d'une femme rompue à l'art de la séduction. Son corps était chaud du sang méridional des troubadours. Elle retira sa main de sur la sienne et la laissa se perdre entre leurs deux corps en de voluptueuses caresses.

Les sensations ressenties par Guillaume manquèrent d'avoir raison de lui, car aucune femme ne lui avait jamais prodigué de telles attentions, en tout cas pas avec une telle audace et un tel savoir-faire. Il siffla entre ses dents, et sa main se resserra involontairement sur la hanche de la jeune femme. Elle fit glisser sa langue sur sa gorge et lui mordilla le lobe de l'oreille.

— Je peux vous initier à des plaisirs qui vous feront perdre les sens, susurra-t-elle.

Puis elle glissa la main droite dans les chausses du chevalier, trouva ses braies et remonta.

— Mon Dieu ! s'exclama-t-elle, le souffle coupé entre rire et voracité. Le champ de tournois n'est pas le seul endroit où vous brandissez une belle lance bien droite, à ce que je vois !

C'était, pour Guillaume, le moment ou jamais de mettre un terme à la situation. Mais c'était sans compter avec le vin qu'il avait bu et l'excitation provoquée par les danseuses orientales. Autrement, il aurait assurément trouvé la force de donner sa paillasse à Clara pour la nuit et d'aller dormir près du feu de camp. En outre, sa tentatrice aux yeux noirs et au corps tiède se montrait si complaisante entre ses bras – peut-être la reine Aliénor avait-elle été ainsi dans sa jeunesse ? –, et son contact était si enivrant ! Il capitula avant même qu'elle ne donne l'assaut et, oubliant ce que lui dictait la raison, se laissa gouverner par son désir, bien que, en réalité, la maîtrise fût du côté de son amante.

Clara effleura la cuisse nue de Guillaume.

— Vous avez gardé une belle cicatrice, fit-elle remarquer à mi-voix tout en semant un chapelet de baisers dans le sillage de ses doigts légers comme des plumes.

— Je la garderai jusqu'à mon dernier jour, répondit Guillaume en baissant ses yeux mi-clos sur l'amas de cheveux noirs qui s'étalait sur son bas-ventre. Sans votre aide ce fameux jour, je ne serais plus là pour vous parler. Je n'oublierai jamais votre bonté.

Clara émit un gloussement voilé et remonta le long de sa cuisse en pinçant ses chairs entre ses lèvres.

— Ce n'était pas seulement de la bonté, nuança-t-elle. L'égoïsme y avait sa part, ainsi que la bravade. Amalric m'avait mise en garde, me disant de ne pas m'en mêler, alors que pouvais-je faire, sinon interférer ? Même dans votre état, si cruellement blessé et amoindri que vous fussiez, il m'est apparu que vous aviez de grandes capacités.

Elle releva la tête. Ses yeux étaient pareils à ceux d'une chatte par une nuit de chasse.

— Me permettrez-vous de rester ?

Guillaume hésita. Quelques instants auparavant, il s'était laissé prendre au piège de la brûlure légitime du désir. Mais à présent, la tension était retombée, bien que Clara s'appliquât à la raviver. La sagesse lui commandait de traiter ces retrouvailles comme une simple rencontre de hasard, de donner à la jeune femme de l'argent et, une fois le tournoi terminé, de partir sans se retourner. Habituellement, il aurait écouté cette voix intérieure, mais un autre sentiment s'était éveillé en lui cette nuit-là. Peut-être était-ce à cause de l'attitude féline de Clara, qui lui rappelait Aliénor… À moins que ce ne fût à cause de son lien avec un pan de son passé dont il portait encore la marque… Quoi qu'il en fût, le geste de Clara méritait davantage qu'une honteuse poignée de pièces d'argent jetée sur le départ.

— Je n'exigerai pas de vous plus que vous ne pouvez donner, assura-t-elle, comme si elle percevait ses doutes.

Il laissa retomber sa main sur les cheveux de la jeune femme. Ils avaient, sous ses doigts calleux, la réconfortante douceur de la soie.

— Et si tout ce que je pouvais vous donner, c'était une bouchée de pain ? lança-t-il. Si je vous disais que vous seriez moins indigente en vous débrouillant seule ?

— Alors une bouchée de pain suffira, et pour ce qui est de l'indigence, je sais que vous vous trompez.

Elle se redressa à califourchon sur lui et ajouta :

— Vous ne le regretterez pas, je vous jure que non.

Guillaume n'avait pas couché avec une femme depuis longtemps, aussi son corps réagit-il instantanément à la position de Clara.

— Alors restez, s'entendit-il prononcer.

Elle se cambra pour le prendre en elle puis se pencha en avant pour l'embrasser sur la bouche.

— Quelle est l'étendue de vos connaissances en matière d'amour courtois ? s'enquit-elle sans décrocher ses lèvres des siennes. Vous montrerai-je comment obtenir les faveurs de votre dame ?

Un long moment plus tard, Guillaume, essoufflé, le corps en nage, s'effondrait sur sa paillasse. Il lui sembla que toute son énergie s'était concentrée en une petite pointe avant de jaillir de son membre avec la violence d'une flèche. Clara, le visage illuminé par un sourire béat et dévergondé, l'observait de ses yeux embrumés de plaisir.

— Vous voyez…, ronronna-t-elle.

Guillaume, trop épuisé pour pouvoir parler, hocha la tête. Il « voyait », en effet, et se savait novice entre des mains expertes. Certaines allusions au sujet des rituels de l'*amour courtois**, dont les chansons et la poésie des troubadours étaient l'expression, étaient parvenues jusqu'à ses oreilles. Il connaissait les conventions en vertu desquelles l'homme devait s'efforcer de mériter l'amour de sa dame et ne chercher aucune récompense hormis un bref regard ou, peut-être, un sourire. La reine Aliénor avait joué à ces petits jeux avec lui, et Guillaume, à son tour, avait joué, tout en douceur, le même jeu avec Marguerite et ses suivantes. Mais l'amour courtois ne s'arrêtait pas là : les gages et le badinage pouvaient également mener jusque dans le secret de l'alcôve, où le chevalier avait toujours pour mission de donner du plaisir à sa dame tout en s'abstenant d'en prendre, si tel était le souhait de la dame en question. Avoir la maîtrise de son corps lors de tournois n'était pas suffisant. Le domaine amoureux requérait du souffle, de la retenue et de l'endurance, mais également de la passion. Clara avait pris son plaisir plusieurs fois à la suite, maintenant Guillaume au bord de l'explosion. Il aurait pu céder à la tentation de la plaquer contre la paillasse et de déferler en elle pour son plus grand soulagement. Mais il avait son orgueil, et il ne manquait ni de la volonté ni de la détermination nécessaires pour tenir parfaitement son rôle.

Il émit un petit rire à peine audible et considéra Clara à la lueur de la bougie qui coulait dans la pénombre.

— Je suis censé conduire la maisonnée du jeune roi à la victoire demain matin, dit-il. Comment y parviendrai-je, quand il me semble qu'on a aspiré toute la moelle de mes os ?

Clara s'humecta les lèvres et ouvrit de grands yeux faussement innocents.

— Je ne me suis pas approchée de vos os, fit-elle remarquer.

Guillaume manqua de s'étouffer. Elle était incorrigible.

— Vous vous débrouillerez, assura-t-elle avec un bâillement de chatte. Après tout, vous ne faites que jouer à la guerre. Il vous faut, c'est certain, élaborer une stratégie, vous battre âprement, mais, le soir venu, vous pouvez poser votre armure, prendre un repas convenable et dormir dans de la plume, avec pour plus gros soucis la perte éventuelle d'un cheval et la date du prochain tournoi.

Guillaume redevint sérieux.

— J'ai combattu dans des guerres, rappela-t-il, sur la défensive. Je connais la différence.

— Moi aussi, assura Clara.

La brume de plaisir qui voilait son regard se dissipa. Elle se tourna sur le côté et s'écarta légèrement pour se mettre en position fœtale, les poings ramenés sous le menton.

Guillaume garda le silence, s'accoutumant à sa présence. Il avait le corps lourd de lassitude, ses pensées étaient alanguies et tortueuses à cause du manque de sommeil.

Il se redressa doucement au-dessus d'elle, entoura sa taille de son bras et l'embrassa dans le cou, sous ses cheveux.

— C'est un jeu, mais tous les jeux sont des entraînements à l'exercice de la vie… et la vie elle-même est un jeu aux règles impitoyables.

— Mais vous gagnez, messire le Maréchal. Et moi, je suis fatiguée de perdre !

Elle se retourna face à lui, et il l'enveloppa de ses bras.

Le sommeil, tant convoité par Guillaume, lui resta inaccessible, et lorsque les oiseaux annoncèrent l'aube de leur chant et qu'une froide lumière grise filtra à l'intérieur de la tente, il exerça une pression sur la hanche de Clara, s'extirpa délicatement de sa paillasse, s'habilla sans faire de bruit et sortit. Rhys et Eustache, son nouvel écuyer, préparaient le feu. Du pain frais, qu'était allé quérir Eustache, attendait pour le petit déjeuner. Guillaume arracha un gros morceau à la miche au cœur encore chaud et prit la coupe de vin que lui présentait Eustache. Le jeune homme garda les yeux délibérément baissés pendant que Rhys gratifiait Guillaume d'un regard entendu.

— Maîtresse Clara voyagera avec nous pendant quelque temps, leur annonça le chevalier. Il vous faut savoir que j'ai une dette envers elle, et j'attends de vous que vous la traitiez avec le même respect que vous accordez à la reine Marguerite et à ses suivantes. Je ne veux pas vous entendre colporter des ragots à son sujet à des hommes tels que Wigain. Je suis garant de son honneur.

— Oui, sire, marmonna Eustache, rouge jusqu'aux oreilles.

En homme marié expérimenté, Rhys manifesta moins d'embarras.

— J'ai eu raison, alors, de la faire patienter sous votre tente hier soir ?

Guillaume émit un rire mélancolique.

— Je ne saurais encore dire, répondit-il, avant de reprendre son sérieux, de porter un toast au Gallois et de se dédire. Oui, vous avez eu raison !

Chapitre 12

Pleurs, comté de Champagne, été 1177

Assise dans une embrasure de fenêtre de la maison louée par Guillaume, Clara examinait son visage et son vêtement sous divers angles dans un petit miroir à main. La ville de Pleurs accueillait un grand tournoi, et la jeune femme accompagnait Guillaume et Roger de Gaugi, qui combattaient pour leur propre compte, bien que sous la bannière du jeune roi. Ce dernier était resté à Paris dans l'attente du confinement imminent de Marguerite, mais il avait exhorté ses chevaliers à briser pour lui autant de lances que possible.

Parée d'une robe de soie bleue ornée de perles et d'un voile de gaze rehaussé d'étoiles d'argent qui se perdaient dans ses cheveux tressés, Clara avait assisté aux combats d'ouverture. Les prouesses de Guillaume et Roger avaient raffermi sa fierté et l'avaient elle-même relevée dans sa propre estime en tant que maîtresse du plus grand chevalier en lice. Elle avait longuement suivi les joutes sur la vaste étendue du champ, assistant à leurs victoires successives ; puis elle avait regagné leur logement en ville pour les y attendre.

Ce soir-là, les grands barons organisateurs du tournoi feraient tables ouvertes aux chevaliers et à leurs dames. On passerait de tente en tente, tels des papillons de nuit en quête de nectar. En raison de leur succès et de l'attrait qu'ils exerçaient, Guillaume et Roger étaient très demandés et seraient régalés de nourriture, de vin et de somptueux présents partout où ils iraient. Clara savourait complaisamment la part de gloire qui rejaillissait sur elle. Guillaume la présentait sans faillir au titre de noble dame poitevine, ce qui amusait grandement l'intéressée.

Elle était sa maîtresse depuis trois mois, situation à la fois satisfaisante et frustrante à son goût. Les manières du chevalier étaient irréprochables, et il la traitait avec respect et déférence. Adversaire redoutable lors des tournois, courtisan sûr de lui, Guillaume était un amant prévenant et qui savait se maîtriser. Lorsqu'elle lui avait dévoilé son caractère sauvage, Guillaume, elle l'avait senti, en avait été choqué, bien qu'il se fût assez promptement adapté. Clara ne repensait jamais sans émotion à une certaine nuit passée à la belle étoile dans le comté d'Eu. Qu'était le bris des lances en tournoi en comparaison du plaisir retentissant qu'ils avaient pris sur le lit de camp à sommier de cordes de Guillaume ? Malgré toute la passion qu'il lui vouait, elle n'en avait jamais assez, et plus elle en demandait, plus il devenait réticent. Une abyssale réserve de la part de Guillaume empêchait Clara de l'approcher au-delà d'une certaine limite. Les quelques fois où elle l'avait poussé dans ses retranchements, afin de lui arracher quelque réaction, elle n'avait obtenu que de courtoises platitudes ou bien le silence. Après ses diatribes, il se comportait invariablement comme un démon dans la lice. La jeune femme commençait à se demander si les tournois n'étaient pas pour lui des exutoires à sa colère et à sa frustration, qu'il évacuait dans une saine activité physique.

Avisant plusieurs chevaliers et écuyers harassés et couverts de poussière qui rentraient chez eux en remontant la route dans un bruit de sabots, Clara en conclut que le tournoi était terminé. S'apprêtant à accueillir Guillaume, elle mit fin à sa toilette, lui prépara un bain et disposa viande, pain, fruits et vin, sachant qu'il aurait une faim de loup. Il y avait également de fortes chances pour qu'il sente l'ours. D'où le bain.

L'eau du bain commença à refroidir, au grand dam de Clara, qui soupçonna Guillaume de s'être attardé pour bavarder avec d'autres concurrents au sujet de la répartition de l'argent des rançons. Elle croyait tellement en lui qu'il ne lui vint pas à l'esprit que Guillaume lui-même ait pu être capturé. Regardant avec impatience par la fenêtre, elle vit approcher à pied deux chevaliers et un écuyer. Celui-ci portait un grand plateau recouvert d'une nappe de brocart. Perplexe, et soudain nerveuse, Clara descendit les accueillir.

— Nous cherchons messire Guillaume le Maréchal, madame, dit un chevalier brun en s'inclinant lorsque la jeune femme ouvrit la porte. Est-il là ?

Elle fit signe que non.

— Il n'est pas encore rentré du tournoi, répondit-elle.

Puis elle désigna des yeux le plateau couvert d'une nappe. Le second chevalier se pencha devant l'écuyer pour découvrir un énorme brochet aux écailles de moire argentée. Il reposait sur un lit d'herbes aromatiques et de feuilles de salade quelque peu flétries. Mais le poisson lui-même paraissait encore frais.

— La comtesse de Champagne envoie ce brochet à messire Guillaume en hommage à sa prouesse lors du tournoi, expliqua le chevalier.

— N'est-il pas retenu sur le champ ? s'enquit Clara en les regardant d'un œil soupçonneux.

— Non, madame, il n'y est pas.

Clara se mordilla la lèvre inférieure.

— Je ne puis vous aider, à moins de vous proposer d'accepter le brochet et…

Elle s'interrompit pour relever la tête tandis que Rhys pénétrait dans la cour. Il ramenait le destrier couvert de sueur de Guillaume au bout d'une longe.

Rassemblant ses jupes, elle accourut à sa rencontre.

— Rhys, où est votre seigneur ?

Le Gallois mit pied à terre et détacha la longe.

— À la forge, madame, près de la porte de la ville, répondit-il enfin. Son heaume a reçu quelques rudes coups qui l'empêchent de le retirer. Il m'a envoyé rentrer son cheval à l'écurie et vous fait dire qu'il sera de retour dès qu'il le pourra.

Un mélange de soulagement et de crainte s'empara de la jeune femme. S'il avait reçu des coups suffisamment forts pour froisser son heaume, il était peut-être blessé ou commotionné. Sa peur dut transparaître sur son visage, car Rhys lui fit un sourire qui se voulait rassurant.

— Il est tout désorienté, expliqua le valet, mais il est indemne.

Clara n'en crut rien.

— Il faut que je le voie de mes propres yeux, lança-t-elle.

Puis elle se tourna vers les porteurs de poisson qui attendaient avec leur présent sur les bras et ajouta :

— Désirez-vous le laisser ici ?

Le chevalier qui avait pris la parole précédemment déclina avec des yeux rieurs.

— Non, madame, mes instructions stipulent que je dois le remettre en mains propres à messire Guillaume. Et puis, je ne voudrais manquer pour rien au monde de voir sa tête posée sur une enclume !

Le visage noir de suie, le forgeron tout en muscles considéra Guillaume les mains sur les hanches et inspira en faisant siffler l'air entre ses dents tout en réfléchissant.

— Ce heaume est fichu et rejoindra le tas d'ordures, annonça-t-il. Le fait est que je ne sais même pas comment je vais pouvoir vous l'enlever sans vous amocher le crâne. Je ne suis ni chirurgien ni sage-femme !

— Faites simplement de votre mieux, lâcha Guillaume d'une voix étouffée. Je ne vous demande ni de m'opérer ni de me faire accoucher, j'ai seulement besoin d'un bon forgeron !

Le tournoi avait attiré quantité de chevaliers déterminés à laisser leur empreinte, en conséquence de quoi la compétition avait été rude et très agressive. Guillaume n'avait pas eu de difficulté à se hausser au niveau, voire au-delà, des nouvelles exigences. Il avait même pris plaisir à relever le défi, mais il en faisait les frais à présent. Les coups reçus avaient cabossé son heaume à tel point qu'il était devenu impossible de le retirer. Il parvenait à respirer relativement à son aise, mais sa vue était obstruée et, à moins d'un miracle, son crâne ne passerait jamais par l'ouverture du heaume.

Tout en maugréant dans sa barbe, le forgeron entreprit d'en élargir le trou avec pinces, marteaux et tenailles de manière à pouvoir libérer le malheureux chevalier. Pour ce faire, ce dernier dut poser la tête sur une enclume dans une position inconfortable qui lui mit les muscles du cou et des épaules en feu. L'odeur du métal, mêlée à celle de la sueur, lui donnait un goût de fer fort désagréable sur la langue. Souvent, il avait appelé son heaume « la marmite », mais il ne faisait pas bon être prisonnier de « la marmite » tandis qu'il était livré aux assauts du forgeron. Par deux fois celui-ci demanda à Guillaume d'essayer d'enlever le heaume, et par deux fois la tentative échoua, la deuxième manquant de lui arracher les oreilles.

—Nous y sommes presque ! s'exclama le forgeron, à bout de souffle.

Il ordonna à son apprenti d'étaler de la graisse d'oie sur le pourtour du heaume cabossé. Quelques autres pinces furent mises à contribution, à grand renfort de grognements et de jurons. Si bien qu'au troisième essai, le heaume céda enfin devant la force et les encouragements. Les dents serrées, le crâne râpé et les oreilles endolories, Guillaume, le visage écarlate, put enfin respirer à l'air libre. Son heaume, ou plutôt l'épave informe qu'il en restait, ressemblait effectivement à une marmite, mais une marmite qui aurait malencontreusement croisé les sabots d'un bœuf. Le forgeron s'épongea le front sur un bout de chiffon malpropre.

—Le plus coriace de toute ma vie ! déclara-t-il.

Puis il tendit les mains devant lui. Restées fermes pendant qu'il s'escrimait, elles tremblaient à présent.

Guillaume fit un éloge volontairement exagéré de son travail et lui promit une belle récompense en argent. Mais il s'avisa bientôt qu'il avait un public : à la troupe des badauds venus se régaler du spectacle s'étaient joints deux chevaliers et un écuyer de l'entourage de la comtesse de Champagne, ainsi que Clara, dont la mine hésitait entre le rire et la consternation. L'écuyer, qui avait plus que hâte de se débarrasser du fardeau qu'il promenait ici et là depuis maintenant deux bonnes heures, fit un pas en avant et s'inclina devant Guillaume.

—Qu'est-ce ? s'enquit ce dernier.

Soulevant la nappe, il examina le grand brochet tout luisant, qui lui rendit son regard.

—C'est le prix décerné par la comtesse de Champagne au plus valeureux chevalier de ce tournoi, répondit un des chevaliers.

Puis il ajouta sèchement :

— À en juger à ce qu'il reste de votre heaume, la comtesse ne s'y est pas trompée. Le plus étonnant est que vous soyez encore en état d'accepter son présent.

Guillaume partit d'un grand rire.

— Je commençais à croire qu'il me faudrait porter cette marmite sur la tête pendant le restant de mes jours, lança-t-il. Assurément, je n'aurais pas été en mesure de rendre justice à ce superbe poisson.

À dire vrai, Guillaume n'était pas amateur de brochet, mais il était trop diplomate pour l'avouer. De toute façon, seuls le symbole et le fait qu'on lui eût décerné le prix importaient. Une fois le poisson cuit et partagé entre tous les convives, il lui suffirait d'en manger un tout petit morceau pour ne froisser personne.

— Dites à la comtesse que je la remercie de son attention. C'est très généreux de sa part, de même que son appréciation de mes talents.

— Vous auriez pu être tué, le tança Clara bien plus tard.

Aux petites heures du jour, la rue fut enfin plongée dans le silence, les derniers fêtards éméchés ayant rejoint leurs logements en titubant. On avait fait bouillir le brochet dans une mixtion de lait d'amande et d'herbes aromatiques qui avait donné un goût subtil à la chair. Il ne restait plus au fond du seau à ordures que la tête et les arêtes.

Depuis le lit, Guillaume regarda paresseusement Clara défaire sa ceinture et retirer sa robe. En chemise et en chausses, sans plus de tunique, il était couché sur le ventre, la tête posée sur son avant-bras replié. Des stries rouges sur son cou attestaient de sa lutte avec le défunt heaume.

— On réchappe toujours d'une chose ou d'une autre, répliqua-t-il. À l'âge de cinq ans, je me suis trouvé à deux doigts d'être pendu au gibet. À Drincourt, je l'ai échappé belle, lorsqu'une gaffe de chaumier m'a alpagué.

Avec de la douceur dans la voix, il ajouta :

— Et si vous ne m'étiez pas venue en aide lorsque mon oncle Patrice a été assassiné, je serais mort de ma blessure. Grâce à vous, je n'ai écopé que d'une simple cicatrice.

Clara sourit, mais sans grande conviction.

— Nous avons tous des cicatrices, fit-elle remarquer en s'allongeant à côté de lui en chemise de nuit.

Il lui prit la main et baisa le bout de ses doigts, puis effleura sa paume de ses lèvres. Là, il fit glisser ses incisives sur l'intérieur de son poignet jusqu'à ce qu'elle frémisse ; alors seulement il fit tomber une pluie de baisers jusqu'à son cou et se jucha sur elle.

— Oh, Guillaume, susurra-t-elle, tandis qu'un grand vide se faisait en elle, un vide au goût de plénitude.

Chaque fois qu'elle prononçait ainsi son nom ou qu'elle l'accueillait en elle, ce vide se manifestait et grandissait.

Ils firent l'amour avec douceur et passion et, lorsqu'ils eurent terminé, le silence les enveloppa. Guillaume tendit l'oreille aux notes fluides d'un rossignol qui s'écoulaient à flots dans l'obscurité.

— Le comte Thibaut m'a offert des terres en échange de mon entrée à son service, annonça-t-il au bout d'un moment.

— Qu'avez-vous répondu ? s'enquit-elle en se blottissant contre lui, assouvie mais non encore repue.

Le bras toujours autour de son cou, Guillaume lui caressa tendrement les cheveux. Il connaissait les bons usages de l'alcôve et savait se montrer courtois.

— Que sa proposition était généreuse et alléchante, mais que j'étais déjà au service d'un seigneur à qui je restais dévoué.

— Et la tentation était-elle réelle ou bien vous montriez-vous simplement poli ?

— Non, sa proposition ne manque pas d'attrait pour moi, admit Guillaume. Posséder son propre domaine est le rêve de tout homme sans terre, et Thibaut de Blois serait un bon seigneur. Toutefois, ma famille est redevable à la maison d'Anjou. J'ai promis à la reine Aliénor que je ferais de mon mieux pour le jeune Henri. Et puis, malgré tous ses défauts, je l'affectionne.

— Il a beau être votre roi, vous êtes son maître et son mentor en chevalerie, rappela Clara à voix basse. Peut-être l'affectionnez-vous d'autant plus qu'il dépend de vous d'une manière qui serait étrangère à Thibaut de Blois ? Harry règne sur vous, mais vous le gouvernez en retour.

Le jugement de sa maîtresse était suffisamment avisé pour mettre Guillaume mal à l'aise.

— Sa femme est, elle aussi, attachée à vous, poursuivit Clara en tirant sur les poils de son torse. Dès qu'elle vous voit, son visage s'illumine, et elle profite du moindre prétexte pour poser ses mains sur vous.

Guillaume rit en secouant la tête de déni.

— Je la connais depuis qu'elle est enfant. Elle est attachée à moi comme l'on est attaché à une connaissance, un ami, argua Guillaume. J'ai, moi aussi, beaucoup d'affection pour elle, mais pas au sens où un homme s'éprend d'une femme.

Clara avait des doutes, mais elle tint sa langue. Guillaume préférait probablement considérer Marguerite comme une enfant et une vieille amie, mais la réalité était plus complexe et, par conséquent, plus périlleuse. Clara avait suffisamment d'expérience pour savoir que Guillaume se fourvoyait au sujet des sentiments de la jeune reine.

— Bon sang de bois, combien de temps faut-il à un bébé pour naître ? lança Harry en se saisissant d'une lance au vol avant de s'apprêter à charger à la quintaine.

Un peu plus tôt dans la journée, il avait fait les cent pas dans le palais du roi de France, mais le château était devenu trop petit pour contenir son agitation ; aussi s'était-il réfugié au-dehors, dans la lice.

— Plusieurs jours pour le premier, m'a-t-on dit, répondit Guillaume.

Les sages-femmes en avaient déjà informé Harry, mais apparemment c'était entré par une oreille puis ressorti par l'autre.

Harry parcourut la lice telle une bourrasque et frappa la cible d'un coup retentissant.

— Cela fait deux jours, dit-il une fois qu'il eut rejoint Guillaume au trot. Et je ne compte pas les semaines passées dans sa chambre avec ses suivantes et ses commères. Par le Christ, je serai bien aise quand tout ce tracas sera terminé.

Guillaume plaça sa lance à l'horizontale et stimula son étalon.

— J'imagine que la reine en sera bien aise aussi, lança-t-il.

Puis il prit son tour à la quintaine, frappant l'écu avec la grâce déliée que lui conféraient à la fois son instinct et un entraînement de longue haleine.

Le chevalier avait rendu visite à Marguerite en plusieurs occasions dans la chambre où elle s'était retirée pour passer le dernier mois de sa grossesse. Il gardait le souvenir d'une forte odeur d'herbes aromatiques et d'onguents, d'une atmosphère confinée et remplie d'attente, comme si la chambre elle-même était un vaste utérus. Marguerite affichait une certaine satisfaction mais, un jour que Guillaume prenait congé après avoir passé une soirée en sa compagnie – c'était deux jours avant l'arrivée des contractions –, il avait vu la peur dans ses grands yeux marron. Cette image de la jeune reine ne l'avait plus quitté. Elle était prise au piège. Prendre congé lui était interdit. Personne n'osa rappeler à sa décharge qu'elle était la fille d'une mère morte en couches, mais tout le monde y pensait.

Les chevaliers quittaient le champ lorsqu'un héraut s'approcha d'eux en courant et en agitant les bras.

— Sire… Mon seigneur…, salua-t-il. La reine a mis au monde un fils ! annonça-t-il enfin, le visage illuminé de joie.

Harry rendit grâces à Dieu et, une farouche lueur triomphante dans ses yeux gris, vint se placer prestement face à Guillaume.

— Vous entendez ça, le Maréchal ? Un fils ! J'ai un fils !

Là-dessus, il lui donna une bourrade avec le poing, qui devait laisser un bleu au bras du chevalier, malgré son gambison et sa tunique.

— C'est une grande nouvelle, mon seigneur ! s'exclama Guillaume en lui rendant sa bourrade, bien que plus modérément. Comment la reine se porte-t-elle ? s'enquit-il en se tournant vers le messager.

— Ces dames la disent très fatiguée mais en joie, sire.

— Il faut que je le voie ! déclara Harry, le visage en feu, tandis qu'il éperonnait sa monture pour la ramener aux écuries.

Il pénétra dans la cour à si vive allure que le cheval glissa pour se retrouver sur son arrière-train.

Sautant à terre, le jeune roi entra dans le palais en courant. Guillaume le suivit à une allure plus pondérée, un poids en moins sur le cœur. Marguerite avait survécu à l'épreuve, et à la vue de l'allant et de l'empressement de son jeune seigneur, il reprit espoir : tout pouvait encore s'arranger.

— L'héritier du royaume d'Angleterre et du duché de Normandie a désormais son propre héritier, fit remarquer Baudoin de Béthune, un grand sourire aux lèvres, en venant chevaucher à côté de Guillaume. Voilà qui devrait opérer chez lui certain changement…

Guillaume sourit en guise d'acquiescement. Il avait vu l'effet produit sur son frère par la naissance d'un fils. Changement qu'il ne connaîtrait peut-être jamais lui-même… Il en éprouva un pincement au cœur qui ternit quelque peu sa joie.

Marguerite contemplait le bébé qui dormait dans ses bras. On l'avait si bien emmailloté qu'il ressemblait à une mouche enrubannée de soie dans le garde-manger d'une araignée. Il avait les yeux fermés, et ses cils minuscules scintillaient comme s'ils avaient été saupoudrés d'or. Des ombres bleues délicates s'étendaient en dessous d'eux et sa peau avait la nuance pâle des fleurs de lavande. Sa respiration était si peu bruyante qu'elle parvenait à peine aux oreilles de sa mère ; celle-ci en percevait d'autant moins les mouvements que ses petits poumons étaient bien protégés par plusieurs épaisseurs de langes.

— Guillaume…, chuchota la jeune reine pour elle-même.

La musique de ce prénom suffit à lui réchauffer le cœur.

Le bébé s'appelait comme son aïeul, le duc de Normandie qui avait conquis l'Angleterre, et comme le frère aîné de Harry, mort en bas âge, et qui aurait été le « jeune roi » s'il avait vécu. Mais un autre Guillaume faisait également partie de leurs proches, dont la présence importait peut-être encore davantage à Marguerite.

Elle repensa à la joie qui se lisait sur le visage de son mari, lorsqu'il était entré dans la chambre, à sa fierté quand il avait tenu son premier-né dans ses bras et à la manière dont il l'avait présenté à toute l'assistance, exactement comme s'il s'était agi d'un nouvel élément de harnachement ou d'un matériel de joute. C'était la première fois depuis leur mariage qu'il manifestait une telle vivacité en lien direct avec sa femme. Elle en avait conçu de la tristesse tout en s'en trouvant bouleversée de bonheur. Puis l'on avait emmené le nouveau prince, afin de le présenter sans tarder aux autres membres de la maisonnée. Marguerite avait eu l'intention de s'enquérir auprès de Harry de la réaction de Guillaume le Maréchal, mais elle dormait lorsque son mari avait ramené le bébé, et le jeune roi ne s'était pas attardé, partant fêter la naissance de son héritier avec ses gens. Marguerite imagina qu'en tendant bien l'oreille, elle les entendrait festoyer dans la grande salle, tandis qu'ils buvaient à la santé de la maman, honorant Harry à n'en plus finir.

Dans un discret bruissement, une sage-femme écarta les rideaux déjà entrouverts du baldaquin. La nourrice qu'on avait engagée pour allaiter le nouveau-né se tenait un peu en retrait derrière elle.

— Notre petit prince est-il prêt pour sa tétée ? lança la sage-femme en tendant les bras pour prendre le bébé. Il devrait avoir faim, maintenant.

D'un geste gauche, Marguerite souleva le petit corps de son fils et le tendit à la sage-femme, qui l'entoura de ses bras pour le passer ensuite à la nourrice. Ce faisant, les deux femmes échangèrent un regard. Marguerite s'en aperçut et, se redressant brusquement contre les traversins, lança d'une voix inquiète :

— Que se passe-t-il ? Qu'est-ce qui ne va pas ?

Au même moment, la chaleur d'un filet de sang se fit sentir entre ses cuisses.

— De grâce…

— Rien, Majesté. Calmez-vous. Tout va bien. Votre fils est tout bonnement fatigué après sa rude entrée dans le monde. Allons…

Une seconde sage-femme vint s'occuper de Marguerite. Elle vérifia ses compresses, qui étaient imbibées de sang, et les renouvela. Puis elle lui donna une potion au goût amer, qu'il lui fallut boire, et retapa les oreillers. Les voix de la première sage-femme et de la nourrice parvinrent aux oreilles de Marguerite malgré les rideaux. Leurs chuchotements fusaient aussi prestement que tournoyaient les feuilles d'automne dans la tempête. C'est alors qu'elle comprit que quelque chose n'allait pas. Elle essaya de se lever, mais l'épuisement et ses pertes de sang l'avaient considérablement affaiblie, si bien que lorsque son pied toucha le sol, ses membres privés de force ne purent la soutenir, et elle s'effondra. Ses dames accoururent et la remirent au lit en poussant des hauts cris.

— Mon fils, se lamenta Marguerite en pleurant. Où est mon fils ?

— Calmez-vous à présent, Majesté. Là… Ne vous tourmentez pas. Il est entre de bonnes mains, répondit une des sages-femmes.

Elle sentit des doigts frais lui caresser le front, tandis que ses paupières s'alourdissaient sous l'effet du sédatif qu'on lui avait administré. Marguerite lutta contre le sommeil, qui vint néanmoins sous la forme d'une sombre houle. La dernière chose qu'elle entendit fut le murmure apaisant de ses femmes, doux mais traître comme la mer, et pas un seul vagissement de nouveau-né. Pendant qu'elle sombrait dans un sommeil profond, tel un bateau qui coule, son fils Guillaume respira doucement une fois, deux fois, puis, avec un léger tressaillement, mourut dans les bras de sa nourrice.

Les plus jeunes parmi les chevaliers se livraient à un jeu alcoolisé, qui consistait à réciter un poème sans en omettre un seul mot puis à ajouter un nouveau vers avant de vider une timbale de vin. Guillaume avait refusé d'y participer pour s'entretenir de tactiques de tournoi avec Baudoin et Roger de Gaugi. Incidemment, il leva les yeux et vit qu'une des sages-femmes de Marguerite discutait avec l'intendant de Harry en se tordant les mains. L'intendant jeta un coup d'œil dans la direction du jeune roi et, même à cette distance, Guillaume comprit à sa mine que la nouvelle était terrible. Il le regarda serrer les poings, se redresser bien droit et s'armer de courage, tandis que la sage-femme remontait discrètement à l'étage, sa mission accomplie.

Guillaume avala son vin d'un seul trait et contracta les épaules, sachant que la force nécessaire à la joute n'était rien comparée à celle dont il allait avoir besoin. Restait seulement à savoir qui, de Marguerite ou du bébé, n'avait pas survécu.

Harry fit claquer une timbale ruisselante de vin sous le nez de Guillaume.

— À votre tour, ordonna-t-il en mangeant ses mots et en écartant son bras inoccupé. Ne gâtez pas notre plaisir… devez y sacrifier au moins une fois… c'est un ordre.

— Sire…

L'intendant les avait rejoints. Il se pencha et murmura quelque chose à l'oreille du jeune roi. Le sourire de celui-ci se figea, puis disparut, et malgré son teint hâlé après tout un été passé en selle, son visage prit la couleur de la cendre.

— Non! laissa-t-il échapper dans un bruit de gorge.

— Mon seigneur et mon roi…, hasarda l'intendant.

— Non! répéta-t-il.

Il l'aurait frappé au visage avec le poing si Guillaume n'avait eu la présence d'esprit de retenir son bras.

Le serviteur, blanc comme un mort, recula d'un pas.

— C'est un sale menteur. Ce qu'il dit n'est pas vrai ! s'exclama Harry en dégageant son bras, non sans peine.

Puis il planta ses yeux gris, éclatants de déni et de rage, dans ceux de Guillaume, qui soutint son regard, par affection, par charité, et afin de laisser le temps à la triste vérité de percer cette armure de dénégation. Un silence gêné était tombé sur l'assemblée. Les hommes les dévisageaient en reposant leurs coupes. Harry trembla, et Guillaume en ressentit l'écho dans son propre corps. Puis le jeune homme se figea dans ses bras. Il avait rendu les armes. Raide comme un gisant, le jeune roi repoussa son chevalier et se tourna d'un seul bloc vers l'intendant :

— Je veux le voir, dit-il en tendant le cou et en remuant à peine les lèvres. Le Maréchal… Le Maréchal, venez avec moi.

C'était donc l'enfant !

Tandis qu'il s'éloignait de l'estrade pour gagner l'escalier à la suite de Harry, Guillaume songea à la fragile petite tête qu'il avait tenue dans le creux de sa main, à la faiblesse et à la vulnérabilité du nouveau-né.

On s'inclina sur le passage du jeune roi. Le silence qui régnait sur l'estrade ne s'était pas répandu dans le reste de la grande salle, où convives et courtisans continuaient de célébrer la naissance du premier-né de leur jeune roi dans un assourdissant brouhaha. Guillaume fit signe à Baudoin, qui fit à son tour venir les régisseurs d'un hochement de tête et entreprit de faire le nécessaire. Il faudrait dépêcher des messagers en toute hâte afin qu'ils rattrapent ceux qui, partis un peu plus tôt, étaient porteurs d'une tout autre nouvelle.

Harry, le souffle court à cause de la montée des marches, fit halte devant la chambre de sa femme. Son attitude n'avait rien perdu de sa rigidité, mais Guillaume pouvait voir les fissures dans ce masque. Il se tenait, silencieux, en soutien derrière son seigneur. Le garde de faction se mit au garde-à-vous, le regard vide, comme s'il faisait partie, lui aussi, de ce tableau de statues de sel.

— Il doit y avoir erreur, déclara Harry en posant la main sur le loquet.

À l'intérieur, on avait fermé les volets pour la nuit et des bougies brûlaient dans toutes les appliques. Au fond de la chambre, les lourdes tentures rouges scellaient le lit de la reine comme dans un écrin. Ses suivantes, assises en cercle, faisaient des messes basses en pleurant doucement, la main serrée sur le cœur et se balançant d'avant en arrière, afin que leur chagrin muet ne réveillât ni les vivants ni les morts.

La principale sage-femme se tenait près du berceau, le visage tordu de douleur et d'angoisse. Elle fit une profonde révérence à Harry et resta tête baissée. Le jeune roi s'approcha du berceau et y plongea son regard.

— Pourquoi ? lança-t-il d'une voix éraillée.

— Ce fut un accouchement difficile, sire, expliqua la sage-femme. Il a mis tant de temps à venir au monde qu'il ne lui restait plus assez de force pour y vivre.

— La reine est-elle au courant ? s'enquit Guillaume.

La femme fit un signe négatif de la tête.

— Non, messire. Nous lui avons pris le bébé pour voir s'il prendrait le sein de la nourrice et parce que nous avions des craintes. Il n'avait guère pleuré depuis sa naissance, et il n'avait pas beau teint. J'ai donné à la reine une potion soporifique. Elle a encore quelques heures de paix devant elle.

Puis ce sera l'enfer, pensa Guillaume avec compassion. Alors, les platitudes auraient droit de cité : l'enfant avait vécu suffisamment longtemps pour être baptisé ; Henri et Marguerite étaient encore jeunes et vigoureux, alors, le temps venu, ils auraient d'autres enfants... Guillaume s'interdit de donner dans ce genre de commentaires.

Harry contempla son enfant mort pendant un moment encore avant de pivoter soudain sur ses talons et de sortir de la pièce d'un pas raide. Guillaume hésita, jeta un coup d'œil au lit fermé par les rideaux, puis s'en fut en toute hâte à la suite de son seigneur. Harry s'était réfugié à l'angle, dans un cabinet d'aisances creusé dans la muraille, pour y vomir, les mains agrippées au siège de bois.

Guillaume attendit sans mot dire, se sentant inutile. Aucune parole de consolation n'aurait pu apaiser le chagrin brûlant de Harry et sa fierté lacérée. La douleur du deuil, qui avait suivi le débordement de joie causé par la naissance du petit, était de nature à engloutir les esprits les plus endurcis. Lentement, Harry se redressa et s'essuya la bouche. Il avait le regard terne, dépourvu de la moindre lueur.

— Pourquoi Dieu permet-il de telles choses ? lança-t-il à Guillaume dans son déchirement. S'il ne voulait pas que mon fils vive, pourquoi avoir permis qu'il naisse ?

Guillaume eut un geste d'impuissance.

— Vous devriez vous entretenir avec votre chapelain, Sire. Je n'ai pas de réponse.

— Il n'en aura pas non plus, rétorqua Harry.

Puis il s'assit sur le siège percé et se prit la tête à deux mains.

— Bon sang, je suis ivre ! ajouta-t-il. Moi qui pensais que c'était jour de fête, qu'au matin, je... Oh, Jésus-Christ ! Mon Dieu, aie pitié ! s'exclama-t-il.

Puis tout son corps fut secoué de sanglots secs.

— Pourquoi l'or que je tiens dans mes mains me glisse-t-il toujours entre les doigts comme du vulgaire sable pour me laisser aussi démuni qu'un mendiant ? lança-t-il avec douleur et mélancolie.

Guillaume déglutit et sentit ses yeux lui brûler. Que pouvait-il dire ? Que si l'on écartait les doigts au lieu de serrer le poing, on ne retenait jamais rien ? Que Harry avait le choix entre se parer des atours d'un roi ou des haillons d'un mendiant ? Même en la circonstance, il pleurait sur lui-même, non sur le bébé qui reposait, tout glacé et blafard, dans le berceau royal. Mais cela ne rendait pas sa douleur moins intense, au contraire.

Guillaume se racla la gorge afin d'en chasser l'âpre émotion.

— Vous devriez dormir, Sire, lui conseilla-t-il. Demain matin, vous ferez votre devoir.

Harry ravala un sanglot et se passa une main sur le visage.

— Oui, dit-il. Vous avez raison. Mon devoir.

Clara avisa les poches sous les yeux rouges de Guillaume et son regard vide, ainsi que la barbe naissante qui recouvrait son menton. Sans un mot, elle alla chercher du vin et le fit asseoir sur le lit. Dans une totale passivité, le chevalier se laissa déshabiller, se mettant debout lorsqu'elle lui en donnait l'ordre, s'asseyant lorsqu'elle lui disait de s'asseoir. Lorsqu'elle lui eut enfilé une chemise propre et une tunique ample, elle posa une main sur son épaule et l'embrassa.

— Avez-vous mangé ?

Incapable de s'en souvenir, il haussa les épaules. Le creux qu'il sentait au ventre pouvait être dû à la faim, mais également à l'atmosphère qui régnait au palais. Il avait été le témoin de tant de choses. Un fardeau exténuant l'accablait. Marguerite était ravagée par le chagrin et la culpabilité. Hirsute et éperdue de douleur, elle ne quittait plus son lit.

Son mari, lui, ne dessoûlait que pour s'enivrer encore. Afin de faire jeu à peu près égal avec Harry, Guillaume avait bu du vin, mais celui-ci lui avait donné des aigreurs d'estomac et des maux de tête. Beaucoup de bébés mouraient avant terme ou à la naissance. Nombre de ceux qui ne mouraient pas ne passaient pas les premières années ou n'atteignaient pas la prime adolescence. Seuls les forts et les chanceux – ceux que Dieu chérissait – atteignaient l'âge adulte. Tout le monde savait cela, et chacun s'y préparait, jusqu'au jour où le sort frappait.

Clara apporta à Guillaume du pain de froment frais et de la terrine de gibier. Lorsqu'il refusa d'y toucher, elle rompit elle-même le pain et y posa un morceau de pâté épicé.

— Mangez ! ordonna-t-elle.

Le puissant arôme lui chatouilla les narines et le fit saliver, mais son estomac se rebella.

— Cela me rendra malade, dit le chevalier.

— Peu importe. Mangez.

Guillaume obéit, ravi que quelqu'un prît les décisions à sa place. Clara le regarda manger sans rien dire, comme lui-même avait regardé et attendu en silence, témoin et dépositaire de la peine du jeune roi et de la souffrance de Marguerite. Le goût prononcé de la nourriture éveilla son appétit et, dès la première bouchée, une faim de loup chassa sa nausée. Jamais il n'avait eu une telle fringale. La vie elle-même semblait lui revenir avec l'appétit dans cette explosion de saveurs à son palais. Il s'obligea néanmoins à s'alimenter lentement. Clara lui versa une autre coupe de vin et apporta un plat de dattes et de figues confites qu'elle posa sur le banc qui leur servait de table. Peu à peu, le monde recouvrit couleurs et contrastes. Guillaume s'avisa du regard serein que Clara posait sur lui et du fait qu'il portait une tenue plus confortable que son habit officiel de courtisan, bien qu'il ne se souvînt pas de s'être déshabillé.

—Vous devriez dormir, lui souffla Clara.

Guillaume poussa un grand soupir.

—Oui, il le faudrait, mais je ne sais pas si je le pourrai, répondit-il.

Puis il lui prit la main et considéra leurs doigts entremêlés.

—Ç'a été terrible, expliqua-t-il. J'ai assisté à la veillée funèbre avec Harry et tous les autres chevaliers de la maisonnée.

Un nœud dans la gorge, il ajouta :

—Le cercueil n'était pas plus grand qu'une châsse à reliques. La reine…

Il s'interrompit puis, après avoir esquissé un geste de dépit, il reprit :

—La reine en est tombée malade. Elle dormait quand l'enfant est mort, et elle pense que, d'une manière ou d'une autre, c'est sa faute.

Guillaume grimaça de douleur au souvenir du visage blême et baigné de larmes de Marguerite.

—J'ai prié pour elle ce matin à la messe, et pour l'enfant, et aussi pour le jeune roi, dit Clara. Les églises ont sonné le glas toute la journée.

Posant une main sur son ventre plat, elle ajouta :

—C'est une souffrance pour moi de ne pouvoir enfanter, mais il m'arrive de penser que c'est également une bénédiction. Il m'est moins douloureux de regretter les enfants que je n'aurai pas que de les voir être emportés aussitôt nés.

Guillaume s'étendit sur le lit et fut bientôt rejoint par Clara, bien que le soleil brillât haut dans le ciel. Dans l'attente de son retour, elle avait veillé de son côté et en ressentait les fatigues, bien que dans une moindre mesure que Guillaume.

—Ils ont le temps d'avoir d'autres fils, dit-elle.

— C'est exactement ce que ses suivantes ont dit à Marguerite, et ce que l'évêque de Rouen a dit à mon jeune seigneur, repartit Guillaume.

Les yeux fermés, il se souvint de la fureur qu'avaient provoquée chez Harry les paroles de l'évêque. Non qu'elles aient été prononcées prématurément, mais parce qu'elles rappelaient le jeune roi à un devoir dont il se serait volontiers passé. Pour commencer, il n'éprouvait que peu d'attrait pour la couche de sa femme ; ensuite, à quoi bon s'accoupler avec elle, si le résultat était assuré d'être un fiasco ?

— C'est le bon sens même, reprit Guillaume sans soulever les paupières. Mais il se fait rare ces temps-ci. Le mieux que je puisse faire pour mon seigneur est de l'emmener au prochain tournoi, dans l'espoir que la joute l'aidera à chasser ses démons.

— Et sa femme ?

Guillaume attira Clara contre lui en quête de réconfort.

— Le temps, je suppose, fera son œuvre, ainsi que de douces attentions, mais dans quelle mesure elle bénéficiera de ces deux-là, je l'ignore.

Chapitre 13

Port de Wissant, comté d'Artois, février 1179

— Non, je suis certaine, affirma Clara avec un signe négatif de la tête.

Elle se tenait sur le quai, sensuelle et pâle, à côté de Guillaume, contemplant les navires au mouillage qui tiraient sur leurs amarres tels des chevaux sauvages à l'attache.

— J'irais jusqu'au bout du monde pour vous, mais seulement si je ne suis pas obligée de voyager sur l'eau.

Guillaume comprenait sa réticence, car il détestait lui-même prendre la mer, mais la peur de Clara était bien plus profonde que la sienne. Jusqu'à la veille – jour de l'arrivée de la Cour du jeune roi à Wissant en vue de la traversée –, Clara n'avait jamais vu la mer, et la vue de cette immensité gris-vert, qui s'étendait jusqu'aux nuages bas sur la ligne d'horizon, l'avait franchement terrifiée.

Les paroles rassurantes de Guillaume concernant les voyages en mer étaient tombées dans l'oreille d'une sourde, en partie parce qu'elles visaient à le rassurer lui et en partie parce que Clara n'avait rien voulu entendre. Elle n'avait pas non plus envie de voir l'Angleterre. Elle avait entendu dire que c'était un pays glacial et brumeux, peuplé de paysans bourrus et de nobles austères, qui considéraient les gens du Poitou comme mous, dorlotés et entachés d'hérésie. Que Guillaume fût anglais, ainsi que plusieurs membres de la maisonnée du jeune roi, n'avait pas dissipé ses craintes. Il y avait toujours des exceptions, et puis, Guillaume avait passé l'essentiel de sa vie hors de son île natale. Clara redoutait également de rencontrer la famille de son amant. Dans le monde des tournois, elle était admise et respectée en tant que maîtresse du meilleur chevalier du champ. Or, les tournois étant interdits en Angleterre, en seraient également absents le faste et le charme qui favorisaient l'approbation décontractée des maîtresses, des troubadours et des danseuses. Le fait que le frère aîné de Guillaume eût lui-même une maîtresse et un bâtard n'avait pas non plus suffi à la rassurer. En résumé, son jugement au sujet de l'Angleterre était tout aussi catégorique que son opinion de la mer.

— C'est au-dessus de mes forces, répéta-t-elle en tressaillant, les yeux tournés vers les vagues qui venaient frapper contre le quai.

Guillaume émit un son de gorge exaspéré, l'attira sans ménagement et la serra contre lui.

— Je ne suis pas homme à présenter à mon coursier un obstacle qu'il ne peut pas franchir, dit-il. Aussi, je ne vous forcerai pas la main.

Elle cligna de ses yeux piquants de larmes sous le vent froid et salé.

— Je vous demande seulement de ne pas vous hâter de trouver une autre monture pendant votre séjour en Angleterre, dit-elle avec un rire tremblant. Une qui pourrait sauter plus haut que moi !

Guillaume l'embrassa.

— Je doute qu'une telle créature existe, la rassura-t-il.

Les marins et les portefaix continuaient à charger les bagages royaux sur les nefs. Marguerite et ses dames descendirent à bord du navire, leurs robes brillantes comme des ailes de papillon sur fond de grisaille ambiante. La naissance puis la mort de son nourrisson avaient changé la jeune reine. La jeune fille bien en chair aux yeux ronds, aux démonstrations d'affection spontanées et au sourire facile n'était plus. Une gravité inédite habitait désormais Marguerite, qui semblait à présent se tenir sur ses gardes, observant ce que le monde avait à offrir à l'aune du prix qu'il fallait payer pour l'obtenir.

Les deux époux faisaient chambre à part, excepté les nuits où ils accomplissaient leur devoir en dehors des dates proscrites par l'Église. Jusqu'à ce jour, Marguerite n'avait pas conçu de nouvel enfant et, avec le carême qui arrivait, son mari et elle dormaient dans des chambres séparées. Guillaume remarqua qu'elle tremblait de froid sous son manteau. Elle aussi, il le savait, détestait traverser la Manche, mais le supportait toujours avec une tranquille force d'âme.

Harry, très en verve, arriva peu de temps après sa femme, le visage rougi par le vin qu'il avait bu pour se donner du courage en prévision du voyage. Soixante ans auparavant, l'héritier du trône s'était noyé sur la nef qui le ramenait en Angleterre[1], mais Harry estimait que cette mort avait permis à sa famille d'accéder au pouvoir et que, par conséquent, il ne risquait rien. Hormis une prière dite avant de s'embarquer, il se concentra sur l'instant présent et n'y pensa plus.

Tandis que les rameurs faisaient sortir la galère du port, Guillaume regarda la silhouette de Clara s'éloigner et disparaître ; puis, poussant un soupir, il se détourna du bastingage.

— Trois ans, lança Harry, une main accrochée au mât. Cela fait trois ans que je n'ai pas vu mon père.

---

1. En 1119, le prince Guillaume Adelin, fils du roi Henri Ier Beauclerc, avait péri avec cent cinquante-huit autres personnes à bord de la *Blanche-Nef* à Barfleur. (*NdT*)

Il grimaça, mais la morsure du vent vif qui soufflait au large n'en était pas la seule cause.

— On dit que l'absence renforce les liens du cœur, mais je doute que mon père se soit le moins du monde assoupli.

— Vous êtes-vous assoupli, Sire ? s'enquit Guillaume.

Harry chassa l'air de ses poumons.

— Si tel est le cas, il y verra une faiblesse de ma part, répondit-il. Cependant, il n'a guère d'estime pour Richard, et l'on ne peut guère taxer celui-ci d'être apathique. Du moins ce séjour sera-t-il bref. La saison des tournois venue, nous serons de retour en Normandie.

Un frisson lui secoua les épaules et il dit :

— Le temps est toujours humide en Angleterre, et le printemps s'y fait attendre. En Anjou, les arbres sont en fleurs lorsque à Londres la neige recouvre encore le sol.

— Cela vous permettra d'aller faire du patin à glace avec le roi sur l'étang de Moorgate, Sire.

— Et de causer à mon père une attaque, s'esclaffa Harry d'un rire aigre.

— Vous pourriez y emmener votre frère Jean…

— Oui, dans l'espoir que la glace se brisera sous ses pieds, renchérit Harry. Petit déjà, c'était un sale gosse, et je doute que le temps ait amélioré les choses. C'est un boutonneux à la voix éraillée que nous allons trouver en arrivant !

Il s'ébroua d'un geste irrité et ramena sa capuche sur sa tête, tandis qu'un grain s'abattait sur le vaisseau.

— Disons que je le tolérerai tant que mon père n'échafaudera plus de plans pour lui tailler un héritage sur mes États.

La pluie ruisselait sur le visage de Guillaume, s'égouttant à son menton. Il avait les mains rougies et endolories de froid. Le navire se dressait dans le vent glacé puis plongeait, fendant les vagues avec des airs de cheval mal débourré. Clara aurait été terrifiée ; quant à son amant, il ressentait un mélange de peur et de nausée. Harry se tourna vers l'abri de toile où la jeune reine et ses dames avaient trouvé refuge contre le vent glacé et, depuis quelques instants, la pluie battante. Puis le jeune roi marqua un temps d'hésitation et considéra Guillaume par-dessus son épaule.

— Marguerite pense qu'elle attend un nouvel enfant, annonça-t-il.

— C'est une bonne nouvelle, Sire, répliqua Guillaume.

Changeant de position afin de rétablir son équilibre, il sentit son estomac se soulever sous les assauts du *mal de mer**.

— Oui, c'est juste. Mais nos espoirs ont déjà été déçus, rappela Harry.

Puis il gagna l'abri, pénétra à l'intérieur et fit tomber le rabat derrière lui.

Guillaume souffla et se retira sous l'abri réservé aux chevaliers à l'autre extrémité du vaisseau.

Le roi Henri le Vieux se massa la cuisse en prenant un air renfrogné.

— Le Maréchal, vous ne connaissez pas votre chance, lança-t-il d'un ton plein de rancœur.

— Sire ? releva Guillaume avec un grand empressement.

Les trois années écoulées n'avaient pas été tendres pour le père de son jeune seigneur. Quelques mois après le décès de son petit-fils, lui-même avait frôlé la mort à cause d'une infection à la jambe, et le combat qu'il avait livré pour s'en sortir avait laissé son empreinte. Ses cheveux roux doré avaient perdu de leur éclat pour revêtir une teinte poudreuse, et ses yeux gris-bleu étaient alourdis de poches et injectés de sang. Ensuite, sa maîtresse adorée,

Rosemonde Clifford, avait succombé à une fièvre, laissant le roi désemparé. De nouvelles rides d'inquiétude – vestiges de son chagrin aigu – striaient son front et traçaient deux parenthèses autour de sa bouche.

Le roi Henri esquissa un sourire désagréable.

— Mon fils me dit que vous participez à tous les tournois qui s'offrent à vous, ainsi qu'à d'autres que vous allez chercher aux quatre coins du continent.

— Seulement avec la permission de mon seigneur, Sire, et s'il n'a pas autrement besoin de moi.

Henri fit connaître sa désapprobation par un grognement.

— Ce jouvenceau ne sait pas ce dont il a besoin, messire le Maréchal. Je vous ai dit que vous aviez de la chance parce que votre vie frivole de tournoyeur ne vous a pas encore coûté de graves séquelles. Je n'ai jamais jouté, car je considère ce sport comme une perte de temps et d'argent. Malgré tout, c'est moi qui ai reçu un mauvais coup de sabot et risqué la gangrène !

— J'en suis navré, Sire.

Henri le considéra d'un air grave.

— Vous êtes raffiné, Guillaume, et malin, je vous le concède. Je peux comprendre ce que ma perfide de femme a décelé en vous, mais, ainsi qu'elle l'a appris à ses dépens, un revers de fortune est vite arrivé.

— Sire ? lança Guillaume, tandis que les poils de sa nuque se hérissaient à l'approche du danger.

— Vous m'avez compris, repartit Henri, les yeux mi-clos. Jusque-là, le destin vous a favorisé en vous hissant avec aisance à de nobles offices, mais tout cela peut changer d'un instant à l'autre.

C'est alors que Jean, le cadet du roi, se joignit à eux. Il était occupé à discuter avec un groupe de jeunes courtisans, mais son flair infaillible pour le grabuge l'avait poussé à venir se placer en toute hâte à côté de son père. Une éruption d'acné enflammait son front et son menton, et un duvet sombre ornait sa lèvre supérieure. Bien qu'il fût plus menu que ses frères au même âge, Guillaume ne commettait pas l'erreur de le considérer comme l'avorton de la portée. Il était l'exact portrait de son père, mais en plus sombre. Il ressemblait également à Aliénor, sans en avoir toutefois le naturel ouvert et généreux.

— Vous avez grande réputation, le Maréchal, lança le jouvenceau de sa voix rêche d'adolescent en mue.

— C'est ce que votre père me disait, sire, répliqua Guillaume en s'inclinant.

Jean lui décocha en retour un de ces sourires pleins de ruse dont il avait le secret.

— Ah oui ? Il parle souvent de vos prouesses. Dommage que les tournois soient interdits en Angleterre, sinon je viendrais y assister en personne, lança-t-il avant d'adresser à son père un rictus entendu et taquin.

Henri lui ébouriffa les cheveux.

— Beaucoup de mes fils se laissent éblouir par le vice du tournoi. Je pensais que tu avais, toi au moins, davantage de bon sens.

— Oh, loin de moi l'idée de vouloir jouter moi-même, rectifia Jean avec un geste de dédain qui fit écho au ton employé par son père. Mais il pourrait être intéressant de miser sur le résultat. Le commis de cuisine de mon frère entasse des gains plus haut qu'un tas de fumier grâce à messire le Maréchal.

Le roi haussa un sourcil, l'air narquois.

— Il semblerait que tout le monde s'enrichisse hormis moi ! fit-il remarquer. Je paie pour les chevaux, les beaux atours, la nourriture, les ménestrels, les parasites, les chapardeurs... Sais-tu combien de fois par an les clercs de ton frère reviennent à la charge pour me réclamer davantage de fonds, parce qu'il a dépensé en un mois pour sa maisonnée la somme qui devait leur durer une année ? Même nanti de ses propres revenus, il ne peut vivre dans la limite de ses moyens.

Bien qu'il s'adressât à Jean, il planta un regard accusateur dans les yeux de Guillaume.

— D'ailleurs, poursuivit-il, je me suis laissé dire que certains chevaliers encouragent mon fils à dépenser plus qu'il n'a.

Guillaume garda le silence, jugeant inutile d'alimenter la polémique, d'autant qu'il était en terrain dangereux. Il ne faisait aucun doute à ses yeux qu'on avait abreuvé le roi de rumeurs. Nul n'avait très envie de défier Guillaume en tournoi, dont son talent le rendait maître, mais à la Cour, nombreux étaient ceux qui l'eussent volontiers poignardé dans le dos avant de se jucher sur son corps défaillant en vue de leur propre avancement.

— Prenez garde, le Maréchal, prévint le roi d'un ton menaçant, vous n'êtes pas à l'abri d'une chute.

Sur ces mots, il s'en fut, toujours en se massant la jambe. Jean hésita un instant puis emboîta finalement le pas à son père, non sans jeter un dernier regard à Guillaume, regard assorti d'un sourire carnassier.

Le chevalier expira vivement l'air de ses poumons afin d'évacuer la pression. Il lui semblait avoir essuyé une pénible passe d'armes, dont il était sorti indemne, mais de justesse, assurément pas en vainqueur. Il s'était cru habile dans l'art de se faufiler entre les fourrés obscurs de la Cour mais, à l'évidence, son habileté laissait encore à désirer. Peut-être était-ce signe que le moment était venu de raccrocher son armure de tournoyeur, au moins le temps de mieux préparer sa carapace.

— Guillaume, vous êtes adorable ! s'exclama Alaïs en se jetant au cou du chevalier pour lui donner un baiser retentissant sur chaque joue.

— Ce n'est rien, gloussa-t-il. Considère cela comme un défraiement pour mon hébergement.

— Je ne dirais pas qu'une cornette de soie et des épingles à cheveux en or ne sont rien ! fit remarquer la jeune femme.

Se rasseyant, elle étala la fine soie bleue sur ses doigts en éventail.

— Elle est magnifique, lança-t-elle.

— Toi aussi, repartit Guillaume.

Ce qui lui valut un regard sévère d'Alaïs, atténué par un léger sourire et un rosissement prononcé de ses pommettes.

— Vous me flattez.

— Pas le moins du monde, démentit le chevalier. Mon frère ne connaît pas son bonheur.

— Tu n'es pas obligé de jouer les courtisans avec ma femme, grommela Jean le Maréchal avec un brin d'humour teinté d'agacement. Trouve-toi donc une compagne !

Guillaume attendit patiemment avant de répondre. Vieille habitude de courtisan : réfléchir longuement et peser minutieusement chaque mot avant de parler.

— Je ne peux accepter d'être remercié pour le choix du voile, expliqua-t-il. Il a été fait par… une bonne connaissance.

Alaïs haussa aussitôt un sourcil, et esquissa un sourire.

— Il ne s'agit pas d'un homme, je présume, lança-t-elle.

Guillaume fit signe que non et sourit.

— Elle s'appelle Clara, dit-il. Elle m'a sauvé d'une mort certaine autrefois.

Alaïs était bien décidée à en apprendre davantage. Jean, lui, se montra amusé et s'apprêtait déjà à se venger d'un air suffisant.

— Tu ne pourras plus faire ton moralisateur désormais, n'est-ce pas ? lança-t-il d'une voix railleuse, bien que Guillaume s'en tînt au strict minimum afin de ne pas se compromettre davantage. Quand je pense à toutes les fois où tu m'as fait la leçon au sujet des maîtresses…

Guillaume se mordit la langue pour ne pas répondre que la situation était différente avec Clara. Lui n'avait pas l'obligation de se marier dans le but de perpétuer sa lignée ; d'ailleurs, le fait que Clara ne pût avoir d'enfant réglait la question une fois pour toutes.

— Ce n'est pas exactement la même chose, répliqua-t-il avec diplomatie. Mais je conviens que je ne suis plus en position de te faire la morale.

— Tu aurais dû l'emmener ici, dit Jean.

— Je l'aurais fait avec plaisir, mais elle déteste naviguer ; et puis, elle est native du pays des troubadours. Dès qu'il pleut, elle se morfond.

Mais le sourire de Guillaume était forcé, et l'on se pressa de parler d'autre chose. Le désaveu du roi concernant le luxe dont s'entourait Harry était un sujet de préoccupation pour Jean, car il redoutait que cela eût des conséquences fâcheuses sur l'entourage du jeune roi.

— Il cherche un bouc émissaire, prévint-il. Chacun sait que tu es le bras droit et le favori de son fils. Le vieux roi est bien renseigné, et tout ce qui vient à ses oreilles n'est pas à ta plus grande gloire.

— On ne peut pas empêcher les gens de parler, objecta Guillaume. Que suis-je censé faire ? Perdre quelques joutes ? Montrer les crocs à mon jeune seigneur lorsqu'il m'interroge ? Lâcher un vent en sa présence ?

Il frappa l'air avec son poing. Une sensation de brûlure lui rongeait les entrailles. Le dragon de la colère, qu'il était habituellement si prompt à maîtriser, crachait à présent des flammes.

—Tu pourrais essayer de te montrer moins immodéré dans tes dépenses et surveiller davantage tes arrières, rétorqua Jean. Je suis maréchal du roi et chef de notre famille, mais je serais bien en peine de me vêtir comme il sied à un grand du royaume. Que doit penser le roi, lorsqu'il voit un chevalier sans terre vêtu de pourpre et d'hermine?

Guillaume, sur la défensive, croisa les bras et rétorqua:

—Je ne porte ni hermine, ni pourpre.

—Tu n'en es pas loin. Regarde-toi aujourd'hui. Voici du meilleur sergé flamand – teinture en deux bains au moins, si j'en juge à la couleur. Quant au brocart, je n'en imagine même pas le prix.

Guillaume tira sur sa tunique.

—Clara l'a confectionnée. Elle est douée.

—Certes, mais combien coûte une coudée de fil d'or? Je t'accorde que ton manteau d'hiver est seulement doublé de laine de mouton, mais il est bordé de zibeline!

Guillaume se mit sur la défensive.

—Je ne comprends pas ce qui te gêne tant à propos de mes vêtements, lança-t-il.

—Parce que tu ne veux pas comprendre, répliqua Jean. Guillaume, tu es un homme riche, et ta richesse provient de la bourse de ton maître, qui ne sait en tenir les cordons. Tu sais à quel point le roi se soucie comme d'une guigne des apparences? Te voir vêtu comme un grand du royaume lui gâte la digestion. Essaie au moins de choisir des tenues moins voyantes et plus ordinaires lorsque tu parais en sa présence.

Alaïs posa la main sur le bras de son amant en secouant légèrement la tête, afin de lui signifier qu'il insistait avec trop de véhémence.

— Je m'habille avec mes propres deniers, non avec ceux de mon seigneur, rectifia Guillaume d'une voix rendue rocailleuse par la colère. Il ne m'offre des vêtements qu'à la Saint-Michel et à Noël, comme il est de coutume. Le reste, je le gagne lors de tournois.

— Je ne…

— Lorsque j'étais au service de Tancarville, j'ai dû vendre mon manteau pour vivre, rappela Guillaume. J'ai juré de ne plus jamais me trouver dans cette situation, et je travaille durement pour tenir parole. Oui, j'accepte des largesses de la part de mon seigneur, mais je gagne ma vie ; je ne dilapide pas son argent.

Guillaume se reprit et se fit violence afin de desserrer les poings. Il avait conscience que dès qu'il aurait le loisir de réfléchir à la question au lieu de réagir sur le vif, il ne manquerait pas de convenir que sous bien des aspects, Jean avait raison.

— Dans ce cas, fais-le clairement savoir au roi, suggéra Jean, car il pense que les coffres de son fils se vident directement dans les tiens. Sa santé n'est pas bonne, et il est d'humeur aussi aigre que le verjus, depuis qu'il a perdu Rosemonde Clifford.

— Je n'ai pas l'intention de justifier mes dépenses dans le seul but d'écarter de mesquins ragots, déclara Guillaume d'un ton abrupt. Ou bien le roi sait maintenant de quelle trempe je suis, ou bien il l'ignore. S'il ne me faisait pas confiance, il ne m'aurait jamais fait entrer dans la maisonnée du jeune roi.

— C'était grâce à la reine Aliénor, rappela Jean. Aux yeux de Henri, tu es autant la créature de la reine que celle du jeune roi, ou que la sienne propre. C'est exact, oui ou non ? insista Jean en écartant les mains. Tout ce que je me borne à te dire, c'est que tu t'es fait des ennemis, et que tu agirais sottement si tu ne tenais pas compte de ce qui se dit autour de toi.

Guillaume arpenta la pièce et fixa du regard les broderies complexes de la tenture murale.

— Le jeune roi ne restera avec son père que jusqu'à Pâques, lança-t-il. Pour dire la vérité, je serai content de retourner en Normandie pour reprendre les tournois. Du moins, sur le champ, m'est-il donné d'affronter mes adversaires lance contre lance. Les calomnies n'y ont pas leur place.

— Tu ne pourras pas vivre ainsi éternellement, fit remarquer Jean.

— Non, mais cela suffit pour l'instant à mon bonheur, répliqua Guillaume en faisant demi-tour pour se trouver de nouveau face à l'inquiétude et au blâme qui se lisaient sur le visage de son frère. Je peux me défendre tout seul. J'ai survécu à la *mêlée** de la Cour jusqu'ici.

— Tu as eu de la chance, marmonna Jean d'un air sombre.

La conversation fut interrompue par l'arrivée d'Ancel, qui s'était absenté afin de s'acquitter de certaines obligations administratives à Wantage.

— C'est une joie de te revoir ! s'exclama-t-il en s'approchant de Guillaume pour lui donner une vigoureuse accolade. La nouvelle de tes victoires aux tournois a traversé la Manche, n'est-ce pas Jean ?

Jean, l'air affligé, émit un son évasif. Insouciant, Ancel poursuivit :

— Est-il vrai que ton heaume s'est coincé sur ta tête et qu'il a fallu faire appel à un forgeron pour le retirer ?

— Oui, c'est vrai, gloussa Guillaume. Et lorsqu'il l'eut enfin retiré, deux chevaliers et un écuyer du comte de Champagne m'attendaient pour me remettre un brochet tout frais !

— Comme j'aurais aimé être présent ! regretta Ancel. L'histoire entre le héraut de Philippe de Flandre et toi est-elle également vraie ?

— Cela dépend à quelle histoire tu fais allusion, répondit Guillaume.

— Il aurait improvisé une chanson lors d'un tournoi dont le refrain disait : « Le Maréchal, donne-moi un cheval. » Tu aurais alors sauté en selle sur ton étalon, renversé quelque malheureux concurrent de son destrier et aurais apporté le cheval au héraut.

— Oui, je crains que cela ne soit également vrai, convint Guillaume en se massant la nuque, feignant l'embarras.

Ancel considéra soudain le chevalier avec des yeux brillants.

— Penses-tu qu'il y aurait une place pour moi dans la maisonnée du jeune roi, Gwim ? s'enquit-il.

Jean manqua de s'étouffer pendant que Guillaume continuait de se masser la nuque.

— C'est fort possible, répondit-il. Un des Normands a récemment hérité de son père, et il nous manque un chevalier.

Ancel ressentit en cet instant une grande joie. Guillaume ajouta :

— Mais ne nourris pas de trop grands espoirs, le mit-il en garde. Il te faudra gagner ta place, par le seul mérite, et la compétition sera acharnée. Bien que tu sois mon frère, je ne peux me permettre de traîner un poids mort.

— Tu ne m'as pas vu me battre ! fit remarquer Ancel. Non seulement je gagnerai ma place, mais davantage encore.

Le jeune homme était rouge et excité.

Jean laissa échapper un soupir et leva les mains au ciel.

— Je ne dirai plus rien, lança-t-il. Il ne sert à rien de crier dans l'oreille de sourds.

Se tournant vers Ancel, il ajouta :

— Je savais que tu finirais par t'en aller. Tu es comme une jeune hirondelle restée trop longtemps au nid. Mais ne viens pas me tenir pour responsable si, t'approchant trop près du soleil, tu te brûles les ailes.

— Ne sois pas inquiet, je veillerai sur lui, promit Guillaume en donnant à son petit frère une bourrade amicale.

— Cela ne me rassure pas, grommela Jean.

— Je croyais que tu n'avais plus l'intention de parler aux sourds ? rétorqua Guillaume.

— Et je m'y tiens. Mais ne me provoque pas. Il faut bien qu'un de nous sache raison garder.

— Surtout avec ce jeune fou d'Ancel dans les parages ! lâcha Guillaume en esquivant tandis qu'Ancel répliquait à la saillie par une prise au corps.

Les deux frères s'adonnèrent à une lutte amicale qui fit secouer la tête à Jean de découragement et d'exaspération. Malgré la provocation, il parvint à ne rien dire, même lorsque son fils entra en courant dans la pièce, dévisagea ses oncles avec étonnement et se joignit à eux en poussant un cri de joie. Alaïs partit d'un grand rire.

— Vous avez tous perdu la tête, dit Jean en tournant les yeux vers elle.

Guillaume rentra à la Cour en faisant un crochet par Salisbury, où demeurait toujours, contre son gré, la reine Aliénor. Ancel ne tenait plus en place lorsqu'ils passèrent le pont-levis et pénétrèrent dans la cour. Sans rien laisser paraître, Guillaume riait intérieurement car, à vingt-six ans, son cadet se comportait tel un écuyer encore nigaud dans sa première année de service. À son âge, Guillaume avait déjà connu une héroïque bataille, avait été pris en otage, était devenu courtisan et avait été chargé de l'instruction militaire de l'héritier du trône d'Angleterre et du duché de Normandie.

— Souviens-toi de traiter la reine comme si c'était la plus belle femme du monde, et tu ne pourras pas faire de gros impairs, lança Guillaume, tandis qu'ils descendaient de cheval devant la grande salle blanchie à la chaux.

S'autorisant un sourire lorsque les valets vinrent prendre leurs chevaux pour les conduire à l'écurie, il ajouta :

— Ne t'inquiète pas, la reine est effectivement une des plus belles femmes du monde. L'âge a assurément creusé sa beauté de rides mais ne l'a point fanée. Tu n'auras pas à mentir.

Les deux frères pénétrèrent dans la grande salle, et Guillaume remarqua qu'en plus de l'huissier d'Aliénor et de ses gardes vigilants, garants de sa captivité, d'autres serviteurs, dont le visage lui était familier, étaient également présents. Une petite enquête rapide révéla qu'en effet la jeune reine rendait visite à sa belle-mère. Les deux femmes s'entretenaient dans les appartements royaux.

Guillaume s'en réjouit.

— C'est de bon augure, dit-il. Ce n'est pas tous les jours que l'on a deux reines pour le prix d'une !

Ancel retira d'un geste nerveux un poil de chien égaré sur sa meilleure tunique de laine rouge foncé.

— Inutile de te tracasser, répéta Guillaume en avisant le geste. Toutes deux ont l'habitude d'être confrontées au roi Henri, qui s'habille comme un paysan. Tu es assurément présentable.

Ils attendirent dans la grande salle pendant que l'huissier envoyait un serviteur prévenir Leurs Majestés de leur arrivée.

Guillaume se mêla aux hommes de sa connaissance, échangeant avec eux quelques mots, renouant avec le fil des derniers commérages de la Cour. À sa grande satisfaction, il ne releva aucun ragot le concernant ni aucun signe d'hostilité. Son départ de la Cour, afin d'aller passer du temps auprès des siens, avait eu d'évidence pour résultat que sa personne ne constituait plus un sujet brûlant, du moins pour l'instant. Il présenta Ancel à certains des membres de l'assistance puis il alla rejoindre Baudoin de Béthune.

— Que fais-tu ici ? s'enquit-il. Je te croyais avec notre jeune seigneur.

Baudoin sourit.

— Il fallait quelqu'un pour escorter la jeune reine jusqu'à Sarum, et je me suis porté volontaire. Comme toi, j'apprécie le changement d'air, et il n'est pas fatigant de chevaucher en compagnie d'une dame dans la douceur printanière.

— Non, en effet, convint Guillaume, malgré un mouvement de recul intérieur au souvenir d'un certain jour de printemps en Poitou et de la bataille sanglante qui avait tout fait basculer.

— Et voici donc Ancel ? lança Baudoin en serrant la main du jeune homme. On voit bien que vous êtes de la même famille, fit-il remarquer. Ces dames de la Cour ne vont pas comprendre ce qu'il leur arrive !

Ancel rougit, ce qui suscita le rire de Baudoin.

— Un Maréchal timide sera sans conteste un grand bouleversement pour elles, ajouta-t-il, taquin.

Guillaume, ayant pitié de son frère, aborda un autre sujet.

— La reine se porte-t-elle bien ?

— Laquelle ? s'enquit Baudoin en reprenant son sérieux. Aliénor est toujours aussi alerte qu'une damoiselle, et deux fois plus séduisante. C'est l'autre raison pour laquelle j'ai accepté de faire le voyage. Elle est de compagnie plus agréable que son mari. Mais Marguerite…

Il s'interrompit avant de reprendre après un moment d'hésitation :

— Elle n'est pas enceinte, c'était un espoir infondé.

Le regard de Guillaume se fit plus acéré.

— Elle a fait une fausse couche ?

— Je l'ignore. Tout ce qu'a dit le jeune roi, c'est qu'elle n'était pas enceinte. Il était d'une telle humeur que personne n'a osé lui demander des détails.

Un écuyer vint chercher les deux frères pour les conduire jusqu'à Aliénor et Marguerite. Ayant promis à Baudoin de poursuivre leur conversation plus tard, Guillaume prit Ancel par la manche et emboîta le pas à l'écuyer. La porte des appartements de la reine était ouverte, ce qui laissait entendre que, pour l'instant du moins, elle n'était pas recluse dans sa chambre. Celle-ci était d'ailleurs plus richement meublée que lors de sa précédente visite. Les coffres peints avaient retrouvé leur place, les broderies égayaient les murs et les braseros parfumés, qu'affectionnait tant Aliénor, dispensaient un luxe de chaleur qui avait fait défaut précédemment. Son lit était recouvert d'un dessus-de-lit de soie et parsemé de traversins et de coussins dans toutes les teintes chaudes et profondes que Guillaume se souvenait d'avoir vues durant ses années dans le Poitou. Marguerite était assise au bord du lit, cousant un ourlet à un voile. Quant à Aliénor, elle faisait une partie d'échecs avec une de ses suivantes. Les autres servantes s'occupaient principalement de travaux d'aiguille ; hormis une, qui tirait d'une harpe des notes qui faisaient vibrer agréablement l'air.

Les deux frères se prosternèrent devant les deux reines. Guillaume s'avisa du teint blafard et fatigué de Marguerite.

Elle avait les yeux un peu trop brillants et son sourire était forcé. Aliénor fut ravie de cette visite, qui mettait de la variété dans son quotidien.

— Si j'avais su qu'un autre Maréchal vivait si près de ma prison – et un beau chevalier, qui plus est –, j'en aurais retiré beaucoup de réconfort, confia-t-elle, tandis qu'Ancel s'agenouillait, les oreilles rouges comme la braise.

— Il y a également mon frère Jean, Majesté, dit Ancel, que le manque d'assurance rendait maladroit. Jusqu'à récemment, je demeurais sous son toit.

Aliénor ne se départit pas de son sourire, qui perdit cependant un peu de son rayonnement joyeux.

— Jean le Maréchal est au service de mon mari, fit-elle remarquer. Mais je suis sûre qu'il est aussi méritant que ses deux frères, ajouta-t-elle d'un ton neutre, sans parvenir toutefois à dissimuler son trouble.

Guillaume aurait volontiers donné un coup de pied à Ancel, s'il avait pu le faire sans être vu des deux femmes.

— Ancel espère poursuivre son instruction, dit-il d'un ton suave. Jusque-là, il n'a que peu fréquenté le monde, en dehors des manoirs de mon frère.

Le sourire d'Aliénor s'adoucit malgré la lueur inquiète qui persistait dans ses yeux.

— En ce cas, Ancel le Maréchal, il vous reste beaucoup à découvrir, dit-elle. Écoutez Guillaume et suivez ses conseils. Il sait faire son chemin à la Cour.

Se tournant vers Guillaume lui-même, elle ajouta :

— Puisque vous avez l'intention de lui faire découvrir le vaste monde, faites en sorte qu'il puisse continuer d'en jouir.

Un voile d'affliction tomba sur ses yeux, et elle ajouta encore :

— Rien ne pèse autant à l'âme que la perte de la liberté.

Les frères dînèrent avec les deux femmes dans l'intimité de la chambre d'Aliénor. Guillaume remarqua que la nourriture, elle aussi, s'était améliorée depuis sa dernière visite. Bien que l'on fût en période de carême, on servit du saumon conservé dans de la saumure et des crevettes fraîches, du bon pain de froment pour saucer les jus salés et épicés, de la tarte au miel et de la crème aux amandes. Ancel était nerveux et parlait plus qu'il n'aurait dû, mais Aliénor ne s'en irrita point et en fut charmée.

— Il me rappelle un peu vous, lorsque vous étiez au service de votre oncle Salisbury, fit-elle remarquer à Guillaume d'un ton taquin, en lui serrant le bras. Vous n'étiez pas aussi loquace, mais vos oreilles rougissaient exactement comme les siennes.

— Mon ignorance des sujets de conversation en était souvent la cause, Majesté, répondit Guillaume avec sérieux.

Elle lui donna une petite tape en manière de reproche, le regard rieur.

— Votre frère chante-t-il, lui aussi ?

Guillaume fit la grimace.

— Je ne voudrais pas dire du mal d'un membre de ma propre famille, mais Ancel a la voix d'un coq au petit matin. Il est redoutable aux échecs, cependant, ajouta-t-il pour compenser. Vous êtes connue pour l'excellence de votre jeu, Majesté, mais il vous donnerait du fil à retordre, je crois.

La reine considéra Ancel avec empathie et dit :

— Ainsi en va-t-il de ceux dont le seul loisir du soir est de développer leur adresse aux échecs ! Je me ferai un plaisir de mettre sa résistance à l'épreuve.

Après le repas, Aliénor invita Ancel à venir s'asseoir dans l'embrasure de la fenêtre, où un échiquier attendait avec ses alignements de pièces couleur ivoire et couleur de jais. Guillaume saisit l'occasion pour s'entretenir seul à seul avec Marguerite. Assise sur un banc près d'un brasero, son ouvrage de couture sur les genoux, elle n'avait pourtant guère piqué l'aiguille et ne semblait manifestement pas intéressée par cette activité.

—Allez-vous bien, madame ? s'enquit-il.

Elle entrouvrit les lèvres, prête à lui faire la réponse convenue, puis se ravisa et fit un geste négatif de la tête.

—Non, répondit-elle en baissant les yeux. Je ne vais pas bien du tout.

—Je suis navré de l'apprendre, assura Guillaume.

—Mais point surpris, renchérit Marguerite. Je sais, grâce à mon reflet dans le miroir à main que me présente ma chambrière, que j'ai l'air d'un cadavre ambulant.

—Non, madame. Vous ressemblez à une fée – faite pour moitié d'ombre et pour moitié de lumière, néanmoins charmante, rectifia le chevalier.

Elle eut un sourire ému.

—Oh, Guillaume, toujours aussi courtois. Je sais bien que je ressemble à une déterrée. Saviez-vous que j'attendais un enfant lorsque nous nous sommes embarqués à Wissant ?

—La rumeur courait, mais je me méfie des commérages de Cour.

—La rumeur vous aura également appris que je l'ai perdu ?

—Vous m'en voyez peiné, madame. Ce doit être une grande douleur pour vous-même et pour mon seigneur.

Marguerite fit une moue attristée, et son menton trembla.

—En effet, oui. Mais Harry… il ne souffre pas de la même façon que moi. Je l'ai à peine vu depuis que nous sommes en Angleterre. Il… il fait comme si de rien n'était et comme si je n'existais pas. M'ignorer lui évite de reconnaître notre échec. Je regrette… Comme j'aimerais qu'il…

Un nœud à la gorge l'empêcha de terminer sa phrase. Elle eut un geste de dénégation et, les yeux suppliants et pleins de larmes, elle accrocha le regard de Guillaume.

Ce dernier s'apitoya de tout son cœur.

— Le jeune roi est attaché à vous, assura-t-il avec la conscience brûlante de mentir.

— Ah oui ? releva-t-elle d'un ton maussade. Alors ce sera probablement un genre d'attachement semblable au mien. Nous avons notre devoir à accomplir, mais Dieu sait comment nous parviendrons à nous en acquitter. J'ai entendu Yquebeuf dire à Harry que la nuit, tous les chats et toutes les chattes sont gris.

Guillaume grimaça de dégoût.

— Si j'avais été à portée de voix, Yquebeuf aurait reçu un bon coup dans les dents ! s'exclama-t-il. Qu'a répondu mon seigneur ?

— Il était très ivre, répliqua-t-elle avec une gravité maîtrisée, bien que de nouveau au bord des larmes.

Guillaume jura dans sa barbe. Harry, qui avait sans doute su lire entre les lignes de la remarque d'Yquebeuf, n'avait rien dit, ni fait quoi que ce fût, peut-être même avait-il approuvé. On excusait toujours le comportement de Harry ; ce n'était jamais sa faute, mais venait un moment où nul autre que lui n'était à blâmer.

Marguerite se mordit la lèvre inférieure et ajouta avec désarroi :

— Si vous vous en mêlez, vous ne ferez qu'aggraver les choses. Je n'aurais pas dû vous en parler. Pour mon bien et le vôtre, je vous en prie, n'en dites rien.

Guillaume serra les dents.

— De grâce…, insista-t-elle.

— Très bien, madame, lança-t-il d'un ton raide. Puisque tel est votre désir. Mais si cela se reproduisait en ma présence, je ne me garderais pas d'intervenir.

— Merci, dit Marguerite, visiblement soulagée.

Guillaume prit congé de la jeune reine et alla suivre la partie d'échecs. Pourtant, il aurait préféré aller se laver les mains et se débarrasser de l'impression qu'il avait en quelque sorte entaché son honneur.

Ancel tenait tête à une Aliénor farouchement déterminée à le battre. Une moue sensuelle aux lèvres et le front plissé par la concentration, elle déplaça une pièce puis leva les yeux vers Guillaume.

— Il ne craint pas de tout risquer, dit-elle, une lueur d'approbation dans le regard.

Guillaume esquissa un sourire, bien que ce fût difficile après ce que Marguerite venait de lui dire.

— Non, convint-il. Ancel est hardi.

Puis il pensa aux risques auxquels il était confronté et à la dangereuse tentation qu'il avait de les prendre.

Chapitre 14

Lagny-sur-Marne, comté de Champagne, novembre 1179

Il y avait un nouveau jeune roi, et il était français. Le fils de Louis de France, Philippe II, âgé de quatorze ans et surnommé « Dieudonné » parce qu'il était né alors que son père avait abandonné tout espoir d'engendrer un héritier, avait été couronné à Reims le jour de la Toussaint, et un grand tournoi était organisé pour marquer l'occasion. Tous les grands barons et seigneurs du royaume qui avaient assisté au couronnement étaient venus sur le champ avec leurs suites. Tentes et pavillons rayés s'étendaient à perte de vue. Le temps était froid mais dégagé. Une brume nimbait l'horizon. La sécheresse des jours précédents avait affermi le sol sous les sabots des chevaux.

Guillaume regarda en direction du soleil encore bas dans le ciel et inspira profondément. Une odeur de pain, de lard et de potage s'échappait des nombreux feux de camp, et les cuisiniers faisaient de bonnes affaires, grâce aux chevaliers qui s'emplissaient la panse en prévision d'une rude journée de combat.

Ancel sortit du pavillon de Guillaume en ajustant son surcot. Le vêtement était aux armes de Guillaume : d'or et de vert au lion rampant. Ils étaient plusieurs chevaliers à être unis sous ses couleurs. Comme Guillaume et son frère, ils étaient natifs d'Angleterre et étaient financés par le jeune roi Henri sur les fonds qui lui avaient été alloués en tant que représentant de son père au couronnement du jeune Philippe. Fonds qui disparaissaient plus vite que l'eau d'une cuve baptismale dont on aurait retiré la bonde.

Guillaume admira son frère.

— Tu as l'air d'un véritable champion de Sa Majesté, lança-t-il.

Ancel lui lança un sourire nerveux.

— Espérons que je me comporterai comme tel.

— Je n'ai aucun doute là-dessus, repartit Guillaume.

Et il disait vrai.

Ancel avait tournoyé pendant tout l'été aux côtés de Guillaume. S'il avait manqué d'abord d'assurance, son talent s'était révélé avec l'expérience et la confiance. Il n'éblouirait jamais les foules, certes, mais c'était un combattant habile, gardant toujours un œil sur les autres cavaliers et leurs faits et gestes.

Adam Yquebeuf et Thomas de Coulances, qui passaient par là, surprirent leur conversation. Yquebeuf eut un rictus moqueur.

— C'est toi le prochain Lancelot, n'est-ce pas ? lança-t-il.

— Ce qui veut dire ? répliqua Guillaume en le menaçant du regard.

L'hostilité s'était récemment accrue entre les deux hommes, alimentée, en ce qui concernait Guillaume, par les propos d'Yquebeuf au sujet de Marguerite. De son côté, Yquebeuf était envieux, et plus Guillaume s'élevait à la Cour, plus il le jalousait. S'il comparait Guillaume au meilleur chevalier du roi Arthur, c'était forcément dans un but malveillant.

— N'est-ce point évident ? Tu mérites tous les honneurs qui te sont faits, champion du roi que tu es !

Sur ces mots, les deux chevaliers passèrent leur chemin. Lorsqu'ils furent hors de portée de voix, Coulances se pencha vers Yquebeuf et lui glissa quelque chose à l'oreille qui provoqua leur hilarité et leur fit lancer un regard en arrière.

— Dommage qu'ils ne concourent pas contre nous ! s'exclama Ancel, les mains sur les hanches. Je me serais fait un plaisir de leur faire avaler leurs dents jusqu'à ce qu'ils étouffent ! ajouta-t-il en adressant un regard plein de détermination à Guillaume.

Encore la veille au soir, un troubadour avait raconté l'histoire de Lancelot, le plus grand des chevaliers de la Table ronde, écrite par Chrétien de Troyes. Lancelot, qui avait trahi son seigneur en couchant avec sa femme.

— Crois-tu qu'ils insinuent par là que toi et la reine Marguerite…

Guillaume l'interrompit d'un geste de la main.

— N'en dis pas davantage, ordonna-t-il, le visage grimaçant de dégoût. De telles calomnies me sont insupportables.

— Certes, mais l'allusion est peut-être bien réelle.

— Elle n'a aucun fondement. Je ne suis jamais seul avec la reine. Lorsqu'il m'arrive de lui parler ou de danser avec elle à la Cour, je ne m'attarde pas et ne badine pas non plus.

— Les ragots peuvent détruire la plus irréprochable des réputations, fit remarquer Ancel.

Guillaume souffla avec force entre ses lèvres serrées.

— Quelle autre attitude suis-je censé adopter ? Chacun sait que j'ai une maîtresse et n'ai aucun désir de courir après la femme d'un autre.

— Il serait toujours plus prudent d'en tenir compte, Gwim, conseilla Ancel dans un haussement d'épaules suivi d'un sourire espiègle. Ne m'en veux pas de faire la leçon à mon aîné.

— Et qui a dit que tu n'avais pas raison ? répliqua Guillaume avec un petit sourire en coin. Je vais y réfléchir et faire attention.

Une tape dans le dos à Ancel mit un terme à la discussion. Il était temps pour Guillaume d'aller revêtir son armure.

Sans écarter purement et simplement les murmures jaloux d'Adam Yquebeuf et de Thomas de Coulances, Guillaume les oublia toutefois provisoirement. Il avait des préoccupations plus pressantes que leurs fourbes intrigues. Rhys fit sortir son nouvel étalon de l'alignement de chevaux et le lui amena à sa tente. Blancart n'était plus tout jeune, et le comte Philippe de Flandre le lui avait acheté en vue d'en faire un reproducteur dans l'un de ses élevages. Le remplaçant de Blancart était un étalon de Lombardie dont la robe soyeuse arborait des reflets rubis et or, et dont la crinière et la queue étaient couleur de lin. Wigain avait fait remarquer que sa robe rappelait les besants d'or rapportés par les croisés de retour au pays. Remarque qui avait valu à l'étalon d'être baptisé Besant.

— Il est échauffé, annonça Rhys d'un ton enjoué. J'ai vérifié moi-même dans quelles dispositions il se trouvait. Il est doux comme un agneau.

Guillaume remercia l'écuyer d'un hochement de tête, se hissa en selle et alla rejoindre les chevaliers anglais qui se rassemblaient sous sa bannière, prêts à affronter une journée de joute. Il se réjouit de constater que chacun avait pris particulièrement soin de son apparence. Harry Norreis, le héraut de Guillaume, avait tressé la crinière de son cheval avec des rubans verts et jaunes ; à sa bride tintaient des grelots d'argent.

—On dirait une monture de *jongleur** ! fit remarquer Guillaume en secouant la tête d'un air amusé. Et vous, un ménestrel itinérant.

—C'est pour mieux chanter vos louanges ! s'exclama Norreis.

Puis, étant lui-même aussi indiscipliné que sa lumineuse tignasse auburn, il tira son épée au clair et la fit tournoyer en l'air à la manière d'un jongleur avant de la remiser dans son fourreau.

Réprimant un rire, Guillaume se tourna vers un page de la maisonnée de la reine Marguerite qui sollicitait son attention.

—Messire Guillaume, la reine requiert que vous portiez sa couleur sur le champ, afin de vous concilier la bonne fortune, cria le page d'une voix de fausset, en lui présentant une bande de soie rouge, afin qu'il la fixât au faîte de sa lance.

Guillaume se devait d'accepter. Refuser aurait offensé, voire insulté, la reine ; en outre, cela aurait alimenté les soupçons. Porter les couleurs de Marguerite n'aurait, en temps ordinaire, rien signifié de particulier, mais avec la suspicion de rumeurs encore fraîche dans son souvenir, il se demanda si d'autres personnes ne se méprendraient pas sur le sens de cette faveur.

—Dites à la reine que je la remercie et que je serai fier d'arborer sa couleur, répondit enfin Guillaume avant d'attacher le morceau de tissu au sommet de sa lance.

Le page s'inclina et partit en courant tandis que le jeune roi arrivait à la tête de deux cents chevaliers normands et angevins recrutés pour l'occasion. Les rangs serrés, aux armes de gueules et d'or, offraient un spectacle magnifique, à couper le souffle. Le surcot de Harry était de soie rouge sang ; deux lions rugissaient sur sa poitrine. Ils étaient tissés d'or étincelant et rehaussés de perles de jais à l'emplacement des yeux et de cristal de roche à l'endroit des crocs. Son baudrier d'épée était orné de lions émaillés, et le harnachement de son cheval n'était pas en reste : frontal, bande de poitrail et boucles arboraient l'écusson léopardé. Guillaume fut soulagé de voir qu'une bande de soie identique à la sienne flottait à la hampe de la lance de Harry. Du moins Marguerite avait-elle eu la bonne idée de ne pas négliger son mari. Derrière les chevaliers portant les armes d'or et de gueules de l'Anjou suivaient d'autres chevaliers aux écus disparates, que le jeune roi s'était adjoints au dernier moment ; enfin venaient de plus modestes contingents, tel celui de Guillaume, qui arboraient leurs propres couleurs tout en combattant sous la bannière de Harry.

— Prêts à affronter tous les adversaires à l'aide de vos vaillants Anglais, le Maréchal ? lança Harry d'un ton taquin, non sans un brin de moquerie lorsqu'il prononça le mot « Anglais », car ces derniers étaient considérés comme des balourds avinés dotés d'une moitié de cervelle, moins civilisés que les Normands et les Angevins.

De tels préjugés rendaient lesdits Anglais téméraires et acharnés au combat, car c'était l'occasion pour eux de se venger en prouvant leur vraie valeur.

— Plus que jamais, Sire, répondit Guillaume avec un sourire confiant.

Lorsque son regard tomba incidemment sur Adam Yquebeuf et Thomas de Coulances, qui se trouvaient dans les rangs du jeune roi, ce dernier lui fit un geste obscène, mais Guillaume fit semblant de ne pas le voir, sachant que l'indifférence le ferait davantage rager que n'importe quelle autre réaction. Les Anglais avaient, fort à propos, un mot pour désigner les hommes tels qu'Yquebeuf et Coulances : *nithing*, qui signifiait « exécrable » ; aussi

Guillaume appelait-il en privé ses deux ennemis « les exécrables ».

D'autres entourages se dirigeaient vers le champ de tournois : les Flamands, sous la conduite de Philippe, comte de Flandre, et de son frère, Mathieu de Boulogne ; les hommes venus de Bourgogne suivaient leur duc ; les Écossais le comte de Huntingdon. Les Français, présents en grand nombre, défilaient en l'honneur de leur nouveau roi. C'était un fier et intimidant spectacle, devant lequel Guillaume sentit son estomac se nouer d'impatience tandis que l'émotion lui serrait la gorge. Harry dut ressentir quelque chose de similaire, car il avait la larme à l'œil lorsqu'il fit halte pour prendre le heaume d'apparat que lui tendait son écuyer et le passer sur son bonnet matelassé.

— Jamais plus nous ne vivrons un aussi grand moment en tournoi, déclara-t-il d'une voix empreinte d'une vive émotion. Jamais.

Sans doute disait-il vrai, mais le combat n'en fut pas moins âpre et douloureux, le grand nombre de participants transformant en un véritable affrontement une mêlée censée se dérouler selon les règles du tournoi. Le bruit était assourdissant, et il était parfois difficile, faute de place, de manœuvrer les destriers. Lorsqu'il y avait assez de champ libre pour charger, hommes et bêtes étaient si nerveux que les heurts devenaient fracassants. On ne comptait plus les lances brisées, les chevaliers désarçonnés, les destriers renversés, dont certains – hommes comme équidés – ne se relevaient pas. Les vignobles, où s'alignaient les troupes, furent piétinés et labourés par les sabots des chevaux. Ce n'étaient que cris de guerre et de ralliement. Harry Norreis, le héraut de Guillaume, tint parole et beugla le nom de son maître à pleins poumons.

— Dieu est avec le Maréchal ! vociférait-il, en faisant tournoyer sa lance, tandis que les grelots de sa bride tintaient à n'en plus finir.

Le champ était le cadre changeant de rotations et de mouvements incessants. À un moment, Guillaume et ses hommes furent séparés de Harry par une suite de Flamands. Jurant comme un charretier, Guillaume ouvrit une brèche en taillant dans le tas et arriva à temps pour voir la garde personnelle de son seigneur – parmi eux se trouvaient Yquebeuf et les frères de Coulances – partir en trombe à la poursuite de chevaliers français richement caparaçonnés, tandis que Harry, inconscient du danger, se lançait à l'assaut d'un groupe de Bourguignons avec seulement une poignée de chevaliers en appui. Sous les yeux de Guillaume, la lance de Harry se brisa comme du verre contre un bouclier ennemi. L'adversaire chancela légèrement sur sa selle mais, aussitôt, ses compagnons encerclèrent le jeune roi, saisirent sa monture par la bride et s'efforcèrent de le faire tomber de cheval.

Guillaume se jeta dans la mêlée à grands coups d'éperons dans les flancs de son destrier et au cri de « Le Maréchal ! Le Maréchal ! Dieu est avec le Maréchal » poussé par Norreis. Frappant de taille avec son épée, il se fraya un chemin jusqu'à Harry. Le jeune homme avait perdu son heaume, ainsi que son bonnet matelassé, et ses cheveux se dressaient en épis drus et bruns tout autour de son visage écarlate. Il leva, puis abaissa, le bras, serrant les dents avec la plus grande détermination : non, il n'avait pas l'intention de se laisser prendre en otage lors d'un tournoi aussi prestigieux et sous les yeux de tous ses pairs. Mais les Bourguignons répugnaient à lâcher prise ; d'ailleurs, Harry, n'ayant plus le contrôle de son cheval, était toujours entre leurs mains. C'est alors que Guillaume eut un geste audacieux. Tendant la main, il attrapa la bande frontale du destrier du jeune roi et tira. L'étalon se débattit et plongea. Aussitôt, les Bourguignons se retournèrent pour s'acharner contre Guillaume, mais le chevalier tint fermement, aidé par Ancel, qui était venu se ranger au galop à sa droite. Guillaume parvint enfin à arracher le filet de la tête du destrier, laissant ses adversaires les mains vides. Harry, les mains tout aussi vides que les leurs, empoigna aussitôt la crinière et s'extirpa de la mêlée en donnant du talon dans les flancs de sa monture.

—Attention ! hurla Ancel en pointant du doigt un groupe de chevaliers flamands qui, ayant vu dans quel embarras se trouvait Harry, se lançaient au galop afin de profiter de l'occasion.

Les maudissant, Guillaume se baissa pour se saisir d'une lance tombée à terre et chargea dans le but d'intercepter leur chef. Éperonnant encore une fois son destrier, il frappa l'écu du chevalier avec sa lance et sentit l'onde de choc remonter le long de son bras. La violence du coup fit partir en arrière le robuste Besant, qui tomba sur son arrière-train. Quant à la hampe de frêne, soumise à trop rude épreuve, elle se fendit et rompit. Ne serrant plus qu'un moignon de lance dans son poing, Guillaume s'attendait à ce que Besant partît à la renverse mais, au prix d'un effort considérable, le destrier reprit pied, permettant à Guillaume de tirer son épée. Il espérait avoir gagné assez de temps pour permettre à Harry de rejoindre une de leurs zones refuges. Parer les coups obstinés de son adversaire était tout ce que Guillaume pouvait faire, afin d'éviter d'être lui-même capturé. Ce fut donc avec un grand soulagement qu'il accueillit le cri de ralliement poussé par Norreis. Puisant dans ce qui lui restait de courage, il eut assez de souffle pour y répondre. Au même moment, Ancel interceptait un coup de taille qui aurait probablement désarçonné son frère, et Baudoin de Béthune faisait son apparition, le surcot déchiré et couvert de boue. Guillaume redoubla ses efforts, mais son adversaire préféra se retirer plutôt que d'être pris en otage. Tandis que l'ennemi battait en retraite, Guillaume se pencha sur l'arçon de sa selle et emplit d'air ses poumons avides. La sueur lui piquant les yeux, il scruta le champ par les fentes de son heaume et pesta lorsqu'il avisa un amas indistinct d'armoiries d'or et de gueules à l'abri d'un des enclos de repos.

Il lança aussitôt Besant dans cette direction. Une fois sur place, il retira son heaume et le fourra entre les mains d'un écuyer royal.

— C'est gentil à vous de nous prêter main-forte, messires, lança-t-il d'un ton ironique au groupe de chevaliers normands, dont faisaient partie Yquebeuf et Coulances. Où étiez-vous quand votre seigneur était sur le point d'être pris en otage ? Une bande de manants à la morve au nez ferait preuve de davantage de discipline et de sang-froid !

Yquebeuf, le visage empourpré par l'effort fourni et d'une humeur de chien, vint se placer d'un pas raide devant le destrier de Guillaume et dit :

— Autant que nous sachions, ta puissante bande d'Anglais sans cervelle et toi étiez sur les talons de notre seigneur. Ce n'est pas notre faute, si vous n'avez pas été à la hauteur de la tâche.

Guillaume sauta de selle et prit Yquebeuf à la gorge.

— Tu oses me parler sur ce ton quand tu n'es pas plus habile au métier des armes qu'un porcher !

Yquebeuf se dégagea et poussa Guillaume. Ses yeux jetaient des flammes.

— Tu traites notre seigneur comme un bébé qui tète encore le sein de sa nourrice, non en guerrier chevronné qu'il est. Au moins, nous, nous avons pris des otages qui viendront gonfler ses coffres. Tu ne penses qu'à ta propre gloire.

« Le Maréchal ! Le Maréchal ! Dieu est avec le Maréchal ! » Laisse-moi rire ! s'exclama Yquebeuf avant de cracher aux pieds de Guillaume et de prendre à témoin Harry, qui avait suivi l'altercation avec intérêt.

— Avons-nous mal agi, Sire ? s'enquit-il.

— Non, répondit Harry en fronçant les sourcils. Tout cela est arrivé dans le feu de l'action. Comme vous le soulignez, Adam, vous avez fait quelques bonnes prises. Vous avez tous deux mon estime, et je refuse que vous m'infligiez la honte de vous quereller en public. Car cela aussi est une offense à ma dignité. Laissons cela. Nous avons encore une demi-journée de tournoi devant nous, et je veux gagner ! Serrez-vous la main et mettez de côté vos différends.

Guillaume ravala sa bile qui, étrangement, lui laissa un goût de cendre dans la bouche. Il était furieux, mais contre lui-même plus que contre quiconque. Il avait maladroitement répondu à la vindicte d'Yquebeuf, allant ainsi au-devant des désirs de son rival. Serrant les dents, il lui tendit la main. Par chance, Harry ne leur avait pas demandé de s'excuser, mais seulement de mettre leurs différends de côté. De mauvaise grâce, Yquebeuf saisit la main de Guillaume et lui écrasa exprès les doigts avant de lâcher prise d'un coup sec.

Satisfait, Harry hocha la tête et clama haut et fort :

— Que ceux qui ont besoin d'un cheval frais et de se restaurer y pourvoient maintenant ! Nous repartons sans tarder.

L'enclos vit un déferlement de chevaliers s'empresser d'obéir aux ordres de leur seigneur. Guillaume inspecta les jambes de Besant. Elles étaient indemnes, à l'exception d'une petite éraflure à l'antérieur droit.

De fait, pensa Guillaume, *je suis probablement plus mal en point que ma monture.*

Quelque part sur le champ gisait une pointe de lance brisée aux couleurs de la reine Marguerite. En tout état de cause, il n'avait pas l'intention d'aller la récupérer. Il se munit d'une nouvelle lance auprès de son écuyer et, se concentrant sur la suite des opérations, se rangea derrière Harry, qui avait échangé sa propre monture à bout de souffle contre un fougueux rouan espagnol.

— Restez à mes côtés si vous le pouvez, nourrice ! s'écria le jeune roi en s'adressant à Guillaume.

Puis il enfonça ses éperons dans les flancs de sa monture.

S'élançant avec Besant à la suite de son seigneur, Guillaume se demanda si lui-même ne commençait pas à se faire un peu trop vieux pour ce genre d'activité.

Le tournoi dura trois jours. Lors de la dernière soirée, Harry donna un banquet pour les chevaliers et les barons qui avaient combattu à ses côtés. Des récompenses furent offertes aux participants jugés les plus méritants. Harry Norreis se vit remettre une trompe en argent au titre de chevalier à la plus forte voix. Guillaume le Gras reçut une lance à tête d'argent pour avoir été celui qui avait brisé le plus de lances dans le tournoi, et Thomas de Coulances reçut une timbale, également en argent, pour avoir été le plus ivre. Yquebeuf reçut un bol en bois à liseré d'or.

— C'est une coupe d'amour, déclara Harry avec une lueur espiègle dans les yeux en décrivant un geste ample de la main. Je vous l'offre parce que votre nature déborde de bonté humaine, comme le lait de la mamelle !

Yquebeuf remercia le roi par une révérence et un sourire forcé. Guillaume, pour sa part, se vit offrir un aquamanile en vermeil, qui avait la forme d'un chevalier sur son destrier. Quant à Ancel, il reçut un manteau doublé de vair orné d'un fermoir en or serti d'améthystes.

—Que dirait notre frère Jean de tout cela ! lança-t-il à Guillaume, le visage radieux.

—Que je t'entraîne sur le chemin de la damnation, répondit Guillaume avec ironie.

Le festin de fin de tournoi était une affaire masculine, à laquelle aucune femme n'était conviée, si elle n'était pas danseuse. Guillaume ne s'en plaignit pas. Il lui aurait été pénible, ce soir-là, de devoir faire la causette à la jeune reine et à ses suivantes. Par ailleurs, au terme de trois jours d'âpre joute et de banquets, qui comptaient parmi les plus durs de sa carrière, il était fatigué, et son corps semblait lui dire qu'il n'avait plus vingt ans. Quoi qu'il en fût, Harry donnait tous les signes de vouloir faire la fête jusqu'au petit matin, ne fût-ce qu'avec quelques proches triés sur le volet. Au beau milieu des réjouissances, il annonça sans crier gare que seuls les compagnons prénommés Guillaume avaient le droit de s'asseoir à sa table et ordonna à tous les autres de partir. Ceux qui rechignèrent furent sommés de vider les lieux manu militari par deux sergents corpulents.

Ancel attacha son nouveau manteau en gloussant, puis il donna une tape à l'épaule de son frère et quitta la tablée.

—Au moins, tu n'auras pas à supporter Yquebeuf et les Coulances jusqu'à demain matin, hein, Gwim ?

Guillaume lui fit la grimace. Quant à Yquebeuf, il jeta un regard assassin au chevalier en quittant la salle. Il pensait, à l'évidence, que la plaisanterie avait été suggérée par le Maréchal lui-même, dans le but délibéré de les exclure de la compagnie du jeune roi. Guillaume ne pouvait rien y faire. Il ordonna à un écuyer de verser du vin dans sa coupe et entreprit de se soûler au moins autant que son jeune seigneur. Promenant son regard alentour, il s'avisa que la grande salle était loin d'être vide, car Guillaume, ou William, était un prénom très apprécié dans toutes les couches de la noblesse anglo-normande. Harry, de son côté, avait envoyé des messagers quérir d'autres Guillaume, afin de combler les vides.

— Vous voilà à présent parmi vos semblables, le Maréchal, fit remarquer Harry d'une voix traînante, en lui donnant un coup de coude douloureux. Mais je suis le seul Henri !

Il faisait presque jour lorsque Guillaume et le chevalier Guillaume de Préaux soulevèrent le jeune roi par les aisselles et lui firent quitter le désordre de la salle des banquets pour l'emmener, à demi conscient, jusqu'à sa chambre. Les pas de Guillaume étaient mal assurés, bien qu'il supportât mieux l'alcool que Harry ; quant à Préaux, il titubait également. Un écuyer accourut pour leur ouvrir la porte. Guillaume entendit les chuchotements inquiets des suivantes de la jeune reine, puis Marguerite elle-même. Elle portait une épaisse robe de chambre fourrée. Ses cheveux retombaient sur une épaule en une pesante natte brune. La main sur la poitrine, elle regarda avec des yeux effarés les hommes entrer en chancelant.

— Il va bien, dit Guillaume. Le plus dur sera au réveil.

Les deux chevaliers couchèrent Harry sur le ventre avant de lui tourner la tête sur le côté afin qu'il respire.

— Je suis contente que ce soit le dernier tournoi de l'année, lança Marguerite avec amertume. Je ne pense pas que je pourrais en supporter un autre.

— Vous ne supportez rien…, bredouilla Harry, plus lucide qu'il n'y paraissait. Un enfant en vie moins que toute autre chose !

Marguerite émit un petit couinement guttural et garda les lèvres closes. Guillaume perçut la détresse de son regard.

— Madame, il a bu. Il ne sait pas ce qu'il dit.

— Il sait parfaitement ce qu'il dit, objecta-t-elle, car c'est ce qu'il pense lorsqu'il est à jeun. C'est également ce que tout le monde pense.

Sur ces mots, elle se détourna et mit sa main devant sa bouche.

— Majesté…, lança Guillaume.

Il lui tendit une main suppliante que la reine, qui lui tournait le dos dans l'obscurité de la chambre, ne vit pas.

— Partez, ordonna-t-elle d'une voix tremblante. Et merci d'avoir reconduit mon mari jusqu'à son lit.

Guillaume et le chevalier de Préaux sortirent à reculons en s'inclinant.

— Je n'échangerais pas ma place contre la leur, confia Préaux en secouant la tête.

Guillaume ne dit rien. La fêlure dans la voix de la reine l'avait ébranlé. Il conçut dans son cœur grande pitié et grande compassion pour elle. *Pauvre enfant*, pensa-t-il. *Pauvre, pauvre enfant !* Et il regretta de n'être pas allé récupérer le ruban de soie qu'elle lui avait fait remettre le matin même, en hommage à sa prouesse de chevalier.

Chapitre 15

Le Mans, comté d'Anjou, automne 1182

— Vous avez pris tout votre temps ! Je ne vois aucun inconvénient à ce que vous vous rendiez à des tournois, mais vous ne devez pas vous attarder ! s'exclama Harry d'un ton irascible, lorsqu'il reçut Guillaume dans sa chambre.

Guillaume s'inclina devant le jeune roi.

— Sire, un temps abominable a retardé notre progression.

Le chevalier avait participé à un tournoi à Épernon, où Harry avait décidé de ne pas se rendre. La reine Marguerite leva les yeux de la partie d'échecs qu'elle disputait avec l'une de ses suivantes et salua Guillaume par un chaleureux mais unique sourire. Adam Yquebeuf et Thomas de Coulances étaient assis contre une colonne, non loin du siège de Harry, d'où ils dévisageaient Guillaume avec aigreur. Harry, pour sa part, lui lançait des regards mauvais.

— Je suppose que, occupé comme vous l'étiez à rechercher votre propre gloire, vous n'êtes pas au courant de la nouvelle au sujet de mon frère chéri ?

— Lequel, Sire ? s'enquit Guillaume. J'ai vu mon seigneur Geoffroy. Il joutait aux côtés de l'équipe bretonne. J'ai passé une soirée avec lui et le comte de Flandre. Il m'a semblé de fort bonne humeur.

— Je me fiche de l'humeur de Geoffroy comme de ma première catin ! lança Harry d'une voix rageuse. Je parlais de Richard.

— Non, Sire, répondit Guillaume. Si le nom de mon seigneur Richard a été prononcé, c'était incidemment. Quelle nouvelle aurais-je dû apprendre le concernant ?

— Pendant que vous rompiez des lances pour vous distraire et vous abritiez de la pluie, Richard s'emparait de mes châteaux, expliqua Harry d'un air renfrogné.

— Sire ? lança Guillaume avec étonnement, non sans réprimer son premier mouvement, qui aurait été trop empreint de lassitude et d'agacement.

Quand le vin est tiré…, pensa-t-il.

— Il a fortifié Clairvaux, dont il sait très bien qu'il m'appartient, et y a placé ses propres hommes en garnison.

Grinçant des dents, Harry ajouta :

— Parce que Clairvaux est proche de sa frontière, il se croit autorisé à le prendre et à en user à sa guise.

Guillaume jeta un rapide coup d'œil à la ronde. Baudoin de Béthune lui fit un infime signe négatif de la tête ; Pierre de Préaux contemplait ses ongles et Roger de Gaugi le bout rayé de ses bottes.

— En avez-vous parlé avec votre père, Sire ? s'enquit Guillaume.

— Il n'interviendra pas ! répondit Harry d'un ton sec. Il dira que cela ne vaut pas la peine de s'inquiéter. Il me traite en enfant, pendant que Richard fait ce que bon lui semble en Aquitaine et pille l'Anjou.

Se frappant la poitrine du bout de l'index, il ajouta :

— Je suis l'aîné, je suis l'héritier ; c'est moi qui ai été couronné roi, pourtant je suis le moins bien considéré ; hormis Jean, bien qu'on lui ait promis l'Irlande dès qu'il sera en âge de gouverner. Tout ce que mon père sait faire, c'est se plaindre en vieux grippe-sou de l'argent que je lui coûte.

Harry prit un air pincé et obtus avant d'ajouter encore pour faire bonne mesure :

— Mais il n'a pas idée de ce que je pourrais lui coûter si l'envie m'en prenait !

Guillaume réprima une grimace. Harry creusait le même sillon qu'à ses dix-huit ans. Mais à vingt-huit ans, son amertume et son irascibilité offraient un bien plus vilain spectacle. La vie s'était chargée de lui enseigner certaines leçons, mais l'élève ne les avait pas retenues.

— Il est temps que je rende visite à mon beau-frère, déclara Harry un ton plus bas. Lui, au moins, est disposé à voir les choses sous le même angle que moi.

Et pour cause ! pensa Guillaume. N'était-il pas dans l'intérêt de Philippe de France d'entretenir la division au sein des Plantagenêts ?

— Philippe ne connaît pas sa chance, poursuivit Harry. Son père est dans la tombe, et il n'a pas de frères pour lui voler son héritage. Il a les mains libres.

— Certes, mais il ne manque pas de parents pour lui causer des difficultés à ses frontières, fit remarquer Guillaume.

Harry s'esclaffa mais resta campé sur ses positions.

— J'ai donné l'ordre de préparer les malles. Nous partons demain matin.

— Sire…, salua Guillaume en s'inclinant, avant d'aller saluer Marguerite.

La reine lui fit signe de prendre la place de sa suivante devant l'échiquier. Guillaume, qui n'avait pas eu l'intention de rester, ne pouvait cependant refuser sans paraître discourtois. La reine s'enquit de son succès au tournoi. Le chevalier lui complut en l'amusant de quelques anecdotes.

— Et voici que mon mari s'apprête à faire route vers l'Île-de-France, se lamenta Marguerite, après avoir sacrifié aux politesses d'usage.

Elle jeta un coup d'œil à Harry. Yquebeuf et Coulances l'avaient rejoint, et tous trois ricanaient comme des adolescents.

Avec une moue pincée, elle ajouta :

— Je crains qu'un orage ne se prépare.

— Semblable à celui qui a éclaté lorsqu'il s'est rebellé contre son père ?

Marguerite déplaça un pion.

— Je ne sais pas. Il ne me dit rien. Il ne s'est jamais beaucoup confié à moi, mais c'est devenu encore plus rare depuis que nous… (Elle s'interrompit en baissant les yeux sur l'échiquier.) Il est dévoré par l'amertume de ne pas obtenir ce qu'il considère comme son dû. Au point qu'il ne voit plus ce qu'il a. Sa rancœur m'effraie, pour lui.

Considérant Guillaume, elle posa une main sur son bras et ajouta :

— Dissuadez-le, si vous le pouvez. Vous êtes toujours son confident. Vous pouvez encore lui faire entendre raison.

Guillaume n'en était pas aussi sûr qu'elle. Il n'était plus ce jeune chevalier au blanc étalon qui avait enflammé l'imagination de Harry durant son enfance. Il ne lui suffisait plus d'une charge à la quintaine et d'un prompt retrait de l'anneau de la pointe de sa lance pour s'assurer le respect et l'attention du jeune roi. Guillaume n'avait aucune envie de sauter dans les cercles enflammés qu'on lui présentait.

— Je ferai mon possible, promit-il en posant une main rassurante sur celle de la reine.

Tandis qu'il se levait, il avisa Adam Yquebeuf qui les observait de son regard calculateur. Sans les quitter des yeux, il se pencha de côté pour chuchoter à l'oreille de Coulances et de deux ou trois autres chevaliers.

En dépit de la situation politique mal engagée et du sentiment qu'un danger imminent les menaçait, Guillaume apprécia son séjour en Île-de-France. Le roi Philippe avait dix-sept ans et, malgré les luttes d'influence et de pouvoir internes à sa Cour – qui n'avaient rien à envier à celles qui régnaient aux diverses Cours des Plantagenêts –, il menait plutôt bien sa barque. À l'instar de Harry, il était pénétré de sa propre importance mais, chez le roi de France, ce sentiment-là était davantage tourné vers l'action. Il savait ce qu'il voulait et avait la détermination et la patience nécessaires à son obtention le moment venu. Guillaume décela également chez lui une tendance à se montrer impitoyable, qui le rapprochait en esprit davantage de Richard que de Harry. Mais Philippe n'était pas non plus dépourvu de la ruse si caractéristique du petit Jean sans Terre. C'était néanmoins un jeune homme agréable, malléable jusqu'à un certain point. Il goûtait la compagnie de Harry comme on se régale d'un festin grandiose ou qu'on se réjouit à la vue d'une ménagerie. Sa présence le divertissait temporairement des affaires du monde.

Marguerite recouvra un état d'esprit plus léger à la faveur de ce retour au pays. Bien qu'ayant grandi à la Cour des Plantagenêts, après avoir intégré la maisonnée de la reine Aliénor à peine sortie des langes, elle considérait toujours les Français comme son peuple ; et puis, Philippe n'était-il pas son demi-frère ? Le sourire lui revint, et lorsque la Cour se réunissait le soir, elle se joignait à la danse et restait pour assister aux spectacles. Guillaume ne donnait pas sa part au lion, se joignant à la ronde des plaisirs avec d'autant plus d'enthousiasme qu'il pressentait que la fête serait de courte durée et qu'ensuite on ne danserait plus de longtemps. Il continua de s'aguerrir en s'exerçant en lice avec les chevaliers français. Ensemble, ils rivalisaient jusqu'à point d'heure d'histoires toutes plus invraisemblables les unes que les autres. Mais, même en ces circonstances, il restait détaché de tout, comme extérieur aux événements, malgré la place centrale qu'il occupait. Il avait perdu au fil du temps l'engouement et l'entrain qu'Ancel continuait de conserver partout où il se rendait, comme une bourse de deniers flambant neufs.

—Je me fais vieux, confia-t-il à Rhys en soupirant.

Le valet le regarda de la tête aux pieds et fit grossièrement vibrer l'air entre ses lèvres.

—Je vous croirai quand je le verrai, répliqua-t-il. Vous battez toujours les jeunes en tournoi.

—C'est l'expérience, rien de plus, nuança Guillaume en souriant.

Rhys ramassa le filet du destrier de son maître et passa le pouce sur les écussons émaillés vert et jaune du frontal.

—Que serions-nous sans l'expérience, comme dit ma femme ?

—Ah oui, vraiment ?

—Parfaitement, sire, et elle sait de quoi elle parle. Sauf votre respect, j'ai quelques années de plus que vous… et croyez-moi, je suis pas à la veille d'être sénile, ni au lit, ni autre part.

Guillaume considéra son robuste valet aux yeux noirs et sentit son moral revenir au beau fixe.

—Non, Rhys, vous avez raison, convint-il. On ne devrait pas penser à ses vieux jours aussi tôt. Je ferai de mon mieux pour ne pas vous décevoir.

Pour toute réponse, Rhys lui tourna un regard assuré, et Guillaume, partant d'un grand rire, lui donna deux pièces d'argent.

— Vous achèterez quelque chose pour votre femme, lança-t-il.

Puis il sortit profiter du ciel d'automne au crépuscule.

— Je ne vous vois plus ces temps-ci, fit remarquer Clara, boudeuse, lorsque Guillaume trouva un moment pour lui rendre visite à l'auberge où il la faisait loger pendant la durée de leur séjour à Paris. Vu le peu d'attention que vous m'accordez, ajouta-t-elle, je pourrais tout aussi bien ne pas être là.

Guillaume haussa les épaules.

— Ici, ce n'est pas comme lors des tournois, expliqua-t-il. Il me faut être présent auprès du jeune roi et m'acquitter d'autres obligations. Je pensais que vous vous plairiez à Paris et en apprécieriez les marchés. Avez-vous assez d'argent ?

— Ce n'est pas de l'argent, que je veux.

Guillaume soupira, et son soupir ne fut pas bien interprété par Clara, qui lui tourna le dos dans un mouvement d'humeur et passa dans la pièce principale.

— Je suppose que vous avez pris votre repas à la Cour et que vous ne dînerez pas avec moi ?

— Clara…

Il s'avisa de la table dressée. Clara l'avait recouverte à son intention d'une nappe brodée d'un grand raffinement. Elle avait préparé une panière de pain et un plat de champignons farcis – une des recettes préférées de Guillaume. Pour l'occasion, Clara portait sa robe bleue, celle qui était rehaussée de perles, et Guillaume se sentit franchement coupable.

— Non, répondit-il, je n'ai pas dîné à la Cour.

Ce n'était pas tout à fait vrai. Il avait en effet mangé une montagne de gaufrettes au fromage en jouant aux dés avec Harry et les autres. Puis il y avait eu les dattes fourrées aux amandes et les petits pâtés en croûte que quelqu'un avait posés près de son coude pendant qu'une des suivantes de Marguerite récitait le roman de Tristan et Yseult. Il retira néanmoins son manteau et le pendit à la patère.

— Je vous emmènerais, si je le pouvais, mais…

— Mais l'on n'accepte pas les putains à la Cour ? acheva Clara.

Guillaume s'assit à table et se frotta les yeux, prenant soudain conscience de sa fatigue.

— Si, ils autorisent leur présence, mais je ne vous considère pas comme l'une de ces dames, que n'importe quel homme – courtisans y compris – peut avoir pourvu qu'il paie le prix.

Elle lui versa du vin puis s'assit à son tour.

— J'avais pris l'habitude de me considérer comme vôtre, Guillaume, commença-t-elle à voix basse. Mais je me rends compte à présent que c'est faux, et que jamais vous ne serez mien.

Guillaume, que le ton de sa voix et son regard faisaient se sentir coupable, se pencha vers elle.

— Nous pourrions aller faire une promenade à cheval, rien que vous et moi, demain matin…, suggéra-t-il dans un effort de conciliation, tout en se demandant s'il en trouverait le temps.

Clara refusa d'un geste de la tête.

— C'est trop tard…

Après un instant d'hésitation, elle ajouta :

— J'ai d'autres projets.

Guillaume posa son couteau, renonçant à faire semblant d'avoir faim.

— « D'autres projets » ? répéta-t-il.

Clara n'était pas plus que lui-même intéressée par la nourriture. Il vit qu'elle avait la gorge serrée.

— Vous m'avez mise en garde, la fameuse nuit où je vous ai rejoint dans votre tente, sur le fait que mon sort ne serait guère plus enviable que celui d'une mendiante. Mais j'ai préféré faire la sourde oreille. Je pensais que cela suffirait, ou que la situation évoluerait... Mais ces derniers temps, je me suis lassée de cette situation qui ne me laisse que de maigres miettes.

— Je suis navré, dit Guillaume, plein de remords. J'ai conscience de vous avoir négligée. Les choses ne sont pas faciles en ce moment...

— Et ne s'arrangeront jamais, acheva de nouveau Clara.

Elle prit une grande inspiration et, les yeux dans les yeux, ajouta :

— J'ai rencontré quelqu'un, un négociant en vin du Mans. Il est veuf. Actuellement en visite chez des parents à Paris. Il promet de m'accorder son temps, ainsi que son argent, si j'accepte de l'épouser.

Guillaume la dévisagea tandis que les mots tentaient de se frayer un chemin jusqu'à son cerveau. Il éprouva de la colère, mais également du soulagement, et moins de surprise qu'il aurait pu s'y attendre. Clara était semblable à une chatte : indépendante, autosuffisante, mais en grand besoin d'affection. Il n'avait pas pris le temps de lui en donner ; un autre que lui s'en était chargé.

— Vous n'avez pas perdu le nord pendant que j'avais le dos tourné, fit-il remarquer.

Clara rougit.

— Votre dos est tout ce que je vois de vous, rétorqua-t-elle. Vous ne venez me voir que pour dormir et satisfaire vos besoins charnels.

Cette critique lui fit mal, car elle contenait un fond de vérité mais ne se souciait pas des détails.

— Ce n'est pas juste, s'écria-t-il d'un ton de reproche.

— Je vous l'accorde, ce n'est pas juste, répliqua-t-elle, feignant de se méprendre sur le sens de ses paroles. Étienne rentre au Mans demain matin. Je l'y accompagnerai.

Étienne!

Guillaume eut un mouvement de recul. Le fait de nommer ainsi son rival lui donnait la chair de poule.

— Avez-vous couché avec lui ? s'enquit-il, une grimace de dégoût aux lèvres. Comment savez-vous qu'il ne vous jettera pas à la rue ?

— Nous n'avons fait que parler ; de fait, nous avons parlé davantage en un mois que vous et moi pendant l'année écoulée. Et quand bien même la situation tournerait au vinaigre, j'ai mis assez de côté pour voir venir...

Elle lui jeta un regard non dépourvu de bravade, le mettant au défi de lui rappeler qu'elle tenait de lui tout ce qu'elle possédait. Mais Guillaume n'en fit rien, sachant qu'elle lui rétorquerait probablement qu'elle l'avait gagné en couchant avec lui. Or, c'eût été plus qu'il n'en pouvait entendre.

— Alors pourquoi ceci ? s'enquit-il en désignant la nourriture intacte d'un geste de la main, avec toute la dérision que lui inspirait sa peine. Vous me rejouez la Cène ? À moins que ce ne soit la fête des Fous ?

Une larme coula sur la joue de Clara, qu'elle essuya d'un geste impatient.

— Jusqu'à ce soir... Jusqu'à ce soir, j'ai cru qu'il nous restait une chance... mais je me trompais, n'est-ce pas ?

Un coup retentissant à la porte empêcha Guillaume de répondre. Ils entendirent l'écuyer aller ouvrir, puis un grondement de voix retentit. Non sans éprouver un certain soulagement, Guillaume quitta la table et alla ouvrir la porte de la chambre, devançant ainsi l'écuyer qui s'apprêtait à frapper.

— Sire, on vous mande à la Cour, annonça Eustache d'un air neutre.

— Comment, à cette heure-ci ?

Perplexe, Guillaume songea cependant que, bien qu'il fût tard et qu'il fît nuit, le jeune roi avait l'habitude de veiller jusqu'aux petites heures du jour.

— Le messager a-t-il dit de quoi il s'agissait ? s'enquit-il.

— Non, sire.

— Attendez-moi dehors, j'arrive ! ordonna le chevalier avec un brusque hochement de tête.

Tandis que le bruit de pas d'Eustache se perdait dans l'escalier, Guillaume alla retrouver Clara.

— Il me faut partir, annonça-t-il. Nous parlerons à mon retour.

— Quand ? s'enquit la jeune femme d'un ton las.

— Je ne sais pas, répondit-il en se passant distraitement une main dans les cheveux. J'espère n'en avoir que pour quelques heures. Vous m'attendrez, n'est-ce pas ?

— Oui, mais seulement pendant quelques heures, répondit Clara.

Il l'embrassa sur la bouche, et elle lui rendit son baiser mais, lorsqu'ils eurent terminé, il leur sembla à tous deux que ç'avait été leur baiser d'adieu.

Chapitre 16

— Sire ? lança Guillaume en entrant dans la chambre de son seigneur, remarquant au passage que la plupart des chevaliers de la maisonnée étaient déjà sur les lieux.

Harry, une timbale de vin à demi pleine dans la main, était assis sur son lit encore non apprêté pour la nuit. Les tentures étaient ouvertes, et le couvre-lit d'apparat de laine brodée était toujours en place.

— Mon père m'a fait une proposition, le Maréchal, commença Harry sans préambule. Et je n'ai pas encore décidé si je vais l'accepter ou si je vais la rejeter.

Guillaume fit un effort pour rassembler ses esprits. Il était fatigué, mais il savait que le jeune roi s'en fichait.

— Qu'implique cette proposition, Sire ?

Levant sa coupe, Harry but son vin jusqu'à la lie et poussa le récipient dans la main d'un serviteur afin que celui-ci aille le remplir.

— Il dit que si je cesse de lui causer des ennuis et que je rentre au bercail, il me donnera soixante-dix livres par jour et m'assurera l'entretien de soixante-dix chevaliers pendant une année.

Guillaume acquiesça et se massa le front.

— Qu'en disent le roi de France et le comte de Flandre ? s'enquit-il.

Harry tira un trait du plat de la main.

— Que je devrais exiger le respect de mes droits en Normandie et ne rien accepter en deçà, répondit-il. Mais il n'y a rien de surprenant à cela, parce qu'ils ont tout intérêt à entretenir la division au sein de ma famille.

Il prit la timbale pleine des mains du serviteur et la vida d'un tiers d'une seule lampée. À en juger par la rougeur de ses joues et ses yeux vitreux, il serait bientôt trop soûl pour se tenir debout et serait encore moins capable de prendre quelque décision que ce soit.

— Mais ils sont aussi dans le vrai, ajouta-t-il. C'est une honte que Richard et Geoffroy aient leurs propres territoires à gouverner – et à dévaster, en ce qui concerne Richard –, tandis que moi, je n'ai rien !

— Le moment venu, mon seigneur, vous aurez davantage que n'importe lequel de vos frères, rappela Guillaume.

— Vous voulez rire ? Mon père n'a pas cinquante ans ! Son père est, certes, mort à cet âge-là, mais son grand-père a gardé les fesses sur son trône jusqu'à près de soixante-dix ans. Quel âge aurai-je quand mon tour viendra ? Peut-être ne viendra-t-il jamais. Peut-être précéderai-je le vieux pingre dans la tombe, pour peu qu'il accumule les années comme il conserve le pouvoir !

— Le roi Philippe et le comte de Flandre ont raison, intervint Yquebeuf d'un ton agressif. Vous devriez renvoyer les messagers de votre père avec pour consigne de lui dire que vous ne vous contenterez de rien de moins que du gouvernement de la Normandie.

Harry mâchonna l'extrémité de son index.

— Vous croyez ? repartit-il.

— Oui, Sire. C'est la seule réponse que vous puissiez lui faire.

Le chevalier croisa ensuite les bras et jeta un regard de défi à Guillaume, au cas où celui-ci oserait le contredire.

Comme l'on pouvait s'y attendre, les frères Coulances acquiescèrent comme un seul homme, sans se rendre compte qu'ils singeaient les tics d'Yquebeuf. Plusieurs autres marmonnèrent leur approbation, ravis d'endosser ce qui prenait des airs d'opinion dominante.

— Baudoin ? s'enquit Harry en se tournant vers Béthune. Qu'en dites-vous ?

Baudoin se caressa le menton.

— Vous devriez poursuivre les négociations, Sire. Je pense peu probable que votre père vous donne la Normandie, quoi que vous fassiez.

— Ah oui, vous « pensez » ! s'exclama Harry en lui jetant un regard noir.

— Vous m'avez demandé mon conseil, Sire, rappela Baudoin, sans céder d'un pouce.

Ses grands yeux pleins de candeur étaient désarmants et dissimulaient le fait qu'il était l'un des chevaliers les plus avisés de la maisonnée du jeune roi.

Harry revint à Guillaume.

— Que devrais-je faire ? Accepter la proposition de mon père ou bien lui dire d'aller au diable ?

Guillaume fronça les sourcils et dit :

— Ce que dit Baudoin est vrai, répondit Guillaume. Votre père ne vous donnera pas la Normandie, ni même une partie du duché, mais votre présence à la Cour de France le met dans l'embarras et l'exaspère. Il n'a pas confiance en vous. Il a manqué de perdre sa couronne, la dernière fois que vous vous êtes rebellé, et vous n'étiez alors qu'un jouvenceau. Ne risqueriez-vous pas de lui causer encore plus de tort, à présent que vous êtes un homme ?

— Vous pensez que je pourrais l'affronter et le battre ?

Les yeux de Harry se mirent à luire à cette seule idée.

Guillaume fit un signe négatif de la tête. La perspective de voir le père et le fils s'affronter sur le champ de bataille le révulsait.

— Votre père ne renouvellera pas les erreurs qu'il a commises voilà neuf ans. Il écrasera toute personne suspecte de rébellion avant même qu'elle n'ait le temps de s'organiser et désignera les responsables ensuite. D'un autre côté, il sait que si vous prenez les armes contre lui, vous le mettrez en difficulté. Je vous conseillerai donc de ne pas lui déclarer la guerre mais de négocier âprement en vue d'obtenir l'accord le plus avantageux possible. S'il refusait de vous donner la Normandie, vous devriez réclamer tous les privilèges qui vous reviendraient si vous en preniez effectivement les rênes.

Harry retourna ces arguments dans sa tête.

— Vous êtes aussi sournois qu'un commerçant, le Maréchal, déclara-t-il enfin. Êtes-vous sûr de n'avoir pas vu le jour dans une famille de bourgeois ?

— Une chose est certaine : il apprécie leur compagnie ! intervint Yquebeuf d'un ton moqueur et par allusion aux amitiés que Guillaume entretenait avec plusieurs fournisseurs à la Cour.

— Il y a beaucoup à apprendre des commerçants, répliqua Guillaume à Yquebeuf. Vous devriez également inclure dans vos revendications une part pour la maisonnée de la reine, ajouta-t-il à l'intention de Harry. Ainsi, le roi Philippe n'aura pas le sentiment qu'il a été fait affront à l'honneur de sa famille.

Harry vida sa coupe.

— Bonne idée ! s'esclaffa-t-il d'un rire creux. D'une manière ou d'une autre, j'obligerai mon père à payer.

À ce stade de l'entretien, Guillaume se fût volontiers retiré, mais Harry n'était pas encore disposé à aller se coucher. Tel un enfant rompu de fatigue à une fête, il était grincheux, agité, sur les nerfs, et par conséquent dangereux. Il fit venir un secrétaire, à qui il fit rédiger une lettre adressée à son père. Il y exposait les conditions auxquelles il consentirait à la paix. Guillaume tressaillit intérieurement en l'écoutant énumérer ses exigences, sachant d'avance que la faute retomberait sur nul autre que lui-même. Harry semblait prendre plaisir à établir cette liste, qu'il dictait au secrétaire tout en cherchant du regard l'approbation d'Yquebeuf et de Coulances.

— Ton idée ne déplaît pas à notre jeune seigneur, murmura Baudoin du coin des lèvres. Espérons que nous n'aurons pas à le regretter.

— Que pouvais-je faire d'autre ? repartit Guillaume. Il n'est pas d'humeur à écouter, sinon ce qu'il a envie d'entendre. Cette solution était préférable à une incitation à la rébellion.

Il se frotta vigoureusement le visage des deux mains et regretta de ne pas se trouver loin, très loin d'ici. Les musiciens de Harry arrivèrent. Ils étaient bouffis et blêmes à cause du manque de sommeil. Sachant exactement ce qu'ils pouvaient ressentir, il les regarda pensivement s'installer dans un coin et sortir un luth espagnol et une harpe celtique. Quelques notes échappées de sous leurs doigts lui parvinrent comme à travers une brume de fatigue et lui donnèrent un sentiment de malaise.

— À propos de sourde oreille, marmonna Baudoin, il faut que tu saches que les rumeurs qui circulent sur toi et Marguerite ne s'apaisent pas. Certains chevaliers de la maisonnée feraient n'importe quoi pour causer ta perte. Yquebeuf s'avoue inquiet aux uns et aux autres pour la réputation du jeune roi, mais c'est ta chute et sa propre ascension qu'il convoite.

— Je connais ces rumeurs, mais merci quand même, répondit Guillaume sans se départir de son calme, gratifiant même Baudoin d'un morne sourire. Tu es un ami fidèle.

Baudoin secoua la tête d'impuissance et, perplexe, dit :

— Oui, mais je ne puis être partout. Surveille tes arrières.

L'aube pointait lorsque Harry alla enfin se coucher. Les messagers avaient été dépêchés auprès de son père aux premières lueurs du jour. Tandis que les coqs d'Île-de-France chantaient sur leurs tas de fumier, Guillaume retourna à son logement en compagnie de Harry Norreis. Le chevalier titubait de fatigue. Il n'aspirait qu'à une seule chose : s'effondrer sur un épais matelas de plume et dormir pendant une éternité. Hélas, il était peu probable que cela lui fût accordé dans l'immédiat.

— Harry, lança-t-il à Norreis en bâillant à s'en décrocher la mâchoire, la prochaine fois que nous serons en tournoi hors de l'Aquitaine, essayez de vous montrer moins exubérant, lorsque vous vanterez mes prouesses. Certains en tirent ombrage, et même si je me fiche comme d'une guigne de ce qu'ils peuvent penser, il serait peut-être plus diplomate de vous en abstenir même pendant quelque temps.

Norreis rougit.

— Comme vous voudrez, sire. Mais les offensés ne sont que des lâches et des menteurs, dont les accomplissements n'arriveront jamais à la hauteur des vôtres.

Sa barbe rousse se hérissait sur sa mâchoire sous l'effet de son indignation.

Guillaume trouva la force de sourire, mais avec lassitude.

— Votre fidélité vous fait honneur, dit-il. Mais, à l'inverse, je ne suis pas certain que mes accomplissements arriveront jamais à la hauteur des leurs.

Norreis cligna des yeux comme une chouette, à défaut d'en avoir la sagesse.

— Je vous demande pardon, sire ?

Guillaume lui fit signe que cela n'avait pas d'importance.

— Allez retrouver votre paillasse pour quelques heures, si vous le pouvez. Je ne doute pas que nous soyons appelés auprès du jeune roi dès son réveil.

Là-dessus, il donna à Norreis une tape à l'épaule et, amusé, le regarda gagner en traînant les pieds sa couche installée dans un coin du rez-de-chaussée, où Ancel dormait à poings fermés. Norreis lui faisait toujours penser aux petits terriers obstinés qui prenaient un malin plaisir à passer la tête dans les tanières des renards et des blaireaux, ainsi qu'à chasser les rats dans les granges, souvent au risque de se faire mordre. Guillaume se demanda pendant combien de temps encore ses détracteurs s'abstiendraient de surnommer Norreis « le petit toutou de Maréchal ».

Les jambes lourdes, il gravit l'escalier qui menait à sa chambre, posa la main sur le loquet et poussa la porte avec l'épaule. Bien qu'au-dehors un soleil rouge d'automne émergeât des rives de la nuit, la pièce était sombre derrière les volets clos, et il y régnait une odeur persistante de bougies éteintes. Avec un mauvais pressentiment, Guillaume alla ouvrir les fenêtres et laissa entrer la clarté du matin. La lumière se déversa sur le lit, faisant resplendir les couleurs du couvre-lit rayé et donnant du relief aux losanges tissés dans la laine des tentures. Le lit était intact, les oreillers si gonflés et lisses qu'il aurait été difficile d'affirmer que quelqu'un y avait déjà dormi. Le coffre de voyage de Clara avait disparu, et avec lui le coffret émaillé qu'il lui avait offert et dans lequel elle gardait ses peignes et ses broches. Elle avait dû patienter pendant quelques heures, car le brasero était chaud et sa présence encore palpable, mais n'avait pas attendu au-delà. Pourquoi l'aurait-elle fait ? Que se seraient-ils dit, de toute manière ? C'était terminé.

Guillaume défit sa ceinture et la laissa tomber au sol. Avec des gestes hésitants, il se mit en chemise et en braies puis, gémissant en sourdine, il se laissa tomber sur le lit. Sur l'oreiller, un fin cheveu noir solitaire lui rappela le vide qu'il ressentirait désormais dans sa vie. Le prenant entre le pouce et l'index, il le tint dans la lumière puis le laissa s'envoler. Clara avait pris la bonne décision, supposa-t-il.

Il était attaché à elle, profondément, mais pas suffisamment pour renoncer à sa position à la Cour et la poursuivre jusqu'au Mans dans le but de la faire revenir.

De guerre lasse, il se tourna sur le côté, releva les genoux sous son menton et s'endormit.

Chapitre 17

Le roi de France et sa Cour chassaient dans les bois et les prairies du nord de Paris. C'était une fraîche journée d'automne ; sur un ciel d'émail azuréen, les feuilles, recroquevillées sur elles-mêmes, rappelaient les motifs en rinceau bronze et vert-de-gris des enluminures. Seigneurs et dames avaient sorti leurs faucons et leurs chiens débusqueurs de gibier. Harry avait deux chiens de chasse prestes et délicats à la robe argentée. À son poignet trônait un faucon pèlerin à la tête recouverte d'un capuchon de brocart bien ajusté. À ce jour, aucune nouvelle de son père ne lui était parvenue, mais il n'avait pas l'intention de laisser ce silence lui gâcher le plaisir de la journée.

Guillaume n'avait jamais été très enthousiasmé par la chasse. Le meilleur entraînement à la guerre était le tournoi. La chasse pouvait, certes, contribuer à développer l'endurance et l'adresse à cheval, mais ces qualités n'étaient pas toujours de celles qui permettaient de maîtriser un destrier en situation de combat rapproché tout en maniant la lance ou l'épée. Il aimait regarder les faucons prendre leur envol et fondre sur leur proie, et il n'avait qu'admiration pour la dextérité des fauconniers, mais son engouement ne pouvait rivaliser avec la véritable passion que Harry, Baudoin et Marguerite vouaient à cette activité. La jeune reine lança son faucon et émit un rire retentissant, tandis que l'oiseau s'élevait au-dessus des chaumes. Le vent lui avait mis le rouge aux joues, et ses yeux marron luisaient. Elle montait son palefroi en amazone, ainsi que la reine Aliénor en avait l'habitude – de même que Clara –, ses bottes d'équitation bien calées dans d'élégants étriers d'argent. Tandis qu'il admirait Marguerite, Guillaume fut saisi par un sentiment poignant de perte. Il pouvait passer des jours entiers sans penser à Clara, puis un détail faisait resurgir un souvenir, et bientôt son fantôme le hantait, un peu comme cette fameuse nuit où elle était revenue dans sa vie sans crier gare.

Peu après midi, la Cour fit halte près d'un ruisseau pour pique-niquer tranquillement, occupation qui, avec la chasse, constituait pour moitié l'objectif de leur équipée. On attacha les faucons à leurs perchoirs un peu à l'écart, de sorte que le bruit des pique-niqueurs ne les dérangeât pas. Cuisiniers et commis de cuisine, qui avaient été envoyés aux avant-postes, s'affairaient au-dessus de foyers de campagne alimentés par du charbon et du bois de chauffage. La chasse découvrit en arrivant la faim au ventre le fumet d'un ragoût de chevreuil qui mijotait dans des chaudrons, l'odeur du pain de froment et les effluves de pâtés de saumon, de tartelettes de poulet aux raisins secs, ainsi que ceux des pommes et des mûres sauvages cuites au miel. Les maîtres de chasse et les valets mirent chiens et chevaux à l'attache, dans l'herbe, et s'installèrent autour de leur propre feu de camp. À quelques pas de là, les chasseurs triaient le gibier, dont ils prenaient soin de faire des chapelets qu'ils remisaient ensuite dans des gibecières.

Guillaume prit un peu de pain et une écuelle de ragoût, qu'il alla manger un peu plus loin en aval du torrent. En temps normal, il aurait tenu compagnie aux autres, recherchant leurs plaisanteries afin d'apaiser son esprit tourmenté, mais ce jour-là, la conversation bruyante des chasseurs l'ennuyait ; c'est pourquoi il avait décidé de s'accorder un peu de répit.

Il trouva bientôt une étendue d'herbe sur la berge. C'était de toute évidence le coin de pêche d'un quidam, car on l'avait débarrassé de ses ronces et de ses orties. On avait même pris soin de couper l'herbe ras. Guillaume étendit sa cape et s'assit pour se restaurer. Les rires et les voix de la chasse continuaient de lui parvenir mais amenuisés et rendus agréables par la distance. Le soleil réchauffait son dos, et il éprouvait une sensation proche du contentement. Lorsqu'il eut terminé son ragoût, il s'accroupit au bord de l'eau pour y rincer son écuelle et sa cuillère. S'étant relevé puis retourné, il se trouva face à Marguerite et à sa suivante. Le chien de compagnie de la reine – un épagneul à poil brun et blanc débordant d'énergie, aux oreilles tombantes et à la langue rose haletante – les accompagnait mais n'était pas tenu en laisse. Il passa à toute allure à côté de Guillaume et sauta dans le ruisseau, où il barbota avec un immense plaisir dans le courant peu profond, avant d'en ressortir pour s'ébrouer vigoureusement, les obligeant à s'écarter prestement. Le chien posa la truffe au sol et, soudain aux aguets, s'élança sur le sentier qui longeait le cours d'eau. Guillaume ramassa sa cape et le suivit, imité par Marguerite, qui, relevant ses jupes qui traînaient dans l'herbe humide, lui emboîta le pas dans sa robe aspergée d'eau.

— Cela fait longtemps que je ne me suis pas entretenue avec vous, commença-t-elle. Du moins de la manière qu'il sied à de vieux amis.

— Majesté, certains à la Cour diraient qu'aucune manière ne sied, répliqua Guillaume en lui adressant un regard de mise en garde.

Un voile d'irritation altéra les traits de la jeune reine.

— Et nous savons qui sont ces gens et ce que vaut leur opinion, rappela-t-elle. Je marche et parle avec qui bon me semble. Je ne suis plus une enfant, mais la future reine d'Angleterre et la sœur du roi de France.

— Certes, Majesté, néanmoins cela est dangereux.

Marguerite fit une moue pincée d'agacement.

— Oh, Guillaume, laissez de côté ce ton de courtisan et posez votre masque.

Guillaume fut surpris par le ton tranchant de la reine.

— Si je porte un masque, il ne diffère point du visage en dessous. Comment voudriez-vous que je parle et me comporte ? s'enquit Guillaume.

— Comme en présence d'une amie, non d'une étrangère qui vous rend esclave des formes. Que nous soyons seuls ou ensemble, les gens voient ce qu'ils veulent voir. Ils me fatiguent, tous autant qu'ils sont.

Elle expulsa farouchement l'air de ses poumons et fit halte pour le regarder en face, plantant son regard franc et déterminé dans le sien, sans retirer la main de sur son bras.

— Vous souvenez-vous du temps où vous jouiez avec les filles de la reine Aliénor et moi-même dans les jardins du palais de Poitiers ?

— À colin-maillard, si mon souvenir est exact, répondit Guillaume avec émotion.

— Vous m'aviez laissée vous attraper, se souvint-elle. Vous avez juré vos grands dieux que non, mais en fait si. Vous pouviez nous échapper à tout instant.

Guillaume haussa les épaules.

— Mais cela m'aurait valu d'être invité moins souvent dans les jardins de la reine.

— Aucunement, le corrigea-t-elle avec une soudaine mélancolie. Moi qui croyais que vous preniez plaisir à nos jeux ! Il ne m'a jamais traversé l'esprit que ce pût être un geste intéressé.

— L'ambition et le plaisir peuvent cohabiter, fit remarquer le courtisan. D'ailleurs, c'était moins par ambition que parce que j'étais follement épris de la reine Aliénor.

— Et êtes-vous toujours follement épris d'elle ?

— Bien sûr, oui, répondit Guillaume. On ne se déprend jamais d'une telle femme.

Un sourire peiné aux lèvres, il ajouta :

— Clara lui ressemblait par certains côtés. Elle avait une élégance proche de la sienne. Je suppose que c'est en partie ce qui m'a attiré chez elle, en plus du fait qu'elle m'avait sauvé la vie.

— Oh, Guillaume, lança Marguerite.

Cédant à l'impulsion du moment, elle lui prit la main et, se tenant sur la pointe des pieds, l'embrassa sur la joue.

L'épagneul, en arrêt, les oreilles aux aguets dans la direction des bois, se mit soudain à grogner puis à aboyer. Marguerite ouvrit de grands yeux apeurés. La suivante vint se placer promptement près de la jeune reine tandis que Guillaume, jetant son écuelle et sa cuillère à terre, tirait le couteau de chasse pendant à sa ceinture. Rien ne bougeait hormis l'herbe balayée par le vent qui révélait des pistes insoupçonnées des hommes à la truffe hypersensible du chien.

— Majesté, je pense que vous devriez aller rejoindre les autres, avant qu'ils ne partent à votre recherche, suggéra le chevalier. Et il est probablement préférable que je suive à distance.

Étonnée, elle dit :

— Vous croyez qu'on nous espionnait ?

— J'en suis certain.

Sur ces mots, il rangea son couteau avec un soin tout particulier, s'aidant ainsi à garder son sang-froid. Il était inutile de se lancer à la recherche de l'indiscret. Les aboiements du chien l'auraient prévenu du danger d'être découvert en même temps qu'ils les avaient alertés.

— Partez, Majesté, l'encouragea Guillaume. Et ne dites mot. Vous n'avez rien à vous reprocher, sinon d'avoir réconforté un ami.

Il posa sur elle un regard éloquent ; elle y répondit par un abrupt hochement de tête. Pâle mais résolue, elle rappela l'épagneul en frappant dans ses mains et alla retrouver les pique-niqueurs, sa suivante à son côté. Guillaume les regarda disparaître puis se pencha pour ramasser son écuelle et sa cuillère. Un voile assombrissait son expression. Il espérait que cette intrigue serait de courte durée, mais il dut admettre avoir facilité la tâche des médisants de la Cour, qui n'attendaient que cela pour déclencher sa chute.

Chapitre 18

Raoul Farci était un glouton et un ivrogne, d'où son nom. On eût dit qu'il cachait un coussin sous sa tunique, qu'il portait souvent sans ceinture, afin de laisser toutes ses aises à son ventre. Malgré son gabarit, il était alerte et avait l'œil et la main vifs, ce qui était utile dans les combats à l'épée, mais davantage encore aux dés et autres jeux de hasard, où la rumeur le tenait pour un tricheur. Il était d'humeur joviale, car ce jour-là son faucon avait tué plusieurs proies et ses chiens l'avaient aidé à poursuivre un lièvre. Le repas avait été excellent, le vin abondant, et sa prostituée favorite lui avait fait de douces promesses pour la nuit. Il avait perdu aux dés contre le jeune roi mais l'avait fait exprès sans se ruiner pour autant. Il se rembourserait largement en se prélassant au soleil de la faveur royale.

Sans cesser de caresser la fille assise sur ses genoux, il fit un signe de tête cordial à Adam Yquebeuf et Thomas de Coulances lorsqu'ils vinrent le rejoindre.

— La chasse a été bonne aujourd'hui, lança Yquebeuf. Votre faucon s'est particulièrement distingué.

— Pour se distinguer, il s'est distingué, vous avez vu ça ? demanda Farci.

Puis il poussa la fille de sur ses genoux et lui fit signe de déguerpir.

Elle pouvait naturellement attendre qu'il ait terminé de discuter des prouesses de son faucon avec des chevaliers dont il cherchait à s'attirer les bonnes grâces.

Les paroles et le vin coulèrent avec aisance, tandis que les trois hommes décortiquaient la journée et que Farci se sentait courtisé comme un personnage de haut rang, ce qui le flattait tout en le laissant quelque peu perplexe. D'habitude, c'était lui qui courait après les autres.

— Bien sûr, dit Yquebeuf en se penchant vers Farci et en baissant la voix, un autre genre de chasse battait également son plein, et non des plus nobles !

Farci se rembrunit.

— Ah oui ? s'étonna-t-il.

Yquebeuf jeta un coup d'œil à la ronde et, baissant encore d'un ton, dit :

— Où pensez-vous que la reine soit allée, quand nous avons fait halte pour nous restaurer ?

Farci fit signe qu'il l'ignorait.

— Je ne sais pas, répondit-il. Elle est peut-être allée pisser dans les buissons ? Je n'ai pas fait attention à elle.

— Vous ne lui avez pas prêté attention pour la bonne raison qu'elle est restée presque tout le temps absente, confirma Yquebeuf. Ainsi que Guillaume le Maréchal…

— Aaah !

La curiosité de Farci était enfin piquée. Il n'avait aucune estime pour le Maréchal et jalousait profondément sa capacité à engloutir tout ce qui se trouvait sur la table sans que cela affectât sa charpente athlétique. D'ailleurs, le jeune roi lui-même semblait considérer que la roue avait tourné pour le chevalier, ce qui était une raison de plus pour le détester.

— Ils se sont donné un rendez-vous galant dans les bois, expliqua Yquebeuf.

Farci dévisagea tour à tour les deux hommes.

— Vous plaisantez, assurément.

Yquebeuf appela un serviteur d'un claquement de doigts et lui ordonna d'apporter un autre pichet de vin.

— N'avez-vous pas remarqué que la reine était toute troublée et toute rouge, comme après une nuit bien remplie, quand elle est revenue au pique-nique, bientôt suivie de Maréchal, qui est revenu par le même sentier ?

Farci mâchonna sa lèvre inférieure.

— Maintenant que vous le dites, la reine semblait en effet un peu perturbée cet après-midi. Elle m'a fait penser à une biche aux abois.

— Croyez-moi, elle est même déjà tombée dans la gueule du loup, insista Yquebeuf crûment.

— En êtes-vous certain ? s'enquit Farci.

Yquebeuf hocha la tête et échangea un regard avec Coulances.

— Il y a des témoins.

Farci bomba le torse d'indignation.

— Par les saintes reliques ! jura-t-il. Si ce que vous dites est vrai, le Maréchal et la jeune reine se sont rendus coupables de haute trahison !

À ce moment-là le serviteur revint avec un pichet rempli à ras bord. Farci se versa aussitôt une autre timbale de vin.

— C'est vrai, affirma Yquebeuf. Mais si Thomas ou moi tentions de faire part de nos soupçons au jeune roi, il ne nous croirait pas. Il sait que nous sommes hostiles à Maréchal et soupçonnerait une intrigue.

— Mais vous ne pouvez tout de même pas le laisser être cocu sans rien faire ? bredouilla Farci. Et si elle tombait enceinte ?

Yquebeuf se versa du vin et servit Coulances.

— En effet, convint-il. Si un homme jugé plus impartial par le jeune roi lui en touchait deux mots, il serait probablement disposé à l'écouter et à prendre des mesures.

Farci but et, s'apercevant que les deux autres l'observaient comme deux chats guettant un trou de souris, manqua de s'étouffer.

— Moi ? balbutia-t-il en postillonnant. Vous voulez que je dise au jeune roi que Guillaume le Maréchal le fait cocu ?

Yquebeuf, le regard luisant de détermination, se pencha en avant.

— Pour le bien de tous, le Maréchal doit déchoir de son piédestal, afin que chacun voie la vile canaille qu'il est en réalité. Nous ne pouvons permettre que cette situation des plus honteuses perdure.

— Mais pourquoi le jeune roi me croirait-il ? s'enquit Farci, de nouveau perplexe. Et puis le Maréchal est son favori ! Ma parole ne l'emportera pas contre la sienne aux yeux de Harry.

Farci se demandait dans quel traquenard il était en passe de tomber. Malgré son peu d'affection pour Guillaume, il n'avait pas envie de tomber en disgrâce en se rendant désagréable au jeune roi… à moins d'être sûr de ses arguments.

— Il ne pourrait que vous croire, si d'autres confirmaient vos dires, répondit Yquebeuf. Du reste, vous avez déjà sa confiance. Vous aurez le soutien de nombreux chevaliers de la Cour. Les seuls à soutenir le Maréchal sont son frère, Béthune et les Préaux. Mais ils prêcheront dans le désert. Thomas et moi-même y veillerons, promit Yquebeuf en croisant les bras d'un air résolu. Notre seigneur doit l'apprendre de la bouche d'un homme en qui il a confiance. Bien sûr, si vous préférez que nous soyons gouvernés par un galeux d'Anglais, c'est à vous de voir…

Farci déglutit en secouant vivement la tête.

— Non… non, je vais m'en occuper, promit-il à son tour. Je parlerai à notre seigneur afin qu'il sache.

La digestion troublée par le vin et le choc provoqué par la nouvelle, Harry fit sortir d'un ton sec gardes et écuyers des appartements de sa femme. Il n'en croyait pas ses oreilles. Pourtant, ce fieffé crétin paresseux qu'était Raoul Farci ne pouvait avoir tout inventé. Cela dépassait l'entendement. Néanmoins, la courtoisie de Guillaume envers sa femme et le fait que le chevalier portât aussi souvent que lui les couleurs de la reine en tournoi éveillèrent ses soupçons, et le doute l'assaillit bientôt. Quelques années auparavant, Philippe de Flandre avait fait exécuter un de ses chevaliers pour avoir badiné avec sa femme. C'étaient des choses qui arrivaient, souvent même, mais de là à s'imaginer être soi-même le dindon de la farce ! Harry était bien trop convaincu de son propre mérite, et le voir remis en question le frappa de stupeur. À supposer, bien sûr, que ce fût vrai…

Les suivantes de Marguerite lui firent la révérence lorsqu'il les congédia d'un mouvement brusque de la tête. Ces dames sortirent en jetant des regards craintifs en arrière, notamment la favorite de la jeune reine, Nicolette. Harry manqua de se raviser en rappelant cette dernière, puis changea d'avis. Elle risquait d'en savoir davantage qu'il ne voulait en entendre.

Marguerite vint voir ce qu'il se passait, et il se demanda si l'expression inquiète de son visage – ne venait-il pas de surgir dans sa chambre en plein cœur de la nuit ? – était sincère ou si ce n'était là que l'accablante conséquence de la culpabilité et de la peur. Ses suivantes lui avaient brossé les cheveux, et ils tombaient sur ses reins en un lumineux écheveau de mèches châtaines. Sa chevelure était son plus bel atout, ainsi que ses généreux seins d'albâtre aux tétons rosés cernés d'une large aréole. Elle portait sa robe de chambre et, dessous, une chemise de nuit de drap fin. Harry s'interrogea : combien de fois le Maréchal avait-il vu Marguerite dans ces atours ? Combien de fois avait-il dénoué son vêtement, ouvert le corsage de sa chemise de nuit pour profiter de cette blanche poitrine rebondie ? L'avait-il fait étendre sur le lit avant de se jucher sur elle ? Avait-elle écarté les jambes pour recevoir sa semence ? Toutes ses questions lui donnèrent envie de vomir.

— Mon mari ?

Malgré la pénombre, il lui sembla qu'elle avait blêmi en le voyant.

— Vous connaissez la raison de ma venue, commença-t-il d'un ton sévère.

Marguerite fit un signe négatif.

— Non… non, je l'ignore. Si vous vous étiez fait annoncer, j'aurais pu…

— Vous auriez pu quoi ? l'interrompit-il. Faire en sorte de ne pas vous faire prendre en flagrant délit de débauche, veiller à ce que votre mari aveugle et sot continuât d'ignorer ce que vous faites dans son dos ?

— Je… je… n'ai rien fait, balbutia-t-elle en posant une main sur sa poitrine. De quoi m'accusez-vous ?

— De haute trahison par voie d'adultère, répondit Harry. Ne niez pas que Guillaume le Maréchal et vous êtes amants. On vous a vus vous adonner aux plaisirs de la chair.

Marguerite le regarda, bouche bée.

— Celui qui vous a raconté une telle fable est un menteur.

Faisant le signe de croix, puis relevant le menton bien haut, elle ajouta :

— Je vous jure sur l'âme de mon père qu'il ne s'est jamais rien passé avec Guillaume le Maréchal.

— Alors vous voici parjure, madame, car cet après-midi même des chevaliers ont assisté à votre rendez-vous galant. J'ai des témoins qui jureront sur les reliques de saint Hilaire que le Maréchal et vous entretenez une liaison sous mon nez.

— Ce n'est pas vrai ! s'insurgea Marguerite. Et vous le savez. Jusqu'à il y a peu, il avait une maîtresse.

— Avoir une maîtresse n'a jamais rendu aucun homme fidèle, lança-t-il d'une voix rageuse. Apparemment, pas davantage que le fait d'avoir un mari pour certaines épouses. Qui me dit qu'il est votre seul amant ? Peut-être en avez-vous invité toute une ribambelle dans votre lit ?

Sur ces mots, il la prit par les épaules et entreprit de la secouer.

— Non, aucun, si ce n'est vous, s'écria Marguerite. Bien que je sois en droit de me demander si cela vous importe, puisque vous ne m'y rendez jamais visite. Je serais nonne que je ne vivrais pas autrement.

— Eh bien, nous pouvons très facilement y remédier, dit Harry.

Puis il défit brutalement les liens de la robe de chambre de Marguerite. Voyant qu'elle se débattait et se détournait pour échapper à ses baisers, il la saisit par le menton et l'obligea à lui faire face.

— Ne comptez pas me refuser les faveurs que vous accordez à Maréchal !

— Je n'ai pas couché avec Guillaume le Maréchal, cria-t-elle en se débattant. Il n'y a rien entre nous ! Je jure sur toutes les reliques de la chrétienté que je vous dis la vérité !

— Rien entre vous ? répéta-t-il avec mépris. À tel point que vous allez le retrouver en secret dans les bois, et à ma barbe ! Faut-il que vous soyez stupide !

— Ce n'était pas un rendez-vous secret. Je promenais mon chien le long de la berge lorsque je suis tombée par hasard sur lui. J'ignorais qu'il était également parti dans cette direction, expliqua-t-elle d'une voix tremblante pleine de larmes et de colère.

— Vous espérez que je vais croire que tout cela n'était pas arrangé d'avance ? lança Harry en enfonçant ses doigts dans les épaules de Marguerite.

— Vous préférez croire vos compagnons de beuverie ? finit-elle par s'emporter d'un ton de mépris. La moitié d'entre eux sont prêts à dépecer le Maréchal, et vous le savez. Serais-je assez sotte pour convenir d'un rendez-vous galant au risque, couru d'avance, d'être espionnée et découverte ? Lequel d'entre eux vous a conté cette fable ? Yquebeuf ?

Le visage de Harry prit une teinte sombre.

— On vous a vue l'enlacer. Le niez-vous ?

Marguerite rejeta la tête en arrière et dit :

— Je le nie. Je me suis bornée à lui parler en amie. Ceux qui vous disent nous avoir vus nous abandonner l'un à l'autre mentent.

Harry dévisagea sa femme. Lui mentait-elle, elle aussi ? Fallait-il la croire, ou bien fallait-il croire Raoul Farci et les cinq chevaliers qui affirmaient solennellement que sa femme et Guillaume le Maréchal le trompaient ?

— Savez-vous ce que Philippe de Flandre a fait à l'amant de sa femme ? lança-t-il.

C'était une question rhétorique. Tout le monde savait que ledit amant avait reçu une sévère bastonnade de la main des bouchers de la maisonnée avant d'être pendu par les pieds dans une fosse à excréments jusqu'à ce que mort s'ensuive.

— Guillaume le Maréchal n'est pas mon amant, objecta la jeune reine.

Elle s'était reprise depuis qu'il avait lancé l'accusation, mais restait pâle comme un linge.

— Mais vous l'aimez…

Marguerite laissa tomber son regard sur ses mains et fit tourner son alliance entre ses doigts.

— Oui, admit-elle, d'amitié, ou comme une sœur.

Cette réponse était pour le moins un mensonge, sinon pourquoi ne l'avait-elle pas regardé dans les yeux ? pensa Harry.

— Vous mentez, putain ! s'exclama-t-il en savourant l'insulte. Je suis en droit de vous battre jusqu'à ce que vous me demandiez grâce et de faire exécuter le Maréchal pour haute trahison.

Tremblante, elle releva la tête et le regarda droit dans les yeux.

— C'est une affaire entre votre conscience et vous, dit-elle simplement. J'ai ma conscience pour moi.

Harry brandit le poing, parut s'étonner de son propre geste et le desserra, se contentant de pousser violemment sa femme, qui vacilla sur ses jambes. Puis il tourna les talons et sortit d'un pas pressé. Il avait toujours ressenti de l'aversion envers sa femme. Elle n'était ni très belle ni pleine d'esprit, et son charme discret, son intelligence affable – qualités pourtant plus constantes –, n'avaient guère de valeur à ses yeux. De son propre point de vue, il était la victime du devoir et de circonstances contraignantes. Que Marguerite en fût tout autant victime, il le reconnaissait, mais n'en tenait pas compte dans leurs rapports. Peut-être tenait-il enfin le moyen de se débarrasser d'elle, à condition qu'il fût prêt à sacrifier son meilleur chevalier. Hélas, s'il mettait ses menaces à exécution en ordonnant la mise aux arrêts et l'exécution de Maréchal, l'affaire se transformerait aussitôt en scandale public, et lui-même, notoirement cocu, deviendrait la risée des gens. Voulait-il vraiment cela ? Il fit halte en traînant les pieds et, dans l'incapacité de prendre une décision, se tint immobile au milieu du couloir.

— Sire ? lança en s'inclinant Ranulf, son chambellan qui, allant se coucher, passait par là.

— Avez-vous entendu les rumeurs ? s'enquit Harry.

Ranulf haussa ses fins sourcils poivre et sel.

— « Les rumeurs », Sire ? répéta-t-il.

— Au sujet de ma femme et de Guillaume le Maréchal.

Le chambellan dansa d'un pied sur l'autre.

— Quelques-unes, Sire, mais je n'en tiens pas compte et les évite comme autant de déjections canines. Je sais qu'elles sont infondées.

— Alors vous en savez plus que moi, dit le roi.

Ranulf se garda bien de répondre et conserva un air neutre.

— Savez-vous où est le Maréchal ?

— Non, Sire, répondit le chambellan. Voulez-vous que je le fasse mander ?

— Non, je ne veux pas le voir. Au fait, s'il me cherche, refusez-lui l'accès à mes appartements. C'est un ordre, et je vous charge de le transmettre aux gardes et aux écuyers. Il n'est plus le bienvenu.

— Bien, Sire, acquiesça Ranulf, mal à l'aise.

— Je ne plaisante pas, insista le jeune roi. Je ne me laisserai pas tourner en ridicule par qui que ce soit. Il va sans dire que je compte sur votre discrétion dans cette affaire.

— Je resterai silencieux, Sire, assura le chambellan.

Harry le salua d'un geste raide de la tête et regagna sa chambre d'un pas décidé. Ranulf le regarda s'éloigner en s'interrogeant longuement sur ce qu'il convenait de faire. Sa décision prise, il se mit en quête de Baudoin de Béthune.

Guillaume s'éveilla tandis qu'on le secouait, tel un rat dans la gueule d'un ratier. Il cligna des yeux pour se protéger des aveuglants rayons du soleil qui filtraient par les volets. La femme qui dormait à côté de lui se redressa en poussant un cri de panique et s'enveloppa dans les couvertures.

— Par le Très-Haut, as-tu décidé de causer ta propre perte ? lança Baudoin de Béthune d'une voix rendue bourrue par la colère. Debout, pour l'amour de Dieu ! s'exclama-t-il.

Puis il fit un ballot des vêtements de la femme et le lui fourra dans les mains.

— Dehors ! ordonna-t-il d'un ton cassant.

— Tout va bien, fiche-lui la paix, grommela Guillaume en considérant son ami de ses yeux mi-clos.

Baudoin bouillonnait, semblant au bord de l'explosion.

— Tu en as de bonnes ! rétorqua ce dernier. Sais-tu au moins dans quel pétrin tu t'es mis ?

Guillaume chassa les mèches qui lui bouchaient la vue, l'odeur de sa propre sueur le faisant grimacer au passage.

— Non, mais je peux toujours essayer de deviner.

— Oh, n'essaie même pas, tu serais loin du compte ! répliqua Baudoin avant de signifier à la fille d'un coup d'œil rapide de se hâter.

À grand renfort de soupirs et maudissant sa gueule de bois, Guillaume tendit le bras en travers du lit. Là, il trouva sa bourse et remit une poignée de pièces à la prostituée pour paiement. Baudoin la suivait du regard avec impatience en tapotant la boucle de son baudrier. Ce n'était pas une prostituée de la Cour – il les connaissait toutes –, mais elle avait belle allure et était vêtue d'atours de qualité. On ne pouvait certes pas reprocher à Guillaume d'avoir mauvais goût, admit en pensée Baudoin. Sa devise était « le meilleur, sinon rien ». Or, cette habitude risquait de lui coûter plus cher qu'une poignée de livres d'argent.

Après avoir noué son salaire dans son mouchoir, la fille se réfugia dans le renfoncement qui surplombait la rue pour enfiler ses vêtements et refaire ses nattes. Guillaume se leva, fit ses ablutions dans une cuvette en cuivre peu profonde posée sur le coffre et, tout en se séchant à l'aide de la serviette rugueuse qui pendait à côté, se tourna vers son ami et dit :

— Commence par le pire.

— Il est encore à venir, rétorqua Baudoin d'un ton sec. Raoul Farci est allé trouver Harry hier soir pour lui raconter que la jeune reine et toi étiez amants. Ensuite, Farci a fait paraître ses témoins, dont Yquebeuf et Coulances, afin qu'ils confirment ses allégations.

Guillaume cessa aussitôt de se sécher.

— Quoi ?

— Ranulf m'en a informé afin que je te prévienne à mon tour. Harry n'a pas très bien pris la nouvelle…

Guillaume jeta la serviette sur le lit et prit une chemise propre.

— Il faut que je lui parle, déclara-t-il en finissant de s'habiller.

On cherchait délibérément à lui nuire ; cette fois, il n'y avait plus de doute possible. La prostituée, qui était prête à présent, quitta discrètement la pièce.

— C'est impossible, objecta Baudoin. Il a donné des ordres en sorte qu'on te refuse l'accès à ses appartements. Il ne veut pas te voir.

Guillaume, qui s'apprêtait à prendre sa tunique, suspendit son geste. La situation, dont il connaissait déjà la gravité, prenait une tournure dangereuse.

—Ne me dis pas qu'il accorde crédit à ces rumeurs ? Il me connaît assurément mieux que ça !

Baudoin fixa sur lui un regard pessimiste.

—Je ne sais pas jusqu'à quel point il connaît n'importe lequel d'entre nous, ni même si nous-mêmes le connaissons vraiment. Tout ce que je peux te dire, c'est ce que Ranulf m'a rapporté, et cela tient en peu de mots.

Lentement, Guillaume enfila sa tunique. Sa migraine et un sentiment de malaise généralisé l'empêchaient de réfléchir correctement. Pendant qu'il s'efforçait d'oublier Clara dans le vin et les bras d'une fille, Harry avait trouvé des réponses à ses questions, pour la plupart biaisées, à en juger par ce que lui rapportait Baudoin. Il se concentra sur le bouclage de son ceinturon.

—Hier, à la chasse, quand nous avons fait halte pour pique-niquer, Marguerite est venue me retrouver au bord de l'eau… Nous avons évoqué le passé, et elle m'a embrassé sur la joue.

Baudoin écarquilla les yeux de consternation.

—Par le Christ crucifié ! maugréa-t-il.

Guillaume rougit.

—C'était un baiser amical ; stupide et malavisé, certes, mais elle l'a fait sans intention de tromper son mari. Je te jure sur le corps du Christ que je n'ai jamais touché Marguerite comme le ferait un amant. Quiconque affirme le contraire est un vil menteur.

Prenant sa cape, il ajouta :

—Il faut que je voie Harry.

—Je te l'ai dit : tu ne le pourras pas, répéta Baudoin d'un ton exaspéré. Il ne te recevra pas.

— Je dois au moins essayer, répliqua Guillaume d'un air grave.

Il fixa la porte du regard avant de se retourner vers son ami.

— Je comprendrais si tu décidais de prendre tes distances avec moi, ajouta-t-il.

Baudoin grogna indistinctement et posa une main sur l'épaule de son ami.

— Le jour où je lierai mon sort à celui de crapauds comme Adam Yquebeuf et les frères Coulances, ce sera ma fin. Si je peux t'aider, je le ferai. Je vais écrire à mon père. Je sais qu'il ne te refusera pas son aide.

Guillaume ne goûta guère la manière dont Baudoin semblait conclure à un dénouement malheureux concernant son avenir à la Cour, mais que pouvait-il faire, sinon entrer dans la tanière du lion, afin de découvrir ce qui l'y attendait.

Chapitre 19

Béthune, comté d'Artois, décembre 1182

— Suivez mon conseil – ce que je sais pertinemment que vous ne ferez pas –, et ne vous approchez pas de la Cour de Noël, prévint Robert de Béthune, père de Baudoin, en montant en selle.

Guillaume, qui logeait chez lui à Béthune à la suite d'un tournoi, saisit la bride de son palefroi. Son paquetage reposait sur la croupière ; quant à son armure et à son équipement, ils emplissaient les hottes des poneys de bât. Besant, impatient de prendre le départ, piétinait nerveusement de son antérieur droit le sol de la cour de l'écurie.

— Il le faut pourtant, répondit le chevalier. Le jeune roi est toujours mon seigneur, et je dois dissiper d'une manière ou d'une autre l'animosité qui s'est installée entre nous.

Robert de Béthune lui coula un de ces longs regards de biais que Guillaume avait davantage l'habitude de voir sur le visage de Baudoin, mais ne dit rien. Les membres de la famille vinrent souhaiter bon voyage aux deux hommes en partance pour la Cour plénière à Caen. La fille cadette de Robert, Mathilde, lança un regard timide à Guillaume entre ses longs cils. Baudoin avait laissé entendre que, si Guillaume se trouvait dans une situation impossible, leur père pourrait envisager d'arranger un mariage entre lui et Mathilde ; mais Guillaume, non sans tact, avait fait la sourde oreille. En si grande affection qu'il tînt Baudoin et les siens, il n'avait nullement l'intention de s'installer avec une épouse dont il serait à jamais dépendant des parents pour sa pitance quotidienne.

Robert de Béthune se révéla un compagnon de voyage taciturne, qui se satisfaisait de chevaucher en silence dans la nudité des paysages hivernaux. Ainsi, Guillaume eut tout loisir de réfléchir et de prendre acte des changements survenus dans sa vie.

La situation avec Harry demeurait délicate et en suspens. Les craintes de Baudoin s'étaient avérées lorsque le jeune roi avait refusé de recevoir le chevalier. Il avait perdu sa place à la table d'honneur, ainsi qu'à celle de la chambre du conseil. À une ou deux reprises, il était parvenu à déjouer la vigilance des gardes, mais sans résultat satisfaisant, car Harry avait détourné la tête, faisant comme si Guillaume n'était pas là. Il était devenu, pour ainsi dire, invisible. Marguerite ne quittait plus ses appartements, et le disgracié n'osa pas lui envoyer un message de crainte d'aggraver la situation.

Les spéculations allaient bon train concernant la rupture entre Harry et son favori, l'opinion dominante étant que la réputation du preux chevalier avait éclipsé le rayonnement du jeune roi et que, après s'être élevé trop haut, Guillaume ne pouvait que déchoir. Les rumeurs au sujet d'une liaison entre ce dernier et la reine firent le régal des commères, d'autant qu'un tel acte était un crime de haute trahison passible de la peine de mort. Les gens observaient, dans l'attente d'une issue ; mais ils furent déçus lorsque Harry se borna à exclure Guillaume, jusqu'à ce que l'intéressé mette un terme à cette situation insupportable en quittant la Cour. Le lien qui les unissait n'avait pas été officiellement rompu, mais il n'aurait servi à rien de rester. N'ayant pas été absous, mais n'ayant pas non plus perdu son honneur, Guillaume souffrait d'être devenu indésirable. Sa vie durant, il avait été au centre de l'attention, la plupart du temps pour des raisons valorisantes. À présent, il était un réprouvé, là même où son rayonnement s'était exercé pendant plus de dix ans. Comment n'en eût-il pas été atrocement tourmenté ?

Pendant une courte période, il s'était réfugié chez Guillaume de Tancarville, lui-même tombé en disgrâce royale, mais plutôt pour des raisons politiques contestables que pour s'être accaparé toute la gloire aux tournois et avoir ravi le cœur de l'épouse de son seigneur. Baudoin de Béthune tenait Guillaume au courant de la situation à la Cour. Farci, Yquebeuf et les frères Coulances regardaient de haut les autres chevaliers de la maisonnée, surtout les Anglais, qui avaient prospéré du temps que Guillaume était tenu en faveur. Ancel avait choisi d'imiter son frère, car sa position aurait été intenable s'il était resté ; mais voir sa relégation grever l'avenir de son cadet ajoutait à la culpabilité de Guillaume. La seule bonne nouvelle était que Harry et son père avaient trouvé un accord financier qui avait mis fin à leur querelle. Cet accord prévoyait une forte augmentation des revenus du jeune roi.

Guillaume regarda un groupe de corbeaux s'envoler d'une jachère et battre lourdement des ailes dans un ciel gris. Ses pensées lui arrachèrent un profond soupir, et Robert de Béthune, qui somnolait en selle, lui jeta un regard assoupi.

— Vous redoutez une multitude d'ennuis, lança-t-il. Mais, d'après mon expérience, ceux qui surviennent ne sont jamais ceux que l'on attend.

Guillaume se força à sourire.

— Si j'avais deux sous de bon sens, j'abandonnerais le nid pour aller en construire un autre ailleurs.

Robert, l'air renfrogné, émit un grognement amusé.

— Eh, c'est que vivre aux côtés des Plantagenêts est une entreprise risquée ! Si votre situation à la Cour ne s'arrange pas, vous savez qu'une place vous attend à Béthune. Ma fille est tombée sous le charme, et je serais content de la marier à un homme de votre étoffe.

— Vous savez de quoi l'on m'accuse ?

Le père de Baudoin fit un geste qui signifiait son dégoût.

— Bah, cette campagne de dénigrement lancée contre vous est montée de toutes pièces, tout le monde le sait. Vos ennemis n'ont ni les preuves ni le cran nécessaire pour faire front contre vous. Tout ce qu'ils peuvent faire, c'est répéter à l'envi des mensonges à des oreilles vulnérables. Ainsi l'incrédulité devient-elle certitude.

— J'ai un remède contre ce mal, répliqua Guillaume d'un air grave. J'ai droit de duel judiciaire à la Cour du roi Henri. Je mettrai mes accusateurs au défi de prouver ma culpabilité au combat. Dieu sera juge.

— Ce remède n'est pas, lui non plus, sans risques, le mit en garde Béthune.

— Je ne crains pas l'ordalie.

— Vous non, mais eux, peut-être, fit remarquer avec perspicacité l'aîné des deux hommes. Choisir sa proie est chose aisée, mais la faire sortir du bois est une tout autre affaire.

Dans un profond soupir, il ajouta :

— Je me rends à la Cour lorsque j'y suis contraint. Je ne pourrais y vivre. Mon fils y vit. J'admire sa force d'âme, mais je tremble aussi pour lui.

Hochant la tête pour appuyer ses dires, il ajouta encore :

— J'étais sérieux, lorsque je vous ai proposé d'entrer dans notre famille. La proposition vaut également pour Ancel. En vieillissant, on a besoin de s'entourer de collaborateurs compétents. Je gage que votre propre famille vous réserverait, elle aussi, bon accueil ? lança-t-il enfin.

Guillaume secoua la tête.

— Probablement le genre d'accueil en comparaison duquel l'enfer est un lieu avenant, répliqua-t-il en imaginant la réaction de Jean, s'il se présentait à Hamstead dans la disgrâce et déchu de son rang.

« Je t'avais prévenu ! » Telles seraient les paroles de bienvenue de ce moralisateur que Guillaume aurait à affronter.

— Je garderai votre proposition dans un coin de mon esprit. Mais vous me faites vraiment plus d'honneur que je n'en mérite.

La Cour de Noël du roi Henri à Caen était un grand et somptueux rassemblement. La grande salle était comble de comtes, de ducs, d'évêques, de diacres, d'archidiacres, de barons, de chevaliers, tous ayant fait le déplacement avec leur suite. La pièce scintillait comme un écrin ouvert, car chacun portait ses plus riches atours et arborait bagues, broches et pierres précieuses ratissées dans les coffres de famille ou achetées à crédit aux Juifs. À son arrivée, Guillaume se démarqua aussitôt, car il portait une tunique bleu nuit et des chausses rouge safran. Une chevalière armoriée ornait sa main gauche. La sobriété de sa mise et sa simple présence firent se tourner les têtes et fuser les commentaires sur son passage.

Tous les fils de Henri participaient à la Cour plénière, ce qui était un miracle, étant donné les conflits qui les opposaient. Richard gouvernait l'Aquitaine d'une main de fer et se montrait impitoyable envers ses adversaires. Pourtant, il n'avait pu mater complètement les rebelles, dont certains avaient sollicité l'aide de Harry, aide que celui-ci s'était fait un plaisir de leur apporter. Depuis, les frères se tournaient autour avec méfiance, toujours sur le point de se déclarer une guerre ouverte. Leur père les avait obligés à renouer le dialogue, mais leurs relations étaient fragiles, car fondées sur de vaines promesses et des paroles en l'air, et la rupture menaçait. De l'avis de Guillaume, cela précipiterait tout le monde dans l'abîme de la guerre.

Laissant Ancel au fond de la salle, le chevalier se fraya le plus discrètement possible un passage jusqu'à l'estrade. Le roi siégeait sur un trône à haut dossier, serrant les fleurons à tête de lion dans ses mains congestionnées, d'un geste qui ne laissait planer aucun doute sur la façon dont il s'agrippait au pouvoir. À sa gauche, Richard était resplendissant dans sa tunique bleue qui contrastait avec ses cheveux roux doré et conférait un éclat particulièrement lumineux à ses yeux. On aurait dit un jeune lion fougueux et menaçant. À côté de lui était assis Geoffroy, jeune homme brun et trapu, troisième fils du roi et comte de Bretagne. À la droite de leur père, Henri le Jeune était vautré sur son siège, un masque d'ennui et d'irascibilité sur le visage. La lumière des bougies donnait à sa chevelure châtaine des reflets fauves et venait frapper à l'oblique ses pommettes saillantes et ses puissantes mâchoires. Il portait une robe de soie dorée rehaussée de gemmes. Il arborait également sa couronne, afin de souligner son rang. Les chevaliers de sa suite, au premier rang desquels se trouvaient Farci et Yquebeuf, montaient une garde rapprochée. Guillaume se réjouit de voir Baudoin de Béthune et trois des frères de Préaux ; ainsi, Harry n'était pas entouré seulement d'imbéciles et de vils flatteurs.

— Vous êtes fou de venir ici, vous savez, marmonna Wigain, surgissant brusquement au côté de Guillaume.

— Ah oui, vous croyez ? rétorqua ce dernier en lui jetant un regard.

Wigain avait depuis longtemps acquis des responsabilités qui dépassaient celles d'un simple commis de cuisine. On le rencontrait souvent au cours de missions plus délicates et périlleuses que celle consistant à dénicher de bons chapons pour la table royale.

Il s'appuya contre une table à tréteaux et croisa les bras.

—Je vous soutiendrais en lice contre n'importe qui, lança-t-il. Vous êtes de taille, et davantage, à affronter n'importe lequel des chevaliers ici présents. Mais à la Cour, la mêlée n'est pas aussi franche et honorable.

Lançant à Guillaume un regard pénétrant, il ajouta :

—Jusque récemment, vous avez échappé au pire, mais si vous vous entêtez maintenant, ce sera une lutte à mort ; hélas, je ne saurais dire qui en sortira vainqueur, pronostiqua ce parieur invétéré.

Guillaume sourit sombrement.

—Vous ne me donnez pas gagnant cette fois, si je comprends bien ?

Wigain secoua résolument la tête.

—Je ne parie que quand je suis sûr.

Guillaume lui serra l'épaule.

—Vous êtes un bon ami, Wigain, dit-il avec sincérité.

Il observa l'estrade, attendant le bon moment. La Cour était effectivement semblable à un terrain de joute ; ainsi, Guillaume savait que, tôt ou tard, Adam Yquebeuf et Raoul Farci quitteraient leur poste pour aller vaquer à leurs occupations. Enfin, Farci alla se soulager, laissant Baudoin de Béthune auprès de Harry. Yquebeuf regardait un des bouffons marcher sur les mains en tenant des pâtés à la viande en équilibre sur ses semelles. Prenant une grande inspiration, Guillaume s'approcha de l'estrade en quelque enjambées, en gravit les degrés, et s'inclina, un genou à terre, devant son jeune seigneur.

Yquebeuf fit mine de tirer son épée, mais Baudoin l'en dissuada, tandis que Pierre de Préaux faisait de même avec Coulances. Harry quitta aussitôt sa position nonchalante et se redressa, le rouge montant à son visage recouvert d'une barbe naissante.

— Sire, je vous demande de me faire la grâce de m'écouter, commença Guillaume d'un ton protocolaire.

Il releva brièvement les yeux, mais ce qu'il vit n'était pas prometteur : le jeune roi regardait ailleurs en fronçant les sourcils d'un air farouche. Son père, cependant, était penché en avant, se caressant le menton. Geoffroy, lui, resta impassible, et Richard afficha une certaine curiosité.

Guillaume insista.

— Des colporteurs de ragots ont répandu de pernicieux mensonges. Selon eux, je me serais rendu coupable de haute trahison envers vous. Vous savez de quoi il retourne, de même que vous connaissez l'identité de ces menteurs. Ce jour, devant votre père le roi, devant Dieu et devant les hommes qui sont en mesure de discerner le bien du mal, je suis venu plaider ma cause. Je mets mes accusateurs au défi de se désigner eux-mêmes et de venir m'affronter au cours d'une joute régulière.

Il fit porter sa voix sur toute la tablée, car il en appelait au jugement de ses pairs. Sans en avoir été prié, il se redressa sur ses jambes et fixa un regard de mépris sur Yquebeuf, Thomas de Coulances et Raoul Farci, de retour du cabinet d'aisances.

— Que trois d'entre eux s'avancent, et je les combattrai chacun à leur tour pendant trois jours successifs. Si je faillis d'une quelconque manière, menez-moi au gibet et faites-moi pendre et écarteler sans délai. J'ai foi en Dieu, qui m'aidera à prouver mon innocence.

Farci ouvrit de grands yeux, tandis qu'Yquebeuf maintenait les siens mi-clos; quant à Coulances, il jeta un regard plein d'appréhension à ses deux acolytes. Le jeune roi, pour sa part, garda le silence, bien que la rougeur ait gagné son crâne. Ce fut son père qui intervint, rejetant l'appel d'un geste las de la main.

— Le Maréchal, vous me gâtez la digestion avec vos jérémiades, et je refuse d'en entendre davantage. Ce n'est ni l'endroit ni le moment.

— Si ce n'est ni l'endroit ni le moment, alors que je me présente devant mon roi, mon seigneur et tous mes pairs, dites-moi où et quand? rétorqua Guillaume avec amertume. Les hommes qui ont diffusé ces rumeurs contre moi sont ici présents et nous écoutent. Pourquoi ne pas leur demander de venir avancer les preuves de leurs vils ragots?

Son intention première avait été de s'exprimer avec diplomatie, mais ce n'était plus tenable. Les événements récents avaient eu raison de sa bonhomie proverbiale. Il leva la main droite, paume tournée vers le père et ses fils, et en écarta les doigts puissants.

— Prenez ma main droite, lança-t-il d'une voix éraillée, celle qui manie la lance et l'épée au service de votre famille depuis que j'ai atteint l'âge adulte, et retranchez-en un doigt, et que celui d'entre mes accusateurs qui se considère comme le plus preux m'affronte. S'il parvient à me défaire, alors traitez-moi comme n'importe quel traître. Dans le cas contraire, que mon nom soit lavé une bonne fois pour toutes de ces rumeurs pestilentielles.

Le vieux roi considéra ses propres mains, puis son aîné, tandis que Guillaume les dévisageait, brûlant de rage et de désespoir.

— Il est dans la nature du mensonge d'éluder toute preuve confondante, ajouta-t-il avec un cinglant mépris.

Je suis peut-être un sot, mais ne suis pas aveugle : vous cherchez à vous débarrasser de moi. À votre guise. Ma présence ici est inutile, puisque vous refusez de me rendre justice. Devant tous ici présents, je renonce à vous servir. Je chercherai appui auprès de seigneurs qui ne tolèrent pas les menteurs et les lâches sous leur toit.

En entendant cela, Harry agrippa les accoudoirs de son siège à en faire pâlir ses jointures, mais ne desserra pas les lèvres. Son père, lentement, releva la tête et dit, impassible :

— Qu'il en soit ainsi. Vous pouvez voyager en toute sécurité jusqu'au comté de Mortagne. Tous liens entre nous sont, par cet acte, rompus.

Puis, avec l'indifférence de mise envers un quémandeur inconnu rencontré par hasard, il fit signe à Guillaume de s'en aller. Aussitôt, Thomas de Coulances s'employa à le faire descendre manu militari de l'estrade. Le chevalier le repoussa d'un violent coup de coude dans l'abdomen, qui fit se plier l'autre en deux et lui fit cracher l'air de ses poumons. Le frère de Thomas de Coulances vola à la rescousse de son aîné. Guillaume fut alors malmené et roué de coups. Yquebeuf en profita pour lui faire une clé au bras droit, menaçant de lui disloquer l'épaule, voire de lui briser le membre. Baudoin et Pierre de Préaux se jetèrent dans la mêlée et firent lâcher prise à Yquebeuf. Pendant ce temps, Ancel, volant à leur rescousse, traversait la salle en force. C'est alors que le prince Geoffroy se pencha vers son père et lui glissa quelques brèves paroles.

Le roi se dressa sur ses jambes.

— Assez ! cria-t-il d'une voix sévère, qui fit taire le tumulte de l'assemblée. Le sauf-conduit de Maréchal prend effet ici même, à mes pieds. Je vous ordonne de le laisser aller dans la paix du roi.

Les chevaliers lâchèrent immédiatement Guillaume, non sans lui donner une dernière bourrade, qui l'envoya buter contre une table à tréteaux. Une timbale fut renversée et une tache de vin se répandit sur la nappe telle une tache de sang. Guillaume se redressa en se hissant sur ses mains et remit de l'ordre dans sa mise. Son cœur battait à tout rompre, et sa vue se brouilla. L'envie lui prit de donner libre cours à sa colère et de faire table rase en faisant voler coupes et plats, miches et saucières dans toutes les directions. Oh, comme il aurait été plaisant d'écraser son poing sur les visages satisfaits et triomphants de ses ennemis ! Il eut beaucoup de peine à se maîtriser mais y parvint tout de même. Puis, désireux de ne pas tenter le diable, il quitta les lieux, tandis que la rumeur de la Cour enflait à ses oreilles. L'émotion qui lui brouillait la vue se condensa en humidité sous ses paupières.

Les gardes s'écartèrent pour le laisser passer avant de croiser de nouveau leurs lances après son passage. Guillaume avait un goût tenace de fiel dans la gorge. Renonçant à l'évacuer en déglutissant, il se pencha en avant contre la pierre gris pâle du mur et vomit le peu de vin qu'il avait bu. Après cela, il ne lui resta plus sur l'estomac que la honte et l'indigeste sensation d'échec et de défaite.

Meurtri au plus profond, il se redressa. Ancel l'avait rejoint et le considérait d'un œil fixe, à la fois bouleversé et indigné.

— C'est une honte, une honte infâme ! s'exclama-t-il, furieux.

Guillaume acheva de se redresser et s'essuya la bouche.

— C'est bien plus que cela, renchérit-il, pinçant les lèvres.

— Tu ne peux pas les laisser te chasser !

— Je crois que la situation m'a été clairement signifiée. Qu'il en soit ainsi, Ancel.

— Gwim…

— Je ne souhaite pas en parler, l'interrompit Guillaume d'un ton définitif.

Et il se mit en route vers les écuries.

Tandis qu'ils sellaient les chevaux, Wigain les rejoignit au pas de course, le parchemin du sauf-conduit serré dans son poing. L'encre n'avait pas eu le temps de sécher, et la cire du cachet était encore tiède. Ses traits émaciés étaient grimaçants d'angoisse.

— J'aurais aimé ne pas avoir à m'acquitter de cette tâche, dit-il.

— Et moi donc ! répliqua Guillaume d'un air grave.

— Le roi Henri est furieux contre vous pour avoir donné de mauvais conseils à notre jeune seigneur.

— Quels « conseils » ? s'enquit Guillaume d'un air ahuri.

— Souvenez-vous, notre seigneur désirait voir la Normandie placée sous son autorité, et vous lui avez conseillé de faire verser à son père tout l'argent possible. Le roi vous tient pour responsable des sommes perdues afin d'apaiser son fils.

— Mon but était d'éviter une guerre comme la précédente, qui a bien failli mettre la dynastie Plantagenêt à genoux, rétorqua Guillaume d'un ton sec. J'aurais dû m'en soucier comme d'une guigne et les laisser se déchirer entre eux !

— Pour le roi, vous êtes celui qui aide Harry à dépenser plus qu'il n'a et à perdre son temps en tournois, expliqua Wigain, la tête dans les épaules. Selon lui, vous avez pris trop d'importance et êtes devenu trop arrogant, vous méritez donc une bonne leçon afin de vous ramener à davantage d'humilité.

Guillaume pensait conserver tout son sang-froid, mais ses traits durent trahir ses sentiments, car Wigain recula de plusieurs pas. S'humidifiant les lèvres, l'ancien commis devenu messager ajouta :

— Je me borne à vous répéter ce que j'ai entendu dire. Pensez-vous que je sois, moi aussi, votre ennemi ?

Guillaume poussa un profond soupir.

— Non, Wigain, je ne le pense pas, répondit Guillaume. Jamais de la vie.

Puis il prit le sauf-conduit de la main du clerc et le glissa entre sa tunique et sa chemise.

Wigain avait les yeux rouges.

— Promettez-moi de me le faire savoir, si vous avez l'intention de participer à quelque tournoi. Je tiens à parier sur votre victoire.

— Malgré ce qu'il vient de se passer ?

— Je ne parie jamais à perte, rappela Wigain. Ce tas de merde qui entoure le jeune roi ne restera pas longtemps en faveur. Je leur donne jusqu'au printemps, tout au plus.

— Est-ce là un pari ? lança Guillaume en mettant le pied à l'étrier et en se juchant sur son palefroi dans un mouvement de balancier.

— Non, mon seigneur, répondit Wigain en secouant la tête. Ce n'est pas un pari, c'est une certitude !

Guillaume remarqua que Wigain l'avait appelé « mon seigneur ». Non par ironie, mais avec un respect ému.

L'ancien favori du jeune roi faisait faire demi-tour à sa monture lorsque Baudoin s'approcha d'un bon pas au sortir de la salle d'armes. Il était visiblement d'une humeur fracassante.

— Les fils de chien ! s'exclama-t-il d'un ton rageur. Les bougres ! Ils méritent de moisir en enfer ! J'obtiendrai que justice soit faite, dussé-je y laisser la vie.

Guillaume désavoua ce serment d'un geste de la tête.

— Ne te compromets pas pour moi, dit-il en tirant sur les rênes afin de retenir son palefroi, qui piaffait à cause de la nervosité de son cavalier. Si tu en as l'occasion, dis à la reine Marguerite que je suis navré, et enjoins-lui de garder courage.

— Il ne s'agit pas du tout de toi et de la reine, rappela Baudoin avec véhémence. Il s'agit de la jalousie mesquine de lâches insignifiants.

— Me voilà libéré de tout cela, à présent, rétorqua Guillaume dans un haussement d'épaules.

Puis il se pencha pour étreindre le bras de son ami d'une poigne de guerrier.

— Dis-le-lui.

Baudoin hocha la tête avec raideur et, considérant tour à tour Ancel et Guillaume, lança :

— Je le lui dirai. Mais où allez-vous ?

— Où le vent nous portera, répondit Guillaume dans un nouveau haussement d'épaules. Et, à bien des égards, c'est un soulagement !

Chapitre 20

Rhénanie, printemps 1183

En mars, les chutes de neige ne duraient jamais bien longtemps mais, à en juger par les giboulées que la bourrasque arrachait à l'amoncellement d'épais nuages d'un gris jaunâtre, celles-ci semblaient vouloir se prolonger. Un vent du nord cinglant plaquait le manteau de Guillaume contre son dos. Il n'aurait su dire quelle heure il était, car le ciel masquait la position du soleil. Il estima néanmoins qu'il était midi passé. Il sentait la neige s'accumuler sous sa capuche, où elle formait de petits filaments de glace. Autrement, les flocons fondaient au contact de la piste trouée d'ornières. Dans les bois qui enserraient la route, un loup hurla, et Guillaume entendit Ancel invoquer la Sainte Vierge afin qu'elle protégeât du malheur leur petite troupe. Des histoires terrifiantes de pèlerins ayant été attaqués par les meutes qui rôdaient dans les étendues forestières de ce qui avait été le cœur du Saint Empire romain germanique circulaient. Malgré la présence des épées aux lames effilées, la peur les pénétrait jusqu'aux os.

Guillaume et Ancel rentraient d'un pèlerinage à la cathédrale Saint-Pierre-et-Saint-Paul de Cologne, où ils étaient allés se recueillir sur les reliques des Rois mages. Le chevalier avait prié, implorant leur intercession dans l'affaire de sa mise au ban de la maisonnée du jeune roi. Le sanctuaire lui-même était encore en travaux, mais son renom était déjà fort répandu. Guillaume et Ancel y avaient trouvé des centaines de personnes, dont certains pèlerins qui avaient déjà fait le voyage jusqu'à Rome, Compostelle et même au Saint-Sépulcre à Jérusalem. L'expérience avait été à la fois une source d'humilité et d'exaltation. L'orgueil avait connu une éclipse, puis avait repris ses droits.

La bise connut une brève accalmie, et les flocons de neige se firent plus petits, pareils à des pétales d'aubépine poussés par le vent.

— Des feux! cria l'écuyer Eustache, en piquant l'air de sa moufle en direction d'une lueur jaune au-devant de la route.

— Dieu soit loué! s'exclama Guillaume en faisant le signe de croix.

Il n'aurait pas planté sa tente de bon cœur ce soir-là. Quelques instants plus tard, une auberge, d'où s'échappaient des tourbillons de fumée qui allaient se mêler aux rafales de neige, émergea de la purée de pois. Avec soulagement, les cavaliers entrèrent à cheval dans la cour. Là, un serviteur les mena à une grange spacieuse, où ils purent faire panser leurs montures. Rhys et Eustache entreprirent de nourrir palefrois, chevaux de bât et destriers. Guillaume en profita pour examiner les montures des autres clients. Il y avait deux vieux bourrins costauds, une jolie mule grise, l'habituel assortiment bigarré des animaux de bât, un puissant palefroi à la robe d'un brun foncé pareil à celui de l'encre fabriquée avec la galle du chêne. Guillaume contempla l'animal qui, en appui sur une hanche, mâchouillait dans son filet à foin. Parce que les chevaux étaient de grande valeur et qu'ils faisaient partie intégrante de sa vie, il était rare que Guillaume en oubliât un. Or, il avait eu, par le passé, l'occasion d'admirer longuement celui-ci.

— C'est le cheval de Raoul Fitz-Godefroy, lança Ancel en allant retrouver Guillaume. Qu'est-ce que le chancelier du jeune roi fait ici ?

— Il nous cherche, j'imagine, répondit Guillaume avec un haussement d'épaules, bien que sa respiration se soit accélérée.

Laissant Eustache et Rhys en terminer avec les chevaux, Guillaume et Ancel traversèrent la cour en toute hâte en direction des relents de cuisine qui s'échappaient du bâtiment principal de l'auberge éclairé par des torches. Guillaume marcha dans une flaque de neige fondue et le liquide s'infiltra sous l'attache de cheville de sa botte droite, lui faisant proférer un juron. La lourde porte s'ouvrit en grand sur une salle au sol jonché de paille. Il y en avait presque autant que dans les écuries, mais elle était considérablement plus tassée et comprimée par le temps.

On avait jeté de la paille fraîche sur l'ancienne et, couche après couche, l'ensemble avait formé un tapis isolant. La plupart des clients étaient blottis par petits groupes autour du foyer central, qui sur des tabourets, qui sur des bancs. Guillaume fouilla du regard l'habituelle assemblée des marchands, soldats, charretiers et ecclésiastiques, jusqu'à ce que ses yeux tombent sur le propriétaire du palefroi. L'homme se réchauffait au-dessus des flammes, la fourrure de castor de sa pelisse ramenée en un col épais contre ses oreilles rouge vif, une chope de vin chaud dans les mains, qu'il avait tout aussi écarlates. Il se retourna lorsque les deux frères, à leur arrivée, firent entrer une rafale de vent glacé dans la pièce.

— Par le Christ ! s'exclama Raoul Fitz-Godefroy, posant son verre et bondissant sur ses jambes. Enfin ! Savez-vous le nombre de lieues que j'ai parcourues pour vous trouver, le Maréchal ? Vous êtes plus insaisissable qu'une fichue licorne !

Le chancelier donna au chevalier une virile accolade assortie de maintes tapes dans le dos, puis il se recula pour serrer la main d'Ancel. Là-dessus, il héla l'aubergiste afin de se faire apporter davantage de vin, vin que Guillaume et Ancel acceptèrent avec empressement.

— Nous étions en pèlerinage au sanctuaire des Rois mages, expliqua Guillaume. Et avant cela, nous avons parcouru le royaume de France et la Flandre. Vous auriez pu nous y trouver…, acheva Guillaume avec un regard insistant, avant de s'asseoir sur l'un des bancs. Une chaleur bienfaisante lui parvint en provenance de l'âtre en brique. Un fumet, qui lui mit l'eau à la bouche, s'échappait des couvercles de deux grosses marmites en terre cuite. Son estomac se mit aussitôt à gargouiller. Comme étaient loin le pain, le friand à la viande de mouton et le vin aigre pris le matin même en selle !

— Eh bien ! Je me suis rendu au royaume de France et en Flandre, rétorqua Raoul. Mais vous me devanciez toujours, de même que votre réputation.

— Ah oui ? repartit Guillaume d'un ton neutre. Et quel genre de réputation ?

La porte s'ouvrit pour laisser entrer Eustache et Rhys, qui soufflaient sur leurs doigts. Ancel leur fit de la place près du feu et leur désigna le pichet de vin chaud posé à côté du potage.

Raoul répondit enfin :

— Philippe de Flandre m'a dit qu'il vous avait donné de l'argent pour le voyage et offert une place au sein de sa maisonnée. Thibaut de Blois et sa comtesse vous veulent du bien. Robert de Béthune affirme que vous êtes comme un second fils pour lui et qu'il vous ferait volontiers entrer dans sa famille. Aucun d'entre eux n'accorde crédit aux rumeurs qui vous ont valu d'être éloigné de la Cour du jeune roi.

— Dommage que celui-ci n'en fasse pas autant, fit remarquer Guillaume d'un ton morne.

Raoul parut gêné.

— Il se trouvait dans une position délicate, argua-t-il.

— Moi aussi, rétorqua Guillaume. Pourquoi me cherchiez-vous ?

Le chancelier du jeune roi se frotta le plat des mains sur les genoux.

— Vous et moi avons toujours été amis, rappela-t-il. Même dans les moments difficiles.

Guillaume acquiesça.

— Je n'ai aucun reproche à vous faire, assura-t-il.

Puis il but un peu de vin chaud épicé à la cannelle et au poivre.

— Mais je ne peux me montrer aussi indulgent envers certains chevaliers de la maisonnée, ajouta-t-il.

— En ce cas, vous serez heureux d'apprendre qu'ils n'en font plus partie.

Guillaume s'empressa d'avaler sa gorgée pour ne pas s'étouffer. Les yeux humides, il dévisagea Raoul avec étonnement.

— Que dites-vous là ?

Raoul jeta un coup d'œil à la ronde et baissa la voix avant de répondre.

— Le jeune roi a été ébranlé par le traitement honteux qui vous a été infligé à Caen…

Guillaume l'interrompit par un rire aigre.

— Ce n'était pas mon impression. Il n'a rien fait pour empêcher mon humiliation. L'affaire aurait pu être réglée bien avant Caen, s'il avait été disposé à m'écouter.

Mais il avait manifestement ses raisons de laisser les choses s'envenimer.

Raoul, soumis à un grand embarras, se racla la gorge.

— Des hommes qu'il croyait être ses amis lui ont menti et l'ont mal conseillé. Farci, Yquebeuf et les frères Coulances ont été chassés dans le déshonneur. Si je me suis lancé à votre recherche à tous les deux, c'est parce que le jeune roi vous prie de revenir à son service aussitôt qu'il vous sera possible de le faire. Il a grand besoin de vos talents.

Guillaume but son vin et ne dit rien pendant un moment. Raoul n'avait fait mention d'aucune excuse de la part de Harry, ni même de la simple reconnaissance de son erreur. Mais, et Guillaume était bien placé pour le savoir, Harry n'avait, de sa vie, jamais présenté d'excuses à personne et n'était certainement pas à la veille de le faire.

— Et si nous refusions ? répondit enfin le chevalier en jetant un coup d'œil à Ancel, qui le regardait avec des yeux écarquillés.

La femme de l'aubergiste leur apporta des panières de pain frais, vérifia la cuisson du potage et commença à en verser l'épaisse mixture dans des bols.

— J'ai encore beaucoup de choses à vous dire, répliqua Raoul en lui désignant la nourriture d'un geste de la main. Mais mangez d'abord. Vous allez avoir besoin de toutes vos forces.

Au-dehors, le vent hurlait contre les volets de la même plainte aiguë que les loups dans la forêt. Repus de pain et de potage, Guillaume, Ancel et Raoul prirent un pichet de vin chaud et allèrent s'installer à une table à l'écart pour plus de discrétion. Ce que Raoul avait à dire était complexe à souhait : une chamaillerie par-ci, un malentendu par-là, des blessures envenimées qu'aucune somme d'argent ne pouvait nettoyer et guérir… En bref, le prince Richard s'était brouillé avec son père et ses frères. Le jeune roi et Geoffroy, comte de Bretagne, s'étaient alliés aux barons d'Aquitaine, qui avaient pris les armes contre Richard. L'argent alloué à Harry par le roi Henri avait été englouti dans l'achat de soutiens armés et de mercenaires, avec pour résultat que les États des Plantagenêts au sud de la Loire étaient dans la tourmente. Enfin, exaspéré, le roi avait entrepris de séparer ses fils et de les ramener à la raison, mais ceux-ci avaient fait front commun contre lui.

—À Limoges, raconta Raoul, lorsqu'il est venu pour s'entretenir avec notre seigneur, un arbalétrier lui a décoché une flèche depuis les remparts. Le trait a transpercé sa cape. On s'en est également pris à deux de ses hérauts, qui sont morts.

Le chambellan, l'air grave et écœuré, ajouta :

—Je n'aurais jamais cru voir tant d'infamie de mon vivant.

—L'ordre venait-il du jeune roi ? s'enquit Guillaume d'un ton résigné.

—Je prie de tout mon cœur pour qu'il n'en soit rien, répondit Raoul, mais il est devenu dur et amer ces derniers temps. Il ne décolère pas contre son père, mais de là à faire tirer sur lui depuis les remparts…

Et, écartant les mains, il ajouta :

—Tout ce que je sais, c'est qu'il n'a pas donné un tel ordre en ma présence, et j'espère que s'il l'a fait, personne d'autre que l'exécutant n'était là pour l'entendre. Personnellement, je pense que le coup d'arbalète est une regrettable méprise et que le mauvais traitement infligé aux hérauts n'est que le résultat d'un excès de zèle par suite d'un ordre émanant d'Yquebeuf.

Guillaume grimaça en entendant prononcer ce nom. Une étincelle de commisération brilla dans le regard de Raoul.

— Quant à Farci, ajouta ce dernier, il a montré de quelle trempe il était vraiment en désertant. Il a prétexté qu'il n'avait jamais juré allégeance à notre seigneur. Yquebeuf a tenté de l'empêcher de s'esquiver, et leur dispute a révélé qu'Yquebeuf était à l'origine d'un complot contre vous. Farci a clamé qu'on l'avait dupé. Harry s'est alors retourné contre Yquebeuf et l'aurait pourfendu, si des tiers ne l'en avaient empêché. Inutile de vous dire que ces deux gredins ne sont plus en service, pas plus que les frères Coulances. Harry a désormais besoin d'un maréchal et vous fait mander en toute hâte.

Guillaume but son vin et tendit l'oreille au grondement du vent.

— Le comte de Flandre m'a donné quelques maisons de louage à Saint-Omer et m'offre davantage si je m'attache à le servir, exposa le chevalier. Robert de Béthune veut que j'épouse sa fille, et les comtes de Champagne et de Bourgogne m'ont fait d'alléchantes propositions. Que feriez-vous à ma place ? Retourneriez-vous auprès d'un seigneur qui a manqué de loyauté envers vous et vous a couvert de honte devant toute la Cour, ou bien accepteriez-vous l'offre de seigneurs dont vous avez le respect et que vous respectez en retour ?

Raoul préféra voir là une question rhétorique plutôt que de s'aventurer à y répondre.

— Quel est votre prix pour revenir ? s'enquit-il à son tour, non sans circonspection.

— La loyauté n'a pas de prix, répondit Guillaume. Je me devrais de décliner d'emblée, mais je ne le peux. Peu importe son infidélité, je lui ai prêté serment, ainsi qu'à sa mère la reine Aliénor. Le reste ne pèse pas dans la balance.

Il poussa un profond soupir et ajouta :

— Mon honneur ne serait pas sauf si je ne me remettais pas à son service dès que possible. Mais d'abord, précisa-t-il en levant l'index tandis que les traits tirés de Raoul recouvraient quelque éclat, je veux des garanties, y compris de la part de son père.

Guillaume finit son vin, repoussa la coupe et conclut en ces termes :

— Je veux qu'ils reconnaissent ma loyauté envers eux, non par de l'argent, mais par lettres patentes, car les paroles s'envolent mais les écrits restent.

Raoul acquiesça.

— Il en sera fait ainsi, assura-t-il.

— Quant à Ancel, il est son propre maître, poursuivit Guillaume. S'il ne souhaite pas m'accompagner, rien ne l'y oblige.

Ayant donné du regard la parole à son frère, il se tut.

Ancel commença par hausser les épaules.

— Je t'ai suivi quand tu as quitté la Cour, je te suivrai quand tu y retourneras, dit-il. Mon sort est lié au tien. Où irais-je seul ? Auprès de mon frère Jean, à Hamstead ?

— Notre cousin Rotrou te prendrait dans le Perche, ou bien le père de Baudoin, rappela Guillaume.

— Essaierais-tu de te débarrasser de moi, Gwim ?

Guillaume assura d'un signe que non.

— Ta compagnie est la bienvenue, répondit-il. Mais je me dois de te laisser le choix, à présent que nous nous trouvons à la croisée des chemins.

Ancel écarta les mains.

— J'ai pris ma décision en quittant la Cour à tes côtés, expliqua-t-il. J'aurais pu me rendre dans le Perche, ou rester à Béthune. Il faut bien que quelqu'un surveille tes arrières contre ceux qui sont prêts à te poignarder dans le dos.

Guillaume esquissa un sourire en coin, mais la loyauté d'Ancel – qu'il avait le sentiment de ne pas toujours mériter – l'avait touché au cœur.

— Nous surveillerons mutuellement nos arrières, conclut-il en se penchant pour ébouriffer les cheveux de son frère.

Marguerite regarda fixement son reflet dans le miroir à main cerclé d'argent que la chambrière lui présentait. Elle n'était pas vaniteuse mais, ce jour-là, elle était satisfaite de ce qu'elle voyait. Ses yeux avaient un certain éclat, son teint était clair ; elle n'était plus cette créature désemparée, aux traits tirés, qui était arrivée à la Cour de son frère après y avoir été renvoyée par son mari de manière autoritaire. Officiellement, Harry l'avait expédiée à Paris afin de la mettre à l'abri des dissensions croissantes qui sévissaient entre son père, ses frères et lui. Mais Marguerite savait que c'était là un prétexte commode, Harry n'ayant eu d'autre but que de se débarrasser d'elle. Leur relation s'était dégradée à tel point que la compagnie l'un de l'autre leur était devenue insupportable. Des rumeurs couraient constamment sur son compte, et Harry ne faisait rien pour les endiguer. Au contraire, pensait Marguerite, il leur accordait crédit dans la grande majorité des cas.

Son demi-frère, Philippe de France, n'avait pas encore vingt ans, mais, dans son cas, la maturité n'avait pas attendu les années. Contrairement à Harry, il soupesait chaque chose minutieusement avant d'agir. Il était donc disposé à écouter la version de Marguerite. Ensuite, à la lumière de ce qu'il savait de son beau-frère et de Guillaume le Maréchal, il tirerait ses propres conclusions.

Elle se fit vêtir par ses suivantes d'une robe de brocart vert à godets brodés d'or. Sa ceinture était rehaussée de besants syriens, autrefois destinés à Guillaume le Maréchal en hommage à son destrier préféré : Besant. Elle avait eu l'intention de les faire riveter sur un plastron de poitrail, mais c'était avant le fameux pique-nique automnal et ses terribles répercussions. À présent, elle ajustait la ceinture avec grand soin en pensant aux leçons que la vie enseigne aux êtres humains à leurs dépens.

Un intendant vint l'appeler pour le dîner. Puisqu'on était encore en plein carême, Marguerite ne s'attendait pas à un festin. Du mijoté de poisson serait une aubaine. Peut-être serait-il agrémenté de moules et d'huîtres ? *Pas d'anguille !* implora-t-elle en silence. La table de son mari avait été envahie par les lamproies, et le seul fait d'en sentir l'odeur, lorsqu'elle était enceinte, avait suffi à la rendre violemment malade. Encore aujourd'hui, cette seule pensée provoquait son écœurement.

Elle fit son entrée dans la grande salle, accueillant comme un dû les révérences et les marques de respect des chevaliers et des suivants de son frère. La cour de Philippe de France était plus organisée et protocolaire que celle des Plantagenêts. Avec le temps, Marguerite en concevrait de l'irritation mais, pour l'heure, ces rituels avaient sur elle un effet apaisant. Soudain, elle aperçut Guillaume le Maréchal, et son cœur fit un bond. Il était assis à la table d'honneur avec son frère Ancel et leur cousin Rotrou, comte du Perche. Le chevalier était engagé dans une conversation affable et plaisante, comme si les événements de ces derniers mois ne s'étaient jamais produits. Sentant tous les regards – celui de son frère y compris – se tourner vers elle, Marguerite s'approcha de l'estrade en feignant de n'accorder au chevalier guère plus d'importance qu'à un inconnu de passage.

Elle parvint à lui sourire et à le saluer avec toute la cordialité protocolaire à laquelle on pouvait s'attendre de la part de la sœur du roi envers un visiteur à qui il était fait bon accueil. Le chevalier réagit comme il convenait en esquissant un très léger et très courtois sourire, juste à la commissure des lèvres, soutenu par un regard insipide de courtisan.

— Le Maréchal reprend du service auprès de votre mari, annonça Philippe. Je lui ai remis des lettres de recommandation, afin que tous sachent que le roi de France a entièrement foi en sa probité.

L'annonce avait été faite haut et fort, pour la gouverne de tous ceux qui dînaient à la table d'honneur.

Lorsque Guillaume murmura quelques paroles de gratitude, Philippe lui jeta un regard calculateur.

— Je dis les choses comme je les pense, expliqua-t-il. Si je pensais que votre honneur était entaché, vous ne mangeriez pas à ma table, et encore moins en présence de ma sœur.

Marguerite s'assit entre son frère et Guillaume. Sa main tremblait lorsqu'elle porta sa coupe à ses lèvres et but sa première gorgée de vin.

— Je me suis rendu au sanctuaire des Rois mages à Cologne, Majesté, commença Guillaume sur le ton de la conversation en s'adressant à Marguerite.

Puis il se lança dans le récit de son voyage, qu'il agrémenta de petites anecdotes et de portraits de personnages rencontrés en route. Il suffisait à Marguerite d'acquiescer et de ponctuer de temps en temps l'échange d'un marmonnement. Déchargée du fardeau consistant à devoir faire la conversation, elle recouvra son calme. Ses mains cessèrent de trembler, et elle fut en mesure de faire relativement honneur au saumon cuit au vin qui constituait le plat de résistance du repas.

— Je me réjouis que vous retourniez servir mon mari, dit-elle en s'efforçant d'adopter le même ton que Guillaume mais sans vraiment y parvenir. Il a besoin de vous.

— C'est ce que je me suis laissé dire, Majesté.

Baissant la voix, Marguerite ajouta :

— Comme vous pouvez le voir, il n'a nullement besoin de moi.

— Il doit se déplacer promptement, Majesté, et ne voudrait pas risquer de vous voir tomber aux mains de son père ou de Richard. Vous êtes bien plus en sécurité ici. Une fois que le calme sera revenu...

— Oui, convint-elle mélancoliquement, quand le calme sera revenu...

Puis elle se reprit brusquement et dit :

— Il arrive qu'en se penchant sur le passé on s'aperçoive qu'il n'y a pas de retour en arrière possible.

Guillaume l'observa avec attention.

— Cependant, avec l'aide d'amis, il faut parfois se faire violence et chercher à contourner l'obstacle, fit-il remarquer.

— Il se pourrait que je ne le souhaite pas.

Guillaume sourit.

— Je n'ai pas dit que contourner l'obstacle était aisé, précisa-t-il.

Marguerite résista au besoin de se réconforter elle-même en se serrant les côtes, car aux yeux des témoins, ils étaient censés avoir une conversation anodine.

— Et vous, désirez-vous vraiment revenir en arrière ? s'enquit-elle.

— Le saumon ne remonte-t-il pas le courant au péril de sa vie ? répondit-il.

Un bref éclat douloureux traversa son regard, dont Marguerite s'avisa, naturellement.

Mais leur entretien fut soudain interrompu ; Philippe réclamait l'attention de Guillaume au sujet des tournois. Peut-être était-ce fortuit, peut-être était-ce voulu. Marguerite sentit que Guillaume était soulagé de se voir détourner ainsi des eaux troubles où ils s'enfonçaient. Ce fut également un soulagement pour elle. La question de son propre retour en arrière ne se posait pas, car personne ne l'attendait. Les ruines de son mariage la séparaient désormais de Harry, et aucun des deux époux n'ambitionnait de creuser un tunnel pour rejoindre l'autre.

Dans sa tente, plantée devant les murs de Limoges, le roi Henri examina les lettres émanant du roi Philippe, du duc de Bourgogne et du comte de Flandre ; puis il releva la tête et considéra Guillaume.

— Vous n'avez pas perdu votre temps, fit-il sèchement remarquer.

— Mon nom a été traîné dans la boue, rappela Guillaume. Il est naturel que je souhaite voir mon innocence reconnue en des termes qui ne laissent planer aucun doute.

Au-dehors, le soir descendait sur cette journée d'avril ; l'air embaumait de fragrances printanières. Un soldat menant un cheval par la bride passa devant les rabats entrouverts de la tente dans un bruit de sabots amorti par le sol.

— J'ai soutenu votre départ de la maisonnée de mon fils parce que j'ai été amené à penser que vous étiez responsable de sa prodigalité excessive. Je sais aujourd'hui que ces rumeurs étaient exagérées. Mais vous ne lésinez pas sur les dépenses. Or, votre argent, pour une part au moins, provient des coffres de Harry, qui ne se remplissent que par mon bon vouloir. Vous ne vous êtes pas non plus montré très sage sous d'autres rapports. Employer un héraut pour proclamer votre prouesse aux tournois et folâtrer avec ma belle-fille ne sont pas des manières qu'il me plaît de rencontrer chez le maréchal de mon fils.

Poussant les lettres vers Guillaume en travers de la table, il ajouta :

— Oui, vous êtes blanchi, et oui, vous avez été victime d'une conspiration, mais vous n'en êtes pas pour autant un agneau immaculé. Je vous dis cela afin que nous nous comprenions bien.

— Nous nous comprenons parfaitement bien, Sire, assura Guillaume avant de serrer les lèvres d'un air résolu.

— Alors soit.

Henri passa l'index et le majeur de sa main droite entre ses sourcils dans un geste de lassitude.

— Mon fils a besoin de vous, poursuivit-il, et vous êtes probablement l'un des rares qui soient capables de l'aider en ce moment. Faites-le pour moi, pour lui, et je saurai me montrer généreux, je vous le promets.

Guillaume ne sut pas s'il devait se réjouir ou se sentir insulté.

— De quelle manière souhaitez-vous que je l'aide, Sire ? s'enquit-il. Lui faire entendre raison n'est pas toujours aisé, et, en définitive, je lui dois fidélité coûte que coûte. S'il décide de se jeter dans les flammes avec son cheval, je tenterai de l'en dissuader, mais si j'échoue, il est de mon devoir de l'y suivre.

Le roi esquissa un sourire sans joie.

— Venant d'un autre, je dirais que cette déclaration relève de l'éloquence, le Maréchal, mais venant de vous, je la prends comme une déclaration d'intention.

— Je vous remercie, Sire, dit Guillaume. C'était juste pour que nous nous comprenions bien.

— Nous nous comprenons suffisamment bien, confirma le roi. Si vous pouvez le ramener à la raison sans entacher votre précieux honneur, alors faites-le.

— Et si je ne le puis ?

Henri le regarda dans les yeux et lança :

— Restez auprès de lui. C'était une erreur de jugement que de provoquer votre départ.

Chapitre 21

Martel, vicomté de Turenne, juin 1183

Le jeune roi serra Guillaume dans ses bras comme on le fait d'un frère longtemps perdu de vue, versant force larmes et déclarant avec du remords dans la voix qu'il n'aurait jamais dû douter de son intégrité. C'était comme si les semaines et les mois de sombre désaveu et d'ostracisme de Guillaume n'étaient rien de plus pour Harry qu'un banal accès de colère, certes dévastateur mais qui, une fois passé, pouvait être oublié. Sa plus grande préoccupation était désormais sa campagne militaire contre son père et Richard, campagne qui ne se déroulait pas sous les meilleurs auspices. Tel un enfant frustré, il souhaitait que Guillaume rétablisse la situation. De Marguerite, il ne fut pas question. Là encore, tout se passait comme si elle n'avait jamais existé.

Guillaume fut troublé de découvrir que, tout en se débarrassant d'Adam Yquebeuf et de ses acolytes, le jeune roi avait accueilli Geoffroy de Lusignan sous sa bannière. Raoul avait omis ce détail sur la route qui les ramenait de Cologne à Martel. Guillaume n'avait jamais pardonné aux Lusignan le meurtre de son oncle, ni sa propre captivité. Apprendre qu'il devrait vivre et se battre aux côtés de l'un des meurtriers, mais également lui faire confiance pour garder ses arrières, fut presque de trop pour lui.

Mais Lusignan se montra des plus pragmatiques.

— C'est mon frère qui a tué votre oncle et vous a blessé, plaida-t-il. Sans doute était-ce méjuger la situation, mais tous les hommes sont faillibles et paient pour leurs erreurs. Je ne vous demande pas de devenir mon ami, seulement de faire une trêve.

Guillaume refusa de lui donner le baiser de paix et même de lui serrer la main. Il se contenta de signifier son accord d'un hochement de tête tout en raideur avant de le laisser. Les mendiants ne peuvent pas faire les difficiles, et son jeune seigneur était en passe de devenir un de ceux-là. Malgré de troubles antécédents, on ne pouvait dénier à Geoffroy de Lusignan ses aptitudes au combat ; et puis, de son propre aveu, ce n'était pas lui le coupable. À force de répétition, ces accommodements avec sa conscience aidèrent Guillaume à ravaler sa rancœur.

Comme de coutume, l'argent se faisait rare et les mercenaires de Harry se plaignaient à grands cris qu'ils n'avaient pas été payés. Dans le but de se procurer la somme qui les maintiendrait l'arme à la main, Harry s'était tourné vers le pillage des biens de l'Église et avait récemment jeté son dévolu sur le sanctuaire de saint Martial. L'aventure avait fait tomber plus de cent soixante-dix marcs d'or et d'argent dans son escarcelle, sans compter le trésor de l'église même. Devant la réaction de Guillaume, qui recula d'horreur face un tel sacrilège, Harry objecta d'un ton moqueur :

— Tout l'or et tout l'argent qu'amasse l'Église ne sert qu'à décorer ses chapelles, que les paysans regardent bouche bée, et dont les prêtres font des gorges chaudes.

— Mais c'était l'argent de Dieu ! protesta Guillaume. En tout cas, c'était un don à sa gloire.

L'entretien se déroulait dans la chambre qu'occupait Harry à l'intérieur d'une maison forte de Martel réquisitionnée. Les tentes de ses mercenaires s'étalaient, telle une nuée de sauterelles, par tout le village et les pâturages environnants.

— Oh, Dieu sait que je le lui revaudrai ! assura Harry. N'ai-je pas pris la croix en son nom ? rappela-t-il en montrant les bandes de soie cousues bien en vue sur le plastron de son manteau.

Un sourire railleur aux lèvres, il ajouta :

— Je l'ai même prise deux fois !

Et de sortir d'un coffre qui gisait à ses pieds une croix d'or incrustée de pierres précieuses dérobée sur l'autel du sanctuaire de saint Martial.

Harry, en présence de son père avec qui il venait de faire la trêve, avait fait serment sur la tombe du saint de partir en croisade. Mais le dernier jour de ladite trêve, il avait pillé le sanctuaire et emporté tout l'argent et tous les objets cultuels dans l'espoir de couvrir ses dépenses. À présent, de nouveau à court de fonds, il envisageait de faire d'autres raids dans les églises sans défense. Harry inclina la croix, admirant la manière dont l'or et les gemmes réfractaient la lumière du soleil qui passait par la fenêtre, parsemant le mur d'une mosaïque de losanges colorés.

Guillaume eut un goût amer dans la gorge.

— Il serait assurément plus profitable de faire la paix avec votre père, suggéra-t-il.

Harry émit un ricanement discourtois.

— Tout dépend de ce que vous entendez par « profitable », nuança-t-il. Il se bornera à régler mes dettes et à me dire de bien me conduire à l'avenir. Peut-être devrais-je vraiment partir en croisade…, réfléchit-il à voix haute. Cela devrait faire blanchir un peu la barbe de ce vieux bouc.

— Ainsi, vous n'aviez aucune intention de partir ? s'enquit Guillaume, outré par ce qu'il venait d'entendre.

La désinvolture de son jeune seigneur l'effrayait. On ne se moquait pas impunément de Dieu.

— Si, bien sûr que si, répondit Harry, impatienté. Mais je peux difficilement me mettre en route actuellement, ne croyez-vous pas ?

L'air sournois, il ajouta :

— Sans compter que je n'ai pas d'argent ; il revient donc à l'Église de me financer.

Guillaume eut brusquement envie de saisir Harry par la peau du cou et de le secouer jusqu'à ce que ses dents tombent, mais naturellement il n'en fit rien. Le vieux roi avait espéré qu'il parviendrait à contenir les excès de son héritier, mais pour l'heure, il ne pouvait guère faire autre chose que le laisser cavaler jusqu'à épuisement. Ensuite, il serait toujours temps de repartir à la charge dans le but de raviver en lui une étincelle de bon sens.

— Il m'est avis que la barbe de votre père a déjà passablement blanchi à cause du traitement infligé à ses hérauts, fit remarquer Guillaume. Il envoie des chevaliers parlementer sous la bannière de la paix et vos soldats les battent à mort.

Harry fit une moue boudeuse et jeta la croix dans le coffre, où elle heurta deux chandeliers et une timbale de vermeil. C'était là tout ce qui lui restait du butin pris à saint Martial.

— Ce n'était pas ma faute. Mes hommes ont fait un excès de zèle. J'ai fait pendre les coupables. Que voulez-vous de plus ?

Guillaume secoua la tête.

— Je suppose que cela m'attriste de voir la chevalerie périr peu à peu, confia-t-il.

— Elle est déjà morte, rétorqua Harry. C'est la guerre, le Maréchal, non un tournoi. Je vous l'ai dit, j'ai puni les responsables.

Guillaume arrivait à bout de patience.

— Je connais la différence, mais les agissements de vos hommes attestent d'un épouvantable manque de discipline. Un soldat se doit d'être brutal, mais l'on doit pouvoir en contrôler la virulence. C'est le chien qui remue la queue, et non la queue qui remue le chien.

— Dans ce cas, vous les ferez rentrer dans le rang, le Maréchal, conclut Harry. Vous êtes ici pour cela... Après tout, à chacun sa charge.

Harry prit sur la table une petite pièce d'argent et la jeta en l'air.

— Voici tout ce qui nous sépare encore de l'indigence. J'imagine que nous allons devoir faire une petite visite à Rocamadour, afin d'y contracter un nouvel emprunt auprès de l'Église. Ils croulent sous l'argent là-haut, et ils n'en font rien, que je sache.

Guillaume en eut mal au ventre.

— Sire, vous ne devriez pas faire cela, implora-t-il d'une voix rauque. Je ne vous le conseille pas.

— C'est moi qui décide ce que je dois faire et ne pas faire, rappela le jeune roi. Qui oserait remettre en cause les actions de mon frère Richard ? Suis-je moins important que lui ?

Prenant Guillaume à partie, il ajouta :

— Pensez-vous que Richard et ses mercenaires hésiteraient une seule seconde à prendre ce dont ils ont besoin ? Bon sang, il dépouille l'Aquitaine comme un boucher dépèce un cadavre depuis dix ans !

— Mais vous n'êtes pas Richard, Sire, fit remarquer Guillaume. Les barons d'Aquitaine le craignent et le haïssent. Vous, ils ne vous craignent ni ne vous haïssent. Mais si vous spoliez les richesses de leurs gens et de leurs églises, ils apprendront vite à le faire. Je persiste à dire que vous devriez vous abstenir.

— Je vous ai entendu. À présent, rassemblez les troupes, sinon renoncez à votre charge de maréchal, ordonna Harry d'un ton glacial.

Guillaume, aux prises avec sa conscience, aurait souhaité pouvoir refuser, prendre son cheval et s'en aller, mais il resta dans l'espoir de parvenir enfin à détourner le jeune roi de son projet. En outre, il était lié par la promesse faite au père du jeune homme : il traverserait les flammes avec Harry si nécessaire.

— À votre guise, Sire, répondit-il avant de s'incliner et de se retirer.

Le soleil embrasait un magnifique ciel bleu lorsque, ce matin-là, à Rocamadour, le jeune roi Henri vint délester le sanctuaire de saint Amadour de toutes ses reliques. Parmi elles se trouvait Durandal, la fameuse épée de Roland, ce héros qui avait perdu la vie en combattant les Sarazins au col de Roncevaux.

— C'est pour la croisade, lança Harry pour toute explication, lorsque les moines essayèrent de l'arrêter.

Ils s'étaient empressés de cacher quelques-unes des plus belles pièces, dont la célèbre épée, mais la cachette fut bientôt découverte et pillée.

Guillaume y prit sa part, organisant les troupes et faisant en sorte que le pillage fût prompt et sans bavure. Il avait agi par ordre de son seigneur, par nécessité donc, mais cela n'empêchait pas la honte, l'écœurement et l'effroi. En laissant les mercenaires de Harry profaner le sanctuaire, il avait apporté sa caution au vol de biens sacrés et savait que le châtiment serait terrible. Ancel refusait désormais de lui adresser la parole, et Guillaume ne lui en tenait pas rigueur.

— Jésus-Christ, pardonnez-moi, marmonna-t-il dans sa barbe, tandis qu'il lui semblait étouffer entre les murs du sanctuaire.

Sculpté dans le bois, noirci par les années, le visage de la Madone était l'œuvre d'un artisan oublié depuis longtemps. La mère de Dieu avait fixé Guillaume de son regard impénétrable pendant qu'on vidait sa niche, y compris de la moindre menue monnaie et des anneaux de fer bon marché laissés en offrande par les pèlerins les plus démunis. Tout cela revêtait le caractère obscène d'un viol.

Harry foula le sol de plusieurs chapelles, allant droit au but avec énergie, Durandal au poing.

— Vos péchés ne vous laisseront pas en paix et vous conduiront en enfer ! menaça l'abbé en faisant claquer ses manches telles deux ailes incapables de voler. Dieu abattra sur vous sa malédiction !

Harry lui intima de se taire en le menaçant de l'index.

— Vous êtes assez riches pour donner généreusement à de pauvres croisés ! s'exclama-t-il.

Touchant la croix rouge sang qui ornait sa cape, il ajouta :

— J'ai fait serment de me rendre au Saint-Sépulcre. Vous ne voudriez tout de même pas me refuser vos dons ?

— Vous vous rendez coupable de blasphème !

Harry se fendit d'un sourire tolérant à l'endroit du prêtre.

— Nous dirons que je n'ai rien entendu, rétorqua-t-il, magnanime.

Puis, posant une main sur l'épaule tremblante du moine :

— Vous avez ma royale promesse que vos biens vous seront rendus. Au quintuple, dirais-je, si cela ne fleurait pas l'usure, or nous savons tous que l'Église s'y oppose fermement, n'est-ce pas ?

La troupe quitta Rocamadour, les sacoches pleines des trésors pris au sanctuaire, parmi lesquels se trouvaient plusieurs livres de cire d'abeille destinées à la fabrication de cierges d'autel et une carcasse de porc prévue pour le dîner des moines. Harry était d'excellente humeur, son rire tonitruant emplissait l'air en cette fin de printemps, son cheval faisait le beau et caracolait sous sa conduite.

— Ne faites pas votre mauvaise tête, le Maréchal ! cria-t-il à Guillaume en se penchant sur le côté pour lui donner une bourrade à l'épaule. J'ai dit que je les rembourserais, et je le ferai. Par le Christ, vous avez vu leur tête !

Guillaume ne répondit pas, tant la colère l'étouffait. Le pillage de la maison de Dieu et l'intimidation d'une poignée de moines ébahis ne représentaient pas une grande victoire mais le début de la fin. La chevalerie avait pour mission de protéger l'Église, pas de l'attaquer. Il se sentait coupable de déloyauté et souillé. En outre, dès que la nouvelle se répandrait, la réputation de Harry se fanerait plus vite que l'éclat de la jeunesse sur le minois d'une catin.

De retour à Martel, Harry paya à ses mercenaires une partie de leurs arriérés. S'il leur avait versé tout leur dû, il ne lui serait plus rien resté à titre personnel. Devant le mécontentement de ses hommes, il leur tint le même discours qu'aux moines : ils rentreraient dans leurs frais. En attendant, ceux qui étaient désireux de compléter leurs revenus pouvaient toujours faire des razzias dans les États contrôlés par Richard ou dévaliser un des chariots de ravitaillement de son père.

— Cela ne vous attirera pas ses faveurs, fit remarquer Guillaume d'un air sombre.

— Ah ah, ah ah, s'esclaffa Harry, sarcastique. Il me tient déjà pour parricide, répliqua-t-il en se versant du vin avant de le boire et de se resservir.

Puis il leva les yeux vers Wigain qui entrait, un rouleau de parchemin à la main.

Le teint cireux du petit commis était grisâtre. Pour une fois, il ne souriait pas.

— Ne me dites pas que le porc que nous avons envoyé aux cuisines est avarié ! s'esclaffa de nouveau Harry un peu trop fort.

Considérant le rouleau, il ajouta :

— Qu'est-ce que ceci ?

Wigain lui tendit le parchemin.

— Un messager de l'archevêque de Cantorbéry est arrivé, mais il n'a pas voulu rester, Sire. Je… enfin, nous… Bref, il a dit que nous avons été excommuniés.

Un silence de mort tomba sur l'assemblée. Harry jura, posa sa coupe, vérifia le cachet de cire et le brisa à l'aide de son couteau de table. Ayant déroulé le vélin, il en parcourut rapidement le contenu. Puis il fut secoué par un rire nerveux et approcha le coin de la feuille de la flamme d'une bougie.

— La paix soit sur vous, Wigain, dit-il enfin. Allez dire vos prières. Vous êtes toujours en état de grâce. Le bon archevêque et les autres oiseaux de mauvais augure de Caen ont excommunié ceux-là seuls qui viendraient à s'interposer entre mon père et moi lors des accords de paix. Ils ne nomment personne ; c'est une creuse menace.

Il regarda le vélin partir en fumée, et, lorsque la flamme fut tout près de ses doigts, il laissa tomber le résidu à terre et éteignit le feu de la pointe de sa botte.

Puis il jeta un coup d'œil à Guillaume, qui se trouvait de l'autre côté de la pièce, et dit :

— C'est un subterfuge de mon père qui tente de me couper de mes soutiens. Il n'est pas à une ruse près pour me mettre au pas, mais cela ne marchera pas. Je vois mal le comte de Bourgogne s'enfuir la peur au ventre, pas vous ?

— Peut-être faut-il y voir un signe que l'Église s'inquiète de vos agissements, suggéra Guillaume sans enthousiasme. Ils ne sont pas encore au courant pour Rocamadour, mais ils le sont certainement pour saint Martial.

Harry émit un grognement nasal.

— Ne remettez pas cela sur le tapis, le mit-il en garde. Mon père est derrière tout cela, sinon pourquoi impliquer l'archevêque de Cantorbéry ? Que se passe-t-il, le Maréchal ? Vous craignez pour le salut de votre âme ?

— Oui, admit Guillaume sèchement.

Là-dessus, prenant congé, il alla s'enquérir de son étalon, lequel avait perdu un fer quelques heures auparavant. Le chevalier savait qu'ils manquaient cruellement d'argent et que le dernier raid ne les maintiendrait pas longtemps à flot. Bientôt, il leur faudrait aller voler un autre sanctuaire ou piller une ville entière. Mais il n'était pas certain de vouloir être de la partie. Ancel faisait des cauchemars, où il se voyait brûler dans les flammes de l'enfer, et tenait son frère pour responsable de leur damnation. Guillaume commençait à partager ses pensées.

Le maréchal-ferrant s'était occupé du fer de Besant. Guillaume le fit seller puis il se rendit dans un pré voisin afin de donner l'exercice à l'équidé, le faisant partir au trot et s'arrêter net, se cabrer et ruer en donnant des talons et en jouant des rênes, exactement comme il le faisait lors des tournois. Comme il aurait préféré tournoyer ! D'habitude, un peu d'exercice avec son étalon suffisait à la détente du chevalier lorsqu'il se sentait nerveux ou était perturbé, mais ce jour-là sa nervosité ne le quitta pas. Abandonnant le pré, il se rendit à l'église du village pour y prier, mais là non plus, la paix intérieure ne fut pas au rendez-vous. Dieu ne lui pardonnerait pas d'avoir participé au sac du sanctuaire de Rocamadour. Un jour, il faudrait payer, il le savait. Harry, parce qu'il était fils de roi, pensait pouvoir agir en toute impunité sous le regard de Dieu. Mais toute mauvaise action commise ici-bas entraînait son châtiment dans l'au-delà. Guillaume contempla longuement la croix d'autel, qui brillait de tous ses feux, jusqu'à en avoir la vue troublée par la vision d'une autre croix, noire celle-là. Lorsque, trente ans plus tôt, il avait juré fidélité au roi Étienne en zozotant sous la tente de campagne du souverain, il ne se doutait pas qu'un semblable serment compromettrait un jour le salut de son âme.

Il était minuit passé lorsque le jeune roi se retira pour la nuit. Il marchait du pas chancelant de l'homme ivre, laissant errer son regard avec lenteur. Habitué à ce spectacle, Guillaume passa l'épaule sous le bras de son seigneur et l'aida à gagner sa chambre. Harry se laissa tomber mollement sur le lit. Aussitôt, ses écuyers s'employèrent à lui retirer ses bottes et à le déshabiller.

— Le Maréchal, restez, ordonna Harry lorsque Guillaume fit mine de s'éclipser pour aller retrouver sa propre paillasse.

Le chevalier hésita, fit demi-tour et rebroussa chemin.

Harry leva ses yeux vitreux vers lui.

— Restez auprès moi jusqu'à ce que je m'endorme, implora-t-il. Je n'ai confiance en personne d'autre.

À ces mots, il sembla à Guillaume qu'une flèche lui transperçait le cœur. La confiance était décidément une coupe bien empoisonnée, pour ceux qui l'emplissaient et pour ceux qui la vidaient. Il déplia un tabouret appuyé contre le coffre du jeune roi et s'assit à son chevet.

Harry eut de la peine à soulever les paupières.

—Mon père ne cédera pas, confia-t-il. C'est un vieil homme. Il devrait me donner une chance de faire mes preuves. Je serais capable de gouverner, si seulement il me laissait faire.

Il souleva une main puis la laissa retomber mollement sur le couvre-lit.

—Je vais partir en pèlerinage, le Maréchal, annonça-t-il d'une voix traînante. Jusqu'à Jérusalem… réellement l'intention…

Sa voix se perdit dans un marmonnement sans queue ni tête et il se mit à ronfler.

Guillaume remonta le couvre-lit sur sa poitrine comme il l'aurait fait pour un enfant, ce que Harry était probablement à certains égards, car, bien qu'ayant pris de l'âge, il était resté immature, à vivre dans l'artifice de l'immédiat.

—Laissez les tentures du lit ouvertes, ordonna Guillaume à l'écuyer, qui s'apprêtait à les fermer. Et laissez brûler les bougies. Je dormirai dans la pièce d'à côté cette nuit. Ne vous éloignez pas.

Le jouvenceau parut surpris mais s'inclina en manière d'acquiescement. Sans faire de bruit, Guillaume défit sa ceinture, retira son surcot et, après avoir tiré une paillasse empilée dans un coin, se coucha en travers de l'embrasure de la porte, l'épée à portée de main. Un malaise l'envahit, semblable à l'agitation que manifestaient les chevaux la veille d'un violent orage. Quelque chose se préparait qu'il ne pouvait empêcher. Il essaya de se rassurer en se disant que son trouble était dû au pillage de Rocamadour et qu'il passerait, mais l'impression désagréable qui le tenaillait ne disparaissait pas. Ce fut presque avec soulagement qu'il accueillit l'orage qui éclata au-dessus de leurs têtes aux petites heures du jour : sa nervosité trouvait enfin une explication rationnelle. Il s'endormit au son du tonnerre qui s'éloignait, laissant derrière lui le bruit régulier et hypnotique de la pluie qui tombait.

Il pleuvait toujours lorsque, à l'aube, Harry se réveilla avec une migraine de tous les diables et une violente envie de vomir. Il se leva tard et le teint terreux. Il refusa même le pain frais et le miel dont les autres firent leur régal au petit déjeuner. Personne ne s'en inquiéta, car à ce moment, plusieurs autres chevaliers de la maisonnée, Lusignan inclus, qui avaient bu plus que de raison la veille, manifestaient le même dégoût pour la nourriture. Guillaume, lui-même, se découvrit peu d'appétit, mais, ayant quand même faim, il mangea un épais talon de miche qu'il trempa généreusement dans le miel. Harry, pris de nausée, se détourna de la tablée et tituba jusqu'à sa chambre où se trouvait un seau d'aisances. Quelques instants plus tard, ses compagnons l'entendirent céder à des haut-le-cœur. Quelques chevaliers ricanèrent en échangeant des regards entendus et compatissants.

Harry ne quitta pas Martel de la journée, enchaînant parties de dés et parties d'échecs décousues, se massant le front, frissonnant et se précipitant à intervalles réguliers vers son pot de chambre. Guillaume organisa les patrouilles et entraîna les chevaliers au maniement de la lance. Vers la fin de l'après-midi, le chevalier, de retour aux appartements royaux, trouva Harry brûlant de fièvre et pris de diarrhée. Les ricanements s'étaient tus, et des regards inquiets remplaçaient les regards entendus de la matinée.

— C'est la vengeance de saint Amadour, marmonna Pierre de Préaux en se signant.

— Ce n'est rien de tel ! répliqua Guillaume d'un ton sec, bien qu'il y ait lui-même pensé. Tout le monde attrape la colique à un moment ou un autre de sa vie. Cela passera.

Cela ne passa pas. Mais le lendemain matin, les vomissements avaient cessé, sans que la fièvre tombât pour autant, ni que l'appétit revînt au jeune roi. Ses selles étaient liquides et contenaient du sang. Il souffrait à présent de violentes douleurs abdominales. Personne d'autre de la maisonnée ne présentait ces symptômes. Les chevaliers, mal à l'aise, tuaient le temps dans la salle située juste en dessous de la chambre du jeune roi. Ils réparaient des pièces d'équipement, affûtaient des épées, faisaient des messes basses. Plusieurs querelles éclatèrent dans le camp des mercenaires, et un féroce combat au couteau se solda par la perte d'une oreille. Certains mercenaires s'esquivèrent, tandis que d'autres, à qui l'on devait encore de l'argent et qui ne pouvaient se permettre d'y renoncer, restèrent à proximité, guettant portes et fenêtres de l'œil aiguisé du faucon.

Le jour suivant ne vit aucune amélioration, et il devint évident aux yeux de tous – y compris à ceux de Harry lui-même – qu'il risquait d'y laisser la vie.

— Envoyez quérir mon père, ordonna-t-il à Guillaume dans un gémissement depuis son lit. Dites-lui que je suis mortellement malade. Dites-lui bien que c'est vrai, que je ne crie pas au loup.

On avait écarté les rideaux, afin de laisser entrer la lumière du jour, et ouvert en grand les volets, afin de chasser les odeurs fétides de la chambre. Harry avait les pommettes en feu, si bien qu'on aurait dit deux étoiles rouges, mais son teint était cireux. Ses yeux trahissaient son épouvante.

Guillaume acquiesça.

— Wigain a déjà préparé la lettre, répondit-il. Il ne manque plus que votre sceau. J'ai également fait mander l'évêque de Cahors.

Harry pointa du doigt le coffret contenant son sceau.

— Prenez-le et apposez-le prestement. Je ne sais pas combien de temps il me reste. Je…

Un affreux cri de douleur l'empêcha de poursuivre. Guillaume le prit dans ses bras et l'aida à s'asseoir sur la chaise percée. Les déjections du jeune roi ne contenaient presque que du sang. Guillaume sentit à travers la chemise de nuit la brûlure de la fièvre qui ravageait le corps de son seigneur.

Lorsque l'hémorragie fut terminée, Guillaume le ramena au lit dans ses bras et donna l'ordre aux écuyers de lui appliquer des compresses d'eau froide. Harry, les cheveux collés à son crâne par la sueur, suffoqua et rejeta la tête en arrière contre le traversin.

— Dépêchez-vous d'aller quérir mon père…, lança-t-il.

Puis, saisissant Guillaume par le poignet d'une main fébrile, il ajouta :

— Et faites venir mon chapelain. Je dois assurer le salut de mon âme.

— Bien, Sire.

Guillaume se dressa sur ses jambes, tandis que Harry lâchait son poignet avec réticence, laissant sur la peau bronzée du chevalier l'empreinte pâle de ses doigts.

— C'est vous qui aviez raison, chuchota Harry. Je n'aurais pas dû détrousser le sanctuaire de saint Amadour.

Guillaume secoua la tête en silence en se demandant quand viendrait leur tour à tous. Car si le pillage avait bel et bien été ordonné par Harry, tous s'en étaient rendus coupables.

Il apposa le sceau du jeune roi sur le message et rendit la feuille à Wigain.

— Prenez le coursier gris, c'est le plus rapide, ordonna-t-il.

Wigain prit le pli et le considéra longuement.

— Va-t-il mourir ? s'enquit-il enfin.

— C'est à Dieu d'en décider, rétorqua Guillaume, tout en ne doutant pas de la réponse. Hâtez-vous ! s'exclama-t-il soudain en poussant le commis. Mon seigneur Henri a grand désir de voir son père…

Avant qu'il ne soit trop tard, acheva-t-il intérieurement. La vérité inexprimée resta en suspens entre les deux hommes, à la manière d'un spectre. Wigain hocha brièvement la tête et courut jusqu'aux écuries, sa jeunesse donnant des ailes à ses pieds. Guillaume le regarda partir puis retourna à l'intérieur d'un pas lourd, un peu comme si ses bottes étaient lestées de plomb.

Dans la pénombre d'une aube grise Guillaume faisait les cent pas dans la cour, inhalant quelques bouffées d'air indemne de la pestilence de la chambre de malade du jeune roi. Harry avait à peine fermé l'œil, et la colique ne lui avait pas laissé un instant de répit. La lueur d'espoir qui s'était fait jour la veille s'était éteinte avec le lever de la lune mais ne s'était pas ravivée avec celui du soleil. Le fait que Harry fût encore lucide en dépit de tout et qu'il eût encore la force de parler témoignait de sa ténacité et de l'endurance d'un corps jeune et bien nourri, même si, hâve et décharné, il ressemblait déjà à un cadavre. Ses compagnons se préparaient à le perdre, et Guillaume était sous le choc.

— Un cavalier ! cria Lusignan depuis la fenêtre de la chambre de Harry, qu'il veillait.

Guillaume s'empressa d'aller ouvrir le portail. Wigain entra au galop sur un cheval frais, provenant probablement des écuries du roi Henri. Le commis n'avait pas ménagé sa monture qui, en sueur et à bout de souffle, avait les naseaux dilatés et rouges. Wigain sauta à terre. Lui-même était essoufflé, comme s'il avait couru à côté du cheval.

— Il ne viendra pas, annonça-t-il en haletant. Ses conseillers lui ont dit que c'étaient des balivernes, et il s'est rangé à leur avis. J'ai essayé de lui faire comprendre que notre seigneur était très gravement malade, mais il n'a pas voulu prendre le risque de tomber dans un piège. Il a dit qu'un trou dans son manteau et deux hérauts sacrifiés suffisaient et qu'il préférait prier à distance pour son fils.

Puis Wigain fouilla dans sa tunique et en sortit une bague attachée à un lacet de cuir.

— Il n'a consenti qu'à lui envoyer ceci, ajouta-t-il. Il a également dit qu'il lui pardonnait ses mensonges et sa perfidie. Mais j'ai dû suer sang et eau pour obtenir ces paroles de lui.

Le commis posa la bague surmontée d'un saphir bleu nuit dans la main de Guillaume.

Ce dernier la serra dans son poing et sentit le métal et la pierre s'enfoncer dans ses chairs. Hélas, il en faudrait davantage pour faire tomber la fièvre du jeune roi.

— Son état a-t-il empiré ? s'enquit Wigain, semblant lire dans les pensées de Guillaume.

Celui-ci hésita puis hocha la tête.

— Il se meurt. Je n'ai pas besoin de vous dire de garder le secret pour le moment. L'heure viendra où tous devront savoir, mais pas encore.

— Je n'en soufflerai mot, promit le commis en faisant le signe de croix. Dieu le prenne dans sa miséricorde.

— Amen, conclut Guillaume en se signant à son tour, bien qu'il pensât plus probable que Dieu châtiât Harry en lui donnant un avant-goût de l'enfer.

Enfin, il retourna auprès du jeune roi, mais en traînant les pieds. La chambre était bondée comme une place de village un jour de marché. Étaient présents les chevaliers de la maisonnée et l'évêque de Cahors avec sa suite au complet, ainsi que le prieur de Vigeois.

Guillaume s'approcha du lit à pas comptés. Harry était soutenu par une profusion de traversins et d'oreillers. Il semblait trois fois son âge. On aurait dit un petit vieux rabougri qui s'accrochait à ses derniers lambeaux de vie, qu'une main invisible coupait un à un. L'attroupement se scinda en deux pour livrer passage à Guillaume. Celui-ci fit signe à tous de reculer.

— Laissez-le respirer, lança-t-il d'un ton sec.

Un rire étouffé sortit de la gorge du cadavre en puissance qui gisait sur le lit.

— Tant que je le puis, hein ? dit Harry.

— Sire…, salua Guillaume en mettant un genou à terre.

À la vue de l'état de faiblesse avancée du jeune homme dévoré par la fièvre et mourant, le cœur du chevalier s'emplit de compassion, de pitié et de peur. Ce ne fut qu'au prix d'un effort considérable qu'il parvint à ne rien laisser paraître de ses sentiments.

Harry dirigea son regard sur lui et passa la langue sur ses lèvres fendues.

— Il faut que la nouvelle soit mauvaise, dit-il d'une voix rauque. Vous avez toujours cette mine quand c'est le cas… Comme si votre esprit était aussi vide que votre visage.

— Est-ce donc si évident ? demanda Guillaume en grimaçant.

— Évident comme la mort…, répondit Harry avant de déglutir douloureusement.

Toutefois, il détourna la tête de la coupe que Guillaume fut prompt à lui présenter.

— Cela descend tout droit… Humidifiez seulement mes lèvres.

Guillaume fit ce que Harry demandait, puis il tira un tabouret près du lit.

— Votre père vous envoie cette bague en signe de réconfort et dit qu'il viendra dès qu'il aura reçu la capitulation de Limoges.

Harry fixa ses yeux sans éclat sur la bague comme s'il ne savait pas ce que c'était.

— Il ne vient pas ? dit-il d'une voix faible et tremblante, dont l'angoisse fit se serrer le cœur du chevalier.

Celui-ci confirma d'un signe négatif de la tête.

Harry considéra les chevaliers et les ecclésiastiques assemblés. Ils se tenaient un peu en retrait à présent, mais toujours suffisamment près pour entendre la conversation et porter témoignage.

— Mon père ne peut venir me voir sur mon lit de mort. Même en la circonstance, il reste plus attaché à ses châteaux qu'à la chair de sa chair…, annonça-t-il avec un filet de voix qui s'échappa avec peine de sa gorge desséchée.

Mais il lui restait cependant assez de forces pour jeter la bague au loin. Ce qu'il fit. Elle rebondit sur un coffre et alla se perdre dans les ajoncs du sol, telle une étoile filante tombée dans la fange. Puis il tourna la tête face au mur.

Guillaume alla ramasser le bijou en jetant aux autres un vif regard de mise en garde. De retour auprès de son jeune seigneur, il posa la main sur son épaule en nage et le fit se retourner, puis il lui souleva doucement la main droite et glissa la bague à son majeur.

— Sire, votre père et vous avez eu maints différends, mais il vous aime, assura le Maréchal.

— Il ne m'aime pas, marmonna Harry en retour.

Mais il couvrit sa main droite de sa main gauche, passant le pouce sur la pierre froide.

— Seulement autant que vous ne l'aimez pas, Sire, répliqua Guillaume. Et je sais combien votre affection pour lui est profonde.

Hélas, cette affection n'avait rencontré que l'indifférence du vieux roi, engendrant un manque que les creuses oboles et les vagues promesses n'avaient pas su compenser. Le résultat était que l'amour de Harry s'était mué en une haine féroce prête à nuire dans le seul but d'attirer l'attention. Qu'il y ait échoué même à l'article de la mort fut, pour Harry, le comble de la désolation.

Guillaume se pencha vers le jeune roi et dit à son intention :

— Qu'importe que votre père ne soit pas venu. Vous êtes roi, et si ce doit être votre dernier voyage, vous devez vous y préparer avec noblesse et dignité. Faites de votre départ un tel spectacle que les hommes en transmettront le récit à travers les âges pour que leurs fils et petits-fils le connaissent. Tel sera votre mémorial.

Harry, brûlant de fièvre, tremblait de tout son corps. Sans cesser de caresser la bague, il tourna vers Guillaume des yeux vitreux et douloureux.

— Vous avez raison, dit-il. Je montrerai à mon père de quelle étoffe sont faits les rois, et, lorsqu'il aura entendu la fin qui fut mienne, il se repentira amèrement, et ma mort lui sera un tourment pour le restant de ses jours. Je lui pardonne, car je me dois de le faire, mais lui-même ne se pardonnera jamais.

Guillaume fut navré par cette réponse. Même au seuil de la mort, Harry projetait encore de se venger de son père. Il craignait réellement pour le salut de l'âme du jeune roi et ne voyait là que son propre échec. Son rôle avait été de guider Harry, de lui inculquer les valeurs de la chevalerie en complément du pragmatisme propre à l'instruction des rois. Le résultat aurait dû être magnifique, mais il était au contraire pitoyable. Misère et mort et sentiments venimeux, c'était tout ce qu'il récoltait.

Harry s'apprêta à affronter la mort, organisant les rituels avec tout le soin qu'il réservait jadis aux tournois et à la Cour. Plutôt que de s'affubler de beaux atours parfumés au bois de cèdre, il donna ses vêtements à ses serviteurs et suivants, ne gardant pour lui-même qu'une chemise de nuit de lin. Il distribua également ses bijoux, à l'exception du saphir reçu de son père, que Guillaume avait charge de remettre au vieux roi à la mort de son fils. Il confessa ses péchés et se repentit à l'oreille de l'évêque de Cahors, puis il réitéra cette confession devant les chevaliers de sa maisonnée. Il donna même, pendant quelques instants, des signes de rétablissement, car son esprit, accaparé par le drame liturgique qui se déroulait sous ses yeux, s'était provisoirement détaché des souffrances de son corps. Mais ce regain d'énergie pesa sur ses faibles forces, et il s'effondra bientôt contre les traversins, ayant peine à respirer.

— Pas encore, dit-il, le souffle court, tandis que, manquant d'air, ses lèvres s'entrouvraient et se refermaient alternativement, pareilles à celles d'un poisson suffoquant sur la rive. Préparez-moi un lit de cendres et passez-moi une corde autour du cou. Je veux mourir en authentique pénitent.

Certains chevaliers rechignèrent devant une telle démonstration de piété, considérant que c'était là pousser la chose un peu trop loin. Mais Guillaume leur ordonna avec force d'obtempérer. Que la volonté de son jeune seigneur soit faite ! Cela ne pouvait que l'aider dans l'au-delà. Tandis que les serviteurs s'empressaient d'installer une paillasse au sol et envoyaient chercher quelques seaux de cendre froide, Harry saisit Guillaume par le bras.

— Mon vœu d'aller prier au Saint-Sépulcre… Le Maréchal, je veux que vous l'accomplissiez pour moi.

Une violente convulsion abdominale fit soudain apparaître des perles de sueur à son front.

— Par la sainte Trinité, sauvez-moi…, gémit-il en enfonçant ses doigts dans les chairs bientôt bleuies de Guillaume. Jurez-le-moi… Jurez-moi que, pour le salut de mon âme et de la vôtre, vous le ferez, supplia-t-il.

— Je vous le jure, répondit Guillaume en bandant ses muscles tandis que Harry surmontait la douleur. Je ne vous abandonnerai pas…

Harry lâcha lentement prise et retomba sur le flanc.

— Vous ne m'avez jamais abandonné, le Maréchal, admit-il en haletant, les paupières crispées. Prenez mes chevaux… ils vous rendront de bons services. Mon père… veillera à votre avenir… Dites-lui que j'ai eu une belle fin.

La gorge du chevalier se serra.

— Je le lui dirai, Sire.

— Quant à ma mère… Veillez à ce que la nouvelle lui soit annoncée par un ami.

— Il en sera fait ainsi, Sire.

Guillaume endossa d'autant plus volontiers le fardeau que Harry laissait sur ses épaules que cela contribuait en partie à le soulager de ceux qu'il portait déjà.

Peut-être que s'il expiait ses péchés au Saint-Sépulcre Dieu lui pardonnerait d'avoir pillé le sanctuaire de saint Amadour.

Délicatement, les chevaliers de la maisonnée du jeune roi soulevèrent leur seigneur de son lit et le posèrent sur une couche de cendres. Son corps était léger comme une plume. Devant l'hésitation de Geoffroy de Lusignan à passer la corde autour du cou de Harry, celui-ci insista dans un chuintement péremptoire de ses lèvres bleuâtres. Ils lui donnèrent un crucifix qu'il serra dans ses mains puis, l'épée au clair, ils le veillèrent tandis que les prêtres recommandaient son âme à Dieu.

Ayant toujours l'usage de la parole, Harry, dans un murmure à peine audible, exprima le désir que ses yeux, son cerveau, son cœur et ses viscères fussent inhumés au prieuré de Grandmont. Quant à son corps, il devrait reposer en l'église Notre-Dame de Rouen.

— Il en sera fait selon votre désir, Sire, assura Guillaume. Selon votre désir...

— Mon désir..., répéta Harry avec un sourire amer. Au nom de Dieu tout-puissant, ne m'oubliez pas.

Puis il se tut définitivement. La lumière du soleil se déversait par la fenêtre ouverte. Guillaume regarda les colombes décrire des cercles au-dessus du toit de tuiles rouges du pigeonnier, derrière les châtaigniers. La brise charriait une odeur de poussière mêlée de fragrances fleuries. Pendant ce temps, Henri Plantagenêt, fils et héritier du roi d'Angleterre, passait de vie à trépas. Un rayon de soleil vint effleurer le bord du lit de cendres et déposa des reflets de bronze sur ses cheveux, révélant trois mèches blanches à son front. Sa poitrine se soulevait et frémissait tandis qu'il luttait pour trouver de l'air, mais ses poumons l'abandonnaient. Puis ils abdiquèrent complètement, et il rendit l'âme.

Le silence tomba et s'étira. Non seulement le jeune roi venait de les quitter, mais il emportait avec lui les espoirs, les aspirations et les moyens de subsistance de sa maisonnée. Guillaume s'agenouilla près du corps dans les cendres. Il vérifia son souffle, son pouls, et ne décela qu'immobilité réchauffée par le soleil. Puis il se releva en se signant avant de reculer d'un pas.

— Dieu ait son âme, dit-il.

Le bruissement des tuniques et le cliquetis des armes firent écho à ses paroles, tandis que les chevaliers se signaient à leur tour comme un seul homme. Guillaume n'aurait pas été surpris qu'un nuage vînt occulter le soleil ou qu'une colombe descendît en piqué, mais rien de tel ne se produisit pour accompagner l'âme de Harry au ciel.

Les autres dévisagèrent Guillaume, attendant qu'il leur indique la marche à suivre. Conscient de son devoir, le chevalier mit de côté ses émotions.

— Il y a beaucoup à faire pour transporter notre seigneur jusqu'à Rouen, déclara-t-il, se drapant de pragmatisme. Il faut prévenir son père.

Se penchant au-dessus du corps, il retira délicatement la bague du doigt de Harry et baisa le dos de sa main froide.

— Où est Wigain ? s'enquit-il. Portez ceci au roi à Limoges. Dites-lui que Guillaume le Maréchal lui fait dire que Henri le Jeune, fils de Henri, roi d'Angleterre, a succombé à la fièvre et que nous nous arrêterons à Limoges avec sa dépouille sur le chemin de Rouen.

— Bien, sire.

Ce n'était pas une tâche aisée que demandait le Maréchal : annoncer à un père la nouvelle de la mort de son fils ; d'autant que ledit père avait refusé de venir au chevet dudit fils mourant. Mais, vaille que vaille, Wigain s'en acquitterait, lui qui avait commencé à servir de messager au beau milieu de la tragédie. Il s'inclina devant Guillaume, puis il se pencha pour poser le plat de la main sur le front du défunt roi.

— C'est la dernière fois que je le vois, dit-il d'une voix émue, avant de quitter brusquement la pièce.

Guillaume serra les dents et fit signe à un des écuyers de Harry d'approcher.

— Allez aux cuisines chercher un couperet et les couteaux les plus tranchants que vous trouverez, ordonna-t-il.

Il avait un goût de fiel dans la gorge et salivait abondamment. Il déglutit avec peine.

L'écuyer ouvrit de grands yeux.

— Un couperet, sire ?

Guillaume acquiesça.

— Nous devons apprêter notre seigneur pour son dernier voyage.

Guillaume, appuyé contre le mur du jardin, inhalait le parfum des roses, des lys et de la lavande afin de chasser les relents de sang et de viscères de ses narines. Jamais il n'avait connu pire épreuve que d'être témoin de l'éviscération de Harry par deux chasseurs en tablier de cuir. Yeux, cerveau et entrailles avaient été retirés afin d'être enterrés à Grandmont ; puis l'on avait rempli les vides avec des cristaux de sel gris, qui avaient rapidement viré au rouge. Ensuite, on avait enveloppé le corps de plusieurs épaisseurs de drap cousues de manière à former un linceul. Enfin, on avait enroulé le tout dans une peau de taureau et on l'avait déposé dans un cercueil de plomb. Après avoir fouillé dans plusieurs coffres, Guillaume avait finalement mis la main sur une belle longueur de soie, dont il avait recouvert le cercueil, surmontant l'ensemble de la bannière du jeune roi, de son écu et de son épée.

Cela fait, il se retira pour prendre un peu de repos. Dans sa chambre, il trouva Ancel priant à genoux, le chapelet entre ses doigts serrés. De garde lorsque Guillaume avait juré à Harry d'aller à Jérusalem, il n'était pas au courant de ce serment.

— Toutes ces choses que nous avons dérobées à Rocamadour, lança Ancel sans se retourner. Les fidèles vont à ce sanctuaire pour confier leur peine et faire leurs demandes d'intercession. Ces objets sont soit des objets du culte, soit des offrandes d'actions de grâces. À présent, par notre faute, ils sont devenus sacrilèges et ont perdu tout pouvoir. Ils n'ont été d'aucune utilité à notre jeune seigneur dans sa maladie, et peut-être même ont-ils causé sa fin. Maintes personnes diront qu'il a eu ce qu'il méritait.

Lorsqu'il se retourna enfin, des larmes brillaient dans ses yeux.

— Si tel est le sort qui lui a été réservé, poursuivit-il, quel châtiment Dieu nous réserve-t-il, à nous, ses complices ? Nous rôtirons sûrement en enfer.

Ces paroles firent à Guillaume l'effet d'un coup de poing en pleine poitrine. Il s'assit sur le matelas d'Ancel et se prit la tête entre les mains.

— Je ne sais plus où est le vrai, reprit Ancel. Je t'admirais parce que je pensais que tu le savais mais, depuis Rocamadour, je n'en suis plus si sûr. La mort est inéluctable, mais je ne veux pas être damné, ce qui m'arrivera sûrement.

Guillaume releva la tête et soupira.

— Tu as raison. Je ne chercherai pas à me défiler derrière des prétextes. Je suis venu te dire que Harry m'a transmis sa cape et m'a demandé de l'emporter à Jérusalem pour la déposer sur le tombeau du Christ en signe d'expiation de ses péchés, afin que nous puissions tous être absous de nos iniquités. Je sais que tu n'étais à Rocamadour que sur mes instances. Je reconnais mon tort. À présent, je te demande de m'accompagner à Jérusalem. Je comprendrais si tu devais refuser.

— « À Jérusalem » ? répéta Ancel en dévisageant son frère avec de grands yeux emplis d'espoir et d'appréhension.

— Oui, avec Eustache et tous ceux qui voudront faire le voyage. J'ignore si nous parviendrons à destination, et même si nous reviendrons, mais mieux vaut mourir en recherchant le salut que de vivre dans le péché.

Ancel déglutit avec angoisse, puis il laissa échapper une plainte, se couvrit le visage avec les mains et se mit à sangloter.

D'un geste hésitant, Guillaume posa une main sur l'épaule de son frère.

— Qu'en penses-tu ? s'enquit-il.

Ancel pivota d'un quart de tour et appuya la tête contre la poitrine du chevalier.

— Bien sûr, que je t'accompagne ! s'exclama-t-il, la voix pleine de larmes. Tu voudrais m'en empêcher que tu ne le pourrais pas !

— Nous redresserons nos torts, je t'en fais la promesse, dit Guillaume, la gorge serrée par l'émotion. Et je la tiendrai au péril de ma vie, s'il le faut.

Guillaume inspira profondément et monta sur son palefroi. En l'honneur du jeune roi, les chevaliers de la maisonnée étaient en grand arroi, et la compagnie brillait de tous ses feux dans la chaleur étouffante, tel un filet de pêcheur gonflé de poissons argentés. Guillaume rejeta son écu en arrière et saisit une lance surmontée de la bannière d'or et de gueules de Harry. Les habitants assistaient depuis les fenêtres et le pas des portes au départ du cortège. Beaucoup de femmes, les cheveux défaits et recouverts de cendre, étaient en pleurs. Guillaume se raidit et s'efforça de prendre une mine impassible, mais il avait la gorge serrée d'émotion contenue. Chevauchant en tête de colonne, il imprima des talons un pas mesuré à son palefroi et sortit de Martel. Les sabots des chevaux soulevaient une fine poussière, et les chariots grinçaient et brinquebalaient sous leur chargement.

En bordure de ville, Sancho, un des chefs des mercenaires basques de Harry, sortit de son cantonnement et bloqua la route avec ses hommes, refusant le passage à la maisonnée. Venant se ranger tout près de Guillaume, il saisit son palefroi par la bride.

— Vous n'irez pas plus loin, le Maréchal, tant que mes hommes et moi n'aurons pas reçu l'argent que votre seigneur nous devait, vociféra-t-il, presque front contre front.

Ses boucles grasses surplombaient deux yeux pareils à deux olives noires. Une cicatrice, qui s'étirait entre son nez et sa lèvre supérieure, donnait l'impression qu'il ricanait en permanence.

Guillaume fit signe à ses chevaliers de garder l'épée au fourreau. Il ne souhaitait pas que ce voyage funéraire fût entaché, dès le départ, par une rixe de mauvais aloi, surtout s'il pouvait l'empêcher. De plus, Sancho disposait d'assez d'hommes pour transformer l'affrontement en un âpre bain de sang.

— Et combien vous devait-il ? s'enquit-il d'un ton égal et raisonnable.

Sancho le scruta entre ses paupières mi-closes.

— Cent marcs suffiront. Au vu des circonstances tragiques. Je vous fais grâce de la menue monnaie.

— Vous savez que notre maître n'avait pas cette somme à sa disposition, rappela Guillaume en secouant la tête. Voyez-vous toutes nos possessions ? Êtes-vous à ce point esclave de l'argent que vous nous feriez vendre le plomb du cercueil où gît le corps de notre seigneur ?

— Non, le Maréchal, vous savez bien que non, répondit Sancho d'un ton empreint à la fois de regret et d'obstination. Mais je demande le paiement de la dette. Ni plus, ni moins.

Si vous acceptez de vous engager personnellement à la rembourser, alors je vous laisserai poursuivre votre route.

Guillaume comprit qu'à moins d'engager une bataille féroce, il n'avait pas le choix ; aussi donna-t-il son accord au Basque, tout en se demandant où, avec l'aide de Dieu, il trouverait une telle somme, qui le libérerait de sa promesse. Mais sa parole était sacrée, jamais il n'y avait manqué. Cependant, Sancho risquait de devoir attendre longtemps.

Le mercenaire se retira et rassembla ses hommes, qu'il fit placer à l'arrière-garde du cortège. Guillaume ne le désavoua pas : leur présence viendrait gonfler les effectifs de la procession ; d'ailleurs, il n'était pas en position de discuter. Malgré tout, le fait d'avoir Sancho dans son dos l'indisposait quelque peu.

Le roi Henri fit signe à Guillaume d'entrer dans la maison de paysan qu'il occupait au Mas, non loin de Limoges. Le roi, fuyant les chaleurs estivales, s'y était réfugié un peu plus tôt dans la journée. À présent, l'endroit abritait son chagrin des regards du monde, tout en lui permettant de mettre une chape de plomb sur sa peine. L'air ambiant était suffocant et âcre à cause des légumes et de l'ail qui mijotaient quelque part.

Henri renvoya tous les serviteurs et désigna à Guillaume le pichet et les coupes posés sur la table à tréteaux rustique.

— Comment est-ce arrivé ? s'enquit-il.

Sa main tremblait lorsqu'il prit la coupe que lui tendait Guillaume.

— Ne m'épargnez aucun détail, insista-t-il. J'ai besoin de savoir.

Guillaume, tendu mais faisant preuve de courage, satisfit à sa demande avec une précision de compte-rendu de bataille. Henri réagit avec stoïcisme, bien que sa nervosité transparût à ses jointures exsangues et à son teint grisâtre, malgré sa peau bronzée et mouchetée de taches de rousseur.

— Il a rendu l'âme avec noblesse, bien que la fièvre et la vidange de ses intestins l'aient privé de sa dignité, conclut Guillaume. Et il a prié pour que vous lui pardonniez.

La joue de Henri fut secouée par un tic nerveux.

— Je ne suis pas sûr de pouvoir le faire…

Guillaume esquissa un geste involontaire, et Henri planta sur lui ses yeux bleus délavés.

— Lui pardonner d'être mort, veux-je dire, précisa ce dernier. Le reste importe peu à présent, non ?

Guillaume se força à boire un peu de vin rouge attiédi. Le goût aigre et tannique du breuvage manqua de le lui faire recracher.

— Que souhaitez-vous que je fasse, Sire ? s'enquit-il.

Au prix d'un effort considérable, Henri parvint à fixer son attention sur les paroles du chevalier.

— Vous étiez le capitaine de sa maisonnée. Je vous charge d'escorter sa dépouille jusqu'à Rouen et vous donne le commandement du cortège.

— Bien sûr, Sire. Cependant, j'ai promis au mercenaire Sancho de me constituer prisonnier contre rançon de cent marcs.

Henri le considéra de ses yeux rougis et incrédules.

— Pourquoi avez-vous fait cela ?

— Votre fils lui devait cet argent. C'était la seule manière d'éviter une rixe autour du cercueil. L'honneur m'enjoint de trouver cette somme avant d'entreprendre quoi que ce soit.

Henri ne cacha pas sa répugnance.

— Êtes-vous certain de la créance ?

— Oui, Sire, hélas.

Henri déglutit à grand bruit.

— Mon fils m'a coûté bien plus que cela de son vivant, et je préférerais qu'il continuât de me coûter autant, plutôt que d'être étendu dans un cercueil de plomb.

Sa voix se brisa sur ce dernier mot, et ses yeux s'embuèrent de larmes.

— Partez, ordonna-t-il d'un ton brutal. Je me charge de la dette. Maintenant, laissez-moi.

— Sire, acquiesça le chevalier.

Puis il se retira en s'inclinant pour se rendre directement à la chapelle qu'il avait fait aménager sous une tente. Là, il veilla la dépouille de Harry et se prosterna en prière devant Dieu.

Chapitre 22

Hamstead Marshal, comté de Berkshire, juillet 1183

— « Jérusalem » ? répéta Jean le Maréchal d'un air peu enthousiaste. Ce n'est pas une mince affaire.

— J'ai contracté des dettes envers Dieu dont je ne saurais m'acquitter autrement, expliqua Guillaume.

Ils buvaient du vin accoudés à une table dans l'air encore chaud de cette soirée d'été en compagnie d'Ancel. Les hommes étaient en simples braies et tuniques légères.

— Je le fais pour le salut de mon âme et de celle du jeune roi, poursuivit Guillaume. J'ai besoin de trouver la paix, de faire pénitence et d'être lavé de mes péchés.

Il jeta un coup d'œil à son neveu, qui jouait au loup avec le fils de l'intendant. Le petit Jean, que tous appelaient désormais Jack, avait neuf ans. C'était un garçonnet bien campé sur ses jambes, aux yeux gris et aux cheveux châtain clair. Alaïs avait donné naissance à une fille quatre mois auparavant. La petite Sybil au teint de rose dormait dans un couffin d'osier posé sur la table.

— C'est une manière longue et périlleuse de s'y prendre, fit remarquer Jean. De l'eau coulera sous les ponts avant ton retour. Il n'est pas certain que le roi Henri te conserve une place dans sa suite lorsque tu rentreras, si tu rentres.

— Cela le regarde, répliqua Guillaume. En attendant, il prendra mes chevaux en pension pendant mon absence, et il m'a remis des fonds pour financer l'entreprise. Pour l'instant, il compte sur mon retour. Tu voudrais que je manque à ma parole ?

Jean secoua la tête d'impatience.

— Bien sûr que non, mais…

— Ma vie ne sera pas plus en danger qu'elle ne l'a été ces derniers mois, lorsque je guerroyais pour mon seigneur ; quant à mon âme, elle le sera encore moins.

— Oui, le récit des événements de Rocamadour est parvenu jusqu'à nous, souligna Jean avec une moue désapprobatrice.

Guillaume se passa les mains sur le visage.

— J'ai mes propres péchés à expier, notamment pour le rôle que j'ai joué dans le pillage du sanctuaire, dit-il. Je me suis tenu en retrait et l'ai laissé agir. J'ai laissé ses mercenaires voler l'or de l'autel et arracher l'épée de Roland de sa niche.

Les souvenirs du pillage le firent frémir de peur et le dégoûtèrent de lui-même.

Un long silence s'ensuivit. Ancel détourna le regard en clignant plusieurs fois des yeux, tandis que Guillaume contemplait sa coupe de vin d'un air morose. Jean porta la sienne à ses lèvres et but. Puis il s'essuya la bouche et, considérant ses frères, lança :

— Aux dires de tous, les funérailles du jeune roi n'ont pas manqué d'intérêt. Il a été enterré deux fois, est-ce bien cela ?

Une lueur de reproche éclaira le visage de Guillaume.

— Tu es au courant de cela aussi ? demanda-t-il.

Secouant la tête avec dépit, il ajouta :

— Nous avons conduit sa dépouille au Mans, où nous l'avons veillée la nuit durant à l'église Saint-Julien, mais, tandis qu'au petit matin nous nous apprêtions à repartir, les notables et les prêtres de la ville ont refusé de nous laisser passer. Ils ont insisté pour que mon seigneur fût enterré dans leur église. Que pouvions-nous faire, à moins de brandir l'épée ?

Il se pinça la racine du nez à l'évocation de ce souvenir pénible.

— Le peuple de Rouen, qui s'attendait à ce que mon seigneur reposât en sa cathédrale – c'était sa dernière volonté –, a entrepris de s'emparer de sa dépouille par la force des armes, poursuivit-il. Le roi a dû intervenir et faire exhumer le cercueil avant de le faire emmener à sa dernière demeure.

Guillaume grimaça, tant ces souvenirs lui étaient pénibles.

— En chemin, nous n'avions pas d'argent à distribuer en aumône aux pauvres. Malgré cela, ils gardaient au jeune roi toute leur affection, mais ont reporté la faute sur nous et sur son père.

— Le prince était si bel homme, intervint Alaïs avec tristesse. Il avait le plus charmant des sourires, ajouta-t-elle en se penchant vers sa fille pour caresser sa petite joue toute douce avec son index.

Jean émit un grognement désobligeant.

— L'armure ne fait pas le roi ! s'exclama-t-il.

— Mais elle y contribue grandement, fit remarquer Guillaume. Même si tu as raison.

— Tout n'était que paillettes, mais point d'or, renchérit Ancel.

Guillaume traça un cercle de vin avec le doigt sur la table.

— Il était mon seigneur, rappela-t-il. Sur mon honneur, je respecterai ma promesse faite à un mourant.

— Eh bien, quant à moi, j'ai prêté serment au prince Jean, annonça son frère aîné. Tout en conservant ma fidélité à son père, s'entend.

Guillaume le regarda avec étonnement.

— Pourquoi diable as-tu fait cela ?

— Il passe plus de temps en Angleterre que ses frères, expliqua Jean. On fait peu de cas de lui parce que c'est le benjamin, mais cela ne signifie pas qu'il soit né de la dernière pluie. Le roi est vieillissant, et Jean est son fils préféré, en outre d'être celui qui lui ressemble le plus. Tu devrais y songer, toi aussi.

Et d'ajouter, sur la défensive :

— Il a le temps de grandir, et lui, au moins, il a la tête sur les épaules. Il ne s'entiche pas de colifichets. Je sais ce que je fais.

— Eh bien, tu es bien le seul parmi nous trois, répliqua Guillaume, refusant de se laisser entraîner dans une surenchère au sujet des mérites des différents fils du roi.

Chapitre 23

Isabelle de Clare avait douze ans. Elle contemplait les incessantes trombes d'eau automnales par une ouverture située à l'arrière du chariot couvert qui l'emmenait à Londres. Elle était habituée aux pluies d'Irlande, mais ce déluge frappa davantage son imagination, car il tombait plus dru et semblait franchement plus hostile. Par temps plus clément, elle aurait pu chevaucher en croupe avec un des valets, car on ne l'avait pas autorisée à emmener sa propre jument, au prétexte qu'elle n'aurait pas besoin de monture à Londres. L'étape du jour était l'abbaye de Reading, où ils passeraient la nuit. Mais ils ne parviendraient pas à destination avant le coucher du soleil, étant donné l'allure chancelante du chariot à travers flaques et ornières. Au-dessus de leurs têtes, l'eau s'égouttait des arbres sur la bâche, ajoutant son martèlement au bruissement régulier de la pluie. Un air humide et froid pénétrait à l'intérieur. Une tenture permettait de se protéger de l'extérieur, mais la tirer aurait impliqué de voyager dans une semi-obscurité, certes propice à l'assoupissement, mais Isabelle avait déjà dormi tout son soûl. Aine, sa nourrice irlandaise, et Helwis, sa servante normande, étaient blotties l'une contre l'autre sous un amas de fourrures, la première se plaignant d'un mal de dents qui ne lui laissait pas une seconde de répit, l'autre couvant un gros rhume, ainsi qu'en attestait son nez rouge.

Isabelle se tenait à l'écart. À l'instar des chats, elle était jalouse de son intimité. Bien qu'elle soit pragmatique et tenace de nature, le poids des événements récents avait presque épuisé ses ressources. Rendue mature avant l'âge par son éducation, elle n'en restait pas moins très jeune. Certes, elle était femme – étant réglée depuis six mois – et en âge d'être mariée, mais sa croissance n'était pas encore terminée. Elle ne l'aurait avoué pour rien au monde mais, malgré sa réserve toute féline, elle était terrorisée.

Son escorte suivait le chariot. Elle était composée de chevaliers du roi. Ils portaient sur leurs écus les armes léopardées de l'Angleterre et arboraient des étendards rouges ruisselants d'eau. À la mort de son frère Gilbert, quelque temps auparavant, elle était devenue l'héritière d'une immense fortune. Candidate de choix au mariage, le roi Henri l'avait prise comme pupille puis l'avait retirée de la garde de sa mère pour la faire venir à la Tour de Londres, où elle vivrait désormais. Elle pleurait encore chaque fois qu'il lui arrivait de penser à Gilbert. D'un an son cadet, il n'était que rire et espièglerie. Mais il était mort subitement, à l'instant où son cheval l'avait éjecté, la chute lui ayant rompu les vertèbres cervicales. Isabelle lui avait été entièrement dévouée – de même que leur mère. Ainsi, sa mort les avait laissées toutes deux sous le choc. La tombe de Gilbert à peine refermée, ils avaient reçu le décret du roi ordonnant à sa mère de lui remettre la garde de sa fille. En tant qu'unique héritière de Richard FitzGilbert de Clare, dit Strongbow, deuxième comte de Pembroke, lord de Striguil et de Leinster, seigneur de Bienfaite et d'Orbec, et d'Aoife, fille de Diarmait MacMurchada, roi de Leinster, Isabelle attirait trop les convoitises pour qu'on la laissât en liberté. Par ailleurs, maintenant qu'elle était pupille de la Couronne, le roi pouvait puiser allégrement dans son héritage jusqu'au jour où il la donnerait en mariage.

Isabelle sentait encore l'étreinte de sa mère lors des adieux. Elle se souvenait également de ses exhortations à faire preuve de force de caractère, afin d'honorer son père et ses ancêtres.

— Jamais votre père et votre grand-père ne cédèrent ni ne renoncèrent, avait rappelé Aoife. Vous devez les imiter. N'oubliez pas qui vous êtes, ma fille, et ne les laissez pas assujettir votre âme.

Isabelle étouffa un sanglot. Comme elle se sentait proche de se sentir assujettie, à présent qu'on l'avait arrachée à son foyer, à ses amis et à sa famille, lui laissant pour tout réconfort deux femmes malades et le petit chien de chasse au poil soyeux offert par sa mère au moment de la séparation ! La petite créature dormait roulée en boule sur un tas de couvertures. Isabelle l'avait baptisée Damask à cause des reflets argentés de sa robe, qui rappelaient les soieries d'Arabie.

Soudain un cri retentit à l'arrière : une troupe de cavaliers avaient surgi au-devant de la route. Isabelle vit les hommes de son escorte mettre la main à l'épée et sentit son estomac se retourner. En voyage, on courait toujours le risque d'être enlevé ou détroussé. Le pays était supposément en paix mais, tout comme en Irlande, c'était une paix rendue précaire par les tensions et les conspirations sous-jacentes. La jeune fille soupira de soulagement lorsque ses gardes laissèrent retomber leur main pour échanger d'amicales salutations avec les nouveaux venus. En fait, elle s'en apercevait à présent, il ne s'agissait pas d'un escadron mais de deux chevaliers avec écuyer et valet, tous vêtus d'épais manteaux pour se protéger de la pluie. Le regard d'Isabelle fut attiré par les armoiries des cavaliers. Les frontaux et les bandes de poitrail de leurs chevaux étaient en effet ornés de petits écussons vert et jaune avec lion rugissant de couleur rouge. Les écus des chevaliers étaient aux mêmes armes que les écussons. Mais qui pouvaient-ils bien être ? De plus, leurs visages étaient cachés par leurs capes et leurs capuches.

Des bribes de conversation lui parvinrent, mais de façon décousue, à cause du bruit de l'averse et de la position des cavaliers. Elle entendit ses gardes prononcer son nom.

— La comtesse Isabelle de Striguil… en route pour Londres… décret du roi…

Le chevalier qui était à la tête du groupe fit un commentaire au sujet d'un temps à ne pas faire voyager une princesse. À cette remarque, les gardes répliquèrent qu'ils comptaient faire halte à l'abbaye de Reading.

— Il y fait cependant moins chaud que là où vous allez, messire, fit remarquer un des gardes.

Le chevalier acquiesça d'un air triste, puis il s'approcha de l'arrière du chariot. Isabelle avisa la croix de pèlerin cousue à son vêtement. De la vapeur s'échappait des naseaux de son cheval. Ses mains nues étaient luisantes de pluie sur les rênes et son visage était toujours dissimulé par sa grande capuche. Enfin, il sortit de son champ de vision. Tandis qu'il poursuivait son chemin, elle se rendit compte qu'il lui avait parlé. Un mot seulement, « *Demoiselle** », en signe de reconnaissance, de salut et d'adieu. Les trois autres passèrent à côté d'elle en pataugeant dans la boue, suivis de plusieurs poneys de bât chargés comme des mulets. Isabelle se retira dans le fond du chariot. Des perles de pluie pendaient aux extrémités de ses épaisses nattes blondes. Le froid lui piquait le visage.

Guillaume se tenait au centre de la chambre de la reine Aliénor au palais royal de Sarum. Il en profita pour admirer la frise peinte, qui courait tout autour de la partie supérieure de la pièce, ainsi que les tentures de pourpre qui recouvraient la pierre blanchie à la chaux. L'ameublement était plus fourni que lors de sa précédente visite en compagnie de Harry. Une odeur d'encens montait d'une coupe en céramique où brûlait de la résine et emplissait l'atmosphère. Cela faisait maintenant neuf ans que la reine était retenue prisonnière en Angleterre par son mari. Au début de sa détention, elle avait vécu dans des conditions austères, dépourvues du moindre luxe, mais avec le temps l'attitude de Henri s'était assouplie.

Guillaume avait fait serment de protéger Harry au péril de sa vie, or il avait échoué. Il n'était donc guère enthousiaste à l'idée de rencontrer la reine. Mais la seule porte de sortie consistait pour lui à parcourir ce chemin semé d'épines. À bien des égards, il méritait son sort ; de son propre aveu, il se devait de l'accepter.

Il releva la tête à l'arrivée de la reine. Elle rentrait de la cathédrale, où elle avait assisté à la messe. Elle portait un manteau léger orné de galons dorés et serrait son chapelet dans sa main. Elle s'arrêta sur le seuil, suffisamment longtemps pour que le chevalier s'avisât des poches qu'elle avait sous les yeux et des ombres qui creusaient son visage émacié par le chagrin. Puis elle traversa rapidement la chambre et fondit sur lui tel un gerfaut.

— Guillaume, par le sang du Christ, Guillaume ! s'écria-t-elle. Comment avez-vous pu laisser une telle chose se produire ? Ne pouviez-vous donc pas le protéger ? s'exclama-t-elle en le frappant à la poitrine de son poing. Je ne vous ai jamais demandé qu'une chose : garder mon fils sain et sauf. Je vous faisais confiance, et vous m'avez déçue.

Guillaume accueillit impassiblement les coups de la reine qui scandait ainsi sa révolte et regretta presque qu'elle ne tînt pas un couteau, afin d'en finir une bonne fois pour toutes.

— Majesté, j'aurais donné ma vie, si cela avait pu le sauver, dit-il d'une voix éraillée. J'aurais dû mieux le protéger. J'ai essayé de le détourner des actes qui l'ont conduit à sa perte, mais il refusait de m'écouter. J'ai péché par manque de persuasion. En vérité, je mérite de mourir par votre main, car j'ai failli envers vous deux.

— Oui, vous le mériteriez, acquiesça-t-elle en fondant en larmes et en agrippant le pan de sa tunique, qu'elle tordit dans son poing. Mais votre mort ne le ramènerait pas. Rien ne le pourrait.

Guillaume déglutit, la gorge serrée.

— Il... il a émis le vœu que je me rende à Jérusalem... au Saint-Sépulcre... et que je dépose pour lui son manteau sur le tombeau du Christ. Je lui ai promis de le faire. Puisque je ne peux plus servir son corps terrestre, je peux au moins contribuer à l'avancement de son âme.

Au prix d'un gros effort, Aliénor parvint à recouvrer son sang-froid et lâcha sa tunique.

— Asseyez-vous, ordonna-t-elle en lui désignant les bancs placés de chaque côté de l'âtre nu. (Elle versa deux coupes de vin et lui en tendit une.) Racontez-moi. Je veux tout savoir.

De façon hésitante, mais sans se ménager lui-même, Guillaume lui raconta toute l'épouvantable histoire, depuis leur départ pour Rocamadour dans l'intention de piller le sanctuaire, jusqu'aux derniers instants de Harry sur son lit de cendres à même le sol de sa chambre de Martel, en passant par son propre serment d'aller déposer le manteau de son seigneur sur le tombeau du Christ à Jérusalem. Aliénor l'écouta en serrant les poings sur ses genoux, les yeux fixés sur le chevalier, sans jamais détourner le regard.

— C'est désormais le but de ma vie, et rien ne m'en détournera, conclut Guillaume. Je vous avais promis de le protéger et ai failli à ma tâche. Pour cette faute, j'implore votre pardon. Non parce que je le mérite, mais parce que, si vous me l'accordiez, je pourrais partir en paix.

Aliénor releva le menton d'un air souverain, malgré ses yeux brillants de larmes.

— Je vous pardonne sans la moindre réserve, déclara-t-elle. Vos épaules sont déjà suffisamment chargées, et je ne veux pas ajouter à votre fardeau.

— Avec votre permission, Majesté…

Il s'interrompit en se tournant vers une grande sacoche qu'il transportait avec lui.

Il en tira un rouleau de grossier tissu gris. À l'intérieur se trouvait le manteau de laine brune de Harry. Une croix était cousue à l'emplacement du cœur.

Aliénor considéra le vêtement et, avec un faible gémissement, se pencha en avant pour recueillir un filament qui scintillait sur la bordure du col.

— Est-ce là tout ce qu'il me restera de lui ? s'enquit-elle d'une voix pleine de larmes. Un seul et unique cheveu ?

Guillaume ne répondit rien parce qu'il n'y avait rien à répondre et que les mots restaient bloqués dans sa gorge serrée. Enfin, la reine sécha ses larmes et, avec une tendresse infinie, enfila le cheveu lumineux à une aiguille de sa boîte à ouvrage.

— Une longue et pénible route vous attend, vous le savez, fit-elle remarquer.

— Majesté, s'il me fallait aller à genoux jusqu'à Jérusalem sur une route jonchée d'épines, je n'y renoncerais pas. Avec l'aide de Dieu, je tiendrai ma promesse, et si j'échoue, ce sera parce que je serai mort en chemin.

La reine posa sur le Maréchal un regard dur comme l'acier.

— Puisque, de votre propre aveu, vous réussirez ou mourrez, alors je vous ordonne de réussir, Guillaume, car si vous me décevez en mourant, je vous poursuivrai jusque dans l'au-delà, où je jure de vous infliger une seconde mort !

Prosterné à ses pieds, Guillaume lui prit la main et y apposa son front. En retour, elle lui toucha succinctement le sommet du crâne dans un geste de bénédiction.

— Dieu vous tienne en sa sauvegarde, dit-elle. N'oubliez pas que mes prières vous accompagnent, mon fils et vous, à chaque étape du voyage.

Guillaume partit pour Jérusalem au départ de la cathédrale de Rouen par une matinée de la fin juillet. Sa suite, restreinte, consistait en sa maisonnée personnelle, dont Ancel et une poignée d'anciens chevaliers du jeune roi faisaient partie, ainsi que deux templiers de la commanderie de Londres.

Il avait enveloppé le manteau de pèlerin de Harry dans un drap de lin, qu'il gardait à l'abri à l'intérieur d'un sac de cuir ciré, afin de le protéger contre les éléments. Le roi Henri lui avait remis des plis diplomatiques ainsi que des lettres de recommandation destinées à la Cour de Jérusalem, sur laquelle régnait son jeune cousin Baudoin IV, dit le Lépreux.

Guillaume ignorait pendant combien de temps il resterait absent et s'il reverrait un jour l'Angleterre, car le périple était ardu, et son intention était de faire pénitence tout au long du trajet, afin de purifier son âme et de s'assurer de l'entrée de Harry au paradis. Rien ne comptait à ses yeux que cette sainte détermination. Il accomplirait son objectif ou mourrait à la tâche.

Chapitre 24

Lyons-la-Forêt, duché de Normandie, printemps 1186

Tirant sur les rênes, Guillaume mesura du regard le pavillon de chasse en bois qui se dressait au milieu des arbres. La Cour était en résidence. Une multitude de gens entraient et sortaient, tels les deux brins d'une tresse s'entrecroisant, par l'ouverture de la palissade qui séparait la forêt du pavillon. À l'extérieur de l'enceinte, un débordement sporadique de tentes et d'abris recouvrait le sol. On aurait dit des nœuds de broderie fantaisistes sur une robe.

Il avait fallu trois ans à Guillaume pour rejoindre Lyons-la-Forêt, mais il ne savait pas encore si ce serait le terme de son voyage ou s'il réintégrerait sa vie d'antan au sein d'un univers qu'il connaissait aussi parfaitement que sa propre armure. Même à supposer que la Cour n'eût pas changé durant ces dernières années, il n'était, lui, plus le même homme, d'où son hésitation tandis qu'il s'apprêtait à en franchir le seuil. De rudes leçons lui avaient été inculquées, et sur lui-même, et sur autrui. L'enfer et la rédemption avaient été le lot de sa pérégrination. Il les rapportait tous deux dans ses bagages sous la forme de linceuls de soie reçus des templiers en échange de ses vœux.

Il éperonna légèrement les flancs de son palefroi et traversa, à la tête de son petit entourage, le campement en effervescence jusqu'à l'entrée en demi-rondins. Un jeune garde au visage couvert de boutons fit un pas en avant et lui demanda ce qui l'amenait. Aussitôt, un ancien, qui avait reconnu le chevalier, tira le garçon de côté.

— Messire le Maréchal, salua l'ancien en s'inclinant très bas, comme s'il avait affaire à un grand baron et non à un chevalier ordinaire doté d'une modeste suite.

À ces mots, le jeune garde ouvrit de grands yeux. S'avisant de l'écu d'or et de vert au lion rampant qui était rangé par le travers sur le dos du cheval de bât, il s'inclina très bas à son tour.

Guillaume le salua d'une simple inclinaison de la tête. La première barrière venait de tomber. À dire vrai, il ne s'attendait pas à ce qu'on le jetât dehors avec perte et fracas, mais, connaissant l'inconstance des têtes couronnées...

— Le roi est-il à l'intérieur ? s'enquit-il en désignant le bâtiment principal d'un geste de la main.

— Non, sire, il est à la chasse, mais il devrait être rentré avant la tombée de la nuit. Il sera bien aise de vous voir.

— Et moi de même, répondit le chevalier avec une identique courtoisie protocolaire, avant de poursuivre son chemin.

La nouvelle de son retour l'avait précédé. Même si le jeune garde ne l'avait reconnu qu'avec l'aide de son supérieur et du bouclier, jadis célèbre dans tous les tournois, de la Normandie au Limousin, d'autres étaient moins ignorants que lui.

— Sire !

Il se retourna et eut à peine le temps de descendre de cheval qu'un petit clerc nerveux et sec aux boucles brunes clairsemées et aux doigts tachés d'encre lui donnait l'accolade avec effusion, l'heure n'étant pas aux chichis ni aux salamalecs.

— Wigain ! s'exclama Guillaume en lui rendant son étreinte dans un chaleureux élan d'affection. Le roi vous a donc pris à son service ?

— Oui, sire, répondit l'autre. Il y a toujours de la place pour un clerc supplémentaire dans la maisonnée du roi.

Et, lançant un regard espiègle au chevalier, il ajouta :

— Cependant, je ne suis plus aussi riche que je l'étais, depuis que vous avez renoncé aux tournois.

— Moi non plus, gloussa Guillaume avant de mener son palefroi à l'étable par la bride. Le roi se porte-t-il bien ?

Wigain fit la grimace.

— La plupart du temps, oui, même si les années et le poids de ses charges se rappellent parfois à lui, généralement tôt le matin ou tard le soir, répondit-il.

Après un instant d'hésitation, il ajouta :

— Notre jeune seigneur lui manque.

Guillaume posa une main sur son cœur, tandis qu'une infinie mélancolie le submergeait.

— Il me manque aussi, confia-t-il en se souvenant des étés passés à goûter les joies des tournois.

Sable des jours glissant entre les doigts… Écume des rires et de la camaraderie au-dessus d'un sombre abîme de doutes… Jeu incessant de l'amitié et de la trahison avant l'éprouvante cérémonie des adieux…

Parvenus à l'écurie, Guillaume confia son palefroi à Eustache.

— Comment était-ce, Jérusalem ? s'enquit Wigain.

L'ancien pèlerin secoua la tête d'un air entendu.

— À la fois le royaume des cieux et l'enfer sur Terre, répondit-il enfin.

Wigain lui jeta un regard de biais, mais Guillaume ne s'étendit pas. Il n'avait pas terminé d'assimiler son expérience en Terre sainte, encore trop vive et sensible pour y penser et encore moins en parler.

—J'ai déposé le manteau du jeune roi sur le tombeau du Christ et fait brûler des cierges pour le salut de son âme, se souvint-il néanmoins.

La curiosité, bien naturelle, de Wigain fut probablement découragée par la mine du chevalier, car il changea de sujet.

—Ancel est-il avec vous ? s'enquit-il en cherchant le jeune homme du regard.

—Non, répondit Guillaume.

Puis, devinant la question que Wigain n'osait pas poser, il s'étendit quelque peu, tout en en disant le moins possible.

—Ancel a été blessé au cours d'un rude combat, peu après notre départ de Jérusalem. Il se remet de ses blessures chez notre cousin, dans le Perche, dont il a intégré la maisonnée. J'en reviens.

—Je suis désolé, assura Wigain. J'espère qu'il sera rapidement sur pied.

Guillaume acquiesça mais ne dit rien. Maintes fois, au cours de leur pèlerinage, il avait été tourmenté par le regret et la culpabilité, mais jamais autant que lorsque son frère avait été blessé. Quoi qu'il en fût, cela ne concernait que lui. De plus, il se devait d'aller de l'avant, non de regarder en arrière, sinon ce serait sa fin. Tous deux avaient survécu et revenaient forgés d'un acier encore plus résistant. C'était tout ce qui comptait.

Il décrocha une sacoche de voyage de la selle de son palefroi, la jeta par-dessus son épaule et se mit en marche.

—Le roi vous fera bon accueil, j'en suis sûr, assura Wigain.

Devant la réserve du chevalier, il ajouta :

—La reine aussi.

Guillaume marqua un temps d'arrêt.

— La reine est ici ?

— Oui, sire, même si elle doit retourner en Angleterre bientôt.

— Toujours prisonnière ? lança Guillaume en reprenant la marche.

Wigain grimaça.

— Il lui accorde davantage de liberté à présent, mais il la tient toujours sous haute surveillance.

Guillaume se demanda si le roi Henri pardonnerait un jour à sa femme de s'être rebellée contre lui et d'avoir exigé davantage de la vie et de son mariage que ce qu'il consentait à lui octroyer.

Il prit congé de Wigain devant le pavillon de chasse et entra seul. La nouvelle de son arrivée l'avait effectivement précédé, il le comprit lorsque les gardes s'écartèrent sur son passage et que l'huissier l'introduisit à l'intérieur d'une pièce tout en longueur bordée de bancs et aux murs décorés d'armoiries de couleurs vives, ainsi que de têtes de cerfs et de sangliers. Les yeux de Guillaume, habitués à la clarté printanière de la cour, s'adaptèrent lentement à la pénombre.

— Messire le Maréchal…

Guillaume se retourna et se trouva face à un jouvenceau blond comme les blés, dont la voix, à en juger à sa sonorité, venait à peine de muer.

Le jeune homme s'inclina.

— Je suis chargé de vous conduire auprès de la reine, annonça-t-il. Elle me charge également de vous dire que vous êtes le bienvenu.

Pour toute réponse, Guillaume hocha la tête d'un air grave, puis prenant une grande inspiration, emboîta le pas au jouvenceau. Aliénor avait toujours le talent de dénicher de jeunes hommes prometteurs, pensa-t-il avec plaisir.

Les appartements de la reine étaient situés à l'arrière du pavillon, et, lorsque le beau page en fit franchir le seuil au chevalier, la chaleur parfumée de la pièce l'accueillit telle une main amicale. Aliénor se plaignait toujours que le climat du nord ne convenait pas au sang aquitain qui coulait dans ses veines ; aussi des braseros avaient-ils été allumés aux quatre coins de la pièce. Guillaume reconnut l'arôme capiteux de la cannelle et de l'encens, qui libéra un flot de souvenirs – certains anciens, d'autres plus récents – dans sa mémoire. À Jérusalem, il avait connu des lieux semblablement parfumés, des lieux qu'il aurait d'ailleurs mieux fait d'éviter.

— Guillaume ! s'exclama Aliénor en se pressant à sa rencontre, une main tendue en signe de bienvenue, tenant de l'autre l'ourlet de brocart de sa robe de laine pourpre, afin qu'il ne traînât pas sur les ajoncs.

— Majesté, salua le chevalier en se prosternant à genoux avant de lui baiser la main.

— Oh, quelle joie de vous revoir ! s'exclama Aliénor d'une voix qui n'avait rien perdu de son charme.

À soixante-deux ans, et bien que retenue prisonnière depuis plus de dix ans par son mari, la duchesse d'Aquitaine et reine d'Angleterre s'y entendait toujours comme nulle autre pour faire tomber les hommes à genoux, que ce fût d'abdication ou d'adoration.

— Quant à vous, Majesté, c'est pour le voyageur las et fourbu que je suis un bonheur de vous revoir, répondit galamment Guillaume. De toutes les belles dames que j'ai croisées entre ici et Jérusalem, aucune ne peut rivaliser avec la reine d'Angleterre.

À l'exception d'une seule, en fait, mais il préférait ne plus y penser, car tout cela était du passé désormais.

La reine s'esclaffa et retira sa main.

— Toujours aussi flatteur…, fit-elle remarquer en lui faisant signe de se redresser. Raoul, du vin pour messire Guillaume, lança-t-elle avec un claquement de doigts.

— Majesté, ce n'est là que la pure vérité. Jamais je ne vous mentirais.

Aliénor parut satisfaite.

— Par conséquent, il me faut vous croire, car le roi lui-même affirme que Guillaume le Maréchal ne sait pas mentir.

Ce dernier tressaillit intérieurement tandis qu'il prenait la coupe des mains du page. Le liquide était de la même teinte que la robe d'Aliénor, et il l'étudia avec méfiance.

— Buvez sans crainte, le rassura-t-elle. Il provient de ma réserve personnelle. Je refuse de tremper mes lèvres dans le vinaigre que mon mari fait couler de force dans les gosiers de la Cour.

— En ce cas, c'est à votre santé que je le bois, Majesté, lança Guillaume avec un sourire sincère en levant sa coupe.

Aliénor retourna s'asseoir derrière son métier à broder et lui indiqua un tabouret rembourré face à elle.

— Racontez-moi tout ! ordonna-t-elle.

Guillaume but son vin, qui était effectivement très bon, et accepta une seconde coupe, puis il satisfit sa curiosité, gardant le silence sur de nombreux points. C'étaient les dernières volontés de son fils qui l'avaient conduit au Saint-Sépulcre, et Aliénor était en droit de connaître les péripéties de son voyage, ainsi que de retrouver l'ambiance et la saveur de ce pays, où elle avait elle-même séjourné, à l'époque de son premier mariage, lorsqu'elle était jeune reine de France. Il ne fut donc pas avare de détails sur cet aspect-là de son voyage, puis il lui offrit une petite ampoule en cristal de roche qui contenait de l'eau du Jourdain. Il évoqua même pour elle la blessure d'Ancel et agréa l'expression de sa compassion ainsi que ses vœux de bon rétablissement.

Mais il n'évoqua pas le sujet des linceuls ni celui de son entrée chez les Templiers, car cela ne concernait que lui.

— Vous êtes changé, Guillaume, fit remarquer à voix basse Aliénor. Mais sans doute ne faut-il pas s'en étonner.

— À Jérusalem, j'ai tourné la page de mon ancienne vie, Majesté.

— Fini les joutes et les tournois ? lança Aliénor d'un ton taquin mais avec un regard d'une absolue concentration.

— Oui, confirma-t-il.

Il avait bu sa seconde coupe jusqu'à la lie, et la tête commençait à lui tourner. Il éprouvait le besoin de se sustenter et de prendre du repos. Du reste, il n'était pas sage d'avoir la langue déliée par le vin en présence de la reine Aliénor.

— Que comptez-vous faire en ce cas ?

— Trouver une bonne épouse et m'installer, répondit le chevalier, un sourire d'autodérision aux lèvres.

Aliénor le scruta avec des yeux mi-clos puis partit d'un grand rire.

— Ma foi, dit-elle, voilà une quête digne d'un chevalier de votre trempe, même si je ne vous imagine guère dans ce rôle domestique, que vous ayez tourné la page de votre ancienne vie ou non. Vous êtes un courtisan, Guillaume, un chevalier, un guerrier, un chef ! Le jour où vous vous installerez, ce sera dans votre dernière demeure. Je continue de croire que je vous connais mieux que vous ne vous connaissez vous-même.

— C'est fort probable, Majesté, convint-il de bonne grâce. Mais ces derniers temps, je rêve de jours et de nuits tranquilles, entouré d'une épouse et de fils.

Aliénor fit une moue dubitative et leva son aiguille à broder.

— Cela montre votre ignorance des réalités du mariage, fit-elle remarquer, sa bonne humeur à présent teintée d'âpreté. Et aussi que vous avez passé ces vingt dernières années en aveugle.

L'œil perçant, elle ajouta :

— Je ne sais pas si la nouvelle vous est parvenue pendant que vous cheminiez, mais Marguerite n'est plus à la Cour de Philippe. Elle a épousé le roi Béla de Hongrie l'an dernier.

L'allusion à Marguerite serra douloureusement le cœur de Guillaume, comme lorsqu'on met le doigt sur une plaie qui n'est pas encore complètement guérie.

— J'espère que ce mariage lui apportera satisfaction, déclara-t-il en prenant acte du fait qu'il ne la reverrait probablement jamais.

— Oui, lâcha Aliénor d'un ton acerbe, on peut toujours l'espérer.

Guillaume dut laisser paraître un peu de son émoi, car la reine se radoucit soudain :

— C'est un bon mariage, assura-t-elle. Meilleur que les deux miens.

Guillaume se vit dispensé de répondre, car on frappa à la porte pour l'avertir que le roi, de retour de la chasse, l'attendait. Lorsque le chevalier se redressa afin de prendre congé après s'être incliné au-dessus de la main de la reine, celle-ci le mit en garde :

— Faites attention à ce que vous souhaitez, Guillaume, lança-t-elle, car il se pourrait que vos vœux s'accomplissent.

— J'y compte bien, Majesté, assura Guillaume avec un sourire de circonstance.

Aliénor le regarda s'éloigner à reculons tout en s'inclinant avec une grâce féline que les fatigues du voyage n'avaient pas entamée.

— Je suis une femme de bien, lança la plus jeune chambrière de la reine, Gersende, dans l'espoir de retenir l'attention du chevalier.

Aliénor la considéra avec apitoiement.

— Mais vous n'avez pas le genre de biens que recherche Guillaume le Maréchal, lança Aliénor en reprenant son ouvrage.

De temps à autre, son regard se posait sur la petite ampoule qu'il lui avait offerte, et elle repensait à ce qu'il avait dit, et surtout aux silences entre les mots.

Guillaume fut ébahi de voir à quel point le roi Henri avait vieilli depuis leur dernière entrevue, trois ans auparavant, au pied de la tombe de Harry à Rouen. Henri avait les yeux injectés de sang, comme s'il avait bu trop de vin et manquait de sommeil. Il avait le teint rougi par le vent et l'effort soutenu, mais il ne semblait ni gaillard ni en bonne santé. Le prince Jean, qui avait maintenant dix-neuf ans, l'avait accompagné à la chasse. Il était de plus petite taille que son père et avait les pommettes hautes et les yeux de sa mère. Une barbe naissante ombrait son menton et sa lèvre supérieure d'un léger poil brun.

— Ah, ah ! s'exclama Henri en empoignant Guillaume par le bras d'un geste viril, avant de l'aider à se redresser. Ainsi, vous m'êtes revenu ?

— Il en allait de mon devoir… et de ma fidélité[1], Sire.

— La « fidélité » ! répéta Henri en faisant une grimace. Vous trouvez toujours les mots justes, le Maréchal. Je ne peux le nier.

1. La fidélité est l'un des principes clés de l'éthique chevaleresque. Elle a pour corollaire la loyauté et la vaillance au combat ou en tournoi. Ces deux dernières constituent la vertu de prouesse. Couronnant le tout, la largesse, c'est-à-dire la générosité motivée par le mépris du profit, atteste de la noblesse d'intention et du désintéressement du chevalier. Guillaume le Maréchal a su incarner les vertus de son état et de son temps à la perfection malgré un parcours de vie inévitablement semé d'embûches politiques. (*NdT*)

Se tournant vers son fils cadet, qui souriait en coin, il ajouta :

— La fidélité vaut de l'or, expliqua-t-il à Jean. Surtout lorsqu'elle s'apparente à celle de Maréchal. Tâche de bien t'en souvenir.

— Mais l'or peut aussi la susciter, fit remarquer Jean. Ou l'acheter pour de bon.

Et d'ajouter, s'adressant au chevalier :

— Quel est votre prix, le Maréchal ?

Guillaume fut tenté de lui répondre qu'il était trop cher pour un jouvenceau un peu trop malin tel que lui, mais la prudence l'en dissuada, car il gardait présent à l'esprit que son propre frère aîné était au service de Jean sans Terre.

— C'est entre votre père et moi, sire, répondit-il enfin, au cas où il souhaiterait me garder à son service. Ce que j'ai fait pour votre frère, je l'ai fait par affection, non par appât du gain.

— Mais vous y gagnerez, non ? affirma le jeune homme, une lueur de malveillance dans le regard.

— Jean, il suffit ! Cesse ces taquineries ! ordonna Henry avec indulgence en faisant signe à son fils d'arrêter. Allez, le Maréchal, partageons le vin et racontez-moi votre pèlerinage.

Il était très tard lorsque Guillaume regagna sa tente en titubant dans la fraîcheur printanière du soir, avec pour seules guides les étoiles et la douce lumière des feux de cuisson. Des hommes ne cessaient de l'arrêter pour saluer son retour et lui souhaiter la bienvenue. Il sourit lorsqu'il fallait sourire et dit ce qu'il fallait dire, s'en tenant au strict minimum. Il était, depuis longtemps, passé maître en cet art et pouvait y tenir son rôle même passablement éméché. Mais Dieu que c'était lassant ! C'est pourquoi un puissant sentiment de soulagement l'envahit lorsqu'il eut enfin rejoint son pavillon. Ses doigts, d'habitude si vifs et habiles, bataillèrent avec l'attache des rabats, qu'Eustache dut, en fin de compte, défaire à sa place.

— Ne buvez jamais le vin du roi, surtout après avoir bu celui de la reine, conseilla-t-il à l'écuyer. Le mélange est fatal.

— Comme pour le roi et la reine, fit remarquer Eustache. Avez-vous mangé ?

Guillaume rit de la boutade et balaya la question d'un geste négatif de la main.

— Moins que je n'ai bu, mais plus qu'assez, si j'en crois mon estomac. Tout ce que je demande à présent, c'est qu'on me laisse dormir.

Eustache le fit entrer sous la tente et rattacha lâchement les rabats. À la faible lueur d'une lanterne, Guillaume s'étendit sur sa paillasse et fut reconnaissant de constater que l'écuyer en avait renouvelé la paille. Mais malgré l'épuisement, le sommeil se fit attendre, tandis que son cerveau, tout comme son estomac malmené, continuait de s'agiter. Henri avait tenu à ce qu'il lui fît le récit de son pèlerinage sur un mode différent de celui qu'il avait fait à la reine. Le roi ne s'intéressait pas aux contours et aux détails du périple, mais plutôt aux faits bruts, rapportés succinctement, à la manière d'un rapport de campagne militaire. Le seul point au sujet duquel il avait exigé plus d'éléments concernait le dépôt du manteau de son fils défunt sur le tombeau du Christ et le cierge que le Maréchal avait fait brûler en son nom pour le salut de l'âme de Harry. Guillaume lui avait fait un récit adapté, ainsi qu'il l'avait fait pour Aliénor ; mais il lui en avait coûté, car Jean sans Terre n'avait cessé de l'observer de ses yeux avides de prédateur, tandis qu'il s'imprégnait de chaque mot et de chaque nuance de sens.

Du moins en avait-il terminé, pensa Guillaume, tandis que tout, autour de lui, se mettait à tourner. À présent que le récit était fait, il pouvait le remiser avec les linceuls de soie, les galets blancs rapportés de la mer de Sel, le clou et l'anneau d'or reçus d'une concubine sous une coupole ornée de Jérusalem, symboles de la sainteté de Jésus et de la corruption des hommes. Sous forme tangible ou mémorielle, les souvenirs perduraient, telles les cicatrices des blessures de guerre, mais l'on n'était pas censé y penser chaque jour de sa vie. À la fin, Henri lui avait demandé de rester, évoquant des revenus et des richesses qui pouvaient devenir siens en échange de son serment de fidélité. Jean sans Terre, n'en perdant pas une miette, assistait à la scène, un sourire moqueur aux lèvres.

« J'ai une héritière sous ma tutelle, avait annoncé Henri. Et je suis en quête d'un bon administrateur pour ses terres. Elle est en âge d'être mariée. Vous pourriez devenir, à votre guise, son tuteur ou son mari. »

Guillaume ferma les yeux et pressa les paumes de ses mains contre ses paupières jusqu'à ce que des étoiles lui apparaissent. L'héritière s'appelait Héloïse de Kendal et possédait d'importants domaines dans le nord de l'Angleterre. Henri lui avait proposé d'autres pupilles, mais leurs biens étaient insignifiants en comparaison de ceux de Héloïse. Le roi lui avait également concédé un fief contigu aux domaines de la riche héritière. Il pouvait en disposer comme il l'entendait, même si cette terre faisait de lui le vassal de Jean, à qui il devrait prêter hommage, et qui la tenait lui-même de son père. Le chevalier avait tout accepté, porté un toast avec le vin au goût de moisi du roi et juré fidélité à celui-ci.

Me voici de nouveau nanti d'un seigneur et d'armoiries, pensa-t-il sur son lit de fortune.

Quant à savoir si ce rôle était taillé pour lui, c'était une autre affaire.

Chapitre 25

Earley, comté de Berkshire, mai 1186

Guillaume n'avait jamais eu de pupille, même s'il s'était occupé de faire l'instruction de plusieurs écuyers et de guider une foule de chevaliers. Le jeune garçon qui se tenait face à lui serait dorénavant, et à tous égards, sous sa responsabilité. Les parents de Jean d'Earley étaient décédés, et son tuteur, l'archidiacre de Wells, était, lui aussi, récemment passé de vie à trépas. À quatorze ans, le petit Jean était encore trop jeune pour administrer seul ses terres. Cependant il était déjà assez hardi, remarqua Guillaume en cachant son amusement, pour porter l'épée au côté gauche et le long fourreau de sa dague de chasseur au côté droit. L'épée était bien trop encombrante pour ce garçon de constitution légère. D'ailleurs, à en juger au style passé de mode de la garde, il s'agissait d'un bien de famille qu'il avait reçu en héritage et qui s'était transmis de génération en génération. Guillaume identifia sur-le-champ le mélange de fierté, de défi et de manque d'assurance qui caractérisait les jouvenceaux de la noblesse.

— Jean, commença-t-il d'un ton plaisant en lui tendant la main.

Le jeune garçon lui jeta un regard méfiant de ses yeux bleu ardoise à demi cachés par une frange de cheveux noir de jais. Au bout d'un moment, il se décida enfin à tendre la main au chevalier. Ses poignets, tout en longueur, témoignaient d'une croissance rapide et récente. La moiteur de sa main, quant à elle, trahissait son appréhension. Mais sa poigne affirmait qu'il n'avait pas l'intention de s'en laisser imposer.

— J'imagine que l'on vous aura informé que désormais vos terres seront administrées par la Couronne et que vous-même entrerez dans ma maisonnée jusqu'à votre majorité, afin d'y recevoir une instruction militaire.

— Oui, sire, répondit Jean en pinçant les lèvres.

— Et vous hésitez entre m'en tenir rigueur ou vous en réjouir.

L'adolescent parut surpris mais ne dit rien. D'ailleurs, Guillaume n'attendait pas de réponse.

— Faites-moi voir votre épée, ordonna ce dernier.

Son pupille tira l'épée au clair et la lui tendit en la tenant par la lame, l'expression soudain anxieuse. Guillaume examina la lame avec la plus grande attention, remarquant l'éclat et l'affûtage du fil, signe qu'elle avait été bien graissée et entretenue.

— Vous vous en occupez vous-même ? s'enquit-il en vérifiant l'équilibre de l'arme.

— Oui, sire, répondit le jeune garçon en rougissant.

Guillaume lui rendit l'épée.

— Bien, dit-il. Le nettoyage des armes est la première obligation d'un écuyer, et je vois que vous vous y entendez déjà fort bien. Avez-vous suivi un entraînement au maniement des armes ?

De rouge, Jean devint cramoisi.

— Seulement un peu, sire.

Autant dire aucun entraînement, à peu de chose près..., pensa Guillaume. L'enfant avait perdu son père à l'âge de huit ans, et l'archidiacre, son ancien tuteur, était âgé.

Probablement que Jean n'avait reçu que les rudiments du maniement de la lance, de l'écu et de l'épée. Il en allait probablement de même de son éducation de Cour. Son meilleur atout était sans conteste cette grande épée tout à fait inappropriée pour son âge. Néanmoins, le jouvenceau n'était pas un incapable et travaillait dur, à en juger par le brillant de l'acier de ses ancêtres.

— Cela n'a pas d'importance. Vous apprendrez à mon service.

— À votre service ? répéta Jean en écarquillant ses yeux bleu ardoise.

— À quoi vous attendiez-vous ? Vous êtes en âge de commencer à vous entraîner à plein temps, et ce n'est pas ici, chez vous, que vous le ferez. À votre majorité, vous aurez appris à mes côtés tout ce dont vous avez besoin et davantage encore.

La surprise céda la place à la réflexion et à la pondération chez le jeune garçon. Guillaume s'avisa, non sans quelque amusement, que, tandis qu'il jaugeait l'enfant, celui-ci le jaugeait également.

— Souhaitez-vous dire quelque chose ? s'enquit Guillaume.

— Est-il vrai que vous avez été l'instructeur militaire des fils du roi Henri ?

— C'est vrai, répondit Guillaume en baissant la tête.

— Et un grand champion de tournois ? s'enquit encore Jean, des étoiles dans les yeux.

— Je le fus autrefois.

Sous les yeux de son pupille, et tandis que son passé revivait, mais de manière figée, dans ses réponses, Guillaume sentit le vague à l'âme l'envahir. Son dernier tournoi, à l'exception des deux ou trois auxquels il avait participé en Terre sainte, s'était déroulé près de Saint-Pierre-sur-Dives, peu avant son départ en pèlerinage. Il avait remporté le prix, mais l'enthousiasme n'y était plus. On avait manifestement fait au jeune homme un résumé des accomplissements passés de son nouveau tuteur. Avait-on aussi parlé à Jean du scandale survenu à la Cour du jeune roi ? Guillaume n'avait pas l'intention de lui poser la question.

— Je vous enseignerai l'art de manier la lance et le combat à l'épée, expliqua Guillaume, revenant à leur sujet. Mais ne comptez pas assister à des tournois et ne croyez pas non plus tout ce qu'on raconte.

— Mais si ce qu'on raconte est faux pour partie, cela laisse une part de vrai, fit remarquer Jean, se départant de son émerveillement pour laisser percer davantage sa personnalité.

— En effet, répliqua Guillaume avec un sourire sans joie, et la tâche sera ardue pour trier le bon grain de l'ivraie, mais cela fait aussi partie de l'apprentissage. Faites de votre mieux pour me servir, et je ferai de mon mieux pour vous être utile.

— Bien, sire.

— Vous ne serez pas mon seul écuyer. Mon neveu s'apprête également à rejoindre ma maisonnée aux mêmes fonctions. Il a environ votre âge et vous officierez à ses côtés. Nous irons le chercher demain matin.

Jean acquiesça avec un mélange d'enthousiasme et d'appréhension. Guillaume désigna le long fourreau qui pendait au côté du jeune garçon et dit :

— Allez m'enlever ça et rangez-le à l'abri. Pour commencer, on va vous donner une épée plus légère, bien que moins précieuse à vos yeux.

Tandis que Jean s'exécutait, Guillaume s'efforça de ne pas penser à son ancien apprenti qui gisait dans sa tombe, à Rouen. *Que les princes défunts reposent en paix !* pensa-t-il.

Jean d'Earley avait un avenir, et son tuteur aussi, du moins l'espérait-il.

—Ton fils te ressemble à tel point qu'on croirait que c'est toi qui lui ressembles ! fit remarquer Guillaume à son frère Jean, tandis qu'ils regardaient Jack s'apprêter à projeter sa lance sur une cible de paille.

Jean d'Early ainsi que d'autres jouvenceaux étaient présents et attendaient leur tour.

Une petite fille tout en souplesse et aux nattes brunes rôdait aux abords des guerriers en herbe.

Les hommes profitaient du soleil sur un banc et échangeaient des nouvelles après des années d'absence. Guillaume, après être allé chercher son deuxième écuyer, avait poussé plus loin au nord, afin de faire connaissance avec son autre pupille, la jeune et très riche Héloïse.

—C'est ce que tout le monde me dit, admit Jean le Maréchal. C'est généreux de ta part de le prendre sous ton aile, même si je doute encore d'avoir fait le bon choix.

Guillaume lui jeta un regard interloqué.

—À cause de moi ou à cause de lui ? s'enquit-il.

Jean émit un grognement qui voulait passer pour un rire.

—À cause de sa mère, répondit-il. Elle adore Jack et Sybil.

Il tourna son regard vers la petite fille, qui pratiquait des pas de danse dans l'ombre des garçons, et ajouta :

—Ce sera un torrent de larmes quand il quittera notre foyer.

Croisant les bras, il ajouta encore :

—Oh, elle sait qu'elle doit le laisser partir, que cela vaut mieux pour tous. Elle se montre courageuse, mais ce sera rude. Bien sûr, il lui restera Sybil, mais lorsque notre fille arrivera en âge d'être fiancée, elle ira vivre chez ses beaux-parents, afin d'y achever son éducation. Je n'ai aucun moyen de lui verser une dot importante, mais elle est jolie et descend des comtes de Salisbury, et cela pèse dans la balance.

Ce fut au tour de Jean de s'exercer, et Guillaume regarda son élève viser puis lancer. Le chevalier grimaça, car la technique était déplorable, mais l'enfant avait du potentiel. Sa nièce, Sybil, tapota Jean d'Early à l'épaule en guise de consolation.

—Je suppose qu'à cet égard, c'est une bénédiction qu'Alaïs attende un troisième enfant, confia Jean le Maréchal avec un sourire ironique. Cela divertira son attention, tandis que son fils lui est enlevé.

—Il ne lui est pas « enlevé », rectifia Guillaume.

—Il part enfant et reviendra adulte, en tout cas je l'espère, répliqua Jean. C'est un rite d'initiation qu'Alaïs ne peut accompagner de ses vœux. Le nouveau bébé la tiendra occupée.

Guillaume lança un regard acéré à son frère.

—Je te féliciterais volontiers, mais tu ne me sembles pas te réjouir outre mesure de l'arrivée d'un autre enfant.

Jean remua les épaules.

—Je ne m'y attendais pas, je l'admets. Nous avons pris nos précautions, mais pas suffisamment à l'évidence. Jack et Sybil en sont la preuve. Je pense qu'il a été conçu après les funérailles de notre mère. Nous avons traversé une période difficile, durant laquelle nous avons cherché plus de réconfort l'un dans l'autre que nous ne l'avions fait depuis longtemps.

Guillaume se rembrunit.

—J'étais en Terre sainte quand mère est morte, se souvint-il. J'ai fait brûler des cierges pour elle au Saint-Sépulcre, sans savoir qu'elle avait rendu son dernier souffle. Dieu ait son âme !

Assailli par un accès de chagrin et de culpabilité, il se signa. Il se reprochait de n'avoir pas rendu visite à sa mère aussi souvent qu'il aurait dû, et à présent, il était trop tard.

— En effet, tu t'arranges toujours pour éviter les enterrements familiaux, fit remarquer Jean avec un petit air narquois.

— Je ne le fais pas exprès, grommela Guillaume.

Jean dut sentir qu'il était allé trop loin, car il changea promptement de sujet, même si, là encore, il fouillait un aspect de la vie personnelle de son frère.

— Qu'en est-il de cette héritière que tu dois épouser ? Que sais-tu d'elle ?

Guillaume considéra Jean de biais.

— Qui a parlé de mariage ? répliqua-t-il. Elle n'est que ma pupille pour le moment.

— Le roi te la destine, fit valoir Jean.

— Oui, c'est juste, convint Guillaume en croisant les bras.

— Mais tu n'as pas l'intention de l'épouser...

— Je n'ai encore rien décidé, et cela dépend également de la dame en question, rétorqua Guillaume, se refusant à satisfaire plus avant la curiosité déplacée de son aîné.

Initialement, il avait penché en faveur d'un mariage avec Héloïse de Kendal, qu'elle fût sa pupille ou non, mais sur le bateau qui les ramenait en Angleterre, la reine Aliénor l'avait amené à reconsidérer la situation en lui faisant remarquer qu'il avait accepté une récompense bien trop minime en échange de ses services.

« Vous pouvez prétendre à mieux, Guillaume, avait-elle dit en lui touchant le bras. Mon mari peut vous donner davantage que la maigre portion qu'il vous a distribuée jusque-là. »

« Cela est suffisant, Majesté », avait-il répondu à la reine, dont le regard entendu l'avait mis soudain mal à l'aise.

En juge perspicace, Aliénor avait hoché la tête et dit : « Peut-être est-ce suffisant pour vous aujourd'hui, mais est-ce que ce sera le cas demain, lorsque vous comprendrez que vous auriez pu obtenir infiniment plus ? Pensez-y. Héloïse de Kendal n'est pas, et de loin, la seule héritière richissime dans l'escarcelle de mon mari. »

Depuis, Guillaume n'avait cessé d'y penser. Il s'était vu offrir plus qu'il n'avait jamais possédé de toute sa vie : des terres à administrer, des tenures et le produit des récoltes, qui le maintiendraient à flot et lui permettraient d'entretenir un entourage, une jeune épouse, des héritiers. Il aurait son propre foyer et ne serait plus contraint de se réchauffer à l'âtre d'autrui. Pourtant, Aliénor affirmait qu'il devait prendre le risque d'en demander davantage. Agissait-elle par souci réel de son avenir ou par malice envers son mari ? Il n'aurait su dire. Cependant, connaissant la reine, la réponse se trouvait certainement à mi-chemin entre les deux.

Prenant sur lui, il dit à son frère, ruant quelque peu dans les brancards :

— J'irai à Londres chercher ma nouvelle pupille. Puis j'administrerai les terres qui me sont confiées et attendrai mon heure. Nul besoin de hâter ma décision.

Chapitre 26

Tour de Londres, mai 1186

C'était l'heure du repas pour les lions. Isabelle de Clare eut un mouvement de recul en entendant leurs rugissements au loin. Elle était allée y assister une fois, mais la vue des grands fauves déchiquetant la carcasse d'un cheval ne l'avait pas incitée à renouveler l'expérience. Damask, sa petite chienne de chasse à robe argentée, se mettait à trembler dès que sa maîtresse s'approchait un peu trop près de la fosse aux lions. Aussi Isabelle s'y rendait-elle seule, parfois, pour admirer ces gros chats mordorés, tandis qu'ils longeaient l'enceinte de leur prison. C'était tout de même un spectacle d'une grande rareté, se disait-elle, spectacle qu'elle ne reverrait probablement plus jamais une fois qu'elle aurait quitté la Tour. Si elle la quittait un jour...

Elle en avait passé le seuil trois ans auparavant et vivait depuis à l'abri de ses murs, tel un pion enfermé dans un coffret de pièces d'échecs, situation des plus ennuyeuses. Elle avait grandi dans les landes sauvages battues par les vents et la pluie du Leinster, puis dans les Marches galloises, à Striguil, au grand donjon de ses ancêtres, qui se dressait sur les contreforts de la Wye, et enfin à Goodrich, plus loin en aval. Il ne lui en restait, à présent, que de vagues souvenirs. De temps à autre, sa mère lui rendait visite à la Tour, lorsqu'elle faisait la tournée de ses manoirs du sud du pays, mais son frère et son père n'étaient plus que des ombres brumeuses, qui s'effaçaient à mesure que le temps passait.

Les rugissements retentirent et, malgré l'éloignement, Damask s'accroupit en tremblant pour uriner sur l'herbe, ses oreilles frémissantes aux aguets.

— Ce n'est pas sa faute, dit Héloïse de Kendal en se joignant à la promenade matinale d'Isabelle. Les lions me font le même effet.

Isabelle sourit à la jeune fille, dont elle appréciait la compagnie. Comme elle, Héloïse était une riche héritière, bien que ses terres ne pussent rivaliser d'importance avec les siennes et qu'elle ne vécût à la Tour de Londres que depuis quelques mois. Héloïse était une petite colombe courtaude aux yeux couleur de tourbe et au visage constellé de taches de rousseur. Tandis qu'Isabelle parlait le normand avec un léger accent irlandais, Héloïse avait le fort accent des gens du nord.

— Le justicier a reçu des ordres me concernant, annonça Héloïse tandis que leurs pas les menaient de l'autre côté de la pelouse.

En cette fin de printemps, le beau temps semblait bouder, et des nuages de pluie menaçaient au loin. Un vent frais souleva le pan de leurs capes et tira sur leurs voiles, révélant les épaisses nattes blondes comme les blés d'Isabelle et celles, d'un noir luisant, de Héloïse.

— Ne me dites pas que vous nous quittez ? lança Isabelle avec désarroi.

Malgré son arrivée relativement récente à la Tour, Héloïse avait irrémédiablement embelli la vie solitaire d'Isabelle qui, maintenant, souffrait à l'idée de perdre son amie.

Héloïse haussa les épaules.

— Il le faudra probablement. Messire Ranulf m'a dit avoir reçu une lettre du roi lui annonçant qu'il me confiait à un tuteur.

— A-t-il mentionné son nom ?

Héloïse fit la grimace.

— Guillaume le Maréchal, répondit-elle avant d'inspirer bruyamment par le nez. Ce n'est pas un homme du nord, ajouta-t-elle.

Isabelle fit signe que ce nom ne lui disait rien non plus mais, à l'instar de son amie, elle avait grandi loin des affaires de la Cour, et les seuls notables de sa connaissance étaient ceux du Leinster, de Striguil et de Longueville.

— Probablement quelque crétin de Normand, ajouta Héloïse. Messire Ranulf ne s'est pas étendu, mais j'ai cru comprendre que le sire ne l'impressionnait pas.

— Qu'allez-vous faire ?

— Ai-je le choix ? répondit Héloïse en croisant les bras sous sa cape. J'imagine que s'il ne m'est pas agréable, je pourrai toujours mettre de la ciguë dans son vin ou le faire tomber dans un marécage au cours d'une promenade dans la lande. Les tourbières avalent des moutons et des vaches entiers sans laisser de traces, alors un homme...

Si le but de cette saillie avait été de provoquer l'épouvante de son amie, c'était raté, car Isabelle, native d'Irlande, n'ignorait rien de la tendance qu'avaient les marécages à engloutir opportunément les personnes gênantes. Sa propre mère s'était parfois laissée aller à de telles considérations, surtout eu égard aux Normands. Quoi qu'il en fût, Isabelle voua aux flammes de l'enfer cet obscur Guillaume le Maréchal qui lui prenait sa nouvelle amie.

— Quand arrivera-t-il ? s'enquit-elle.

Héloïse haussa les épaules.

— Messire Ranulf ne l'a pas dit. Vous savez comment il est. Autant essayer d'arracher une moule à son rocher que de tenter de le faire parler. Bientôt, j'espère. Je veux rentrer chez moi.

La pluie se mit à tomber, et Damask, le poil luisant comme l'argent poli, tourna les talons et rebroussa chemin à toute vitesse. De leur côté, les lions, rassasiés, avaient cessé de rugir pour n'émettre de temps à autre qu'un grondement sans conviction.

— Je me demande à qui le roi confiera mes terres, lança Isabelle en frissonnant, tandis qu'elle emboîtait le pas à sa chienne.

Les gouttes de pluie roulaient, pareilles à des larmes, sur ses joues. Elle aussi voulait rentrer chez elle, mais pour cela, il fallait d'abord qu'on lui donnât un tuteur, et Dieu seul savait si celui-ci aurait les compétences requises. Il pouvait prendre ses fonctions dans le seul but de traire la vache à lait, et sans qu'elle puisse s'y opposer, en simple pion qu'elle était. Elle marchait à présent les poings serrés et la nuque raide, le sang battant à ses tempes.

— Il est inutile de vous en inquiéter prématurément, suggéra Héloïse avec bonne humeur. Vous ne pouvez rien y faire, sinon prendre votre mal en patience, au cas où votre tuteur se révélerait n'être pas à la hauteur.

— Et si aucun tuteur ne venait jamais ? lança Isabelle, la gorge serrée. Et si l'on me laissait moisir ici ?

— Oh, cela n'arrivera pas ! assura Héloïse en lui tendant la main. Allons, ne pleurez pas.

Isabelle se dégagea brusquement.

— Je ne pleure pas ! s'écria-t-elle d'un ton sec.

Héloïse parut blessée ; toutefois, compréhensive, elle n'insista pas.

À travers le rideau de pluie qui tombait à l'oblique, Isabelle vit un cavalier descendre d'un beau palefroi noir et donner les rênes à l'un de ses écuyers. N'était-ce pas une horrible injustice qu'un chevalier inconnu pût aller et venir à sa guise, tandis qu'elle-même était retenue prisonnière comme une criminelle ?

Guillaume comprit rapidement que Ranulf de Glanville, justicier d'Angleterre et administrateur judiciaire du roi Henri, ne voyait pas d'un bon œil la décision de son souverain de remettre Héloïse de Kendal sous sa tutelle. Le fonctionnaire ne voyait en lui qu'un bon à rien coureur de tournois et de jupons royaux, à la langue bien pendue et prompt à jouer de l'épée. Mais Ranulf n'était-il pas lui-même toujours en quête d'héritières dans le but d'agrandir son propre domaine ? Aussi l'opinion qu'il se faisait du chevalier était-elle quelque peu biaisée. Pour sa part, Guillaume savait parfaitement à quoi s'en tenir.

— Je me dois de vous féliciter pour avoir obtenu cette faveur du roi, dit Glanville sans en penser un mot, bien qu'il se fendît d'un sourire glacial. Faveur qui concerne non seulement dame Héloïse, mais également la seigneurie de Cartmel, à ce que je comprends.

— Je suis conscient de la grande générosité du roi à mon égard, répliqua Guillaume d'un ton égal. J'aimerais à présent voir la jeune fille et m'occuper des préparatifs de départ.

Le justicier haussa deux minces sourcils argentés.

— Quelle hâte, mon seigneur…, fit-il remarquer en insistant sur « mon seigneur », afin qu'on pût y déceler, au choix, respect ou ironie de sa part.

Mais, venant de Glanville, Guillaume était imperméable aux deux.

— Naturellement, oui. J'ai des terres à inspecter et à administrer, et celles-ci se trouvent aux confins de l'Angleterre. Dans la mesure où Héloïse de Kendal est désormais ma pupille, je souhaite m'entretenir avec elle et lui donner une journée pour faire ses bagages.

Glanville acquiesça avec réticence.

— Je vais la faire mander, dit-il.

Puis il fit signe à un serviteur, avant d'ajouter à l'adresse de Guillaume :

— Je suppose que vous avez l'intention de l'épouser ?

Guillaume émit un son qui ne signifiait ni oui ni non. Force lui était de constater que soudain tout le monde s'intéressait à sa situation matrimoniale.

— On m'a dit que vous abritiez une autre héritière dans vos murs, lança-t-il d'un air songeur.

— J'en ai plusieurs, répliqua l'autre avec raideur. Elles vont et viennent au gré des faveurs du roi, qui les donne en tutelle ou en mariage. Et je doute qu'il vous accorde davantage que ce qu'il vous a déjà consenti.

Guillaume répondit à la rebuffade en levant sa coupe avec un grand sourire. Il savait que la fille de Richard Strongbow logeait à la Tour et qu'elle était l'une des filles à marier les plus convoitées du royaume. Seule l'héritière de Châteauroux, à la frontière du royaume de France, pouvait prétendre à un héritage plus important. Celui qui entrerait en possession d'autant de terres ne deviendrait pas un simple baron, mais un grand du royaume. Il se demandait depuis plusieurs jours si la reine Aliénor entretenait ce genre d'ambition pour lui, mais également si telle était la sienne propre. Il avait fugitivement aperçu la fille de Strongbow, le jour de son départ pour Jérusalem : un corps mince, de grands yeux bleus, de longs cheveux blonds constellés de perles de pluie. Elle devait être femme à présent…

Le serviteur revint avec deux jeunes femmes : une blonde élancée et sa plantureuse cadette au visage couvert de taches de rousseur et aux pétillants yeux marron. Ranulf de Glanville se rembrunit jusqu'à devenir aussi rouge que sa tunique garance.

— Il me semble vous avoir demandé d'aller quérir seulement dame Héloïse, fit-il sèchement remarquer.

Le serviteur le regarda fixement telle une chouette surprise par la lumière du jour et commença à bredouiller une excuse. Passant outre, la fille rondelette fit un pas en avant et dit :

— J'ai demandé à Isabelle de m'accompagner. Ai-je mal fait ?

Le justicier fit une moue pincée.

— Si j'avais voulu vous voir toutes les deux, je l'aurais fait savoir, répliqua-t-il.

Puis d'ajouter, en faisant signe au serviteur gêné :

— Raccompagnez dame Isabelle à ses appartements.

Mais Guillaume, se levant de son siège, salua les jeunes filles en disant avec aisance :

— Elles peuvent rester toutes les deux en ce qui me concerne. Une fleur plaît à la vue, mais deux plaisent doublement.

— Nous ne sommes pas à la Cour du jeune roi, rappela Glanville d'un ton cassant. Vos paroles ne sont pas appropriées, mon seigneur, non plus que la présence de dame Isabelle.

— Mais dame Isabelle est indubitablement votre invitée, non votre prisonnière, rappela à son tour Guillaume, en profitant de l'occasion pour examiner Isabelle de Clare de plus près.

La frêle et pâle jeune fille entraperçue trois ans auparavant était en passe de se transformer en une jeune femme de toute beauté. Rien d'étonnant, donc, à ce que Glanville ait changé de couleur en la voyant ainsi exposée au regard de Guillaume. Isabelle lui rendit son regard de ses yeux mouchetés de différents tons de bleu, à l'image de la mer en été, puis elle les baissa sur ses mains sagement jointes. Son visage était pâle, mais ses joues avaient pris une teinte rose qui en réchauffait la carnation.

— Dame Isabelle est la pupille du roi, précisa Glanville avec irritation en faisant un signe de la main au serviteur, et il est de mon devoir de la protéger et de veiller à son bien-être. J'espère que vos manières sont aussi courtoises que vos paroles.

— Mes manières sont meilleures que celles de la plupart des gens, répliqua Guillaume avec insistance.

Penchant la tête de côté, il dit à Isabelle :

— Peut-être à une autre fois, madame.

— Sire…, murmura-t-elle.

Puis elle se tourna vers le serviteur, mais non sans jeter d'abord un regard plein de colère et de rancœur à Ranulf de Glanville.

Pas docile, pensa Guillaume avec humour. *Mais trop bien élevée pour faire un esclandre. Et peut-être encore trop inexpérimentée pour user de son autorité.* Se forçant à revenir à l'affaire en cours, il se tourna vers Héloïse de Kendal, qui était presque aussi rouge que le justicier.

— Vous a-t-on avertie que j'étais appelé à devenir votre tuteur ? s'enquit-il en lui faisant signe de s'asseoir sur le banc, avant de demander à un écuyer de lui servir à boire.

— Oui, sire, répondit la jeune fille en posant son ample bassin sur les coussins. Mon intention n'était pas de causer des difficultés.

— Vous n'en avez causé aucune, assura Guillaume, même si mon seigneur de Glanville me le contesterait, ajouta-t-il en gratifiant le justicier d'un regard moqueur. C'est une bonne chose qu'il ne soit pas le gardien de la reine, car alors il découvrirait ce que signifie d'avoir de réels ennuis.

Glanville se racla ostensiblement la gorge mais ne mordit pas à l'hameçon, se contentant de pester intérieurement.

— Eh bien, commença Guillaume en revenant à Héloïse, combien de temps vous faut-il pour vos préparatifs de départ ? Jusqu'à demain matin suffira-t-il ?

Le chevalier vit s'éclairer le regard de la jeune fille.

— Oh non, mon seigneur, je partirais maintenant si c'était possible, répondit-elle.

Puis elle jeta un rapide coup d'œil à Glanville et mit la main devant sa bouche.

Guillaume sourit.

— C'eût été avec plaisir, mais j'ai moi-même quelques préparatifs à surveiller. Aussi prendrons-nous la route aux premières lueurs de l'aube. J'imagine que vous montez à cheval ?

Héloïse fit la grimace.

— Comme un sac de farine, mon seigneur. Mais cela suffit.

À l'entendre, il était clair qu'elle était prête à porter le cheval sur son dos, si cela devait lui permettre de quitter la Tour.

Guillaume pensa en gloussant qu'il allait beaucoup aimer être le tuteur d'une jeune personne de sa trempe.

Isabelle regarda Héloïse parcourir leur chambre commune d'un pas lourd. Elle jetait des affaires à une servante, qui les rangeait dans son coffre de voyage. Ses effets gisaient, du reste, pour moitié au sol, car Héloïse était terriblement désordonnée. Ainsi, une jambe de collant toute fripée, à la pointe raide et trouée, dépassait de sous le lit.

— Je me demandais où il était passé, celui-là ! fit remarquer Héloïse en le sentant à titre expérimental avant de faire la grimace.

Isabelle, hésitant entre son envie de rire et une brusque envie de vomir, n'en croyait pas ses yeux. Dans la partie de la chambre qui lui était réservée régnaient le calme et l'ordre.

— Ah bien, lança-t-elle, racontez-moi votre entretien. Est-ce un sombre idiot ? Allez-vous le pousser dans une tourbière ?

Héloïse roula le collant et le fourra dans son coffre.

— Je ne pense pas. Même s'il ne connaît pas le latin, ni le calcul, il n'est pas moins futé que messire Ranulf. Ce sera dur de lui damer le pion, répondit Héloïse en gloussant d'espièglerie. Mais cela ne coûte rien d'essayer. Mais contrairement à messire Ranulf, il ne pince pas les lèvres comme une vieille femme. Il aime rire.

— Vous en avez beaucoup appris en peu de temps, fit remarquer Isabelle avec mauvaise humeur.

Héloïse leva les yeux au ciel.

— Oui, mais non de son fait. Il plaisante et converse agréablement, mais c'est superficiel. J'ai parlé à l'intendant de messire Ranulf, qui m'a dit que Guillaume le Maréchal a été l'instructeur militaire du jeune roi et qu'il est rentré récemment d'un pèlerinage au Saint-Sépulcre. Il a dit aussi qu'il n'a jamais perdu un tournoi et que la reine Aliénor est folle de lui.

Isabelle, verte de jalousie et mécontente de l'être, s'assit sur son lit et caressa les oreilles soyeuses de sa chienne de chasse.

Héloïse s'interrompit dans le rangement de ses affaires.

— Je suis désolée, dit-elle d'un air contrit. M'entendre dire ce genre de choses ne vous fait pas plaisir, n'est-ce pas. Je réagirais de même à votre place.

Isabelle ravala son acrimonie et se força à sourire.

— Ne soyez pas sotte. Si je suis dépitée, c'est parce que j'aimerais vous accompagner. Saisissez votre chance et tirez-en le maximum, c'est un ordre.

Comme l'on pouvait s'y attendre, Héloïse se précipita pour prendre Isabelle dans ses bras dans un geste déchirant.

— Je vous ferai écrire par un secrétaire, afin de vous donner des nouvelles, promit-elle. Et je viendrai vous voir, si je le peux… Mais qui sait, vous serez peut-être partie d'ici là ?

— Qui sait…, répéta Isabelle avec courage, songeant que même dans cette hypothèse, ce ne serait pas avec un champion de tournois invaincu mâtiné d'un courtisan aussi agréable que souriant.

Le lendemain, Héloïse partit peu après le lever du soleil pour regagner Kendal, la terre de ses ancêtres. Debout sur la pelouse, Damask dans les bras, Isabelle regarda Guillaume le Maréchal hisser la jeune fille en selle sur une placide jument baie. Héloïse dit quelque chose qui fit rire le chevalier, tandis qu'elle prenait les rênes et vérifiait son assiette. Il donna un morceau de carotte à la jument dans le creux de sa main et lui caressa le bout du nez. Avec son habit immaculé, que dorait un pâle soleil, on l'aurait cru sorti tout droit d'un vitrail ou des pages d'un psautier. Il flatta l'encolure de la jument et, se tournant vers son noir palefroi, sauta en selle avec la légèreté d'un jouvenceau. Héloïse fit au revoir de la main à Isabelle et, à grand renfort de talons et de coups de rênes, parvint enfin à faire tourner sa jument. Guillaume lança un regard à Isabelle depuis l'autre côté de la cour, la salua et donna du talon dans les flancs de son palefroi. Isabelle regarda avec dépit la petite troupe s'en aller. Puis elle fit demi-tour et posa Damask au sol pour lui faire faire sa promenade sous les remparts de sa prison. Les lions se montrèrent silencieux ce jour-là. Quant à Isabelle, elle avait les yeux secs et brûlants.

Chapitre 27

Guillaume arriva à Kendal au cœur de l'été sous un ciel entièrement bleu surmonté de plumes nuageuses de beau temps. Il fut accueilli par le chant du courlis, qui résonnait sur la lande et les pâturages, vastes espaces nus plus peuplés de moutons aux lucratives toisons que d'humains. C'était un paysage de basses collines, de lacs et d'étendues d'eau peu profondes, de murs aussi anciens que la mémoire des hommes. Un monde de beauté épuré par le vent comme Guillaume n'en avait jamais vu s'offrit à lui et le bouleversa presque autant que la Terre sainte. Hormis qu'ici, le soleil ne brûlait pas la terre, et sa chaleur ne desséchait pas toute chose vivante sur pied. Pourtant régnaient en ces lieux la même splendeur majestueuse, troublante, et un soupçon d'austérité sauvage qui menaçait tel un orage lointain.

Le chevalier explora avec minutie les terres dont il avait la charge, depuis le grand lac Windermere jusqu'aux étendues de sable de la baie de Morecambe. Il inspecta châteaux, prieurés et forêts hantées par les loups et les sangliers, animaux dont la chasse avait causé la presque complète disparition dans le populeux sud du pays. S'imprégner de ce paysage aussi nouveau qu'étrange le ravit. Après avoir mené une vie périlleuse et stressante dans l'entourage du jeune roi, après son pénible pèlerinage et son tout aussi pénible examen de conscience, c'était un soulagement de n'avoir rien d'autre à faire que s'occuper d'obligations administratives terre à terre, en plus de disposer du temps et du calme nécessaires à une plus grande intimité avec Dieu.

Héloïse l'accompagnait partout car, en tant que tuteur, il était responsable de sa sécurité. Elle dînait avec lui presque chaque soir, et il appréciait sa compagnie, parce qu'elle le faisait rire et se montrait incorrigible. Cependant, il était bien décidé à ne pas la prendre pour épouse, quels que fussent les desseins du roi. Héloïse était une diversion plaisante, dont le bien-être et la prospérité des terres lui incombaient, mais il n'envisageait pas son avenir avec elle. Dans un recoin de son esprit, les paroles de la reine Aliénor continuaient de faire leur chemin, et plusieurs fois ses pensées allèrent vers Isabelle de Clare. Et, alors, il s'interrogeait…

À l'automne, la nouvelle leur parvint que le fils du roi, Geoffroy, avait été tué à Paris au cours d'un tournoi, piétiné par les sabots de son étalon. Guillaume pria pour son âme et veilla en la mémoire du garçonnet qu'il se souvenait d'avoir vu à l'entraînement dans la lice à Argentan. Jeune homme inquiet, il s'était efforcé, plus tard, de ménager la chèvre et le chou lors des conflits qui avaient opposé son père à ses frères, ne réussissant qu'à adopter une position intenable. Il laissait une fille en bas âge, Constance, et un enfant à naître. Guillaume songea à la grâce que lui accordait la vie au même moment. Il avait survécu aux tournois, aux guerres intestines des Plantagenêts et à un pèlerinage à Jérusalem. Certes, il en gardait des cicatrices, mais celles-ci l'avaient rendu plus fort. Dieu l'avait préservé dans un but précis ; or, Guillaume ne pouvait croire que ce but fût d'épouser Héloïse de Kendal et de passer le reste de sa vie dans l'anonymat.

Guillaume séjourna dans le nord pendant près de deux ans. À l'approche du deuxième automne, et tandis que les feuilles s'enflammaient de rouge et d'or et que le temps se refroidissait, le nouveau seigneur de Kendal passa sur sa tenue d'été des épaisseurs de laine et de fourrures. Le brame du cerf résonnait dans les bois ; des fumerolles de brume montaient de terre sous la futaie, sur la lande et les pâturages détrempés. On apprit que Jérusalem était tombée aux mains des Sarrazins, et la nouvelle suscita un cri de ralliement dans toute la chrétienté : on appelait à une nouvelle croisade. Le roi Henri fit serment de prendre la croix. Philippe de France fit de même, ainsi que le prince Richard, mais, pour l'instant, leur engagement restait un vœu pieux. Guillaume en conçut un sentiment coupable. Peut-être aurait-il dû demeurer en Outre-mer pour combattre aux côtés des Templiers. Mais s'il l'avait fait, il ne resterait maintenant de lui qu'un cadavre en décomposition sur le sol de Hattin, où le chef des Sarrazins, Saladin, avait remporté une victoire écrasante avec ses troupes. Afin de dissiper son sentiment de culpabilité et ses remords, Guillaume conçut le projet de fonder un prieuré sur ses terres de Cartmel et consacra beaucoup de temps, de réflexion et de prières à l'établissement de ce bâtiment.

L'administration des terres de Kendal était surtout affaire de bon sens et de placement de personnes compétentes aux postes qui leur convenaient. Tout en prenant plaisir à la tâche, il n'y trouvait pas matière à se dégourdir et commença à se sentir comme un homme qui n'avait pas assez de nourriture dans son assiette pour faire un repas satisfaisant. Par chance, il avait des écuyers à former au métier des armes. Ceux-ci étaient avenants et pleins d'entrain, mais aussi férocement rivaux. Son neveu était le plus robuste des deux et surpassait son condisciple à la lutte et au combat à mains nues. Jean d'Earley était plus aérien et excellait à l'épée. Il était également bon cavalier, bien que Jack, avantagé par sa forte carrure, promît de prendre l'ascendant comme jouteur.

Peu avant l'hiver, le frère aîné de Guillaume, faisant route vers Lancaster en mission pour le prince Jean, s'arrêta pour une courte visite. Alaïs avait mis au monde une autre fille, mais le bébé était mort près d'un mois après sa naissance.

— C'est une rude épreuve pour Alaïs, expliqua Jean d'un air morose. Elle dit que c'est ainsi que Dieu nous punit de notre péché de chair hors mariage, et je ne parviens pas à lui faire entendre raison. Elle passe tout son temps à pleurer en recluse.

— La jeune reine est restée ainsi pendant de nombreux mois après la perte de leur fils, se souvint Guillaume, le visage crispé et triste. C'est le genre de blessure qui ne se referme qu'avec le temps.

Jean fit une moue dépitée.

— Elle refuse de faire l'amour par crainte de concevoir à nouveau, confia-t-il. Elle dit qu'elle ne sera plus jamais ma putain... Seigneur Dieu, quand je l'entends prononcer ce mot !

Il se passa une main sur le visage puis adressa à son frère un regard pesant de lassitude.

— Bah, je sais pourquoi elle tient ce genre de propos, poursuivit-il. Ce n'est pas seulement à cause de la mort de la petite.

Guillaume ne dit rien, attendant le bon moment. Il soupçonnait, lui aussi, que le deuil n'était pas seul en cause. Lors de sa dernière visite à Hamstead, il avait remarqué une certaine tension entre les concubins, que trahissaient des regards de reproches non formulés, une franche irritation.

Il y avait tant de choses qu'il aurait aimé dire à Jean mais qu'il tairait toujours.

Ce dernier poussa un profond soupir.

— Peu après la mort de notre mère, Adam de Port m'a offert sa fille Aline en mariage. Je lui ai répondu que je réfléchirais sérieusement à sa proposition.

— Ah ! s'exclama Guillaume, car cela éclairait considérablement la situation.

— Elle n'est pas encore en âge d'être mariée, mais le sera bientôt. Son père est influent à la Cour, et Aline est richement dotée. Je serais sot de ne pas accepter. Je sais que notre mère aurait approuvé.

— Et Alaïs ?

Jean grogna d'impatience.

— Je ne peux l'épouser, elle le sait, depuis le début. Je l'ai toujours respectée. Jamais je ne l'ai traitée comme une catin, mais elle refuse d'entendre raison. Pour elle, la mort de notre enfant et cette proposition de mariage sont des signes que le ciel nous envoie afin que nous mettions un terme à notre vie commune. Elle refuse d'en démordre.

— J'en suis désolé, dit Guillaume en secouant la tête.

Il se rappela comme, quelques années auparavant, il avait été jaloux de l'atmosphère familière et conjugale qui entourait le couple.

— Peut-être qu'en lui laissant le temps…, laissa-t-il échapper, tout en sachant qu'il énonçait un poncif.

— Peut-être…, convint néanmoins Jean.

Mais il ressemblait à un soldat parvenu au bout de ses forces dans une guerre de position.

— Et toi ? As-tu pris une décision concernant ta pupille ? s'enquit-il en désignant Héloïse des yeux.

Celle-ci, les cheveux s'échappant de leur filet et une trace de boue sur la joue, jouait aux osselets avec les écuyers.

Guillaume la considéra un instant. Il avait beaucoup d'affection pour la jeune fille, mais de celle que l'on donne à un chiot, ou à une certaine princesse Marguerite.

— Je doute de t'inviter un jour à nos épousailles, répondit-il à voix basse.

— Assurément, si elle-même ne fait pas l'affaire, il en va tout autrement de ses terres, fit remarquer Jean.

Dans la mesure où son frère s'apprêtait à épouser une femme pour sa dot sans se soucier de leurs éventuelles affinités, Guillaume jugea qu'il ne serait guère délicat de sa part d'argumenter sur ce point.

— Oui, confirma-t-il. Et il me revient de les administrer à ma guise, que je l'épouse ou non.

— Ses terres seraient plus en sécurité si tu l'épousais, rappela Jean.

— Certes, mais je ne serais plus libre de nourrir d'autres ambitions.

— Ah ! s'exclama Jean, une lueur dans ses yeux mi-clos. Goûter à l'aisance ne te suffit pas, tu désires davantage.

Guillaume tira sur le lobe de son oreille. Jean avait presque compris son dilemme. Devait-il prendre ce que Henri lui avait libéralement donné, ou bien attendre que lui échût ce que la reine Aliénor appelait son dû ?

— Je ne me vois pas vivre ici pendant le restant de mes jours, expliqua-t-il au bout d'un moment, s'étonnant de s'entendre répondre d'un ton agacé.

Jean croisa les bras et dit d'un air sombre :

— Fais seulement attention à ne pas viser trop haut. Une poignée de miettes vaut mieux que pas de pain du tout, ainsi que tu ne peux l'ignorer à présent.

Guillaume prit l'édit royal dont le secrétaire venait de lui faire lecture et fixa le parchemin du regard. Les lignes régulières tracées à l'encre brune lui étaient indéchiffrables. Les tentatives qu'il avait faites pour apprendre à lire et à écrire ne lui avaient rapporté que des taches d'encre sur les doigts et un profond sentiment d'impuissance. Plusieurs fois son maître s'était efforcé de lui inculquer le sens de ces petits symboles abscons, mais son cerveau refusait obstinément d'en percer la logique. Il en avait pris son parti depuis longtemps : ce que certains apprenaient naturellement restait à jamais un mystère pour d'autres. Face à un château dont il devait faire le siège ou devant une compagnie de sergents dont il fallait tirer le meilleur, Guillaume savait exactement ce qu'il devait faire – c'était d'ailleurs la raison de cette convocation –, mais devant ces minuscules caractères, il était démuni. Quoi qu'il en fût, la nouvelle avait jeté le trouble en lui, même s'il ne le montrait pas.

Harry Norreis le regardait avec des yeux remplis d'attente, comme un chien de chasse attendant un morceau de viande.

— Vous avez l'intention de répondre, n'est-ce pas ? s'enquit-il avec passion.

— Non, lança Guillaume d'un ton catégorique. Je ne vais rien faire et attendre.

Cette réponse fut accueillie avec un étonnement mêlé d'épouvante. Guillaume plia le parchemin en quatre et s'en servit pour donner une tape à Norreis.

— Bien sûr que j'y réponds, grand nigaud ! Comment pouviez-vous penser le contraire ? répliqua-t-il en posant les yeux sur la lettre, dont il avait mémorisé le contenu.

Par cet écrit, le roi Henri le sommait de le rejoindre au plus tôt : le roi Philippe de France s'était emparé de sa forteresse de Châteauroux.

La guerre menaçait d'éclater incessamment, et Henri avait besoin d'hommes fidèles et expérimentés pour faire face à l'orage.

—Le roi veut que je réunisse autant de chevaliers et d'hommes aguerris que possible, rappela Guillaume en empoignant Norreis par l'épaule. Commencez par répandre la nouvelle et rassembler les hommes. J'aurai besoin de m'entretenir avec les chevaliers du cru et d'envoyer des cavaliers rapides prévenir les autres. Je veux que tout soit prêt pour le départ demain à l'aube.

Héloïse considéra Guillaume avec des yeux de chien battu.

—Je savais que vous ne resteriez pas, dit-elle en faisant une moue.

La soirée était déjà bien avancée. La conversation avait lieu dans la chambre du chevalier, où ils étaient censés faire une partie d'échecs, mais aucun des deux ne faisait mine de prendre son tour. Les pensées de Guillaume s'envolaient loin de Kendal pour rejoindre le roi. Quant à Héloïse, elle ressassait la perspective de son départ imminent.

Guillaume jouait avec un pion en ivoire, qu'il faisait rouler entre ses doigts.

—Je ne le peux, confirma-t-il. Le roi demande mon aide.

—Et c'est ce que vous attendiez…, fit remarquer Héloïse.

Guillaume la considéra par-dessus l'échiquier et ramena son attention sur le moment présent.

—Oui, admit-il.

—Et qu'en est-il de vos obligations dans le Nord ?

—Je dispose de représentants capables qui me suppléeront.

Le regard de Héloïse se fit accusateur.

—Ainsi, dit-elle, vous n'avez fait, ici, que passer le temps et profiter de l'aubaine!

Il la fixa du regard sans ciller jusqu'à ce qu'elle baisse les yeux.

—Oui, avoua-t-il, mais je regrette que vous pensiez que c'était là l'unique but de ma présence.

Se renversant en arrière sur son siège incurvé, il croisa les bras et ajouta d'un ton plus bas:

—Lorsque j'entreprends une tâche, je fais de mon mieux et ne reviens pas sur ma parole. Vous n'aurez pas à souffrir de ma tutelle, je vous le jure.

—Je suppose que vous vous félicitez de ne m'avoir point épousée, persifla Héloïse.

Guillaume lui sourit.

—Je me félicite de vous avoir pour pupille, rectifia-t-il en prenant sa main dans la sienne.

Deux anneaux d'or, portés négligemment, ornaient les doigts de Héloïse. La monture de l'un d'entre eux était abîmée. Elle s'était encore rongé les ongles, et des éraflures rougissaient ses phalanges aux endroits où les chiots avaient mordillé ses mains. Le chevalier approcha ses lèvres, déposa un baiser dans le creux de sa paume et la referma. Il avait déjà fait cela des centaines de fois avec des femmes différentes, parfois par flatterie, parfois en prélude à des étreintes plus intimes, et d'autres fois encore, comme c'était le cas ici, par affection, compassion et regret.

—Vous n'avez pas besoin de chercher à m'amadouer, fit-elle remarquer, blessée dans sa dignité.

—Ce n'est pas ce que je cherche, dit-il. Il se peut que je m'exprime en courtisan, mais je vous parle en toute franchise.

Héloïse examina sa propre main, toujours refermée sur le baiser courtois.

— Qu'en est-il de Denise de Déols ? Lui parlerez-vous franchement à elle aussi ?

Guillaume se rembrunit. L'appel à l'aide de Henri comportait une contrepartie. En échange, le roi lui donnerait la seigneurie de Châteauroux, mais à condition qu'il épousât la jeune Denise de Déols, comtesse de Berry, qui en était l'héritière.

Guillaume haussa les épaules.

— Il se pourrait qu'en fin de compte, elle n'obtienne rien de moi, répondit-il.

Puis il s'étira et quitta l'échiquier, renonçant à faire semblant de jouer.

Héloïse joua avec sa natte, l'enroulant autour de son index.

— Je ne comprends pas, lança-t-elle.

— La seigneurie de Châteauroux est aux mains du roi de France. Henri me promet une récompense pour laquelle il me faudra me battre bec et ongles. Le roi ne se montre jamais généreux, à moins d'y être forcé.

— Vous battrez-vous pour l'obtenir ?

— Reste à vérifier l'acharnement que mettra le roi de France à garder cette seigneurie et l'abîme de défiance qui s'est installé entre le prince Richard et son père, répondit Guillaume.

Il se passa une main dans les cheveux en soupirant et ajouta :

— À Dieu ne plaise que j'engendre un jour des fils semblables à ceux du roi.

Héloïse l'examina avec curiosité. Son tuteur se montrait d'ordinaire cordialement réservé à l'égard des têtes couronnées qui menaient la danse à distance.

— Les tenez-vous en aversion ?

— Non, répondit Guillaume. Mais je suis heureux qu'ils ne soient pas miens. Ils sont prêts à écharper leur père et à s'entre-déchirer pour s'emparer du pouvoir. Si Richard doit passer sur le corps de Henri afin d'obtenir ce qu'il estime être son dû, il le fera. Quant à Jean, il choisira toujours la voie qui sert au mieux ses intérêts. Mon jeune seigneur n'était pas différent. Il voulait exercer le pouvoir, mais finalement son désir et son insatisfaction l'ont mené à sa fin. Dieu ait son âme ! ajouta-t-il en se signant.

— Mais vous n'en désirez pas moins Châteauroux pour votre propre compte ?

— Je n'en suis pas certain, répondit-il, l'air pensif. Mais j'espère que le roi est disposé à négocier.

— En ce cas, que voulez-vous vraiment ? s'enquit Héloïse, le regard scrutateur.

— Aller au lit pour le moment, répondit-il sur un ton péremptoire, signifiant par là qu'il avait suffisamment répondu à ses questions.

— Et notre partie ? lança-t-elle en désignant l'échiquier.

— Je capitule, dit-il. Il n'y a aucune honte à céder devant la beauté.

Héloïse esquissa un sourire mélancolique. Le courtisan se protégeait de nouveau derrière son bouclier de mots et ne l'abaisserait pas de la soirée, ni peut-être jamais plus.

Elle hésita pendant un instant puis courut le prendre dans ses bras, le serrant à la taille, tête contre sa poitrine, en une fougueuse étreinte.

— Ne m'oubliez pas, dit-elle.

— Je le voudrais que je ne le pourrais pas, répliqua-t-il d'un ton désabusé, lui rendant son étreinte avec une chaleur égale.

Chapitre 28

Châtillon, frontière du royaume de France, octobre 1188

Guillaume et Baudoin de Béthune logeaient dans la maison d'un négociant en vins de Châtillon. De retour de la chambre du conseil, Guillaume laissa le soin à ses écuyers de s'occuper des chevaux puis se laissa tomber sur un banc de la pièce principale, se sentant complètement vidé. Dans des moments comme celui-ci, une vie tranquille dans le nord de l'Angleterre lui semblait des plus attrayantes. L'optimisme qui avait prévalu pendant l'été avait rapidement cédé face à un automne semé d'embûches. Henri et Philippe de France se rencontraient sporadiquement depuis juillet dans le but de négocier leur paix, mais le résultat était invariablement le même : aucun accord, escalade des escarmouches, puis trêve et nouvelle rencontre, plus stérile que la précédente. Au début, Henri avait eu la haute main sur la situation, mais les choses s'étaient rapidement gâtées, comme un lait qui tourne soudain à l'aigre.

—Au moins, le vin est bon ! marmonna Baudoin dans sa barbe en tendant une coupe à Guillaume, assis à côté de lui. Tu ne trouveras pas dans la lie les pelures d'orteils des fouleurs de raisin !

Baudoin plaisantait par habitude car, en l'occurrence, il était d'humeur maussade.

— Si je trouve celui qui a fait courir le bruit que Henri a l'intention d'écarter Richard en transmettant la couronne à Jean, je l'étripe et fais des sangles de ses boyaux ! s'exclama-t-il.

— Tu devras te rendre sur la frontière du royaume de France pour ce faire, fit remarquer Guillaume. Philippe fera tout pour dresser Richard et Henri l'un contre l'autre. Et ce ne sera pas difficile, étant donné leurs personnalités.

Guillaume accepta une autre coupe que lui tendait l'écuyer. L'altercation entre le père et le fils avait été affreuse à voir. Tous deux étaient dotés d'une volonté de fer et chacun se considérait comme le plus apte à gouverner, le premier en vertu de son cran et de l'expérience, le second par débordement d'ambition et prouesse militaire. Plus jeune que le roi, mais plus âgé que Richard, Guillaume comprenait leurs arguments respectifs tout en évitant de se laisser impliquer.

— Penses-tu qu'il serait réellement capable de donner l'Angleterre à Jean au mépris de Richard ?

— Je pense que c'est son souhait et que Jean l'encourage par toutes sortes de ruses à léser Richard, répondit Guillaume. Mais une fois au pied du mur, il reculera, car il a dû se battre trop âprement autrefois pour conquérir le droit de gouverner.

Le chevalier but plusieurs gorgées de vin avant de poursuivre :

— La situation n'en reste pas moins dangereuse, dit-il. Richard n'est pas un homme patient, ainsi qu'il vient, une fois encore, de le démontrer.

Guillaume grimaça au souvenir de Richard quittant le conseil avec perte et fracas, arguant qu'il préférait être damné et croupir en enfer que de voir Jean accéder au trône. Jean était demeuré silencieux ; il n'en avait nul besoin, son sourire satisfait étant des plus éloquents.

— Supposons que Henri déshérite effectivement Richard au profit de Jean, suggéra Baudoin d'un air sombre. Quel genre de roi fera Jean ? Il s'est révélé une calamité en Irlande.

— Il était trop jeune pour s'attaquer à l'Irlande, fit remarquer Guillaume en secouant la tête. Son père n'aurait jamais dû lui confier cette responsabilité. Le roi Henri était mûr pour gouverner dès l'âge de seize ans – nous connaissons l'histoire par cœur –, mais tous n'atteignent pas la maturité au même rythme, notamment les fils des grands hommes. Notre jeune seigneur avait vingt-huit ans lorsqu'il est mort, mais c'est un jouvenceau irresponsable que nous avons mis en terre. Dieu ait son âme, acheva Guillaume en se signant.

Baudoin l'imita.

— Jean, en revanche, reprit Guillaume après un silence, en a l'intelligence et la capacité. Il a l'esprit perçant et affilé comme une aiguille. Dommage qu'il l'utilise la plupart du temps pour nuire et blesser au lieu de s'en servir de manière constructive. En plus, il est cupide et jaloux, surtout de Richard.

— Si j'avais Richard pour frère, je serais, moi aussi, jaloux, déclara Baudoin. Il a pour lui la beauté, la prouesse et le don de rallier autour de lui des hommes prêts à le suivre jusqu'au bout de la Terre. Jean n'inspirera jamais une telle loyauté.

— Non, convint Guillaume, maussade.

Les deux amis burent en silence. L'ambiance était morose, à l'image du crépuscule qui s'annonçait.

— As-tu parlé au roi au sujet de sa promesse de te donner Châteauroux ? s'enquit Baudoin au bout d'un long moment.

— Non, pas encore, répondit Guillaume.

Baudoin le considéra d'un air pensif.

— Veux-tu épouser Denise de Déols ?

— C'est une récompense de prix, convint Guillaume. Mais pour l'obtention de laquelle il faudra lutter d'arrache-pied ; et puis, le roi consentira-t-il à la céder une fois le moment venu ? (Il fit tourner sa coupe entre ses mains d'un air méditatif.) Le fief est de surcroît fort éloigné de l'Angleterre.

— Et c'est celui qui a passé plus de la moitié de sa vie sur les routes, à courir les tournois de France et de Flandre avant de prendre la croix des pèlerins de Jérusalem, qui dit ça ! rappela Baudoin en partant d'un grand rire.

Guillaume haussa les épaules.

— C'est juste, admit-il. Mais, vois-tu, il se pourrait que lorsque je suis loin de l'enfer de la Cour, je préfère me trouver en Angleterre.

— En ce cas, demande-lui une héritière anglaise ! suggéra Baudoin.

— C'est exactement mon intention, dès que le bon moment se présentera. L'humeur actuelle du roi rend la chose trop risquée. Ma demande ne provoquerait que des invectives en retour.

— As-tu pensé à une héritière en particulier ? s'enquit Baudoin.

Guillaume posa sa coupe sur le plateau de bois avant de répondre :

— Isabelle de Clare, dit-il enfin.

Baudoin fronça les sourcils d'un air absorbé.

— Ses États ne sont pas d'aussi grande valeur que le Berry, fit-il remarquer.

— Il s'en faut de peu, répliqua Guillaume. Mais surtout, ils ne sont pas situés à la frontière avec le royaume de France.

— Mais aux frontières du pays de Galles et de l'Irlande, cependant, rappela Baudoin, tout sourires.

— Cela représente un défi, non une difficulté, rétorqua Guillaume en rendant son sourire à son ami, mais en plus austère. Quoi qu'il en soit, en l'état actuel des choses, mon mariage n'est pas pour demain, ne crois-tu pas ?

Au matin le conseil se réunit de nouveau, et Guillaume assista à la détérioration des rapports entre Henri et le plus âgé de ses fils survivants, tandis que chacun d'entre eux formulait des exigences inacceptables pour l'autre.

Le roi Philippe avait causé le différend en arguant qu'il se retirerait du territoire qu'il occupait si Henri confirmait Richard à sa succession et l'obligeait à épouser sa demi-sœur Aélis de France. Les fiançailles d'Aélis et Richard duraient depuis vingt ans. C'est pourquoi Philippe assistait à la scène en spectateur de combats de fauves.

Le visage cramoisi, les poings serrés, Henri foudroya les deux hommes du regard. Une intense activité mentale se lisait sur le visage de Richard.

— Je ne me laisserai pas acculer par vos petites machinations, lança-t-il à Philippe d'une voix rageuse. Je désignerai mon héritier quand je l'aurai choisi, non sur vos injonctions.

— Cela me semble pourtant un compromis assez équitable, rétorqua le roi de France en écartant les mains. Confirmez votre aîné en tant qu'héritier, faites-lui épouser sa fiancée conformément à vos engagements… Richard ne demande rien qu'un père raisonnable ne puisse accorder à son fils.

— Ce n'est pas Richard qui demande mais *vous* ! s'exclama Henri en pointant sur le roi de France un index à l'ongle rongé. Vous n'avez d'autre but que de nous monter l'un contre l'autre.

— Vous n'avez pas besoin de moi pour cela, fit remarquer Philippe. Ne me tenez pas pour responsable des problèmes dont vous êtes la cause, rétorqua-t-il encore.

Puis, tendant les mains paumes vers le ciel en direction de Richard, il répéta :

— Confirmer Richard comme héritier et fixer une date pour ses épousailles avec ma sœur, voilà tout ce que vous avez à faire.

Montant la garde près de Henri, Guillaume vit celui-ci tressaillir de rage. Jean, qui était assis à côté de son père, semblait aussi impénétrable qu'un chat, mais le chevalier le soupçonnait de se délecter intérieurement.

— Personne ne peut exiger quoi que ce soit de moi, rappela le roi d'Angleterre d'une voix étranglée par la colère. Je ne me laisserai pas forcer la main. Tout ce que vous allez gagner, c'est une guerre qui vous coûtera cher.

À ce moment-là, Richard déplia son grand corps et se dressa sur ses jambes. Ses yeux gris, lorsqu'il les tourna vers son père, avaient un éclat de silice.

— Non, déclara-t-il, c'est à vous qu'elle coûtera cher. Pourquoi vous conserverais-je ma loyauté alors que vous refusez de reconnaître mon droit ? Êtes-vous donc à ce point rongé par l'amertume et l'esprit de contradiction que vous préférez livrer votre royaume à un jeune sot qui a démontré son incapacité à mener les hommes et à se sortir seul de la moindre embûche ?

Désignant avec mépris son jeune frère, il ajouta :

— Vous le pensez méritant ? Par le Christ ! Il gâte tout ce qu'il touche.

Jean fixa sur Richard un regard mi-clos de félin.

— Ce n'est pas Jean qui me cause des aigreurs pour l'instant, rétorqua Henri. Assieds-toi !

Guillaume serra d'un geste involontaire la garde de son épée. Richard, devinant ses intentions, cilla et porta la main à son baudrier. Mais au lieu de tirer son épée, il le détacha ainsi que le fourreau. Puis, tournant le dos à son père et à son frère, il s'approcha lentement du roi de France et avec une égale lenteur s'agenouilla devant lui, posant son épée aux pieds de Philippe.

— Par ce geste, je vous prête hommage pour mes terres de Normandie et d'Aquitaine et vous jure fidélité, hormis celle que je dois à mon père le roi, déclara-t-il d'une voix qui résonna dans toute la salle.

Les derniers mots avaient été prononcés sur un ton amer et tonitruant.

— En outre, j'implore votre aide au cas où je me verrais privé de mon droit en tant qu'héritier du trône d'Angleterre.

Henri bondit sur ses pieds et dut être retenu par l'archevêque de Cantorbéry.

— Âne borné que tu es ! enragea-t-il. Ne vois-tu donc pas qu'il te manipule ?

Richard considéra son père et, se maîtrisant parfaitement, répliqua d'une voix rendue rauque par la tension nerveuse :

— Non, j'ai choisi de me libérer de la manipulation. Occupe-toi de la poutre que tu as dans l'œil avant de te préoccuper de la paille qui est dans le mien !

Sur ces mots, il tourna les talons, appela ses suivants, ramassa son baudrier et sortit prestement.

Philippe de France se leva à son tour, s'apprêtant à partir lui aussi.

— La guerre est sur vous, lança-t-il à Henri. Par votre faute. Si autrefois je vous ai envié, cette journée m'aura guéri. Vous savez où me trouver si vous redevenez raisonnable et désirez ne point voir vos fiefs dévastés par le feu sous la colère de votre fils. Il m'a juré fidélité, je suis désormais lié à lui par l'honneur et me dois de lui venir en aide.

Henri sortit du conseil aveuglé par la rage et partit dans la direction opposée à celle prise par Richard et Philippe. Lorsque l'archevêque fit mine de protester, il arracha la crosse de la main du vieil homme et la jeta comme une lance.

— Par le Christ, quand je vois les fruits de ma semence, je regrette de n'avoir pas été stérile ! s'exclama-t-il en s'étouffant presque, tandis que Guillaume rapportait la crosse avant de la pousser dans la main de l'archevêque. Puisqu'ils veulent la guerre, poursuivit Henri, ils auront la guerre. Je… Dieu tout-puissant ! jura-t-il, courbé en deux en se tenant le ventre de douleur.

Le comte de Chester accourut pour le soutenir, suivi par l'archevêque de Rouen. Pendant ce temps, Guillaume envoyait un serviteur quérir le médecin du roi. Emplis d'effroi, les suivants de ce dernier le ramenèrent à sa chambre, où ils l'étendirent sur le lit. Il avait le front perlé de sueur et tremblait de fièvre en gémissant entre ses dents serrées.

— Vous avez vu ce que Richard lui a fait ? lança Jean avec dédain en retroussant sa lèvre supérieure. Vous avez vu de quoi sa trahison est l'artisan ?

— Allons, intervint Raoul de Chester, le roi a déjà souffert de tels accès. Vous ne pouvez pas faire retomber toute la responsabilité sur la tête de Richard.

— Ah mais si ! lâcha Jean.

Guillaume s'absenta discrètement pour aller quérir Richard. Il le trouva dans sa chambre. Il était d'humeur féroce et buvait avec ses chevaliers. Le Maréchal remarqua non sans une vive inquiétude ses serviteurs qui faisaient les bagages.

— Si vous êtes venu plaider la cause de mon père, le Maréchal, c'est peine perdue, grommela Richard. S'il souhaite me parler, qu'il vienne en personne, mais non pour me tenir le même langage.

— Sire, il faut que vous sachiez qu'il est malade, annonça Guillaume.

Richard souffla bruyamment par le nez.

— Il tombe malade chaque fois qu'il n'obtient pas gain de cause, lança-t-il. Vous savez aussi bien que moi que Jean le tient dans une sorte d'envoûtement et que, de tous ses fils, je suis celui qu'il a toujours le moins aimé.

Guillaume vit le visage pâle de Richard s'enflammer de colère. De mémoire d'homme, il ressemblait énormément à son grand-père, Geoffroy le Bel, comte d'Anjou. Celui-ci était connu pour sa très grande beauté, sa versatilité et son intelligence caustique. Souvent, Guillaume reconnaissait également les traits de caractère d'Aliénor en Richard. Ils partageaient la même obstination à se vouloir au centre du pouvoir.

— Je ne pense pas qu'il vous déniera votre droit à hériter du trône, sire, lança Guillaume en fin diplomate.

— Vous l'a-t-il dit catégoriquement ?

— Non, sire, pas plus à moi qu'à n'importe qui d'autre, vous inclus, et il ne le fera pas tant qu'il se sentira acculé.

Richard pinça les lèvres.

— De quel mal souffre-t-il ? s'enquit-il, soupçonneux.

— De maux de ventre, répondit Guillaume. Son médecin est auprès de lui en ce moment même.

— Ah, ah, ah ! J'imagine que c'est par excès de bile ! rétorqua Richard.

Posant sur Guillaume son regard gris perçant, il ajouta :

— Pourquoi restez-vous à son service, le Maréchal ?

— Parce que je lui ai fait serment de fidélité à mon retour de pèlerinage. Or, seule la mort peut abroger un serment.

— La vôtre ou la sienne ? repartit Richard.

Guillaume ne répondit pas. Richard le considéra avec pitié.

— Je loue votre loyauté, poursuivit-il. Mais vous avez été sot de la concéder à mon père quand vous pouviez l'accorder à d'autres, et non en échange de vaines promesses.

Guillaume se mordit l'intérieur de la lèvre, bien résolu à ne pas réagir à la provocation. Si l'on pouvait l'éviter, mieux valait ne jamais montrer à l'adversaire qu'il avait fait mouche.

— Ma fidélité est sienne. Je suis un homme simple, qui règle sa vie sur des principes simples.

— Vous n'êtes pas aussi simple que vous le prétendez, le Maréchal, contesta Richard. Vous avez autant de couches qu'une épée damassée[1].

— Non, sire, je suis d'un seul tenant, sans fard ni faux-semblants.

— Et vif d'esprit, qui plus est…

Le sourire aux lèvres et en secouant la tête, Richard versa la lie de sa coupe sur les ajoncs du sol.

— Dites à mon père que je pars, et qu'à moins qu'il n'accepte mes conditions, qui ne sont pas déraisonnables, nous serons en guerre, et il n'en sortira pas vainqueur.

— Mon seigneur, de grâce, ne voulez-vous pas remettre votre départ à plus tard et réexaminer la situation ?

Richard jeta un regard endurci à Guillaume.

— Non, répondit-il. Que mon père s'en charge.

La pluie battait contre les volets, tandis qu'une véritable tempête d'automne arrachait les dernières feuilles des arbres.

1. La lame damassée est composée de cent couches d'acier. (*NdT*)

Le ciel n'était plus qu'une masse nuageuse gris cendre et anthracite. Dans la chambre de Henri, la flamme des bougies de cire d'abeille vacillait sous les courants d'air causés par les volets mal fixés. Des braseros avaient été allumés, afin de réchauffer la pièce. Emmitouflé dans un manteau fourré, le roi était assis sur son lit, une coupe de vin chaud dans les mains. Ses maux d'estomac s'étaient quelque peu calmés, mais un de ses serviteurs avait prévenu Guillaume de la présence de sang dans les selles royales.

—Ainsi, Richard est parti avec le roi de France, lança Henri aux hommes rassemblés autour de lui. Mes fils me détruisent et causent leur propre perte. Que suis-je censé faire ?

Conscient d'être en présence de dignitaires de haut rang, Guillaume hésita à répondre, mais, devant le silence général, il prit la parole :

—Sire, vous devriez l'envoyer mander. Vous ne vous êtes pas encore tout dit, et le dialogue est préférable à la pointe de l'épée.

Henri leva ses yeux jaunes, dans lesquels Guillaume vit luire la peine anticipée d'un espoir déçu.

—Et s'il refuse de faire marche arrière ?

—Du moins aurez-vous essayé.

—Alors allez-y, ordonna Henri en esquissant un geste rapide de la main. Voyez ce que vous pouvez faire. Emmenez Bertrand de Verdun et priez mon fils de me revenir.

—Bien, Sire, répondit Guillaume en s'inclinant.

Puis il sortit.

Il fit seller son plus rapide coursier et, accompagné de Verdun, partit sur les traces de Richard. Mais celui-ci n'avait pas ménagé sa monture, et lorsque les deux chevaliers arrivèrent à Amboise à la mi-journée, ce fut pour apprendre que le duc d'Aquitaine était reparti aux premières lueurs de l'aube après avoir passé la nuit sur place.

— Vous ne le rattraperez pas, prévint l'intendant de Richard. Mon seigneur n'a pas tardé, et ce à dessein. Il est inutile de le poursuivre.

— C'est à moi seul d'en juger, rétorqua Guillaume malgré son grand désarroi.

Mais leurs chevaux étaient épuisés. Si bien que Richard et sa maisonnée, chevauchant des coursiers frais et dispos, étaient hors de portée.

Croisant les bras, l'intendant dit en haussant les épaules :

— Messire Richard a passé la nuit avec ses ecclésiastiques et ses secrétaires. Plus de deux cents lettres ont été dépêchées à ses alliés, leur demandant de lui venir en aide. Bientôt la guerre fera rage. Vous arrivez trop tard…

S'apitoyant, il ajouta :

— Messire Richard a dicté ces lettres avec hâte et sans la moindre hésitation. Je suis navré.

— Et moi donc ! retourna Guillaume d'un air grave en flattant l'encolure couverte de sueur de sa monture.

Chapitre 29

La guerre éclata et, au fil des escarmouches qui se produisirent le long de la frontière, dura tout l'hiver jusqu'au début du printemps. Plusieurs châteaux du roi Henri tombèrent aux mains de Richard et Philippe. Les négociations n'aboutirent à rien, et l'antagonisme et l'amertume ne firent que croître dans les deux camps. Pendant ce temps, la santé de Henri continua de décliner, au point qu'il ne put bientôt plus monter à cheval. Son corps trapu se tassa et se ratatina, ressemblant bientôt à un sac à demi affaissé sur lui-même. Toute sa notoire détermination et sa vigueur étaient mobilisées dans un seul but : ne pas laisser Richard l'emporter. Tel un renard blessé qui cherche un abri, Henri retourna au Mans, la ville qui l'avait vu naître, et s'apprêta à la défendre contre son fils et le roi de France.

La soirée était très avancée, et la maisonnée s'était retirée pour la nuit, mais non le roi qui, même malade, dormait rarement plus de quelques heures d'affilée. Assis sur son lit en simple chemise de nuit et manteau léger, il donna à Guillaume l'ordre de partir en reconnaissance dès le lever du jour avec un groupe d'hommes. Le but était de repérer les positions de l'armée de Philippe et de découvrir ses intentions.

— J'ai besoin de savoir à quelle distance du Mans il se trouve, expliqua le roi.

— Bien, Sire, répondit Guillaume en s'inclinant.

Hormis Guillaume, quelques autres étaient présents ; parmi eux, Robert de Souville, le maréchal de la maisonnée royale, et Hubert Walter, représentant du grand justicier d'Angleterre Ranulf de Glanville. Était également présent le fils bâtard de Henri, Geoffroy, qui n'avait pas quitté le chevet de son père. Comme ce dernier, Geoffroy était de petite taille et avait les cheveux blond-roux, ainsi qu'un caractère belliqueux. Il se montrait farouchement protecteur envers son géniteur, ce en quoi il se distinguait des fils légitimes du roi. Le prince Jean n'était pas présent, se devant d'honorer un engagement pris avec sa maîtresse du moment, laquelle l'accaparait beaucoup ces derniers temps.

— Le Maréchal, attendez ! ordonna Henri, tandis que Guillaume faisait mine de s'en aller.

— Sire ? lança le chevalier en se retournant.

Henri avait de grandes poches sous les yeux et tenait son vin d'une main tremblante.

— Je désire m'entretenir avec vous au sujet de votre pupille, Héloïse de Kendal.

Cette annonce fit sursauter intérieurement Guillaume, qui s'arrangea cependant pour ne manifester qu'un intérêt poli.

— Certainement, Sire.

— Je crois comprendre que vous n'avez pas l'intention de l'épouser, sinon vous l'auriez fait lorsque vous êtes devenu son tuteur.

— Sire, je…

Henri l'arrêta d'un geste de la main.

— Je suis peut-être mal en point, mais j'ai encore toute ma tête et mes deux oreilles. Je vous ai promis, à condition que vous me veniez en renfort dans cette guerre, de vous faire seigneur de Châteauroux. Mais à en croire ce qu'on raconte, vous préféreriez épouser une autre héritière : Isabelle de Clare ?

Guillaume se racla la gorge avant de répondre :

— Oui, Sire, c'est exact.

— Dans ce cas, elle est à vous, et je donnerai Denise de Déols à Baudouin de Béthune. La tutelle de Héloïse de Kendal pourra échoir à Gilbert Fitz-Reinfred. Je cherchais justement un domaine pour lui.

Se tournant vers Hubert Walter, le roi ajouta :

— Veuillez noter cette promesse et faites-la parvenir à messire de Glanville. Guillaume le Maréchal recevra Isabelle de Striguil en mariage et administrera toutes les terres qu'elle apporte en dot.

Hubert Walter s'inclina en signe d'assentiment et murmura qu'il en serait fait selon son bon vouloir. Sa propre famille avait nourri l'espoir de faire épouser son frère Thibaud à Isabelle de Clare, mais, en fin diplomate, il n'avait pas même cillé en présence du roi.

Guillaume déglutit et rassembla ses esprits dispersés aux quatre vents par la nouvelle. S'approchant du roi, il s'agenouilla à ses pieds et, tête penchée en avant, lui présenta son épée.

— Ma loyauté vous est acquise à jamais, Sire, promit-il à son tour.

Henri esquissa un morne sourire.

— Alors espérons que je durerai aussi longtemps que votre fidélité, pour notre bien à tous les deux.

Au chant du coq, Guillaume sortit du Mans à la tête d'un petit détachement d'éclaireurs. Un épais brouillard se levait sur l'Huisne, mais la visibilité était si mauvaise qu'elle évoqua dans l'esprit de Guillaume, non le printemps angevin, mais le plein automne anglais. Ses hommes et lui portaient tous des vêtements légers, qui n'empêchaient guère le froid de leur glacer les os. Leurs chevaux, d'abord rapides, ralentirent le pas à mesure qu'ils s'échauffaient. Traversant les faubourgs et le pont de bois dans un bruit de sabots, Guillaume s'efforça de se concentrer sur la tâche à accomplir, mais ses pensées revenaient sans cesse à la promesse de Henri concernant Isabelle de Clare. Subitement, les terres de la dame feraient de lui un grand du royaume, un seigneur de la haute noblesse. En outre, la fille était charmante, ce qui ne gâchait rien. Engendrer des descendants avec elle ne serait pas un crève-cœur. *Ne t'emballe pas trop vite !* se tança-t-il néanmoins, car l'héritière ne deviendrait sienne qu'à condition que le roi vive suffisamment longtemps pour tenir parole, détail qui pesait lourdement dans la balance. En définitive, c'était tout ou rien : la richesse ou les haillons. Probablement que Henri misait également là-dessus.

Ils chevauchèrent par prairies et pâturages. L'humidité s'égouttait aux branches des saules, et des senteurs printanières s'exhalaient sur les berges et dans les haies de la végétation gorgée de sève. Un peu à l'écart de la rivière, la brume commençait à se dissiper, devenant éparse. Sur ordre de Guillaume, les chevaliers chevauchaient en silence, le cliquetis des mors étouffé par des bandes de tissu. Ils avaient pour mission de localiser l'armée du roi de France, d'évaluer ses mouvements potentiels et d'en faire un rapport au roi. Robert de Souville, maréchal de la maison royale, fermait la marche. Il était aux aguets, craignant à tout instant une attaque ennemie. À l'autre extrémité du cortège, Geoffroy de Brûlon, jeune chevalier de la maisonnée du roi, trottait avec assurance à l'avant-garde, attendant l'affrontement presque avec impatience, pensa Guillaume. Un pour le courage, un pour la prudence, pensa-t-il encore, se souvenant de sa propre participation à Drincourt. Il y avait aussi

Gilbert Fitz-Reinfred, le neveu de Gauthier de Coutances, archevêque de Rouen. C'était un jeune homme assez prometteur, bien qu'il ne brillât encore par aucun talent particulier, et aussi fidèle et sincère qu'un bon chien de chasse.

— Héloïse est un joyau rare, fit soudain remarquer Guillaume avec une tranquille insistance en s'adressant à Fitz-Reinfred. Veillez à la traiter comme tel, ou vous aurez affaire à moi !

— Oui, sire, promit Fitz-Reinfred en rougissant.

Ses yeux bleu pâle brillaient d'intelligence.

— J'ai la ferme intention d'être un bon mari, ajouta-t-il.

Guillaume acquiesça d'un bref hochement de tête, d'homme à homme.

— Alors, il n'y a plus rien à ajouter, si ce n'est que je vous souhaite d'être heureux ensemble, conclut-il à voix basse.

Soudain, il fut alerté par des bruits. Il tira sur les rênes en faisant signe à la compagnie de faire halte. Entre les guirlandes de brume poussées par le vent, ils aperçurent une dizaine de chevaliers qui avaient mis pied à terre en lisière de futaie sur l'autre flanc de la colline. Ils portaient un armement léger et mordaient dans de gros morceaux de pain qu'ils faisaient descendre en s'abreuvant à des gourdes de cuir. Un des leurs sortit du bois en contrebas en secouant son entrejambe puis remonta ses braies. Une fois rhabillé, il prit son cheval des mains de l'homme qui l'avait gardé en attendant, et sauta en selle, bientôt imité par ses compagnons, après qu'ils eurent remisé les restes de pain dans leurs sacoches, accroché leurs gourdes aux pommeaux et repris écus et lances en main. Puis la troupe tourna le dos au bois et s'en alla au trot vers le nord. Le cavalier qui fermait leur marche fit halte et promena son regard alentour avant de rejoindre les autres. Puis la brume se referma sur le paysage. Lorsqu'elle se dissipa, il ne restait que des miettes et de l'herbe piétinée, qui redressait déjà la tête, pour témoigner du passage des cavaliers.

— Des éclaireurs de l'armée de Philippe, dit Guillaume en contournant les traces avant de tirer sur les rênes.

Robert de Souville s'humidifia les lèvres et serra plus fort la hampe de sa lance.

— Nous devrions en avertir le roi, suggéra-t-il en s'apprêtant à faire faire demi-tour à son cheval.

— Non, lança Guillaume en secouant la tête. Quelle information avons-nous à lui communiquer ? Que nous pensons avoir vu ce qui pourrait être des éclaireurs de l'armée du roi de France ? Où sont-ils allés ? À quelle distance se trouve le gros de leurs troupes ?

Souville rougit et marmonna quelque chose dans sa barbe.

— Vous, restez ici, ordonna Guillaume. Geoffroy et moi allons les suivre à distance, afin de découvrir ce qu'ils manigancent. Sous aucun prétexte vous ne devez retourner auprès du roi tant que nous n'en savons pas davantage.

Laissant Souville avec les autres chevaliers, Guillaume et Brûlon partirent dans la direction prise par les Français. Les traces de chevaux les conduisirent par des prés légèrement ondoyants couverts de rosée. Bientôt, des bruits leur parvinrent : des voix, le cliquetis des armes, le bruit sourd des sabots sur l'herbe humide. Guillaume fit signe à Geoffroy, et tous deux descendirent de cheval. Après avoir attaché leurs montures à un sureau, ils gravirent la colline à pas de loup, les chausses et les bottes imbibées de rosée. Parvenus au sommet, ils se tapirent pour ne pas être vus, et observèrent.

— Doux Jésus ! maugréa Geoffroy en se signant. Ils sont des milliers !

— L'armée au complet, confirma Guillaume.

Des groupes d'éclaireurs flanquaient les chevaliers et les fantassins français. Depuis leur cachette, Guillaume et Geoffroy auraient pu abattre les éclaireurs s'ils avaient été équipés d'arbalètes. Guillaume se retira promptement. Un seul éclaireur gravissant la pente aurait suffi à sonner la fin de la partie. De nouveau en selle, les deux hommes rejoignirent en toute hâte leurs compagnons. Geoffroy était partant pour attaquer les éclaireurs et causer ainsi un certain nombre de pertes à l'ennemi. Mais Guillaume eut tôt fait de lui ôter cette idée de l'esprit.

— Certes, convint-il, nous pourrions charger et en réduire quelques-uns, mais cela reviendrait à glisser un bâton dans un nid de guêpes en espérant s'en sortir indemne. Nos chevaux ne tiendraient jamais la distance ; or, ils ont besoin de toutes leurs forces pour rapporter prestement la nouvelle au roi, qui nous attend au Mans. Ne vous en faites pas, d'ici peu les occasions de prouver votre bravoure ne manqueront pas !

Henri accueillit la nouvelle de l'approche de l'armée ennemie sans desserrer les dents ni étonnement. Son mal avait repris, et des douleurs à la poitrine lui coupaient la respiration, mais il refusait de se reposer et donna l'ordre de détruire le pont sur l'Huisne et de piqueter les gués, supervisant lui-même la manœuvre sur le dos de son vieux cheval gris préféré. Le prince Jean l'accompagna et regarda avec attention les hommes enfoncer les pals dans le fond fangeux de la rivière.

Les travaux défensifs n'étaient pas achevés que déjà les éclaireurs ennemis commençaient à se masser sur l'autre rive et à planter leurs tentes dans les bois.

— Ils sont hors de portée de flèche, Sire, fit remarquer Guillaume après avoir évalué la distance de ses yeux mi-clos. Ils connaissent leur affaire.

Henri actionna ses mâchoires comme pour mâcher du cartilage.

— S'ils tentent de marcher sur la ville, je la ferai incendier, déclara-t-il. Mais nous leur donnerons un avant-goût de l'enfer avant qu'ils n'atteignent Le Mans.

— Les Français viendront-ils, mon seigneur ? s'enquit Jean d'Earley d'une voix fatiguée.

Guillaume considéra le jouvenceau. Ses deux écuyers avaient travaillé à nettoyer les armes et à vérifier tout l'équipement jusqu'à une heure avancée de la nuit. Guillaume ne s'était certes pas attendu à ce qu'ils mettent le doigt sur de graves défauts dans les cuirasses, mais il n'avait pas non plus jugé utile de les envoyer se coucher, sachant pertinemment qu'ils ne dormiraient pas. À dire vrai, Guillaume subodorait que les seuls habitants du Mans à avoir fermé l'œil cette nuit-là seraient les bébés et les gens séniles.

— Je dirais que oui, répondit Guillaume en s'étirant, afin de vérifier le bon fonctionnement de ses muscles, sachant qu'un rude combat se préparait.

Prenant son fourreau, il tira son épée au clair pour en examiner le fil.

— Tranchante comme une langue de harpie ! lança-t-il. Beau travail, Jean. Le temps des négociations est révolu depuis longtemps. Le roi Philippe et le comte Richard désirent mettre le roi Henri à genoux. Notre devoir est de contrecarrer leur plan, ajouta-t-il en embrassant les deux écuyers du regard.

— Oui, mon seigneur, répondit Jean en déglutissant bruyamment.

Jack, pour sa part, se contenta d'un bref hochement de tête.

Guillaume n'avait pas l'intention de permettre aux deux jouvenceaux de se joindre à la mêlée. Ils feraient leur baptême un jour prochain, non à l'occasion d'un affrontement qui promettait d'être âpre, implacable et couronné par l'incendie du Mans.

— Aidez-moi à passer mon armure, ordonna-t-il en désignant son gambison.

Son neveu ouvrit de grands yeux.

— Vous allez assister à la messe en armure ?

— Si l'ennemi attaque, il n'attendra pas que la messe soit dite, ni que nous soyons prêts à les recevoir, répondit Guillaume. Que les autres fassent comme bon leur semble. Quant à moi, je préfère me tenir prêt.

Sur ces mots, il passa les bras dans les manches du gambison et la tête dans l'ouverture du col.

— Ton grand-oncle Patrice a été assassiné au cours d'une embuscade, tandis qu'il officiait sans armure comme escorte. S'il l'avait portée, il serait peut-être encore de ce monde.

Le roi Henri posa sur Guillaume un regard désapprobateur lorsqu'il le vit entrer dans l'église en haubert. Un ou deux autres, dont le prince Jean, avaient eu la même idée mais, par cas de conscience, ils avaient retiré leur cotte de mailles à la porte de l'édifice. Guillaume craignait d'être surpris par l'ennemi, mais la présence d'hommes en armes dans la maison de Dieu créa un certain malaise chez le roi, lui rappelant le meurtre abject de Thomas Becket. Invité à retirer sa cotte, Guillaume déclina. Henri, l'air renfrogné, refusa de le laisser assister à la messe auprès de lui et se montra distant à son égard au sortir de l'église, lui tournant le dos tandis qu'il attendait que son valet lui apportât son palefroi.

Henri mettait le pied à l'étrier lorsqu'un sergent accourut à bout de souffle en criant que l'armée du roi de France se préparait à passer à l'attaque.

— Ils ont trouvé un passage à gué, Sire ! annonça le soldat pantelant.

Le roi proféra un juron, sauta en selle et éperonna son palefroi. Guillaume fit de même et s'élança à sa suite.

Derrière lui, ce n'était que fol empressement d'hommes enfilant leur armure et prenant les armes. Lorsqu'ils arrivèrent sur les bords de l'Huisne, une poignée de chevaliers français était déjà parvenue sur l'autre rive. D'autres entraient dans la rivière à leur suite en soulevant des gerbes d'eau. Des affrontements avaient déjà eu lieu avec les défenseurs angevins du roi Henri. Celui-ci assista avec consternation à l'avancée des Français.

— Aucun gué ne devrait être praticable ! s'exclama-t-il, le souffle rauque et irrégulier. Aucun !

Mais l'ennemi en avait trouvé un, et il était trop tard pour l'arrêter. Guillaume fit signe qu'on lui donnât son heaume, et Jean d'Earley, manifestement ébahi, l'aida à l'enfiler. Deux chevaliers angevins partirent au grand galop à la rencontre de l'avant-garde française. L'un d'entre eux brisa sa lance contre l'écu de l'adversaire qu'il renversa. Le second échoua à désarçonner l'ennemi et tira son épée.

— Partez, Sire ! cria Guillaume à Henri en lui faisant vivement signe de s'en aller. Vous êtes sans armure et n'êtes pas en état de vous battre !

Henri considéra les Français qui approchaient depuis l'autre rive. Parmi les oriflammes du roi de France flottaient celles, aux soies scintillantes dans le soleil levant, de son fils Richard, comte de Poitou et héritier présomptif.

— Il veut Le Mans ? lança-t-il d'une voix rageuse en montrant les dents. Je lui donnerai Le Mans, et nous verrons s'il apprécie le cadeau !

Faisant faire demi-tour à son cheval, il s'en fut au galop vers la ville avec une escorte de sergents et de chevaliers, laissant Guillaume et un contingent réuni à la hâte contenir les Français le plus longtemps possible.

Baudoin de Béthune rejoignit son ami devant la porte de la ville. Là, un sourire farouche aux lèvres, il enfila son heaume.

— J'espère que ton épée est bien affûtée, dit-il. Parce que, à en juger à ce qui nous attend, elle risque d'être émoussée avant ce soir.

Guillaume, dissimulé sous son heaume, lui rendit son sourire en montrant les dents. Ils ne pouvaient espérer tenir la ville contre l'ennemi, à présent que celui-ci avait trouvé un point de passage sur la rivière. Au mieux pouvaient-ils les retenir suffisamment longtemps pour permettre à Henri et à ses troupes de battre en retraite.

La bataille, à l'image de celle de Drincourt dans sa jeunesse, serait âpre et se déroulerait à l'étroit, par brusques percées, qui gagneraient davantage de terrain chaque fois, et retraits forcés successifs. Déjà, le sol retourné était jonché de boucliers cassés et de bris de lances, de pièces d'armures et de cadavres d'hommes et de chevaux. Guillaume pivotait sur ses hanches dans le but de frapper un adversaire lorsque son cheval posa le sabot sur le tranchant d'une pointe de fer et fit un écart de côté, du sang s'écoulant de la blessure. Maudissant le sort, le chevalier parvint néanmoins à désarmer l'ennemi, le força à descendre de cheval et changea de monture avant de renvoyer son propre étalon blessé derrière leurs lignes. Le nouveau destrier, un étalon espagnol pommelé, était frais et têtu, si bien que pendant un moment, il dut lui montrer, ainsi qu'aux Français, qui était le maître. Son bras d'épée était endolori par l'effort, celui avec lequel il tenait l'écu était tout engourdi, et sa vision était trouble. Ils ne faisaient guère plus que contenir l'ennemi, mais leur petit contingent commençait déjà à montrer des signes de fatigue.

— Par le Christ, il incendie la ville! s'écria soudain Baudoin, pantelant.

Guillaume releva la tête. Trop occupé à emplir ses poumons d'air, il n'avait rien remarqué. Mais force lui fut de constater que la puanteur qui s'élevait du brasier ne rappelait en rien l'arôme des feux de cuisson.

— Il avait dit qu'il le ferait, plutôt que d'abandonner la ville au roi de France…, rappela-t-il en donnant un violent coup de taille, avant de repousser un cavalier avec son bouclier et de faire fondre son destrier sur un fantassin.

Baudoin, de son côté, grâce à quelques coups de masse d'armes bien sentis, leur procura quelques instants de répit. Soudain, des renforts arrivèrent dans un grand branle-bas de combat, mais le soulagement fut de courte durée, car ce n'était que le roi et sa garde personnelle qui venaient d'arriver à la porte des remparts. Henri avait les lèvres bleuâtres, et son visage portait une telle expression de chagrin et de rage que Guillaume dut détourner le regard. Il vit alors à travers les fentes de son heaume que les soldats français et poitevins procédaient au rassemblement avant de donner la charge, les fantassins s'apprêtant à traverser la rivière en tête, tandis qu'un voile de fumée se condensait autour des remparts.

— La défense des autres portes est trop faible, ils ne tiendront pas longtemps, cria Henri d'une voix éraillée. Il nous faut battre en retraite. Tant que j'aurai un souffle de vie, je ne me laisserai pas faire prisonnier par mon démon de fils et son petit ami à peine pubère.

Sur un brusque signe de tête, il ajouta:

— Faites battre les hommes en retraite, le Maréchal. Rassemblement à Fresnay.

— Bien, Sire, répondit Guillaume.

Puis il rassembla les hommes qui défendaient la porte et suivit Henri à travers la cité en flammes en direction de la route de Fresnay. Avivé par une brise sévère, l'incendie se propagea rapidement, dévorant toits de chaume et toits à bardeaux, poutres, fourrage et litières dans les remises et les écuries. Rapidement, l'air s'emplit de nuées grises chargées d'étincelles qui piquaient la peau comme le dard des frelons.

Ils passèrent devant une boutique de négociant sise au rez-de-chaussée d'une maison à bardage de bois de plusieurs étages. Les flammes s'acharnaient sur le bâtiment où le feu s'était propagé depuis l'entrepôt attenant. Une femme luttait pour sauver quelques biens du désastre. Guillaume la regarda et sentit son cœur bondir dans sa poitrine. Son visage et sa taille étaient plus rebondis qu'autrefois, mais, à sa façon de se tenir, l'on ne pouvait s'y tromper.

— Clara ? lança Guillaume.

D'un geste péremptoire, il fit signe à l'écuyer de l'aider à descendre de cheval. Ayant mis pied à terre, il vola au secours de son ancienne maîtresse, lui arrachant des bras un édredon dont la partie inférieure était en feu. Mais la fumée ne tarda pas à s'infiltrer sous son heaume, et il se mit à tousser. Jean d'Earley accourut pour l'aider à le détacher et Guillaume, le visage écarlate et suffocant, put bientôt respirer à l'air libre.

— Allez me chercher mon grand casque, ordonna-t-il à l'écuyer en manquant de s'étouffer. C'est intenable là-dessous !

Puis il éteignit avec les pieds le feu qui dévorait l'édredon et éprouva de la honte et de la consternation lorsqu'il avisa les broderies roussies qui dépassaient de sous les semelles de ses bottes. D'une certaine manière, la vue du couvre-lit carbonisé l'attrista davantage que celle de la maison entièrement dévastée par les flammes.

Jean d'Earley apporta le casque à Guillaume. C'était un casque léger ouvert sur le devant et doté d'une protection nasale. Pendant ce temps, Clara s'était réfugiée dans son jardin pour s'asseoir sur un coffre peint, d'où elle regardait sa maison brûler.

— Il faut partir, les Français arrivent, lança Guillaume en s'approchant pour la prendre par le bras et la hisser sur ses jambes. Ils seront là d'un instant à l'autre, ajouta-t-il avant de se détourner pour tousser dans sa manche.

Clara se dégagea brutalement.

— Ils ne peuvent pas être pires que Henri Plantagenêt ! s'exclama-t-elle avec emportement en lui montrant la maison d'un geste de la main. Ce ne sont pas les Français qui ont incendié la ville ! Étienne m'avait prévenue que cela arriverait.

— Et où est-il à présent ? répliqua Guillaume. Vous devez partir d'ici.

— Ne vous inquiétez pas, rétorqua-t-elle en lui adressant un regard comme au bon vieux temps, à la fois moqueur et provocant. J'ai toujours choisi mes amants parmi ceux qui pouvaient me protéger. Nous avons fait sortir notre marchandise de la ville voici deux jours et avons mis notre argent en sûreté. Il est parti chercher les chevaux à l'écurie. Je…

Son visage s'éclaira soudain. Relevant ses jupes, elle poussa Guillaume de côté et courut au-devant d'un commerçant rond comme un tonneau et de son serviteur qui arrivaient vers eux au galop avec un palefroi et deux chevaux de bât au bout d'une longe. Guillaume regarda l'homme mettre pied à terre et embrasser Clara avant de la hisser sur la selle du palefroi. Puis, avec l'aide du serviteur et de gestes vifs et efficaces, il entreprit d'attacher le coffre peint, ainsi que d'autres objets transportables, sur les chevaux de bât. Clara s'approcha de Guillaume sur sa monture et le toisa de toute sa hauteur. De nombreuses rides jaillissaient au coin de ses yeux, et elle possédait à présent un double menton, mais son regard était toujours aussi ténébreux et lumineux que dans le souvenir du chevalier.

— Je sais que vous m'auriez sauvée, admit-elle d'une voix plus douce. Et je vous en remercie, mais comme vous le voyez, ce n'est pas nécessaire.

— Non, en effet, convint Guillaume.

Il jeta un coup d'œil vers celui qui lui avait pris Clara : un quelconque bourgeois replet à bedaine et aux traits peu engageants.

Guillaume en fut à la fois rassuré et décontenancé.

— Bonne chance, lança-t-il. Hâtez-vous donc !

— Bonne chance à vous aussi, lança Clara en retour et en esquissant un sourire à peine perceptible qui avait valeur d'adieu et de clin d'œil au passé.

Pendant un instant, leurs regards se croisèrent, puis elle fit faire un quart de tour à son palefroi, tandis que le marchand attachait la dernière sangle sur le dos du cheval de bât et sautait en selle avec agilité malgré son gabarit. Il salua Guillaume d'un geste raide de la tête et, sans plus de cérémonie, éperonna les flancs de sa monture. Le trio, composé du marchand, de Clara et du serviteur, fut rapidement englouti par la fumée, comme dans un rêve. Guillaume retourna à son cheval, se sentant à la fois triste et l'esprit plus léger.

Guillaume de Mandeville, comte d'Essex, arriva sur ces entrefaites avec ses troupes et confirma au roi que Le Mans était perdu.

— Ils envahissent la ville par toutes les entrées avec le comte de Poitou à leur tête, annonça-t-il précipitamment. Sire, il vous faut partir…

Henri eut un sursaut en entendant mentionner son fils, et Guillaume tressaillit également. Il savait que le roi redoutait par-dessus tout d'être contraint à un face-à-face humiliant avec Richard. Il était blessé à mort dans son orgueil, mais se voir assener les ultimes coups par la malveillance de son propre sang n'était non plus un *coup de grâce**, mais un parricide.

— Partez, Sire, insista Guillaume. Je les contiendrai.

Henri tourna les yeux vers lui, hocha une fois la tête et, sans mot dire, s'éloigna en éperonnant sa monture. Guillaume sauta aussitôt à cheval, ordonna à ses écuyers de partir au triple galop avec les troupes d'Essex et, accompagné d'une poignée de chevaliers, prit position à l'arrière-garde de l'escorte du roi.

Au début, ils furent ralentis par la foule des habitants fuyant la ville, les femmes en pleurs, les enfants poussant des hurlements, leurs biens entreposés dans des sacs, sur des charrettes, chargés à dos de poneys ou entassés dans des chariots tirés par des bœufs. Guillaume fut couvert d'injures par ces réfugiés accablés par le malheur. Il fit la sourde oreille. Seul comptait de conduire Henri en lieu sûr. Il ne vit pas signe de Clara et supposa que le couple avait emprunté une autre route, ce dont il se réjouit. Il lui aurait été pénible de la dépasser en chemin.

Une fois sortis des faubourgs et de la cohue des fuyards, ils allèrent au petit galop. Le roi, l'air sombre et le teint jaunâtre, s'agrippait à sa selle. Cependant, lorsque Baudoin de Béthune lui demanda s'il souhaitait qu'ils ralentissent l'allure, il fit signe que non et insista pour qu'ils l'accélèrent au contraire. Le cheval de Souville boitait, et celui-ci peinait à garder la cadence. Se retournant sur sa selle pour vérifier qu'il suivait, Guillaume vit un chevalier poitevin se ruer sur leur groupe, la lance à l'horizontale. Souville leva son bouclier et tenta de s'écarter, mais le chevalier anticipa son mouvement et le désarçonna. Tandis que Souville heurtait le sol, d'autres Poitevins arrivèrent au galop en soulevant des nuages de poussière. Le chevalier de tête montait un puissant destrier gris-brun à la crinière et à la queue couleur de paille. Malgré l'absence d'écu au bras du cavalier, Guillaume reconnut immédiatement Richard, et son sang ne fit qu'un tour. La lance pointée en avant, il partit au galop dans le but de lui barrer la route. Richard tira si fort sur les rênes que son cheval se cabra.

— Ne faites pas l'imbécile ! gronda le prince. Écartez-vous !

Guillaume retint son destrier et se prépara à charger.

— Mon seigneur, je vous conseille de faire demi-tour si vous tenez à la vie, cria-t-il.

Richard rit de mépris et de rage.

— Vous n'oseriez pas ! dit-il avec un rictus.

Puis il fit claquer les rênes sur l'encolure de son étalon.

Sans hésitation, Guillaume éperonna sa monture. Richard ouvrit de grands yeux et tenta de s'écarter du chemin, mais le chevalier modifia l'angle de sa lance et frappa son cheval de plein fouet. Le coup fut net et fatal. Abandonnant sa lance dans le corps du destrier, Guillaume s'écria :

— Que le diable vous emporte, mon seigneur !

Puis, après avoir décrit quelques cercles, il repartit au galop en direction de la route.

Ébranlé, Richard s'extirpa de la selle de son cheval mort et retint ses chevaliers, qui souhaitaient reprendre la poursuite.

— Non ! cria-t-il abruptement. Laissez-les partir. Ils sont aux abois. Nous les prendrons bientôt, et alors… nous réglerons nos comptes.

Chapitre 30

Tout était calme et tranquille dans Coulaines, village situé aux portes de Chinon. Guillaume scruta le ciel à la recherche de l'alouette qui lançait son chant vers les cieux. Au bout d'un moment, il repéra enfin un petit point noir dans l'azur. Les trilles résonnèrent encore pendant quelques instants puis cessèrent lorsque l'oiseau s'abîma vers la terre avant de disparaître dans l'herbe tendre de la prairie, où paissaient plusieurs juments et leurs poulains.

Guillaume avait fait ce détour avec ses troupes au prétexte de jeter un coup d'œil à l'élevage de destriers d'un seigneur local. Mais en vérité, il avait besoin de s'éloigner provisoirement de la vue de Henri, dont l'état se détériorait et qui souffrait au point qu'aucune potion ni aucun soporifique, même parmi les plus forts, ne permettait plus de le soulager. Avec le déclin de la santé du roi, Guillaume voyait mourir ses espoirs de s'élever socialement. Il savait qu'il avait probablement compromis son avenir en tuant l'étalon de Richard sous son cavalier. L'alternative avait été simple : tuer le prince ou se déshonorer en le laissant passer. Guillaume n'avait donc pas hésité une seule seconde.

L'éleveur de chevaux ramena le chevalier à la réalité en lui demandant des nouvelles du roi et en exprimant son inquiétude de voir les soldats du roi de France envahir Chinon.

— J'ai consacré toute ma vie à ces bêtes, confia-t-il en désignant les équidés. Plutôt mourir que de me les faire ravir par de la raclure de caniveau poitevine et française!

— Une trêve a été conclue, l'informa Guillaume avec plus d'assurance qu'il n'en possédait réellement. Ils n'iront pas jusqu'à Chinon.

À en juger par l'acharnement avec lequel Richard avait poursuivi son père, il ne pouvait jurer de rien. Une semaine auparavant, le roi Henri s'était entretenu avec son fils et Philippe de France devant Fresnay. Henri avait eu toutes les peines du monde à faire face avec dignité à ses ennemis. Le voir ainsi avait empli le cœur de Guillaume de pitié et de rage. Avant la rencontre, le roi avait trouvé refuge à l'intérieur d'une église de l'ordre des Templiers. Il était alors si perclus de douleurs qu'il avait dû se tenir à la paroi pour ne pas s'effondrer. Guillaume avait fait parvenir un message à Richard et à Philippe, les avertissant que Henri, indisposé, n'était pas en état d'assister au conseil. Richard avait refusé d'en prendre acte, clamant haut et fort que son père feignait d'être malade à seule fin de se soustraire aux pourparlers. S'il ne venait pas, alors les hostilités reprendraient, plus férocement que précédemment. Henri était sorti de l'église en se traînant et, à bout de forces, était monté à cheval. Serrant les dents contre la douleur atroce qui l'accablait, il s'était rendu au lieu choisi pour la rencontre, soufflant à Guillaume que si Dieu lui accordait vie, il ferait payer à son fils et au roi de France la peine et l'affront qu'ils lui infligeaient. En voyant Henri, Philippe avait compris que l'infirmité de son adversaire n'était pas feinte et il lui avait fait donner un manteau sur lequel poser son séant pendant la durée des négociations. Mais Henri avait refusé, préférant demeurer sur son cheval, préservant ainsi le peu de dignité qu'il lui restait, tandis qu'il écoutait les humiliantes conditions de paix qu'on lui imposait. Richard n'avait fait montre d'aucune pitié envers son père, lui refusant tout regard et tout geste de commisération. Guillaume n'avait su dire s'il s'agissait là d'un subterfuge savamment calculé dans le but de blesser encore davantage son père, d'une parade visant à se protéger lui-même ou d'indifférence pure et simple. Dans tous les cas, le masque n'était pas tombé pendant tout le temps qu'avaient duré les négociations.

De retour à Chinon, Henri s'était alité. De son côté, le prince Jean, tenant en horreur les miasmes des chambres de malade, avait brillé par son absence. Toutefois, le fils bâtard du roi, Geoffroy, n'avait pas été avare de son temps, dont il avait passé une grande partie au chevet de son père, lui épongeant le front et le consolant de ses accès de rage.

— J'ai entendu dire que le roi était mortellement malade, dit le marchand de chevaux en regardant Guillaume avec insistance. Vous êtes proche de lui, du moins à ce qu'on raconte. Est-ce vrai ?

— Il est vrai qu'il a le cœur brisé à cause du comportement du prince Richard et que sa santé est fragile, répondit Guillaume en contournant le problème. Mais sa volonté est solide comme l'acier et loin d'être brisée.

Le ton employé par le chevalier n'invitait pas à pousser l'enquête plus avant. Il se porta acquéreur d'une jument et de son poulain, ainsi que d'un cheval fort prometteur âgé de deux ans. Ne sachant où il serait lui-même dans un avenir proche, il convint avec l'éleveur de les laisser en pension chez celui-ci, arguant avec un sourire en coin que sa décision témoignait de son assurance que Français et Poitevins ne pilleraient pas la région. À dire vrai, Guillaume ignorait ce qu'il en serait, n'étant lui-même dans l'entourage du roi qu'un simple fétu de paille parmi d'autres.

Tandis qu'il regagnait tranquillement Chinon, il fut rejoint par un groupe de cavaliers menés par Roger Malacheal, garde du sceau royal. Celui-ci revenait de Tours, où il s'était rendu sur ordre de Henri. Le roi Philippe s'était engagé à fournir à ce dernier les noms de ceux qui s'étaient retournés contre lui, et Malacheal était allé récupérer cette liste. Le visage empreint d'une grande lassitude, il salua Guillaume d'un air grave. Ce dernier, qui ne manquait pas de bon sens, ne s'enquit pas directement de la réussite de sa mission, mais se contenta d'une question évasive qui suscita chez le garde du sceau un signe de dénégation assorti d'une mine encore plus dépitée qu'auparavant.

— Pire que vous ne pouvez l'imaginer.

Telle fut sa réponse, et il s'en tint là.

À Chinon, Malacheal, suivi de Guillaume, se rendit directement à la chambre du roi. Henri n'avait pas quitté le lit, bien qu'ils le trouvassent habillé et en position assise. Il était entouré de ses médecins, qui s'affairaient autour de lui, et de clercs, à qui il dictait des lettres malgré son état de faiblesse. Geoffroy s'accrochait jalousement à ses côtés et surveillait de son œil de chien de garde soupçonneux quiconque s'approchait d'un peu trop près.

Malacheal, justement, s'avança près du lit, fléchit le genou et inclina la tête. Henri lui fit signe de se redresser et, tendant sa main droite secouée de tremblements, dit :

— Vous avez la liste des traîtres ?

— Sire…, commença le garde du sceau avant de s'interrompre.

— Faites voir, insista Henri d'une voix éraillée.

Cédant à l'inévitable, Malacheal lui tendit le rouleau. Henri en brisa le sceau et déroula le parchemin. Sa vue baissait, et il dut le tenir à bout de bras afin de pouvoir le lire. Mais la méthode se révéla insuffisante, et il rendit le document au garde du sceau, non sans manifester sa contrariété d'un mouvement de la tête.

— Lisez ! ordonna-t-il.

Malacheal prit le parchemin du bout des doigts, un peu comme s'il avait été rédigé avec du venin de serpent. S'humectant les lèvres, il parcourut la liste des yeux.

— Mon seigneur, commença-t-il, Jésus-Christ me vienne en aide, le premier nom de la liste est celui de votre fils, le prince Jean.

Henri répéta plusieurs fois le nom du traître à voix basse, chaque fois un peu plus fort, en secouant de plus en plus vivement la tête.

— Je refuse de le croire, déclara-t-il d'une voix enrouée. Jean ne me trahirait pas. Faites-le paraître devant moi, maintenant !

Les hommes en présence échangèrent des regards.

— Je vais aller le quérir, Sire, intervint Guillaume.

Debout derrière son père, Geoffroy planta ses yeux dans ceux du chevalier, qui y lut son opposition catégorique.

Guillaume quitta néanmoins la pièce à grands pas et traversa tout le palais jusqu'aux écuries, où les valets l'informèrent que Jean était parti le matin même, peu après que lui-même s'était absenté chez l'éleveur de chevaux. Le prince avait emmené sa garde personnelle, ses serviteurs et deux chevaux de bât chargés comme des bourriques. On attendait toujours son retour. Sans rien en dire à personne, Guillaume passa la ville au peigne fin, visitant bordels et tavernes, mais on ne l'avait vu nulle part, pas même chez le drapier, le joaillier, ni chez le négociant en pierres précieuses et rares qu'affectionnait Jean. Ainsi, le chevalier rentra bredouille au palais. Le roi attendait des nouvelles avec la même ferveur qu'un prisonnier attend une grâce au matin de son exécution, tout en sachant qu'elle ne viendra pas.

Guillaume se campa bien droit sur ses jambes pour assener le coup fatal sans rien laisser paraître de ses sentiments.

— Sire, commença-t-il, votre fils est parti ce matin à l'aube. Il n'est plus à Chinon.

Henri considéra Guillaume, puis les chevaliers et les fonctionnaires qui faisaient cercle autour de son lit. Puis sa vue se brouilla, et il sembla absent, comme s'il avait à jamais refermé dans son cœur une certaine porte donnant sur le monde.

— Vous en avez assez dit, marmonna-t-il. Tirez les rideaux et laissez-moi, tous !

Il devint évident que le roi Henri ne recouvrerait pas la santé. La nouvelle de la défection de Jean avait eu raison de sa volonté de lutter contre la mort. Il refusa de s'alimenter. La fièvre omniprésente qui l'accablait depuis plusieurs semaines empira et devint si aiguë que les médecins furent incapables de lui porter secours. Henri perdit toute présence d'esprit et, même lorsqu'il avait les yeux ouverts, il ne voyait plus les personnes présentes et ne pouvait communiquer avec elles.

Le troisième soir, Baudoin et Guillaume s'accordèrent un bref répit dans une taverne située non loin du palais. Wigain ainsi que Gautier Map et beaucoup d'autres chevaliers de la chambre du roi étaient de la partie et buvaient au coude à coude autour des tables à tréteaux. Geoffroy, le bâtard de Henri, était également du nombre. Jamais Guillaume ne l'avait vu aussi soûl.

— J'ai encore assisté à une hémorragie dans les rangs des guerriers aujourd'hui ! annonça Baudoin, penché sur sa coupe. Les mercenaires savent qu'ils n'ont plus rien à attendre du roi. Les uns rentrent chez eux s'occuper de leurs fermes, les autres rejoignent la très impie trinité constituée par Richard, Philippe et Jean.

Une servante vint remplir leurs pichets de vin. Wigain lui pinça les fesses, mais sans conviction.

— Vous devriez rentrer en Angleterre au triple galop et réclamer votre future épouse tant qu'il en est encore temps, suggéra-t-il à Guillaume d'un air morose.

Guillaume fit signe qu'il ne l'entendait pas de cette oreille.

— Combien de temps pensez-vous qu'elle resterait mienne, si j'agissais ainsi ? rétorqua-t-il. Messire Richard n'est pas dans les meilleures dispositions à mon égard, si je ne m'abuse.

Versant du vin dans sa propre coupe, il ajouta :

— Du moins me reste-t-il quelques tenures à Saint-Omer et une proposition permanente de Philippe de Flandre.

— Ce n'est cependant pas la même chose qu'un comté, n'est-ce pas ?

Guillaume sourit, mais sans joie.

— Un solliciteur n'est pas en état de choisir, rappela-t-il.

À l'autre table, Geoffroy exprima son mécontentement d'une voix tonitruante :

— J'ai beau avoir reçu l'instruction d'un clerc, je ne prononcerai pas mes vœux ! Même devenu roi, Richard ne pourra m'y obliger !

— Il veut devenir prince, fit remarquer Gautier Map en inclinant la tête vers Geoffroy. Il espérait que son père lui donnerait terres et titres et l'installerait dans son propre petit royaume, mais à la mort de Henri, Richard et Jean ne voudront pas en entendre parler. Que cela lui plaise ou non, « frère Geoffroy » deviendra frère en religion ! s'exclama-t-il en riant de son propre calembour.

Mais il fut le seul à rire.

— Et « frère Jean » ? s'enquit Wigain. Qui l'empêchera de poser son derrière sur le trône ?

— Si Jean avait brigué instamment la couronne, il serait resté solidaire de son père et ne se serait pas empressé d'aller rejoindre Richard, fit remarquer Guillaume. Je n'ai pas dit qu'il ne la convoite pas mais, en tant qu'héritier de Richard – qui, je vous le rappelle, a pris la croix –, il attend son heure tout en préparant son avenir.

— Un avenir en enfer ! maugréa Wigain.

— C'est fort probable, convint Guillaume en se resservant du vin.

Il ne noyait pas son chagrin mais faisait tout de même ses adieux à des espérances qu'il avait cru radieuses. Tandis qu'il s'apprêtait à boire, Jean d'Earley se fraya un passage dans la foule des soldats et des courtisans. Guillaume reposa aussitôt sa coupe, car l'écuyer faisait triste mine.

— Venez vite, sire, lança ce dernier.

Guillaume, légèrement ivre, grimpa l'escalier qui menait à la chambre du roi Henri. L'entrée n'était pas gardée. Seuls étaient présents son neveu Jack et un autre écuyer au teint blême qui sanglotait. Guillaume passa le seuil, s'avisant sans délai que les murs avaient été dépouillés de leurs tentures et que le rideau de brocart manquait au-dessus de l'embrasure de la porte. La chambre elle-même était vide, comme avant un départ de la Cour. Les vêtements du roi et ses coffres étaient toujours en place, et le feu se transformait en cendres dans l'âtre. En revanche, tous les coffres et jusqu'aux plus petits coffrets avaient disparu, y compris les chasses émaillées contenant les bijoux royaux. Les coupes, les plats et les pichets n'étaient plus sur la crédence, et les couvertures, les rideaux et les tentures avaient disparu. Sur le lit, le roi gisait sans même un drap pour dissimuler sa nudité.

Guillaume s'approcha prestement du corps et s'arrêta net, comme sous l'effet d'un coup de poing.

— Jésus-Christ, prends pitié de nous ! murmura-t-il avant de rester muet d'horreur et d'apitoiement.

Henri ressemblait à une poupée abandonnée en plein jeu. Sa peau blafarde était maculée du sang qui avait coulé de ses narines et de sa bouche lorsqu'il avait rendu l'âme. Ses yeux gris comme des galets et sans vie regardaient droit devant eux. Guillaume entendit quelqu'un vomir en retrait sur les ajoncs.

Sans mot dire, Gilbert Fitz-Reinfred lui tendit son manteau, dont le chevalier recouvrit le corps du roi avant de lui fermer doucement les yeux. Geoffroy vint se placer au chevet du mort en s'essuyant la bouche avec le poignet.

— J'aurais dû rester avec lui, dit-il dans un flot de larmes. Dieu me pardonne, j'aurais dû rester.

Blême et secoué de sanglots, il s'agenouilla près de la dépouille.

— Nous aurions dû tous rester, renchérit Guillaume d'un ton grave.

Puis il posa une main sur l'épaule du jeune homme et la serra légèrement. Il bouillait de colère. Faisant volte-face, il cria des ordres brefs à plusieurs chevaliers qui s'en furent aussitôt, la main à l'épée, de la chambre profanée et nue. Assurément, les voleurs étaient déjà loin, pensa Guillaume. Mais si ses hommes les prenaient, il les ferait pendre haut et court.

Le corps fut lavé et apprêté avec grand soin. Mais l'on manqua d'une robe adéquate pour l'habiller. Geoffroy, qui faisait la même taille que son père, fit don de son meilleur vêtement, une robe de laine rouge foncé de grand prix.

Puis l'on porta la dépouille royale à la chapelle. Après la grand-messe, Guillaume et les chevaliers de la maisonnée montèrent la garde, l'épée au clair. Tous se sentaient coupables de s'être trouvés à la taverne pendant que le roi était dans les affres de l'agonie et que ses domestiques dépouillaient son cadavre de ses biens et de sa dignité. Nul n'aurait jamais dû mourir ainsi, et cette seule pensée glaçait le sang de Guillaume.

Au matin, le corps fut déposé sur une bière. Les chevaliers se relayèrent pour le porter jusqu'à l'abbaye de Fontevraud, lieu désigné pour le repos du roi. Contrairement à la tradition, aucune aumône ne fut distribuée aux pauvres, car toutes les cassettes du roi étaient vides, et ses sénéchaux se défendaient de savoir ce qu'il était advenu de leur contenu. Il fallut disperser, à l'aide d'une chiche poignée de pièces de monnaie provenant des poches de ses fidèles chevaliers, la foule déçue qui s'était massée sur le passage du cortège dans l'espoir de recevoir des libéralités.

À Fontevraud, l'abbesse et les religieuses sortirent en procession du cloître au doux son du plain-chant afin d'accueillir la dépouille royale dans leur église. Guillaume approcha à pas mesurés de l'autel, où des tréteaux attendaient de recevoir la bière. Il avait les épaules endolories d'avoir porté le corps de son roi, mais son cœur, surtout, ployait sous le fardeau. Il avait porté le jeune roi jusqu'à sa dernière demeure, et voici qu'il y portait son père ; et, une fois encore, son avenir était remis en question. Guillaume, l'œil sec et l'âme endolorie, aida les autres chevaliers à poser la bière sur les tréteaux. Résistant au besoin de se masser l'épaule, il s'inclina devant l'abbesse et abandonna la royale dépouille à ses bons soins. Les yeux irrités de fatigue, il retrouva l'air libre, qui fraîchissait à présent que les ombres de l'après-midi parcouraient les étendues herbeuses et faisaient retomber la fièvre des pierres. Jamais plus Henri ne verrait ni ne sentirait sur sa peau ce miracle ordinaire de la vie.

— Sire ?

Se retournant, Guillaume se trouva face à Jean d'Early, son écuyer, qui se tenait tranquillement en retrait. Il pria pour que le jouvenceau ne l'accable pas de questions auxquelles il n'avait aucune envie de répondre.

— Jack a mis les chevaux à l'écurie et nous avons rangé vos bagages à l'hôtellerie de l'abbaye.

Guillaume acquiesça d'un air absent car, de son point de vue, cela allait de soi de la part de ses écuyers.

— Et ? dit-il, quelque peu irrité.

Jean rougit.

— J'ai pensé que vous voudriez prendre un bain et vous restaurer. J'ai pu obtenir d'une des religieuses qu'elle prépare un cuveau d'eau chaude, et des cuisines quelque nourriture.

Guillaume fut aussitôt pris de remords et esquissa un vague sourire.

— Vous êtes deux écuyers formidables, complimenta-t-il en donnant à Jean une tape à l'épaule en guise d'excuse.

Le cuveau était un grand baquet ovale qui servait aux lessives, ainsi qu'au bain des visiteurs occasionnels. Guillaume aurait volontiers barboté dans l'eau chaude jusqu'à ce qu'elle refroidisse, mais cela aurait été égoïste. Jugeant que ses écuyers méritaient d'être récompensés de leur peine, il leur abandonna l'eau du bain encore tiède en leur signifiant qu'il se sécherait et s'habillerait lui-même. L'importance que Guillaume accordait à la toilette suscita les plaisanteries de son entourage, beaucoup de chevaliers considérant qu'il n'était pas sage de se débarrasser d'une franche et bonne odeur de sueur.

— Certaines dames de ma connaissance ne seraient pas d'accord avec vous, rétorqua Guillaume en passant un peigne dans ses cheveux humides.

— Mais point les nonnes, objecta Maurice de Craon, un chevalier rougeaud doté d'une abondante barbe noire. Qui d'autre êtes-vous susceptible de rencontrer ici ? Le comte de Poitou, à son arrivée, se fichera bien que vous sentiez bon.

— Eh, eh, intervint quelqu'un, à votre place, je n'en serais pas si sûr !

Craon éluda l'allusion en frappant l'air de son poing gros comme un jambon.

— Rumeurs et commérages que tout cela ! grommela-t-il. Richard n'est pas sodomite.

Le mot resta en suspens dans le silence gêné qui s'ensuivit. Chacun fit mine de s'activer à quelque tâche à grand renfort de raclements de gorge et de « Oh ! » et de « Ah ! ».

— Vous n'auriez pas dû dire cela, glissa Guillaume à Craon.

Ce dernier écarta les mains avec perplexité.

— Et pourquoi diable ? s'enquit-il. Je ne fais que défendre la réputation du comte de Poitou !

Guillaume posa son peigne de côté.

— Mais ce faisant, vous attirez l'attention sur les rumeurs. Qu'elles soient vraies ou fausses, elles enflent chaque fois qu'on les répète. C'est comme ça qu'un grain de sable devient une montagne... Je le sais d'expérience.

Craon renâcla et fulmina. Bientôt calmé, il se tint à l'écart, arborant la mine songeuse d'un ruminant.

Guillaume soupira d'un air pensif, défroissa sa tunique et s'assit pour déguster les mets procurés par ses écuyers. Les autres chevaliers se joignirent à lui, afin de discuter de leur situation délicate. En tant que partisans du vieux roi, tomberaient-ils en disgrâce avant de connaître l'exil ?

Quel prix leur faudrait-il payer pour conserver leurs terres ? La plupart d'entre eux espéraient pouvoir s'offrir la faveur de Richard contre argent sonnant et trébuchant, d'autant qu'il avait besoin de fonds pour sa croisade imminente. Après examen, la situation de Guillaume se révéla moins reluisante, mais l'intéressé en fit peu de cas, arguant qu'arriverait ce qui devait advenir.

— Je n'ai encore jamais crié famine, rappela-t-il, en se souvenant, cependant, qu'il y avait une première fois à tout.

Richard arriva de bonne heure le lendemain. Contrairement à son père malade et épuisé, qui, cahin caha, avait fui le harcèlement de son fils aîné pour aller au-devant de sa propre mort, Richard était l'essence même du roi guerrier. Il montait un étalon gris espagnol et portait une tunique de soie pourpre ornée d'épais brocarts d'or à motifs de lion. Son baudrier était recouvert d'or, ainsi que ses chaussures, et sa cape était bordée d'un galon également tissé d'or. Légèrement en retrait sur le côté suivait son frère Jean, en habit coloré et semblant sur la défensive. Il était flanqué du chancelier et chapelain de Richard, Guillaume Longchamp. Celui-ci jeta en passant un regard débordant de dédain et de malveillance à Guillaume, qui le lui rendit avec la plus grande antipathie, n'ayant pas plus d'estime pour Longchamp que celui-ci n'en nourrissait à son égard.

Plein d'appréhension, Guillaume fléchit le cou et le genou en signe de soumission au nouveau roi d'Angleterre, imité par les chevaliers de sa maisonnée, qui se lancèrent des regards de biais. Les yeux fixés vers le sol, Guillaume attendit. Tout en sachant que c'était là une sotte pensée, il n'aurait pas été étonné de sentir soudain le fil d'une épée lui mordre le cou. Mais à la place, il sentit une poigne de fer se refermer sur son épaule et se souvint du temps où il contrait sans peine les attaques de cette royale main – alors en apprentissage et trop petite pour tenir une épée d'adulte. Tout semblait alors facile, mais cette époque-là était révolue, et Guillaume le savait.

D'une voix puissante et neutre, Richard ordonna aux chevaliers de se relever.

— J'ai des griefs, commença-t-il, mais non envers les hommes loyaux.

Sur ces mots, il serra derechef Guillaume à l'épaule et fit un pas en arrière avant de s'éloigner. Guillaume expira avec soulagement l'air de ses poumons et se redressa sur ses jambes, rajustant sa tunique. Le prince Jean haussa un sourcil, l'air narquois, et esquissa un sourire en coin, puis il emboîta le pas à son frère, qui se rendait à l'église où la dépouille de leur père était exposée. Guillaume, ne sachant s'il parviendrait à contenir sa colère, préféra baisser les yeux. Richard avait, certes, harcelé son père tandis qu'il vivait les derniers jours de son règne, mais la trahison de Jean avait hâté sa mort et l'avait rendue misérable, dépourvue de toute consolation et de toute paix.

Barons et chevaliers entrèrent dans l'église à la suite des deux frères. Jean, tel un chat, fit un discret pas de côté et alla se placer dans l'ombre, mais Richard avança directement vers la bière, ne trahissant sa nervosité qu'à sa façon d'agripper le manche de son épée.

Il resta longtemps à contempler la dépouille de son père, sans laisser rien paraître de ses émotions. Au bout d'un moment, il s'approcha du visage découvert du roi et le regarda sans dire un mot, ni à l'assemblée des chevaliers, ni aux courtisans. C'est alors que Jean surgit de l'ombre, sans pour autant approcher de la bière. La croyance voulait qu'un cadavre saignât en présence de son meurtrier. Aussi Guillaume se demanda-t-il si les frères craignaient de voir le phénomène se produire. Il regrettait qu'ils n'aient pas vu dans quel dénuement Henri était mort à Chinon. C'eût été pour eux un châtiment mérité, mais, quant à savoir si cela eût suscité chez eux pitié ou remords, c'était une tout autre affaire. Guillaume soupçonnait Richard d'ignorer le sens de ces mots-là, du moins en ce qui concernait son père. Il en allait peut-être un peu différemment de Jean. Cependant, bien que celui-ci laissât parfois davantage paraître ses sentiments, bien malin celui qui eût pu dire ce qui se passait sous son crâne. Guillaume n'avait d'ailleurs aucune envie de le savoir, craignant d'y découvrir une âme damnée.

Enfin, Richard se détourna du visage du mort, qui ne différait en rien du sien pour ce qui était de la rigidité des traits, et posa les yeux sur Guillaume.

— Le Maréchal, j'ai à vous parler, dit-il.

Faisant signe à tous de ne pas bouger, il entraîna le chevalier à l'extérieur.

— Montez en selle et suivez-moi, ordonna-t-il une fois dehors.

Mais plutôt que d'attendre que le palefroi de Guillaume fût sellé, il lui donna l'alezan de Longchamp. Geste qui valut au chevalier d'être foudroyé du regard par son propriétaire. Longchamp nourrissait une suspicion jalouse envers quiconque était susceptible de mettre en balance l'influence qu'il exerçait sur Richard. C'est pourquoi il voyait en Guillaume non seulement un rival, mais un ennemi. Ce jour-là, Guillaume le considéra avec une indifférence souveraine, attitude qui ne manquerait pas, il le savait, d'ulcérer le chancelier.

Richard montait avec une élégance naturelle, le dos bien droit, une main sur les rênes, l'autre au côté. Guillaume ajusta les étrivières réglées pour convenir aux jambes courtaudes de Longchamp et rangea l'alezan à hauteur de l'étalon de Richard. Puis ils quittèrent l'abbaye en silence dans un nuage de poussière, au seul bruit mat des sabots sur le sol asséché. Au-dessus de Chinon, le ciel était voilé et annonçait l'orage. Guillaume sentait la lourdeur de l'air lui serrer les tempes. Il envisagea un instant de rompre le silence, mais décida de n'en rien faire ; il laisserait le nouveau roi donner le ton et, si Richard attendait une contrition ou des excuses, il attendrait éternellement.

Enfin, Richard, se tournant vers Guillaume pour le regarder bien en face, lui lança :

— Vous avez tenté de me tuer, le Maréchal.

Sa voix était rauque, mais Guillaume supposa que c'était dû davantage au fait qu'il avait trop beuglé sur le champ de bataille qu'à un excès d'émotion.

Il se redressa bien droit.

— Non, mon seigneur, assura ce dernier. Je suis encore assez vaillant pour ne pas rater ma cible une fois celle-ci choisie. Si j'avais voulu vous faire passer de vie à trépas, j'aurais pu facilement transpercer votre corps de la pointe de ma lance, ainsi que je l'ai fait à votre cheval. Je ne m'excuserai donc pas de ce geste. Je défendais votre père et, si c'était à refaire, j'agirais de même.

— J'ai bien cru que vous alliez m'embrocher ! s'exclama Richard en jetant à Guillaume un regard aussi perçant qu'une pointe d'acier.

— Il s'en est fallu de peu, Sire, confirma le chevalier, mais j'ai pensé qu'embrocher votre monture serait tout aussi efficace.

Richard rit à son corps défendant.

— Et cela le fut ! convint-il.

Lançant un regard de biais à Guillaume, il ajouta :

— Il fallait beaucoup de courage et une main sûre.

— J'ai suivi un long apprentissage, expliqua le chevalier.

— Et si je vous disais que j'ai un emploi pour vous et que je souhaite recevoir votre hommage à présent que mon père n'est plus, me l'accorderiez-vous ?

Guillaume examina le ciel menaçant et prit son temps avant de répondre. Même si une seule réponse s'imposait, Richard pouvait bien attendre un peu. En outre, Guillaume avait besoin de s'armer de courage en prévision de la suite.

— Avant de rendre l'âme, votre père m'a donné Isabelle de Striguil en mariage, annonça-t-il.

Richard tira d'un coup sec sur ses rênes, faisant sursauter sa monture, qui fit un écart.

— Il ne vous a rien donné du tout, rétorqua-t-il d'un ton cassant. J'ai mes espions et sais exactement ce qu'il vous a dit. Il ne vous a fait qu'une promesse ; or, chacun sait que les promesses ne sont qu'écumes, tant qu'elles ne sont pas suivies d'effet. Vous le savez aussi.

Guillaume eut toutes les peines du monde à déchiffrer ses intentions, car le nouveau roi était passé maître dans l'art de dissimuler.

— Pour ma part, je ne m'en tiendrai pas à des promesses, poursuivit Richard. Aujourd'hui même vous ferez route vers l'Angleterre comme messager. Vous en profiterez pour épouser la donzelle. Isabelle de Clare est à vous. Prenez ses terres et faites-les fructifier ensemble, avec ma bénédiction.

Guillaume en eut le souffle coupé.

— Merci, Sire, parvint-il enfin à articuler avec sincérité et simplicité.

Richard ne dit rien, semblant attendre davantage, mais, comme rien ne venait, il hocha brièvement la tête et déclara :

— Vous êtes resté fidèle à mon père tandis que des hommes de moindre valeur l'abandonnaient. Vous lui avez sauvé la vie au péril de la vôtre, compromettant ainsi votre propre avenir à l'abri du besoin. Je désire m'attacher cette même indéfectibilité. Comme vous le disiez, vous avez suivi un long apprentissage. Je ne fais donc là que vous donner votre part de récompense, et de châtiment…, expliqua-t-il en insistant sur le mot « donner ».

Puis d'ajouter, au risque de se répéter :

— De mon père et de mon frère, vous n'aviez reçu que des promesses. Moi, je fais plus que promettre !

— J'ai débuté dans la vie sans un sou vaillant, se souvint Guillaume à voix haute. Sans même une promesse. Je…

— Mais avec de nobles espérances, l'interrompit Richard, non sans brusquerie. Sans cela, vous stagneriez en Angleterre au service de votre frère, une servante assise sur vos genoux, au lieu de chevaucher à mes côtés, une riche héritière à portée de main. Vous, qui avez toujours tiré le meilleur parti de ce qui vous était offert, ne nierez pas que je vous ai donné ce qu'il y a de meilleur.

— Pas du tout, Sire. Mais ce n'est pas cela qui me rendra plus loyal.

— Vous jouez sur les mots, le Maréchal ! s'exclama Richard en partant d'un grand rire. Disons qu'il me serait plaisant de vous battre à ce jeu-là, mais c'est un risque que je ne tiens pas à courir.

Faisant faire demi-tour à son cheval en direction de l'abbaye, il ajouta :

— Notez bien ce que je vous dis : avec moi, vous besognerez d'arrache-pied comme jamais auparavant.

— Merci, mon seigneur, répéta Guillaume, un lent sourire se dessinant sur son visage.

Chapitre 31

Winchester, été 1189

— Majesté, veuillez me pardonner de ne pas me prosterner, dit Guillaume à la reine. Ce n'est pas par manque de respect, mais par incapacité.

— Que vous est-il arrivé ? s'enquit Aliénor.

Sur un claquement de doigts de sa part, un serviteur s'empressa d'apporter un siège au chevalier.

Le regard fauve de la reine, où brillait encore une lueur de joie l'instant d'avant, était à présent inquiet.

— Le pont de notre bateau s'est effondré sous nos pieds, à Dieppe, répondit Guillaume en faisant la grimace. Je suis l'un des plus chanceux. Je ne compte pas les membres cassés parmi mes compagnons. Un pauvre diable a même été empalé par un pieu.

Grimaçant de douleur, il s'assit lentement sur la chaise.

— J'ai réussi à me rattraper à une entretoise et à me sauver ainsi d'un sort bien pire, mais ma jambe gauche me soutient à peine.

— L'avez-vous montrée à un médecin ?

Guillaume esquissa un sourire en coin.

— Il a dit que je devais la laisser au repos, répondit-il.

Puis il remit à la reine les lettres dont Richard l'avait fait porteur.

Aliénor fit signe au même serviteur de leur apporter du vin.

— Eh bien, elle se reposera pendant que vous me mettrez au courant des nouvelles, non ? repartit-elle. Gersende, un coussin pour le dos de messire le Maréchal !

Guillaume parut dépité.

— Je m'apprête à aller chercher ma jeune promise, et me voici gémissant sur une chaise comme un vieillard, se lamenta-t-il.

Aliénor l'observa d'un air amusé.

— Je doute que les parties qui comptent aient perdu leur sève, Guillaume, lança-t-elle.

Face à son air interloqué, elle éclata de rire d'un air malicieux, avant de préciser :

— Je veux parler de votre esprit et de votre opiniâtreté.

S'asseyant face à lui dans un tourbillon de soieries et posant les lettres sur ses genoux, elle répéta en hochant la tête d'un air entendu :

— Une « jeune promise »...

Puis elle ajouta :

— Pas Héloïse de Kendal, je suppose ?

Aliénor faisait plus que supposer, pensa Guillaume. Même placée en résidence surveillée par Henri, elle avait ses espions, en plus d'avoir l'art et la manière d'obtenir tous les renseignements désirés. Ainsi, le chevalier ne doutait pas que Richard lui avait accordé Isabelle de Clare d'autant plus volontiers que la reine avait intercédé en sa faveur.

— Non, Majesté, répondit-il enfin. Il ne s'agit pas de Héloïse de Kendal. Héloïse doit épouser Gilbert Fitz-Reinfred.

Le visage éclairé par un sourire, il ajouta :

— Elle le mènera par le bout du nez, mais je pense qu'ils s'entendront bien. Il est gentil avec les dames et sait que je continuerai de veiller sur elle de loin. J'ai beaucoup d'affection pour cette jeune femme, admit-il.

— Mais grâce au prestige qu'elle fera rejaillir sur vous, vous tiendrez Isabelle de Clare en plus grande affection encore, prédit Aliénor avec perspicacité.

— J'espère faire un bon mariage, Majesté, dit-il simplement.

Puis, haussant les épaules, il ajouta d'un air pensif :

— Même si aucune femme ne donnerait cher de moi en ce moment. Mais du repos et un brin de toilette devraient me rendre à peu près présentable. J'ai fait sa connaissance à la Tour de Londres lors de mon dernier séjour en Angleterre. Le seigneur de Glanville n'en a pas été ravi outre mesure.

— Le seigneur de Glanville a pris la croix et accompagnera Richard en croisade, annonça la reine en se rembrunissant. Les héritières ne seront plus sous sa garde pendant très longtemps.

Guillaume nota au passage que le roi commençait à se faire les griffes et que d'aucuns en feraient les frais. Il eut peine à s'imaginer le raffiné Ranulf de Glanville cheminant vers Jérusalem au gré des inévitables et âpres combats sanguinaires qui jalonneraient inévitablement le voyage.

— Je me dois de vous remercier pour la faveur qui m'est accordée, Majesté, lança soudain Guillaume, pensant presque à voix haute. Je comprends pourquoi le justicier avait à cœur de garder dame Isabelle à l'abri des regards prédateurs.

— Il ne fait aucun doute à mes yeux que vous êtes amoureux, rétorqua-t-elle, taquine et de nouveau gaie.

— Je n'ai aucun mérite, Majesté, gloussa le chevalier. La damoiselle a dix-huit ans et est belle comme le jour. Mais que pensera-t-elle d'un vieux cheval grisonnant comme moi, c'est une autre affaire !

— Ou bien vous cherchez les compliments, ou bien vous ne vous percevez pas vous-même ainsi que vous voient les femmes, s'esclaffa Aliénor.

Posant sa main couverte de bagues sur la joue du chevalier, elle ajouta :

— Certes, les ans ont passé depuis que je vous ai pris à mon service, mais à l'époque, vous n'étiez qu'un jeune homme inexpérimenté. Le temps se compte en termes d'expérience, non en nombre de rides. La comtesse de Striguil n'aura pas lieu de se plaindre de cette union.

— Je prie le ciel que non, rétorqua Guillaume.

Il avait cependant quelques doutes et craignait qu'Isabelle ne le considérât comme un père de substitution, ou que, malgré ses terres et sa beauté, elle se révélât écervelée et gloussant pour un rien. Afin d'administrer les immenses domaines de Striguil, il aurait besoin d'une assise matrimoniale solide et harmonieuse. Se sachant sur le point de décrocher l'inatteignable, ou presque, il n'en était que plus résolu et tendu.

— J'imagine que vous avez toujours votre beau brin de voix ? s'enquit Aliénor.

Guillaume la regarda, perplexe.

— Je l'ignore, Majesté. Voici bien longtemps que l'occasion de chanter ne m'a pas été donnée, et puis, j'ai été très occupé.

— Puisque vous vous apprêtez à vous marier, je vous suggère de vous y remettre, insista Aliénor.

Le sourire hésitant, elle ajouta :

— Aucun de mes maris ne savait chanter. Qui sait, peut-être les choses se seraient-elles passées autrement, s'ils s'étaient donné la peine d'apprendre.

Elle laissa échapper un soupir ému et s'abîma dans la contemplation de ses propres mains.

— Vous trouverez cela probablement étrange, ajouta-t-elle sur le ton de la confidence, mais malgré tout, je pleure Henri. Nous avons connu des jours d'une grande tendresse. Et même toute l'amertume qui a suivi ne peut entacher ces merveilleux souvenirs. Et puis, il m'a donné des enfants !

Avec un humour grinçant, elle ajouta :

— Il disait qu'ils étaient tous miens à l'exception de Jean, mais il se trompait. Même Jean m'est fidèle.

La reine Aliénor parcourut la pièce du regard. Sa chambre était égayée de tentures, de bannières et de coffres peints. Une pile de livres était posée sur un des coffres. Celui du dessus gisait ouvert sur une enluminure représentant un homme et une femme jouant aux échecs dans un jardin.

— Lorsqu'il m'a privée de ma liberté, poursuivit-elle, j'ai juré de lui survivre. Chaque jour, j'ai imploré Dieu à genoux de me donner la force de vivre jusqu'au matin suivant, malgré l'enfermement, soumise que j'étais à une surveillance de tous les instants, sinon par ses gardes, du moins par ses espions.

Aliénor soupira et esquissa un geste las avant de poursuivre :

— Dieu ait son âme et m'accorde la paix ! s'exclama-t-elle. Guillaume, si votre intention est d'aimer votre épouse et de vous faire aimer d'elle, alors souffrez le conseil d'une femme d'expérience qui a connu l'amour et le désamour, et qui sait le prix et la valeur des deux.

— Majesté ?

— Isabelle de Clare est une héritière. N'oubliez jamais que les terres que vous gouvernerez sont siennes et qu'elle pourrait souhaiter avoir son mot à dire concernant leur administration. Emmenez-la avec vous chaque fois que possible et, quand vous ne le pourrez pas, faites d'elle votre capitaine et votre représentante. Ne lui donnez jamais l'occasion de nourrir de la rancœur envers vous, car c'est elle qui sera chargée de l'éducation de vos fils et de vos filles.

Guillaume s'empourpra en entendant la reine évoquer une éventuelle progéniture.

— Je ferai de mon mieux, promit-il.

— Vous êtes libre de penser que je ne suis qu'une vieille radoteuse qui se mêle de ce qui ne la regarde pas, mais j'ai votre intérêt à cœur depuis le jour où je vous ai pris à mon service.

Sur ces mots, elle ordonna à sa chambrière de lui apporter son coffret à bijoux émaillé puis, l'ayant pris des mains de la servante, l'offrit à Guillaume en disant :

— Voici mon cadeau de mariage pour votre promise.

Guillaume la remercia. L'objet pesait son poids, mais il eût été discourtois de s'enquérir du contenu. Aliénor, lisant dans ses pensées, dit alors :

— Ouvrez-le. Il contient les colifichets dont les femmes aiment à se parer et que les hommes négligent parfois de leur offrir.

Guillaume souleva le fermoir et découvrit une somptueuse fibule en or incrustée de saphirs bleu foncé. Il y en avait également une plus petite, destinée à un col de robe. Rehaussé de péridots et de perles, un bandeau de cornette en brocart de soie brillait de tous ses feux.

— C'est un cadeau digne d'une reine, fit remarquer Guillaume avec un sourire étincelant.

Aliénor sourit de l'ambivalence de sa remarque.

— Croyez-moi, votre épouse ne s'y trompera pas, assura-t-elle. Et si vous pouvez y ajouter votre propre contribution, alors elle n'en sera que plus comblée. Un peu de générosité rapporte de grands bienfaits, à condition, bien sûr, de ne pas substituer les gemmes à l'affection.

Guillaume se retint de rire. Dans la plupart des foyers de la noblesse, on trouvait au moins une femme d'âge mûr qui passait son temps à cancaner près du feu, gardant l'œil sur les jeunes femmes de la maisonnée et prodiguant des conseils à chacun. Aliénor lui avait brièvement rappelé un de ces personnages-là, mais, tenant à la vie, il se garda bien de s'en ouvrir à la reine.

— Je ferai en sorte que ma femme ne manque d'absolument rien, promit-il platement, ce qui lui valut un regard perçant d'Aliénor.

— Veillez-y ! insista-t-elle d'un ton péremptoire. Vous avez en main mon cadeau de mariage. Vous voilà comte à tous égards, hormis le titre ! Je ne vous demande qu'une seule chose en retour : montrez-moi que vous êtes digne de la confiance que je vous accorde.

— Je ne vous décevrai pas, Majesté, assura le chevalier.

Il se fût volontiers levé pour se prosterner à ses pieds, mais c'était sans compter avec la raideur de sa jambe engourdie par la position assise. Il eut d'ailleurs toutes les peines du monde à la remuer. Aliénor mit fin à son supplice d'un geste de la main.

— N'en faites rien, dit-elle. Les occasions de vous agenouiller devant les dames ne manqueront pas dans les jours à venir, rappela-t-elle avec des yeux rieurs. Allez retrouver votre promise et ses terres, et souvenez-vous de mon conseil. Transmettez-lui également ceci de ma part, ajouta-t-elle en lui caressant la joue, avant d'effleurer la commissure de ses lèvres avec sa bouche.

Tendresse, espièglerie, affection et respect pour l'ami de longue date : il ne manquait rien à cet adieu.

— Je vous fais confiance pour interpréter ce geste à sa juste valeur, dit la reine en guise de conclusion.

Après le départ de Guillaume, elle se rassit, un sourire aux lèvres, afin de prendre connaissance des lettres apportées par le chevalier. En demandant Isabelle de Clare pour épouse, Guillaume avait fait montre d'une grande ambition, mais Aliénor ne pensait pas qu'il avait eu les yeux plus gros que le ventre. Elle avait même l'intention, dans les mois à venir, d'augmenter elle-même le nombre de ses bienfaits. Restait donc à espérer que celui qu'on surnommait « Glouton » du temps qu'il était écuyer serait à la hauteur de sa réputation. Mais d'abord, il convenait de le laisser jouir à loisir de son nouveau statut de seigneur de Striguil et d'époux d'une jeune et ravissante femme.

— Et qu'elle lui en fasse voir des vertes et des pas mûres ! s'exclama-t-elle à voix basse, regrettant presque de ne pas être à la place d'Isabelle de Clare.

Chapitre 32

La nouvelle de la mort du roi Henri avait plongé tout le monde dans la tourmente à la Tour de Londres, y compris le gardien de la ménagerie, qui trépignait en poussant des grognements qui n'étaient pas sans rappeler ceux de ses lions. Les quelques fois qu'Isabelle avait vu Ranulf de Glanville, il avait le teint gris et la mine préoccupée. Elle avait assisté à plusieurs messes en l'honneur du vieux roi, et toutes les conversations qui avaient suivi dans la grande salle portaient sur ce que ferait Richard lorsqu'il arriverait en Angleterre. Les hommes craignaient de perdre les positions qu'ils avaient occupées toute leur vie. Glanville avait particulièrement lieu d'être inquiet, car il n'avait que peu de relations avec la reine Aliénor, qui gouvernait actuellement le pays. Quant à Isabelle, elle préférait ne pas penser à ce qu'il risquait d'advenir d'elle. Le roi Henri s'était contenté de ponctionner ses revenus et de la garder derrière les hauts murs de la Tour. Par ailleurs, elle savait que le comte de Poitou, désormais roi d'Angleterre, avait fait serment de partir en croisade pour libérer Jérusalem des infidèles. Or, pour ce faire, il aurait besoin d'argent, de beaucoup d'argent. Cela impliquait de vendre des héritières, des privilèges, des positions et des titres aux plus offrants. Il pouvait également décider de continuer de percevoir les revenus des terres de Striguil, ou bien revendre les privilèges afférents ; ou encore, la donner en mariage à son jeune frère, Jean, bien que cet insigne honneur revînt en priorité à une autre héritière : Isabelle de Gloucester. Celle-ci ne savait pas si elle devait se réjouir ou s'épouvanter à l'idée de devoir épouser le frère du nouveau roi et actuel héritier du trône.

En attendant, la Couronne pourvoyait à tous les besoins d'Isabelle de Striguil sur les revenus de ses propres terres. Personnellement, elle ne voyait jamais un sou. Elle avait presque oublié à quoi ressemblaient un penny et un bâton de comptage. Sa mère s'était donné beaucoup de mal afin qu'elle reçût une instruction conforme à son rang et qui ne se résumât pas à sourire gentiment quand il le fallait et à piquer l'aiguille. Fille d'un seigneur de guerre normand et petite-fille d'un roi irlandais, Isabelle connaissait son ascendance et sa valeur. Mais elle savait aussi que cela ne servirait à rien tant qu'on lui couperait les ailes et que personne ne viendrait prendre fait et cause pour elle.

Ces derniers temps, la vigilance s'était accrue autour d'elle. Ses promenades dans l'enceinte de la Tour avaient été écourtées et se limitaient à une petite étendue herbeuse située devant ses appartements. Elle vivait sous une surveillance de tous les instants ; même lorsqu'elle était au cabinet d'aisances, une servante demeurait à portée de voix. Elle aurait pu en rire, si cela ne l'avait pas agacée et rendue nerveuse. Ses gardiens croyaient-ils qu'un ravisseur tenterait l'ascension du conduit d'évacuation dans le but de l'enlever dans les latrines ?

Isabelle, les bras croisés, se dirigea d'un pas rapide vers la fenêtre de sa chambre. Mais la fente étroite ménagée dans la pierre ne lui laissa entrevoir qu'un peu de ciel bleu. C'était une belle journée d'été, idéale pour sortir à cheval et sentir sous elle la puissance d'un palefroi espagnol, pour regarder

Damask fureter çà et là dans les fougères à la recherche de petit gibier, pour sentir toute l'énergie de sa jeune vie irriguer ses veines.

Elle s'étonna d'avoir gardé le souvenir de ce genre de sensations, qui remontaient à sa vie en Irlande. Les évocations de son pays avaient conservé dans son esprit la douceur d'une pluie d'été sur l'herbe tendre. Dans l'aridité des jours, elle y réchauffait son âme comme à un feu de tourbe séchée. Le son harmonieux des harpes celtiques qui résonnaient dans la pénombre hivernale des châteaux et pendant les longues nuits de printemps était inscrit en elle. Elle se souvint de son père, la soulevant en l'air dans un mouvement de balancier, ainsi que de sa barbe, qui lui chatouillait le cou tandis qu'elle poussait des petits cris de joie. Elle se souvint également de sa chevelure cuivrée et de son rire rauque.

Isabelle cligna des yeux pour chasser ces souvenirs puis se détourna de la fenêtre. Tout cela était du passé, un passé depuis longtemps révolu. À supposer qu'elle y retournât, rien ne serait pareil : elle n'était plus une petite fille cavalant en sarrau, mais une jeune femme qui, en raison même de son rang, n'avait plus le droit d'aller nulle part.

Dans sa corbeille près de la porte, Damask émit un petit gémissement aigu et frappa son coussin avec la queue. Isabelle soupira et appela ses servantes, toutes inféodées à Glanville. Promener son chien en suivant un parcours prescrit était sa seule liberté ces temps-ci. La reine Aliénor avait, certes, fait libérer les prisonniers politiques de tout le royaume, plaçant ainsi le nouveau règne sous les auspices d'une grâce royale, mais celle-ci ne s'appliquait pas aux héritières placées sous la tutelle du roi.

Lorsque la servante ouvrit la porte, Isabelle eut la surprise de constater qu'on avait placé deux gardes devant sa chambre et fut scandalisée d'apprendre qu'interdiction lui était faite d'en sortir.

— Ce sont les ordres de messire Ranulf, expliqua un garde en évitant de croiser le regard abasourdi de la jeune femme.

— Comment ? lança Isabelle avec un soudain affolement. Il n'est pas en droit de me retenir prisonnière. Laissez-moi passer !

Le garde trépigna.

— Madame, je ne le peux. Je ne donnerais pas cher de ma vie, si je vous laissais sortir.

La rage au ventre, elle répliqua :

— Quant à moi, je donne cher de ma liberté ! J'exige de voir le justicier !

L'autre garde se racla la gorge et dit :

— Ce n'est pas possible pour le moment, madame.

— C'est pour votre bien, madame, renchérit le premier.

Isabelle le foudroya d'un regard qui le laissa sans voix.

— Si quelqu'un en tire profit, ce n'est pas moi ! martela-t-elle un ton plus bas.

Puis, désignant Damask, elle ajouta :

— Si mon chien fait ses besoins dans les ajoncs, la chambre empestera et deviendra infecte. Trouvez au moins quelqu'un pour l'emmener promener.

Les gardes échangèrent un regard mais ne répondirent pas. Isabelle comprit qu'ils n'attendaient qu'une chose : qu'elle tournât les talons et leur claquât la porte au nez avec fracas. Réprimant son envie de le faire, elle se redressa de toute sa hauteur. Au même instant, des bruits de pas retentirent dans l'escalier. Quelqu'un montait. Les gardes firent volte-face et barrèrent l'accès avec leurs lances. Isabelle ne bougea pas d'un pouce tandis que le neveu de Glanville, Thibaud Walter, faisait son apparition.

Essoufflé par l'ascension, il fit signe aux sbires d'abaisser leurs armes. Le cœur d'Isabelle se mit à battre lorsque le neveu posa sur elle son regard impassible. Elle n'ignorait pas que Glanville nourrissait le projet de le lui faire épouser. À la fin de la fleur de l'âge, il était bel homme, malgré l'air sévère que lui donnaient ses boucles blondes coupées trop court. Isabelle l'avait rencontré à plusieurs reprises et avait apprécié sa compagnie, mais cela ne signifiait pas qu'elle désirât devenir sa femme.

En courtisan expérimenté, il la salua en s'inclinant de manière exquise.

— Dame Isabelle, vous avez un visiteur. Puisqu'il n'est pas en mesure de gravir l'escalier, je suis venu vous chercher afin de vous emmener jusqu'à lui.

Cette annonce était si inattendue qu'elle le dévisagea en cherchant quoi dire.

— Qui ? s'enquit-elle enfin en lissant sa robe avec nervosité du plat des mains.

Ce ne pouvait être qu'un visiteur important ; sinon, un serviteur ordinaire eût fait la commission.

Ce n'était tout de même pas le nouveau roi ou le prince Jean, son frère ? Pourquoi ne pouvait-il gravir les marches ? Elle passa mentalement en revue les divers hommes d'âge mûr qui auraient pu venir à la Tour, mais n'en vit aucun qui fût susceptible de demander à la voir.

— Guillaume le Maréchal est porteur de lettres de la main du roi Richard et de la reine, expliqua Thibaud Walter d'un air crispé et quelque peu sèchement. Nul doute qu'il vous expliquera la raison de sa venue.

« Guillaume le Maréchal » ! Malgré leur unique et brève entrevue trois ans auparavant, son nom lui était devenu familier grâce aux lettres de Héloïse de Kendal, qui la tenait informée de sa vie dans le Nord et des dispositions

de son tuteur. Celui-ci n'avait manifestement pas l'intention de prendre Héloïse pour femme. Héloïse, pour sa part, était soulagée de se voir privée de cet honneur.

« Il se fût montré trop exigeant à mon égard », avait-elle écrit.

Ses servantes sur ses talons, Isabelle suivit Thibaud Walter jusqu'à l'étage inférieur. Elle avait le cœur battant, et n'eut pas le temps de se calmer. La porte étant déjà entrouverte, on l'introduisit directement en présence de Guillaume le Maréchal. En appui contre une table à tréteaux, il se redressa lorsqu'elle pénétra dans la pièce. Isabelle remarqua sans y attacher trop d'importance que deux écuyers l'accompagnaient, ainsi que deux chevaliers et un clerc. Ce fut donc avec une appréhension redoublée qu'elle croisa son regard noir et posé.

— Si j'étais vous, le Maréchal, je réglerais l'affaire promptement, suggéra Thibaud Walter avec un regard éloquent. Mon oncle n'apprécie pas d'être contrecarré. Même si ses jours ici sont comptés, il n'a pas encore dit son dernier mot.

Le regard placide du chevalier quitta le visage de la jeune femme pour se poser sur celui de Thibaud.

— Est-ce une menace ou un simple conseil d'ami ? lança Guillaume.

Le neveu de Glanville haussa les épaules sans se départir de son calme.

— Vous ne me connaissez guère, mon seigneur, sinon vous ne poseriez pas la question. Je ne suis pas de ceux qui profèrent des menaces et n'ai aucun grief contre vous. L'ambition de mon oncle a fait de moi un courtisan et, comme vous le savez, l'on se doit de tirer le meilleur parti du sort qui nous est fait. Mais je n'aurai pas la sottise de contrevenir à la volonté d'un roi.

Un sourire acerbe aux lèvres, il ajouta :

— Et encore moins la volonté d'une reine. Je ne crois pas que mon oncle Ranulf agira différemment, néanmoins vous seriez bien avisé de ne pas vous attarder.

Sur ces mots, il les salua d'un hochement de tête et regagna la porte. S'arrêtant sur le seuil, il se retourna et lança :

— J'espère que, le moment venu, vous vous souviendrez tous les deux de ma bienveillance à votre égard. Tous mes vœux vous accompagnent.

Isabelle, que ses jambes menaçaient d'abandonner, se tourna vers Guillaume. Si Thibaud Walter les assurait de ses vœux, cela ne pouvait signifier qu'une chose : le mariage.

— Madame, voulez-vous bien vous asseoir ? suggéra Guillaume en lui désignant un des bancs qui bordaient la pièce.

Isabelle pensa que si elle s'asseyait, elle ne pourrait probablement plus se relever.

— Merci, messire, répondit-elle. Mais je préfère me tenir debout face à vous.

— Dans ce cas, nous ferions peut-être mieux de nous asseoir tous les deux. Ce sera assurément plus confortable pour moi.

Il s'approcha du banc en boitant.

— Un accident à l'embarquement sur le bateau qui me ramenait en Angleterre, expliqua-t-il avec un geste vague de la main. Même si je suis un vieux cheval de guerre, j'ai d'ordinaire bon pied bon œil.

Il s'assit avec précaution. Isabelle vit ses paupières se plisser sous la douleur.

Comme il aurait été discourtois de rester debout, elle l'imita, mais non sans quelque réticence, se réjouissant toutefois que ses jambes tremblantes fussent dissimulées par ses longues jupes. Elle s'astreignit ensuite à croiser son regard. De fines rides aux coins des yeux semblaient indiquer qu'il avait le sourire facile, ou qu'il passait beaucoup de temps à scruter l'horizon par mauvais temps. Son iris avait du reste la couleur de la mer pendant les tempêtes hivernales.

— Madame, j'ignore si vous vous souvenez de moi. Ma dernière visite en ces lieux fut de courte durée, et notre entrevue plus brève encore.

Isabelle porta la main à sa gorge.

— Oui, je m'en souviens, répondit-elle. Vous étiez venu pour Héloïse, et je pensais que vous vous apprêtiez à l'épouser.

— Je le pensais moi aussi, confia-t-il en écartant les mains. Mais la situation a changé.

Le chevalier avait une voix agréable, ni trop haute, ni trop grave, mais aux inflexions harmonieuses et dépourvue de tout accent particulier, contrairement à la sienne, qui avait conservé les intonations de son enfance irlandaise.

— Héloïse m'a écrit, m'annonçant que vous n'aviez pas l'intention de l'épouser.

— Vraiment ? lança Guillaume en haussant un sourcil, sans toutefois ressentir aucun embarras. Je savais que vous correspondiez, elle me l'a dit elle-même. Mais je n'ai jamais cherché à connaître le contenu de ses lettres. Il me semblait qu'elle avait droit à un peu d'intimité.

Isabelle le considéra sans trop savoir si elle devait approuver ou se sentir froissée. Ce droit à l'intimité ressemblait à s'y méprendre à ces confiseries qu'on offre à un enfant potentiellement rétif dans le but de l'amadouer. Cependant, en ayant elle-même été privée, un tel geste lui sembla finalement une inestimable attention.

— Avez-vous le projet de me demander ce qu'elle m'écrivait ? s'enquit Isabelle.

— Puisque cela vous était adressé, non, répondit Guillaume en se massant le menton d'un air songeur. J'ose croire que si nous étions devenus mari et femme, nous aurions forcément accepté les défauts l'un de l'autre. Dans le cas contraire, nous nous serions rendus mutuellement insupportables et aurions vécu séparément, une fois nos héritiers venus au monde. Je lui garde toute mon affection et espère que mon souvenir ne lui est pas déplaisant.

Examinant Isabelle, il ajouta :

— En vérité, voici plus de deux ans que je convoite une dame à laquelle j'attache un plus grand prix.

Isabelle se raidit.

— Les terres de Héloïse, sises au nord de l'Angleterre, sont certainement peu de chose en comparaison de celles que j'apporte, fit-elle remarquer.

— Denise de Déols m'a été offerte en mariage à la place de Héloïse, répliqua Guillaume. Mais j'ai refusé, parce que mon choix était fait... Pour tout vous dire, il était fait depuis le jour où j'ai posé pour la première fois les yeux sur vous.

Isabelle sentit la chaleur lui monter aux joues. *C'est un courtisan*, pensa-t-elle. *Ce genre de paroles lui vient spontanément. N'importe quel chevalier errant désirerait m'épouser à cause de mes terres et de mon titre, même si j'étais méchante et laide.*

— Et si la comtesse de Striguil avait été Héloïse ? lança-t-elle.

Il écarta de nouveau les mains, et elle remarqua que ses ongles étaient propres et qu'il portait plus de bagues que n'en portait ordinairement un soldat, mais moins qu'un bellâtre de la Cour.

—Alors il nous aurait fallu apprendre à nous accoutumer l'un à l'autre. J'ai le cœur sensible, mais non au point de renoncer à la raison… Quoi qu'il en soit, on veut toujours les avantages sans les inconvénients.

—Et qu'en est-il de moi ? s'enquit Isabelle. Quelles sont mes prérogatives ?

—Tout dépend de votre propre pragmatisme, madame, répondit Guillaume. Vous n'avez certes pas le choix en ce qui concerne votre mariage, même si l'Église prétend le contraire du bout des lèvres. Vos terres et votre personne ont été confiées à ma tutelle. Libre à vous d'en tirer le meilleur parti ou de vous draper dans la dignité du martyr.

Isabelle lui rendit son regard puis abaissa les paupières. Tout était préférable à sa situation actuelle à la Tour de Londres. Et puis, comme le disait le chevalier lui-même, elle n'avait pas le choix.

—Je ne vous connais pas, rappela-t-elle dans un murmure. Pas plus que vous ne me connaissez.

À cet instant, Isabelle se demanda si ses parents avaient eu une semblable conversation, car sa mère avait été dans la même situation. Lorsque celle-ci évoquait son mariage avec Richard de Clare, c'était les larmes aux yeux. Isabelle se refusait à suivre son exemple.

—C'est un mal contre lequel je ne connais pas d'autre remède que le temps, madame, répondit-il. Je peux vous jurer que je vous traiterai avec tous les égards et tous les honneurs dus à votre rang, si vous consentez à en faire autant à mon endroit.

Isabelle s'efforça de juguler son affolement en respirant lentement. La tête lui tournait, et le creux de ses mains était glacé. Lentement, elle releva les yeux et dit :

—J'ignore jusqu'à quel point je saurai me montrer pragmatique, mais je m'y efforcerai.

Guillaume prit soin d'expulser l'air de ses poumons sans faire de bruit, afin de ne pas trahir son soulagement. Mais Isabelle s'en avisa, comprenant qu'elle n'était pas la seule à être soumise à une tension considérable, même si le chevalier s'y entendait mieux qu'elle pour le cacher.

— Je vous en remercie, dit-il.

Puis, se redressant brusquement sur ses jambes, il lui tendit la main. Isabelle remarqua les perles de sueur qui constellaient son front, témoins de l'effort qu'il faisait pour se tenir debout. Pourtant, elle refusa de placer sa main dans la sienne, de crainte qu'il ne s'avisât de son épouvante ; et puis, sa mère ne lui avait-elle pas déconseillé de laisser transparaître sa peur face à l'adversaire ? Bientôt, il ne s'agirait plus seulement de se donner la main mais de partager le même lit. Hélas, elle ne savait pas grand-chose sur le sujet. Sa mère, encore, bien qu'adepte du franc-parler, s'était montrée singulièrement peu loquace sur la question. Héloïse avait été une source abondante d'informations, mais comment distinguer ce qui relevait des faits de ce qui était le fruit d'une imagination débordante ? Finalement, se ravisant partiellement, elle posa la main sur la manche du chevalier, à hauteur de poignet, dans un geste alors en usage à la Cour. Le chevalier battit imperceptiblement des paupières. Était-ce par amusement ou déplaisir, Isabelle n'aurait su dire.

— Un bateau nous attend. Si vous êtes prête, nous pouvons partir sans plus attendre.

— Maintenant ? Immédiatement ? lança Isabelle en lui jetant un regard interrogateur. Et ma suite ? Et mes bagages ?

— De combien de personnes votre suite se compose-t-elle ? s'enquit Guillaume.

Isabelle fit une moue, l'air pensif, puis dit d'un ton ferme :

— Deux suivantes, un chapelain et un secrétaire, même si, en vérité, ils sont tous au service de mon seigneur de Glanville, non au mien.

Guillaume acquiesça.

— Souhaitez-vous les garder ? s'enquit-il.

Isabelle fit « non » de la tête.

— Pas vraiment, si je peux en choisir d'autres, répondit-elle.

— Il vous appartient de composer votre propre suite conformément à votre désir.

Isabelle ressentit une vive émotion dans sa poitrine. Il lui sembla soudain que tout un pan de sa personnalité, jusque-là assoupi dans les chaînes, se réveillait, enfin libre de toute entrave.

— En ce cas, je choisirai de nouvelles servantes. Un chapelain du nom de Walter m'a témoigné sa bienveillance. J'aimerais l'en récompenser en lui proposant d'entrer à mon service. Un seul coffre suffira au transport de mes effets.

— Nous le ferons envoyer. Je demanderai à Thibaud Walter de faire venir votre chapelain à notre nouvelle résidence, s'il agrée votre proposition.

Isabelle se rembrunit soudain.

— Une telle hâte est-elle indispensable ? s'enquit-elle. Suis-je réellement en danger ?

— Non, madame, pas vous, répondit Guillaume. Mais je serais d'autant plus aise que nous aurons quitté cet endroit pour nous trouver en compagnie amicale. Si vous n'avez aucune objection à un départ immédiat, je suggère que nous nous mettions en route.

C'était un ordre formulé comme une requête polie et déférente. Isabelle ne fut pas dupe et se demanda ce qu'il se passerait si elle rechignait, arguant qu'elle voulait superviser la préparation de ses bagages et qu'elle n'irait nulle part sans cela. Non qu'elle eût l'intention de refuser d'obtempérer, car elle eût donné n'importe quoi pour quitter cette prison. Seulement, elle avait conscience d'être tout autant la clé de la fortune et du rang du chevalier que celui-ci l'était de sa liberté.

— Non, répondit-elle enfin en relevant le menton. Je n'ai aucune objection.

Guillaume aida Isabelle à embarquer. L'odeur de vase qui montait du fleuve piqua les narines de la jeune femme, tandis que les vagues venaient lécher les parois du bateau de leur langue verte dont, parfois, jaillissait une salive d'écume blanche. Il lui avait prêté son manteau car, bien que ce fût une belle journée d'été, le vent qui venait de l'estuaire était virulent. Isabelle s'assit sur l'un des bancs alignés le long de la coque et regarda Guillaume faire de même, non sans beaucoup de précautions. Derrière eux, la Tour de Londres n'était plus qu'un immense rempart blanchi à la chaux. Les frissons d'Isabelle, et le fait qu'elle se serra dans les plis du manteau doublé de laine de Guillaume, ne devaient d'ailleurs pas tant à la brise marine qu'à la vue de ces murs monumentaux.

— Vous avez froid ? lança-t-il, plein de sollicitude.

Isabelle fit signe que non.

— Certains murs protègent, et d'autres emprisonnent, fit-elle remarquer. J'étais encore très jeune lorsque je suis arrivée ici, mais je ne m'y suis jamais sentie chez moi. Striguil et Leinster sont mon foyer.

Guillaume acquiesça.

— Là où est mon cœur, là est mon foyer, confirma-t-il, l'air absent, tandis qu'il contemplait les hautes murailles de la Tour et que le batelier et son homme d'équipage ramaient à contre-courant.

Isabelle jeta un unique coup d'œil par-dessus son épaule puis fixa son regard sur les mouettes et les cormorans qui dessinaient des cercles au-dessus de l'eau. Elle se demanda en quels lieux le cœur du chevalier avait élu domicile, mais il aurait été prématuré de lui poser la question. La tension de son futur mari était palpable, et visible, à en juger à la main qu'il gardait sur son épée. Ils continuèrent à remonter le courant. Comme rien de fâcheux ne se produisit, à l'exception d'un gamin des rues qui, jambes nues, jeta des cailloux sur l'embarcation depuis la berge, Guillaume soupira et se détendit. Isabelle hasarda un regard par en dessous. À présent qu'ils se trouvaient en pleine lumière, elle remarqua les ombres sous ses yeux et le creux émacié de ses joues. Cette mine ne lui était pas étrangère. Sa mère l'avait arborée pendant les jours qui avaient suivi la mort de son frère, puis après son propre départ forcé de Striguil. C'était le résultat des épreuves, du chagrin et des soucis, malgré lesquels il fallait bien continuer à vivre. Glanville en avait, lui aussi, porté les stigmates ces derniers jours.

— Où allons-nous ? s'enquit Isabelle.

— À la demeure de Richard Fitz-Reinier.

— Ah ! s'exclama-t-elle.

Ce nom ne lui disait rien. Glanville avait jugé bon de ne la tenir au courant de rien de ce qui se passait à l'extérieur de la Tour, et elle avait dû compter sur son oreille fine et sur le clerc Walter pour obtenir quelques bribes d'information. Guillaume se renversa en arrière contre la coque du navire.

— C'est un négociant et notable de la cité, expliqua-t-il. Lorsque je faisais partie de la suite du jeune roi, Fitz-Reinier était un de nos fournisseurs. Il nous suffisait de lui dire ce que nous voulions – poivre ou cheval de combat –, et il nous le procurait. Je le connais depuis très longtemps. Il possède une maison dans Cheapside, non loin de la cathédrale. Il nous offre l'hospitalité pour la durée de notre séjour à Londres.

Un petit sourire au coin des lèvres, il ajouta :

— Je crains d'avoir par trop manqué de temps pour prendre les dispositions nécessaires afin d'assurer le confort d'une épouse et sa maisonnée, mais Richard est venu à mon secours et m'assure qu'il maîtrise la situation.

Se penchant en avant, il ajouta encore :

— Je regrette que les circonstances ne me permettent pas de vous faire ma cour ; mais, pour dire les choses sans détour, pour ma propre sécurité le mariage devra avoir lieu promptement.

Isabelle en avait bien conscience, mais se l'entendre dire l'emplit d'appréhension.

— Quand exactement ? s'enquit-elle en s'efforçant de se montrer pragmatique.

— Aujourd'hui, si cela vous agrée, répondit Guillaume. Je vous laisserai autant de temps que possible afin que vous vous habituiez à cette idée.

Ce qui revenait à dire qu'elle allait devoir s'y habituer immédiatement, songea Isabelle. Un morceau de bois gorgé d'eau vint heurter la coque de leur embarcation avant de s'éloigner sur l'opaque onde verdâtre. Isabelle le suivit du regard en pensant qu'à l'instar de ce débris flottant, elle pouvait se laisser emporter sans but ni destination par le courant du destin, ou bien prendre une part active au voyage et influer sur sa trajectoire.

— Cela m'agrée, repartit-elle en levant les yeux vers Guillaume.

Le regard de ce dernier la déstabilisa quelque peu. Certes, d'autres hommes l'avaient déjà regardée ainsi, mais elle ne s'était pas trouvée seule avec eux et ne les avait jamais suffisamment estimés pour aller plus loin.

Tandis qu'ils remontaient le fleuve, elle contempla ce paysage de jetées et de quais dont elle avait été si proche sans jamais le voir : le dock animé de Billingsgate, où un bateau de pêche déchargeait un filet rempli de saumons ; les églises et les habitations, avec leurs jardins qui descendaient jusqu'au bord de l'eau. Isabelle, soucieuse de ne pas céder à l'affolement, s'efforçait de se raccrocher à l'instant. Guillaume lui montrait du doigt des monuments et lui parlait posément. Tout en lui laissant le temps de répondre, il ne permettait pas aux silences de s'éterniser, mais ne la pressait pas pour autant. La jeune femme supposa que cela relevait de l'art du courtisan accompli qu'il était. Leur esquif passa sous les arches du Pont de Londres, et tout devint subitement sombre, tandis qu'une forte odeur d'algues leur emplissait les narines. L'eau s'agita sous la quille du bateau, et elle sentit les embruns humides sur son visage.

— C'est mieux à marée haute, fit gaiement remarquer Guillaume. Mais pour cela, il faut être disposé à être trempé et aimer courtiser le danger.

Isabelle réfléchit un instant puis rétorqua :

— Je suis la fille de Richard de Clare ! Je pense donc que j'aimerais faire ça à marée haute.

Le chevalier rit et la regarda à nouveau. Isabelle sut alors que voler à travers les arches du Pont de Londres à marée haute ne pouvait être plus effrayant et exaltant que le regard du chevalier en cet instant.

La belle maison de bois de Richard Fitz-Reinier se dressait à l'angle ouest de Cheapside, au cœur du quartier de marchands de Londres. Les murs donnant sur la rue étaient enduits et peints en bleu, ce qui distinguait au premier coup d'œil la demeure des habitations voisines. En outre, elle arborait un toit de bardeaux. Comble du luxe et du raffinement, les fenêtres étaient vitrées, signe que le propriétaire jouissait d'une aisance hors du commun. Des écuries et des granges, ainsi que d'autres dépendances, achevaient de conférer à l'ensemble un aspect de cour de château.

Fitz-Reinier vint en personne les accueillir. C'était un homme de haute taille précédé par son ventre, témoignage muet de la bonne chère que faisait le commerçant prospère. Il était vêtu d'une tunique de soie rayée d'azur et d'or. Des bagues scintillaient à tous ses doigts. À son cou pendait ostentatoirement un crucifix incrusté de pierres rouges. De prime abord, on l'aurait pris pour le chevalier et Guillaume pour le marchand.

— Comtesse…, salua Fitz-Reinier en joignant à la parole une révérence fort recherchée. Soyez la bienvenue en mon humble demeure. C'est un privilège de vous y recevoir.

Isabelle inclina la tête et répondit de manière appropriée.

— Vous voudrez certainement vous apprêter pour vos noces, poursuivit le négociant en lui désignant une belle femme bien en chair et époumonée qui venait de le rejoindre. Je vous laisse entre les mains expertes de dame Fitz-Reinier.

Cette dernière fit une profonde révérence à Isabelle puis, s'étant redressée, elle l'invita à s'engager dans l'escalier qu'elle venait elle-même de descendre avec précipitation.

— Si vous le souhaitez, madame, un bain et des vêtements propres vous attendent.

La femme du commerçant avait les joues rubicondes. Un collier de perles s'enfonçait dans ses chairs généreuses.

Isabelle tourna les yeux vers Guillaume, qui lui baisa protocolairement la main.

— Suivez dame Fitz-Reinier, l'encouragea-t-il. Je dois, moi aussi, me préparer, mais je vous rejoindrai dans un petit moment.

Isabelle se retint de s'agripper au chevalier, réflexe engendré par les brusques changements auxquels elle était soumise. Le dos bien droit, elle emboîta le pas à la femme du négociant et gravit l'escalier de bois jusqu'à une vaste chambre située au premier étage du bâtiment principal. Là, elle réprima un cri de surprise devant l'opulence qui régnait dans la pièce. Pas un pouce des murs qui ne fût recouvert d'éclatantes tentures brodées, des bancs arborant des coussins de soie assortis, et des coffres tous peints de décors bibliques ou de chasse. Plusieurs servantes s'affairaient en bavardant autour d'un grand cuveau d'où s'élevaient des volutes de vapeur parfumée. Des serviettes chauffaient sur leur support devant un brasero, et les rideaux de lit avaient été écartés afin d'offrir à la vue l'assortiment de vêtements colorés qui gisait sur le couvre-lit. Déconcertée, Isabelle se laissa asseoir sur un des bancs tandis qu'on lui glissait une coupe de vin épicé dans la main.

C'était un grand honneur de recevoir la comtesse de Striguil, assurait en soufflant dame Fitz-Reinier. Son mari et elle-même étaient ravis de se mettre à son service. Isabelle put constater que sa joie était sincère, bien que sûrement non dénuée d'arrière-pensées pécuniaires. Rendre service en ce jour, c'était poser les bases d'une relation profitable et durable avec la fortune des Striguil. Isabelle but le vin à petites gorgées. Il était doux comme de la soie rouge sur la langue, avec juste ce qu'il fallait d'épices pour lui conférer un léger piquant. C'était délicieux, et elle en fit part à son hôtesse.

Dame Fitz-Reinier sourit.

— Messire le Maréchal en a commandé plusieurs fûts à mon mari, annonça-t-elle. Je pourrai vous donner la recette pour le mélange d'épices : principalement de la noix de muscade et du gingembre. Tenez, il faut manger quelque chose avec, il est très fort, ajouta-t-elle avec un rire de gorge en lui tendant un plat de petites tartines grillées recouvertes de terrine de gibier fort goûteuse.

L'allusion aux vertus aphrodisiaques du gingembre fit glousser une servante et rougir Isabelle.

Malgré la tension nerveuse, Isabelle eut assez d'appétit pour déguster plusieurs tartines.

Les autres dames se joignirent au festin, ainsi que Damask, qui dévora trois tartines, satisfaisant apparemment une faim de loup.

Revigorée par la collation, Isabelle se laissa déshabiller puis entra dans le cuveau. Un parfum floral entêtant lui arracha un petit cri de plaisir.

— Eau de rose, indiqua dame Fitz-Reinier en lui montrant un minuscule flacon de verre. Mon mari l'importe auprès des Vénitiens, qui eux-mêmes la font venir d'Arabie.

Il aurait été inutile d'en préciser le prix, Isabelle devinant aisément que celui-ci était élevé ; toutefois, la femme du marchand ne put s'empêcher d'y faire allusion.

Tandis que les servantes lui tapotaient les chairs et la frottaient vigoureusement, Isabelle s'enquit de son futur mari auprès de son hôtesse, une femme avertie en valant deux.

— J'ai entendu conter quantité d'histoires sur lui, expliqua Isabelle. Élogieuses, pour la plupart, mais certaines rumeurs circulent également…

Dame Fitz-Reinier haussa les épaules.

— Les hommes sont les hommes, lança-t-elle, philosophe. Et même les meilleurs d'entre eux sont loin d'être des saints. Mais si vous faites allusion à sa présumée liaison avec la jeune reine, alors vous pouvez me croire sur parole : tout ça, c'est des calomnies inventées par ses ennemis pour nuire à sa réputation. C'était de l'amitié, qu'il y avait entre eux, et rien d'autre.

Isabelle se mordit la lèvre inférieure en regrettant d'avoir exprimé ses doutes. Ranulf de Glanville s'était, lui aussi, montré irrité par ces rumeurs, mais en un sens tout différent, puisqu'il avait choisi de leur accorder foi. D'ailleurs, il ne pensait rien de bon, ou presque, de Guillaume le Maréchal.

— Je suis si ignorante, déplora Isabelle d'une voix empreinte de frustration, en se parlant à elle-même plus qu'à son hôtesse.

Dame Fitz-Reinier alla chercher des serviettes et revint se placer près du cuveau.

— Mais vous apprendrez, assura-t-elle. En outre, vous êtes jeune et belle, et ce sont là des clés qui ouvrent toutes les portes. Si vous savez faire fonctionner ce qu'il y a là-dedans, ajouta-t-elle en tapotant son propre crâne, vous ferez en sorte qu'elles restent ouvertes.

La femme du négociant l'aida à sortir du bain et la sécha vigoureusement jusqu'à ce que sa peau picote et luise. Puis elle lui appliqua avec parcimonie sur les poignets et dans le creux de la gorge quelques gouttes d'une précieuse huile de rose. Enfin, on apporta les vêtements qui étaient étalés sur le lit afin qu'Isabelle les examinât.

— Je ne suis pas entièrement sûre qu'ils vous aillent, admit dame Fitz-Reinier d'un air contrit. Messire Guillaume ne nous a laissé que très peu de temps pour les achats et a dû vous décrire de mémoire afin que nous déterminions votre taille.

— Mais il ne m'avait que brièvement entrevue voici trois ans ! s'étonna Isabelle en clignant des yeux.

— Eh bien, gloussa son aînée, il faut croire que vous lui avez fait forte impression, car il savait exactement ce qu'il voulait. En fait, non, se reprit-elle. Il savait ce qui vous ferait plaisir.

Isabelle secoua la tête avec perplexité. D'après son expérience, les seuls hommes qui pensaient savoir ce qui plaisait aux femmes étaient des efféminés ou des troubadours enjôleurs. Elle ne pouvait imaginer qu'aucun des austères chevaliers de son père, ni même Glanville, pût se préoccuper des préférences vestimentaires d'une femme, à moins, bien sûr, qu'il ne s'agisse d'un émoustillant corsage. Cette dernière pensée la fit rougir, puis provoqua son rire. S'avisant que dame Fitz-Reinier la regardait de biais, elle chassa ses pensées et leva les bras afin de permettre aux servantes de lui enfiler une sous-chemise du plus beau chainsil de lin à lacet de soie. Puis ce fut le tour des bas de soie pâle rehaussés de jarretières à galons. Isabelle frissonna sous la luxueuse caresse de leur texture. Toute riche héritière qu'elle était, très peu d'argent avait été alloué à l'entretien de sa garde-robe du temps de Glanville. Elle avait donc pris l'habitude de se contenter de ce qu'elle avait et de repriser. Son futur mari était-il un panier percé ? se demanda-t-elle. Glanville avait eu des paroles sévères au sujet des habitudes dispendieuses en vigueur à la maisonnée du jeune roi et du fait que Guillaume le Maréchal était l'un de ceux à l'instigation de qui des fortunes entières étaient dilapidées. Quoi qu'il en fût, le contact de la soie à même la peau procurait une sensation exquise ; et puis, quel plaisir de se sentir choyée après tant de privations !

Un fond de robe de soie ivoire vint s'ajouter à sa mise, suivi de manches moulantes et d'une sur-robe de soie rose foncé rehaussée de perles. Les servantes tressèrent ses épais cheveux blonds en y entremêlant des rubans assortis à la robe. Puis elles fixèrent un voile léger au sommet de son crâne. Enfin, elles lui apportèrent un écrin à bijoux rempli de bagues et de broches qui arracha un cri de surprise à la jeune femme.

— L'homme que vous vous apprêtez à épouser vous tient en très grande estime, fit remarquer dame Fitz-Reinier avec une joie manifeste. Il connaît également le prestige que confèrent les apparences, ajouta-t-elle en lui tendant un miroir d'étain cerclé d'ivoire.

À son plus grand étonnement, Isabelle crut reconnaître sa mère dans son reflet ; seuls les yeux, qui étaient d'un bleu plus intense, et les lèvres, plus charnues, démentaient l'illusion. Nulle ride creusée par les préventions et les désillusions ne marquait non plus ce charmant minois qui attendait encore que l'expérience vînt y tracer l'histoire d'une vie.

— Voyez comme vous êtes belle ! s'exclama dame Fitz-Reinier. Il ne faudra pas grand-chose de plus pour prendre votre mari dans vos filets. Il est déjà à demi pris au piège.

— Ah oui ? lança Isabelle en considérant son hôtesse avec le plus grand intérêt, tandis que l'intimité suggérée par l'expression « votre mari » lui faisait monter le rouge aux joues.

— Croyez-moi, ma chère, je connais les hommes, assura la femme du négociant. Le vôtre ne laisse presque rien paraître, mais j'ai vu comme il vous regarde !

Isabelle laissa échapper un rire sans joie.

— C'est probablement Striguil, l'Irlande et mes domaines de Normandie qu'il voit quand il me regarde, avança-t-elle.

— Hé, hé, s'esclaffa dame Fitz-Reinier. Cela ne fait aucun doute, mais il n'est pas aveugle, et point insensible à vos autres charmes.

Dans une autre chambre, Guillaume prenait, lui aussi, un bain ; non sans difficulté, cependant, à cause de sa jambe blessée, bien qu'il fût décidé à ne pas la laisser lui gâter son plaisir. Le bain faisait partie du rituel du mariage tout comme de la préparation à l'adoubement : il s'agissait de se purifier avant de procéder au rite de passage.

— Le temps a manqué à l'organisation des noces, mais j'ai fait de mon mieux, assura messire Fitz-Reinier. J'ai parlé à votre valet gallois et donné l'ordre aux cuisiniers de préparer des tourtes aux poireaux et des friandises aux algues du pays de Galles en l'honneur de la mariée.

Empoignant son ceinturon à deux mains d'un air triomphant, il ajouta :

— J'ai même réussi à trouver un barde irlandais pour égayer le repas.

— Je ne vous remercierai jamais assez, dit Guillaume. Je sais à quel point les femmes sont attachées à ce genre de détails. Moi-même, je souhaite que mon mariage ne se limite pas à quelques paroles de bénédiction prononcées dans un coin sombre. Ce doit être une occasion de grandes réjouissances, et vous y jouez parfaitement votre rôle.

— C'est toujours de bon augure quand les affaires et le plaisir vont de pair, fit remarquer le commerçant en jubilant.

Guillaume acquiesça et étouffa un bâillement entre ses dents. Le bain chaud l'acheminait peu à peu vers la torpeur.

— À votre place, je demanderais à l'apothicaire de me donner une potion pour me revigorer, suggéra Fitz-Reinier avec espièglerie. Vous n'allez pas beaucoup dormir, avec une jeune mariée dans votre lit ; or, vous paraissez déjà fourbu !

Guillaume se redressa dans le cuveau et se rinça le visage à l'aide du broc d'eau froide mis à sa disposition.

— Parce que je le suis, confirma-t-il. J'ai perdu jusqu'au souvenir de ce qu'est une nuit complète sur un matelas de plume, ô luxe insigne ! Je ne ferme l'œil qu'à l'écurie en compagnie de mon cheval.

— Ah, ah, ah ! Moi, je sais ce qu'en dirait votre future épouse…

— C'est donc que vous en savez plus que moi, lâcha Guillaume avec un sourire en coin. Si j'étais une jeune femme de son âge accablée d'un mari deux fois plus vieux que moi, boiteux de surcroît, je préférerais qu'il dorme, non à l'écurie, mais le plus loin possible.

— Vous vous sous-estimez, et vous sous-estimez votre femme.

— Pas du tout, répliqua Guillaume. Nous accomplissons tous deux notre devoir, mais ce n'est qu'une façade. Ce qui se passe derrière la façade peut se révéler d'une tout autre nature.

Fitz-Reinier en convint d'un haussement d'épaules.

— En tout cas, c'est un bon début, insista-t-il néanmoins. Même si elle n'a pas hâte d'être dans votre lit, vous lui avez montré que vous n'étiez pas un monstre. Malgré ses appréhensions, la vie que vous lui offrez sera meilleure que celle qu'elle menait enfermée à la Tour.

— J'espère qu'elle pensera comme vous, Fitz-Reinier, répliqua Guillaume.

Puis il poursuivit ses ablutions dans un silence méditatif.

Relevant la tête au bout d'un moment, il lança au marchand :

— Il n'est rien que je puisse faire avant la venue de Richard en Angleterre pour son couronnement. J'ai emprunté le manoir de Stoke à Roger d'Abernon. Il est situé suffisamment à l'écart de Londres pour ne pas attirer l'attention, mais pas trop loin non plus, de manière à pouvoir aisément aller accueillir le roi à son arrivée.

— Je pensais que vous partiriez en itinérance sur les terres de votre femme ? répliqua Fitz-Reinier en haussant les sourcils d'étonnement.

Guillaume le détrompa en secouant la tête.

— J'y ai songé, admit-il, mais je ne peux accomplir de longs périples tant que ma jambe me fait souffrir et, comme je vous le disais à demi-mot, il est indispensable que je reste non loin de la Cour. Les terres de la comtesse sont aux mains d'intendants depuis si longtemps qu'elles peuvent attendre encore un peu. Je peux du reste y envoyer des émissaires. D'abord, j'ai du sommeil à rattraper. Ensuite, je veux passer du temps seul avec ma femme. Une fois que Richard aura débarqué, les loisirs et le batifolage se feront rares !

Ses écuyers l'aidèrent à sortir du bain, puis il revêtit les beaux atours procurés par Fitz-Reinier. Sa tunique rouge sombre était assortie à la robe d'Isabelle. Sa ceinture rehaussée de besants d'or, qu'il boucla finalement après un moment d'hésitation, était un cadeau de Marguerite. *Après tout,* se dit-il, *c'est le cadeau d'une amie, et je connais la pureté de ses intentions.* Il peigna ses cheveux et refusa de se regarder dans le miroir, tant il craignait de s'effrayer de l'image qu'il présenterait à Isabelle. Surmontant ses appréhensions, il remit à son écuyer une couronne de fleurs fraîchement coupées : roses roses et roses blanches alternant avec des giroflées, le tout relié par des brins de lierre.

— Allez à la chambre des dames et dites à ma promise que je la prie de porter ceci pour célébrer nos épousailles, ordonna-t-il au jouvenceau. Et dites-lui que je suis prêt à me rendre à l'église, si elle le veut bien.

Isabelle considéra l'écuyer de Guillaume le Maréchal. Elle ne lui avait guère prêté attention précédemment, mais elle le reconnut aussitôt, tandis que, se tenant sur le pas de la porte, il lui tendait un coussin de soie sur lequel reposait une couronne de mariage et débitait le message dont il était porteur d'une voix étranglée par son trouble.

Elle-même était nerveuse mais, comme elle mobilisait toute son énergie à tenir son rang, c'était moins difficile que cela aurait pu l'être. Le jeune homme appartenait à la maisonnée du chevalier. Elle aurait donc l'occasion d'apprendre à le connaître et, le cas échéant, à compter sur lui.

— Remerciez votre seigneur, murmura-t-elle en soulevant la couronne de sur le coussin. Dites-lui que j'apprécie le soin qu'il prend de mon bien-être et que je serai bientôt prête.

— Madame…, salua l'écuyer, rouge comme un coquelicot, avant de s'incliner et de se retirer.

— Il est sous le charme, fit remarquer dame Fitz-Reinier. Et je ne lui en fais pas reproche.

Les servantes disposèrent la couronne sur le voile d'Isabelle et, une fois encore, lui montrèrent le résultat dans le miroir. La jeune fille fut tout émue.

Te voici redevenue comtesse de Striguil, constata-t-elle en silence face à son propre reflet fleuri, qui ne laissait de l'étonner. *Tu es son prestige, il est ta liberté ! Vous avez besoin l'un de l'autre. Tout se passera bien.*

La tête haute, elle descendit retrouver Guillaume, qui l'attendait au pied de l'escalier. Sa tunique rouge foncé s'harmonisait avec la couleur de sa robe et était ceinte d'une belle et originale ceinture de métal tressé rehaussée de pièces d'or.

— Madame, salua-t-il. (Il s'avança en boitillant pour lui prendre les deux mains et les baiser.) Êtes-vous prête à vous rendre à l'église ?

Était-elle prête à se donner à lui et à lui confier ses terres ? Qu'arriverait-il si elle disait « non » et remontait l'escalier en courant, claquait la porte derrière elle et s'enfermait à clé ? Pendant un instant, elle envisagea cette hypothèse et vit surgir en imagination des soldats qui fracassaient la porte à coups de hache avant de s'emparer d'elle de force. Elle chassa cette vision d'un clignement d'yeux et s'arma de courage.

— Oui, répondit-elle. Je suis prête.

Isabelle était au lit à côté de son mari. Le souffle court, elle écoutait les bruits qui montaient de la cour et du jardin des Fitz-Reinier. La noce se poursuivait avec ardeur à la lueur des torches ; les pulsations rythmiques du tabret gallois et la plainte de la cornemuse avaient remplacé les fluides mélopées de la harpe celtique qui avaient accompagné le festin. La mariée n'avait pu faire entièrement honneur aux mets, ce qui l'avait quelque peu attristée, puisqu'ils avaient été préparés en son honneur. La musique du barde irlandais avait brouillé sa vue de larmes et lui avait noué la gorge, la laissant muette et assurément sans appétit.

À présent, il ne lui restait plus qu'à espérer que son mari lui manifesterait des égards jusque dans la chambre à coucher. Le peu qu'elle savait concernant l'acte de procréation n'était pas de nature à la rassurer. La perspective de saigner l'inquiétait, car le sang ne coulait jamais sans douleur. Mais à supposer que le sang ne coulât pas, elle serait perdue de honte, même si elle savait que son nouvel époux ne la répudierait jamais, ses terres ayant trop de prix à ses yeux.

— Vous n'avez rien à craindre de moi, lança brusquement Guillaume, semblant lire dans ses pensées.

— Je ne vous crains pas, mon seigneur, assura-t-elle en bon petit soldat, bien que ses paroles fussent démenties par le tremblement de sa voix.

Le chevalier sourit.

— Eh bien, sinon moi, du moins ce que la société attend de nous deux cette nuit ?

— Je… je connais mon devoir, bredouilla-t-elle en joignant les mains et en regardant droit devant elle.

Guillaume grogna.

— J'ose imaginer que vous le connaissez, de même que je connais le mien, mais rien ne s'oppose à ce que le devoir et le plaisir s'unissent.

— Oui, mon seigneur, convint Isabelle avec appréhension.

Le chevalier siffla entre ses dents, mais la jeune femme n'aurait su dire si c'était par taquinerie ou d'exaspération.

— Le destin nous a réunis sans nous laisser le temps de nous habituer l'un à l'autre, et je ne doute pas que la consommation de ce mariage ne soit, ce soir, pour tous deux un embarras et, à coup sûr, un douloureux fiasco, étant donné votre virginité et ma jambe blessée. J'attends depuis suffisamment longtemps pour que quelques jours de plus ne fassent aucune différence.

— Et pour le sang sur les draps ? s'enquit-elle. Il faut produire une preuve, rappela Isabelle en continuant de regarder droit devant elle.

— Nous aurons du sang à leur montrer, assura Guillaume.

Descendant du lit, il boita jusqu'à ses vêtements et prit le couteau qu'il portait ordinairement à la ceinture. Les yeux d'Isabelle s'agrandirent, mais elle se raisonna. Il ne pouvait avoir l'intention de lui faire du mal, car sans elle, il serait pauvre comme Job.

Guillaume leva un bras en l'air, se concentra et, d'un geste prompt, pratiqua une entaille superficielle à la naissance de son aisselle gauche.

— Personne ne viendra regarder à cet endroit, fit-il remarquer en regagnant le lit.

Là, il humecta ses doigts de son propre sang et en macula le drap en son centre.

— Il n'est pas nécessaire d'en mettre beaucoup, fit-il encore remarquer. Plus l'amant est doué, moins le sang coule, c'est du moins ce que je me suis laissé dire, ajouta-t-il avec le sourire. N'ayant encore jamais défloré de vierge, je ne peux m'exprimer que par propos rapportés. Il nous suffira que Fitz-Reinier et sa maisonnée se portent témoins. Ce n'est pas comme si la Cour entière devait regarder.

Sur ces mots, il essuya le couteau et le remisa dans son étui. Puis il alla jusqu'à la fenêtre en se tenant la hanche et entrouvrit les volets. Les festoyeurs s'étaient répandus dans tout le jardin, qui assis sur des tabourets, qui se tenant en grappes bavardes et hilares sous l'effet du vin qui coulait libéralement à flots. Des lanternes créaient des zones de lumière entre les arbres du verger ; des nuées d'insectes volants entouraient les halos. Il était inhabituel pour Guillaume de ne pas se mêler aux réjouissances.

— Demain, nous prendrons la route de Stoke, lança-t-il par-dessus son épaule. J'ai besoin de prendre du repos avant le couronnement. Quand le roi sera là, je m'attends à ne plus savoir où donner de la tête, ni de l'épée…

Souriant, il tendit son bras valide vers son épouse et ajouta :

— J'ai aussi besoin de temps pour connaître ma femme… et qu'elle me connaisse.

Isabelle répondit à l'invitation et lui prit la main. Celle du chevalier était ferme, chaude et rêche. Celle d'Isabelle était moite, à cause de la tension accrue.

— Le saignement a-t-il cessé ? s'enquit-elle d'une voix inquiète.

— Cela élance un peu, mais oui, le sang s'est arrêté.

Pris d'un soudain éclat de rire, il ajouta :

— Je gage qu'Adam a souffert considérablement plus que moi lorsque Dieu lui a retiré une côte pour engendrer Ève !

Chapitre 33

Au matin, l'entaille sacrificielle de Guillaume n'eut plus le moindre intérêt, car les menstruations d'Isabelle étaient arrivées pendant la nuit, laissant une tache de sang sur le drap. Ses menstrues avaient toujours été régulières, sauf cette fois, où elles avaient plusieurs jours d'avance. C'était probablement dû, de l'avis de dame Fitz-Reinier, au choc produit par un brusque changement de vie. Isabelle était dépitée à l'idée que Guillaume pût en prendre ombrage, mais il accueillit l'incident avec philosophie, arguant que Dieu et la nature l'avaient voulu ainsi, mais que, s'il avait su, il se serait épargné une cicatrice supplémentaire. Isabelle n'en demeura pas moins contrariée, mais dame Fitz-Reinier, qui l'aidait à préparer ses bagages en prévision de leur départ pour Stoke le matin même, fit preuve d'un jovial pragmatisme :

— Le chevalier est homme d'expérience, non un de ces jeunes écervelés, rappela-t-elle. Il aura maintes fois rencontré ce petit désagrément, d'autant qu'il a gardé longtemps une maîtresse.

— Ah bon ? dit Isabelle en ouvrant de grands yeux stupéfaits.

Dame Fitz-Reinier fit claquer sa langue.

— Une femme du Poitou, une assidue des tournois. On n'a jamais vraiment su qui elle était, mais les deux tourtereaux semblaient très bien s'accommoder de cet anonymat.

Il ne l'a jamais présentée à la Cour, mais il lui réservait toujours les meilleurs logements en ville. Elle ne lui a pas donné d'enfant ; aussi, j'en conclus qu'il sait comment fonctionne le corps d'une femme.

Isabelle intégra la nouvelle d'un air songeur. Elle ignorait tant d'aspects de la vie de son mari… Ces choses lui resteraient probablement cachées à jamais, même si elles avaient contribué à faire de lui ce qu'il était, au même titre que le court passé d'Isabelle avait contribué à faire d'elle la jeune femme qu'elle était à présent.

— Qu'est-il advenu de cette personne ?

— Leurs routes se sont séparées, répondit la femme du négociant. À ma connaissance, elle l'a quitté pour aller s'installer avec un négociant en vins du Mans.

— Oh…, laissa échapper Isabelle avant de se mordre aussitôt la lèvre inférieure. A-t-il eu d'autres maîtresses ?

Dame Fitz-Reinier vérifia que personne ne les écoutait et dit :

— Oserais-je dire qu'il a couché ici et là chemin faisant mais, hormis sa Poitevine, il n'a pas eu de concubine, pour autant que je sache, même si personne n'était là pour voir ce qu'il faisait pendant son pèlerinage en Terre sainte. En tout cas, en ce qui vous concerne et pour ce que j'en sais, la voie est libre.

— Reste à me frayer ma route…, dit Isabelle d'un air dubitatif.

— Oh, je ne pense pas que vous ayez lieu de vous inquiéter, ma chère, assura dame Fitz-Reinier, car si vous ne trouvez pas votre route, votre route vous trouvera.

Une journée entière était nécessaire pour se rendre de Londres à Stoke, si bien que le soleil achevait de se coucher lorsqu'ils arrivèrent enfin. Les chauves-souris volaient en piqués erratiques sur un ciel sombre bleu lavande percé des toutes premières étoiles. Elles scintillaient telles de très lointaines lanternes. Isabelle était fourbue ; les muscles de ses cuisses demandaient grâce, et ses règles lui causaient de douloureuses contractions abdominales. Autrefois, les longues chevauchées au grand air avaient été un plaisir pour elle, mais les années passées à la Tour avaient entamé son endurance et affaibli sa résistance physique. Toutefois, elle avait supporté l'épreuve sans se plaindre, ne souhaitant pas que son mari vît en elle une faible et une pleurnicheuse. Guillaume, lui-même blessé à la jambe, avait certainement souffert durant le voyage, mais il ne s'était pas plaint non plus.

Le Maréchal avait préalablement envoyé des messagers à Stoke, et le couple y fut accueilli à la lumière des torches. Des valets emmenèrent leurs chevaux à l'écurie pendant que l'intendant et le régisseur les conduisaient dans la grande salle. On leur apporta des aiguières d'eau tiède, et ils se lavèrent les mains, le visage et les pieds. Les attendait un plantureux repas composé de champignons farcis, de truites aux amandes et fines herbes et de fruits confits. Isabelle, qui n'avait pas, jusque-là, eu conscience de sa faim à cause de ses courbatures et de ses douleurs aux reins, commença à manger et se découvrit un appétit d'ogresse.

Mari et femme partagèrent le même tranchoir et la même coupe, tandis que les écuyers du chevalier veillaient avec discrétion à ce qu'ils ne manquent de rien. Comme la veille, le dîner s'accompagna d'une musique douce prodiguée par un barde. Les invités de la noce n'avaient pas suivi ; seuls étaient présents une poignée de domestiques, de chapelains et de clercs ramenés de Londres. L'importante suite requise par le rang des époux n'était pas encore constituée.

—Quand j'avais votre âge, se souvint Guillaume, les gens disaient que je passais mon temps à manger et à dormir, et qu'en dehors de ces deux activités, je n'étais bon à rien.

—Il faut croire, manifestement, qu'ils se trompaient, mon seigneur, répliqua Isabelle avec tact.

—Non, ils avaient raison, concernant la nourriture et le sommeil du moins, gloussa Guillaume. J'ai d'ailleurs l'intention de m'y consacrer pleinement ces jours-ci. Quant à savoir à quoi je suis bon… J'ai entendu exprimer toutes sortes d'opinions à ce sujet et suis parvenu à la conclusion que peu d'entre elles m'importent ; la seule qui vaille est celle que je me fais de moi-même.

—Mon opinion fait-elle partie des quelques-unes qui vous importent, mon seigneur ? s'enquit Isabelle, enhardie par le vin.

Guillaume hocha gravement la tête.

—Assurément, oui, répondit-il. Puisque vous êtes ma femme. La reine Aliénor m'a conseillé de vous consulter en toutes choses et de me souvenir que ce qui est mien est d'abord vôtre.

—Je parie que son opinion compte également parmi les rares qui ont de l'importance à vos yeux ? suggéra Isabelle en effleurant la fibule d'or incrustée de saphirs – cadeau d'Aliénor – qui fermait son corsage.

—Oui, répondit Guillaume à mi-voix. J'ai davantage de disponibilité et de respect pour la reine Aliénor que pour la plupart des hommes de ma connaissance… Cependant, son conseil n'a fait que conforter mes propres dispositions concernant notre mariage. Vous m'êtes trop précieuse pour que je foule aux pieds vos souhaits sans vergogne.

Isabelle but une petite gorgée de vin à la coupe commune. Naturellement, il avait besoin d'elle car, sans elle, il n'avait rien, du moins tant qu'ils n'auraient pas engendré un héritier.

Si elle parvenait à se rendre indispensable à son mari, alors ses opinions vaudraient pour elles-mêmes, non par complaisance diplomatique.

Pendant la semaine qui suivit, le Maréchal tint parole et fit la grasse matinée, s'adonna aux plaisirs de la table et se montra aussi indolent que le plus léthargique des grands lions de la Tour. Isabelle aimait dormir, mais Guillaume semblait être doté d'une capacité de sommeil infinie, avec laquelle elle ne pouvait rivaliser. Si elle n'avait pas été au fait de ses prouesses, dont certaines étaient légendaires, elle eût elle-même pensé que ses anciens sobriquets de « Glouton » et de « Fainéant » étaient justifiés. Pendant les quelques heures qu'il ne passait pas à dormir ou à manger, il se contentait de flâner dans le jardin bien fourni de Stoke, humant les senteurs florales, se laissant bercer par les airs du barde irlandais et entonnant de sa belle voix ses propres chants. Il jouait également aux échecs et au jeu du moulin avec sa femme et riait quand elle le mettait en difficulté. Il lui racontait des histoires de tournois et de ses débuts dans la vie, mais n'abordait que rarement des sujets graves, tel son pèlerinage, et semblait même les éviter, si bien qu'Isabelle en vint à se demander quel type d'homme elle avait épousé et si Glanville n'avait pas dit la vérité lorsque, acerbe, il avait affirmé que Guillaume le Maréchal était un être frivole.

Progressivement, cependant, et à mesure que le temps guérissait sa blessure à la jambe, il devint moins alangui. Un beau matin, Isabelle se réveilla seule dans leur chambre. Ses vêtements de la veille avaient également disparu de sur le coffre où il les avait posés.

— Il est parti se promener à cheval, madame, répondit la chambrière, lorsque Isabelle s'enquit de son mari auprès d'elle en faisant sa toilette.

La comtesse remarqua que ses tissus menstruels étaient immaculés, ce qui signifiait que son mari pouvait à présent accomplir son devoir sans risque de déplaire à Dieu. Elle se demanda comment elle allait s'y prendre pour lui annoncer la nouvelle sans paraître effrontée. Peut-être lui poserait-il de lui-même la question, ou bien en formulerait-il spontanément l'hypothèse en se fondant sur le décompte des jours ?

Dans la grande salle, miettes de pain et coulures de miel sur la nappe de la table d'honneur attestaient du passage de Guillaume pour son petit déjeuner, qui n'avait de « petit » que le nom. Isabelle ne vit aucun signe des écuyers. Elle se dépêcha d'avaler son propre petit déjeuner et sortit, sa servante sur ses talons. La journée promettait d'être chaude mais, en ce début de matinée, l'air était encore frais et parfumé de rosée. De forts éclats de voix aux accents de camaraderie résonnèrent à ses oreilles. Elle les suivit jusqu'à l'enclos situé à l'arrière des écuries. Puis elle tomba en arrêt.

Son mari entraînait son destrier. Elle fut ébahie par l'osmose qui régnait entre le cavalier et sa monture, tandis qu'il lui faisait exécuter une série d'exercices complexes. La manœuvre semblait relever tout bonnement de la magie. La plus légère pression du talon, ou impulsion de la main, faisait pivoter l'équidé ou l'incitait à prendre appui à droite ou à gauche, à faire halte, à reculer, ou encore à caracoler. Guillaume et sa monture ne faisaient qu'un. Isabelle n'ignorait pas ses talents de cavalier, mais elle n'en avait encore jamais pris toute la mesure. Il était occupé à enseigner à ses écuyers – qui se tenaient eux-mêmes en selle – divers aspects de la monte. Après leur avoir montré un enchaînement complet, il entreprit de le décomposer afin qu'ils puissent s'y essayer. Isabelle était captivée. Guillaume, effectuant un demi-tour, l'aperçut enfin. Il lança aussitôt quelques mots aux écuyers et, faisant claquer les rênes, rejoignit au trot son épouse.

— Vous êtes matinal aujourd'hui, mon seigneur, fit remarquer cette dernière en souriant.

— Une fois n'est pas coutume, repartit le chevalier en lui rendant son sourire.

— Comment va votre jambe ?

Il se massa la cuisse et dit :

— Il y a du mieux. Elle me lance encore, mais il se pourrait bien que ce soit la vieillesse qui s'annonce, précisa-t-il, plein d'autodérision. C'est une belle journée. Une promenade à cheval et un pique-nique en forêt vous feraient-ils plaisir ?

— Immensément, répondit Isabelle en s'abritant les yeux du soleil avec la main. Je ne vous savais pas si excellent cavalier, fit-elle remarquer.

— Je ne m'étais pas entraîné depuis longtemps, avoua-t-il en penchant la tête de côté. Je me suis un peu rouillé depuis que j'ai renoncé aux tournois.

Tapotant l'épaule dorée de son destrier, il ajouta :

— Heureusement, Besant n'a pas oublié, lui. Ce n'est pas encore demain que mes écuyers nous en remontreront, lança-t-il en faisant un clin d'œil à Jean et Jack.

Isabelle retourna au donjon passer une robe d'équitation. Pendant ce temps, Guillaume échangea son destrier contre son palefroi noir et fit accrocher un panier à pique-nique et deux gourdes de vin à la selle. Les écuyers les accompagnèrent, mais hors de portée de voix. À la vue de ces jouvenceaux qui chevauchaient tête haute et dos bien droit, Isabelle devina qu'ils jouaient aux graves et fiers chevaliers partis en expédition et s'en amusa. Elle envisagea la possibilité de relever, elle aussi, le menton, dans le but de ressembler à une noble et impérieuse dame, mais, n'ayant personne à impressionner hormis son mari et les deux écuyers, elle jugea cette idée un peu sotte.

— Je suis navré de m'être montré jusque-là un piètre compagnon, s'excusa Guillaume, tandis qu'ils longeaient un pré et pénétraient dans une vaste région boisée tachetée de lumière. À votre place, je ne serais pas contente d'être enterrée au milieu de nulle part en compagnie d'un mari qui passe l'essentiel de son temps à dormir.

— Il est vrai que vous dormez beaucoup, convint Isabelle en prenant un air faussement renfrogné. Mais ma mère disait toujours que le sommeil aide à la guérison, et je pense que vous avez grand besoin de guérir.

— Plus que vous ne l'imaginez, admit-il à mi-voix.

Elle lui jeta un bref coup d'œil et vit qu'il regardait droit devant lui.

— Je pense savoir, au contraire, hasarda-t-elle. Oh, pas dans les détails, s'empressa-t-elle d'ajouter devant la mine surprise et méfiante du chevalier. Mais le fait même que vous n'en parliez pas est signe que c'est encore trop douloureux. Vous vous cantonnez à des sujets légers et à des évocations dont vous pensez qu'elles divertiront une jeune épouse – ce qui est d'ailleurs le cas –, mais je ne peux devenir pleinement votre alliée si vous ne m'en dites pas davantage.

Un long silence s'ensuivit, interrompu seulement par le bruit des sabots, le crissement des harnais et les voix des écuyers qui débattaient d'une certaine technique de joute. Guillaume laissa enfin échapper un soupir, mettant un terme à ce moment de flottement.

— Si je n'ai pas mis mon cœur à nu devant vous, c'est parce que je ne voulais pas vous accabler d'un lourd fardeau avant de m'être assuré que vous pouviez le porter.

— Comment le saurais-je, je vous le demande, si vous ne vous en délestez pas sur moi ? s'enquit-elle.

— Disons qu'avec vous, j'essaie la manière douce…, répondit-il avec un morne sourire.

— Comme avec un de vos destriers ?

Guillaume la considéra avec des yeux rieurs.

— Si c'est le cas, ce n'est apparemment pas un très grand succès, n'est-ce pas ? lança-t-il.

Puis il s'abîma dans ses pensées pendant quelques instants avant de les chasser d'un geste de la tête.

— Quand j'étais un jeune chevalier, on m'a donné un cheval qui ne supportait pas le mors, poursuivit-il en désignant le filet de sa monture. J'ai dû lui en fabriquer un *ad hoc*, mais je suis toujours resté un hôte sur son dos, en vertu de sa tolérance, non de ma maîtrise. Il s'appelait Blancart et était inégalable.

Considérant Isabelle avec égards, il en vint au fait :

— Quoi que vous désiriez savoir, demandez-le-moi, et je ferai de mon mieux pour vous répondre. Et en l'absence de réponse, vous saurez que je ne peux encore me livrer.

Isabelle se mordilla la lèvre inférieure.

— Cette règle est-elle la nouvelle bride que vous me mettez au cou ?

— Non, disons que c'est le joug qui nous unit dorénavant.

Isabelle se rembrunit, se demandant jusqu'à quel point il se prêterait au jeu. Il n'était pas facile de deviner à son expression quelles étaient ses pensées, mais elle apprendrait à les décrypter, c'était indispensable.

— Ah, comme une paire de bœufs alors ?

— Exactement, répondit Guillaume avec le plus grand sérieux. Mais, avec un peu de chance, en moins lourds et en moins laborieux.

Leurs regards se croisèrent et ne se quittèrent pas ; bientôt, des rides de sourire apparurent aux coins des yeux de Guillaume, et Isabelle émit un petit rire.

Ils longèrent à cheval les rives de la Mole, qui serpentait sous les arbres et à travers les pâturages du domaine de Stoke. Enfin, parvenus à un rideau de saules dont les branches venaient caresser l'onde, ils firent halte afin de laisser reposer leurs montures et de se restaurer. Une loutre plongea et s'éloigna d'eux en suivant le cours d'eau. Sur l'autre rive, deux cygnes et une demi-douzaine de cygneaux se lissaient les plumes sur un grand nid de roseaux. Les poissons faisaient paresseusement des ronds dans l'eau au milieu de la rivière.

— Qu'est-il arrivé à votre destrier ? s'enquit Isabelle pendant que les écuyers emmenaient paître les chevaux et que Guillaume mettait les gourdes de vin au frais dans le léger courant. Je veux parler de celui qui ne supportait pas le mors.

— Il a finalement pris sa retraite au pré en compagnie d'un troupeau de juments flamandes appartenant au comte de Flandre, répondit Guillaume.

Puis il vint s'asseoir à côté d'elle et ajouta :

— Plusieurs jeunes étalons qui courent actuellement les tournois peuvent se targuer d'avoir été engendrés par lui. Mon frère possède deux poulinières qui descendent également de Blancart.

— Vous avez à peine évoqué votre frère, fit remarquer à mi-voix Isabelle.

Il haussa légèrement les épaules et se lança dans l'exploration du panier de pique-nique avant d'en sortir une volaille rôtie enveloppée dans un linge, une petite miche et des tartelettes aux raisins secs.

— C'est parce qu'il n'y a que peu à en dire, répondit Guillaume. Le même sang coule dans nos veines, et nous sommes prêts à nous porter mutuellement secours, mais nous ne sommes pas proches. Vous ne tarderez pas à faire sa connaissance, car il rejoindra la Cour dès que Richard sera là. Il occupe officiellement les charges de maréchal du roi et de sénéchal du prince Jean depuis maintenant deux ans. Et puis, il sera désireux de revoir son fils Jack, ajouta-t-il en jetant un regard en arrière aux deux écuyers qui, assis, se restauraient non loin des chevaux.

Isabelle suivit son regard et dit :

— Sa mère aussi voudra le voir, j'imagine.

— Oui, répondit Guillaume.

Après un moment d'hésitation, il ajouta :

— Le petit n'est pas l'héritier de Jean mais son bâtard. Ils ont également une fille. Alaïs est sa maîtresse depuis de longues années, expliqua-t-il en partageant le poulet à l'aide de son couteau de chasse.

Après avoir essuyé la lame sur le torchon et ses mains dans l'herbe, il reprit :

— Alaïs n'est pas une catin, affirma-t-il avec insistance. Et j'ai beaucoup d'affection pour elle.

Isabelle prit note de l'avertissement.

— Les Irlandais et les Gallois sont plus conciliants à ce sujet, rappela-t-elle. Jamais vous ne m'entendrez dénigrer ou juger une femme sans la connaître, assura-t-elle en se servant d'une serviette pour prendre un morceau de poulet.

Aussitôt, Damask vint revendiquer sa part.

Isabelle, hésitante, se lança enfin :

— Dame Fitz-Reinier m'a dit que vous aviez eu une maîtresse pendant longtemps, mais que vos routes s'étaient séparées.

Elle craignit aussitôt de s'être aventurée trop loin, mais Guillaume posa le poulet de côté et, les mains sur les genoux, soupira.

— Elle s'appelait Clara et m'avait sauvé la vie. Nous allions ensemble de tournoi en tournoi à mes débuts dans la chevalerie. Mais elle s'est lassée de me voir passer le plus clair de mon temps à la Cour du jeune roi et, en effet, elle m'a quitté.

— Vous n'avez pas eu d'enfant ?

— Elle était stérile, ce qui était à la fois un crève-cœur et une bénédiction.

— Avez-vous eu d'autres maîtresses ?

Son visage se referma en une mine sévère.

— Aucune dont je souhaite parler, ni qui soit susceptible d'avoir la moindre influence sur notre vie conjugale. J'ai tourné cette page-là à jamais.

Isabelle se mordilla la lèvre inférieure.

— Malgré mes ascendances irlandaises et galloises, je ne pense pas être suffisamment généreuse pour vous partager avec une maîtresse, prévint-elle.

— Isabelle…

— Je vous donnerai des enfants, dit-elle avec une soudaine intensité. Des fils et des filles robustes. Dans leurs veines coulera le sang des grands rois d'Irlande et des comtes de Pembroke. Ils seront les héritiers et les héritières de Striguil, Leinster et Longueville. J'irai où vous irez ; même au cœur de la mêlée, je…

Se sentant tout à coup ridicule et ne comprenant pas cette passion soudaine qui s'était emparée d'elle, elle émit un petit gémissement et se détourna.

Guillaume la saisit par le bras et l'obligea à le regarder.

— Oui, confirma-t-il. Vous me donnerez des fils et des filles ; et oui, vous m'accompagnerez jusqu'au cœur de la mêlée. Et si vous êtes enceinte, alors tant mieux ! À la moindre plainte de votre part, je vous rappellerai votre serment d'aujourd'hui.

L'attirant contre lui, il l'embrassa ; et Isabelle, qui n'avait jamais reçu de baiser, sinon en témoignage d'affection et par badinage courtois, se sentit contrainte. Ses lèvres s'entrouvrirent néanmoins sous la pression des lèvres de son époux et, tandis qu'elle s'apprêtait à se débattre comme un beau diable, l'impression de contrainte se mua en une caresse soyeuse qui la bouleversa au plus profond d'elle-même. S'agrippant à ses épaules, elle lui rendit son baiser avec fougue, et lorsqu'ils mirent fin à leur étreinte pour reprendre leur souffle, ils se regardèrent sans rien dire, le cœur battant.

— Vous n'aurez pas à me le rappeler, assura-t-elle en reprenant ses esprits. Vous me trouverez à vos côtés à chaque instant de notre vie.

Le mettait-elle au défi ? D'où lui venait cette véhémence ? Elle l'ignorait. Elle était seulement consciente du désir ardent qui s'éveillait en elle. Le fait que Guillaume fût aussi haletant qu'elle et qu'il la regardât d'une façon inaccoutumée ne fit qu'exacerber son désir.

— Vous ne savez pas à quoi vous vous exposez, fit-il remarquer d'une voix sévère.

— Vous non plus ! répliqua Isabelle en relevant le menton.

Guillaume la serra plus fort par la taille tout contre lui.

— À votre place, je ne parierais pas, car vous risqueriez de perdre, lui glissa-t-il à l'oreille dans un souffle tiède qui la fit frissonner. Pour ma part, je sais exactement où je veux…

Un bruit retentissant d'os brisés interrompit Guillaume et arracha Isabelle à l'ivresse du désir. Lassée d'attendre sa part, Damask avait décidé de se servir elle-même et tenait entre ses pattes avant le pilon de poulet rôti de sa maîtresse, qu'elle avait entrepris de ronger. À l'écart, Jean, les oreilles rouges comme une betterave, et Jack, examinant avec le plus grand intérêt une branche tachée de moisissure, continuaient à manger en faisant semblant de n'avoir rien vu.

Guillaume se racla la gorge et laissa retomber sa main. Les joues en feu, Isabelle rajusta sa robe. Elle leva un regard timide vers son mari et vit une lueur d'amusement dans ses yeux rembrunis.

— Vous avez raison, dit-il en laissant échapper un petit rire, moi non plus, je ne sais pas à quoi je m'expose. Sans doute pourrions-nous attacher votre chien et lui donner les restes du pique-nique, puis envoyer les écuyers cueillir des champignons… Mais il est vrai qu'un bon matelas de plume nous attend au manoir… Si vous êtes…

— Mes menstrues sont terminées, l'interrompit à voix basse Isabelle en baissant les yeux.

Le chevalier acquiesça puis, sauvant le reste du poulet des griffes de Damask, il en coupa deux morceaux et dit à Isabelle en lui tendant une cuisse :

— Mangez !

Mordant lui-même dans la seconde cuisse, il ajouta, une lueur espiègle dans le regard :

— Nous aurons besoin de forces !

La suite de la promenade se passa, pour Isabelle, dans un mélange vaporeux de désir, d'appréhension et d'informations nouvelles concernant le frère de Guillaume, son ancienne maîtresse, Clara, ainsi que d'autres personnes, dépourvues de nom et de visage. À cela s'ajoutait tout ce que Guillaume avait dit et tu, ainsi que ses propres paroles, qui l'avaient elle-même surprise. Et, à présent, il fallait en affronter les conséquences, qui la ramenaient à son point de départ. Qu'allait-il lui faire une fois de retour au manoir ? se demanda-t-elle. L'emmènerait-il à leur chambre au vu et au su de tous leurs suivants et serviteurs ? À moins que ce ne fût à elle, de le prendre par la main ? Ses joues, déjà passablement chaudes, devinrent brûlantes sous le feu de cette pensée. Guillaume se montra avare de paroles sur le chemin du retour, mais les regards qu'il lui lança la firent frémir de la tête aux pieds.

Au manoir, toutefois, leurs projets furent contrecarrés par la présence de plusieurs mules qu'on menait à l'écurie.

— Nous avons de la visite, mon seigneur ! s'exclama Rhys en venant prendre leurs chevaux. Des moines de Bradenstoke. Un messager de la reine est également là, qui vous attend.

— Ça recommence déjà ! grommela Guillaume dans sa barbe. Souvenez-vous de ce que je vous ai dit : à la fin de notre séjour, cet endroit sera aussi débordant d'activité qu'un château.

Il souleva Isabelle de sa jument, et la jeune femme se laissa glisser contre lui. Ils restèrent ainsi pendant quelques instants, l'un contre l'autre, leurs souffles se mêlant délicieusement.

— C'est ma faute, admit-il en secouant la tête de dépit. J'aurais dû attacher le chien et envoyer mes écuyers faire une promenade en forêt.

Jetant un coup d'œil aux mules et au palefroi à l'intérieur de l'écurie, il ajouta :

— Il ne reste même plus une seule stalle de libre pour nous !

Isabelle rougit et lança un regard furtif vers Rhys, qui regardait dans le vague et semblait sur le point de se mettre à siffloter.

— Je ferais mieux d'aller me changer, puisque nous avons des invités, lança-t-elle.

Puis elle s'éloigna pour gagner un endroit tranquille où elle pourrait reprendre ses esprits.

Guillaume la regarda traverser la cour en toute hâte, admirant au passage la fluidité de son corps jeune et souple. L'excitation ne l'avait plus quitté depuis leur départ de la rivière, et il éprouvait quelque difficulté à se concentrer sur des affaires plus pressantes. L'attente, qui, dans les débuts, ne lui avait pas posé de problème – d'autant moins que l'arrivée des règles d'Isabelle lui avait permis de reprendre des forces –, commençait à lui peser. Il ne s'était pas attendu à trouver en elle autant d'ardeur et de franche possessivité, mais elle tenait sans doute en cela de son père, car les Irlandais étaient connus pour leur fort caractère. Il la soupçonnait d'être, à l'instar de lui-même, un cheval de labour en tout point pragmatique. Elle ne reculerait certes pas devant son devoir, mais il décelait en elle une corde plus sensible, qui entrait en consonance avec son intériorité la plus profonde, dimension qu'il avait crue à jamais ensevelie.

Le frère Daniel dirigeait la communauté du prieuré de Bradenstoke, qui se composait d'une demi-douzaine de chanoines. C'était un homme énergique et enjoué d'une trentaine d'années, dont la chevelure noire tonsurée commençait à se nimber des fils d'argent de la sagesse et de l'expérience. Guillaume avait le désir de fonder une communauté augustinienne sur ses terres de Cartmel, au nord de l'Angleterre, qui lui appartenaient en propre. Bien que la charte ne fût pas encore rédigée ni attestée devant témoins, il voulait que la communauté de Bradenstoke constituât le noyau de celle de Cartmel et comptait, par conséquent, sur leur prompte installation. Les six moines en visite à Stoke composaient le premier contingent de volontaires, et leur visite avait pour but de requérir l'approbation de Guillaume. Bien qu'il n'ait pas encore été formellement élu, la position de Daniel en tant que prieur de la nouvelle fondation était acquise.

Guillaume exposa le contenu de la charte par laquelle il avait l'intention de fonder le prieuré et qu'il ferait confirmer dès son retour à la Cour.

— Cette fondation vise à honorer Dieu, déclara-t-il. Elle est aussi une action de grâces pour m'avoir accordé sa miséricorde et m'avoir tenu en son insigne faveur.

Il but une gorgée de vin tiré à un tonneau rapporté de chez Fitz-Reinier qui était une caresse pour le palais. Debout près de lui, Isabelle était tout ouïe. Elle portait sa robe de soie rose mais, par égard pour les religieux, ses cheveux et son cou étaient pudiquement dissimulés sous une simple cornette de lin. Par discrétion, elle gardait le silence mais, Guillaume n'en doutait pas, elle ne perdait rien de la conversation. Il s'éclaircit la voix avant de poursuivre :

— Cette fondation vise également au salut de mon âme et de celle de mon épouse, ainsi que de nos éventuels héritiers…

Il s'interrompit pour jeter un rapide coup d'œil à Isabelle, qui lui répondit avec un sourire presque imperceptible et un léger rosissement des joues.

— Mais également au salut de celles du roi Henri, du roi Richard et de mon seigneur le jeune roi.

Il avait prononcé ces derniers mots sous l'emprise d'une poignante tristesse.

— Son souvenir n'a cessé d'agiter mes pensées, et je souhaite à présent trouver la paix de l'esprit, pour moi-même et pour lui.

— Des prières seront dites à cet effet quotidiennement, mon seigneur, assura Daniel d'un ton grave.

Guillaume acquiesça avec soulagement. Même si la charte restait à ratifier, c'était réconfortant de savoir qu'au moment où elle le serait, les chanoines auraient posé la première pierre spirituelle à l'édifice et officieraient déjà. Il éprouvait le besoin de s'acquitter des dettes qu'il avait contractées dans le passé auprès de Dieu. C'était pour lui la condition *sine qua non* pour aller de l'avant sur un nouveau chemin.

Après s'être entretenu avec les religieux, il lui restait à recevoir le messager de la reine – un jeune clerc répondant au nom de Michaël, qui s'avéra être le cousin de Wigain, l'ancien commis de cuisine devenu messager, dont il avait la mine joviale et la fine constitution. Guillaume n'en fut pas autrement surpris. Souvent, tous les membres d'une même famille exerçaient la même profession. La lettre avait été rédigée par le secrétaire personnel de la reine mais, comme Guillaume ne savait pas lire, il s'en fit faire lecture par le messager.

Michaël s'humidifia les lèvres et rougit quelque peu. Sa voix, au timbre haut perché et sans relief, n'était certes pas celle d'un héraut, mais il s'acquitta de la tâche promptement et avec assurance. Le premier élément d'importance après les salutations d'usage – adressées en l'occurrence à Guillaume et à Isabelle – était qu'Aliénor recommandait Michaël au couple comme clerc et juriste chevronné pour qui le latin, le français et l'anglais n'avaient pas de secret. Le couple ne manquerait pas, la reine en était sûre, de mettre ses talents à profit. Quant à sa discrétion, elle leur était acquise.

— C'est ce que j'appelle une chaude recommandation, maître Michaël, fit remarquer Guillaume. Que puis-je faire d'autre sinon vous engager ? Votre place est faite, si vous le désirez.

— Merci, mon seigneur, lança le clerc. Souhaitez-vous qu'un autre que moi vous en fasse de nouveau lecture, afin de vous assurer que je n'invente rien ?

Cette question déclencha l'hilarité du chevalier.

— Venant de Wigain, j'aurais pu croire à un coup pendable. Mais vous vous êtes présenté à moi en toute candeur. Et même si la vérification est aisée, je vous crois honnête. De grâce, poursuivez…

La reine espérait que la vie conjugale était au goût de Guillaume et d'Isabelle, puis venait le point crucial. Si les vents étaient favorables, Richard arriverait à Londres au début du mois d'août. La date du couronnement avait été fixée au 3 septembre. Il se tiendrait à l'abbaye de Westminster. Puis les formulations se firent plus évasives, tout en faisant allusion à d'autres perspectives d'avancement pour Guillaume et les siens. La reine, une fois de plus, louait sa loyauté. Lorsque le clerc eut terminé, Guillaume le remercia et le pria de répéter le message, car il souhaitait le graver dans sa mémoire. Puis il l'envoya se restaurer et se reposer.

Guillaume, le menton dans la main, réfléchit. Bien qu'il ne sût pas lire, il comprenait entre les lignes, ainsi qu'Isabelle.

— En vous donnant Striguil, fit remarquer cette dernière, le but n'était pas seulement de vous récompenser pour votre fidélité, mais de vous élever au sein du royaume en vous conférant une véritable autorité.

Guillaume tressaillit.

— La reine sait se montrer reconnaissante envers ceux qui mettent tout leur cœur à la servir, expliqua-t-il. À présent qu'elle est de nouveau en position d'accorder des faveurs, elle laisse sa générosité s'exprimer.

— De fait, mais elle est également bien avisée, poursuivit Isabelle. Lorsque Richard partira en croisade, elle aura besoin de s'entourer d'hommes loyaux et dévoués, afin de maintenir son domaine en l'état. Vous n'auriez pas été élevé au rang de comte, si l'on avait voulu simplement vous récompenser.

— Je ne suis pas comte, rectifia Guillaume, quelque peu déstabilisé.

Si la reine Aliénor était intelligente, alors que dire de sa propre femme ?

— Vous l'êtes de fait, même s'il ne vous manque que le titre, et votre ascension ne s'arrêtera pas à ce titre. Il est évident qu'on vous prépare à occuper de hautes fonctions pour le temps où Richard partira guerroyer.

— Il semblerait bien, convint Guillaume en esquissant un sourire désabusé.

— Et cela ne vous met-il pas le cœur en joie ?

Il lui prit la main et dit :

— J'ai conscience de pouvoir m'acquitter de toute charge qui m'est confiée. Je n'ai jamais reculé devant la difficulté. J'avoue même y prendre plaisir.

Face à la mine interrogatrice d'Isabelle, il ajouta :

— Mais au fond de moi, j'aspire à la tranquillité. Je suis venu à Stoke non seulement pour me remettre des tourmentes du passé, mais également pour faire réserve de sérénité, car l'avenir sera sombre, notez-le bien.

Sans lui lâcher la main, il se dressa sur ses jambes et la serra contre lui.

— Montons dans notre chambre, dit-il. Soyez mon havre, donnez-moi asile !

Isabelle, avant que toute raison ne l'abandonne, parvint à la conclusion que, des deux, c'était elle qui avait besoin d'un havre, car elle se sentait emportée vers le large par de troubles et brûlants contre-courants qui menaçaient de l'engloutir. Elle avait cru savoir à quoi s'attendre, mais la réalité se révéla à la fois plus brutale et plus tendre que tout ce qu'elle avait imaginé. La brûlure des baisers du chevalier sur sa gorge et aux commissures de ses lèvres, la caresse des mots qui la touchaient au plus profond d'elle-même et la laissaient pantelante, l'ardeur érotique de son amant, dont les savants effleurements l'incitaient à se donner, tout cela était inattendu. Tous ses sens furent mis en éveil, jusqu'à ce que son plaisir prenne des allures de grande marée d'équinoxe sous un ciel étoilé puis rejaillisse en déferlantes, atteignant sa pleine puissance dans l'abandon.

Elle rejeta la tête en arrière contre le traversin, ses longs cheveux blonds pareils à ceux d'une naïade autour de son corps pâle. On avait ouvert les volets afin de faire entrer un peu d'air frais, car la chaleur de juillet s'était accumulée tout le jour sous la charpente de leur chambre. Le ciel visible par l'ouverture était d'une profonde teinte bleu marine. Des filets de sueur s'épanchaient délicatement entre ses seins et ruisselaient jusque sur ses flancs, comme si elle venait de sortir de la mer. La chevelure de son époux et amant, dont le corps était aussi luisant que le sien, n'était plus qu'un enchevêtrement de mèches humides sur son front et ses paupières trempés. Ses yeux noirs luisaient d'un éclat semblable à celui de l'onde nocturne des fleuves qui vont à la mer de toute la puissance de leurs torrents impétueux.

Lorsqu'il entra en elle, elle ressentit une vive douleur qu'elle évacua dans un souffle, entre cri étouffé et gémissement assumé. Il se tint en suspens au-dessus d'elle, cessant brusquement tout mouvement. On n'entendit bientôt plus que le bruit de sa respiration rapide et irrégulière. Elle effleura son large torse et ses flancs, en explorant tout le relief jusqu'au plexus, s'accoutumant peu à peu à sa présence en elle. Se sentant trop écartelée et conquise pour donner un rythme à leur étreinte, elle se laissa porter par la sourde pulsation virile qui résonnait en elle.

Il prononça doucement son nom, prit appui sur son bras gauche et, son visage dans le creux de sa main, le caressa. Isabelle tourna la tête et embrassa ses doigts. Elle s'apprêtait à lui demander si elle s'y prenait correctement, s'il avait trouvé son havre, car elle n'avait pas d'expérience, mais, penchant son visage vers le sien, il scella ses lèvres par un baiser, prévenant toute question. Puis il prit son sein dans sa main et commença à aller et venir doucement en elle sans cesser de l'embrasser et tout en effleurant son téton avec le pouce. Un râle de plaisir se pressa aux lèvres d'Isabelle, toujours soumises aux attentions du chevalier, puis reflua. Elle s'agrippa à lui et se cambra. Un trait de douleur irradia son bassin en même temps que le plaisir l'inondait, la faisant ouvrir grand les yeux et gémir doucement. Mais le chevalier n'en avait pas terminé. Implacable et patient, il l'emmena bientôt au bord du précipice, où il la maintint, tremblante, au paroxysme de l'extase. Là, elle connut l'effroi et la volupté de son premier saut dans le vide, tandis que son corps était secoué de spasmes. Alors seulement Guillaume mit fin à son baiser. Puis, enfouissant son visage dans le cou de son aimée, il donna une grande poussée, suivie d'une autre, et jouit en tressaillant dans ses bras, telle une nef secouée par la tempête.

Une grande paix les envahit, tandis que leur souffle et leur cœur recouvraient leur rythme naturel. À mesure qu'Isabelle reprenait conscience de son propre corps, les tiraillements de plaisir et de douleur se firent de nouveau sentir. Il lui sembla être une lyre dont un musicien invisible pinçait délicatement les cordes afin de tirer d'elle la plus gracieuse mélodie. Elle eut envie de prolonger indéfiniment le concert.

Enfin, Guillaume se redressa sur ses deux mains et, la couvant du regard, dit d'une voix rauque :

— Diable, nous avons joui presque simultanément.

Puis, tout en l'embrassant et blottissant son visage contre le sien, il ajouta :

— Je n'ai rien connu d'aussi bon depuis l'époque où j'étais un jouvenceau inexpérimenté…

Ces paroles firent chaud au cœur d'Isabelle, qui répondit d'un ton à la fois taquin et timide :

— Ainsi, c'était un peu comme votre première fois ?

Le chevalier partit d'un grand rire, et Isabelle s'étonna d'en ressentir les vibrations joyeuses jusqu'au plus profond de son être.

— Oh, pas du tout, rectifia-t-il, du moins je l'espère pour vous en ce qui concerne le manque d'expérience. Du haut de leurs dix-sept printemps, les jouvenceaux font, certes, montre de beaucoup d'entrain à la besogne, et leurs attributs semblent toujours prêts à s'y livrer, mais la tendresse et l'expérience, hélas, ne sont point leur fort… Mais quel bonheur, ce soir, de connaître à nouveau cet élan indompté.

Sur ces mots, il se retira et, roulant sur le côté, la prit dans ses bras, tandis que la brise qui entrait par la fenêtre venait rafraîchir leurs corps alanguis.

— Je ne peux imaginer qu'une première fois pour un homme soit semblable à une première fois pour une femme, murmura Isabelle, en se laissant caresser délicatement le creux des reins.

— Non, convint Guillaume, tendant le cou pour poser sur elle un regard soucieux. Je sais que c'est fatalement douloureux, mais j'espère que vous avez quand même ressenti un peu de plaisir, ajouta-t-il.

Isabelle sourit en lui effleurant la joue.

— Un peu…, rétorqua-t-elle, facétieuse. Dame Fitz-Reinier m'a dit qu'une femme conçoit d'autant plus facilement qu'elle prend plaisir à l'acte, se souvint-elle. Sans quoi, sa semence ne descend pas et ne se mêle pas à celle de son mari.

— Oui, s'esclaffa Guillaume, j'ai déjà entendu dire cela. C'est une théorie des Sarrazins. Quand j'étais jeune homme, à la Cour de la reine Aliénor dans le Poitou, tout le monde en parlait. Mais je ne suis pas sûr que cette hypothèse satisfît pleinement les hommes. Ces dames voyaient d'un bon œil ce primat du plaisir féminin, mais certaines d'entre elles ne voyaient pas pourquoi le plaisir devait nécessairement donner suite à l'enfantement.

— Et avec combien d'entre elles avez-vous eu des enfants ? s'enquit-elle d'un ton dégagé.

— Si je réponds « aucune », gloussa-t-il, vous risquez d'en conclure que je suis un piètre amant ou que je ne suis pas assez viril pour engendrer un enfant.

Il fit glisser sa main sur l'arrondi de ses fesses et la serra contre son bas-ventre.

— En tout cas, j'espère avoir prouvé, ce soir, que je ne suis ni l'un ni l'autre, reprit-il. Jeune chevalier, je couchais avec des femmes qui savaient se prémunir contre la grossesse, et Clara, comme je vous l'ai dit, était stérile. J'ai également appris à mes dépens que mettre une femme dans son lit cause davantage de problèmes que l'acte lui-même n'en vaut la peine. À la longue, cela devient un modèle de vie.

— N'avez-vous jamais été tenté de changer de modèle ? s'enquit Isabelle d'une voix basse et ensommeillée.

Les membres las, elle se rapprocha de Guillaume et se blottit tout contre lui.

— Jamais avant aujourd'hui, répondit le chevalier.

Isabelle identifia aussitôt ce que sa réponse devait à la courtoisie, mais également à une profonde sincérité, qui la fit relever la tête pour le regarder bien en face. Il avait les traits détendus, malgré ses yeux lourds de fatigue et de satiété amoureuse, et l'on pouvait y lire une grande sérénité.

— Il me fallait pour cela trouver mon havre.

Chapitre 34

Marlborough, comté de Wiltshire, août 1189

— J'ai passé ici une grande partie de mon enfance, confia Guillaume à Isabelle dans un douloureux accès de nostalgie.

Ils s'apprêtaient à célébrer le mariage du prince Jean et d'Isabelle de Gloucester.

— Mon père était sénéchal, poursuivit-il. Mes frères et moi nous amusions à nous jeter des cailloux depuis cette fenêtre, là-haut, se souvint-il en pointant le doigt par les rabats entrouverts de leur tente vers une ouverture haut perchée de la tour. C'était notre chambre. Il y avait des tentures rouges au mur, et nous dormions tous dans le même lit, comme une portée de chiots. Le roi Henri a pris Marlborough à mon père peu après son accession. Je n'ai pas remis les pieds ici depuis mes dix ans.

N'était-il pas insolite et gênant de songer que le prince Jean passerait sa nuit de noces dans la chambre d'enfant de Guillaume pendant que celui-ci et sa suite dormiraient sous la tente comme le reste de la Cour, le donjon de Marlborough étant réservé aux proches de la famille royale ? Richard était de retour en Angleterre, et les préparatifs de couronnement avançaient bon train. Il rejoignait actuellement Londres via quelques-unes de ses forteresses du sud du pays. Au matin, on démonterait les tentes, et la Cour se rendrait à Windsor.

— Du moins est-il prévu que Marlborough revienne dans votre famille, puisque le roi en a confié la charge à votre frère, rappela Isabelle, toujours pragmatique. Vous pourrez revoir cette chambre à loisir.

Guillaume émit un son évasif et prit la ceinture que lui tendait son écuyer Jean d'Early, arguant qu'il se débrouillerait pour la boucler autour de sa taille. Il avait accordé à Jack une permission, afin que celui-ci aille passer du temps avec son père, qui campait un peu plus loin dans la cour du château. Père et fils devaient aborder ensemble certains sujets délicats, car Jean le Maréchal avait récemment rejoint les rangs des hommes mariés en épousant la fille âgée de treize ans d'un propriétaire terrien du Sussex répondant au nom d'Adam de Port.

— Ce ne sera pas pareil, objecta Guillaume. On ne revient jamais en arrière.

Il attacha son ceinturon et tira d'un coup sec sur les pans de sa tunique.

— Prête à faire du zèle ? s'enquit-il en offrant le bras à sa femme.

Isabelle posa une main sur sa manche en signe d'acquiescement. Elle portait la robe de soie rose de ses propres noces. Malgré son abondante et riche garde-robe, celle-ci restait sa préférée, même si elle avait dû, pour l'occasion, rehausser les manches de brocart d'or et de perles.

— Je ne vous sens pas à votre aise ici, fit-elle remarquer. Vous n'avez pas décroché les yeux du donjon et tournez en rond comme un chien qui a flairé quelque danger.

Guillaume se massa la nuque. Il n'avait pas été long à s'apercevoir qu'aucun mouvement secret de son âme n'échappait à sa perspicace épouse. Un sourire assorti d'une phrase aimable suffisait sans doute à tromper son monde à la Cour, mais non sa femme, même après seulement six semaines de mariage. Une question, un geste ou un simple regard de la part d'Isabelle suffisait à mettre son âme à nu.

— Vous avez raison, admit-il. Je me sens effectivement dans la peau d'un chien qui a flairé un danger. Mais si vous m'interrogiez quant à la nature de ce danger, je serais bien en mal de vous répondre. À moins que mon malaise ne soit dû à la présence de Glanville, Longchamp et du prince Jean. N'importe quel chien de chasse en aurait le poil hérissé !

— Je ne garde pas un bon souvenir de Glanville, bien qu'il n'ait jamais cherché à me nuire…, confia à son tour Isabelle, pensive.

— Si ce n'est en taillant allégrement dans les revenus de vos terres et en prélevant sa propre commission au passage, acheva Guillaume d'un ton acide. Mais vous n'avez pas été sa seule victime. Wigain m'a fait savoir que votre ancien gardien s'était rendu coupable de détournements s'élevant à plus de quinze mille marcs. Autant de perdu pour les finances du royaume !

Isabelle, incrédule, articula en silence le montant.

— Wigain a tendance à exagérer, surtout en ce qui concerne sa vie amoureuse et l'étendue de ses possessions. Mais l'on peut lui faire confiance en matière de ragots, assura Guillaume. Sa position au sein de la maisonnée de Richard en fait désormais une source précieuse de renseignements.

Haussant les épaules, il ajouta :

— J'avoue que Glanville me fait grincer des dents, mais il ne représente pas une menace. Il a juré d'accompagner le roi en croisade, et le temps où il exerçait une quelconque influence est révolu. Mais Longchamp, lui… (Il s'interrompit en faisant une grimace de dégoût.) C'est un excellent administrateur fiscal et il est loyal envers le roi. S'il s'en tenait là, je le serrerais dans mes bras. Mais il a soif de pouvoir et a une si haute idée de lui-même qu'il considère tous les autres comme de simples asticots rampant à ses pieds.

Isabelle perçut à la raideur de son avant-bras l'irritation qui agitait son mari. Contrairement à lui, elle n'avait jamais rencontré le chancelier, du moins jusqu'à son introduction auprès de la famille royale lors du rassemblement qui s'était tenu à Winchester, au lendemain de l'arrivée de Richard en provenance de Normandie. Tout comme Guillaume, Longchamp venait d'une famille aux ambitions plus élevées que le rang, et il était inévitable que ces origines communes fussent causes de rivalité lorsque l'un ou l'autre bénéficiait des faveurs du roi. En conséquence, Isabelle avait décidé de prendre Longchamp comme il était, c'est-à-dire conforme au portrait que lui en avait fait son mari. Du reste, Longchamp l'avait remise à sa place d'un seul regard, toute héritière de haut rang qu'elle était, lui faisant comprendre sans ouvrir la bouche qu'il n'avait que mépris – et certainement pas de temps à perdre – pour des jouvencelles de son genre, si nobles fussent-elles.

— Et pourtant, il vous faudra bien composer avec lui, fit remarquer Isabelle. Quel autre choix avez-vous ?

Guillaume émit un rire lugubre.

— Tenez-vous vraiment à le savoir ?

Pour toute réponse, Isabelle émit un petit rire et le pinça.

Tandis qu'ils sortaient de sous la tente pour paraître en public, il lui glissa à l'oreille :

— Souper avec le diable est un des choix qui me sont offerts, mais j'ignore encore si le manche de ma cuillère est suffisamment long ; et puis, le diable peut fort bien refuser de souper avec moi…

Isabelle lui jeta un regard de biais.

— J'imagine que vous n'avez pas l'intention d'expliciter cette remarque, sinon, vous n'auriez pas parlé par énigme en prenant cet air fermé ? devina-t-elle.

— Je n'ai pas l'air fermé, protesta-t-il.

— Oh, que si ! rétorqua-t-elle, à la fois amusée et résignée. Plus vous avez l'air innocent et avenant, plus abyssales sont vos pensées.

— Je vous expliquerai plus tard, promit Guillaume.

— Et je veillerai à ce que vous teniez parole, promit-elle à son tour en souriant, avant de faire une révérence au comte et à la comtesse d'Essex.

Et tous de former cortège pour se rendre à l'église au mariage du frère du roi.

Isabelle but une petite gorgée de vin. Le goût était plaisant, mais elle avait l'intention de garder les idées claires. Elle avait appris par l'entremise de Guillaume que, le vin à la Cour du vieux roi Henri étant quasiment imbuvable, on y voyait rarement un homme ivre, à moins que celui-ci ne disposât de ses propres réserves. Richard – de même que le prince Jean – avait manifestement le palais plus fin, en conséquence de quoi de nombreux invités étaient pris de boisson. Guillaume était trop avisé pour compter parmi eux, ce dont Isabelle lui sut gré. Le vin rendait les hommes enclins à la rigolade et encore plus enclins à se vexer et à tirer l'épée pour une broutille. Elle avait d'ailleurs remarqué que le prince Jean modérait, lui aussi, sa consommation d'alcool. D'un autre côté, c'était lui le marié, et il devrait s'acquitter des devoirs propres à cet état. Son épouse, Isabelle de Gloucester, était assise à côté de lui en silence, les yeux baissés et le visage si résolument inexpressif qu'il parut évident à la femme de Guillaume que la jeune fille redoutait l'épreuve qui l'attendait. Non seulement elle ne semblait pas heureuse, mais la crainte et l'antipathie se lisaient sur son minois. Du moins le prince avait-il la réputation d'être un amant expérimenté. Les rumeurs qui lui attribuaient des maîtresses parmi les dames de la Cour étaient probablement vraies. D'ailleurs, n'avait-il pas fait scandale en couchant avec sa propre cousine, la fille du comte Hamelin de Warenne ? Un enfant était même né de cette union.

Pour le moment, le prince parcourait des yeux la grande salle du château de Marlborough, arrêtant son regard sur tel ou tel convive, qu'il jaugeait à distance. Il surprit Isabelle tandis qu'elle l'observait. Sous l'emprise de ses yeux noisette braqués sur elle, la comtesse se fit l'effet de l'un de ces agneaux que les gardiens de la Tour donnaient parfois à manger aux lions. Mais le prince Jean, loin de la dévorer toute crue, lui adressa un sourire éblouissant, pencha la tête de côté et porta son regard plus loin. Pour se remettre de ses émotions, Isabelle but une rapide gorgée de vin et manqua de s'étouffer. Guillaume lui donna des tapes dans le dos et, toujours attentionné, lui demanda si tout allait bien. Ayant répondu d'une voix faible par l'affirmative, elle se réjouit de n'être pas à la place d'Isabelle de Gloucester.

On débarrassa les plats de résistance, ne laissant sur les tables à tréteaux que les fruits frais, les fruits secs et les gourmandises ; puis les ménestrels entonnèrent une carole. Les nouveaux époux se levèrent pour ouvrir la danse. Jean, aérien, ne manquait aucun temps donné par le tabret. Isabelle de Gloucester, qui avait moins d'assurance, trébucha à plusieurs reprises sur sa robe, ratant une mesure chaque fois. La reine douairière Aliénor se joignit à la liesse en compagnie de son fils Richard, et ils furent bientôt suivis par d'autres, que le vin n'avait pas entièrement privés de l'usage de leurs jambes et qui désiraient ainsi faire honneur aux mariés. Jeunes mariés eux-mêmes, Isabelle et Guillaume quittèrent la table pour se joindre aux danseurs. Comme la carole allait crescendo, Isabelle dut se montrer très agile pour ne pas se faire écraser les orteils et pour détourner occasionnellement le nez de certaines haleines avinées. Plus d'un seigneur, pensant lui faire plaisir en la félicitant pour son mariage par un baiser, l'obligea à redoubler de diplomatie afin de réussir à s'extraire des vapeurs de whiskey qui s'exhalaient de sa personne. Elle dansa avec le roi Richard, rendu rougeaud par l'alcool mais se maîtrisant encore parfaitement et se révélant fort gracieux danseur. Bien qu'il lui sourît, Isabelle se savait transparente à ses yeux, ainsi que l'aurait été n'importe quelle autre femme à sa place. Le prince Jean, en revanche, lui prêta grande attention lorsqu'il vint prendre la place de Richard. Une main sur la taille d'Isabelle, il posa sur elle un regard de prédateur ; son charme était tel que la jeune femme sentit des frissons lui parcourir le dos.

— Guillaume le Maréchal est bien chanceux, fit-il remarquer avec un sourire étincelant. Depuis que je le connais, je l'ai toujours vu retomber sur ses pieds. Et voici qu'il renouvelle l'exploit !

— Mon seigneur ? lança Isabelle en s'apprêtant à changer de partenaire.

— J'aurais pu vous avoir, et lui aurait eu mon Isabelle, poursuivit le prince, tandis qu'un sourire malveillant se dessinait sur ses lèvres dignes d'un dieu.

— Alors il faut croire que moi aussi, je suis chanceuse, répliqua Isabelle en lui rendant son sourire.

Jean partit d'un grand rire, qui accompagna Isabelle jusqu'au danseur suivant.

Quelle sotte de lui avoir répondu cela! se tança-t-elle. Elle allait devoir apprendre à se montrer plus circonspecte.

— Belle-sœur…, salua son nouveau partenaire, tandis qu'Isabelle apposait le plat de sa main contre la sienne, s'apercevant, non sans un sursaut, qu'elle dansait à présent avec l'aîné de son mari.

Un autre Jean, un autre homme à manipuler avec précaution.

Jean le Maréchal était venu à Marlborough faire hommage au roi Richard, bien que son allégeance fût acquise au prince. Guillaume et Jean s'étaient donné une cordiale accolade, malgré certains profonds désaccords, et Isabelle était bien en peine de dénouer l'écheveau de leurs relations. Elle soupçonnait Jean le Maréchal d'être envieux de son frère, tout en s'en défendant, et de nourrir l'espoir, en homme ambitieux qu'il était, de tirer profit de sa position au sein de la maisonnée du prince. Il s'était vu récemment promettre le poste de shérif de York et n'avait pas compté ses efforts afin que chacun se persuadât qu'il ne devait cette nomination qu'à ses seuls mérites, non à l'intercession de Guillaume. Les gens le croyaient-ils? C'était une autre affaire, une affaire de susceptibilité, subodorait Isabelle.

— Beau-frère, le salua-t-elle en retour, tandis qu'ils tournaient, main contre main.

Jean le Maréchal n'était l'aîné de son mari que de deux ans, mais il semblait que dix années les séparaient, tant Guillaume paraissait jeune pour son âge, avec seulement quelques cheveux blancs et une peau ferme et lisse. À l'inverse, de profonds sillons avaient creusé un passage entre les sourcils de son frère; et tandis que la bouche de Guillaume s'incurvait vers le haut, celle de Jean retombait aux commissures. Une petite bedaine gonflait sa tunique de laine feutrée, au contraire de son frère qui, malgré un appétit vorace, avait une taille de lévrier.

— Vous devez vous réjouir d'avoir été nommé sénéchal de Marlborough, lança Isabelle.

Il lui adressa un sourire glacial.

— Je m'en réjouis, en effet, répondit-il. Car c'est une charge que mon père occupait autrefois et dont on l'a destitué injustement.

Isabelle prit note du ton employé. Le frère de Guillaume considérait Marlborough amplement comme son dû.

Plus tard, elle dansa avec l'épouse de Jean le Maréchal lors d'une farandole mixte où hommes et femmes formaient deux cercles, les hommes à gauche et les femmes à droite. Aline de Port n'avait guère plus de treize ans. C'était une pâle créature menue dont les seins pointaient à peine sous le corsage serré de sa robe de soie, et ses hanches étaient aussi étroites que celles d'une enfant. Guillaume avait confié à Isabelle que son frère n'avait pas couché avec elle. Bien qu'ayant déjà eu ses règles, Aline était physiquement immature, et concevoir dès à présent aurait signé son arrêt de mort, ainsi que celui de son bébé. Isabelle réprima un frisson d'horreur à cette idée. Elle-même, qui était pleinement femme, robuste et en bonne santé, ne pouvait penser sans appréhension aux affres de l'accouchement, épreuve qu'il lui faudrait d'autant plus probablement subir que ses menstruations continuaient de se faire attendre.

La danse s'acheva sur un enchaînement de fioritures musicales qui vit les danseurs exécuter les derniers pas en courant presque. Isabelle alla reprendre son souffle à l'écart. Aline la rejoignit et, se déclarant assoiffée, vida à grands traits une grande coupe de vin. De fines mèches de cheveux blonds s'échappaient de son filet et de sa cornette pour venir s'enrouler autour de son visage empourpré. Tout en buvant elle-même à petites gorgées, Isabelle s'enquit auprès de sa belle-sœur de ce qu'elle pensait du mariage.

— J'apprécie la Cour, répondit Aline d'une voix aiguë, presque cristalline, en haussant les épaules. Et j'aime porter de belles robes.

C'était sa troisième coupe de vin, et elle se balançait à présent d'un pied sur l'autre.

— Je ne voulais pas l'épouser, confessa-t-elle, mais ma mère m'a fait valoir qu'étant bien plus âgé que moi, il sera mort d'ici quelques années et alors, moyennant une redevance, je pourrai épouser qui bon me semblera.

Isabelle manqua de s'étouffer. Elle avait eu la même pensée en apprenant qu'elle devait épouser Guillaume. Mais elle était plus âgée qu'Aline, et Guillaume était plus jeune que Jean. Qui plus est, depuis six semaines qu'elle était mariée, elle remerciait chaque jour le ciel de lui avoir accordé un tel mari.

— J'ai ma propre chambre, poursuivit Aline, bavarde, et lui la sienne. Je sais qu'il y fait parfois venir des femmes, mais cela ne me dérange pas. Pendant qu'il joue à la bête à deux dos avec elles, il me laisse tranquille.

— C'est incontestable, convint Isabelle, sans trop savoir quoi répondre.

— Il a également une maîtresse régulière, ajouta Aline, intarissable. Je sais tout d'elle. Elle ne veut plus coucher avec lui. Elle dit que c'est un péché hors mariage et que c'est à cause de cela que leur bébé est mort. Mais il continue de lui rendre visite et de subvenir à ses besoins. C'est gentil de sa part d'y veiller… C'est un homme bon…

Elle hésita puis, comme à bout de souffle, laissa mourir sa voix.

De rouge, son visage avait viré au vert. Isabelle l'emmena en toute hâte à l'extérieur et la tint pendant qu'elle vomissait tout le vin qu'elle avait ingurgité.

À la faveur de doux encouragements prononcés d'une voix apaisante, Isabelle reconduisit Aline jusqu'à sa tente. Les servantes de la jeune fille s'empressèrent de l'entourer de leurs soins, mais Isabelle, navrée pour la petite et passablement irritée, s'attarda néanmoins quelque peu. Bientôt son irritation se mua en sentiment de culpabilité. Ainsi allaient à la grâce de Dieu toutes les jeunes mariées, ainsi que de nombreux jeunes mariés…

— Pauvre enfant, déplora plus tard Guillaume lorsque Isabelle lui raconta la mésaventure.

Le chevalier donna congé à ses écuyers et s'assit sur son tabouret pliant afin de retirer ses bottes.

— Mais sa situation pourrait être pire, ajouta-t-il. Mon frère cède à ses caprices et ne la déflore pas, ce qui serait son droit, si jeune qu'elle soit. Il l'a emmenée à la Cour, ce qu'il n'était pas obligé de faire.

— Sa famille aurait protesté avec véhémence s'il ne l'avait pas fait, rappela vertement Isabelle. La présence d'Aline ne l'a pas empêché de recevoir des prostituées dans sa chambre.

Guillaume lui tendit une main et la fit asseoir sur ses genoux.

— Je n'approuve pas sa conduite, mais peut-être aspire-t-il à davantage qu'à soulager ses pulsions.

— Ce n'est pas avec une prostituée qu'il le trouvera, rétorqua Isabelle en soufflant par le nez.

— Non, mais peut-être trouvera-t-il une fidèle imitation de l'amour, si la fille connaît son métier et n'est pas dénuée de compassion. Une chose est sûre : il ne le trouvera pas non plus auprès d'une enfant, fût-elle sa femme. Or, Alaïs lui interdit sa chambre. Que d'épines et si peu de roses sur sa route !

Il détacha le voile d'Isabelle et retira les épingles en or qui en retenaient le filet orné de joyaux.

— Vos cheveux..., commença-t-il, tandis que ses nattes épaisses retombaient, luisantes comme des galons de soie. Comme je les aime ! Je veux que nos filles aient vos cheveux.

Sur ces mots, il enfouit son visage dans leur douceur.

Isabelle, le cœur comblé, ferma les yeux d'abandon. Elle s'apprêtait à lui répondre que son vœu risquait fort de se réaliser bientôt lorsque les rabats de la tente s'ouvrirent en claquant, tandis que la brise nocturne faisait vaciller la flamme des bougies. Jean l'écuyer, le visage en feu, entra. Il détourna le regard afin de ne pas gêner Isabelle, qui déjà se levait d'un bond des genoux de son mari, les nattes volant dans tous les sens et le corsage défait.

— Mon seigneur, je...

L'écuyer n'eut pas le temps d'en dire plus, car sur ses talons arrivait le prince Jean – qui aurait dû se trouver avec sa femme et jouir de sa nuit de noces – suivi du frère de Guillaume, visiblement troublé et mal à l'aise. Isabelle fit une révérence au prince pendant que Guillaume se dressait lentement sur ses jambes et prenait tout son temps pour saluer à son tour le cadet d'Aliénor.

— Je suis au regret de troubler votre intimité, le Maréchal, lança ce dernier avec un sourire moqueur. Vous au moins semblez prendre du plaisir avec votre femme !

Il inclina la tête et contempla sans gêne d'un œil admiratif le négligé d'Isabelle.

— Tout bien réfléchi, j'aurais dû presser Richard afin qu'il me donnât les terres des Clare ! ajouta-t-il.

Guillaume fit signe à son écuyer d'apporter d'autres tabourets.

— Je me réjouis que vous n'en ayez rien fait, répliqua-t-il. Que me vaut l'honneur de votre visite ? s'enquit-il enfin. Il faut que ce soit important pour vous arracher au lit nuptial.

— La conspiration est infiniment plus intéressante que la fornication, ne pensez-vous pas ? lança le prince.

Prenant le tabouret des mains de l'écuyer éberlué, il le déplia et l'enfourcha.

— Vous pouvez disposer, ordonna-t-il à son adresse.

Le jeune homme chercha le regard de Guillaume, qui lui fit signe d'obtempérer.

Tandis que le prince jetait un regard à Isabelle, Guillaume lança froidement :

— Madame la comtesse reste. Elle est mienne et les terres de sa famille sont siennes.

— Comme vous voudrez, repartit le prince Jean. Mais souvenez-vous que la langue des femmes a besoin d'une bride ferme.

— J'ai confiance en ma femme comme j'ai confiance en madame votre mère, sur ma vie et sur mon honneur, assura Guillaume impassiblement. Les langues qui m'ont le plus nui dans ma vie étaient des langues d'hommes.

Il prit Isabelle par la main et la fit asseoir sur son propre siège. Elle lui adressa un regard furtif où se lisaient sa fierté et ses craintes. Puis, rassemblant ses cheveux, elle les noua à l'aide d'un ruban qui avait jusque-là retenu ses nattes à présent défaites, mais ne fit pas mine de vouloir remettre sa cornette ni son voile. C'était une manière d'affirmer que Guillaume et elle-même entendaient agir à leur guise sous leur propre toit, fût-il de toile.

« Le souper avec le diable… », articula en silence Guillaume, de telle manière qu'Isabelle fut seule à le comprendre. Elle écarquilla brièvement les yeux puis les baissa sur ses mains jointes.

— Comme vous l'entendez, convint le prince Jean, malgré son déplaisir flagrant.

— Que puis-je faire pour vous, sire ? s'enquit Guillaume. Si c'est au sujet des terres irlandaises de mon épouse, alors je serai fort aise de voir la situation enfin réglée.

Il s'assit sur le lit à sommier de cordes et croisa les bras. En tant que seigneur d'Irlande, Jean Plantagenêt avait récompensé ses partisans en leur donnant des fiefs situés dans le Leinster, qui relevaient, de droit, de la juridiction d'Isabelle. Mais le prince répugnait à lui en restituer l'autorité.

— Non, répondit sèchement ce dernier. Nous nous occuperons de cette affaire plus tard. Ce n'est pas la raison de ma venue, et vous le savez !

Guillaume haussa les épaules.

— Il me paraissait étrange que vous interrompiez votre nuit de noces pour venir débattre de l'Irlande.

Le prince manifesta de l'agacement, et le frère de Guillaume en profita pour se glisser dans la brèche.

— Ce que mon seigneur a à te dire est de la plus haute importance pour nous deux, déclara-t-il. Tu serais bien avisé d'ouvrir les oreilles.

— Mon attention vous est tout acquise, répliqua-t-il en écartant les mains.

Pendant un instant, le prince donna l'impression de vouloir partir, mais il se contint, bien que son irritation fût visible au frémissement nerveux de ses narines.

— Mon frère a l'intention de laisser ses États aux mains de justiciers triés sur le volet pendant qu'il sera en croisade, annonça-t-il.

Jusque-là, il n'y avait rien d'anormal et Guillaume n'intervint pas, se contentant de se caresser le menton et d'attendre.

—Certains d'entre eux sont déjà quasiment nommés, poursuivit le prince. D'autres monnaieront leur place. Richard a mis en vente pratiquement toutes les charges et tous les offices du royaume.

Jetant un rapide coup d'œil à Guillaume, il ajouta :

—Guillaume Longchamp s'apprête à jouer un rôle prépondérant. Richard l'a fait évêque d'Ely, ce qui signifie que le gâteau fiscal lui est acquis. La tradition a toujours été que l'épiscopat d'Ely surveille les coffres.

Guillaume, toujours sur ses gardes, acquiesça, mais avec un regain d'intérêt.

—Je me suis laissé dire par la reine que les grands justiciers seraient probablement le comte d'Essex et l'évêque de Durham, lança-t-il.

—Et si un des deux venait à faire défaut, qui, selon vous, prendrait sa place ? rétorqua le prince Jean en se dressant sur ses jambes, avant de se mettre à faire les cent pas sous la tente.

—Longchamp prendra l'avantage par tous les moyens à sa portée, renchérit-il, faisant soudain volte-face.

Tout comme vous, ajouta Guillaume en pensée, sans se départir de son impassibilité.

—Je peux comprendre votre hostilité, le Maréchal, soupira le prince. Vous avez une piètre opinion de moi à cause de mon père, mais il m'a fallu prendre certaines décisions difficiles. Si j'ai fait un choix différent du vôtre, cela ne signifie pas que vous ayez raison et que j'aie tort.

—Non, mon seigneur, répondit Guillaume avec raideur, sachant qu'il ne lui pardonnerait jamais d'avoir abandonné son père sur son lit de mort.

Quelles que fussent les raisons du prince, aucune n'était suffisante, même le fait d'avoir craint pour sa propre vie. La Bible enseignait que l'amour était plus fort que la mort, mais l'on pouvait en dire autant de l'honneur.

Le regard du prince se durcit.

— Comment prendriez-vous la chose, s'il vous fallait vivre sous la tyrannie de Guillaume Longchamp ? Lequel d'entre nous deux choisiriez-vous alors ? lança-t-il.

— Je choisirais Richard.

— Qui restera absent pendant des années au bas mot ! rappela le prince. Je ne vous demande pas de vous compromettre, mais seulement de réfléchir à la question. Mon épouse m'apporte des terres disséminées dans tout le sud-ouest de l'Angleterre ; votre frère y détient également des domaines, en plus de s'être vu accorder Marlborough en fief et la charge de shérif de York. Fort de vos manoirs de Giffard et de vos domaines de Striguil, vous pouvez joindre vos forces aux miennes ou vous opposer à moi, si nous devions en venir aux armes… Je me dois d'anticiper, afin de parer aux aléas…

Mais il y avait toujours anguille sous roche avec le cadet des Plantagenêts, pensa Guillaume avec cynisme. Cependant, le prince marquait un point. Une fois Richard parti, même à supposer que ses États fussent bien gouvernés et stables, des luttes de pouvoir se feraient inévitablement jour, et chacun devrait déclarer ouvertement dans quel camp il se rangeait.

— La charge de shérif de Gloucester est en vente au prix de cinquante marcs, annonça le prince Jean à voix basse. Et avec elle le contrôle du château de Gloucester et de la forêt de Dean. Mon frère vous tient en grande faveur. Il vous la vendra volontiers.

— Et si je faisais ce que vous dites et qu'ensuite je prenais parti contre vous ?

— C'est donc que vous seriez devenu fou ! rétorqua le prince. Mon frère a grand désir de favoriser l'avancement de la famille Maréchal, mais Longchamp n'a pas les mêmes dispositions à votre égard. Nous ne partageons pas toujours le même point de vue, vous et moi, mais il me semble dans notre intérêt commun de nous accorder dès à présent.

Sur ces mots, il se leva et gagna la sortie.

— Pensez à ce que je vous ai dit. Ma mère vous dirait que c'est un sage conseil.

— Peut-être devrais-je la consulter, dans ce cas ?

— Ne vous en privez pas, rétorqua le prince avec un maigre sourire. Elle vous mettra sans doute en garde contre moi, mais elle n'a pas non plus beaucoup d'affection pour Guillaume Longchamp. Elle ne s'embarrasse pas d'hommes qui ne jurent pas exclusivement par elle. Je vous souhaite la bonne nuit. Le devoir m'appelle, comme vous appelle le plaisir.

Il haussa un sourcil sarcastique en guise d'adieu à Isabelle et s'en fut.

Un bref silence tomba après son départ, puis Jean le Maréchal se racla la gorge et passa les mains dans sa chevelure grisonnante.

— Il a raison, dit-il. Nous devrions veiller à nos propres intérêts. Tu devrais demander à Richard de te donner Gloucester. Il ne te le refusera pas. Cinquante marcs ne représentent pas une somme exorbitante.

Sa voix était nerveuse et cassante, comme lors d'une veillée d'armes, ce qui ne manqua pas de mettre Guillaume à cran.

— Mais un prix à payer est un prix à payer, répliqua-t-il.

Se tournant vers Isabelle, il lança :

— Qu'en pensez-vous ?

Son frère n'en crut pas ses oreilles, surpris, à l'évidence, que Guillaume consultât sa femme.

Isabelle réfléchit.

— Je pense que ce serait une bonne chose que de contrôler Gloucester, répondit-elle au bout d'un moment. Plus vous serez puissant, plus vous aurez le choix. Le prince Jean est le seul héritier adulte du roi, et il est votre suzerain pour vos possessions irlandaises. Il vous faut jouer de prudence en ne penchant pas exagérément en sa faveur, sans toutefois rejeter son offre. Ceux qui sont dotés du plus grand sens de l'équilibre en sortiront indemnes.

Jean le Maréchal la dévisagea bouche bée. Quant à Guillaume, son visage reflétait une grande fierté et une égale admiration.

— Je suis d'accord, convint-il. J'ai prêté serment au roi Richard et lui resterai fidèle jusqu'à la mort, mais je dois également veiller au grain pour mon propre compte.

Se tournant à présent vers son frère, il dit :

— Comme le souligne Isabelle, nous devons avancer prudemment. Je ne cautionnerai aucune tentative du prince visant à s'emparer de la couronne en l'absence de son frère. Mais plus nous aurons de terres et d'influence en tant que famille, mieux nous serons à même de nous protéger.

Puis il se versa une coupe de vin et se rinça la bouche comme pour en chasser le goût de ses propres paroles.

— Je ferai ce que je dois, rétorqua Jean le Maréchal en haussant les épaules. Tu me protégeras de Richard, si cela devient nécessaire, et je ferai mon possible pour te préparer le terrain avec le prince. Et Dieu fasse que nous parlions en l'air !

— Dieu t'entende ! s'exclama Guillaume en hochant la tête.

Après le départ de son frère, il poussa un soupir et se passa les mains sur le visage.

— Doux Jésus, je commence à regretter de ne pas être resté à Kendal.

Isabelle s'approcha de lui. Prenant sa coupe sur le coffre, elle but une gorgée et dit :

— Un si petit nid n'aurait pu contenir l'envergure de vos ailes. Vous le savez bien.

Lui tendant la coupe, elle ajouta :

— Vous avez dit, à Stoke, que vous vous apprêtiez pour affronter la tempête à venir. Ceci n'est que la première bourrasque, et il se pourrait bien qu'elle se calme. Quoi qu'il arrive, vous devez prendre Gloucester.

Guillaume but, posa la coupe de côté et s'allongea sur le lit, les bras repliés sous la tête. Penchée sur lui, Isabelle défit de nouveau ses cheveux et les laissa former autour d'eux un écrin parfumé semblable à une gloriette de roses.

Chapitre 35

Striguil, Marches galloises, Noël 1189

Guillaume tira sur les rênes en aspirant l'air entre ses dents et en contemplant les remparts monumentaux qui s'élevaient dans le brouillard givrant. Une neige d'une blancheur d'hermine renflait le sol gelé le long du ruban de soie grise agité de la Wye. De plus importantes chutes de neige menaçaient, à en juger aux nuages jaunissants et à la baisse de la lumière du jour, qui passa sans transition du plein midi à une luminosité crépusculaire.

— Striguil ! Dieu merci, nous y voilà ! s'exclama-t-il en expulsant une nuée de vapeur qui aurait fait pâlir d'envie un dragon.

Puis il serra la bride dans ses mains recouvertes de moufles et se demanda si la raideur de ses genoux lui permettrait de tenir debout une fois parvenu au donjon.

— Il fait un froid à faire tomber les tétons de sorcière et les queues de sorcier, lança le chevalier Alain de Saint-Georges.

Les lèvres de Guillaume tressaillirent.

— Alors espérons pour eux qu'ils ne sont pas nombreux dans les parages, hein ?

Roger d'Abernon cracha sur le côté et dit :

— Guillaume Longchamp deviendrait probablement eunuque, si d'aventure il s'éloignait de son âtre ! Cet homme est le diable incarné !

Guillaume ne dit rien. Il avait servi Richard durant ces quatre derniers mois, et son frère ainsi que lui-même s'étaient vu élever à des fonctions de premier plan au sein du conseil du roi.

Isabelle avait évoqué la tempête à venir, et elles étaient venues en nombre. Richard était un homme aux idées bien arrêtées et au tempérament impétueux. Le nombre de charges et d'offices mis en vente par lui avait conféré à l'État des allures d'enchères. On se serait parfois cru à la foire aux bestiaux de Smithfield, à Londres. Les factions étaient monnaie courante et, malgré les sourires hypocrites et les efforts des uns et des autres pour se montrer courtois, la Cour était à couteaux tirés, chacun attendant pour frapper que l'adversaire baissât la garde. Malgré le danger et les angoisses qui en résultaient, Guillaume prenait plaisir à exercer ses nouvelles responsabilités. En tant que chevalier de la maison du roi, son autorité avait été limitée, n'étant due, pour l'essentiel, qu'à ses exploits militaires. À présent, on recherchait ses avis, et ceux-ci étaient examinés en grand conseil, non plus de manière informelle. C'était du reste également le cas de son frère, même si Jean était moins versé dans les arcanes de la politique de Cour et se tenait sur la défensive à cause du chancelier Longchamp, qui semblait prendre un malin plaisir à le provoquer. Le vernis de courtoisie forcée de ce dernier dissimulait mal le mépris qu'il avait pour la famille le Maréchal. Guillaume, même s'il se méfiait du prince Jean comme de la peste, fut forcé de reconnaître qu'il ne s'était pas trompé concernant le chancelier. Il fallait le surveiller de près, surtout dans les circonstances présentes.

Enveloppée dans son manteau de fourrure, Isabelle attendait son mari dans la cour du château. Le cœur de Guillaume se gonfla de joie à sa vue. Le froid rougissait ses lèvres et ses joues. Dépassant de son voile, ses lourdes nattes luisaient comme l'or des épis mûrs. Son manteau, entrouvert, révélait les premières rondeurs d'un autre genre de fertilité.

Le valet mena le cheval de Guillaume à l'écurie ; puis, sous un ciel pourpre constellé de flocons de neige, Guillaume enlaça sa femme avec un tendre empressement. Oubliant les chevaliers et les courtisans en présence, elle l'embrassa.

— Je comptais les jours qui nous séparaient encore de Noël et commençais à me demander si vous arriveriez à temps, déclara-t-elle.

— Moi aussi, j'ai compté les jours, confia Guillaume avec bonne humeur. Vous m'avez terriblement manqué.

Le regard inquiet, il ajouta :

— Comment vous portez-vous ? Vous êtes resplendissante !

Isabelle appuya doucement sur son ventre.

— Je commence à ressembler à une femme qui s'empiffre de sucreries au coin du feu, répondit-elle avec espièglerie. Mais je vais bien. Les nausées ont cessé peu après mon arrivée à Striguil.

Guillaume acquiesça, se sentant soulagé. Isabelle avait exprimé le souhait de demeurer à ses côtés à la Cour mais, sa grossesse l'ayant indisposée durant les premiers mois, et la Cour étant en constant déplacement, ils avaient dû y renoncer. La reine Aliénor, tout en compatissant à l'état d'Isabelle, n'avait pu s'accommoder d'une suivante enceinte et sujette à de perpétuelles nausées. Guillaume, pour sa part, avait dû rester aux côtés de Richard. Il avait donc jugé préférable que sa femme gagnât Striguil, dont elle était la comtesse. Là, elle recevrait l'hommage de ses vassaux, établirait des traités avec ses voisins, veillerait aux intérêts de son comté tout en ayant la possibilité de se reposer sans changer de résidence.

— Le petit a bougé, annonça Isabelle à Guillaume, tandis qu'elle le conduisait à l'intérieur. On ne le sent pas encore avec la main, mais je le sens de l'intérieur.

— « Le petit » ? s'enquit Guillaume avec un sourire.

Isabelle hocha la tête avec une tranquille confiance.

— Ce sera un fils, assura-t-elle.

Guillaume contempla le donjon tandis qu'ils en approchaient. L'entrée se faisait par un escalier de bois qui menait à un hall flanqué d'un corps de garde à gauche et d'une porte menant à une pièce en sous-sol. Le château avait été construit par le seigneur de guerre normand Guillaume Fitz-Osbern quelques années après la conquête de l'Angleterre par Guillaume le Conquérant. Depuis, des travaux indispensables à l'entretien des défenses avaient été effectués, mais Guillaume se prit à penser que l'édifice aurait gagné à être agrandi et amélioré. La grande salle était un vaste rectangle érigé au-dessus d'un cellier. Un feu brûlait en son centre. Des bancs occupaient des niches aveugles purement décoratives. Tentures et bannières recouvraient l'enduit blanc des murs, ainsi qu'un déploiement de boucliers peints normands et anglais – les rondaches alternant avec les écus. Une porte ouvrait au fond de la salle sur un escalier extérieur, tandis qu'un escalier intérieur conduisait aux appartements privés situés, eux, sous le toit. C'est là qu'Isabelle emmena Guillaume.

La chambre était mal éclairée, malgré ses deux fenestrons donnant sur la rivière. L'espace était divisé en deux parties par un épais rideau de laine. D'un côté, l'antichambre des serviteurs ; de l'autre, le saint des saints, où le seigneur et sa dame pouvaient goûter un minimum d'intimité. La partie seigneuriale était douillette, grâce à ses braseros et à son grand lit fourré de paille, sur laquelle s'entassaient deux épais matelas de plume. Le coffre de mariée peint d'Isabelle était posé non loin du lit, à côté d'un autre grand coffre, qui contenait l'équipement de Guillaume. Un berceau en merisier emplissait tout un coin. Guillaume alla l'examiner et essaya de l'imaginer occupé par un bébé. Il ressentit alors une vive impatience mêlée d'appréhension. Afin de dissimuler son trouble à Isabelle, il s'employa à retirer sa cape et sa capuche. Ses écuyers avaient fait suivre les bagages. Les servantes d'Isabelle attendaient discrètement en retrait. Guillaume les renvoya toutes et tous. Plus tard, il ferait le tour du propriétaire et s'occuperait des affaires en souffrance. Oui, plus tard il s'occuperait des autres, mais pour l'heure, il ne pensait qu'à son bonheur.

Guillaume posa une main sur le ventre légèrement arrondi d'Isabelle et l'embrassa dans le cou, sous ses cheveux défaits. Le cœur de la jeune femme battait en rythme avec celui de son mari, et son souffle était aussi court que le sien alors qu'ils revenaient lentement du plaisir de la redécouverte de leurs corps.

— J'ai passé de nombreuses années sans connaître le bonheur de l'étreinte amoureuse avec une femme aimée, confia-t-il en riant, mais à présent, après seulement deux mois loin de vous, je me sens comme un jeune novice dans les bras de son initiatrice.

— Vous l'avez déjà fait remarquer à Stoke, rappela Isabelle d'une voix rauque.

— Eh bien, c'est vrai. Voilà l'effet que vous me faites !

— Vous ne m'avez pas semblé inexpérimenté…

— Mais trop empressé…

— Pas à mon goût. Votre absence a duré deux mois pour moi également.

Lui caressant le visage, elle ajouta :

— Nous avons toute cette longue nuit d'hiver devant nous, ainsi qu'un double matelas de plume et de chaudes fourrures… Il y a un temps pour se hâter, et un temps pour savourer.

Ces paroles, son toucher délicat et sûr, firent fondre Guillaume sous l'afflux d'une soudaine ardeur. Il la prit dans ses bras et l'embrassa derechef. Isabelle lui rendit ses baisers avec une ardeur égale, puis elle recula et s'esclaffa en entendant l'estomac de son mari gargouiller aussi bruyamment qu'un roulement de tonnerre.

— Honte à moi ! s'exclama-t-elle. J'ai fait passer mon désir avant les besoins d'un homme affamé !

— Tout dépend de quoi j'ai le plus faim, rétorqua Guillaume avec un sourire alangui. Cela dit, je n'ai rien contre un peu de nourriture, surtout si je dois passer la nuit à alterner hâte et lenteur de geste. En outre, ajouta-t-il en reprenant son sérieux et en ramassant le manteau de fourrure qui gisait à la fois sur le sol et sur le lit, j'ai des choses à vous dire, et ce sera plus commode de vous les dire en mangeant qu'en faisant l'amour.

Il se leva et alla jusqu'à une table basse sur laquelle était posée une collation. Un potage de poireaux aux amandes était maintenu au chaud sous les braises d'un petit brasero. Le chevalier trouva également du pain de froment tendre et frais. La cuisinière d'Isabelle était parvenue à faire oublier à Guillaume l'allure spartiate du solide et austère château de Striguil. Guillaume, qui avait eu conscience de sa faim, n'en découvrit l'étendue qu'une fois qu'il eut commencé à se restaurer. Isabelle le rejoignit et dévora avec presque autant d'ardeur que lui ; preuve qu'elle était effectivement en bonne santé. Il espéra donc que ce qu'il s'apprêtait à lui dire ne lui couperait pas l'appétit.

— Alors…, commença Isabelle en rompant un autre morceau de pain qu'elle trempa dans son potage, lequel descendait à vue d'œil. Qu'avez-vous à me dire, qui se dise mieux la bouche pleine de nourriture que de baisers ?

Guillaume laissa échapper un grognement.

— Je crois, en fait, que ce n'est facile à dire en aucune circonstance, répondit-il en tenant sa cuillère en suspens. Le comte d'Essex est mort. Dieu ait son âme !

Le chevalier se signa avant de poursuivre :

— De la fièvre quarte. En Normandie.

Isabelle se signa à son tour, son visage exprimant le désarroi que lui causait la nouvelle, car elle avait connu et apprécié le défunt.

Mais son désarroi laissa brusquement la place à l'effroi lorsqu'elle se souvint que le roi avait prévu de nommer Essex cojusticier du royaume avant son départ en croisade.

— Richard a nommé Guillaume Longchamp pour lui suppléer, annonça Guillaume en faisant la grimace. Ce choix était prévisible, mais cela reste un coup dur. Notre seule consolation est que quatre sous-justiciers ont également été nommés en vue d'exercer un contrôle sur d'éventuels usurpateurs une fois Richard parti.

— En ce cas, j'espère que ces hommes-là sont nos alliés, lança Isabelle en posant son bol et en fixant sur Guillaume un regard assombri.

Ce dernier esquissa un sourire timide.

— Eh bien, nous comptons au moins un allié dans leurs rangs, dit-il. Puisque Richard a fait de moi l'un d'entre eux. Nous ne sommes responsables que devant lui et devant la reine.

Isabelle ouvrit de grands yeux.

— Voici une excellente nouvelle ! s'exclama-t-elle, l'air de nouveau enjoué. Qui sont les autres ?

Guillaume lui énuméra la liste des nominations, et Isabelle fut ravie de découvrir les noms des intéressés. Guillaume Briwere, Geoffroy Fitz-Peter et Roger Fitz-Reinfred étaient des hommes de la trempe de son mari, tous ne devant leur ascension qu'à leur mérite et à la confiance qu'inspirait leur force de caractère. Longchamp, dont les origines étaient fort humbles, avait également fait la preuve de son courage, mais il cherchait à faire oublier ce qu'il considérait comme un stigmate afin de passer pour noble de naissance.

— Bien sûr, ajouta Guillaume en faisant la grimace, en plus de Longchamp, il nous faudra surveiller l'ambitieux prince Jean. Il y aura des frictions, c'est certain.

— Mais vous serez à la hauteur de la tâche, assura Isabelle avec conviction. Vous avez la vigueur nécessaire.

— Je suppose que je vais le découvrir, n'est-ce pas ?

Isabelle le considéra à travers ses yeux mi-clos et voulut reconnaître de la détermination dans sa voix.

Guillaume avait changé depuis leur séparation deux mois auparavant. Il semblait plus incisif, plus tranchant et plus redoutable encore.

Il vida sa coupe et en refusa une autre.

— Je dois rejoindre le roi en Normandie avant le début de la période pascale, annonça-t-il encore en posant les yeux sur le ventre de sa femme. Ce ne sera pas facile de vous laisser seule ici.

— Vous n'aurez qu'à m'emmener, suggéra Isabelle.

Il s'apprêtait à secouer la tête lorsque, anticipant sa réponse, elle dit :

— Il était logique que je vienne à Striguil en octobre, fit-elle remarquer. J'étais accablée de nausées ; et puis, il fallait que l'un d'entre nous reçoive l'hommage de nos vassaux. Mais je vais bien maintenant, et je tiens à vous accompagner.

Guillaume fit mine de répondre, mais elle ne lui en laissa pas le temps :

— En Normandie, je pourrai en profiter pour recevoir l'hommage des vassaux de Longueville, suggéra-t-elle. Il est bon qu'ils fassent la connaissance de leur comtesse et prennent acte du lien étroit qui unit celle-ci au père de son futur héritier.

Guillaume examina la question et force lui fut de se ranger à l'avis de sa femme. La présence d'Isabelle en Normandie œuvrerait en faveur de la reconnaissance de son statut auprès des vassaux normands, qui devaient fidélité à la comtesse en vertu des droits du sang.

— Et ce n'est pas tout, ajouta Isabelle, je pourrai également me reposer à Longueville pendant que vous servirez le roi, et vous pourrez venir me voir chaque fois que possible.

Guillaume secoua la tête en gloussant d'admiration.

— Mon amour, votre place est au conseil du roi ! Je suis certain que vous dameriez le pion à Longchamp.

Isabelle frémit.

— Au contraire, objecta-t-elle, mes nausées me reprendraient. Il me rappelle une mouche à viande.

La comparaison fit sourire Guillaume, qui la trouva fort juste, bien que moins drôle qu'on aurait pu le croire. Avec ses épais cheveux noirs qui poussaient dans tous les sens autour de sa tonsure, sa longue barbe de même couleur et ses yeux luisants comme le charbon, Longchamp ressemblait effectivement à ces mouches qu'on entend bourdonner autour des cadavres. Comme elles, il était opiniâtre, agaçant et porteur, sinon de maladies, du moins de mille autres dangers. Le seul espoir était de le frapper lorsqu'il était trop ballonné pour parer le coup.

— Sa chute viendra, prophétisa Guillaume. Je n'ai aucun doute là-dessus, mais faisons attention à ce que la nôtre ne précède pas la sienne. C'est comme au tournoi. On doit pouvoir contrôler lance et monture sans réfléchir, puis choisir le bon moment pour se jeter dans la mêlée ou rester en retrait.

Il poussa sa coupe et son bol de côté et alla ouvrir les volets. Au-delà du fenestron s'étendait un univers blanc et tourbillonnant.

Isabelle vint le rejoindre et se hissa sur la pointe des pieds pour admirer le spectacle par-dessus l'épaule de son mari.

— Vous êtes arrivé à temps, fit-elle remarquer. Encore un peu et vous auriez dû retourner à Gloucester. La neige m'a tout l'air de vouloir s'installer.

— Je suis certain que nous trouverons à nous occuper, rétorqua Guillaume en prenant Isabelle par sa taille de femme enceinte.

Chapitre 36

Longueville, duché de Normandie, avril 1190

Guillaume entra dans la cour de Longueville au galop, sauta de son coursier en sueur avant qu'il se soit arrêté et pénétra dans la tour d'une démarche décidée, proche de l'agitation, ce qui lui valut un regard de biais de la part des serviteurs. N'en tenant aucun compte, il grimpa en toute hâte l'escalier à vis, manquant de trébucher mais ne ralentissant pas pour autant. Son cœur battait la chamade, et c'est le souffle rauque qu'il parvint à l'étage, longea le passage à grandes enjambées et s'arrêta enfin devant la chambre. Poussant la porte avec l'épaule, il fit aussitôt irruption à l'intérieur.

Plusieurs têtes féminines se tournèrent vers lui avec surprise, émues de cette entrée fracassante. Sa femme, qu'il s'attendait à trouver alitée, était agenouillée sur le sol où, telle une madone, elle baignait une minuscule créature rose dans une cuvette en bronze peu profonde. La petite créature poussait des cris perçants. Les cheveux d'Isabelle étaient défaits et retombaient sur ses hanches et ses reins. Elle portait une simple chemise sous une robe de nuit. L'intrusion avait mis de l'inquiétude dans son regard bleu profond mais, à la vue de Guillaume, elle sourit. Après avoir retiré le bébé de la bassine, elle l'enveloppa délicatement dans la serviette que lui tendait une servante et traversa la pièce à sa rencontre.

— Je vous l'avais bien dit, que ce serait un fils, lança-t-elle. Il a été baptisé Guillaume, comme son père.

Elle plaça le nourrisson emmailloté dans les bras de Guillaume et consacra quelques instants à distribuer des ordres à ses suivantes à grand renfort de gestes et de messes basses.

Guillaume posa les yeux sur le minois du petit. Il se trouvait auprès de Richard lorsqu'un messager, arrivé de Longueville sur un cheval écumant, lui avait annoncé que sa femme avait accouché sans encombre d'un fils. Richard avait accordé au chevalier une courte permission, afin qu'il pût rentrer faire connaissance avec son héritier. Mais Guillaume savait en son for intérieur que, avec ou sans permission, il aurait de toute façon pris la route. Ses craintes l'avaient poursuivi pendant tout le voyage, malgré ses efforts pour se raisonner. À présent, ses craintes reculaient, tandis qu'il contemplait la face rosée et plissée de son premier-né et s'émervcillait du miracle de la Création. Bien que succinctement et de manière indistincte, il reconnut les traits d'Isabelle dans les duveteux sourcils blonds et la fossette au menton du nourrisson. Le bébé sortit, en gigotant, son petit bras hors de la serviette et l'agita avec détermination, bien que sans but apparent. Guillaume se saisit de la toute petite main, qui l'agrippa à son tour. Ému aux larmes, il se tourna vers Isabelle. Elle-même avait les yeux humides, et un sourire tremblant se dessina sur ses lèvres. Il l'attira contre lui de son bras libre et l'embrassa.

— Vous ne pouviez pas me faire un plus grand cadeau ! s'exclama-t-il d'une voix enrouée.

Isabelle laissa échapper un rire nerveux.

— Plus grand que Striguil, Leinster et Longueville réunis ?

— Oui, plus grand que tous ceux-là réunis, confirma Guillaume. Vous n'avez pas idée…

Se reprenant non sans effort, il ajouta :

— Comment vous portez-vous ? Ne devriez-vous pas être alitée ?

De fait, les yeux d'Isabelle étaient cernés d'ombres profondes.

La jeune femme jeta un regard de défi à l'une des sages-femmes, qui hochait la tête en signe d'assentiment.

— J'ai mal partout et je suis fatiguée, admit-elle. Mais les femmes de condition inférieure ne sont-elles pas obligées de reprendre le travail dès le lendemain de l'accouchement ? Une heure de plus au lit et je serais morte d'ennui !

Les couinements du bébé s'étaient mués en de doux murmures. Guillaume en conclut que son fils était sur le point de s'endormir, sa petite main serrant toujours son gros pouce bronzé. Isabelle lui prit délicatement le bébé des bras, le porta jusqu'à son berceau et le déposa sur la moelleuse peau de mouton. Le bébé protesta quelque peu dans son sommeil mais, lorsqu'elle fit osciller le berceau au doux rythme d'une barque au mouillage par une journée d'été, il s'endormit pour de bon.

Guillaume assista, fasciné, à la scène.

— Je pense que les lits pour adultes devraient également être équipés de bascules, lança-t-il.

Pendant qu'ils s'occupaient de leur fils, les servantes avaient préparé un bain à l'intention de Guillaume. Ses écuyers, qui étaient arrivés entre-temps, furent conduits, ainsi qu'il se devait, auprès de l'héritier de leur seigneur. Jack se montra indifférent et Jean considéra le nourrisson avec un mélange d'effroi et de fascination.

— Soyez sans inquiétude, lança Guillaume, je ne vous en tiendrai pas rigueur si vous ne pensez pas que c'est le plus beau bébé du monde, bien qu'il se puisse que ma femme... Du moment que vous lui faites serment de fidélité, je vous tiendrai pour quittes.

— Il est si petit, dit Jean d'une voix émerveillée.

— Il était assez gros comme cela, lança Isabelle avec une feinte gravité. Mais ne laissez pas votre seigneur mariner dans sa sueur, un bain l'attend, ensuite une collation sera servie.

Les écuyers, un peu penauds, allèrent s'occuper de Guillaume, qui lui retirant son épée et ses éperons, qui remettant ses vêtements sales aux lingères. Une fois déshabillé, Guillaume leur fit signe de se retirer.

— La chevauchée fut ardue, rappela-t-il. Rangez mes armes et allez vous restaurer. Si le cœur vous en dit, vous pourrez disposer de l'eau de mon bain lorsque j'aurai terminé.

Isabelle s'était assise sur un banc rembourré disposé au pied de leur lit. De là, elle observait son mari d'un air songeur. Guillaume plongea la tête sous l'eau et se lava les cheveux à grande eau. Au bout d'un moment, il releva la tête et considéra sa femme. Cela paraissait absurde, quand on y songeait. À la Cour, il parvenait à garder le masque face aux esprits les plus affûtés ; en bref, il dissimulait comme on respire. Mais Isabelle lisait en lui comme dans un livre ouvert, et il n'avait aucun secret pour elle.

— Autant me dire sur quel nid de vipères vous êtes assis, lança-t-elle. Je le découvrirai tôt ou tard. Pourquoi m'infliger la double épreuve du pressentiment et de l'inquiétude en me le taisant ?

Guillaume chassa l'eau de ses yeux et la regarda en soupirant.

— J'espère que vous avez une nourrice sous le coude, car je crains que la nouvelle ne fasse tourner votre lait.

— Est-ce si grave ? s'enquit Isabelle en haussant un sourcil.

— On ne compte plus les émeutes anti-Juifs à travers le royaume d'Angleterre.

La comtesse parut consternée.

— Je croyais que le roi Richard y avait mis un terme après le massacre survenu le jour de son couronnement ?

Ce souvenir la fit frémir. Les Juifs de Londres avaient essayé d'approcher le roi dans le but de lui offrir un cadeau, mais ce geste avait été mal interprété. Les coups avaient plu, déclenchant une émeute contre les fils d'Israël. Richard avait pris fait et cause pour les Juifs contre la foule et avait donné des ordres précis en vue de la protection des populations juives, source de richesses et de revenus indispensable à la Couronne.

— Richard le croyait aussi, répondit Guillaume d'un air sombre.

Il s'accouda aux rebords du baquet et prit le vin que Jean lui avait versé.

— Mais dès qu'il a eu quitté l'Angleterre, les émeutes ont repris, ajouta-t-il. D'abord à Lynn, puis à Norwich, Stamford et Lincoln.

Il but une grande gorgée de vin avant de poursuivre :

— À Lincoln, les émeutes n'ont pas duré longtemps, parce que le shérif et l'évêque connaissaient leur affaire et qu'ils ont pris les Juifs sous leur protection au château, mais à York, il en est allé tout différemment.

Guillaume jeta un coup d'œil à ses écuyers, mais ceux-ci étaient occupés à manger et à parler avec les servantes d'Isabelle.

— « York » ? répéta cette dernière en fronçant les sourcils d'un air perplexe avant de comprendre enfin. Votre frère…, commença-t-elle avant de s'interrompre, la main sur la bouche.

— Mon frère ! confirma Guillaume un ton plus bas. Mon frère, qui ne serait même pas capable d'organiser une beuverie dans une taverne, s'y est on ne peut plus mal pris avec la foule, au point que celle-ci a massacré les Juifs de cette satanée ville jusqu'au dernier.

Isabelle le regarda avec des yeux exorbités.

— Non ! s'exclama-t-elle d'une voix étouffée par sa propre main.

Guillaume, la mine sévère, termina son vin.

— Comment est-ce arrivé ? s'enquit Isabelle.

— Mieux vaut que vous ne le sachiez pas.

— Je veux le savoir ! exigea-t-elle. J'ai le cœur bien accroché.

— Moi aussi, assura Guillaume ; mais pas pour ce genre d'atrocités, surtout ici, en mon sanctuaire intime, en présence de ma femme et de mon premier-né. Il me suffira de vous dire que la populace s'en est prise aux Juifs, qui ont alors trouvé refuge dans une tour du château. Mon frère a été appelé afin de réprimer l'émeute.

La mine révulsée et comme par dépit, il poursuivit :

— Mais au lieu de maîtriser la situation, il en a perdu le contrôle. Ses propres soldats sont allés gonfler les rangs des assiégeants et, lorsque les Juifs se sont rendu compte qu'aucun secours ne viendrait, ils se sont suicidés et entre-tués… hommes, femmes, enfants… même les bébés.

Isabelle déglutit avec peine, soudain prise de nausée. Bien que les Juifs fussent des infidèles et des pécheurs, l'image de mères poussées au désespoir étouffant leurs propres bébés ou de maris tranchant la gorge de leurs propres femmes était révoltante. Poussant sa servante à l'écart, elle se dressa sur ses jambes et gagna l'embrasure de la fenêtre d'un pas mal assuré. Là, elle respira lentement et profondément, jusqu'à ce que la nausée se dissipe. Des élancements de douleur – de ces contractions qui surviennent après l'accouchement – lui parcoururent le ventre, et elle sentit un filet de sang s'écouler lentement entre ses jambes. Le bébé renifla dans son sommeil, et les larmes se pressèrent sous les paupières un instant closes d'Isabelle.

—Je n'aurais pas dû vous en parler, dit Guillaume d'une voix pleine de regret en sortant du bain.

—Au contraire, vous avez bien fait, répliqua Isabelle d'une voix tremblante. Ce n'est pas le genre de choses qui se puisse cacher sous le lit comme un mouton de poussière, ne croyez-vous pas ?

Elle retourna s'asseoir sur le banc, les jambes affaiblies et flageolantes. Afin de se ressaisir, elle se concentra sur l'aspect pratique de la situation.

—Quelle est la conséquence de tout cela ? s'enquit-elle. Qu'en a dit Richard ?

Guillaume noua une serviette autour de sa taille et en prit une autre pour se sécher le visage et le torse.

—Richard a explosé comme un chaudron laissé trop longtemps sous pression, répondit-il. Non seulement ses ordres ont été foulés aux pieds dès qu'il a eu le dos tourné, mais il a perdu une source importante de revenus. Mon imbécile de frère a été mandé auprès du roi afin de lui rendre des comptes au sujet de son échec à contenir la populace.

Il prit une longue inspiration et ajouta :

—Quant à Guillaume Longchamp, Richard l'a envoyé en Angleterre avec mission de rétablir l'ordre.

—Le mal ajouté au mal, pensa tout haut Isabelle.

—Vous connaissez ses méthodes…

Guillaume lança une serviette sur le tas de linge sale qui gisait dans un coin.

—Il retirera sa charge de shérif à mon frère, et Jean ne pourra que s'en prendre à lui-même. Longchamp va débarquer avec son propre frère. Par conséquent, qui pensez-vous qui occupera la charge de shérif de York à la place de Jean ?

—Doux Jésus ! s'exclama Isabelle. N'y a-t-il rien que nous puissions faire ?

—Pas pour l'instant, répondit Guillaume. Longchamp a mandat du roi et, pour avoir été témoin de la fureur de Richard lorsqu'il a appris la tragédie de York et d'autres villes, je doute qu'il se radoucisse et réintègre mon frère. Je peux essayer de limiter les dégâts en faisant montre de diplomatie, mais Richard n'est pas d'humeur à se laisser influencer en ce moment.

Il passa les mains dans ses cheveux humides et ajouta :

—Dieu quel gâchis !

—Votre frère a-t-il quelque raison de haïr les Juifs ? Leur doit-il de l'argent ?

—Non, pour autant que je sache, répondit Guillaume. Mais puis-je affirmer connaître Jean ? Je ne l'aurais pas cru capable d'une telle idiotie !

Il alla jeter un coup d'œil à son fils endormi avant d'ajouter :

—Mon père avait coutume de dire que seule l'explosion d'un baril de bitume pouvait mettre le feu à son intelligence, mais il semblerait que l'explosion ait au contraire dispersé son intelligence aux quatre vents.

Se tournant vers sa femme, il poussa un long soupir.

—Je suppose que je me dois de le soutenir au nom du lien qui nous unit, mais Jean rend parfois la chose vraiment difficile. Nous aurions préféré que Longchamp n'aille pas fourrer son nez à York.

— Il n'est aucun reproche que vous puissiez me faire que je ne me sois pas déjà fait à moi-même, dit Jean le Maréchal à Guillaume et Isabelle.

Il s'était arrêté à Longueville avant de rejoindre la Cour à Londres où l'attendaient Richard et son ire royale. Guillaume s'apprêtait lui-même à y retourner ; ainsi, les deux frères arriveraient-ils ensemble et feraient-ils front commun. En la circonstance, Guillaume salua l'occasion comme providentielle et y vit le maximum de ce qu'il pouvait faire, mais rien ne le disposait encore à pardonner la bêtise crasse de son aîné.

— Combien veux-tu parier ? grommela Guillaume pour toute réponse.

Ils étaient assis dans la chambre de ce dernier. Le lit était fait et les tentures étaient tirées.

— Si Richard ne te fait pas pendre par les pouces, tu auras de la chance, ajouta-t-il. Comment as-tu pu laisser faire cela ? Par le sang du Christ, le shérif de Lincoln est parvenu, lui, à arracher ses Juifs des mains de la populace !

— Eh bien, je ne suis pas Gérard de Camville, et ma femme n'est pas Nicola de la Haye, rétorqua Jean.

Les nuits d'insomnie avaient fait naître de grandes poches sous ses yeux injectés de sang.

Guillaume haussa un sourcil. Nicola de la Haye était une femme vive, aimable, franche et… redoutable, qui était dans leurs âges. Mais ce que venait faire la femme du shérif de Lincoln dans cette affaire n'était pas clair pour Guillaume.

— J'ai pensé que l'émeute retomberait d'elle-même si je les laissais se défouler un peu, expliqua Jean, sur la défensive, en jetant un regard par en dessous à son frère. Tu n'as pas vu la haine qui suintait de la foule. J'ai jugé préférable qu'ils s'en prennent aux Juifs plutôt qu'à un shérif chrétien.

— Par le Christ ! s'exclama Guillaume en se retenant de lui décocher un coup de poing au visage. Quel genre de chef es-tu ? Quel genre de pleu…

Il ravala la dernière syllabe, mais Jean avait très bien compris ce qu'il allait dire et le rouge lui monta au front.

— Tu n'étais pas présent ! lança ce dernier d'une voix rageuse. Que celui qui n'a jamais péché jette la première pierre. C'est un revers de fortune. Je reste seigneur de Marlborough. Tu as toujours Gloucester.

Guillaume, à force de contenir ses nerfs, avait mal aux mâchoires. Soudain, une grande lassitude s'empara de lui, comme après une journée de joute qui ne débouche sur rien.

— Je suppose que Longchamp a donné ta charge à son frère ?

— Cela ne durera pas, augura Jean d'un ton maussade.

Il semblait, lui aussi, avoir passé la journée en luttes vaines et mortifères pour l'esprit.

— Je suis puni pour m'être laissé déborder par les émeutiers, mais l'arrogance de Longchamp suffira à causer sa perte.

— De même que ton incompétence risque de causer la tienne ! rétorqua Guillaume de colère.

— Parce que, bien sûr, toi, tu es infaillible… Le chevalier sans peur ni reproche, le parfait courtisan, le plus grand *prud'homme** [1] qui ait jamais vécu sur cette Terre, et non

1. Catégorie sociale qui regroupait au Moyen Âge des clercs et des laïcs, des nobles et des non-nobles jouissant de prérogatives juridiques. Guillaume le Maréchal est le type même du roturier hissé au rang de prud'homme par son mérite chevaleresque. Contrairement aux prérogatives juridiques des nobles, qui s'étendaient à une large part de la société, celles de Guillaume ne s'appliquaient qu'au sein du corps des chevaliers. (*NdT*)

seulement dans les lais des ménestrels, persifla Jean. Mais toi seul connais quels actes constituent le revers de cette brillante médaille !

Guillaume rejeta l'accusation comme on recule devant la morsure du serpent. Le bébé se réveilla dans son berceau et se mit à pleurer. Jean sursauta puis se replia sur lui-même comme sur une secrète déchirure. Isabelle alla jusqu'au berceau et prit son fils dans ses bras. Quelques pas à l'écart des hommes et tournant pudiquement le dos à son beau-frère, elle lui donna le sein. Jean examina la mère et l'enfant avec un regard amer.

— Ma femme a fait une fausse couche pendant les émeutes de York, annonça-t-il. C'était un garçon.

Guillaume dévisagea son frère.

— Bon sang, Jean ! s'exclama-t-il sans parvenir à dissimuler son dégoût, qui transparaissait sur son visage et dans sa voix. Je croyais que tu n'avais pas l'intention de la déflorer de sitôt ?

Jean rougit.

— C'était une femme depuis quelque temps, plaida-t-il en se frottant les mains. Elle m'a pris à partie au sujet d'une des catins avec lesquelles j'avais couché à Marlborough. Je lui ai rétorqué qu'elle n'apprécierait pas de se trouver à sa place.

Guillaume entra en furie.

— Tu l'as violée ?

Jean secoua la tête avec force.

— Pourquoi imagines-tu toujours le pire me concernant ? répondit-il. Non, je ne l'ai pas violée ! Elle a fait son devoir volontairement, avec insistance même, car c'est elle qui est venue me trouver. J'étais soûl et je lui ai fait mal, mais ce n'était pas un viol. Je regrette que ce soit arrivé, mais parfois les choses se disloquent en dépit de nos meilleures intentions. Je ne l'ai plus touchée depuis, mais il a suffi d'une fois. Du moins n'est-elle pas morte en couches.

Isabelle les regarda par-dessus son épaule en se mordant la lèvre inférieure.

— Oh, Jean…, laissa-t-elle échapper à voix basse avec un mélange d'épouvante, de consternation et de compassion.

— Qui voudrait se trouver un seul instant à ma place en ce moment ? lança Jean avec lassitude avant de se lever de son siège. Je t'attends dans la cour, Guillaume.

— Par Dieu ! jura ce dernier lorsque la porte se fut refermée sur son frère.

Il s'ébroua longuement afin de se délester de la tension accumulée puis, ayant traversé la pièce, il entreprit de passer son baudrier d'épée avec des gestes agacés. Pendant ce temps, Isabelle termina de nourrir son petit et le donna à la nourrice avant de se presser aux côtés de son mari. Guillaume ajusta le port de la lame contre sa hanche et prit sa femme dans ses bras, posant le menton sur le sommet de son crâne.

— J'ai perdu patience, admit-il. Je n'aurais pas dû.

— Mieux vaut perdre patience que de laisser la colère vous empoisonner les sangs, répliqua-t-elle. Il était important pour votre bien à tous les deux que vous teniez ces propos.

Guillaume resta quelques instants silencieux puis, dans un soupir, il dit :

— C'est pourtant lui qui a raison. Toute pièce a son revers, et mon honneur a le sien. Maintes fois, je n'ai pas su…

Isabelle resserra son emprise sur le bras de Guillaume.

— Cela fait de vous un homme complet, l'interrompit-elle. Et, à mes yeux, votre honneur est sans tache.

Guillaume la considéra, le cœur débordant d'affection. Isabelle n'avait que la moitié de son âge, mais sa sagesse, toute féminine, surpassait ses propres efforts en ce domaine.

—Ah, Isabelle..., dit-il tout bas.

Il l'embrassa avec tendresse et gratitude puis alla rejoindre son frère.

Chapitre 37

Londres, Noël 1190

Isabelle regardait son fils marcher à quatre pattes sur le sol de dame Fitz-Reinier en direction de la balle colorée qu'elle venait de lui lancer. De temps à autre, la coordination de ses mouvements connaissait des ratés, et l'enfant repartait en arrière ou bien devait s'arrêter afin de décider quel membre avancer ensuite, mais toujours il y mettait de la bonne volonté.

— Les hommes sont si charmants à cet âge-là, affirma la femme du négociant. Quel dommage qu'il leur faille grandir !

Isabelle ne put s'empêcher de rire.

— Ce n'est pas entièrement faux, admit-elle. Même si je vais prendre plaisir à le voir se développer. Je me demande s'il ressemblera à Guillaume.

— C'est fort probable, augura dame Fitz-Reinier. Il a la même bonté naturelle.

— Oh, vous ne l'avez pas vu fatigué ou affamé, nuança Isabelle.

— Le bébé ou votre mari ?

— Non, glousssa Isabelle, ils ne sont pas du tout pareils. Mon fils crie et s'agite ; Guillaume se contente de se taire et de prendre un air renfrogné.

Elle redevint soudain sérieuse.

— Nous traversons des temps difficiles, confia-t-elle en regardant le nourrisson tendre ses petits doigts potelés vers la balle encore inatteignable.

Il poussa un cri aigu d'impatience, redoubla d'efforts et décida de partir à reculons.

— Et nous n'avons pas encore vu le pire, augura dame Fitz-Reinier. Entre les ambitions de l'évêque d'Ely et celles du prince Jean, nous serons pris comme du grain entre deux meules.

Isabelle exprima son accord par un soupir. York n'avait été que le début de l'accaparement du pouvoir par Longchamp. Deux mois après les émeutes, tandis que Guillaume et Isabelle séjournaient en Normandie, il s'était attaqué au château de Gloucester, et il avait fallu rien de moins que l'évêque de Winchester et une troupe importante de soldats pour le forcer à battre en retraite. Longchamp avait dépossédé son justicier adjoint, l'évêque de Durham, de ses prérogatives, puis, fort de sa troupe de mercenaires, il avait parcouru l'Angleterre en conquérant, faisant fi de tout droit. Richard, qui passait l'hiver en Sicile, n'avait guère levé le petit doigt pour mettre un frein aux excès de son chancelier. Probablement que la capacité qu'avait Longchamp à arracher des fonds aux plus revêches comptait davantage aux yeux du roi que les doléances de ses victimes.

Du brouhaha dans la cour annonça le retour des hommes. Fitz-Reinier avait tenu à montrer à Guillaume sa nouvelle barge, dont il était très fier. Cette petite excursion leur avait également servi d'excuse pour se dégourdir les jambes et laisser ces dames à leur bavardage. Le bébé atteignit finalement la balle, la saisit dans sa main replète, se redressa sur ses fesses et la lança de nouveau, la lèvre inférieure en avant, signe d'une intense concentration.

Une fois le geste accompli, il se félicita de sa propre astuce par un cri strident et chercha sa mère du regard en quête de louanges. Hélas, Isabelle, qui écoutait les voix des hommes gravissant l'escalier extérieur, ne lui avait pas prêté attention. Elle s'inquiétait de ne pas reconnaître la liesse et la bonne humeur auxquelles elle pouvait s'attendre après une semblable sortie. Au contraire, ils parlaient bas et semblaient nerveux.

Lorsqu'ils entrèrent, tous deux affichaient une mine sinistre.

Le bébé abandonna la balle et tendit les bras à son père. Guillaume le souleva, mais d'un geste réflexe, sans y penser.

— Que se passe-t-il ? s'enquit Isabelle. Qu'est-il encore arrivé ?

Le négociant s'approcha du brasero pour se réchauffer les mains.

— Je suis un homme loyal, dit-il, et je fléchis le genou devant mon roi. Mais je commence à me demander s'il retrouvera un royaume à son retour. Un de mes employés est venu m'apporter de graves nouvelles à l'entrepôt.

« Un de mes employés » était un euphémisme pour « espion ». Comme tout grand ou prélat du royaume, Fitz-Reinier en avait tout un réseau fort efficace.

— Longchamp affirme qu'il est en possession d'une lettre de Richard par laquelle il désigne son neveu Arthur, comte de Bretagne, comme héritier du trône d'Angleterre, et Longchamp lui-même comme régent, au cas où il viendrait à mourir en croisade.

— Mais Arthur est encore un bambin en sarrau, fit remarquer Isabelle. Comment Richard peut-il désigner un bébé au détriment de son frère adulte ?

— Par lubie ? À cause d'un trouble des humeurs ? D'une altération de la vue ? suggéra Fitz-Reinier d'un ton sec.

D'autant que Longchamp n'est pas à un faux en écriture près, comme pourrait vous le dire Hugh de Durham. Longchamp détient une copie du sceau royal, et il ne s'en sert pas toujours à bon escient.

— Le prince Jean est-il au courant ? s'enquit de nouveau Isabelle en se tournant avec inquiétude vers son mari.

Cela n'augurait rien de bon pour eux deux. En tant que justicier adjoint, Guillaume était censé soutenir Longchamp, mais déjà la tâche s'avérait ardue. Prendre le parti de l'orgueilleux évêque devenu régent était une couleuvre trop grosse à avaler. Mais refuser de le faire relevait de la haute trahison.

— Le prince Jean ne peut qu'être au courant à présent, répondit Guillaume. Les mêmes messagers lui auront apporté la nouvelle, et, à l'heure où nous parlons, il s'emploie certainement à lancer l'alerte parmi ses vassaux et à ravitailler ses châteaux en prévision d'une attaque de Longchamp. Dieu sait ce qu'il convient que nous fassions !

Le commentaire de dame Fitz-Reinier au sujet des deux meules entre lesquelles ils seraient pris revint en mémoire à Isabelle. Il devait bien exister un moyen de contrecarrer les ambitions de Longchamp tout en bridant l'agressivité du prince Jean.

— Peut-être qu'une touche féminine est ici nécessaire, suggéra-t-elle au bout d'un moment.

— Ce qui signifie ? s'enquit Guillaume.

— La reine, répondit Isabelle. Elle n'a aucune estime pour Guillaume Longchamp, et Richard l'écoutera. Il a foi en ses conseils. Elle parviendra peut-être à le faire revenir sur sa décision. Elle s'opposera à ce que les États Plantagenêt soient gouvernés par un prêtre sodomite au nom d'un enfant de trois ans. Si chacun des justiciers adjoints lui écrit directement plutôt qu'à Richard, elle aura toute latitude pour intervenir et bénéficier de son attention.

Guillaume considéra Isabelle, et le sillon creusé par l'inquiétude entre ses sourcils se résorba.

— Voilà une idée raisonnable, ma chérie : une touche féminine, en effet !

Isabelle rougit du compliment. L'atmosphère tendue qu'avaient apportée les deux hommes se relâcha quelque peu. Un serviteur apporta deux plats en vermeil remplis de gaufrettes et de pain d'épice, ainsi qu'un pichet de vin doux chaud. Guillaume donna une gaufrette à son fils, afin qu'il se fasse les dents, puis il le reposa au sol.

À eux tous, ils esquissèrent les grandes lignes d'une lettre adressée à la reine Aliénor, puis Guillaume fit venir ses secrétaires et leur fit prendre des copies au propre destinées aux autres justiciers, dont il fallait s'assurer de l'approbation et du soutien avant d'envoyer la missive à la reine. Une autre lettre fut envoyée au frère de Guillaume, Jean, alors en service auprès du prince du même nom.

— J'ai peu espoir d'obtenir le moindre résultat, confia Guillaume en apposant son sceau dans la cire rouge. Mon frère est d'abord et avant tout inféodé au prince, et je doute qu'il ait la force de caractère suffisante, voire le désir, de le freiner.

Fitz-Reinier se racla la gorge.

— Si vous deviez choisir entre le prince et Longchamp, quel serait votre choix ? s'enquit-il.

— Le bon choix, j'espère, répondit Guillaume en couvant du regard son tout jeune fils.

Guillaume connaissait Gauthier de Coutances, archevêque de Rouen, depuis presque toujours, mais leurs relations n'étaient devenues étroites que dans les dernières années. Gauthier, comme Guillaume, avait vu le jour sur le sol d'Angleterre. Ce natif des Cornouailles au corps bien charpenté, au visage rubicond et à la blanche tonsure duveteuse avait un neveu, lequel avait épousé Héloïse de Kendal, faisant automatiquement de Guillaume et Gauthier des alliés. Parti en croisade avec le roi, l'archevêque avait fait demi-tour à Chypre. Il rapportait dans ses bagages tout un tas d'ordres royaux. Il avait également mandat d'apporter son concours au gouvernement de l'Angleterre. Or, ce mandat lui donnait autorité sur Longchamp.

Guillaume, siégeant en conseil à Westminster avec les autres justiciers adjoints, prenait acte du contenu des missives royales dont Coutances venait de leur faire lecture.

— Cela signifie donc, commença lentement Guillaume, que si Longchamp ne tient pas compte de notre conseil ni de nos préconisations et qu'il entreprend de semer la zizanie, nous avons le pouvoir de passer outre à son autorité et de le déposer de sa charge ?

— C'est cela même, mon seigneur, répondit l'archevêque avec un sourire succinct. Ma prérogative, qui est aussi la vôtre, ajouta-t-il en embrassant tous les justiciers adjoints du regard, est de gouverner en évitant les écueils des diverses factions et de garder le navire intact jusqu'au retour du roi. À condition que mon seigneur Longchamp nous consulte et agisse sous notre contrôle, nous devons le laisser conduire les affaires de l'État à sa guise, dans les limites prescrites par la loi, bien entendu. Ces lettres ne doivent être portées à sa connaissance et utilisées contre lui qu'en cas de nécessité. Si le chancelier devait en découvrir l'existence de manière prématurée, il pourrait fort bien chercher à prendre des mesures de rétorsion. Me fais-je bien comprendre ?

— Tout à fait bien, mon seigneur, répondit Geoffroy Fitz-Peter. Je parle au nom de tous ici présents en affirmant que nul n'en soufflera mot, mais je ne pense pas que nous ayons à garder le secret pendant très longtemps.

—Cela reste à voir, répliqua Coutances.

Jetant un regard de mise en garde aux membres de l'assemblée, il ajouta :

—Il nous faudra agir vite, si la décision s'impose, mais non dans la hâte, comme ceux qui se montrent désireux de provoquer un conflit. Il nous incombe de rester dans la légalité.

Un murmure approbatif à peine audible accueillit ces paroles.

—Nous sommes soulagés et reconnaissants que le roi vous ait envoyé à notre secours, lança Fitz-Peter. Dieu sait quelles épreuves nous aurions traversées sans vous.

—C'est la reine Aliénor qu'il vous faut remercier, rectifia Coutances avec un sourire toujours aussi succinct que précédemment. C'est surtout elle qui, par son intervention, a su convaincre le roi de la nécessité d'agir.

Et, fixant ses petits yeux perspicaces sur Guillaume, d'ajouter :

—C'est une chance que vos messages l'aient trouvée tandis qu'elle faisait route vers la Sicile pour le rejoindre.

Guillaume lui rendit son sourire.

—Oui, confirma-t-il, c'est une chance.

Coutances reclassa les parchemins qu'il avait devant lui et en fit une liasse bien nette.

—J'ai encore d'autres nouvelles à vous annoncer, qui sont occasion de réjouissance, lança-t-il enfin en joignant les mains sur la liasse avant de passer à leur énumération.

Après le conseil, Guillaume remonta le fleuve dans son canot jusqu'à son manoir de Caversham, où l'attendait Isabelle, ainsi que la paix et la tranquillité du foyer, même si la vie sous le toit d'un baron du royaume était loin d'être de tout repos en raison de l'activité incessante qui y régnait. Des lettres attendaient d'être dictées, des messagers d'être dépêchés ; il y avait également des vassaux et des solliciteurs à recevoir, des membres de la maisonnée et des chevaliers à consulter… Mais d'abord – car tous pouvaient bien attendre quelques heures –, il avait besoin de se rafraîchir et de discuter des dernières nouvelles avec son épouse.

Vêtu seulement de sa chemise et de ses braies, il était allongé sur leur lit, la tête près du ventre d'Isabelle. Celle-ci était enceinte pour la deuxième fois depuis janvier et entrait dans son sixième mois de grossesse, mais elle était aussi gracieuse que les cygnes qui glissaient sur le fleuve en contrebas du manoir. De scintillants grains de poussière dansaient dans un rayon de soleil qui venait frapper le pied du lit. Leur fils faisait des roulades sur le sol en compagnie d'un bambin du même âge – fils d'un des chevaliers de la maisonnée – sous l'œil vigilant d'une nourrice. Guillaume avait annoncé à Isabelle la nouvelle du succès remporté par les lettres qu'elle avait eu l'idée d'adresser à la reine Aliénor et avait éprouvé de la joie et de la fierté en s'avisant de la satisfaction de sa femme.

— Je connais des hommes qui se soucient de l'opinion de leur femme comme d'une guigne, mais je plains ces pauvres aveugles ! s'exclama Guillaume.

— Bah, si vous étiez en désaccord avec un de mes avis, vous ne le suivriez tout bonnement pas, rappela Isabelle avec un sourire entendu. Vous me diriez peut-être de m'occuper de ma quenouille et procéderiez selon votre propre idée.

— Jamais je ne vous dirais une telle chose, répliqua Guillaume avec indignation. Même si je décidais de suivre ma propre idée. Mais ce n'est pas demain la veille ! Nous voulons tous deux agir au mieux pour Striguil et pour nos enfants. N'avez-vous pas envie d'entendre les autres nouvelles rapportées par Coutances ?

Elle lui tira les cheveux d'un petit coup sec, mais pas trop fort pour ne pas lui faire mal, bien que suffisamment pour servir de mise en garde. À dire vrai, elle savait qu'il avait raison ; et puis, se dit-elle en son for intérieur, n'était-il pas exact qu'il la consultait et lui faisait prendre part à tous les aspects de l'exercice de l'autorité ? Nul ne doutait qu'elle était la comtesse de Striguil. Lorsque Guillaume apposait son sceau sur un document, il n'utilisait jamais le titre de comte, mais toujours son petit sceau ovale de chevalier. Isabelle s'amusait parfois – voire s'exaspérait – qu'il ne prît que ce qui était sien de droit et rejetât les attributs annexes dont il aurait pu s'emparer sans que personne – et a fortiori elle, sa femme – y trouvât rien à redire.

— De quelles nouvelles s'agit-il, dites-moi ?

— À l'heure où nous parlons, le roi Richard est un homme marié. Aliénor lui amenait Bérangère, la fille du roi Sanche de Navarre, en Sicile lorsque nos lettres lui ont été remises. Il l'a épousée à Chypre.

Isabelle entrouvrit les lèvres, s'apprêtant à poser une question qui resta cependant en suspens.

— Doux Jésus ! s'exclama-t-elle enfin. Allons bon ! Ce mariage était-il prévu avant son départ pour la Terre sainte ?

— Pas à ma connaissance, répondit Guillaume. Sauf peut-être par sa mère. Quant à Richard, il est trop secret pour laisser transparaître quoi que ce soit. Je suppose que la raison d'État s'appliquant à l'Aquitaine et au Poitou, il leur aura semblé pertinent d'aller chercher la mariée en Navarre. Je ne pense pas que Richard eût jamais épousé Aélis de France. Il a toujours tourné ses regards vers le sud plutôt que vers le nord.

Isabelle, qui avait renoncé à tirer les cheveux de son mari, les caressait à nouveau.

—Il y a donc de fortes chances pour que le roi engendre bientôt un héritier, lança-t-elle, pensive.

—Assurément, si Dieu le veut, répondit Guillaume. Il ne nous a pas fallu longtemps, à nous deux.

Guillaume pensait ce qu'il disait, car il espérait que les rumeurs qui circulaient au sujet de la préférence de Richard pour les hommes étaient, à l'instar de la plupart des ragots de Cour, infondées.

—Quelles conséquences cela aura-t-il sur le prince Jean ? s'enquit Isabelle. Il est déjà sur la corde raide à cause de la désignation de son neveu Arthur comme héritier du trône de Richard.

—J'imagine que ce problème-là s'est résolu de lui-même avec le retour en grâce de Jean, répondit Guillaume. Aucun baron anglais ne jurera fidélité à un morveux breton âgé de trois ans au détriment du fils âgé de vingt-quatre ans de Henri Plantagenêt et d'Aliénor d'Aquitaine.

Il se frotta le menton et ajouta :

—Naturellement, si Richard engendrait un héritier, ce serait une tout autre histoire... Je suppose que tout dépendrait du degré auquel Jean est dévoré par l'ambition. Je sais pertinemment qu'il envie à Richard ses possessions, qu'il rêve d'exercer le pouvoir et d'être adulé. Vous avez pu vous faire votre propre opinion du personnage. Mais jusqu'où serait-il capable d'aller... seul le prince lui-même le sait, conclut le chevalier en secouant la tête.

—Le sait-il seulement ? s'interrogea Isabelle à voix haute. Je pense au contraire qu'il n'en a pas la moindre idée, ajouta-t-elle en frissonnant.

Jean était doté d'un charisme considérable qui ne laissait pas la comtesse insensible, mais celle-ci avait une conscience intuitive des sombres méandres de son âme. On ne pouvait lui faire confiance ; et, en retour, il ne faisait confiance à personne, cherchant toujours à frapper le premier. Isabelle fit pleuvoir quelques baisers légers sur les paupières de Guillaume et, reprenant ses esprits, dit d'un ton aussi léger que ses baisers :

— Je vous embête avec le prince Jean quand vous avez Longchamp sur les bras !

— Pour vous dire la vérité, il ne me sied de parler ni de l'un ni de l'autre, s'esclaffa Guillaume.

Sans crier gare, il se redressa et se tourna face à elle en un seul et même mouvement destiné, peut-être, à penser à autre chose. Là, il posa les mains sur le ventre d'Isabelle et dit :

— Richard, nous appellerons notre second petit Richard, ou bien Richenza, si c'est une fille.

— En l'honneur du roi…, lança Isabelle en haussant un sourcil.

— Il ne nuira pas au roi de le croire, répliqua Guillaume avec un sourire sarcastique. Mais c'est à votre père que je pensais. Je l'ai peu connu mais beaucoup estimé, bien que moins que sa fille.

— Flatteur ! s'esclaffa la fille de Richard de Clare. Il n'est pas étonnant que vous vous soyez élevé à un si haut rang à la Cour.

— Flatteur mais pas menteur, souligna-t-il, car les mensonges finissent toujours par être découverts.

Sur ces mots, il s'empara de la main d'Isabelle et la couvrit de baisers.

Cette dernière faisait face à la porte, si bien que son sourire, quelque peu ensommeillé, se figea sur son visage lorsqu'elle vit soudain son beau-frère faire irruption dans la chambre, écartant deux clercs et un intendant sur son passage. Mis en alerte par le cri de surprise de sa femme,

Guillaume fit volte-face et n'en crut pas ses yeux. Son frère Jean se tenait en haubert devant lui, le vêtement couvert de poussière. La mine qu'arborait son aîné incita Guillaume à descendre du lit et à prendre sa tunique.

— Longchamp assiège Lincoln, annonça Jean sans laisser à son frère le temps de lui demander ce qu'il faisait là. Camville est aussitôt allé chercher de l'aide auprès du prince, laissant sa femme organiser la défense du château contre cette charogne. Le fils de chienne dispose de fantassins, de chevaliers, de sergents et d'une compagnie d'une quarantaine de sapeurs[1]. Tu ne peux plus rester assis à ne rien faire, mon frère, il faut l'arrêter.

Montrant les dents, il ajouta :

— En représailles, le prince Jean a pris Nottingham et Tickhill. Et si Longchamp ne se retire pas de Lincoln, il fera s'abattre sur lui un déluge de fer et de feu. Tu es justicier. Qu'as-tu l'intention de faire ? s'enquit-il, tandis que son visage passait par toutes les couleurs.

Guillaume tendit l'oreille au joyeux babil de son fiston. Isabelle, pour sa part, resta muette d'effarement.

— J'ai l'intention de garder la tête sur les épaules, déclara le justicier en affichant plus de calme qu'il n'en possédait en réalité. Contrairement à ce que tu penses, les autres justiciers et moi-même ne sommes pas restés assis les bras croisés. Nous ne laisserons ni Longchamp ni le prince Jean déclencher une guerre civile, je t'en fais la promesse.

— Comment les arrêterez-vous ? s'enquit Jean. Le prince recrute actuellement des mercenaires du comté de

---

1. Les sapeurs étaient les hommes chargés de détruire les fortifications par des moyens de « sape » tels que tunnels, tranchées, niches incendiaires, tours d'assaut, etc., moyens destinés, pour la plupart, à causer l'effondrement des murailles. (*NdT*)

Glamorgan, et les gens se rallient en foule sous sa bannière parce qu'ils en ont assez des forfaitures de Longchamp.

Guillaume fit signe à son frère de s'asseoir.

— Assieds-toi, insista-t-il, voyant que Jean hésitait. Te poser et réfléchir quelques instants ne fera aucune différence à la fin. Et puis, je ne peux pas m'adresser à toi tant que tu grognes comme un ours face à une meute de chiens.

Rouge de colère, Jean se jeta néanmoins sur une chaise, qu'il fit craquer sous la violence du choc. Pour la première fois depuis son arrivée, il prit conscience de la présence de sa belle-sœur, qu'il salua un peu honteusement de la tête. Isabelle lui rendit son salut avec grâce. S'apercevant que le regard de Jean s'attardait un peu trop sur ses nattes blondes et son ventre de femme enceinte, elle recouvrit discrètement ses cheveux de son voile et arrangea sa robe de manière que sa grossesse fût moins exposée au regard. Non qu'elle fût gênée le moins du monde, car elle se trouvait dans sa propre chambre, où elle avait le droit de se vêtir aussi simplement qu'elle le souhaitait, mais Jean, selon toute apparence, éprouvait de l'embarras. Par contraste avec sa propre situation conjugale, la douceur de ce tableau familial devait lui être aussi désagréable que du sel sur une plaie à vif.

— Je combattrai sous la bannière de mon seigneur, si l'on en vient là, et avec fierté ! s'exclama Jean, une lueur de défi dans le regard. C'est à lui que j'ai prêté serment. Et je suis son sénéchal, en plus d'être son vassal. Toi aussi, mon frère, tu es son vassal pour Cartmel et tes domaines du Leinster. Tu devrais peut-être prendre aussi cela en considération.

— Je ne cesse de le faire, assura Guillaume. Mais je suis également justicier du roi. J'ai des devoirs et des allégeances qui ne se résument pas à mes desiderata et à mes possessions.

— Ma foi, il te faudra bien te décider pour un camp ou pour l'autre, insista Jean. Si tu as un tant soit peu de bon sens, tu te rallieras au prince.

Isabelle, qui était venue se ranger à côté de Guillaume, s'apprêta à intervenir, mais son mari lui fit discrètement signe de l'index de n'en rien faire.

— Je m'entretiendrai volontiers avec le prince, répliqua-t-il à Jean. Mais je ne rejoindrai pas ses rangs dans ce conflit. Quand je quitterai ce manoir, ce sera pour aller rejoindre Gauthier de Coutances et les autres justiciers. Tu crois sans doute que nous ne ferions pas la différence entre une chèvre et son petit, mais tu te trompes.

Jean commença à ricaner, mais Guillaume l'arrêta d'un geste de la main.

— Crois-moi sur parole, lança-t-il. Tu peux transmettre le message au prince. L'archevêque lui tiendra le même discours lorsqu'il le verra.

Jean se redressa d'un mouvement brusque sur ses jambes.

— J'espère que tu sais ce que tu fais, dit-il d'un ton bref.

— Et toi aussi, rétorqua Guillaume.

Puis il se passa la main dans les cheveux d'exaspération et ajouta :

— Je ne veux pas me disputer avec toi. Quoi que tu puisses en penser, si la crise s'envenimait encore et si, à Dieu ne plaise, Richard perdait la vie en croisade, je soutiendrais Jean comme héritier du trône. Mais seulement en ce cas, sinon jamais.

Son frère hocha la tête avec raideur.

— Je ne tiens pas non plus à me disputer avec toi, assura-t-il. Je ne manquerai pas de te rappeler à ta parole, cependant.

— Ce ne sera pas nécessaire. J'ai donné ma parole, cela suffit.

Les deux frères se donnèrent l'accolade avec raideur. Déclinant une invitation à dîner, Jean accepta néanmoins une ration de voyage pour lui-même et ses hommes. Puis il quitta Caversham. Son fils Jack fit quelques lieues en sa compagnie. Ils purent ainsi passer un moment ensemble.

Dans l'attente du retour de Jack, Guillaume s'occupa de ses propres préparatifs de départ.

— Je pense que le calme dont nous avons bénéficié aujourd'hui était celui-là même qui précède la tempête, fit-il remarquer à Isabelle.

Elle passa les bras autour du cou de son mari et l'embrassa.

— Certes, mais vous autres justiciers avez les moyens de maintenir la stabilité du pays, rappela-t-elle. Surtout avec Gauthier de Coutances à la barre !

— Je prie le ciel que Dieu vous donne raison ! répliqua Guillaume d'un air sombre. Sinon, je n'ose songer à ce qu'il pourrait arriver…

Chapitre 38

Caversham, comté de Berkshire, octobre 1191

La venue au monde de Richard le Maréchal fut une longue épreuve. Bien qu'il fût positionné la tête vers le bas, l'angle n'était pas aisé ; en outre, c'était un gros bébé. Tandis qu'elle subissait les affres de l'accouchement, Isabelle craignit pour leurs deux vies. Elle n'était pas prête à mourir, mais Dieu faisait fréquemment peu de cas des désirs des hommes. Se refusant à céder à la colère, à la peur et à l'apitoiement sur elle-même, elle serra son chapelet dans ses poings et étouffa un cri entre ses dents, tandis que la douleur refermait ses griffes sur son abdomen. Une sage-femme lui épongea le front et lui murmura des paroles d'encouragement, tout en l'exhortant à adresser ses prières à l'effigie en bois de sainte Marguerite, sainte patronne des femmes en couches. La statue était posée sur un prie-Dieu entouré de cierges allumés. Par deux fois, ils avaient été remplacés après avoir brûlé entièrement.

Tandis que la contraction se résorbait, Isabelle souffla de soulagement. Bien que la présence de Guillaume l'eût rassurée, elle se réjouissait que son absence à cause du chancelier Longchamp lui épargnât bien des inquiétudes. Depuis qu'elle avait pris la chambre, une quinzaine de jours auparavant, elle n'avait vu son mari que furtivement, lorsqu'il était venu reprendre des forces à Caversham entre deux combats. Le reverrait-elle, ou bien ce lit serait-il son lit de mort ? Ne supportant plus l'obscurité tiède et confinée de la chambre, non plus que les miasmes provenant du sang qu'elle avait perdu, elle ordonna d'un ton péremptoire à la cantonade :

— Ouvrez les volets, j'ai besoin de voir la lumière du jour !

— Mais, madame la comtesse, l'air froid vous fera attraper mal ainsi qu'à l'enfant. Vous risquez de contracter un refroidissement, protesta une de ses servantes.

— Ouvrez-les ! répéta Isabelle. Je vous l'ordonne. Si vous ne le faites pas, je me lèverai malgré mon état et les ouvrirai moi-même.

La servante, une moue désapprobatrice aux lèvres, alla défaire le loquet et ouvrit les volets en grand sur deux arcades de ciel gris venteux. Isabelle emplit ses poumons d'air frais et humide. Une autre contraction s'amorça et lui enserra les reins, et, tandis qu'elle s'abîmait dans la douleur, une sensation nouvelle l'envahit au niveau du plancher pelvien.

Guillaume et sa maisonnée avaient bénéficié d'un vent arrière pendant tout le trajet depuis Londres. La capuche relevée sur leurs oreilles bourdonnantes, et bien calfeutrés sous leurs manteaux contre les bourrasques de pluie, ils allaient bon train et entrèrent dans Caversham peu après midi.

Les yeux de Guillaume le piquaient de fatigue mais, comme toujours, son humeur avait connu une embellie à l'approche du manoir, qui était rapidement devenu un de ses préférés. Proche de Londres et du Wiltshire, l'endroit était une étape commode sur la route des ports de la Manche ; et malgré sa proximité avec le centre du pouvoir, c'était également un havre de paix où il pouvait baisser la garde et se délester du poids de ses responsabilités.

Tandis qu'il descendait de son coursier époumoné et lançait les rênes à son valet, il remarqua que, malgré le temps peu clément, les volets et les fenêtres à croisée de la chambre d'Isabelle étaient ouverts. Au moment où il prenait un air renfrogné à cause de ce détail, un cri lui parvint depuis l'ouverture, qui lui glaça les os.

Il grimpa les marches de l'escalier extérieur quatre à quatre et fit irruption dans la pièce, tel un Viking surgissant à l'intérieur d'un monastère. Servantes et suivantes le regardèrent avec stupéfaction, tandis qu'il se dirigeait vers les marches conduisant à l'estrade où était posé le lit. Une sage-femme alertée par son arrivée s'empressa d'en descendre afin de lui barrer la route.

— La comtesse Isabelle…, commença-t-il sans préambule. Va-t-elle bien ? J'ai entendu un cri…

La sage-femme lui fit une rapide révérence.

— Oui, mon seigneur, répondit-elle. La comtesse est en couches, et le travail est ardu, mais nous avons bon espoir…

Guillaume blêmit, car ses paroles n'étaient pas pour le rassurer.

— Que voulez-vous dire par « nous avons bon espoir » ? s'enquit-il d'une voix hargneuse.

La sage-femme trembla de le voir en colère mais demeura calme.

— L'enfant est gros et la tête n'était pas bien positionnée, mais ce cher petit s'est tourné de lui-même, et ma maîtresse a de bonnes hanches bien larges. Avec l'aide de Dieu, et si madame la comtesse tient bon, tout se passera bien.

Guillaume frémit. Il était arrivé avec l'espoir de poser son fardeau, mais dut, au contraire, s'armer de courage pour en endosser un autre. Son sentiment d'impuissance l'accablait par-dessus tout. Il ne pouvait rien faire pour Isabelle, ni la protéger, ni la soulager. Jusque-là, il n'avait pas vraiment pris conscience des risques liés à l'accouchement. À la naissance du petit Guillaume, il était arrivé à la maison après la bataille et avait trouvé Isabelle fatiguée, mais arborant le sourire de la victoire. Sans doute avait-elle hurlé de douleur précédemment, mais il n'avait pas été présent pour l'entendre.

— Mon seigneur, il faut que je retourne m'occuper de la comtesse, lança la sage-femme en faisant demi-tour sur les marches.

Guillaume déglutit et l'invita à joindre le geste à parole. Lorsqu'elle ouvrit la porte du rideau de séparation, un autre cri étouffé l'assaillit. Ce son n'était pas nouveau à ses oreilles ; il en avait entendu de semblables au lendemain des batailles, lorsque les blessés, un chiffon ou une cale de bois entre les dents, hurlaient pendant qu'on remettait en place leurs os brisés. Guillaume fit volte-face et s'éloigna. Ses chevaliers se pressaient dans la grande salle, rangeant leurs affaires dans leur coin de prédilection, saluant femmes et enfants, bien-aimées et amis. Soudain, quelqu'un tira Guillaume par la tunique à hauteur du genou. Il se retourna et vit son fils, qui levait vers lui ses grands yeux bleus.

— Dada ! s'exclama le bambin en agitant son jouet de bois favori et en esquissant un sourire qui laissa paraître deux belles rangées de dents de lait.

Guillaume se pencha et souleva le garçonnet de terre dans ses bras.

— Oui, dada, répéta-t-il, la gorge serrée.

La nourrice se tenait tout près de son protégé, mais Guillaume lui fit signe de s'écarter et conduisit l'enfant jusqu'à un banc latéral. L'affectueuse présence de son fils lui fut d'un grand réconfort. Comme il avait changé et grandi pendant son absence, tandis qu'il s'occupait du gouvernement de l'Angleterre et s'efforçait d'empêcher un prince et un évêque de faire sombrer le pays! Les membres du petit Guillaume étaient encore potelés et avaient conservé leur douceur de nouveau-né, mais déjà pointaient, tels des bourgeons, les prémices d'une grande force musculaire. Le bambin lui tint de longs discours. Ce fut une effusion de mots, dont certains étaient inconnus des hommes, tandis que d'autres s'assemblaient de manière logique de façon à former des embryons de phrases. L'entendre ainsi discourir, lui répondre et obtenir des réponses en retour, émut douloureusement Guillaume.

À la faveur d'un silence, entre deux babillements, il sembla au chevalier entendre du bruit en provenance de la chambre. Il se raidit immédiatement. Un coup d'œil à la nourrice restée à proximité le renseigna tout à fait: le son était bien réel, car elle-même avait les yeux tournés vers l'étage. Un malaise envahit Guillaume. Il s'était cru immunisé contre tout ce que la vie pouvait lui réserver de malheur, mais, face à la souffrance d'Isabelle, il était sans défense. Un autre cri, plus fort cette fois, retentit encore sous la violence des contractions. Puis tout se tut. Les oreilles tendues de Guillaume captèrent le filet ténu d'un vagissement de bébé. Ce fut ce qui le fit basculer et lui fit perdre cette maîtrise de lui-même qui lui avait permis de sortir sain et sauf de centaines de tournois, de cheminer jusqu'en Terre sainte et d'en revenir, puis de s'élever au rang de justicier adjoint d'Angleterre. Remettant son fils dans les bras de sa nourrice, il gagna l'escalier en quelques enjambées, le gravit en toute hâte et se rua dans la chambre. Faisant fi des cris d'effroi et des exhortations des dames qui attendaient dans l'antichambre, il écarta le rideau de séparation telle une tornade et entra dans la chambre à coucher. Isabelle était à moitié assise, la chemise remontée jusqu'au-dessus du ventre. Du sang maculait l'intérieur de ses cuisses et imbibait la paille du sommier. Ses cheveux, luisants de sueur, collaient à son crâne et s'étalaient en frisottis autour de son visage strié de larmes et marqué par la douleur et l'épuisement. Sa femme, qui avait ressemblé à une madone après la naissance de leur premier enfant à Striguil, apparaissait à présent à Guillaume dans la crudité de l'enfantement. Accoucher se révélait aussi dangereux et implacable qu'une longue journée passée sur le champ de bataille. Les chances de survie étaient tout aussi minces ici que là. Isabelle, les yeux écarquillés, prononça le nom de Guillaume dans un souffle. De l'autre côté du lit, une sage-femme berçait dans ses bras un paquet enveloppé d'une serviette, dont elle s'efforçait de calmer les hurlements indignés qui ne cessaient de gagner en puissance.

La sage-femme en chef se redressa et s'adressa à Guillaume comme s'il était un serf.

— Votre place n'est pas ici, le tança-t-elle. Ce n'est pas convenable… mon seigneur, se reprit-elle enfin.

Sur ces admonestations, elle essaya de lui faire faire demi-tour, mais Guillaume resta fermement campé sur ses jambes.

— Convenable ou non, je suis ici, j'y reste, objecta-t-il, sans quitter sa femme des yeux.

Sa gorge se noua.

— Isabelle…, lança-t-il.

Malgré la douleur et l'exténuation, Isabelle trouva la force d'esquisser un faible sourire.

— Guillaume, grand dadais que vous êtes ! lança-t-elle d'une voix rauque. Prenez le cadet de nos fils et allez le présenter aux chevaliers ainsi qu'à son frère. Nous voici nantis d'un héritier pour Longueville.

À en juger par sa voix cassée, Guillaume subodora que sa femme avait hurlé comme une damnée dans les heures qui avaient précédé la naissance du bébé. Une sage-femme à la mine renfrognée apporta à boire à Isabelle et remonta le couvre-lit sur ses cuisses et la peau flasque de son ventre. La femme qui tenait le nouveau-né vint le déposer, hurlant, dans les bras de son père.

— Il a assurément les poumons d'un chef d'armée ! fit remarquer Guillaume en faisant quelque peu la grimace.

— Je suppose que sa venue au monde n'a pas été moins pénible pour lui qu'elle ne l'a été pour moi, répliqua Isabelle.

S'avisant de la mine inquiète de son mari, elle s'empressa d'ajouter :

— Nous aurions tous deux pu perdre des plumes dans la bataille, mais nous sommes en vie ! Allez donc ! s'exclama-t-elle en lui faisant signe de déguerpir. Laissez les sages-femmes terminer leur travail et permettez-moi de prendre un peu de repos, nous parlerons ensuite.

Soudain, au cœur de son intense fatigue, un regain d'opiniâtreté se fit jour :

— Vous êtes rentré, dit-elle. Est-ce donc que vous avez du nouveau concernant Longchamp ?

Plus que tout autre chose, c'est le fait qu'elle posât cette question qui rassura Guillaume. Elle avait perdu des forces dans l'accouchement, mais il lui en restait suffisamment pour que son esprit curieux reprenne bientôt son envol. Le bébé était en bonne santé. Contrairement au petit de la jeune reine, Marguerite, qui avait eu à peine assez de force pour respirer, son petit homme à lui braillait déjà comme un beau diable.

— Oui, répondit-il enfin, trouvant à son tour la force de sourire. J'ai du nouveau, et vous serez bien aise de l'apprendre quand vous serez reposée.

Pas plus tard que le lendemain matin, Guillaume revint informer Isabelle des derniers événements en date. Les sages-femmes avaient insisté pour qu'on laissât la comtesse manger, boire et dormir en paix ; aussi Guillaume avait-il dormi dans la grande salle avec ses hommes, afin de ne pas la déranger. Armé d'un petit déjeuner complet composé de pain, de fromage et de cidre, il s'assit au bord du lit. Le bébé, après avoir tété le sein de sa mère, dormait contre son bras, la mine empreinte d'une intense concentration. Tout se passait comme si chaque acte de sa vie minuscule nécessitait un absolu engagement de sa part. Changer ses langes promettait de n'être pas une sinécure.

— Longchamp, commença Guillaume en rompant le pain avant de tendre un morceau à sa femme, a été banni d'Angleterre. Mais la manière dont il est parti a surpris même les plus blasés d'entre nous. Vous vous souvenez qu'il était fuyant comme une anguille, poursuivit-il avec un grand sourire. Ne répondant pas quand nous le sommions de comparaître devant nous afin de rendre compte des griefs qui lui étaient imputés. Lorsque nous sommes enfin parvenus à le forcer à se réfugier à la Tour de Londres, et qu'il a compris qu'il n'en sortirait pas par quelque simple contorsion, il a livré ses propres frères en otages et promis de nous céder ses châteaux ainsi que toutes ses prérogatives. Il a prêté serment qu'il ne quitterait pas l'Angleterre tant que lesdits châteaux n'auraient pas été remis aux mains de nos barons.

À ce stade de son récit, Guillaume s'interrompit afin de ménager son effet.

— Évidemment, il s'est parjuré, intervint Isabelle.

Guillaume acquiesça.

— Il a rendu les clés de la Tour et a été transféré à Douvres, ville que nous avions laissée sous sa juridiction. Mais il était toujours lié par serment et avait interdiction de quitter l'Angleterre tant qu'il n'aurait pas remis ses autres châteaux aux représentants des justiciers. C'est alors qu'il a tenté de s'enfuir en Normandie. Il a envoyé ses serviteurs quérir un bateau puis s'est déguisé en femme, revêtant une robe verte et une capuche !

Isabelle manqua de s'étouffer avec sa bouchée de pain.

— Non ! s'exclama-t-elle.

L'idée que Guillaume Longchamp, évêque d'Ely et chancelier du roi Richard, se déguisât en femme dépassait l'entendement.

— Mais ce n'est pas tout ! s'esclaffa Guillaume en riant aux dépens du chancelier. Pendant que « madame » attendait sur le rivage le retour de ses serviteurs, un pêcheur l'a pris pour une des prostituées de la ville racolant le client. Le pauvre bougre a eu la surprise de sa vie quand il a commencé à palper l'entre-jambe de sa « chérie ». Longchamp aussi, j'imagine !

Isabelle poussa un rire perçant, qu'elle regretta aussitôt, lorsque ses chairs, encore sensibles, se contractèrent.

— Par Dieu, ce pêcheur devait être myope comme une taupe ! gloussa Guillaume. Quoi qu'il en soit, les serviteurs de Longchamp l'ont battu comme plâtre. Ensuite, des femmes ont essayé de lui parler, mais, comme il ne comprenait pas un mot d'anglais, elles lui ont retiré sa capuche, mettant fin à son petit jeu.

Guillaume sécha ses larmes de rire avec les poings et s'efforça de recouvrer son sérieux mais, après le récit d'une farce aussi désopilante, ce ne fut pas sans peine.

— La foule s'est retournée contre lui, lui crachant au visage et lui jetant des galets ramassés sur la plage, poursuivit-il. Il n'a dû son salut qu'à deux sergents de ville, qui l'ont enfermé cependant dans une cave, car ils craignaient qu'il ne s'échappât. Depuis, il a été remis en liberté puis exilé, et ses châteaux sont entre nos mains. Mais il est devenu la risée de tous, et par sa seule faute. Il n'en méritait pas moins, même si je ne puis m'empêcher de le plaindre au fond de moi.

Isabelle n'éprouvait aucune compassion pour l'odieux Longchamp, mais seulement du soulagement du fait qu'il ait cessé d'être une menace directe pour leur sécurité.

— Et qu'en est-il du prince Jean ? s'enquit-elle. Je suppose qu'il jubile à présent ?

Guillaume se coupa un gros morceau de fromage avant de répondre, non sans ironie :

— Oui. Le prince est effectivement ravi de la tournure des événements, qui lui est favorable. Il a été reconnu comme héritier de Richard, et la grosse épine qu'il avait dans le pied a été ridiculisée et bannie d'Angleterre. Non qu'il jouisse d'impunité. Nous ne relâcherons pas notre surveillance. Richard est toujours le roi, et si Jean en fait fi, ce sera à ses risques et périls.

Dans un bref mouvement d'épaules, il ajouta :

— Quoi qu'il en soit, pour l'instant, la paix est rétablie.

Il finit son cidre et s'épongea les lèvres avant d'achever son récit :

— J'ai également une bonne nouvelle concernant mon frère. Il a été nommé shérif du comté de Sussex en compensation de la perte de sa charge de shérif de York.

— Est-ce une bonne chose ? s'enquit Isabelle.

Elle s'installa plus confortablement contre les traversins de plume et réprima un bâillement.

— C'est une position plus avantageuse, car plus près de ses fiefs et davantage en conformité avec ses compétences. Il est content, alors je le suis pour lui.

Isabelle saisit l'allusion aux capacités limitées de son frère.

— Je m'en réjouis aussi, assura-t-elle, sans parvenir cette fois à réprimer un bâillement, tant ses paupières étaient lourdes comme le plomb.

Aussitôt contrit, Guillaume se pencha en avant pour l'embrasser et se dressa sur ses jambes.

— Je vous ai épuisée, dit-il. Je reviendrai plus tard.

Elle lui lança un sourire ensommeillé.

— Ne tardez pas trop, implora-t-elle. J'ai besoin de dormir, mais aussi de parler avec vous, et je sais que vous devez repartir bientôt.

— Pas avant quelques jours, souligna-t-il. Je suis arrivé au port, et un commandant de bord ne reprend pas la mer sans remettre son navire en état.

Chapitre 39

Westminster, Londres, décembre 1192

La reine Aliénor se mordit la lèvre inférieure d'agitation et, se serrant dans son manteau d'hermine, alla se réchauffer les mains à l'un des braseros qui brûlaient dans la pièce. Il faisait un froid de canard, et même au milieu de la journée le givre assiégeait portes et linteaux. L'eau des réserves et des abreuvoirs était réduite à l'état solide, et l'air du dehors brûlait les poumons comme une lame chauffée à blanc. Barons et grands du royaume étaient réunis en nombre dans la grande salle Rufus, mais la reine, elle, s'était retirée dans ses appartements de bonne heure, suivie seulement de quelques invités triés sur le volet. Guillaume et Isabelle en faisaient partie.

— Un autre bateau de croisés est rentré au port mais n'apporte aucune nouvelle de Richard, marmonna Aliénor en s'adressant à Guillaume, lorsqu'il vint la rejoindre devant le brasero. Je commence à m'inquiéter de son sort.

— Il est encore trop tôt pour s'inquiéter, Majesté, répliqua le chevalier.

Le regard de reproche que lui adressa la reine était sans équivoque : il ne disait là que banalités.

— À cette heure, nous devrions avoir eu de ses nouvelles, en personne ou par messager. Nous savons qu'il s'est embarqué à Acre en octobre, et que sa galère a accosté sans encombre à Brindisi, mais depuis, c'est le silence. Combien de temps vous a-t-il fallu pour rentrer de Jérusalem, Guillaume ?

— Environ trois mois, mais ce n'est pas un délai gravé dans le marbre pour tout homme, répondit-il.

— Richard n'est pas homme à lambiner, insista la reine. Il sait quelles difficultés Philippe de France ne manquera pas de causer en son absence, et il sait également que certaines affaires attendent son retour en Angleterre pour être réglées.

Elle frissonna et se frictionna les mains.

— Hier, mon fils cadet m'a dit que je devais me préparer à ce qu'on vienne m'annoncer la mort de Richard... Mais je refuse de le croire.

Elle déglutit nerveusement en raidissant le cou.

— Il est mon fils selon mon cœur, ajouta-t-elle. Je le saurais, s'il était mort. Jean s'emparerait du trône dans l'instant. Je sais qu'il fait ravitailler ses châteaux comme s'il préparait déjà la guerre. Et j'ai appris que ses barons avaient reçu ordre de se préparer en vue de son couronnement. J'accorde tout mon soutien à Jean en tant qu'héritier de Richard, mais pas au-delà. Jusqu'à ce qu'on m'apporte la preuve du décès de Richard, je ne tolérerai aucune tentative d'usurpation de la part de mon fils.

Scrutant les réactions de Guillaume, elle conclut en disant :

— Vous et moi sommes amis pour le meilleur et pour le pire.

— Oui, Majesté, répondit Guillaume avec douceur. Et je connais vos fils depuis leur plus tendre enfance.

Aliénor esquissa un sourire sinistre.

— Et vous les avez vus devenir des hommes et ne pas tenir leurs promesses...

Guillaume haussa les épaules en silence, laissant la reine libre d'interpréter ce geste à sa guise.

— Je me suis déjà reposée sur vous dans le passé, et vous reconnaissez votre dette envers moi…

Son regard dévia vers Isabelle, qui discutait avec Gauthier de Coutances.

— Vos terres, votre femme…

— Ma loyauté ne dépend pas des cadeaux et des largesses dont je fais l'objet, rappela-t-il en se cabrant.

Aliénor s'empressa de lui toucher le bras en signe d'apaisement.

— Bien sûr que non, convint-elle. Je n'ai jamais sous-entendu le contraire. L'inquiétude me fait dire des maladresses. Bien que votre frère soit au service de Jean au titre de vassal, ainsi que vous l'êtes vous-même pour vos terres du Leinster, je ne remets pas en doute votre fidélité. Je le pense vraiment. Mais la vieille femme que je suis serait rassurée de vous entendre lui dire que, quoi qu'il arrive, vous prendrez la défense de Richard.

Elle agrippa son bras. Baissant les yeux sur la main de la reine, Guillaume put constater que les bagues à ses doigts lui étaient désormais trop grandes et que sa peau se couvrait de taches de vieillesse. Elle ne survivrait pas à la mort éventuelle de Richard mais, tant que subsistait une lueur d'espoir, la flamme qui l'animait ne s'éteindrait pas.

Guillaume lui lança un regard complice.

— Pas si vieille que vous le dites, Majesté. Mais je ne vous refuserai pas ce réconfort. Vous avez ma parole. Quoi qu'il arrive, je défendrai Richard, comme j'ai défendu votre mari le roi Henri, et votre fils le jeune roi.

Devant toute l'assemblée, il mit les mains dans celles de la reine et se prosterna à ses pieds.

Les yeux d'Aliénor s'humidifièrent de larmes. Elle se pencha en avant et l'embrassa sur les deux joues, puis elle déposa un baiser aérien sur ses lèvres et l'incita à se redresser sur ses jambes.

— La cause est entendue, déclara-t-elle. Vous avez raison, je ne suis pas si vieille que cela après tout !

La nuit tombait sur la glace bleu argenté de la Tamise lorsque Guillaume et Isabelle retournèrent à leur logement sis au bord du fleuve. La soirée passée en compagnie de la reine les laissait tous les deux pensifs. Si des nouvelles de Richard n'arrivaient pas bientôt, des changements, voire des bouleversements, auraient lieu au sommet de l'État. Il fallait se tenir prêt à reconnaître la légitimité du prince Jean, mais la transition ne serait pas facile.

— Mon seigneur, madame la comtesse, un visiteur vous attend, annonça leur huissier en les faisant entrer avec déférence.

Guillaume haussa un sourcil. Ils avaient toujours des visiteurs, mais celui-ci venait sans doute à titre privé, sans quoi le domestique n'aurait pas jugé bon d'en faire mention. C'est alors que le regard de Guillaume se posa sur l'ancienne concubine de son frère Jean et sa fille, qui se réchauffaient au coin du feu. Elles n'étaient là que depuis peu de temps, car elles n'avaient pas encore retiré leurs manteaux et avaient la face encore toute congestionnée de froid. Alaïs parlait avec animation à un homme assis à côté d'elle. L'inconnu l'écoutait attentivement en souriant. Avisant Guillaume qui entrait, elle toucha presque imperceptiblement le bras de l'homme puis, prenant congé de lui, alla en toute hâte à la rencontre du maître de céans en entraînant sa fille à sa suite.

— Alaïs ! s'exclama Guillaume avec une joie sincère avant de l'embrasser sur les deux joues.

Puis il en fit autant avec Sybil, qui était gracile comme une biche et arborait de luisantes nattes noires ainsi que de grands yeux gris-vert.

— Sainte Vierge ! Comme tu as grandi ! s'exclama-t-il encore.

— Elle a presque dix ans, dit Alaïs avec un sourire tendre et un peu triste. Elle sera bientôt femme, hélas.

— Maman ! la tança sa fille en faisant la grimace.

Alaïs fit une révérence à Isabelle, qui la salua ainsi que l'avait fait Guillaume, en l'embrassant sur les joues, malgré une certaine réserve de la part des deux femmes. En raison de sa position ambiguë au sein de la famille le Maréchal, Alaïs n'était pas à son aise avec Isabelle. Plus habituée à fréquenter Aline, la jeune épouse de Jean, Isabelle se montra froide et distante envers l'ancienne concubine de son beau-frère.

— Que nous vaut ta venue à Londres ? s'enquit Guillaume après avoir conduit la mère et la fille dans la chambre seigneuriale, où il leur fit servir du vin et des dattes fourrées.

— C'est mon fils qui m'amène, répondit Alaïs, tandis que, l'œil rieur, elle regardait en direction des écuyers. J'ai pensé que vous ne verriez pas d'inconvénient à ce que je fasse une petite visite. J'apporte un cadeau de Noël pour lui. Je suis également ici pour faire le tour des marchés. Comme vous l'avez fait remarquer, Sybil grandit et a besoin de nouvelles tenues.

Rougissant soudain, elle ajouta en baissant la voix :

— Jean nous a envoyé de l'argent avec le droit de l'utiliser à notre guise.

— Tu sais que si tu venais à manquer de quoi que ce soit, tu pourrais venir me trouver ? souligna Guillaume à mi-voix.

Alaïs, sans se départir de sa dignité, acquiesça d'une brève inclination de la tête.

— Oui, je le sais et vous en remercie, mais vous faites déjà beaucoup en élevant mon fils au rang de chevalier. Et, vraiment, nous ne manquons de rien. Jean est un être généreux... Peut-être plus que je ne le mérite.

— À moins que ce ne soit le contraire, nuança Guillaume. Ne te dévalorise pas, ajouta-t-il, ce qui lui valut un beau et touchant sourire de reconnaissance en retour. L'as-tu vu récemment ?

Alaïs examina ses propres mains.

— Il est venu nous apporter de l'argent à Hamstead après la Saint-Michel... Je pense qu'il se considère comme redevable envers nous et qu'il a des regrets. J'en ai aussi. Mais rien ne sert de vivre dans le passé.

Relevant hardiment le menton, elle ajouta :

— Il passe les fêtes de Noël avec sa femme à Marlborough. Il est également accaparé par ses obligations envers le prince Jean, ce que je peux comprendre. Des rumeurs circulent au sujet de Richard, poursuivit-elle, l'air intrigué. On le dit porté disparu.

Guillaume sentit Isabelle se raidir.

— Les rumeurs ne sont que des rumeurs, intervint cette dernière avec un sourire neutre. Nous attendons son retour d'un jour à l'autre, et la reine est persuadée qu'il reviendra.

— Bien sûr..., dit Alaïs en rougissant. Mon intention n'était pas d'en douter. C'est simplement que j'ai entendu les gens en parler à la halle aux tissus.

— Les gens parlent toujours au marché des tisserands. L'essentiel de ce qu'ils racontent ne vaut pas un clou ! insista Isabelle.

Involontairement, elle venait de faire passer Alaïs pour une commère écervelée. Guillaume apaisa les esprits avec tact en invitant Isabelle à redescendre avec lui dans la grande salle pleine de tumulte, laissant Alaïs, Sybil et Jack s'entretenir en privé. Après tout, telle était la raison de leur venue.

—Qui était ce chevalier avec qui vous parliez? s'enquit Isabelle en donnant un coup de coude à Guillaume.

Ils étaient couchés à l'abri des tentures tirées, qui les isolaient des autres dormeurs. Ils avaient fait l'amour le plus discrètement du monde, et Isabelle commençait à s'endormir lorsque ce détail lui était revenu en mémoire et l'avait tirée des limbes du sommeil.

—J'ai parlé avec de nombreux chevaliers ce soir, marmonna Guillaume.

—Le brun aux cheveux bouclés. Il était assis près du feu avec Alaïs et Sybil quand nous sommes entrés à notre retour du palais.

—Guillaume de Colleville, se souvint Guillaume. Son cousin germain, Thomas, fait partie de ma suite.

Sur ces mots, il bâilla et se tourna sur le côté, tirant au passage les couvertures à lui.

Isabelle en reprit promptement sa part et dit:

—Cherche-t-il un emploi?

—Non, il possède des terres en titre, répondit Guillaume d'une voix ensommeillée. Il ne sollicite l'hospitalité que pour une seule nuit. Il repartira demain s'occuper de ses affaires.

—Est-il marié?

—Pas à ma connaissance... Du reste, il n'en dort probablement que mieux!

Isabelle ne se le fit pas dire deux fois et demeura silencieuse, mais elle avait du grain à moudre...

Blottie contre le dos de son mari, elle se laissa glisser vers les rives du sommeil dans la chaleur du lit et de leurs deux corps.

Chapitre 40

Caversham, comté de Berkshire, février 1193

— Il est vivant ! On l'a retrouvé !

Isabelle, qui faisait du rangement à genoux devant son coffre à tissu, releva la tête vers Guillaume qui entrait à vive allure en agitant un parchemin auquel pendait le sceau d'Aliénor.

— Qui ? s'enquit la comtesse sans manifester un grand intérêt, car elle était occupée à calculer mentalement le nombre de coupons qu'il leur restait et ce qu'il leur faudrait commander afin de faire confectionner leurs vêtements d'été.

— Le roi Richard ! On l'a retrouvé. Dieu soit loué ! s'exclama Guillaume avec du soulagement et de l'agitation dans la voix et en soulevant son cadet de terre pour le faire virevolter à bout de bras, tandis que le bambin poussait des cris de joie aigus.

— La mauvaise nouvelle, c'est qu'il est retenu prisonnier dans le donjon de Henri, le maître du Saint Empire romain germanique, qui n'a aucune estime pour Richard.

— Il est quoi ? lança Isabelle en dévisageant son mari.

— Il a été fait prisonnier tandis qu'il traversait les États de Léopold d'Autriche, qui ne tient pas non plus notre roi en grande affection et l'a vendu à l'empereur.

— Mais s'en prendre ainsi à un croisé ne peut que nuire aux âmes de ses ravisseurs ! rappela Isabelle en se dressant sur ses jambes et en réprimant un éternuement causé par la poussière des textiles.

— On peut toujours se faire absoudre de ses péchés, il suffit d'y mettre le prix, fit remarquer Guillaume avec dégoût. L'empereur n'apprécie peut-être pas Richard, mais il aime l'argent. Je gage qu'il laissera notre roi rentrer au pays moyennant une rançon.

Isabelle était au comble de l'écœurement.

— Du moins savons-nous qu'il est en vie, lança Guillaume en reposant son fils.

Puis il alla jusqu'au coffre à linge jouxtant celui qu'explorait sa femme. Rejetant le couvercle en arrière, il en examina le contenu et, d'un air absent, se massa la cuisse à l'emplacement du coup de lance reçu dans sa jeunesse.

— Que s'est-il passé après ? s'enquit Isabelle, ayant deviné qu'il y avait une suite à l'histoire. Dites-moi.

Guillaume poussa un vigoureux soupir.

— La reine a convoqué tous les justiciers pour débattre du problème. Le prince Jean était déjà au courant de la situation grâce à ses espions. Il est allé rejoindre le roi Philippe et lui a prêté hommage pour l'Angleterre et toutes les possessions de Richard sur le continent.

— Sainte Vierge ! s'exclama la comtesse en considérant son mari avec la chair de poule.

Richard était vivant mais réduit à l'impuissance ; quant à Jean, il commettait l'impardonnable pour s'emparer de la Couronne. Nul besoin de tremper les lèvres dans ce bouillon-là pour savoir qu'il était empoisonné.

Guillaume tira du coffre sa robe de Cour hivernale ainsi qu'une épaisse paire de braies en laine.

— Nous allons devoir donner l'alerte à tous les châteaux du littoral et garder l'œil sur les vassaux de Jean. Nous devrons également trouver un moyen de faire libérer Richard, ce qui nécessitera de grosses quantités d'argent que nous n'avons pas. Le conseil va devoir prendre rapidement des décisions.

D'un autre coffre, il sortit son équipement et y enroula tunique et braies, chaussures de Cour et chemises propres. Puis il noua les liens et prit son manteau fourré à la patère.

— Je serai de retour avec des nouvelles dès que possible. En partant maintenant, mes hommes et moi pouvons être à Oxford avant la tombée de la nuit.

Se retournant face à Isabelle, il la serra très fort dans ses bras, mais brièvement ; puis il embrassa ses deux fils et s'en fut comme un courant d'air.

Isabelle se tint en appui contre le coffre, les lèvres encore frémissantes de son baiser. Au bout d'un moment, elle alla prendre le petit Richard et, le portant en appui sur la hanche tout en faisant passer Will devant, elle emmena tout son petit monde dans la cour afin que, par cet après-midi glacial de février, ils assistent au départ de leur père et de sa maisonnée dans un claquement de soie vert et or sur fond de ciel chargé.

La pluie cinglait comme une volée de cailloux contre les volets de la chambre qu'occupait Aliénor au château d'Oxford. Au-dehors régnait la nuit noire. La reine frissonna et se blottit dans son manteau fourré, un parchemin taché de gouttes d'eau serré dans sa main droite. L'encre avait coulé, maculant la feuille, mais l'écriture était encore lisible, pour ceux qui savaient lire ; quant à ceux qui ne savaient pas, on les avait informés de la teneur de la missive. Un messager du prince Jean avait été intercepté sur la route de Windsor. À en juger par les détails, dont Aliénor venait de faire lecture à voix haute, il ressortait, sans qu'il fût permis d'en douter, que Jean et le roi de France rassemblaient une flotte à Wissant et recrutaient des mercenaires à tour de bras en vue d'un débarquement en Angleterre. À l'évidence le messager capturé n'était qu'un parmi de nombreux autres, si bien que tous les barons du prince ne tarderaient pas à recevoir l'ordre de se tenir sur le pied de guerre.

— Nous devrions faire appel à la milice tout le long du littoral, suggéra Guillaume. Avec juste assez de vigilance, nous parviendrons à empêcher l'ennemi de débarquer.

Aliénor hocha la tête. Une lueur rougeoyante de colère illuminait son regard. À soixante-dix ans passés, la lionne n'avait rien perdu de sa férocité.

— Je veux que tous les barons du pays jurent allégeance à Richard. Que tous les maîtres des places fortes renforcent leurs châteaux et s'apprêtent à recevoir les envahisseurs et les rebelles.

— Ce sera fait, Majesté, dit Coutances en s'inclinant. J'ébaucherai les avis dès ce soir. Les abbés de Boxley et de Robertsbridge partiront instamment pour l'Allemagne afin d'entamer des négociations en vue de la libération du roi.

— Bien, acquiesça Aliénor en froissant nerveusement l'épaisse fourrure de son manteau entre ses doigts. Maudite pluie ! s'exclama-t-elle en considérant les volets d'un regard courroucé. Je ne m'y habituerai jamais !

— Pour ce qui est des orages politiques, repartit Coutances avec humour, je peux faire de mon mieux pour aider à les dissiper. Mais contre la pluie, je ne peux que suggérer à Sa Majesté de recourir à la prière.

Aliénor laissa échapper un rire sans joie.

— J'imagine que nous avons plus important à demander à Dieu, répliqua-t-elle. Mon mari m'a retenue prisonnière à

Salisbury pendant quinze ans. Je sais à quel point la captivité peut avilir l'âme.

La mine obstinée, elle ajouta :

— Je ferai libérer mon fils et remettrai son cadet à sa place. Et cette place ne sera pas sur le trône de Richard tant que celui-ci aura un souffle de vie.

Guillaume échangea des regards avec les autres justiciers. Richard et Jean n'étaient pas connus pour leur amour fraternel, et le fratricide était, du moins pour Jean, parfaitement envisageable. La reine ne pouvait l'ignorer mais, la jugeant déjà passablement accablée, les justiciers jugèrent plus sage de garder le silence sur la question.

Du haut des remparts, Jean le Maréchal regarda les mercenaires gallois établir leur cantonnement dans la cour du château de Marlborough et, la gorge sèche, déglutit. Un vent de mars rugissait à ses oreilles, et son manteau, qui le faisait ressembler à un énorme oiseau de proie, faisait mine de vouloir prendre son envol. Le pays de Galles était l'ennemi héréditaire de l'Angleterre en même temps qu'un vivier de mercenaires à sa solde. Ainsi, la vue d'un si grand nombre d'entre eux si près du donjon mettait Jean le Maréchal très mal à l'aise, leurs arcs, d'aspect inoffensif, étant en réalité de véritables instruments de mort.

Cependant, il pouvait difficilement leur refuser l'hospitalité, d'autant que son maître, le prince, qui se tenait tout à côté de lui, ne l'aurait pas entendu de cette oreille. Jean, un sourire aigre aux lèvres, les yeux mi-clos contre la morsure du vent, contemplait l'horizon.

Il était rentré clandestinement en Angleterre dans une embarcation de pêcheur, mouillant de nuit dans une anse. Les rares témoins de son débarquement servaient depuis lors de nourriture aux poissons. Naturellement, d'autres étaient désormais au courant de sa présence, mais il avait réussi à couper l'herbe sous le pied aux justiciers et était parvenu à se procurer des troupes qu'il aurait autrement eu beaucoup de difficulté à obtenir.

—Je me réjouis de constater que le donjon est bien approvisionné, dit le prince.

—En effet, sire, répondit Jean le Maréchal, songeant que, si le prince et son armée de sauterelles galloises ne décampaient pas bientôt, il lui faudrait prochainement trouver les moyens nécessaires à son réapprovisionnement.

Jean le Maréchal avait ordonné à sa femme de ne pas quitter sa chambre, même s'il aurait été très surprenant de l'en voir sortir volontairement. Contrairement à la comtesse de Striguil, sa jeune épouse n'avait guère de cran.

Le prince arpenta le chemin de ronde jusqu'au merlon suivant et, y prenant appui, lança :

—Richard est mort. Ma mère refuse de le croire parce qu'il est son préféré depuis toujours, mais elle est vieille et se berce d'illusions.

—N'est-il pas exact qu'il est retenu prisonnier par l'empereur germanique ?

Le prince émit un grognement nasal.

—C'est une fable inventée par Gauthier de Coutances et les justiciers à seule fin de rester au pouvoir. Richard est peut-être arrivé au Saint Empire romain germanique, mais il n'en repartira jamais. Vous êtes mon fidèle vassal et me servez depuis, combien, dix ans ?

—Cela fera dix ans cet été, confirma Jean le Maréchal.

—Votre loyauté sera récompensée, promit le prince. (Il retira une bague de son doigt et l'offrit à son baron.) Mettez-la, ajouta-t-il. Et faites-la-moi porter par messager en cas de nécessité.

—Sire…

Jean le Maréchal rougit d'orgueil et de suffisance. Si le prince devenait roi, quel genre de récompense lui accorderait-il ? se demanda-t-il en bon vassal. Au fond de lui-même, il entretenait l'inavouable et secret espoir que Guillaume vît sa bonne étoile décliner et mangeât son pain noir.

— Où vous trouverai-je, sire ? s'enquit-il.

Le prince esquissa un sourire moqueur.

— Vous craignez que je vide vos garde-manger ou que je me mette dans l'idée de goûter à votre petite femme osseuse ?

Jean rougit. Il détestait l'humour cruel du prince. Cependant, il n'avait pas le courage de le rabrouer. Il manquait également de l'aplomb qui lui aurait permis d'être indifférent à ses railleries. Il ne put donc que prendre son mal en patience en attendant que le prince se lassât.

— Ces hommes sont destinés à mes forteresses de Wallingford et de Windsor, et dame Aline ne présente aucun des appas susceptibles de me plaire. Je n'en dirais pas autant de la femme de votre frère, cependant..., insinua le prince.

Et d'ajouter, tout sourires :

— Mais je ne suis pas sot au point de tenter ma chance !

Levant une main pour souffler ostensiblement sur le bout de ses doigts, il ajouta encore :

— Je la lui laisse ! Le verger abonde en pommes sucrées. Nul besoin de recourir à celle-là. Ne faites pas cette mine pincée, le Maréchal, lança-t-il en jetant un regard de biais à son baron. Sinon, je vais finir par croire que la suffisance est le trait de caractère prépondérant dans votre famille.

Le frère de Guillaume regarda fixement ses pieds, prenant son mal en patience, incapable d'esquisser ne serait-ce qu'un sourire forcé. Il entendit le prince pousser un soupir exagéré. Sur l'herbe en contrebas, le vent s'engouffra dans l'une des toiles de tente et la souleva du sol dans un claquement pareil au battement d'ailes d'un gigantesque oiseau blessé. Plusieurs mercenaires se lancèrent, jambes nues, à sa poursuite.

— À propos des traits de caractère de la famille le Maréchal, reprit le prince d'un air pensif, quelles chances aurions-nous d'amener votre frère à se rallier à ma cause, selon vous, si je vous chargeais de lui en toucher deux mots ?

Jean fit la grimace. Les terres et les capacités guerrières attestées de Guillaume rendaient son soutien très enviable aux yeux du prince. Cependant, Jean le Maréchal n'avait nulle intention d'offrir à son frère l'occasion de prendre sa place auprès de son seigneur.

— Il ne m'écoutera pas, répliqua-t-il d'un ton abrupt. Il n'en a toujours fait qu'à sa tête. S'il est le serviteur de quelqu'un, c'est de votre mère.

Jean le Maréchal s'abstint d'ajouter que la reine serait la dernière personne à perdre espoir en la survie de Richard, et que Guillaume la conforterait dans son entêtement jusqu'à preuve du contraire.

Le prince fit une moue pincée.

— Nous verrons cela, rétorqua-t-il.

Puis il regagna l'escalier de la tour par le chemin de ronde.

— Par le sang du Christ, vous n'avez aucune nouvelle de l'empereur ! Regardez les choses en face, Richard est mort ! s'exclama le prince Jean d'une voix rageuse à l'intention des justiciers venus en réunion entendre ses requêtes dans la grande salle de Westminster.

Ils n'étaient pas encore revenus de leur stupeur. Il est vrai qu'il les avait sournoisement contournés dans le but de recruter des mercenaires. Ensuite, il avait renforcé Wallingford et Windsor, et aussi Tickhill, Nottingham et Marlborough !

— Sire, de qui tenez-vous cela, sinon de vous-même ? Or vous n'êtes guère sans parti pris dans cette affaire, fit remarquer Gauthier de Coutances avec une déférence glaciale. Nous avons besoin de plus de preuves. Ce ne sont là que de simples ouï-dire.

— Dieu du ciel ! Et comment appelez-vous la rumeur qui le tient pour vivant ? J'exige que vous remettiez le royaume sous ma sauvegarde et ordonniez à tous de me jurer allégeance.

— Vous rêvez, mon fils, intervint Aliénor, qui avait jusque-là écouté en silence les diatribes de Jean.

Sur le visage de la reine, le mépris se mêlait à la lassitude.

— Votre frère est en vie. Nous en avons la preuve et en attendons d'autres encore, poursuivit-elle. Nous vous ordonnons, par conséquent, de disperser vos troupes de chaque côté de la Manche et de nous aider à faire libérer Richard de sa prison.

— Pourquoi, alors même qu'un trône me tend les bras et que vous vous obstinez à ne pas voir la vérité en face ? cracha Jean en foudroyant l'assemblée du regard. Si vous refusez de m'accorder ce qui me revient de droit, alors, par Dieu, je le prendrai par le fer et le feu.

Aliénor haussa un sourcil.

— La victoire ne vous a pas beaucoup souri jusqu'ici, fit-elle remarquer avec dédain. Voici deux jours, ma milice du Kent a intercepté deux de vos bateaux de mercenaires flamands qui tentaient un débarquement. À ce que l'on m'a dit, une poignée de survivants sont actuellement enchaînés. Les autres servent de nourriture aux poissons. Le pays soutient Richard, ainsi que les barons.

— Pas tous ! rappela Jean, une lueur menaçante dans le regard.

Il jeta un bref coup d'œil à Guillaume, qui le lui rendit, impassible.

— Je parle de ceux qui comptent, précisa sa mère.

Jean considéra tour à tour mère, justiciers, clercs, écuyers et serviteurs. Tous arboraient une expression délibérément neutre.

— Est-ce là votre dernier mot ? s'enquit-il.

— Bien sûr que non, répondit Aliénor d'une voix toujours égale et calme. Je suis disposée à débattre autant que vous le souhaiterez, mon fils.

Jean, qui était cramoisi, devint soudain blanc comme un linge.

— J'en ai plus qu'assez de discutailler, mère. Dorénavant, c'est mon épée qui parlera pour moi. Richard est mort. Qu'il pourrisse en enfer !

Sur ces mots, il tourna les talons et s'en fut d'un pas raide.

Pâle et tremblante, Aliénor s'assit sur un banc rembourré.

— Croyez-vous que je m'illusionne ? s'enquit-elle auprès des hommes réunis autour de la table.

— Non, Majesté, et je ne crois pas non plus que le prince Jean le pense, répondit Guillaume. Mais il espère certainement que les autres le croiront. À force de répétition et de conviction, un mensonge finit par devenir plus vraisemblable que la vérité. Je parle d'expérience.

Il se dressa sur ses jambes et lui apporta une coupe de vin chaud, qu'il lui présenta en se prosternant à la manière d'un simple écuyer. Elle l'accepta avec un faible sourire.

— Nous devons donc proclamer la vérité haut et fort, suggéra Guillaume. Et s'il n'est plus temps de parlementer, nous la ferons prévaloir par le fil de l'épée.

— Votre frère tient Marlborough, dit Aliénor en posant les yeux sur lui. Nous céderait-il la forteresse sur votre instigation ?

Guillaume se massa la nuque.

— Je peux essayer de l'en convaincre, répondit-il sans y croire.

— Faites, ordonna-t-elle.

Le vin et un peu de repos l'avaient aidée à reprendre ses esprits. Sa voix avait recouvré toute sa fermeté, même si elle tenait encore sa coupe d'une main tremblante.

— Au cas où nous serions contraints d'assiéger Windsor, il nous faudra du renfort et du ravitaillement, ajouta-t-elle. Guillaume, votre position dans les Marches fait de vous un recruteur de choix. Mon fils a, certes, dévasté Glamorgan, mais vous avez accès à l'ancien royaume de Gwent et aux terres de Striguil.

— Majesté..., acquiesça Guillaume en inclinant la tête.

Les justiciers discutèrent ensuite de la tactique et de l'intendance qu'il convenait de mettre en place dans cette campagne contre le prince Jean. Guillaume nota dans un coin de son esprit qu'il lui faudrait envoyer un des écuyers chez l'armurier, afin de s'assurer que son nouveau bouclier était prêt, car le besoin ne tarderait pas à s'en faire sentir.

Chapitre 41

Caversham, comté de Berkshire, avril 1193

— Asseyez-vous avant de tomber, ordonna Isabelle à son mari chancelant de fatigue, à son retour du siège de Windsor.

Il jeta son manteau sur le coffre et rata sa cible de plusieurs pas. Jack le ramassa et le posa sur le meuble, tandis qu'Isabelle forçait Guillaume à s'asseoir sur le banc près du cuveau. Elle l'examina mais ne releva aucune trace de blessure. Il était amaigri, cependant, et elle n'aimait pas les ombres grises qu'il arborait sous les yeux.

— Vous vous êtes épuisé à la tâche, le tança-t-elle.

Il s'était fait annoncer par un héraut. Isabelle avait ainsi pu lui faire préparer, en toute hâte, un bain chaud et un repas composé de potage d'orge et d'oignon, ainsi que de chapon froid et de pain. Au-dehors, la nuit avait remplacé un crépuscule couleur lavande. Leurs fils dormaient dans leur lit d'enfant sous la surveillance d'une nourrice.

Guillaume renversa la tête en arrière contre le mur. Il avait les cheveux aplatis et gras, à cause du revêtement de son heaume. Isabelle remarqua sur son visage une croûte séchée, qui s'étendait de l'extérieur de la pommette au coin de l'œil droit.

— C'est fort possible, acquiesça-t-il. Mais c'était grandement nécessaire.

Il passa les mains sur son visage et sa barbe râpeuse puis leva ses yeux rougis vers Isabelle.

— J'ai tenu bon en me souvenant que Caversham n'était qu'à peu de distance. Le prince Jean a accepté de livrer Windsor à sa mère, à la condition qu'il lui soit rendu au cas où Richard resterait en prison. La trêve durera jusqu'à la Toussaint. Les mercenaires du prince ont été dispersés, Dieu merci !

Isabelle lui apporta du vin et le regarda boire comme s'il avait la gorge en feu.

— Nous avons entendu parler de combats sur la route de Kingston, dit-elle en s'agenouillant pour lui retirer ses éperons et ses bottes.

Une odeur âcre, pour ne pas dire infecte, se dégageait du chevalier, mais elle n'en avait cure. Son mari était de retour sain et sauf, et c'était tout ce qui comptait. Elle faisait des cauchemars depuis qu'il était parti rejoindre les autres justiciers au siège de Windsor. Ses visions nocturnes avaient revêtu un caractère encore plus sombre avec l'annonce de pillages et de viols dans les environs de Kingston. Isabelle connaissait la redoutable efficacité des grands arcs utilisés par les Gallois et savait que la cotte de mailles ne protégeait nullement de leurs flèches.

— C'est exact, confirma Guillaume d'un air sombre. J'ai fait quelques *chevauchées** dans les rangs du jeune roi du temps de la rébellion contre son père. Les pilleurs n'ont pas de secret pour moi, et je sais comment les mater.

Il examina les phalanges écorchées de sa main droite puis ouvrit le poing, révélant une bande de corne déposée par la poignée de son épée.

— Ceux que nous avons surpris ont désormais leur coin de terre en Angleterre – leur tombe, poursuivit-il. Quant aux autres, si tant est qu'ils ne courent pas encore à toutes jambes à l'heure où je vous parle, nous ne les reverrons pas de sitôt. J'ai perdu un sergent, six fantassins et un palefroi, ajouta-t-il. Mais j'ai saisi trente grands arcs, diverses pièces d'armement et leur butin de Kingston.

La joue du chevalier fut secouée d'un tic nerveux, et Isabelle comprit qu'il ne lui ferait pas le détail du butin.

Elle défit pour lui ses jambières ; puis il se leva, afin de l'aider à le déshabiller. Une affreuse brûlure au poignet de Guillaume arracha à Isabelle un petit cri d'horreur. Elle donna immédiatement l'ordre à ses servantes d'aller quérir un baume.

— De l'eau bouillante renversée d'une marmite, expliqua-t-il en haussant les épaules. Hormis cela, je n'ai reçu aucune blessure au combat.

— Ah non ? lança Isabelle. Pourtant, j'ai sous les yeux le prix qu'il vous a fallu payer…

Guillaume éluda d'un geste de la main.

— J'ai surtout besoin de sommeil, concéda-t-il. Il n'y a pas assez d'heures dans une journée pour tout accomplir.

Guillaume alla, en braies, ouvrir les rideaux qui entouraient le lit de ses enfants. Ses fils… leur visage légèrement congestionné par le sommeil… Chacun dormant à un bout du berceau… Il resta pendant quelques instants à les regarder dormir. Le petit Guillaume avait les cheveux châtain clair. Ceux du petit Richard arboraient des reflets roux – lointain écho de la rousseur de son grand-père maternel.

— Tous les enfants du monde devraient pouvoir dormir ainsi, confia leur père à Isabelle. En sécurité, sereinement.

Secouant la tête, il ajouta :

— Je me souviens d'avoir vu une fois le prince Jean dormir comme ça à Poitiers. Pourtant, il est devenu bien corrompu ! Je refuse que la même chose arrive à mes fils. Je ne l'accepterai pas.

Il se couvrit le visage avec les mains, et Isabelle se demanda s'il pleurait mais, lorsqu'il les abaissa, ses yeux étaient secs et son regard vitreux, à cause de l'épuisement.

— Nous ne l'accepterons pas, confirma-t-elle en le conduisant avec ménagement jusqu'au cuveau.

Là, elle lui retira ses braies et le fit entrer dans le bain. Puis elle lui apporta son dîner et davantage de vin. Enfin, ayant renvoyé servantes et écuyers, elle entreprit de le laver elle-même. Il empestait les odeurs du camp, de la compagnie d'hommes à l'hygiène douteuse et des exhalaisons du champ de bataille, le tout agrémenté d'effluves de fumée et de sueur.

À mesure que la collation faisait son effet, il reprit des couleurs, et son regard vitreux recouvra son éclat.

— Hubert Walter, évêque de Salisbury, dit qu'il a eu confirmation que le roi Richard est bien en vie et que le montant de la rançon a été fixé.

— Combien demandent-ils ? s'enquit Isabelle.

Guillaume dévora le dernier morceau de pain et finit son vin d'un trait.

— Un montant de roi ! répondit-il avec un profond soupir. Cent cinquante mille marcs. À payer en trois versements.

Isabelle ouvrit de grands yeux pleins d'effroi.

— Doux Jésus ! Et comment sommes-nous censés réunir une telle somme ?

— Dieu le sait ! Et j'espère qu'Il m'en informera au plus vite, car la tâche incombe aux justiciers. Et si nous ne la réunissons pas le plus vite possible, le prince Jean se rebellera à nouveau, et le pays sombrera dans la guerre civile.

Il plongea la tête sous l'eau, se rinça les cheveux puis ressortit la tête à l'air libre.

— Nous ne pouvons pas nous payer le luxe d'échouer, poursuivit-il. Ce qui rend la situation encore plus pressante, c'est que le prince Jean et Philippe de France sont prêts à tout pour empêcher la libération de Richard.

Guillaume procédait à sa toilette avec des gestes vifs à présent.

— Je suppose que le produit de la tonte des moutons des abbayes cisterciennes constituera une partie des fonds, et puis l'Église dispose d'or et d'argent que nous pouvons lui emprunter.

Tandis qu'il parlait, son expression s'assombrit.

— Êtes-vous opposé à cette idée ? s'enquit Isabelle.

— Non, nécessité fait loi, répondit-il. Mais cela me rappelle mes années de service auprès du jeune roi. À l'époque, nous pillions les églises, non dans le but de racheter la liberté d'un roi, mais afin de payer des mercenaires. Cela dit, la perspective de devoir emprunter à l'Église me met tout de même un peu mal à l'aise.

Il sortit du bain, enroula une serviette autour de sa taille et en jeta une autre sur ses épaules en soupirant.

— Nous devrons étrangler le peuple d'impôts. Il est demandé aux riches de contribuer le plus généreusement possible en échange de la promesse que Richard le leur revaudra.

Isabelle l'aida à s'essuyer avec des gestes tendres.

— Quelle récompense attendez-vous de lui ? s'enquit-elle dans un murmure.

Guillaume expulsa l'air de ses poumons et la prit dans ses bras.

— Je possède suffisamment, répondit-il. Plus qu'il ne me faut. Mais l'enjeu est également de rester en faveur. L'évêque de Salisbury a fait allusion à une promotion dans la hiérarchie ecclésiastique pour mon jeune frère. Un évêché, peut-être. Quant à ma propre fidélité au roi, pourvu qu'elle soit indéfectible et s'étende bien au-delà des limites du simple devoir, elle aidera à contrebalancer le soutien que mon aîné apporte au prince Jean. Par ailleurs, j'ai prêté serment de fidélité à Richard, et ce serment restera valide jusqu'à ma mort.

Isabelle apposa d'un geste prompt le plat de la main sur ses lèvres entrouvertes.

— Ne prononcez pas ce mot, l'admonesta-t-elle.

— Lequel ? s'enquit-il. Fidélité ?

Elle fit mine de se dégager, mais il la retint fermement.

— La fidélité et la mort sont indissociables, ajouta-t-il, la bouche tout près de la tempe d'Isabelle. Du moins en ce qui me concerne. Je ne saurais dire ce qu'il en est aux yeux de Richard.

Il enroula la natte d'Isabelle autour de sa main et l'embrassa délicatement.

— Pour le formuler de manière plus agréable à vos oreilles, ajouta-t-il, disons que tel est le code de conduite que je m'impose, sachant que Dieu peut à tout moment mettre un terme à mon existence. C'est pourquoi je prie pour qu'il m'accorde vie jusqu'à ce que mes enfants aient atteint la fleur de l'âge.

Isabelle le poussa derechef, plus doucement cette fois, avant de s'abandonner de nouveau à son étreinte et de le serrer à son tour dans ses bras.

Jean le Maréchal regarda son ancienne maîtresse, Alaïs, qu'il n'avait jamais cessé de désirer sans jamais avoir eu le courage de tourner la page une fois pour toutes. Puis il considéra l'homme aux yeux noirs qui se tenait près d'elle, inexorable et serein. Guillaume de Colleville était un petit propriétaire terrien du Sussex, du menu fretin à qui Jean, en sa capacité de shérif du comté, pouvait rendre la vie difficile.

— Vous désirez que je bénisse votre union ? lança-t-il avec un rire aigre. Bonté divine, ma bénédiction est bien la dernière chose dont vous ayez besoin !

Les yeux d'Alaïs s'emplirent d'une lueur de reproche. Guillaume de Colleville, lui, serra les poings.

Jean fut tenté de le faire arrêter et emprisonner. Il avait d'abord été réticent à prendre ce genre de mesures, mais la chose lui était devenue plus aisée avec le temps.

— Je n'ai besoin ni de votre bénédiction ni de votre assentiment, déclara avec assurance Alaïs, les mains sur les hanches. Mais j'espérais que vous souhaiteriez accompagner ce mariage de vos vœux. Je suis venue vous en avertir en personne, car ce geste me paraissait satisfaire aux règles de l'honneur…

Jean déglutit malgré sa gorge nouée.

— « L'honneur » ! s'exclama-t-il en manquant de s'étouffer, avant de s'en prendre à Colleville. Elle vous a mis au courant de son passé ? s'enquit-il.

À dire vrai, Jean ne savait pas comment réagir. Devait-il ricaner de mépris, s'entretenir d'homme à homme avec Colleville, se montrer beau joueur et juste, ou bien se déchaîner contre eux tel un animal blessé ?

Les muscles du visage de Colleville se tendaient et se détendaient sous l'effort qu'il faisait pour contrer son propre instinct.

— Sans rien m'en cacher, répondit-il enfin avec un calme acquis de haute lutte. Il n'y a pas de secrets entre nous.

— En ce cas, prenez-la ! s'exclama Jean avec un geste de grand seigneur qui se débarrasse d'un bien de moindre valeur. Et puissiez-vous obtenir d'elle plus de joies que je n'en ai jamais retiré.

Alaïs, blessée dans sa fierté, étouffa une protestation, et ses yeux s'emplirent de larmes.

— Que voulez-vous que je vous dise ? poursuivit Jean. Qu'y a-t-il de plus à dire ? Vous avez tout dit sur la tombe de notre enfant. Si j'ai péché en faisant de vous ma maîtresse, alors j'en ai payé le prix de mon sang.

Parvenant à grand-peine à garder son calme, il ajouta :

— Mon frère est-il au courant ?

— Il a accepté d'être notre témoin de mariage, répondit Colleville froidement.

Jean tiqua.

— Je suppose que mes enfants ne s'y opposent pas ?

— Vos enfants sont aussi mes enfants, rappela Alaïs d'une voix tremblante mais sans fléchir dans sa détermination. Ils ont accueilli la nouvelle favorablement... Moi aussi, j'ai payé le prix du sang.

Jean déglutit de dépit.

— Que mes vœux vous accompagnent, parvint-il enfin à dire d'une voix rocailleuse. Je suis sincère. Mais ne m'en demandez pas davantage, parce que je ne pourrais vous l'accorder. Ma générosité d'âme a ses limites.

Le couple prit congé peu après. Pourquoi se seraient-ils attardés ? Après leur départ, Jean se tint les côtes à deux bras. Il lui semblait avoir reçu une lance en plein cœur.

Alaïs... Alaïs...

Ce n'était pas une douleur d'amour ; ce n'était pas non plus à cause de l'habitude et du manque. Non, ce qui le tourmentait, c'était de voir les douces promesses de sa jeunesse se faner dans l'aigreur de l'âge. Que le regret était amer, quand on avait conscience que l'avenir était vain ! Sa solitude et le sentiment qu'il ressentait d'avoir été trahi étaient effroyables. Pour couronner le tout, son frère Guillaume leur avait donné la bénédiction qu'il n'avait pas eu, lui, la générosité de leur accorder.

— Mon seigneur ?

Jean le Maréchal releva la tête. Sa jeune épouse, de sa voix hésitante, ne l'appelait jamais Jean, bien qu'elle en eût reçu la permission de l'intéressé.

— Quoi ? rétorqua-t-il sèchement en se redressant.

Une migraine s'était déclarée qui lui martelait les tempes, et les yeux lui brûlaient.

Blanche comme la mort, elle se tenait devant lui, serrant et desserrant les mains sur ses hanches. Elle n'avait que dix-sept ans. Jean approchait de la cinquantaine. Que Dieu lui vienne en aide !

— Les visiteurs ne sont pas restés ? s'enquit-elle.

Jean laissa échapper un rire glacial.

— Je doute que nous ayons eu beaucoup à nous dire au dîner. Peut-être feriez-vous mieux de partir, vous aussi.

La jeune fille s'alarma.

— Partir, mon seigneur ? Mais pour aller où ?

— Aussi loin de moi que possible… On n'amadoue pas un ours blessé par des câlineries, on lui perce le cœur d'un coup de lance.

— Mon seigneur ? lança Aline d'une voix apeurée.

— Bon sang, petite, sortez ! Fichez-moi la paix !

Finalement, il se mit à hurler, et ses propres cris lui firent l'effet de coups de hache à l'intérieur de son crâne douloureux. Lorsqu'il cessa enfin de voir rouge, il constata qu'Aline lui avait obéi. Il était désormais seul.

Guillaume prit la route des Marches dans le but d'organiser sa propre contribution à l'effort visant à faire libérer le roi. Chemin faisant, il fit halte à Marlborough. Son cœur se serra à la vue de la forteresse qui se dressait sur sa grande motte et dont les remparts étaient hérissés de soldats. L'atmosphère, malgré les hérauts qui l'avaient annoncé, était, de façon inquiétante, hostile.

— Peut-être aurions-nous intérêt à faire le détour, suggéra Isabelle en jetant un regard inquiet au chariot à bagages qui transportait également leurs deux fils et leurs nourrices.

Guillaume secoua la tête. Si fou que fût son frère, le fratricide n'était pas dans ses usages.

— Même si je ne suis pas le bienvenu en tant que justicier du roi, il ne refusera pas l'hospitalité à un membre de la famille, fit-il remarquer en se rembrunissant et en lançant son palefroi sur le pont d'un coup d'éperons.

Jean le Maréchal les attendait dans la cour pour les accueillir. Guillaume s'épouvanta de voir son frère vieilli et visiblement malade. Il avait les yeux rouges et larmoyants, sa tunique était tachée de graisse ; une barbe de trois jours, drue et toute blanche, recouvrait son menton.

— Es-tu venu, toi aussi, te désolidariser de moi ? s'enquit-il d'un ton presque belliqueux qui fit sursauter Guillaume.

— Si telle était mon intention, je ne serais pas venu avec toute ma famille et ton propre fils, répliqua-t-il en désignant Jack – qui était tout aussi mal rasé que son père – d'un geste de la main. Il sera bientôt en âge d'être fait chevalier, fit remarquer Guillaume. Et il sera certainement bel homme.

— L'éternel diplomate…, grommela Jean en s'arrangeant pour donner à ces deux mots un tour insultant. Vous feriez mieux d'entrer.

— Tu sais que le roi rentrera dès que la rançon aura été payée ? s'enquit Guillaume.

Les femmes s'étaient retirées avec les enfants dans une chambre à l'étage. Isabelle, une lueur espiègle dans les yeux, avait glissé à Guillaume qu'elle avait l'intention de prendre Aline en main dans le but de l'endurcir quelque peu. Guillaume étendit les jambes vers la chaleur du brasero et se massa la cuisse, qui lui cuisait ce soir-là.

Son frère croisa les bras et prit un air têtu.

— Le prince dit qu'il est fort peu probable que Richard soit encore en vie.

— Il est vivant, tu peux me croire, rétorqua Guillaume d'un ton sec. Le nier s'apparente à de la haute trahison.

— Et comment, au nom du ciel, avez-vous l'intention de réunir cent cinquante mille marcs ? C'est impossible !

— Oh si, c'est possible, assura Guillaume. Ouvre les yeux. Nous autres justiciers, nous aurions pu nous saisir du prince à Windsor. Si la trêve a été conclue, c'est parce que aucun d'entre nous ne souhaitait l'humilier. D'ailleurs, il ne s'est pas fait prier pour nous remettre le château.

— Étant entendu que vous parviendriez à réunir la rançon et à faire libérer Richard. Ce qui est quasi impossible. Si vous échouez et que le prince Jean devient roi, c'est vous tous, qui allez devoir ouvrir les yeux !

— Nous n'échouerons pas, assura Guillaume d'un ton âpre. Si Jean nous défie, alors nous prendrons les mesures qui s'imposent. Ah, Dieu m'est témoin, mon frère, je n'ai aucune envie d'apporter le fer et le feu à Marlborough !

— À moins que ce ne soit moi qui les apporte à Striguil, rétorqua Jean d'un ton cassant.

— Par le Christ, ce n'est pas un jeu ! Le prince t'embarque dans une histoire risquée. Une seule issue est possible…

— Que tu dis. Mais les paris sont ouverts, non ? Comme avec père autrefois, lorsqu'il a mis ta vie en balance avec la faiblesse du roi Étienne, et qu'il a remporté la mise.

— Vraiment ? s'exclama Guillaume en se passant une main sur le visage et en songeant à celui, défiguré, de son père. A-t-il vraiment remporté la mise ?

— Oui ! N'a-t-il pas aujourd'hui un fils dans chaque camp ? D'une façon ou d'une autre, le nom de Maréchal restera dans l'Histoire. Je suis le maître de Marlborough, dont père disait toujours qu'il était nôtre. Il serait fier de savoir que son aîné l'a récupéré, plus fier que tu ne peux l'imaginer.

— Jean…

— Suffit ! s'exclama ce dernier. Je vais aller m'entretenir avec Jack. Tu reprendras la route demain matin. Nous nous sommes tout dit. Il est inutile de discutailler davantage.

Sur ces mots, il se dressa sur ses jambes et sortit dans un courant d'air froid qui donna un frisson dans le dos à Guillaume et fit se hérisser les poils de sa nuque.

Chapitre 42

Cathédrale Saint-Paul, Londres, automne 1193

Guillaume entraîna Isabelle le long de la vaste nef de la cathédrale Saint-Paul, où avait eu lieu, quatre ans auparavant, leur messe de mariage. Elle admira avec étonnement, entre les hauts piliers qui soutenaient la voûte, l'alignement des coffres cerclés de fer et hérissés de cadenas, ainsi que les fûts et les barriques remplis de pièces d'argent, de rouleaux de riches étoffes et de précieuses épices – donations effectuées en lieu et place de sommes d'argent. Toute cette magnificence était placée sous la garde de soldats en armure. Sur un côté, plusieurs fonctionnaires pesaient et mesuraient ces trésors. Ils parlaient entre eux en allemand et recouraient au latin pour converser avec leurs homologues anglo-normands.

À la suite de Guillaume et d'Isabelle, leurs serviteurs en livrée vert et jaune ajoutaient la contribution de Striguil au monceau de richesses en attente d'être évaluées par les envoyés de l'empereur Henri VI.

— Vous vous êtes surpassé, mon seigneur, fit remarquer en connaisseur Gauthier de Coutances, tandis qu'il supervisait le rangement de la donation du chevalier.

Guillaume haussa les épaules.

— J'ai fait de mon mieux, mais ça n'a pas été une sinécure. Nous avons hypothéqué la tonte de l'an prochain et vendu tous nos plus beaux atours. De toute façon, le nombre de tuniques et de manteaux que l'on a le loisir de porter dans une vie n'est pas illimité.

Il exhiba ses mains afin de montrer à Coutances qu'il ne portait plus qu'une seule bague, un superbe cabochon de saphir, chose rare pour un homme de son rang, dont les doigts auraient dû être couverts d'or.

— Exact ! convint Coutances.

Puis, considérant Guillaume d'un air interrogatif, il ajouta :

— Avez-vous eu des nouvelles de Marlborough ?

— Pas récemment, répondit Guillaume, sur ses gardes.

— L'on m'a dit que votre frère était paré pour résister à un siège, ou pour accueillir des rebelles, si d'aventure il s'en présentait à ses portes.

Secouant la tête, il ajouta encore :

— Époque abjecte qui dresse frère contre frère.

— Je n'ai aucun différend avec mon frère, répliqua Guillaume d'un ton égal. Seule une différence d'opinion nous oppose.

La lettre du roi Philippe au prince Jean était simple et brève. L'on pouvait y lire ces paroles de mise en garde : « Gare ! Le diable est lâché ! » À vrai dire, le roi de France anticipait la libération de Richard. Le « diable » était encore dans sa prison, mais sa libération ne tarderait pas. Le premier tiers de la rançon avait été versé, et Aliénor, accompagnée de Gauthier de Coutances, faisait route vers le Saint Empire dans le but de ramener Richard, désormais placé en résidence surveillée, où il tenait sa propre Cour, loin des chaînes dans lesquelles son frère cadet aurait souhaité le voir dépérir.

Guillaume exposa à Isabelle le détail de la missive, dont une copie avait échoué entre les mains de Hubert Walter.

Celui-ci était arrivé peu de temps auparavant à Caversham après avoir quitté Londres, où la nouvelle se répandait à la vitesse d'une colonie de rats dans un grenier à grain. Un vent violent d'octobre assiégeait les remparts du château, faisant s'entrechoquer les volets sous ses bourrasques tempétueuses.

— Inutile de préciser que le prince Jean a fui l'Angleterre, dit Guillaume.

Isabelle, assise sur leur lit, défit ses cheveux et se tourna vers lui.

— Vous n'êtes pas surpris...

— Je n'en attendais pas moins de lui, au vu de son comportement passé, expliqua-t-il d'un air grave.

Isabelle joua avec les pointes de ses mèches.

— Cela signifie-t-il que le rat quitte le navire, ou bien qu'il a couru chercher de l'aide ?

Guillaume écarta les mains.

— Qui sait ? Avec le prince, les deux sont possibles.

— Et qu'en est-il de ses barons ?

Le visage de Guillaume revêtit une expression sinistre.

— Ils auront reçu l'ordre de résister.

Isabelle se mordit la lèvre inférieure, sachant que tous deux pensaient à un autre Jean, le frère de Guillaume. Elle avait vu son mari faire les cent pas de la chambre à la grande salle, prisonnier d'un jeu de patience dont il souffrait.

— Il ne veut rien entendre, rappela ce dernier. Comme son maître, il est allé trop loin pour pouvoir revenir en arrière.

— Vous devez pourtant essayer de lui parler, suggéra-t-elle avec un tranquille aplomb. Au moins, vous aurez la conscience d'avoir essayé.

Elle appuya sur son ventre. Elle en était à son troisième mois de grossesse, et la nausée l'accompagnait constamment.

Guillaume se mordilla l'ongle du pouce.

— Pensez-vous que Richard pardonnera à Jean à son retour ? lança-t-il.

Isabelle se rembrunit.

— Oui, répondit-elle après mûre réflexion. Je pense que oui. Non par amour fraternel, cela dit… Je ne crois pas que de tels sentiments aient cours entre eux. Ni, non plus, par devoir, mais peut-être au nom de leur lignée. Et puis, Richard se considère comme étant si hautement supérieur à Jean que les complots de celui-ci ne sont guère plus, pour lui, que des interférences de gamin. En outre, y aurait-il chose plus exaspérante au monde pour le prince Jean que de faire l'objet de la clémence de son frère ?

— Aucune, convint Guillaume avec un signe de dénégation. Je n'en vois aucune.

Ralph Bloet, dont le père était sénéchal de Striguil, avait apporté un présent à Guillaume de la part de celui-ci.

— Il a pensé qu'il conviendrait à votre aîné, déclara-t-il en hochant la tête d'un air de satisfaction devant le poney pie à la queue et la crinière en broussaille. Son intendant l'a gagné aux dés à un nain et l'a revendu à père. Il est débourré.

— Ralph, à charge de revanche ! s'exclama Guillaume au comble du plaisir. Il était grandement temps que mon fils ait son poney, mais j'ai eu du mal à en trouver un suffisamment petit sans me voir obligé de l'aller quérir à la grande foire de Londres.

— Ravi de combler un besoin, assura le jeune chevalier, bourru mais satisfait. Ainsi, vous évitez Londres ces temps-ci ?

— Éviter n'est pas le mot. Disons que je préfère me reposer à Caversham entre deux orages, expliqua Guillaume avec ironie. Qui sait, il se pourrait même que je bénéficie de tout le temps nécessaire pour faire de mon fils un cavalier accompli, ainsi que ce farfadet de Richard, son petit frère.

Il sourit à l'évocation de son dernier-né qui, à seulement deux ans, faisait déjà preuve d'agilité, se montrait obstiné et possédait une certaine capacité à s'attirer des ennuis.

— Je…

Il s'interrompit tandis qu'un cavalier entrait dans la cour de l'écurie.

La silhouette de ce dernier, qui lui était familière, lui causa un mélange de plaisir et d'appréhension.

— Wigain ?

L'ancien petit commis de cuisine descendit de son vieux cheval époumoné et s'approcha de Guillaume en vacillant sur ses jambes écartées, sans cesser une seule seconde de se masser l'arrière-train en grimaçant.

— Juré, plus j'avance en âge, plus les distances s'allongent ! grommela-t-il, sans omettre de faire une révérence de pure forme à Guillaume.

Il examina le poney et lança :

— Vous élevez de gros chiens ces temps-ci, mon seigneur, si je peux me permettre.

Bloet prit un air renfrogné.

— Espèce d'insolent, pesta-t-il. Si vous me parliez de la sorte, je vous ferais donner le fouet, histoire de vous apprendre les bonnes manières.

— Ne vous formalisez pas, Ralph, gloussa Guillaume. J'ai connu Wigain du temps où il n'était encore qu'un banal commis de cuisine et moi un chiot errant. Aujourd'hui, me voilà justicier et nanti d'une comtesse pour femme. Quant à lui, il appartient toujours au commun, mais il est sorti de sa cuisine pour devenir messager.

— Il m'arrive de le regretter, confia Wigain avec l'accent de la sincérité. Dieu, que j'ai mal aux fesses ! On croirait que je suis venu à dos de génisse.

Bloet ne dissimula pas son agacement. Ce genre de visiteur ne l'impressionnait nullement. Il se tut néanmoins face à l'estime, certes discutable, dont jouissait le personnage auprès de Guillaume.

— Vous m'apportez des nouvelles ? s'enquit ce dernier en reprenant son sérieux.

— De l'archevêque Hubert Walter, répondit Wigain en sortant un pli scellé de sous son manteau.

— En connaissez-vous le contenu ? s'enquit Guillaume en prenant la lettre, avant de se diriger vers l'escalier de la grande salle, tandis qu'un serviteur courait chercher Isabelle.

— Oui, mon seigneur, répondit Wigain. Je l'ai rédigé sous sa dictée. Vous n'allez pas être content… mais vous ne serez pas surpris.

Guillaume haussa un sourcil. Wigain buvait du petit-lait.

— Ne me dites pas que des voleurs se sont emparés de la rançon ou que Richard est mort ?

Wigain secoua la tête.

— Rien d'aussi grave.

— Il s'agit donc du prince Jean, conclut Guillaume en poussant la porte en grand avec le coude pour s'arrêter près de l'âtre.

Se saisissant de la dague qu'il portait à la ceinture, il fit sauter le cachet de cire, déplia le vélin et le tendit à Wigain.

— Autant que ce soit vous qui m'en fassiez lecture, dit-il.

Wigain toussota de manière caractéristique. Aussitôt, Guillaume lui fit servir une coupe de vin. Tandis que l'ancien commis buvait, Isabelle arriva de leurs appartements, s'interrogeant visiblement. Wigain s'inclina devant elle, s'essuya les lèvres et, après s'être raclé la gorge, commença à lire à voix haute.

Le contenu de la lettre était affligeant. Le prince Jean et le roi Philippe avaient tenté d'empêcher la libération de Richard en offrant une somme plus élevée que la rançon demandée par l'empereur, sous condition que celui-ci le gardât en prison ou le remît entre leurs mains. Tous les barons d'Angleterre fidèles au prince Jean avaient reçu l'ordre écrit de tenir bon car, insistait le prince, Richard ne reviendrait pas.

— L'archevêque de Cantorbéry a intercepté un des espions du prince qui transportait une liasse de lettres, annonça Wigain. L'implication de l'héritier du trône dans cette trahison ne fait pas le moindre doute. Cependant, l'archevêque craint que d'autres messages ne soient, eux, parvenus aux barons félons.

Guillaume poussa un juron.

— L'empereur a-t-il répondu à leur offre ? s'enquit-il.

— C'est encore trop tôt pour le savoir, répondit Wigain en secouant la tête.

— Il ne l'acceptera pas, intervint Isabelle. Il est quasiment certain que la Couronne lui versera la somme. Ses envoyés en ont supervisé le comptage, et il en a déjà perçu une partie. En revanche, où le prince Jean et Philippe trouveront-ils un aussi gros tas d'or ? Le roi de France n'ira pas jusqu'à vider ses coffres dans le seul but de garder Richard derrière les barreaux, même si c'est son vœu le plus cher. Quant à Jean, ses ressources ne sont pas inépuisables.

Guillaume acquiesça, étant parvenu aux mêmes conclusions qu'Isabelle. Les deux comploteurs n'avaient pas les moyens de leurs ambitions. En outre, le paiement de la rançon était déjà trop bien engagé pour laisser place à un tel revirement. Quant aux barons de Jean, c'était une autre affaire…

— L'archevêque Hubert s'apprête à prendre d'assaut les châteaux du prince, annonça Wigain, semblant lire dans les pensées du justicier. J'ai vu passer les commandes de chaînes et de cordages, ainsi que les ingrédients pour le feu grégeois. S'ils ne se rendent pas, il y aura du grabuge, et ils en subiront les conséquences.

Un silence gêné s'ensuivit. Wigain en profita pour se resservir en vin.

— Je suis désolé, s'excusa-t-il dans un haussement d'épaules. Je ne suis que le messager. Si les barons du prince ont une once de bon sens et qu'ils craignent pour leur peau, ils se rendront.

— Mon frère échappe à ces deux critères, déplora Guillaume d'un air dépité.

À Marlborough, Jean le Maréchal écoutait son clerc lui faire lecture des instructions de son seigneur. Richard ne serait pas libéré, car le prince était en passe de parvenir à une entente avec l'empereur. Il fallait s'attendre à ce que les justiciers attaquent ses places fortes en Angleterre. En conséquence de quoi ses barons devaient résister coûte que coûte.

L'esprit ailleurs, Jean le Maréchal paya le messager et monta péniblement sur les remparts. Une fois au sommet, il était exténué, et sa jambe était en feu. Le château avait été édifié sur une motte qu'on disait être un antique sanctuaire funéraire. De temps à autre, on exhumait des pointes de flèche, des perles, des tessons de poterie, qui n'avaient rien à voir avec ce qu'on fabriquait à présent. On parlait d'esprits qui traversaient les murs par les nuits venteuses d'automne, de bruits de pas qui résonnaient sur le chemin de ronde le soir à la fin juin, et d'un rire de femme. Jean ne parvenait pas à se rappeler à quoi ressemblait le rire d'une femme. Une fois, il lui avait semblé voir son père marcher le long des remparts, une moitié du visage plongée dans l'ombre, l'autre révélant un profil droit et sévère. L'épée qu'il portait au côté était celle que Jean portait à cet instant même. Le spectre, bien que chaussé de bottes, évoluait sans bruit sur le caillebotis du chemin de ronde. Jean avait cligné des yeux et, au même moment, l'apparition, si tant est qu'elle ait existé, avait disparu, laissant le chevalier médusé face au bois et à la pierre nus illuminés par le clair de lune. Il avait porté la main à son épée pour se rassurer et avait trouvé le pommeau glacé.

Deux cavaliers arrivaient de la ville. Jean les regarda approcher les yeux mi-clos dans le jour finissant. Le coursier noir lui était bien connu, ainsi que le cob rouan. Son sang ne fit qu'un tour.

— Levez la herse ! ordonna-t-il aux gardes avant de descendre dans la cour en toute hâte.

Il arriva au moment où Guillaume et son écuyer mettaient pied à terre.

— Êtes-vous l'avant-garde des assiégeants ? s'enquit-il ironiquement, le souffle coupé par une atroce douleur à la poitrine.

— À ton avis ? demanda Guillaume avec un mélange de dureté et de pitié dans le regard, qui n'échappa pas à Jean. Je t'amène ton fils et suis venu te supplier de rendre Marlborough avant qu'il ne soit trop tard.

— Tu arrives trop tard, répliqua Jean en respirant bruyamment. Même si cela t'aura au moins servi à te donner bonne conscience.

Guillaume eut un mouvement de recul, ce qui procura à son frère un bref sentiment de satisfaction, car sa pique avait fait mouche. Jean leur indiqua l'entrée de la grande salle.

— Entrez donc, lança-t-il. Permettez que je vous offre l'hospitalité tant que je le peux.

Puis il se retourna et chancela. Son fils, qui se tenait le plus près, le rattrapa et le retint. Si près de Jack, dont l'épaisse chevelure fauve était la même que la sienne, Jean se reconnut en lui, son fils, son enfant, devenu homme à part entière. Des larmes lui piquèrent les yeux et sa vision se brouilla.

Il se laissa porter jusqu'à l'intérieur où on le fit asseoir sur un banc. Son cœur battait telle une créature des marais cherchant à s'extirper de la boue. Guillaume tenta d'aller faire quérir un médecin, mais Jean assura qu'il allait déjà mieux ; et, de fait, après une coupe de vin sucré au miel et un peu de repos dans la position assise, l'encombrement de ses poumons s'était dissipé et la douleur avait disparu.

— Tu gaspilles ta salive, dit-il à Guillaume. À moins que tu ne sois venu m'offrir ton aide ou t'interposer entre moi et mes ennemis.

— Tu sais bien que cela m'est impossible, répondit Guillaume posément.

— Tu peux le faire, mais tu refuses.

— De même qu'il est en ton pouvoir d'abandonner Marlborough aux justiciers et que tu t'obstines, rétorqua Guillaume. Sais-tu que le prince Jean a essayé de soudoyer l'empereur afin qu'il garde Richard en prison ?

Jean haussa les épaules.

— On n'empêche pas les rumeurs de circuler, lança-t-il d'un ton las.

— Ce n'est pas une rumeur, insista Guillaume. C'est la pure vérité, de même qu'il est vrai que Hubert Walter est en route pour Marlborough à la tête d'une armée. Si tu ne te rends pas, il prendra le château par la force.

— Il dit vrai, sire, intervint Jack. J'ai vu la lettre de l'archevêque.

Jean se laissa imprégner de la voix grave, à l'intonation masculine, de son fils, qui n'était décidément plus un enfant.

— Si Marlborough était sous ta gouverne, le céderais-tu ? s'enquit-il à l'adresse du jeune homme.

Jack fronça les sourcils et prit le temps de la réflexion avant de répondre au bout d'un moment :

— Cela se pourrait. Mais pas avant d'y être forcé. En me rendant trop tôt, je compromettrais mon honneur. En me rendant trop tard, je serais quand même perdant et ne serais d'aucune utilité à l'avenir pour mon seigneur.

Jean parut surpris puis devint songeur.

— Est-ce toi qui lui as fait la leçon ? s'enquit-il auprès de Guillaume.

— Non, il pense par lui-même, répondit le justicier, également songeur.

— Je ne peux abandonner cette place forte, déclara Jean.

— Bien sûr que si, répéta Guillaume, en priant pour que sa voix contînt une bonne mesure d'encouragement et d'imploration.

Jean fit un signe négatif de la tête.

— Mais je ne le ferai pas, conclut-il.

Guillaume comprit alors que tout était perdu.

Les visiteurs quittèrent Marlborough le lendemain matin, tandis que l'aube griffait de ses doigts d'or le ciel à l'orient. Se retournant sur son cheval, Guillaume aperçut Jean qui se tenait sous la herse, le bras levé en signe d'adieu. De loin, son teint cendreux ne se remarquait plus ; du reste, il avait visiblement fait un effort pour reprendre le dessus. Les deux frères ne s'étaient pas donné l'accolade et, si leurs regards avaient trahi une certaine émotion, leurs visages, en revanche, étaient restés impassibles. Guillaume n'avait pas cherché à savoir ce que le père et son fils s'étaient dit lors de leur entretien privé. Que dirait-il, lui-même, à son propre fils, à la veille d'adieux aussi funestes et définitifs ? Au fond de lui, Guillaume désirait faire demi-tour et retourner serrer avec ferveur son frère dans ses bras. Ils n'avaient jamais été proches, mais à présent un gouffre les séparait, et l'ultime pont qui les reliait encore l'un à l'autre partirait bientôt en flammes. La douleur et la culpabilité lui déchiraient le cœur.

Son neveu, qui avait, lui aussi, regardé en arrière, faisait à présent face à la route en serrant les dents.

— Il va mourir, n'est-ce pas ? lança-t-il.

Le mot fatidique frappa Guillaume comme la foudre, éclairant de sa lumière crue une réalité qu'il s'était jusque-là efforcé de se cacher.

— Je ne suis pas médecin, rétorqua-t-il avec brusquerie.

— Il va mourir, pourtant, répéta Jack. Son visage ressemblait à celui d'un gisant avant le passage du peintre. Et vous avez entendu sa respiration…

Guillaume soupira.

— Oui, admit-il enfin de guerre lasse. Je crains, en effet, qu'il ne meure.

Jack déglutit avant de reprendre la parole :

— Pensez-vous qu'il nous a écoutés ? s'enquit-il. Se rendra-t-il aux assiégeants ?

Pendant qu'ils parlaient, l'aube avait trempé ses doigts dans la nacre, et le ciel se mit soudain à briller comme l'intérieur d'un coquillage.

— Je suis certain qu'il a écouté, répondit Guillaume. Mais nous savons tous deux que nous avons échoué à le convaincre. Il aurait pu me remettre Marlborough, s'il l'avait voulu.

— Jamais son orgueil ne le lui aurait permis, fit remarquer Jack.

— Non, confirma Guillaume d'une voix brisée. Je suppose que non.

Détournant les yeux du soleil levant, il les posa sur le jeune homme d'un air scrutateur.

— J'ai renvoyé Wigain auprès de Hubert Walter avec une requête en faveur de ton père. Je sais que l'évêque doit faire le siège de Marlborough au cas où Jean refuserait de se rendre, mais je lui ai demandé de faire preuve de clémence, de ne pas trop blesser son orgueil. Je sais que cela ne suffira pas, mais…

Jack l'interrompit d'un haussement d'épaules.

— Si vos rôles étaient inversés, ferait-il de même pour vous ?

Guillaume poussa un autre soupir.

— Tu poses de rudes questions, dit-il. J'aimerais te répondre oui mais, tout bien pesé, je ne sais pas. D'ailleurs, cela n'a plus d'importance à présent ; excepté qu'en l'abandonnant à son sort, il me semble l'avoir trahi.

Jack contracta ses mâchoires.

— Le traître, c'est le prince Jean, rappela-t-il. Sans sa fourberie, mon père ne serait pas dans un tel pétrin.

— Ton père n'a peut-être pas fait un si mauvais choix après tout : il se pourrait que le prince devienne roi un jour, rappela Guillaume entre ses dents.

— Cela ne le rend pas plus honorable, s'emporta le jeune homme.

— Non, concéda Guillaume, mais une fois assis sur le trône, nous serions tenus par devoir de le servir, au même titre que ton père se sent tenu de le servir aujourd'hui. « Tenu » est en effet le mot juste, ajouta-t-il en faisant la grimace. Pieds et poings liés !

Chapitre 43

Marlborough, comté de Wiltshire, mars1194

La respiration sifflante, Jean le Maréchal regarda approcher l'armée contre laquelle Guillaume l'avait mis en garde en affirmant qu'elle lui prendrait Marlborough et causerait sa disgrâce. Le pardon serait accordé au prince son suzerain, mais, Jean le savait, aucune clémence ne serait personnellement accordée à sa propre personne. D'une manière ou d'une autre, il était condamné. Prenant tout son temps, il fit ses adieux aux pièces et aux couloirs de son enfance, puis remit à sa femme la clé du coffre-fort et tout l'argent qui se trouvait à l'intérieur.

— Si les choses devaient tourner mal, vous suppléerez à ma défection, expliqua-t-il.

La jeune femme le regarda avec des yeux vides et apeurés.

— Je ne saurais pas quoi faire, admit-elle.

Un morne sourire aux lèvres, il dit :

— Imaginez-vous dans la peau de la comtesse Isabelle. Il ne vous arrivera pas malheur. Vous n'êtes qu'un pion innocent. Comportez-vous en dame noble, et l'on vous traitera comme telle.

Il passa de la chambre d'Aline dans la sienne et pria ses écuyers de lui passer son armure. Il lui sembla que les mailles de son haubert étaient de plomb, et le chatoiement de son surcot de soie l'éblouit. L'épée de son père pesait comme un fardeau sur sa hanche, qui souffrait de l'humidité persistante du mois de mars. Mais la plus lourde charge était celle qui pesait sur sa conscience. En sueur et nauséeux, il se demanda combien de temps il tiendrait contre l'assaillant. Peut-être son fils avait-il raison ; peut-être devait-il se disposer à faire des compromis. Mais le moment n'était pas encore venu. Il devrait d'abord faire croire à l'ennemi qu'il valait la peine de négocier avec Jean le Maréchal ; du reste il se devait de prouver, à ses propres yeux comme à ceux de son seigneur, qu'on pouvait lui faire confiance. *Être crédible ! C'est là que le bât blesse…*, pensa-t-il. Guillaume, sans jamais chercher à l'être, l'avait été sa vie durant, contrairement à lui, malgré tous ses efforts.

— Voici trop longtemps que je foule cette Terre, déclara-t-il à ses écuyers stupéfaits. Il se pourrait qu'aujourd'hui la providence m'entende !

À Striguil, le vent de mars était glacial. Se serrant les côtes sous son manteau, Isabelle alla jeter un coup d'œil dans la basse-cour par-dessus la palissade. Guillaume était resté tout l'après-midi dehors à dresser ses chevaux. Sensible à son besoin de solitude et à l'effort intense de concentration que le dressage lui demandait, elle était restée dans leur chambre et avait donné la consigne à tous de ne pas l'importuner. Cependant, à mesure que les heures passaient et que la fin du jour approchait, il lui tardait d'aller aux nouvelles.

Il n'en avait pas encore terminé avec son nouveau destrier acquis le mois précédent à Londres. C'était un poulain brun foncé tout en puissance moucheté d'alezan sur le ventre et la croupe. Elle le regarda faire changer le cheval de jambe d'appel au petit galop et, comme à l'accoutumée, admira son assiette et la souplesse dont il faisait preuve dans son rapport avec l'animal. Au vu de sa silhouette qui se dessinait dans la lumière finissante, on aurait pu croire à un jeune écuyer agile, ce qui ne manqua pas d'émouvoir et d'émoustiller sa femme. Ses écuyers n'étaient pas dans les parages. Elle supposa donc qu'il les avait renvoyés au corps de garde. Seul Rhys l'assistait. Pour l'instant, le Gallois couvrait Besant et s'apprêtait à le ramener à l'écurie.

À l'intérieur du ventre d'Isabelle, leur troisième enfant donna un coup de pied, comme s'il se sentait déjà à l'étroit, ce qui était certainement le cas.

Consciente de l'état avancé de sa grossesse, Isabelle longea prudemment le chemin de ronde et descendit dans la basse-cour, son manteau battant contre ses jambes et son voile livré aux caprices du vent, au point de lui boucher presque entièrement la vue. Parvenue au bas des marches, elle constata que Rhys avait averti Guillaume de son arrivée. Le chevalier vint à sa rencontre et s'arrêta à sa hauteur.

— Comment accueille-t-il le dressage ? s'enquit-elle en caressant le doux museau de l'équidé.

— Fort bien, répondit Guillaume. Même s'il lui reste beaucoup à apprendre.

Il jeta un coup d'œil à la ronde, lâcha la bride et se frotta le visage de la main droite.

— Je ne m'étais pas rendu compte qu'il était si tard, s'excusa-t-il.

— J'ai pensé que vous aviez besoin d'un moment de solitude, répliqua-t-elle en souriant malgré son inquiétude.

Guillaume mit pied à terre et remit le nouveau destrier à Rhys.

— Merci, d'aller ainsi toujours au-devant de mes besoins, dit-il à mi-voix en prenant le bras de sa femme.

Ils échangèrent un regard, dont Isabelle atténua la gravité par un rire.

— J'ai beau les deviner, je ne suis pas toujours en mesure d'y pourvoir.

Posant une main sur son ventre pour souligner ses dires, elle ajouta :

— Je pense qu'il ne va plus tarder maintenant. Je…

Elle fut interrompue par les gardes qui les avertissaient à grand renfort de cris de l'arrivée d'un cavalier. La sentinelle ouvrit en toute hâte la porte à battants qui fermait la palissade. Isabelle sentit les doigts de Guillaume se refermer sur son bras. À la manière dont il se raidit, elle comprit que l'après-midi de dressage n'avait pas suffi à chasser ses démons.

Un messager pénétra dans la cour au petit galop sur un coursier alezan en nage.

— C'est le cheval de mon frère, s'exclama Guillaume d'une voix enrouée, tandis qu'il tressaillait.

La nouvelle tant redoutée était donc arrivée, pensa-t-il. La silhouette encapuchonnée qui descendit de cheval chancela dès qu'elle posa les pieds sur la terre ferme, puis elle se tourna vers eux. Isabelle reconnut Wigain, qui n'était plus que l'ombre grisâtre de lui-même. Le petit commis considéra Guillaume. Toute gaieté semblait avoir déserté son regard. Le vent du soir faisait battre quelques mèches grisonnantes au revers de son capuchon.

— J'arrive de Marlborough, où se trouve mon seigneur Hubert Walter…, déclara-t-il avant de s'humecter les lèvres.

— Mon frère est mort, n'est-ce pas ? lança Guillaume d'un ton morne.

Wigain acquiesça et déglutit.

— Oui, mon seigneur. Je suis navré. L'archevêque Hubert me charge de vous transmettre ses plus sincères condoléances…

Le commis déglutit et toussota, mais Guillaume ne tint pas compte de la tentative visant à attirer son attention sur la gorge sèche du messager.

—Ah oui, vraiment ? releva-t-il, tandis que ses narines se dilataient sous la colère.

Isabelle s'empressa de détourner l'attention des deux hommes en entraînant son mari par le bras en direction de la tour.

—Il fait froid et sombre, fit-elle remarquer à juste titre. Nous pouvons aussi bien écouter Wigain au chaud à l'intérieur.

—Il se pourrait que la chaleur du foyer me déplaise pour écouter la suite, grommela Guillaume.

Isabelle leva les yeux au ciel.

—Eh bien, ce n'est pas mon cas, et il en va de même pour notre enfant à naître, répliqua-t-elle.

L'argument était un peu déloyal, et aucun des deux ne fut dupe. Quoi qu'il en fût, Guillaume capitula et se laissa conduire jusqu'à leur chambre, ne faisant halte que pour envoyer quérir Jack au corps de garde.

Guillaume avait à peine posé le pied dans leur chambre, son sanctuaire, que ses deux fils accouraient le saluer. La nourrice s'apprêta à les rappeler, mais il la pria de n'en rien faire, arguant que leur joie enfantine et leur innocente vivacité l'aideraient à surmonter l'épreuve.

Isabelle s'installa près du feu et posa une main sur son ventre rebondi. Wigain but le vin qu'on lui servit en prenant tout son temps, comme s'il redoutait d'avoir à poursuivre son récit.

Jack pénétra dans la pièce en silence. Il arborait de grands yeux circonspects. Guillaume le fit venir près du brasero. C'est alors que le jeune homme s'avisa de la présence de Wigain.

— Ton père nous a quittés, annonça Guillaume avec ménagement.

L'expression de Jack demeura inchangée, bien qu'il s'arrêtât net, tel un cheval auquel on tient la bride courte.

Wigain, à son plus grand désarroi, avait terminé son vin.

— Je suis navré, lança-t-il, la gorge encombrée.

Jack lui adressa un regard indéchiffrable et haussa légèrement les épaules.

— Nous nous y attendions, rappela-t-il.

— Racontez-nous, Wigain, suggéra Guillaume en faisant asseoir ses fils à ses pieds et en leur faisant signe de se taire.

Le jeune Guillaume hocha la tête avec solennité. Richard, quant à lui, imita le geste de son père, pinça les lèvres exagérément et regarda Wigain en écarquillant les yeux. Le conteur pouvait commencer...

Wigain prit le pichet de vin des mains de l'intendant de Guillaume et se resservit.

— L'archevêque Walter s'est rendu à Marlborough avec ses troupes et a sommé votre frère de lui remettre le château au nom du roi Richard, raconta le messager. Votre frère a fait connaître son refus, puis il a fait tirer sur nos hommes par ses archers. L'archevêque a alors assiégé le donjon avec ardeur – je ne vous fais pas un dessin, mon seigneur. Vous avez vu suffisamment de sièges et de *chevauchées** lorsque vous étiez en service auprès du vieux roi et de ses fils.

Guillaume confirma d'un hochement de tête.

— Épargnez-nous les détails. C'est inutile. Est-il tombé au combat ?

Wigain se versa une lampée de vin dans le gosier avant de répondre :

— Non, mon seigneur. Cependant, il était exposé, puisqu'il commandait ses hommes depuis le chemin de ronde. J'ai aperçu son écu et sa bannière à plusieurs reprises...

Mais, durant une accalmie, ils ont baissé l'oriflamme et envoyé deux hérauts solliciter des pourparlers avec l'archevêque.

Wigain vit l'oncle et le neveu échanger un rapide coup d'œil.

— Mon seigneur l'archevêque, qui désirait leur capitulation, s'est dit disposé à laisser partir librement la garnison. Mais lorsque la porte s'est ouverte, c'est dame le Maréchal qui lui a apporté les clés, annonçant que son mari était mort.

Le visage de Wigain s'assombrit au souvenir de cet épisode.

— Elle s'est prosternée devant le prélat et lui a présenté les clés dans le creux de ses mains en implorant sa clémence, qui lui fut accordée, poursuivit le commis. L'archevêque avait eu gain de cause. La garnison s'est rendue, et il a donné l'autorisation d'exposer le corps de votre frère dans la chapelle, en attendant qu'on fasse venir un cercueil et un chariot afin de l'emmener à Bradenstoke. Une messe de funérailles aura lieu à la cathédrale de Cirencester.

Guillaume, les sourcils froncés, calcula le temps qu'il lui faudrait pour se mettre en route. Il se sentait accablé de chagrin et d'un profond sentiment d'échec. Comment en était-on arrivé là ?

Wigain but une autre gorgée et dit :

— Ce n'est pas tout.

— Comment ça ? lâcha Guillaume en lui lançant un regard.

Cela n'augurait rien de bon.

Wigain se lécha les lèvres.

— Le roi Richard a débarqué à Sandwich. Il fait route vers Nottingham, pour participer au siège. Il vous demande de le rejoindre en toute hâte à Huntingdon afin de vous placer fidèlement sous ses ordres.

Le commis parut mal à l'aise mais poursuivit :

— La rumeur a couru que vous étiez présent à Marlborough, en soutien à votre frère… que vous aviez décidé de vous opposer au roi.

Guillaume serra les poings et contint sa rage. Il suffisait de tourner le dos un instant pour que vos ennemis tentent de vous poignarder !

— Mais c'est entièrement faux, vous le savez !

— Oui, mon seigneur, convint Wigain, aussi honteux que s'il avait lui-même lancé la rumeur. Je suis désolé. Je ne savais pas par quelle mauvaise nouvelle commencer…

— Un frère passe-t-il avant un roi ? s'enquit Guillaume avec un sourire amer et sans joie.

Puis il considéra ses fils. Le plus jeune levait vers lui ses grands yeux noirs admiratifs. Guillaume se souvint de son propre père, qui avait sacrifié le bien-être de sa propre famille à ses intérêts politiques.

— Le conteur a terminé, papa ? s'enquit le jeune Guillaume. Son histoire ne me plaît pas !

— Me plaît pas ! répéta Richard avec une mine boudeuse.

— Non, elle n'est pas terminée, répondit Guillaume en ébouriffant les cheveux de son héritier. Bien au contraire, ajouta-t-il. Et, pour tout t'avouer, elle ne me plaît pas non plus.

— Elle vous plaira encore moins quand vous saurez que Guillaume Longchamp est avec le roi, intervint Wigain. Richard a abrogé son bannissement et l'a fait revenir au bercail. Il a besoin de ses talents de grippe-sou. Et puis, Longchamp a toujours été fuyant et sait se faufiler comme une anguille !

Guillaume éprouva un accès de dégoût. La main toujours posée sur le sommet du crâne de son fils, il dit :

— Inutile de demander qui a lancé la rumeur de ma présence à Marlborough ! Je ferais mieux de me mettre en route avant d'être tout bonnement accusé de haute trahison.

Chevauchant à toute vitesse, Guillaume rejoignit le cortège funéraire de son frère aux alentours de Cirencester. Aline avait engagé un groupe de six pleureuses professionnelles réparties de chaque côté du cercueil dans leurs longues capes de couleur sombre surmontées d'amples capuches. À intervalles réguliers, elles se frappaient la poitrine en poussant des lamentations. Aline était aussi pâle qu'un linceul, et ses yeux portaient les stigmates de l'épuisement, mais elle se maîtrisait. Malgré toutes les difficultés et le chagrin que lui avait apportés son mariage avec Jean le Maréchal, elle avait gagné en prestance et en maturité. Guillaume descendit de son coursier et accompagna la dépouille à pied. L'épée de Jean, qu'il avait tenue de son père, reposait sur la bière recouverte de soie rouge. Au fond de son âme, Guillaume ressentait un regret lancinant de n'avoir pas été plus proche de son frère, car à présent, il était trop tard. Jack mit, lui aussi, pied à terre et se mêla en silence au cortège funèbre pendant que le restant des chevaliers de Guillaume suivait le mouvement.

— Finalement, il n'a pas eu à se rendre, fit remarquer Aline à Guillaume et Jack en marchant.

Elle-même portait une cape de couleur sombre à capuche, qui laissait entrevoir à chaque pas la bordure éclatante d'une coûteuse robe de laine rouge.

— C'est son corps qui a capitulé, et je suis contente pour lui qu'il en ait été ainsi, poursuivit-elle. Il n'aura pas eu à renoncer à Marlborough, et donc à sa fierté.

Se mordant la lèvre inférieure, elle se souvint :

— Il est redescendu du chemin de ronde pour prendre un moment de repos et s'est effondré au pied de l'escalier. Quand je suis arrivée auprès de lui, il nous avait quittés. Nul ne pouvait plus rien.

— Je suis content pour lui qu'il soit mort avec le titre de seigneur de Marlborough, renchérit Guillaume d'une voix rauque. Même si je préférerais qu'il fût en vie.

Ils marchèrent longuement dans un silence endeuillé et recueilli. Au bout d'un moment, Guillaume se tourna vers la figure blême qui cheminait à sa hauteur et dit :

— Qu'allez-vous faire à présent, Aline ?

La jeune femme haussa les épaules.

— Retourner chez les miens… leur être utile en me remariant, dans l'espoir que ce sera un bon mariage.

La peine et le regret resserrèrent leur emprise sur le cœur de Guillaume.

— Je l'espère aussi, madame, lança-t-il.

Après la messe à Cirencester, Guillaume prit congé de son neveu et du gros des chevaliers, qui accompagneraient la dépouille jusqu'au prieuré de Bradenstoke. Pendant ce temps, il gagnerait Huntingdon, où l'attendait le roi. Mais avant de quitter Cirencester, il adouba Jack le Maréchal.

— Puisque tu es l'unique fils de ton père et un homme accompli à présent, tu as ta place dans la chevalerie, déclara Guillaume en ceignant son neveu du baudrier et de l'épée de Jean. Du reste, tu l'as amplement mérité, et il sied que ton père soit conduit jusqu'à sa dernière demeure par un aîné de la famille doublé d'un chevalier adoubé.

Guillaume était rongé de chagrin et de culpabilité. Sa place, il le savait, était aux côtés des siens, mais le devoir l'appelait ailleurs.

Jack, les dents serrées afin de contenir le flot d'émotions qui menaçait de le submerger, hocha la tête. Guillaume lui serra l'épaule, d'homme à homme.

— Rejoins-moi à Nottingham une fois ton devoir accompli, suggéra-t-il. J'aurai besoin de toi.

Sortant de la cathédrale, il emplit ses poumons de l'air glacé de mars et rassembla son courage en vue de l'épreuve à venir.

La matinée tirait à sa fin lorsque Guillaume entra à cheval dans Huntingdon après avoir quitté Bedford à l'aube. Il dut attendre à la porte de la ville avec ses trois chevaliers qu'un messager aille informer le roi de leur arrivée. Guillaume attendit sur son coursier couvert de sueur, non sans remarquer les regards interrogateurs dont il faisait l'objet de la part des gardes. Il ne lui était pas difficile d'imaginer ce qu'ils pensaient.

— Vous voyagez léger, mon seigneur, fit remarquer le capitaine des mercenaires de faction à la porte en jouant avec la poignée de son épée.

— Le reste de mes troupes suit, répondit guillaume d'un ton neutre. Ils nous rejoindront à Nottingham.

Le mercenaire acquiesça mais ne dit rien. Cependant, il fut évident pour Guillaume que le guerrier se demandait dans quel camp il se rangerait. Personne ne lui offrit l'hospitalité, mais il ne s'en formalisa pas. Il connaissait les règles du jeu et était passé expert en la matière. Il descendit de cheval et jeta une couverture sur le dos de l'équidé, faisant signe à ses chevaliers d'en faire autant. Puis il bavarda de tout et de rien avec les soldats et se montra plein d'aplomb, même s'il se sentait aussi peu rassuré qu'un homme assis sur une colonie de fourmis rouges.

Le messager revint enfin avec l'ordre de conduire Guillaume au pavillon du roi Richard. Guillaume Longchamp avait accompagné le messager. Un sourire dédaigneux fendait sa barbe noire bien fournie. Il avait manifestement l'intention de savourer l'occasion et de régler de vieux comptes.

— Votre avenir est incertain, le Maréchal ! s'exclama Longchamp, les yeux brillants de malveillance. J'espère pour vous que vous êtes d'humeur éloquente.

Guillaume posa sur l'évêque un regard glacial.

— Ce n'est pas la première fois que je fais face au courroux d'un roi, et j'en suis toujours sorti indemne, rétorqua-t-il. Ou bien Richard me connaît suffisamment à présent, ou bien il ne me connaîtra jamais. Aucune parole, si éloquente soit-elle, n'y fera rien.

Longchamp retroussa sa lèvre supérieure.

— Non, absolument rien, confirma-t-il d'une voix pleine d'insinuation. Quoi qu'il en soit, le roi veut vous entendre avant de trancher.

Guillaume confia son cheval à la garde de son chevalier Roger d'Abernon.

— Je suis prêt, répliqua-t-il. Je ne crains pas d'être jugé.

— La garnison de Nottingham refuse toujours de se rendre, annonça Longchamp en boitant à côté de Guillaume, tandis qu'ils traversaient le camp. Le château est bien défendu mais ne fait pas le poids face à nous. Dommage que les justiciers l'aient rendu au prince Jean !

Le ton était douceâtre mais, comme Guillaume avait été chargé de la garde provisoire de Nottingham, puis de sa restitution au prince Jean au cours des négociations de paix, il était clair que ce n'était pas là une remarque innocente.

— J'ai agi comme j'ai jugé bon de le faire, rétorqua-t-il d'un ton sec.

Longchamp esquissa un sourire mauvais.

— Il faudra vous défendre mieux que cela, le Maréchal, suggéra-t-il.

— Oh, cela reste à voir, répliqua Guillaume. D'autres s'en sont apparemment tirés à bon compte, au regard des méfaits qu'ils ont perpétrés en l'absence du roi. Certains sont même allés jusqu'à émettre des faux et à faire un usage frauduleux de son sceau.

Longchamp lui lança un regard assassin de ses yeux brillants.

— Je n'ai commis aucun acte de trahison. Je n'en dirais pas autant de votre frère, ni de vous.

Guillaume serra les poings et se contint, mais au prix d'un gros effort. Grâce à Dieu, ils étaient arrivés au pavillon du roi, et Longchamp dut cesser ses provocations.

Guillaume hésita devant la toile d'écarlate et d'or gonflée par le vent et surmontée d'un majestueux fleuron de bronze. Derrière les gardes, les rabats étaient ouverts sur un intérieur décoré de tentures de soie de Damas. Un lit recouvert de fourrures avait été installé à gauche, et une longue table rectangulaire entourée de tabourets et de bancs se trouvait à droite. Au centre trônait le siège du roi au milieu d'un assortiment d'armes. Son haubert attendait sur un support en bois de hêtre qu'on vînt le prendre. Une épaisse couche d'ajoncs verts recouvrait le sol parsemé, çà et là, de fleurs printanières – coucous et jeunes pâquerettes – qui formaient des taches de couleur. Guillaume vit avec appréhension Richard sortir de derrière un écran situé au fond de la tente en rajustant ses chausses. Le cuivre de ses cheveux arborait des reflets argentés, et le soleil, le vent et les privations de la captivité avaient creusé son visage d'un réseau de rides. À trente-sept ans, il en faisait dix de plus. Sa chemise et sa tunique, ouvertes sur son torse, laissaient entrevoir des boucles auburn, mais son négligé n'enlevait rien à sa prestance de roi. Guillaume déglutit et se prosterna à genoux. La fraîche odeur des ajoncs monta jusqu'à lui, et il serra les poings. Plus de quarante-sept ans auparavant, il jouait – enfant innocent et inconscient du danger – sous la tente du roi Étienne, qui tenait sa vie entre ses mains. Cet épisode de son enfance avait mené, par bien des détours, à sa présence sous la tente du roi Richard en ce jour.

— Laissez-nous, ordonna Richard aux serviteurs et aux gardes. Vous aussi, monseigneur évêque, ajouta-t-il en faisant signe à Longchamp de prendre congé.

— Mais, Sire, vous avez besoin de mon témoignage, et je…, commença Longchamp, qui était manifestement prêt à tout pour rester et assister à l'humiliation de son rival.

— J'ai dit : « Laissez-nous » ! répéta Richard d'un ton péremptoire. Il s'agit là d'une affaire privée entre moi et le Maréchal.

Longchamp hésita pendant un court instant puis s'inclina et sortit en coup de vent du pavillon, laissant un courant d'air froid dans le sillage de son manteau.

— Vous en avez mis, du temps, le Maréchal ! fit remarquer Richard au bout d'un moment, en lui faisant signe de se redresser. Je vous attendais plus tôt.

— J'ai fait aussi vite que mon cheval le pouvait, Sire, répondit Guillaume en résistant au besoin d'essuyer ses mains moites à son surcot.

— Mais sans vos troupes ?

Guillaume se redressa face au roi. Un frisson lui parcourut la nuque.

— Mes hommes nous attendront à Nottingham. Ils escortent en ce moment même la dépouille de mon frère à Bradenstoke sous le commandement de mon neveu.

Richard joignit le bout de ses doigts devant son menton et se mit à faire les cent pas, tel un lion agité par la faim.

— Votre frère…, lança-t-il au bout d'un moment. En effet, j'ai eu vent de sa mort. Croyez bien que j'en suis navré. Dommage qu'il ait péri en se rebellant contre mon autorité !

— Il est resté loyal envers votre frère, Sire.

— Qui est inconstant et ignore le sens du mot loyauté, rétorqua le roi. Dites-moi, le Maréchal, votre propre loyauté a-t-elle été soumise à rude épreuve ?

— Pas jusqu'au point de rupture, Sire.

Richard le regarda dans les yeux, et Guillaume lui rendit son regard, impassible.

— À Chypre, j'ai reçu des lettres m'annonçant votre trahison, disant que vous étiez passé dans le camp de mon frère. Et la même chanson m'a été contée lorsque j'ai débarqué en Angleterre.

— Leur auteur, quel qu'il soit, est un menteur, assura Guillaume en jetant un regard significatif vers l'entrée de la tente, où Longchamp s'était engouffré comme une bourrasque quelques instants auparavant. Jamais, de toute ma vie, je ne suis revenu sur mon serment d'allégeance.

— Certes, mais vous devez allégeance à mon frère pour vos terres d'Irlande et votre fief de Cartmel.

— Mais pas pour Striguil et Longueville, Sire, ni pour ma position de justicier, rappela Guillaume. Oui, j'ai soutenu le prince Jean lorsque l'évêque d'Ely a outrepassé son autorité, mais je l'ai fait sur l'instigation de madame votre mère et de l'archevêque de Rouen, qui vous représentaient alors.

Levant la main droite, il ajouta :

— Ou bien j'ai votre confiance, Sire, ou bien je ne l'ai pas et l'aventure prend fin ici.

Richard émit un grognement et sourit à son corps défendant.

— Ma mère et Gauthier de Coutances m'ont abreuvé de recommandations vous concernant, commença-t-il. À dire vrai, j'en ai les oreilles qui bourdonnent encore ! Et vous-même ne manquez pas d'arguments, si je peux juger de vos intentions à l'aune de votre contribution au paiement de ma rançon.

Sur un claquement de doigts du roi, un serviteur versa du vin dans deux coupes. Soudain, la vue de Guillaume se mit à vaciller. Il crut que les fantômes du passé étaient revenus le hanter : le roi Étienne, les yeux et les joues caves, trouvant, malgré les soucis qui l'accablaient, la force de se montrer aimable avec le petit garçon blond qu'il était alors et dont son fils de quatre ans était le portrait craché. Soudain, l'odeur des ajoncs sous ses pieds le rendit quelque peu nauséeux.

À ce moment, Richard lui tendit une coupe pleine à ras bord.

— Il est peu de personnes en ce monde à qui je puisse accorder ma confiance, et mon frère ne compte assurément pas parmi elles, bien qu'il ne soit pas dépourvu de qualités susceptibles de m'être utiles en leur temps, déclara le roi. Quoi que vous pensiez de mon chancelier, et je dois admettre que Longchamp est un mélange de fouine et de serpent, il m'est entièrement dévoué, et m'est donc, à ce titre, très précieux. Mais vous, le Maréchal… (Il s'interrompit afin de ménager son effet et de tenir Guillaume en haleine.) Vous auriez pu mettre le sud-ouest du pays à feu et à sang en rejoignant la rébellion soulevée par le prince. Mais vous m'avez fait passer avant votre propre famille. D'aucuns prétendent – surtout mon chancelier – que vous ne visez en cela que votre propre intérêt, mais il est vrai que ses escarmouches contre vous se sont naguère soldées par sa défaite et qu'il n'apprécie pas l'humiliation. Ma mère affirme que vous êtes l'homme le plus loyal qu'elle ait connu, et qu'un roi devrait mettre la loyauté au-dessus de tout.

Guillaume avait su que ces mots allaient surgir. Le souvenir de sa rencontre avec le roi Étienne ne l'avait jamais quitté. Plus qu'un souvenir, c'était devenu une prémonition. Il attendit le moment où il lui faudrait lever sa coupe d'une main tremblante à la loyauté et pria pour ne pas défaillir.

Richard hocha la tête d'un air pensif et dit :

— Ma mère se trompe. Du moins dans le choix des mots…

Aussitôt, Guillaume se raidit. Il n'avait pas envisagé un tel dénouement.

— Certes, j'accorde du prix à votre loyauté, poursuivit le roi. Mais plus encore à votre intégrité. Il y a une nuance. Par intégrité, vous êtes resté fidèle à mon père et avez transpercé de votre lance le poitrail de mon destrier. Et par intégrité, vous êtes ici aujourd'hui et vous apprêtez à agir conformément au droit et à la justice.

Guillaume avait quelques réserves à ce sujet. S'il avait été aussi intègre que le disait Richard, il aurait été, à cette heure même, à Bradenstoke pour l'enterrement en grande pompe de son frère. Il ne se serait pas satisfait d'une messe à Cirencester avant d'abréger afin d'aller retrouver le roi. En venant à Huntingdon, il avait agi par nécessité et dans son propre intérêt. Mais puisque Richard voyait la chose autrement, à quoi bon le contredire ? Loyauté, intégrité, nécessité : tout cela était du pareil au même. Sa vie était le résultat de ces trois forces et continuerait de l'être, à des degrés variables.

Richard leva sa coupe.

— À l'avenir ! lança-t-il.

— Quoi qu'il nous réserve, renchérit Guillaume, un sourire forcé et peu amène aux lèvres, mais considérant qu'il n'y avait aucun risque à lever sa coupe à l'inconnu.

Épilogue

Portsmouth, mai 1194

Guillaume couvait du regard sa fille endormie dans son berceau. Elle faisait de petits bruits avec son nez. Ses poings minuscules semblaient deux fleurs en bouton. Elle était née pendant le siège du château de Nottingham par le roi Richard, siège qui s'était soldé par la capitulation des assiégés. De retour à Striguil, Guillaume avait eu le bonheur d'y trouver sa femme et le bébé en excellente santé.

À près de six semaines, Maheut – c'est ainsi qu'elle avait été baptisée – avait perdu son apparence toute plissée et froissée de nouveau-né pour arborer le teint de rose d'un nourrisson bien nourri. Des reflets roux donnaient un lustre particulier à ses cheveux noirs, et ses yeux bleus de bébé semblaient vouloir virer au marron foncé, couleur des yeux changeants de son père. Guillaume ne pouvait poser son regard sur elle sans en éprouver de la fascination. Ses fils s'intéressaient davantage à leurs épées et chevaux de bois qu'à leur petite sœur. Le jeune Guillaume, en tant qu'aîné et parce qu'il était le plus éveillé des trois, avait particulièrement hâte de prendre la mer.

Guillaume leva les yeux vers la porte ouverte de la grande salle en bois longiligne où ils logeaient. Ses fils, qui jouaient au loup, passèrent en courant à grand renfort de rires, suivis de près par leurs nourrices à bout de souffle.

De terribles orages avaient sévi à la fin avril. À présent, une pluie oblique et des vents forts qui soulevaient les flots en furie retardaient l'embarquement du roi Richard pour la Normandie. Il avait tenté une fois de prendre la mer avant de se voir contraint de rentrer au port. Ce jour-là, cependant, le vent était tiède et embaumait l'air de senteurs printanières ; surtout, il soufflait en direction de la Normandie. C'était donc le jour idéal pour faire la traversée.

— Mon seigneur, salua la nourrice de Maheut en faisant une révérence à Guillaume avant de faire halte devant le berceau pour prendre le bébé et l'envelopper d'une douillette couverture de voyage.

Maheut émit une faible protestation, et son front se plissa, mais elle ne se réveilla pas. Un sergent d'armes souleva le berceau et l'emporta sur le quai, tandis que la nourrice lui emboîtait le pas en fredonnant doucement quelque mélodie à la petite.

Isabelle, qui pendant tout ce temps était restée dehors à superviser le chargement des derniers meubles et bagages sur le bateau, passa la tête dans l'entrebâillement de la porte.

— Êtes-vous prêt ? s'enquit-elle.

Elle portait une épaisse cape irlandaise à carreaux doublée de vair et une cornette confortable en taffetas. Une lueur d'amusement et d'exaspération éclairait son regard, d'où la compassion n'était cependant pas absente, car elle savait à quel point son mari détestait naviguer.

Guillaume ferma la fibule de son manteau et carra ses épaules. Tiède ou non, la brise soufflait encore assez fort et serait froide en haute mer. Il sourit à sa femme.

— Oui, je suis prêt, répondit-il.

Puis il sortit dans la lumière du jour.

Isabelle leva vers lui ses yeux en dégradé de bleus, comme la mer en été. Posant une main sur son poignet de manière protocolaire, elle dessina discrètement un cercle avec son pouce à l'endroit où battait son pouls, puis elle exerça une faible pression en signe de profonde affection et de soutien.

Ensemble, ils se dirigèrent vers le navire. On aurait dit deux amoureux dans le splendide isolement de leurs retrouvailles un matin de printemps, bien qu'ils fussent accompagnés de toute une suite de chevaliers et d'écuyers, de valets et de servantes, d'enfants et de nourrices.

Une seule galère isolée – sa virure bordée d'écus vert et or – restait à quai. Des oriflammes ornées d'un dragon rouge flottaient au sommet du mât et de l'abri de pont. Les eaux scintillaient dans le matin clair, et la plupart des nefs avaient déjà pris la mer, dont celles de Richard et d'Aliénor. La foule était venue sur la jetée assister au départ. Le bateau qui transportait les chevaux de Guillaume venait de larguer les amarres. En forçant un peu ses yeux, il put apercevoir Rhys et son neveu Jack, qui se tenaient sur le pont, ayant préféré tous les deux tenir compagnie aux équidés, parmi lesquels figurait le nouveau destrier noir de leur seigneur.

Guillaume prit une grande bouffée d'air marin et se signa. Mais ce n'était pas à cause du danger que représentait la traversée. Il désirait simplement continuer de jouir pleinement de toute la vigueur qui n'avait cessé d'irriguer ses veines depuis Drincourt, mais également de sa femme, de sa famille et des biens qui étaient leurs. Les linceuls qu'il avait rapportés de Jérusalem à son propre usage étaient rangés au fond de son coffre de voyage. Il espérait de tout son cœur qu'ils ne serviraient pas avant que ses enfants fussent devenus adultes et que lui-même ait bu sa coupe jusqu'à la lie.

Note de l'autrice

Guillaume le Maréchal est un des héros méconnus de l'Angleterre et sans doute le plus grand chevalier du Moyen Âge. Les universitaires et les passionnés du monde médiéval sont familiers du personnage, mais, en dehors de ces cercles, qui s'intéresse au quatrième fils d'une famille aristocratique de second ordre ? Pourtant, Guillaume fut tour à tour champion de tournois, familier des rois Plantagenêt, grand du royaume et enfin régent d'Angleterre. Il sauva même le pays de la faillite en même temps que d'une invasion étrangère. Malgré cela, son nom serait tombé dans un oubli total si la postérité ne nous avait transmis le récit versifié de sa vie. Le manuscrit, rédigé d'après commande peu après sa mort et intitulé *L'Histoire de Guillaume le Maréchal*, connut lui-même une longue éclipse et ne fut redécouvert que dans les années 1890.

J'étais fascinée depuis longtemps par de nombreux aspects de la vie de ce chevalier, mais il m'a fallu attendre avant de pouvoir leur accorder toute la place qu'ils méritent. Je me souviens d'avoir dit à ma relectrice que sa biographie était semblable à un coffre au trésor, et qu'il faudrait certainement lui consacrer des milliers de pages pour lui rendre un tant soit peu justice. J'ai donc été obligée d'« élaguer » son parcours en ne m'attachant qu'aux faits les plus importants. Ainsi, *Le Chevalier d'Aliénor* explore les débuts de cette vie captivante ; *The Scarlet Lion* (titre anglais), que l'on peut lire à la suite ou indépendamment, couvre ses années de maturité ; enfin, *Templar Silks* (titre anglais), nous entraînera sur ses pas jusqu'au moment de sa disparition.

J'ai comblé un ou deux vides dans la vie de Guillaume tout en m'efforçant de demeurer fidèle à l'esprit du personnage. Par exemple, on ignore s'il avait une maîtresse, s'il entretenait des liaisons passagères ou s'il est au contraire resté chaste jusqu'à son mariage. Cependant, nous savons, preuves à l'appui, qu'il appréciait et respectait les femmes, et que celles-ci le lui rendaient bien. *L'Histoire de Guillaume le Maréchal* nous apprend qu'une dame l'aida dans sa captivité en lui faisant passer des bandages à l'intérieur d'une miche de pain et qu'il put ainsi panser ses blessures. De cette figure inconnue est née Clara, qui représente toutes celles que Guillaume a peut-être connues avant d'épouser Isabelle de Clare. Dans *L'Histoire*, nous lisons également qu'au Mans il porta secours à une femme dont la maison brûlait tandis que Henri II livrait son dernier baroud d'honneur pour défendre la ville. L'anecdote de la fumée qui, s'étant infiltrée dans son heaume, manqua de l'étouffer y est également mentionnée. Là encore, le personnage de Clara m'a permis de boucler la boucle.

Guillaume a-t-il eu une liaison avec la jeune reine Marguerite ? Les historiens sont partagés sur la question. Mais tous s'accordent à dire que, si la chose n'est pas exclue, elle reste peu probable. Quoi qu'il en soit, les rumeurs qui circulèrent à ce sujet affectèrent considérablement, bien que temporairement, l'évolution de sa carrière et conduisirent à son bannissement de la Cour. Néanmoins, sa disgrâce s'explique plus vraisemblablement par le fait que ce preux chevalier doté d'un fort charisme volait en quelque sorte la vedette au jeune roi, qui ne pouvait accepter, par tempérament, d'être relégué dans l'ombre. De même que les dieux du stade actuels, les grands champions de tournois étaient très demandés, et certains mécènes étaient disposés à leur verser des sommes considérables dans le but de les avoir dans leur équipe. Les notions de salaires extravagants, de montants de transfert, de culte du champion et de célébrité avaient déjà cours en Europe – bien que sous d'autres appellations – dans le milieu des tournois de la fin du XIIe et du début du XIIIe siècle. Guillaume le Maréchal fut le David Beckham de son temps. Ajoutons qu'il posséda effectivement un destrier nommé Blancart. Quant à l'incident du cheval qui refuse le mors, il est raconté en détail dans *L'Histoire de Guillaume le Maréchal.*

Nul ne sait ce que fit Guillaume pendant son pèlerinage à Jérusalem. Cette période de sa vie est entourée de mystère, mais il est quasiment certain qu'il subit une crise spirituelle à la suite du décès de son jeune seigneur et au pillage du sanctuaire de Rocamadour. Il est manifeste que son pèlerinage le marqua profondément, et ce jusqu'à la fin de ses jours. Il a réellement rapporté les pièces de tissu qu'il destinait à recouvrir son cercueil le moment venu. La charte de fondation du prieuré de Cartmel contient une malédiction contre d'éventuels pilleurs qui oseraient en profaner l'église. Je ne peux m'empêcher de penser que cette précaution trouve son origine dans le pillage de Rocamadour, et que Guillaume était déterminé à faire en sorte que rien de tel ne se produisît sur le site de sa propre fondation. Dans *Le Chevalier d'Aliénor*, je reviens sommairement sur le voyage de Guillaume en Terre sainte, mais *Templar Silks* en offre une vision plus étendue, dont certains indices se trouvent déjà dans *Le Chevalier d'Aliénor*. Cela est dû au fait qu'à l'époque où j'écrivais *Le Chevalier*, je manquais de matériau et de place pour le faire.

Une vingtaine d'années séparaient Guillaume d'Isabelle de Clare, mais tout indique qu'ils faisaient bon ménage. Il semblerait même que Guillaume ait voué une grande estime à sa femme, et pas seulement en raison de ses qualités de génitrice et de gardienne du foyer. Comme dans le roman, il conserva dans la réalité l'usage de son propre et modeste sceau de chevalier et, bien que les clercs lui donnent du « monsieur le comte » dans les documents d'archives, il attendit d'avoir été fait personnellement comte de Pembroke par le roi Jean pour user lui-même du titre. Guillaume, qui avait vécu dans les parages d'Aliénor d'Aquitaine, dont il fut l'ami et le confident de toujours, ne s'effrayait pas des femmes douées pour l'exercice du pouvoir et semble avoir encouragé ce don chez son épouse. Pour la petite histoire, Striguil est largement plus connu aujourd'hui que Chepstow !

Le personnage de Wigain ne manque pas non plus d'intérêt. On le connaît comme commis de cuisine du jeune roi ; mais il tenait également les comptes des victoires de Guillaume lors des tournois. Cependant, ses compétences ne s'arrêtaient pas là. Loin de se borner à dénombrer les chapons qui entraient aux cuisines, on le retrouve à des centaines de lieues de son maître, où il plaide la cause de Béthune, entre autres, auprès de l'évêque de Norwich. Le but exact de cette mission ne nous est pas connu mais, devant une telle polyvalence, il m'a semblé justifié de le faire sortir de sa cuisine, afin de lui donner un rôle plus important. Je l'ai fait pour mon plus grand plaisir et aussi, je dois bien l'avouer, parce qu'il me permettait de ne pas démultiplier les personnages. Ainsi Wigain fait-il office de messager auprès de Henri II Plantagenêt au décès du jeune roi. Historiquement, ce fut un chassé-croisé d'ecclésiastiques qui s'en chargea, dont l'évêque d'Agen et un moine de Grandmont.

Tout indique que Guillaume et son frère aîné Jean n'étaient pas dans les meilleurs termes. Lorsque Jean hérita du domaine familial, il se trouva en position d'aider Guillaume à se lancer dans la vie, mais il ne le fit pas. Plus tard, Guillaume prit le fils naturel de Jean – également nommé Jean mais rebaptisé Jack par égard pour la santé mentale de l'autrice – comme écuyer, le poussa dans la carrière et l'aida à s'élever socialement. Mais lorsque Jean le Maréchal fut tué dans les rangs des rebelles qui s'étaient soulevés contre le roi Richard, Guillaume prit ses distances avec feu son frère et manifesta un intérêt de pure forme pour ses funérailles. Henri le Maréchal, le plus jeune frère de Guillaume, s'éleva au rang d'évêque d'Exeter. Nous sommes presque ignorants concernant ses rapports avec Guillaume. Les deux hommes semblent avoir vécu, pour l'essentiel, au large l'un de l'autre. Henri le Maréchal eut un grave désaccord avec le bâtard de Henri II, Geoffroy, évêque de York. Cependant, mettre en scène la querelle de ces deux prêtres entêtés aurait triplé le volume du roman. Ancel le Maréchal disparaît des archives après 1189. Il est fort possible qu'il ait intégré la maisonnée de son cousin Geoffroy Rotrou, comte du Perche, consécutivement au tournoi de Lagny-sur-Marne, mais c'est là tout ce que l'on peut dire. Quoi qu'il en soit, il reviendra dans *Templar Silks*, car je pense hautement probable qu'il ait accompagné Guillaume à Jérusalem.

J'ai consulté une multitude d'ouvrages et de documents d'archives au cours de mes recherches préparatoires à l'écriture de cette trilogie. Aux lectrices et aux lecteurs de langue française qui souhaiteraient en savoir plus sur

Guillaume le Maréchal, je conseille la lecture du livre de George Duby, *Guillaume le Maréchal, ou le meilleur chevalier du monde. L'Histoire de Guillaume le Maréchal* est accessible dans la version originale sur Gallica.

Faites-moi part de vos impressions de lecture sur www.elizabeth chadwick.com ou par mail à l'adresse elizabeth.chadwick@live.co.uk. Je suis aussi sur Twitter (@chadwickauthor) et sur Facebook, où j'anime quotidiennement une page à l'intention des lecteurs (https ://www.facebook.com/ElizabethChadwickAuthor).

Remerciements

Je tiens à remercier quelques-uns de ceux qui m'ont assistée durant l'écriture du *Chevalier d'Aliénor.* On reproche souvent aux universitaires de s'enfermer dans leur tour d'ivoire. Pourtant, ceux avec qui je suis entrée en contact au cours de mes recherches se sont montrés très accessibles et d'un immense secours. Je remercie tout particulièrement le professeur Gillian Polack pour son aide et pour m'avoir servi de banc d'essai concernant de nombreux points en lien avec la vie au Moyen Âge. Je remercie également le professeur David Crouch, qui a pris le temps de répondre à mes questions. Ce dernier est l'auteur d'une excellente biographie de Guillaume le Maréchal qui a éclairé ma route. Mes remerciements également au médiéviste Dean Irwin pour ses éclairages, dispensés avec un sens de l'humour pince-sans-rire et une autodérision dignes du chevalier lui-même ! L'aide d'Alison King s'est révélée inestimable lors de la phase de recherche en attirant mon attention sur des détails jusque-là inconnus de la vie de Guillaume. Toute erreur, tout contresens sont entièrement miens.

Le travail de publication de ce volume a été endeuillé par le décès de mon agent adorée Carole Blake. Elle était pour moi un rocher, toujours à m'encourager, enthousiaste et défendant mes intérêts. Bien que notre relation ait été d'ordre professionnel, nous étions devenues amies intimes et partagions une même passion pour Guillaume le Maréchal.

Toute ma reconnaissance à Isobel Dixon, mon nouvel agent, qui a repris les rênes et sait se rendre disponible. Elle est à la fois un roc sur lequel je m'appuie, une coéquipière et une bonne amie.
Merci à Viola Hayden, ma relectrice chez Sphere, qui m'a permis d'écrire cette version mise à jour du *Chevalier d'Aliénor*, et à Cath Burke, ainsi qu'à toute l'équipe de Sphere pour leur soutien en général.
Enfin, je remercie mon mari Roger, qui continue de faire le repassage malgré l'omniprésence d'un autre homme dans notre vie : un chevalier qui a définitivement raccroché son armure voilà huit siècles !

Achevé d'imprimer en décembre 2022
Par CPI Brodard & Taupin à La Flèche
N° d'impression : 3050365
Dépôt légal : janvier 2023
Imprimé en France
38122356-1